长篇小说　刘姝妹◎著

角儿

远方出版社

图书在版编目（ＣＩＰ）数据

角儿 / 刘姝妹著. -- 呼和浩特 ：远方出版社，
2018.12

ISBN 978-7-5555-1096-3

Ⅰ. ①角… Ⅱ. ①刘… Ⅲ. ①长篇小说－中国－当代

Ⅳ. ①I247.5

中国版本图书馆 CIP 数据核字(2018)第 278106 号

角儿
JUEER

著　　者	刘姝妹
责任编辑	云高娃　敖尔格勒玛
责任校对	云高娃　敖尔格勒玛
封面设计	王徐丽
出版发行	远方出版社
社　　址	呼和浩特市乌兰察布东路 666 号　邮编 010010
电　　话	（0471）2236473 总编室　2236460 发行部
经　　销	新华书店
印　　刷	内蒙古爱信达教育印务有限责任公司
开　　本	170mm×240mm　1/16
字　　数	422 千
印　　张	22.125
版　　次	2018 年 12 月　第 1 版
印　　次	2019 年 8 月　第 1 次印刷
标准书号	ISBN 978-7-5555-1096-3
定　　价	58.00 元

如发现印装质量问题，请与出版社联系调换

目/录

≪ 第一章

"几点了，天咋这么亮？"母亲醒了，她嘀嘀咕咕，一边穿衣服，一边撩开窗帘向外看，外面下雪了。母亲迅速下了炕，打开房门走到院子里，见地上已经飘落了一层雪花。母亲走到房后，在一间低矮的煤棚子里取了劈柴和煤块，她进了屋把炉子点燃。

屋子里有了一点热乎气，父亲随后也起来了，他轻轻地拍了拍睡在旁边的儿子，说："江子，起床吧，快五点了！"

睡梦中的常江子一骨碌从热被窝里爬起来，还没睁开眼睛就迅速地穿衣服，起床后与父亲一起收拾行李，准备出发。

雪花渐渐变大，且纷纷扬扬地飘洒着，精灵般的雪花越飘越勇猛。一会儿的工夫，天空、大地、房屋、街道连成了白茫茫的一片。整个世界白莹莹的，闪着柔光，散发着恬静。小镇还在一片懵懂与宁静中，父亲推着一辆红旗牌自行车，后车座上带着一捆行李，送常江子去汽车站。

天气刺骨般寒冷，父亲手上戴的是一副白色的线手套，早已被冷风穿透。母亲用围巾把头部裹得严严实实，呼出来的气体很快变成白霜，与雪花一样的白霜挂在她的眉毛上。常江子走在父亲和母亲中间，他穿着一件黄色军大衣，手里拎着一个旧提包，三个人一起来到了长途汽车站。

二十世纪七十年代的长途汽车条件非常差，车里没有暖气，也没有行李厢，旅客们的行李就放在汽车的顶部，放上去用绳子捆住。父亲和常江子把行李从自行车上拿下来，举着递给站在车顶上的乘务员，乘务员把这最后一捆行李放好，用绳子绕了几圈，捆得结结实实。父亲踮起脚，前前后后左左右右地围着汽车看了一圈，直到他相信那行李不会在半路上掉下来为止。这一切安顿好之后，父亲对常江子说："上车吧！"

常江子冻得嘴唇发紫，他说："爸、妈，你们快回去吧，天挺冷的。"

母亲脸上的表情已经冻僵，可她的目光闪闪烁烁，泪珠儿在眼睛里含着。母亲担心地说："第一次出这么远的门，赶上个大雪天。我看这雪会越下越大，路会很滑的，你路上要多加小心啊！"

"放心吧，妈。你们快回吧！"

父亲的心情同母亲一样，可父亲表面上就像一座平静的山峰，他催促着常江子说："快上车吧，司机师傅等着开车呢。"

常江子迅速上了车。汽车缓缓起动，雪花更加肆无忌惮。常江子坐在靠窗的位置，他回过头向父亲和母亲招手时，汽车的玻璃窗上面已经挂满了白霜。他急切地用嘴上的热气哈玻璃窗，双手迅速地去擦玻璃窗上那层冰霜，刚刚擦出一小块透明的地方，汽车已经驶出了车站。

汽车开得很慢，雪天，车里更加寒冷。坐在车上的旅客有的抄着手，有的跺着脚，人人都抱着膀儿，把脑袋缩进脖子里取暖。常江子似乎没那么冷，只有他一个人笔直地坐着，他心里发热，一直处于亢奋状态，他用右手摸着自己胸脯，感觉那里是最温暖的地方。那里有一个小布兜，是临行前母亲在他的棉袄里边用一块旧布缝的，兜里装了二十元，还有一张很重要的字条，那张字条上边写着辽北省玉琼市样板戏学习班的地址，常江子到了玉琼市后，需要按照这张字条上面写的地址寻找自己的工作单位。

此时，他的脑海中浮现出许许多多画面，一幕一幕地回想，事情的前前后后似乎都发生在这样的大雪天里。

"立正，向右看齐，向前看，齐步走……"常江子喊着口令，操场上那白茫茫的一片雪地，忽然间布满了凌乱的脚印。

那是刚刚复课的校园，学校半军事化管理，体育课就是军训课，班级不叫班级，叫几连几排，班长不叫班长，叫排长，排长最重要的任务就是喊口令，口令一定要喊得干脆响亮，像军人一样。

常江子不仅口令喊得好，响亮，有激情，人长得也精神、帅气，一双大眼睛炯炯有神。他喊口令时，动作做得十分规范标准，就好像是从部队里训练出来的一样。他的一举一动都很有感染力，在他的口令声中，队伍走得整整齐齐。因此，班集体经常受到学校表扬。无论上课间操还是体育课，他带领的一连一排都是学校里最亮丽的一道风景线。

后半节课，体育老师发慈悲了，说："同学们辛苦了，下面的时间你们可以自由活动了。"

"噢！噢……自由活动了！"同学们兴奋地喊着，个个像放飞了的小鸟。男生们不约而同地蹲在地上攥雪球，他们准备打一场雪仗。虽然个个脸冻得红扑扑的，头顶上还冒着热气，玩儿起来却不感觉冷。女生们则不然，只有几个人留下来和男生们一起打雪仗，其余的全都怕冷，跑回了教室。

"江子，江子！你到我办公室来一下。"常江子的雪球还没投出去，忽然听到一个很亲切的声音在喊他，去回过头望去，是陈大中老师在办公室门前向他招手。

陈大中老师是这所中学唯一的一位音乐教师，他的艺术天赋很高，音乐课上得好，小提琴拉得好。在老师和学生们的眼里，陈大中老师的气质、神情、谈吐，甚至他的微笑和沉默，都与众不同。人人都是革命气派，唯有陈老师不一样，依然是个有小资情调的知识分子。陈老师和常江子的父亲母亲都是二十世纪五十年代的大学毕业生，他们是大学同学，又是好朋友，毕业后又一同分配到家乡县城这所中学当老师。陈大中和常江子父亲更是莫逆之交，陈大中教音乐，常江子父亲教美术，工作中他们相互交流，生活里相互关照，两个人都有远大的理想和抱负。陈大中老师经常去常江子家做客，他是看着常江子长大的，从小就喜欢这个孩子。

常江子一脸茫然地跑到陈大中老师办公室门前。

"江子，进来！"陈老师笑哈哈地向他招手。

常江子走进了陈老师办公室，一双大眼睛闪着懵懂的目光。

陈老师拍了拍他的肩膀说："江子，小伙子很出色，在从小就有那么一股劲儿，我就是喜欢你这股子劲儿，做什么像什么，不愧是老师的孩子，挺给你爸妈长脸的啊！"陈老师端起水杯喝了一口水继续说，"我刚才听你喊口令的时候嗓子挺豁亮，是这样，学校正在组织一支文艺宣传队，我准备把你吸纳进来，愿意吧？"

常江子乐呵呵地站在那不知怎么回答。

"你唱样板戏咋样？"陈老师问。

"我？我……没怎么唱过。"

"那这样吧，你回家先练习练习，看看唱一段样板戏怎么样。过些天，在县委的小礼堂搞一场全县的学唱样板戏汇报演出，咱们学校宣传队也得出个唱得好的……"

"我……我能行吗，陈老师？"

"行，你一定行！"陈老师肯定地说，"上音乐课的时候你的试唱练耳都非常棒。再说了，你父母上大学的时候，在学校里那可都是文艺骨干，我相信你有他们的遗传基因，我早就看好你小子了。"

虽然常江子一点心理准备都没有，听了陈老师的话，他还是很兴奋。去县委小礼堂，全县的样板戏汇报演出，多好的事情。他欣然地答应了，说："那好吧，陈老师，那我就回去试试。"

走出陈老师办公室，常江子感到心跳加快。他很兴奋，但同时也缺少一点自信，因为在这之前，除了音乐课上简单识谱，他从来都没放开嗓子唱过一段完整的样板戏，平时只是瞎哼哼。自己能像陈老师说的那样，能给学校文艺宣传队增光吗？常江子有些等不及，他想马上找个地方去试试。四下里寻觅着，去哪里试试。操场上不行，学校院子里肯定都不行，各个教室都在上课。有了，他兴奋地跑进了男厕所。

上课时间，厕所里恰好没人，十几个茅坑都空着。常江子把裤腰带抽出来，学着样板戏《红灯记》中李玉和的样子，把裤腰带系在上衣的腰间，然后做一个手提红灯四下看的动作。他觉得自己表演得太好了，十几个茅坑就像十几位观众一样静静地等候着他的表演。他清清嗓子，再清清嗓子，唱："提篮小卖拾煤渣，担水劈柴也靠她。里里外外一把手，穷人的孩子早当家……"运运气，再唱一遍，边唱边做着动作，脑子里闪现着舞台上李玉和的光辉形象。他感觉自己唱的与样板戏中的李玉和也不分上下呢，兴奋得冒了一头汗，摸摸胸口，心也在怦怦地跳，为自己激动着。突然，掌声响起来了，是同班的两个男生闯进了厕所，常江子红着脸往外走。

男生说："我们都听到了，你唱得太好了。"

"怎么跑厕所来唱，到班级给大家唱一段呗。" 另一个男生说。

常江子不好意思地说："等我再练练，唱给你们听。"

这时候，下课铃响了，常江子急急忙忙将裤腰带系在裤子上，然后大大方方从厕所走出来。他边走边唱，把声音放小，一路唱着"提篮小卖……"回到了教室。

样板戏说好唱也好唱，因为那时广播里没有别的文艺节目，除了样板戏还是样板戏，从老人到小孩子，没有一个人不会唱几句的。说不好唱也不好唱，因为每个人对样板戏都熟悉得不能再熟悉了，从曲调到唱词，可以说大人小孩都背得滚瓜烂熟，谁唱错了一个音，唱错了一个字，所有人都能听得出来。可是，谁能站在台上真正演唱一段样板戏，那可就神气十足了，那是最值得骄傲的事情。

常江子加入了学校文艺宣传队的排练。时间紧，任务重，离汇报演出的时间没有几天了，宣传队每天加紧排练。常江子表现得很积极，放了学就准时到宣传队去排练。

陈大中老师在教室里来回踱步，能看得出他焦急的样子。可是，每当他听到常江子唱《穷人的孩子早当家》时，就会笑得把眼睛眯成一条缝，那种喜悦、那种欣赏是发自内心的，也是掩饰不住的，所有的情感变化都会从他的眼睛缝里流淌出来，"江子，你唱得真挺棒，还要继续努力啊！"

常江子要代表学校参加全县学习样板戏的汇报演出了。父亲没在家，出差去了，母亲还蒙在鼓里。星期天，母亲边做着针线活儿边问："江子，我从来都没听你唱过一段完整的样板戏，你能代表学校去参加汇报演出，还是在县委的小礼堂，能行吗？"

"妈，你放心吧，我能行！陈老师都说我唱得好着呢，总表扬我，到时你去听听就知道了。"常江子说着就在母亲面前拉开架势唱了一句，"穷人的孩子早当家啊……"

"妈，唱得咋样？"

母亲笑了，点点头说："还行，小姿势还拿得挺像那么回事呢。"

"妈，你看，我把前院贺大叔的大盖帽都借来了，演李玉和时就用这顶帽子。"常江子把大盖帽戴在了头上，又做了几个动作。

母亲看着儿子戴上那顶大盖帽真挺精神的，就问："什么时间演出？"

"快了，就这几天吧。"

"代表学校去县委小礼堂演出？"母亲还是有些担心，这么小的孩子还能演李玉和？再说贺大叔那帽子是邮电局的帽子。母亲又说："演出时你就戴这顶帽子啊？你这孩子也真能想。"

"这不挺像李玉和的。陈老师说这顶帽子可以的。妈，你快点把爸爸穿过的旧中山装给我找一件，我穿上中山装，戴上这顶大盖帽就更像李玉和了。"

母亲放下手中的活儿，翻箱倒柜地找了半天，拿出来一件父亲的旧中山装，说："就这件还小一些，你试试吧。"

常江子穿上了父亲的中山装，虽然衣服还是大了点，系上腰带就可以了。他模仿着李玉和的各种动作在镜子前面照来照去。

汇报演出的前一个小时，陈老师亲自给常江子化妆，边化妆边眯起眼睛欣赏着他，"瞧好吧！这形象，太精神了，太棒了！"

等待出场时，常江子在后台坐立不安，总想偷偷地往台下看。这一看不要紧，他紧张起来了，哎呀！台下怎么黑压压的那么多人，过道上都站得满满的。常江子看台下的观众人头攒动，心里一阵一阵地发慌，毕竟他是一个十四岁的孩子，又是第一次上台演出，面对这么多观众，怎能不慌。

陈大中老师就一直没离开他的左右，总是眯着那双细细的眼睛对常江子微笑。陈老师说："江子，你不要总是往台下看啊，不管台下有多少人，你都当没人，千万别慌，记住，你一定是最棒的！"

演出开始了，前边有几个年长的演员唱过后，轮到常江子出场了。报幕员报幕："下面，由文中县中学选送的学生常江子为大家演唱《穷人的孩子早当家》。"

常江子完全不知道自己是怎么走上台的，反正是大步流星地上了台，走到舞台中间，他就镇定了，看台下黑压压一片，心想，这么多观众，我一定要唱好。于是，他用最标准的动作给台下观众敬了一个军礼。这一亮相很独特，台下响起了一阵热烈的掌声。是常江子的形象太好了，小伙子太精神了，还有那顶大盖帽，让他看上去十分可爱，又威风凛凛，反正观众一见他就喜欢他，分明是活生生一个小李玉和站在了台上。常江子还没开口唱，就得到了热烈的掌声，他又镇定了一下，马上让自己进入角色，觉得自己现在就是真正的李玉和。他模仿着李玉和的动作，很努力很认真地唱了一段《穷人的孩子早当家》，最后一句还没唱完，台下掌声四起，伴着掌声、喝彩声，常江子跑下了舞台。

好半天，台下掌声还是经久不息，观众大声喊着："再来一个，再来一个！"报幕员上台报幕："下一个……"没人听清楚报幕员说什么，观众掌声不断，报幕员不得不走下台去。

陈老师急匆匆跑到后台问常江子："江子，你还能不能再来一个，还会唱哪个样板戏选段？"

常江子头摇得像个拨浪鼓似的，说："陈老师，我只会唱这一段，别的选段我都没练过。"

"观众让你返场呢，怎么办？"陈老师很着急地挠着头说，"都怪我，我也没想到会是这样，怎么就没让你多准备两段呢。"

"我返不了场，陈老师。"常江子也不知道该怎么办。

台下还在热烈地鼓掌，口哨声、呼喊声响起，"再来一个，再来一个……"

陈老师急中生智地说："那你就返回去再唱一遍《穷人的孩子早当家》吧。"

常江子忐忑不安地返回到台上，这一次，他恭恭敬敬给观众敬了个礼就往回跑。观众不依，掌声还是不断，观众不让他下台。没办法，常江子只好红着脸再一次回到台上，这回他自己报幕，声音很响亮："下面，我再为大家演唱一遍《穷人的孩子早当家》……"

县委小礼堂的这场样板戏汇报演出，让常江子一夜出名，一个小李玉和轰动了整个文中县城。

一场雪还没融化干净，另一场雪又飘落下来，雪花像轻盈的蝴蝶在翩翩起舞。雪天总是孩子们的世界，校园里，下课的铃声一响，这种恬静就会被打破，学生们冲出教室，在雪地上撒欢儿，滚雪球，打雪仗，堆雪人。顷刻之间，雪地一片狼藉。教室里的女孩儿则喜欢看着窗外奇异的景色，欣赏雪花飘落的美丽或者用舌尖去舔玻璃窗上的冰凌花。

丁零零，上课铃响了，常江子立即组织同学们排队进入教室。

班主任张老师抱着一叠作业本走过来，她把常江子留在了教室的外边。常江子以为老师让他发作业，没想到班主任张老师慢声慢语地对他说："常江子，你先不要上课了，到县招待所的302房间去参加一个考试，好像是市样板戏学习班到咱们县选拔人才来了，点名要你去。"

"不上课了吗，张老师？"常江子有点迟疑，"要不，我上完这节课再去吧。"

张老师坚持说："先别上课了，快去吧，听说他们昨天就来了，就等着见你呢。"

踏着厚厚的雪，呼吸着清冷的空气，常江子往县招待所走去。他心里有点忐忑不安，他不知道考什么试，但隐隐约约感觉这个考试一定与他那次在县委小礼堂演出有关，与他唱样板戏有关。他大步往前走，还是忍不住边走边在雪地上攥一个小雪球，远远地抛到树枝上，打那些落在树枝上的鸟儿。鸟儿们扑棱棱地从这棵树上飞到那棵树上。

这个县招待所其实就两排平房，前边有一个院子也不算大。走进第一排平房的走廊里就看见302房间，谁也不知道这个招待所的房间为什么这样编号，前边打头的都是301、302、303……常江子第一次来这里，他想这排平房排号，应该是101、102、103……才对，302应该叫102。正想着，已经走到了302房间门口处。门开着，里边外边都有人，还有人正在走廊里练试唱。常江子站在房间的门口，差一步没跨进去，而是用洪亮的声音喊了一声："报告，老师好，我是常江子。"

"你就是常江子啊！"一位看上去四十多岁的女老师站了起来，仔仔细细地看了看常江子，然后向他招招手说回去，"进来吧！"

常江子进屋后有点不知所措，三个考官把目光同时集中在他身上，他从未见过这样的阵势，脸唰一下子就红了。

女老师又慢慢地坐下，向他微笑着。他好像被这位女老师的气质和目光给融化了一样。他从未见过长得如此标致美丽的女老师，她说话的声音是那么好听，那么清脆，起码在这个县城里常江子还没见过这样有精气神的女人呢。她的眼睛好像会说话，总是放射着两束耀人的光芒。在她旁边坐着两位男考官，一看也是样板戏学习班的演员，他们的眼神、他们的表情和普通人就是不一样，具体哪个地方不一样，常江子也说不清楚。

女老师亲切地说："常江子，你随便唱两句吧，我们听听好吗？"

常江子心里打鼓，他不会唱别的，就会唱《人穷人的孩子早当家》，他说："老师，那我就把《红灯记》中李玉和的唱段《穷人的孩子早当家》唱一遍吧。"

女老师点点头，说："好！"

常江子清了清嗓子，唱："提篮小卖拾煤渣，担水劈柴也靠她……"

常江子唱完了，女老师笑了，但是她没有什么明朗的态度，就与其他两位小声地议论着："不错，只是个子有点矮，嗓子还没变声呢。"

"形象也挺不错的。"

"形象太棒了！"

接下来，女老师问了常江子许多问题，家庭情况，学习情况，等等，边问边都记在了本子上。这时，房间里外都很肃静，在场的人都在等待着一个结果。好半天女老师才抬起头来对常江子说："常江子，我对你提两个要求吧，一个是你回去以后一定要好好学习文化课，你是班长，又是好学生。再一个就是，没事的时候别乱喊，注意保护你的嗓子，千万别硬喊，小心别把嗓子喊坏了，你现在是变声期，知道吗？"

"知道，老师。"常江子是第一次听到"变声期"这个词，什么是变声期，他还搞不明白。

"老师，我可以走了吗？"

女老师点了点头说："你可以回去了。"

常江子转身走出了302房间。

"到底考没考上？"

"唱得这么好还没考上？"

"那咱们更没戏了。"

…………

走廊里的人议论着。

常江子没敢抬头，一溜烟儿跑出了县招待所，一直跑到学校，回到班级上课去了。

天黑下来，母亲做好了晚饭，全家人围着一张炕桌吃饭。父亲问常江子："你最后出来的时候那几位老师是怎么说的？"

"没说什么，就说让我注意保护好嗓子，现在是变声期。爸，什么是变声期？"

"变声期就是你这个年龄段，嗓子还要发生很大的变化，你还没长成大人呢，嗓子变好变坏还说不定。"父亲又对母亲说："我听老陈说，今天来考试的那位女老师叫素兰，她在玉琼市可是一位颇有名气的演员啊！她亲自来面试江子，说明剧团的重视程度。老陈学唱样板戏活动搞得轰轰烈烈的，在社会上影响很大，消息传到市样板戏学习班去了，市样板戏学习班知道文中县有这么个小男孩，长得好，唱得好，他们现在正千方百计地选人才，所以才会到咱们县来选演员。"

母亲对常江子唱样板戏的事一直不太感兴趣，母亲说："一个十几岁的孩子，还没念成书呢，唱什么样板戏呀，将来社会还不知道怎么发展呢。"

父亲和母亲的态度是相反的，父亲倒希望常江子能考上样板戏学习班。他说："你还不愿意呢，你知道有多少人羡慕呀！我看要是能去样板戏学习班那可不是一件坏事，因为江子有这个天分，再说了，孩子早早地就参加工作，做父母的不也就省心了嘛。"

"工作的事早着呢，我觉得这社会不论怎么变化，怎么发展，没什么都行，就是没文化不行。这么小的孩子就让他放弃学业，去唱什么样板戏，我还是不赞同。社会不可能总是现在这个样子吧，将来一定会重视文化的。"

"爸、妈，你们先别操心了，我考上考不上还两说呢。"常江子虽然也喜欢唱样板戏，不过也就是喜欢，他并不知道真去样板戏学习班唱样板戏意味着什么，这是他人生十字路口上的一个重大选择，是人生的选择，也是命运的选择。

一家人都不说话了，默默地吃饭。常用江子抬起头，已经看不清父亲和母亲的表情，天太黑了，他走到墙壁处拽一下灯绳，打开了电灯。

"哦，我说嘛，这么黑也不知道拉开电灯，摸黑吃饭都习惯了。"父亲说。

"省电省习惯了。"母亲说。

一家人吃过饭都退出了饭桌。常江子和妹妹常江女趴在桌子上写字，母亲收拾着筷子和碗。

陈大中老师来了。

陈大中老师个子不算高，人也很瘦，他每次来常江子家都是直奔西屋，然后就坐在那把褪了色的红木椅子上，坐在红木椅上还总是喜欢跷起二郎腿吸烟。他烟吸得很勤，每次进屋第一件事就是吸烟，然后扬起脖子慢慢地吐着烟圈。平时就爱笑的陈大中老师，今天就像是得了喜帖子一样，眼睛一直笑眯眯地冲着常江子笑。他说："咱们的小李玉和这回可出大名了。你小子行呀，现在全县人民没有不认识你的。"

常江子不好意思地笑了。

母亲说："老陈来得正好，我们刚吃完，饭还热着呢，就在这吃吧。"

"好啊！今儿就在这吃了，这么晚回家也没饭吃了。"陈大中老师说着就喜滋滋地坐到炕上去了，"我刚刚把样板戏学习班的素兰他们送走，就到这来了，有好事我是憋不住，给咱们江子祝贺一下吧，他考上了。"

"真考上了？"父亲很惊喜，但这件事好像又在他的预料之中。

"素兰是一眼就相中咱们家江子了，认定他是块料，回去就会发录取通知书来。"

母亲在厨房里很快就弄了两个菜，拿来了一瓶酒。

"怎么样，我们爷俩儿就是伯乐与千里马的关系。是吧，江子？"陈老师一直用笑眯眯的眼神盯着常江子。

常江子心里很感激陈老师，但他也不知该用什么语言表达，就笑嘻嘻地给陈老师倒杯水，然后再给陈老师点燃一根烟。

陈老师幸福地吸着常江子为他点的烟，扬了扬脖子吐着烟圈说："我看咱们江子还真是个当演员的料儿，这小伙子上哪儿去挑呀，要长相有长相，要扮相有扮相，要嗓子有嗓子，还懂事，还肯下功夫，太全面了，简直就是个全才嘛！"

父亲说："一个小孩子，别把他捧太高了，关键在于你这个音乐老师好呀，学生们能遇上你这样的音乐老师真是一件幸运的事。"

"唉！"陈大中老师摇着头说，"没用，在大学里学这点东西什么都用不上，只能组织大家唱唱样板戏，我还是外行。"

"多亏了你是个外行，要是内行就更不得了了。全县的样板戏汇报演出都是你组织的，我还听说这次样板戏汇报演出活动搞得非常成功，领导满意，在社会上影响可大了。"父亲说。

"这点事儿，对老同学我来说还算个事儿吗？这不是小菜一碟。我不会唱，我就组织组织。"

"老陈从来都是做事高调，做人低调，可今天有点沾沾自喜啊！"母亲幽默地说。

"那还不是因为你们生了个好儿子嘛，要是多几个像江子这样的演员，演出会更成功。"

"江子这孩子，学习还挺不错，一点也不用我们操心，在班里总是前几名。"母亲说。

常江子不掺和大人的谈话，很有礼貌地对陈老师说："我和妹妹这几天都练习写毛笔字呢，我们去东屋练字，陈老师您坐着。"

陈老师挥挥手说："去吧，去吧，练你的毛笔字去吧！这孩子从小就懂事，我就喜欢他。"

母亲看两个孩子去了东屋，就坐下来说："我还有很多话要对你说呢。我是这样想的，老陈，江子在班里是班长，是一个品学兼优的好学生，以后考个名牌大学一点问题都没有，就这样让他放弃学业，进了剧团，是不是有点可惜呀？我总觉着有点不甘心呢。"

"哎呀！你说这是一件多么难得的好事呀，谁家能有这样的好事，你怎么还犹豫呢。"陈大中看着母亲的脸，有些不解。

"我是想呀，唱戏这个行当我是不喜欢，人家都说那是戏子，将来没有社会地位啊！"

"我说老同学，你这思想太陈旧了，要不得。"陈大中老师和父亲已经坐在饭桌前，两人都端起了一杯酒。陈大中端着酒说："老同学，你还知识分子呢，你这观念得变。这样板戏和老戏不一样，样板戏多有发展前途呀！如今全国人民都在轰轰烈烈地学唱样板戏，连农村都成立了小剧团，农民还边学边演样板戏呢。"陈老师把酒喝下去，又吃了一口菜，继续说，"你不知道，现在的样板戏学习班呀，人家那可都是军事化管理，像部队一样，去了那里不会让孩子变坏的，只能变好，不是你印象中的老戏班子。"

父亲接着陈老师的话说："咱就别再做上大学的梦了，现在这形势还考什么大学呀，高中毕业全都接受贫下中农的再教育，到时候连个工作也找不到。江子去了样板戏学习班不就等于有工作了，还是现实点吧。"

"江子当个戏剧演员那是太有发展了，素兰和那几个来考试的人都相中了。孩子高兴，也愿意去，父亲也支持，我看就去吧，没什么犹豫的了。"

"我还是犹豫啊！"母亲叹了口气。

父亲和陈大中连着干了两杯酒，父亲说："支持，我是支持，下乡那种苦你也看到了，咱不能让孩子受那个苦去，去了剧团不就有事干了，好歹算是个跳板，先去了再说，不行咱再改行。"父亲和陈大中又碰一下酒杯继续说，"说句实在话，我就是怕孩子下乡呀！"

陈大中苦口婆心，母亲很感激，想想陈老师在江子身上也没少费心，这次又特意到家里来做工作，还不都是为了常江子。母亲又一想，眼下的形势谁也看不透，被剧团选了去，是好事还是坏事谁也说不清楚。

"唉！去就去吧。"母亲不再坚持自己的意见了。母亲拿起酒瓶子给陈大中倒上一杯酒，说："多喝点，老陈，这孩子你可没少费心，跟自己的儿子似的。"

"我喜欢这孩子，从小就喜欢他。"陈大中高兴地说，"我三个闺女，没儿子，哪天我就认他给我当干儿子了。"

"好呀，给你当干儿子没问题。"母亲说，"你快多吃点菜。"

"孩子学习再好，也没有考大学的机会，高中毕业后不是还得上山下乡吗？"父亲一遍一遍地重复着他的观点。

母亲又端起酒杯说："来，老陈，我也敬你一杯。"

"你别敬我，咱们三个老同学共同碰一杯酒吧！"

母亲把酒咽下去，辣得眼泪快出来了，母亲不会喝酒。

"快先吃口菜。"父亲往母亲碗里加菜。

母亲擦擦眼睛说："那就同意你们的意见，先让他去吧，不行以后再改行。"

"老同学，你终于想明白了，这就对了，来，咱们再干一杯！"陈老师更加兴奋，"你说这消息传得多快，不到半天的时间，屁大的小县城就都知道常江子考上样板戏学习班了，传得沸沸扬扬。按说这也是文中县的一件喜事呢。一个县城里的孩子，能被一个市剧团选去唱样板戏，那是一件无比荣耀的事情，不知被多少人羡慕着、嫉妒着、仰望着。"陈大中边喝酒边点燃一支烟，扬着头，吐出了一个大大的烟圈。

"你们俩好好喝，我再去热热饭。"母亲进了厨房。

父亲喝得脸上放着红光，陈大中老师的眼睛早就眯成一条缝了。

一个月后，常江子接到了样板戏学习班的录取通知。

≪ 第二章

　　玉琼市到了，班车到达的时间是午后两点四十分。城市里的雪没那么大，已经停了，太阳还是不情愿出来，躲在薄云的后面懒懒地卧着，天空处于半晴半阴的状态，城市的空气中稍稍有了一点暖意。

　　常江子下车后站在雪地里，一个大大的行李，还有一个提包，他一个人怎么也拿不走。他正在东张西望不知该如何走，往哪儿走，一位蹬三轮车的师傅走过来问："小伙子要去哪儿？"

　　"我……"常江子犹豫了一下，"我要去样板戏学习班。"

　　"坐车走吧。"师傅说着，就来帮他搬行李。

　　常江子刚下车就感受到城市和县城的区别，还有这样的三轮车呢。于是，行李和人一同上了三轮车。

　　从长途汽车站出来，城市的面貌一一展现在常江子的视野里。从小长这么大他还没出过远门，也没到过城市，更没见过楼房什么样，这是他第一次离开家。凝眸远望，眼前的一切都让他感到新奇。玉琼市是一个小城市，在二十世纪七十年代初期，这个城市里的楼房还不多，楼层也不高，都在四五层左右。而在常江子眼里，这个城市可真大呀，比他生活的那个叫文中县的县城可大多了。县城里一座楼房都没有，全是平房，而且多是土房。常江子深深地呼吸着雪天里清冷的空气，坐在三轮车上，看城市的马路宽宽的，城市的烟囱高高的，十字路口处还有岗楼，还有警察，他心潮澎湃。他想，从现在起，我就要在这个陌生的城市里开始新的人生了。未来有无数梦想，都将从这里开始，这个城市是我人生的一个新起点。

　　不知不觉中，三轮车师傅拉着常江子已经来到了市中心，师傅停下车说："到了，右手边这个大院儿就是样板戏学习班。"

　　此时，常江子也看见了右前方的一处院落，院子里边有几排青砖青瓦的平房，黑色的大门是半敞着的。他从车上跳下来，走过去看大门旁边挂着的那块牌子，上边果然写着：辽北省玉琼市样板戏学习班。他心情激动，和三轮车师傅一起抬着行李直奔大门里。

　　看大门的是位老大爷，他知道凡是提着行李来的，肯定都是到剧团来报到的新人。近一年的时间，剧团新来了十几个年轻人。大爷让常江子到收发室登记了一下，然后用手指着最前排一栋平房最左边的一间办公室说："那是团长办公室，你先到团长办公室去报到吧，行李就放在这儿，我给你看着呢。"

常江子给三轮车师傅付了钱，把行李提到一边，就顺着大爷手指的方向去了团长办公室。

他从玻璃窗上看见团长正趴在办公桌上聚精会神地写着什么，他站在门口好半天没敢进去。一会儿，团长抬起头看见站在那里的常江子，就说："请进来！你是？"

"我是新来的，我叫常江子。"

"啊！早就听说常江子这个名字了，欢迎你！"团长起身走过来热情地和常江子握握手，然后自我介绍："我姓邢，邢建国。"

常江子马上反应过来，说："邢……邢团长，你好！邢团长。"

"好，好，你是坐班车来的？"

"哦！"

"先坐下歇歇。" 邢团长拿起暖瓶给常江子倒了一杯水。

常江子认真地看着这位邢团长，中等身材，四方脸，皮肤微紫红色，有点秃头顶，看上去挺和蔼的。只是他看不出邢团长的实际年龄，面貌像五十岁，又不像那么老，估计在四十多岁到五十多岁之间吧。邢团长把水杯放在常江子跟前，说："你先喝点水，我去找个人来安排你。"邢团长转身出去了。

常江子手捧着邢团长递给他的白瓷茶缸，看那上边写着"军民一家"的字样，猜想这位团长一定是转业军人。从外表看，这位团长挺有艺术气质的，虽然秃顶，旁边一圈的头发都很长，还有点自然卷。从团长的穿着上看，他更猜不出来了，团长穿着很朴实，上衣是军黄棉袄，与常江子的军黄大衣是一个系列的，挺有革命本色的，军黄系列也是当时的一种时尚。常江子突然想起来了，陈大中老师说过这位邢团长是从部队转业到地方的干部。他多才多艺，他在部队的时候就编写了许多文艺作品，回到地方后他继续编剧、作曲以及唱腔设计等，早年拜过作曲名师。不仅如此，他还掌握多种乐器的演奏。在部队就是团级干部，后到地方任样板戏学习班的团长。邢团长的事务性工作很多，可他依然笔耕不辍，还经常作曲、编剧。他来到样板戏学习班后就招兵买马，学习班的队伍在不断地壮大。

几分钟后，跟着邢团长进来了一位小伙子。邢团长向常江子介绍："他叫李龙，我们团很优秀的年轻演员。"然后转过身对李龙说："这位是新来的，他叫常江子，别看年龄小，在他们县唱样板戏已经小有名气了。让他和你住一个宿舍吧，你们以后互相多帮助。"

李龙从一开始就面无表情，显得非常严肃，见到常江子一点笑容都没有，他只是"啊"了一声，然后轻轻地握了一下常江子的手，就走出了团长办公室。在常江子没来学习班之前，李龙就听说有个叫常江子的男生，在县城里唱样板戏很有名气，考到样板戏学习班来了。今天一见，果然相貌非凡，今后一定是他的竞争对手。

常江子紧随李龙走出了团长办公室，他跟在李龙的后面说："稍等一下，我得去收发室拿行李。"

李龙很不情愿地帮常江子一起去抬行李，常江子的另一只手提着包，他们来到职工宿舍。

刚到宿舍门口，李龙就把行李放下了，转身走掉了。

常江子看着李龙的背景仍然感激地说："谢谢李哥！"

李龙头也没回。

常江子在一张空床上铺好自己的行李，牙具毛巾杯子等都摆放在床头，床头那里放着一块原色木板，下边用砖头垫起来，这一定是前边人用过的。一切安顿妥当后，他看着这间宿舍，空间不算太大，但一切井井有条，两张床，一个写字桌，一把椅子。李龙的床头有一个浅黄色的木箱子，牙缸水杯等生活用品都摆在木箱子上边，显得空间很大，常江子很羡慕，觉得自己缺少这样的箱子。他想自己刚参加工作，以后会有的。离晚饭时间还有一个多小时，在宿舍里没什么事可做，他就一个人走到院子里去。

样板戏学习班的院子不算大，也算不小了，因为它占据着市中心位置。院子里有三排平房，其中两排是正南正北方向，一排是东西方向。一棵老槐树和两棵杏树都站在院子的中间，树冠伸向四面八方，给这个看上去很古老的院子增添了活力。院子的墙角处，种植着一些丁香灌木。树很老，所以他猜测这院子也应该有点年头了。常江子站在老槐树下抬头仰望，树枝上还有积雪存留着。食堂在最后一排，已经有饭菜的香味从那里飘荡出来。挨着食堂旁边还有几间崭新的平顶房，大玻璃门上写着两个红色的大字"浴池"。常江子大开眼界，想不到剧团里还有专门给演员用的浴池。他生活的文中县，一个县城里才有一个浴池，全县人民都到那个浴池去洗澡，而且人们不叫浴池，都管那里叫澡堂子。他偶尔跟着父亲去澡堂子洗一次澡，那里边热气腾腾的。澡堂子小，洗澡的人多，里边从来都是很拥挤的状态，味道一点都不好闻。剧团里的人与普通人就是不一样，随时都可以洗澡。再往前走，他看见大门的左边就是一个大剧场，剧场前门是市中心的广场，后门则通着剧团的院子，演出结束后，演员们从后门就可以回到剧团的院子里。剧场旁边还有一个像礼堂一样的大会议室，挨着会议室就是练功房，练功房比会议室还大。之后，他又站在刚刚进来的大门口看那块牌匾，剧团不叫剧团，为什么要叫样板戏学习班？他百思不得其解。

常江子在院里转了个遍，他走到每一个地方都轻手轻脚的，把这里所有的人都看作是他的老师，一举一动非常谨慎。他到这里准备向所有人学习，谦逊谨慎，不骄不躁，一定要做一个出色的演员。他是这里招来年龄最小的一个，可是，自从他走进样板戏进学习班大门的那一刻开始，他就不能再把自己当成孩子了。离开了父母，离开了家乡，他要让自己尽快长大，一定要保持在学校时的那些荣耀，样样出色，样样完美，让任何人都挑不出毛病来。他也清楚地记得在临行前，爸爸和妈妈左叮咛右嘱咐："剧团和学校可不一样了，你从现在开始就已经步入了社会，学校里各方面关系都是比较单纯的，而社会是复杂的，你要在样板戏学习班这个革命的大熔炉里好好地锻炼自己。"熟悉了剧团的环境之后，他回到宿舍，拿出饭盒，到食堂去打饭。

一切都感到新奇与陌生的常江子，吃过晚饭还是没什么事可做，他就打来一盆温水，用抹布擦宿舍的桌子和椅子，所有的用品都擦得挺亮，他又把窗子上的玻璃擦得干干净净。然后，他愉快地坐下来，打开一个新的日记本，在床头那张办公桌上开始写日记。

他在日记本的第一页上写下了这样的文字："一九七二年农历十二月初四，天上飘着雪花……一座陌生的城市迎接着一个十四岁的男孩……从这一天开始，这个男孩就要独立地在这里工作、生活了。从一个男孩子长成一个男子汉吧……"

样板戏学习班正在重新组建，在原来老剧团几十个人的基础上扩大到一百人。正如陈大中老师说的那样，剧团的一切都是军事化管理，上班排队点名，出门要请假，每天早上练功，一、三、五上午开会，二、四、六下午学习。新来的学员一人一套练功服，两双练功鞋，每月交十元钱的伙食费，剩下的由国家补贴。

下午，全团的干部群众坐在大会议室一起学习毛主席《在延安文艺座谈会上的讲话》。新来的常江子坐在最后一排的座位上，他第一次见到这样大的开会场面，有七八十个人，年轻的年老的都有，他们个个看上去都很有个性，很有艺术家的气质，发型也不一样。年轻的女演员们个个身材好、皮肤好、喜气，美男美女都云集在这个群体里。只有刚从学生堆里走出来的他显得有点生愣，有点呆板，他想尽量让自己表现得落落大方。走进会议室，他坐在最后一排的椅子上。

会议开始了，一个年轻的女演员字正腔圆地朗读毛主席《在延安文艺座谈会上的讲话》。朗读了一遍之后，邢团长站起来说："刚才，我们大家又学习了一遍毛主席的《在延安文艺座谈会上的讲话》，大家一定会在这篇讲话中学到很多东西，受到很多启发，学一遍就有一遍的体会，学一遍就会有一遍的收获。今天，希望大家都能踊跃发言，谈谈学习毛主席《在延安文艺座谈会上的讲话》的体会，要结合自己的工作实际来谈，看谁先发言。"

常江子手里拿着笔记本，认认真真地听，认认真真地记。

　　几个新老演员先后站起来发言，常江子觉得他们每个人都说得都那么好，自己也应该发言。他跃跃欲试，想表表自己的决心，又一想，自己刚来，什么也不知道，又没有工作体会，所以一直没敢站起来。眼见着发言快结束了，再不说就要散会了，常江子鼓足了勇气，高高地举起了一只手。

　　邢团长看见坐在后排的常江子在举手，非常惊喜地说："好，新来的常江子要发言，那就站起来说说吧。"

　　常江子站起来的那一刻，脸唰一下红了，为了让自己不紧张，他拽了拽上衣的前襟，挺了挺腰板，所有人都回头看这个新来的小男孩。常江子用很高昂很激动的声音发言："我叫常江子，今天我和大家一起学习了毛主席《在延安文艺座谈会上的讲话》，很受启发。我是新来的一名文艺战士，我一定要虚心向老一辈艺术家们学习。我的心中充满了革命的理想和革命的激情，我要让自己成为一颗闪亮的星星，镶嵌在湛蓝的天空中，镶嵌在祖国辽阔的天幕上，用自己的青春年华，为祖国增添光辉的画面。听毛主席的话，好好学习，好好练功……"

　　常江子说完就坐下了，他坐下后，许多人给他鼓掌。邢团长高兴地说："不错，常江子的发言很不错，不发言的同志要向这位年轻人学习，人家是新来的战士，就敢大胆地发言，不怕说错，很有革命理想，很好呀！不错，给予鼓励……"邢团长连着说了好几个不错，许多人把目光又一次投向常江子。大家开始注意他，有的人一下子就喜欢上他了。这个长相帅气，说话响亮的小男孩，第一次发言给学习班的同志们留下了非常深刻的印象。

　　清晨五点多钟，天色朦胧，剧团的演员们已经陆续到练功房去练功了，常江子跟大家一样来到了练功房。演员们陆续到位后，集体站成四排，由一位老艺人领着练功，这是集体练功。他在剧团里是位有资历的老演员，不管年轻的还是年老的，大家都称他赵老。赵老五十岁的人了，还在剧团里传帮带，贡献着自己的力量，人人都很尊敬他。赵老个头比较高，瘦瘦的，寸头显得十分坚挺。练功时，他目光敏锐，动作轻巧，谁的动作没用心，谁没做到位，他一眼就能看出来。

　　赵老手里拿着一根藤杆，大声喊着："正腿踢两百腿……侧腿踢一百腿……十字腿踢一百腿……"常江子跟在最后，他眼睛紧紧盯着前面的人，大家的动作做得很齐，每一个动作都发出唰唰的响声。常江子很努力很用心在后面跟着踢腿，赵老走过来帮助他纠正了一下姿势，然后鼓励他说："好，就这样，这孩子挺灵头，刚来就能做这样，挺好。"

　　赵老凭着他的眼力，就知道常江子是个潜力股。练了几次功，赵老就喜欢上常江子了。

初到样板戏学习班，常江子感到这里的生活很紧张，早晨起来练功，上午开会，下午学习。特别是练功，他没想到是这么不容易，是要吃些苦头的。他心里很急，看见别人练飞脚，他就跟着别人学习练飞脚；看见别人扫膛腿、打旋子，他就模仿着扫膛腿、打旋子。因为要领没掌握，他经常摔得起不来。由于练得过猛，他的腿每天痛得要命，他咬着牙让自己坚持住。刚走出校门的他怎样才会让自己有顽强的毅力坚持练功呢？他记得在学校时老师总是用英雄人物的事迹教育学生，一想到英雄董存瑞、黄继光、邱少云那些革命烈士的事迹，就觉得没有克服不了的困难。在练功房里，他一边练功一边跟自己说话："苦不苦，想想红军两万五；累不累，想想英雄董存瑞。与革命先烈们比，这点困难算得了什么！"

李龙听了觉得常江子挺可笑的，他一边压腿一边给常江子泼冷水："咱们这个年龄练功，其实已经晚了，想跟赵老那样练出一身好功夫来那是不太可能了。你知道吗，人家那些著名的老演员们，他们都是从小练，从五六岁就开始练功，而且都是出身世家。"

"咱们这个年龄真的晚了吗？世家是什么意思？"常江子搞不明白。

"世家你都不知道，我也不知道，你问别人去吧。"李龙得意地笑了一下。

"那咱们样板戏学习班咋不招收五六岁的演员呢？"常江子半信半疑。

"这你就不知道了，现在不是唱样板戏嘛，和过去不一样了，只要有嗓子，有个人样子，就可以选来当演员。"

常江子认真琢磨着李龙的话，还是不太明白李龙什么意思，他知道李龙对他不友好，这些话都是说给自己听的。可是李龙的年龄也不小了，他不是一直都在流着汗练功吗？不管李龙怎么说，既然选择了这一行，就应该刻苦练功，努力学习，剧团也没嫌我年龄大呀。再说了，李龙和我还不是一个年龄段呢，他都二十多岁了，我才十四岁，我比他小五六岁呢，我有什么不行的，我一定能练出来。想到此，常江子乐呵呵地说："李哥，我还不算太大，我一定能练好功，我是一个不怕吃苦的人。天才在于积累，聪明在于勤奋！这是一句名言，你听说过吗？"

"哈哈哈……"李龙第一次在常江子面前这样哈哈大笑，他分明是在嘲笑常江子，说，"你说得也对，革命战士嘛，敢上刀山，还敢下火海，下了火海最后不就是个死，还能活呀？"

常江子无语，继续压腿。

一会儿，李龙又说："你不怕吃苦也没用，那胳膊腿都已经长硬了，掰不过来的。"

常江子双腿展开，坐在地板上，他感觉自己的腿的确有点硬，太费劲了，他就用椅子顶住腰部，咬着牙齿坚持着。

练旋子的时候更难，旋子需要飞起来，可他怎么也飞不起来。为了练旋子，他一不小心手腕弄了一个很大的筋疙瘩。常江子抱着手腕，疼得眼泪都流出来了。

这些天，赵老一直在观察这个新来的小伙子。他看到小伙子挺像那么回事的，这小子坯子好，还挺肯吃苦。休息的时候赵老就走过来，他一边卷着旱烟一边说："小伙子，这功夫可不是一天练出来的啊！俗话说：戏好学，功难练。"

常江子擦擦脸上的汗，笑了，赵老给他一种亲切感，他一看到赵老心情就好多了。

赵老点着了烟，深深地吸了一口，又说："我们那时候，除了白天练功学戏，晚上睡觉躺在床上，还把脚搬过头顶，用这样的方式压腿。那时也没有什么钟表，以点香计算时间，点完两炷香，我父亲就喊我，踢上二三百次腿，然后上床躺下，再把另一条腿搬过头顶。小时候我父亲教我练功那真是又苦又狠，不狠也练不出好功夫来，现在这练功算什么呀，照着我们那时候练功差得远呢！"

"赵老，我听说您出身于梨园世家？"常江子却没好意思问什么是梨园世家。

赵老好久都没听到过"梨园世家"这几个字了，他的表情似乎更凝重了。他说："我这一辈儿也就到头了，还什么梨园世家呀，失传了！我那儿子死活不肯学唱样板戏，嫌做演员这行当太苦。我也逼过他，打过他，骂过他，逼也没用，打也没用，他跑了，人家自己当兵去了。"

吸了几口烟，赵老又接着慢声慢语地说："咱们市剧团刚组建那会儿，也就是五六十年代，那时候正儿八经有几个在全国叫响的名角儿呢。有个叫草上飞的演员，那是一身绝活儿，腿功好、嗓子好、扮相好、表情好，不仅如此，器械耍得也好，锤、钗、大枪都耍得好着呢。一开戏，只要他一出场，观众就给掌声。左腿沿正面抬到脑门前，随着单皮鼓的节奏，左腿在头的左侧停住数秒。落下左腿，将右腿抬起，在头的右侧再停数秒，这台下的观众还在等待，只见草上飞单凭左腿支撑，身体突然腾起，右腿迅速升空，停在头的右边，形成一个完美的亮相，这时，台下会爆发出排山倒海般的掌声……"

"后来呢？"常用江子好奇地问。

"可惜呀！草上飞英年早逝了。"赵老惋惜的表情都写在脸上，他停顿了一会儿，说，"现在我们团里最著名的演员就数素兰了，她可是咱们玉琼市剧团演评剧的第一人呀！素兰也是个穷苦孩子出身，为了生计，从小学艺，也拜过名师。她最早在省剧团也是数得上的角儿，后来因为跟她丈夫老马结了婚，老马的老家是咱们玉琼市的，老马孝顺，为了照顾老母亲回到了玉琼市，素兰也只能选择跟他一起回来，从省剧团要求调回到玉琼市剧团，那是从上往下走。那时玉琼市剧团是个小剧团，当时还没有评剧，京剧又缺老旦，剧团就让刚刚调来的新人素兰改唱老旦。从十六岁开始唱评戏旦角，一下子改唱京剧老旦，别人都为她担心，可她没有畏缩，说改就改，从头学起。那时的素兰也就二十几岁，风华正茂，精力充沛，学戏快，她用上心，师傅再加以指点，很快就上台演老旦了。你说演评剧还是演京剧，她样样都行。'文化大革命'初期，她进行思想改造，这中间脱离了舞台，前几年市里组建样板戏学习班，素兰因为根红苗正，被抽了回来，演样板戏，她仍然是骨干……"

常江子听得入迷，赵老讲得兴奋，什么"好角儿出在腿上""好腿不过眉"等等一些戏谚都是从赵老那里听来的。为了粘住赵老，常江子不仅用心听，用心记，没等赵老的烟抽完，他又凑着给赵老卷第二支了。可是他卷了半天也卷不好，赵老就冲他后脑勺轻轻地拍一下，笑着说："你小子以为什么都会干呢，卷旱烟这里边也有学问呢。"

通过赵老的口传心授，常江子更加坚定了练功的信心和决心，他觉得自己还不够刻苦，比起老戏班子那些名角儿们吃的苦，自己还差得很远呢，这点苦算不了什么。他更加用力气，下功夫，不屈服自己的年龄，他只坚信功夫不负有心人。赵老不是说过嘛，"学戏得吃苦，演戏得认真""不下功夫成不了角儿"。

每天从练功房出来，常江子几乎是拖着两条腿走路，回到宿舍他就赶紧把热毛巾敷在腿上，额头上面都是汗珠子。这个时候，他会一边敷腿，一边把母亲的信打开，读上几遍。他忘不了陈大中老师、父亲、母亲及所有亲人对他的期望。来到样板戏学习班后，不超过两周就会接到母亲的一封信。虽然离家很远，母亲的教育时刻响在耳边。母亲是语文教师，比父亲文笔好，写信的事自然落在母亲身上。母亲的每一封信都是千叮咛万嘱咐，语重心长：

江子：

你走后全家人都很想念你，没有一天不念叨你。惦念你在那里有困难，如睡床不习惯，衣服不够用，衣服破了不会补，还怕你工作不能胜任等。可有时候又确信你是个能吃苦的孩子，会有发展前途的。

你一定要和领导同志们处好关系，谦虚、谨慎，勤学苦练。团结要广泛，对人要忠诚，学习每个人的优点。保持在校学生的本色和作风，他人都是自己的老师。

生活小节方面也要多加注意，如穿着打扮，言谈话语，待人接物，节约用钱，等等。处事要多为别人想，有利益的事要先人后己，不要怕吃亏，宁可多吃亏，培养自己的共产主义风格。

要抓紧文化课和乐理方面的学习，多读书，千万不要得过且过。要切记青春是有限的，要分秒必争地学习，成为一个有作为的人，妈妈和全家人对你的希望是无限的。

每次接到母亲的信，常江子都感觉浑身很有力量，他会立即回信，汇报他的思想情况、工作情况、生活情况。但他在信中从来不言苦，从来不说困难，总会让母亲放心，让全家人都放心。他把决心和信心都写在信里，寄给家人。几乎在每封信的最后，他都会表决心："在这个革命的大熔炉里，我必须把自己打造成一块钢铁。"

李龙手拿着一个工资袋回到宿舍，用沉沉的声音对常江子说："发工资了！"

"发工资了？李哥，到哪里去领工资呀？"

"你还没领过工资呢，到会计办公室去领。"

常江子敷完了腿，一瘸一拐地来到会计的办公室。会计小王把已经装好的工资袋递给常江子，她说："好好点点，多了退回来。"

常江子看到小王又严肃又认真的样子，抽出工资袋里的钱点了点，然后开玩笑说："真多，发这么多呀！"

"多么？"小王瞪大了眼睛问，"多了给我退回来。"

"我是说我挣得太多了。"

"看你美的。"见谁都冷着脸的小王只有见到常江子才会满脸笑容。

"谢谢！"常江子把工资袋贴在胸脯上，高兴地往外走。

"谢我做什么呀，要谢就谢毛主席和共产党。"

"这钱是你给我的呀！"常江子的幽默把严肃认真的小王逗得很开心。

拿到第一个月的工资，常江子是兴奋的，数数工资袋里的钱，一共是三十二元，他不敢相信自己会挣这么多钱。常江子往宿舍走，边走边自言自语地说："爸、妈，我挣钱了，我发工资了！"

回到宿舍，常江子就坐下来给家里写信，他准备把钱和信一起寄回家。月工资一共三十二元，常江子是这样分配的，每月交十元钱的伙食费，留下十元钱的零用钱，其余的全都寄回家中。

兜里有钱，常江子可以大方一把了，他到商店去转了一圈，买回来一个红色的小闹钟，把它放在床头上。闹钟的造型很美观，谁到他宿舍里来，都会把小闹钟当成一件艺术品欣赏。从此，这个小闹钟就成了常江子的小卫兵。

早晨常江子还在睡梦中，小闹钟响了，常江子强迫自己从温暖的被窝里爬起来。闹钟叫醒常江子的同时，李龙也被吵醒，但是李龙拒绝小闹钟的呼叫，他会翻个身，把被子蒙在头上继续睡上一觉。常江子起床的时间比集体练功的时间要早一个多小时，凌晨四点练功房里还黑着，他就一个人提前来到这里，穿上练功服开始练功。他计算着，别人一天练两个小时，他就可以练三个小时到四个小时。

那些深冬的早晨，风的微寒，树的清冷，山的曲线以及黎明前的美丽星空，常江子都感受过。外面的寂静和练功房里的空寂是一体的，只有他一个人的身影在跳动，他就像一只飞在空中的燕子，蓬勃而轻盈。天气是寒冷的，他却汗流浃背。当同志们陆续来到练功房时，他已经出了好几身的汗。学习班的同志们看到他每天都那么刻苦地练功，就私下里议论着：

"这个新来的常江子，心劲儿挺足啊！"

"小伙子是真下功夫。"

"是块料儿。"

一年后，常江子有了很大的长进。赵老戏路子很宽，生、旦、净、丑不挡，特别是他的武功，有几手硬功夫，别人很难学到手，他却愿意教给常江子。常江子不知该怎样感谢赵老，就每天早上给赵老沏一壶茶。赵老看到常江子提着一壶茶向他走来时，笑容立刻灿烂起来。赵老说："江子，怎么听不到你练声呢，是不是偷着到小河边去练了。"

常江子不好意思地说："没有啊！到了学习班以后，我都不敢张嘴唱了，特别是以前唱的那段样板戏选段《穷人的孩子早当家》，虽然在当时轰动了我们那个小县城，可是来到学习班，听到专业演员们的演唱，感觉自己那时候就是一种单纯的模仿，不敢再唱了，怕别人笑话我。"

"你多跟素兰学习，这练声的事，我不如素兰，素兰把样板戏这一套功夫研究得非常好。"

"素兰老师带的都是女学生呀。"常江子不解地问。

"那没关系，素兰会毫无保留地带每个年轻人。"

常江子都看到了，学习班里几个年轻的女主角都是在素兰的指导下不断地进步和成长，素兰这样的老师实在是太难得了。

说到素兰，素兰就微笑着走过来了，看见赵老在那里慢慢地喝茶，她说："赵老，您辛苦了。常江子的功夫长进非常快，这都是您的功劳。您老毫无保留地传授，让我在旁边暗暗地感动。"

赵老笑了，说："我这传帮带的精神不是跟你学来的嘛。"

"看您说的。"素兰转过身语重心长地对常江子说，"你知道吗，赵老对你真是偏爱有加，一些老艺人是不愿意把自己的真功夫传给他人的，过去戏班子里有这么一句话：'宁舍二亩地，不教一出戏。'"

"我知道，"常江子感激地说，"赵老对我的期望很高，我一定不会辜负他老人家的。"

"素兰在剧团里虽然是老资格，但她从来都不摆派头。从干校回来的当天，她放下行李就和同志们一起走进了排练室。在样板戏《沙家浜》里她扮演沙奶奶。素兰是个好演员，同时也是一个好老师，培养了许多学生。她总认为自己年龄大了，应该多给年轻人一些演出的机会。她很注重用陪演的方法带学生。为了使新来的年轻人尽快成才，素兰甘为人梯。像她这样的名角儿做陪演，在过去戏班子里也是不多见的。"赵老深情地说。

"您看，您是从来不夸人的，今儿怎么夸起我来了，让我在常江子面前都有些不好意思了。"素兰老师说着，脸真的红了。

"我也听说了，因为在《沙家浜》这出戏里您演沙奶奶，所以同志们就有了主心骨，心里头像有了靠头一样。"常江子站在赵老的身旁，像是在补充赵老的话。

素兰爽朗地笑着说："到底是赵老的学生，说话都站在赵老那一边。"

素兰的眼睛里永远充满着精气神，身上散发着一种特殊的气质。生活中，她有热情豁达的一面，还有宁静与淡定的一面。她不仅人长得漂亮，性格也纯朴、热情，似乎很少有人挑出她的不对。在多年的实践中，素兰摸索出来的传帮带的方法，带出了许多学生，全剧团的人都尊敬她，爱戴她。素兰的嗓子一亮，真像银铃一般清脆、甜美、清晰，音量气足，华彩迭出。素兰在台上一走，那身段、那步伐让新来的年轻演员们看得目瞪口呆。不管演不演戏，素兰每天都和大家一样练功，踢腿，下腰，走台步，圆场…… 一有时间，素兰就给年轻演员做一些辅导。常江子是素兰看好的苗子，又是她亲自选来的，因此她对常江子更加器重。常江子在团里积极要求进步，各方面表现都挺出色，让素兰更加喜欢他，相信他今后会有非常好的发展前途。

穿上练功服，素兰双手平端在胸前，做出一个示范动作。她让常江子站在她对面，她说："样板戏与老戏不一样，样板戏的规矩很严格，一切都不许走样，没有随意性，唱腔不许改动一个音符，动作不能差一个手势，就连化妆、服装、道具都不能有一丝一毫的改动。你看着我，头部端正眼放平，站立如松别屈胸，脸上切勿出怪象，喊腔内心有感情。旋律急缓有轻重，昂扬顿挫要鲜明，真声假声相结合，偷气缓气需从容……"说完这段话，素兰又语气和蔼地说，"我这也是现学现卖，唱样板戏与唱老戏是有区别的。你知道吗，人体有三个发声区，胸腔区（胸声区）、鼻腔区（中声区）、头腔区（头声区），每个区的作用都不一样。跟着我，发一下声试一试。"

"咿……"

"咿……"

"啊……"

"啊……"

常江子跟着素兰老师学习了一阵，然后幽默地打了个立正，还敬了个军礼，说："我都记住了，素兰老师。勤学苦练无止境，练好两个基本功。"

这举动把素兰老师和赵老都逗笑了。素兰对赵老说："你看，你看，常江子这孩子就是招人喜欢。"

从早到晚，只要不是集体开会和学习的时间，总会听到有演员们在学习班的院子里咿咿啊啊地发声练习，由高而低，由低而高，反复进行。常江子也如此，一有空闲时间，自己就找个僻静的地方去喊个不停。听说团里有的演员经常到城外的一条小河边上练嗓，常江子出于好奇，找到了那条小河。这天，常江子散着步就来到了小河边。果然，这里是练嗓的好地方，空气格外清爽，还很僻静，什么噪音都没有，只有小河哗哗的流水声，像一曲美妙动听的音乐，远处的群山也在静静地听着小河的演奏，河那边山下的田野里，麦苗青青像绿毯。天空湛蓝，草地新绿，小河缓缓地迈着温柔而坚定的步伐向东流去。

常江子咿咿地在这里亮开嗓子，练了很长时间他才发现旁边好像还有一个人静静地陪他练声，定神一看，原来是乐队新来的小提琴手米新。米新个子长得略矮，人略瘦，眼睛也小，因此大家不叫他米新，都叫他小米。小米嗓子也挺不错的，他也喜欢唱，只因外貌形象稍逊一筹，当不了主角儿，所以一进学习班就去了乐队。小米常常在别人练声的时候去凑热闹，他特别喜欢与常江子在一起，他喜欢他的外表，喜欢他的发型，喜欢他说话的腔调，喜欢他对人的热情，喜欢他刻苦的劲头，总之，他喜欢常江子的一切。小米经常说："江子，我要是个女的，非你不嫁。"小米和常江子同岁，他和常江子在一起的时候，总觉着常江子像哥，自己像是弟弟。自从小米来到剧团，小米就像个影子似的跟着常江子，他走到哪儿，小米就跟到哪儿。"小伙子挺不错的。"常江子这样评价小米。他主要是喜欢小米的爱学习，小米没事就抱着一本厚厚的音乐理论书，一页一页地认真阅读。

常江子练声，小米不打扰他，抱着那本厚厚的书坐在树下读书，实在耐不住寂寞时偶尔也开开口喊两嗓子。

练了一个多小时之后，两人凑在一起。小米好奇地问："江子，你第一次上台演出，是来到学习班多长时间了？"

"大概不到半年吧。"

"不到半年就登台演出了，那你挺厉害的。"

"厉害什么呀，第一次登台是在样板戏《红灯记》中演了一个日本大兵，我记得很清楚，第一次登台就演砸了。"

"砸了？"小米觉得常江子像在说笑话一样，不相信地说，"凭你，演一个日本大兵还演砸了？"

"是这样，那天吧，市领导们都来了，坐在台下看彩排。我在后台化好妆后，端着一杆长枪就站在侧台等着，也不知道该什么时间上台，反正我不敢离开地方，就站在那等。终于，有人冲我喊了一声，'该你出场了，快点！'我就急忙走上了舞台。第一次登上这样的专业舞台演出，紧张得不得了。在剧中李玉和上刑场牺牲的那一场，李玉和拖着脚镣准备英勇就义，观众的心情也很紧张，我拿着长枪往前走，也许是因为那双皮靴大了些，却不知道被什么东西绊了一下，叭一声，摔倒在最高那层台阶上了。此时也正是剧中的高潮之处，小日本兵在台上摔了个跟头，台下一片哗然。这时，我赶紧爬起来，缩到台阶下面去了。"

　　"后来呢？"小米像个孩子似的追问。

　　"这场演出本来是很成功的，出现这么一个瑕疵，让领导很不满意。"常江子继续说，"平时，剧团里就有个规定，每场演出完了，演员组的同志们都要开一个总结会。这次会上，我的失误是个主题，我在会上做出了深刻的检讨。因为心情很糟糕，自己都不知道检讨了些什么。"

　　"做个检讨就没事了吧？"

　　常江子没有回答小米的话，他眼睛目视着前方，回想起了当时很多的情景。检讨完之后，演员组的组长老裴让大家发言。大家沉默着，好半天没人说话，老裴就沉着脸，站起来说："我先带个头吧，演戏这行当，光凭着自己心气高不行，你得拉出来遛遛，只有遛，才知道自己是半斤还是八两了……"下边许多同志对老裴这样说话感到很不满，大家议论纷纷："一个老演员，怎么能说出这样的话来？""有失尊严，常江子毕竟还是个孩子。"也有人小声议论着。这时，会场有点乱。老裴是组长，又是排在第一组演李玉和的，老裴发完言，二组演李玉和的李龙也站了起来，他说："这次演出，常江子犯的不是小错误，而是一个大的错误，破坏了样板戏的演出质量，也破坏了我们样板戏学习班的形象。他这样的检讨还不够深刻，对于这件事，他必须有一个高度的认识，这样的演员，我们应该考虑他的思想和世界观是不是存在问题……"

　　多数人对这样的批评有些不满，大家议论着说："这么个小小的失误，用得着这样上纲上线吗？"有几个人举手要发言，老裴见好就收，不让大家再说下去了，就宣布："好了，好了！已经到吃饭时间了，今天的会就到吧，散会！"

　　散了会，常江子迈着很沉重的步子走出会场。回到宿舍，他看见李龙在那里一遍一遍地洗脸，洗得很痛快，嘴里还哼着小曲，显得格外高兴。常江子想不明白，平时自己对李龙那么好，那么尊敬他，一口一个李哥地叫着，关键时刻他怎么会这样呢？这比打自己一棒子还厉害呀！平日里，常江子总是先给李龙铺好床，然后再铺自己的床，有时候还帮李龙把洗脚水打好，放在李龙的床前。常江子没心情吃饭，李龙一句话都没有。

晚饭时间已经过了，常江子没心情给李龙铺床，自己也没铺床，情绪跌落到低谷，就囫囵身子躺在床上。说睡觉还不如说反思，让他最为难过的不是老裴怎么说，李龙怎么讲，而是反思自己为什么第一次参加演出就演砸了，这对自己以后的影响太大了。

正在常江子蒙头欲睡的时候，忽然听见有一个熟悉的声音喊他："江子！江子！这么早就睡了？"

"素兰老师！"常江子见素兰出现在宿舍门口，他一翻身从床上跳下来。

"我听说你在演员组的总结会上挨批了，怎么批的我也全知道了。"素兰说着走进常江子的宿舍。

"素兰老师，我……"常江子一激动，鼻子酸酸的，眼泪差一点掉下来，可他还是忍住了。

"李龙呢？"

"他出去了。"

素兰太了解老裴这个人的人品，至于李龙说那些话，素兰也理解，李龙毕竟是个年轻人，正在要求进步。素兰笑呵呵地说："甭理会儿，没大事儿，你第一次上台，犯这点儿小错误正常，这不是什么大事，哦！该吃饭就吃饭，该练功就练功。星期天到我家里去吃饭吧，我给你包饺子。"

常江子赶紧搬过来一把椅子，说："素兰老师，您坐吧。"

素兰笑了笑，说："我不坐了，我还有事呢，特意过来看看你。你听我的话，别太难过了，没事儿。"素兰亲切地拍拍常江子的肩膀，然后走了出去。

素兰这几句话，让常江子的心一下子就豁亮了。

小米与常江子从小河边往回走，常江子从回忆中把自己拉回来。他说："其实这件事并不是一件坏事，它让我牢记在心，让我以后更加努力，把该做好的事情认认真真地往好里做。从那以后，我在各个方面的表现更加积极了，每天练过功之后，我就拿起扫帚把剧团的院子扫得干干净净。还经常帮助舞美组的同志干些力所能及的杂活儿，比如钉画框、涂大面积的布景、画房子。我上小学的时候就喜欢练习钢笔字、毛笔字，还喜欢绘画，现在，我把这一点点美术功底都用上了，还成了剧团学雷锋小组的组长。"

常江子的一番话，让小米感触颇深。小米说："学雷锋可不是件容易的事，毛主席不是说了，一个人做一件好事并不难，难的是一辈子做好事。以后我得多向你学习，你就是我工作和生活中的榜样。"

"哈哈哈，"常江子笑得特别开心，"小米，你可真会开玩笑，一个人要能成为榜样，那得多不容易呀！"

"心中的榜样嘛！"小米的确挺崇拜常江子的。

常江子与小米谈着话走进了会议室，上午学习班召开大会。

小米紧挨着常江子坐下，会议开始了。

邢团长总结近段时间的演出情况，然后在会上表扬了几个同志，其中有常江子。邢团长说："虽然常江子来剧团的时间不算很长，年龄又小，可是他政治上积极要求进步，基本功练得扎实，有吃苦耐劳的精神，给年轻人做出了榜样。我们团里就需要这样的文艺战士，这才是毛泽东时代的接班人……"

常江子没想到邢团长会在大会上表扬他。

小米表现得很兴奋，怕别人听见，他只做了个拍手的姿势，没敢拍出声。小米小声说："我说什么来着，你就是我心中的榜样。"

散会后，素兰老师走到常江子面前，用欣赏的目光看着他说："江子，继续努力，团长都表扬你了。"

常江子不好意思地低下头，说："我还差得远呢，素兰老师。"

常江子感受到素兰老师每每看他时那种亲切的笑容和说话的口气同陈大中老师如出一辙。自从来到剧团里那天起，素兰老师就像亲人一样关心他，爱护他，培养他成长。有素兰在身边，他就像是有了主心骨一样。团长的表扬，素兰老师的关爱，还有赵老的言传身教，让常江子的精神更加饱满。

不久，常江子又接到了一个新角色，这个角色有台词了，那就是在样板戏《沙家浜》中演阿福，同时还演《十八棵青松》里的一名战士。

阿福就一句台词："沙奶奶，我来给您送年糕来了！"

为了把这一句台词说好，常江子不知练了多少遍，是在练功房里练，在宿舍练，在学习班的院子里碰上同事，他打招呼都用台词说话："沙奶奶，我来给您送年糕来了。"去财务室领工资时，一进屋，他就冲着小王说："沙奶奶，我来给您送年糕来了。"惹得小王捧着肚子笑。小王见谁都不笑，一见到常江子就高兴，脸上就有了笑容。他把这句台词说得滚瓜烂熟，大家都很喜欢他这样子，都觉得他是个挺认真挺可爱又挺幽默的大男孩。

为了在那《十八棵青松》里成为最好的一棵，常江子丝毫不放松努力，他每天起早又贪黑，苦苦练习着《十八棵青松》里的舞蹈动作，有时候他就背着长枪去食堂打饭。

新排的《沙家浜》演出很成功。那天演出结束时，素兰边卸妆边对常江子说："江子，你这个阿福演得真不错，叫你给说的，我这沙奶奶还真想吃年糕了。"

"那我去给您买年糕吧。"常江子认真地说。

"这孩子当真了，我说着玩呢。"素兰拍了一下常江子。

　　"好！的确是演得不错。《十八棵青松吹不倒》的那段演出最精彩，好呀，好呀！"说这话的是赵老，他在一旁对着常江子伸着大拇指。

　　别看赵老现在不上场演戏了，哪场戏他都在台下转悠，大事小事凡是赵老能做的他都会跑前跑后，他就像一个舞台监督，更像是看着自己家的场子一样认真负责。对每个人的演出，他都有一个正确的评价，戏排得怎么样，观众的情绪怎么样，他心里都有数。

《 第三章

　　清晨，太阳从熹微到辉煌升起，是一个无限美好的过程。当清风抚过大地时，一股清新醉人的空气迎面扑来。树木在不知不觉间泛出一层层淡淡的绿色，草儿们簌簌低语。太阳普照过来时，天蓝得像水洗过一样。剧团的院子里，鸟儿鸣唱的声音总是不被人注意，那些练功吊嗓的声音远远地高出了鸟儿们一百个分贝，鸟儿飞来又飞去。明媚的阳光仿佛在树影间停留，其实它们走得很快。在诸多这样的清晓里，时光匆匆而过。

　　常江子感觉自己的个子在不停地长高，嗓子也越来越豁亮了。时间过得真快，一晃又一晃，他来样板戏学习班已经四五个年头了。从十几岁的男孩子长成二十岁的小伙子，并从群众演员中脱颖而出，走到了男主角的位置上。

　　事情总是要有个过程的。角色有了，但常江子排不上戏，每天坐在冷板凳上看着别人排戏、演出。学习班每一场戏的主要角色都准备三组演员，常江子排到第三组。说白了，第三组的演员就像备用轮胎，多数是看着第一组和第二组演员排戏、演戏，基本上不了场，除非有极特殊情况。

　　李龙进学习班的时间比常江子早两年，每一个剧他都理所当然地排在常江子的前面，男主角的排列顺序基本上是这样的：老裴排第一组，李龙排第二组，常江子排第三组，剧团里的许多事情都是要论资排辈的。

　　老裴对常江子的态度始终是不屑一顾。李龙在常江子面前表现得也很高傲，说话办事总要想方设法压对方一头。他对常江子不够友好，因为常江子的表现太出色，总让李龙有危机感。常江子没来的时候，李龙是剧团里最年轻、最有长相、最受重视的男演员，常江子的到来把李龙比得有点逊色。常江子的表现，让团领导更加重视他，大家把目光都集中在了这个年轻人的身上，李龙心里很不痛快。李龙很清楚，这日后和他竞争男主角的人不会是别人，一定是这个常江子。

　　随着年龄的增长，常江子懂得了许多事情，也懂得剧团里的规矩，他从不违反规矩办事。他很尊敬老演员，不与他们计较，只是一心想着让自己更优秀一点，更出色一点。虽然排在第三组，有时这一出戏的演出都接近尾声或者不再上演了，常江子还没演上一场戏，但他从不气馁，每一场戏都排练得很认真、很刻苦，一丝不苟。老演员上台演戏，他就坐在台下认认真真看戏，一场都不落下，虚心学习。

又是一个太阳高照的早晨，常江子调完嗓子去食堂打饭。正走着，办公室的张大可拿着海报跑过来，张大可气喘吁吁地跑到常江子面前说："常江子，给你说个事儿，今晚《平原作战》的赵永刚得你出场了，一组老裴感冒了，二组李龙里有急事请了假，这都赶一堆儿了，团里决定让你准备上场。"

常江子感到很突然，他愣了一下神儿之后又变得很激动，心想，自己终于有了上台演出的机会，他一点都没迟疑，爽快地说："行吧，我做好准备。"

张大可急匆匆地走出不远，回过头来又补充了一句："就这么定了啊，你好好地做准备，海报我这就贴出去！"

"知道了，放心吧！"

谁急，常江子也不急，他每天练过功之后，都在很放松的状态下洗漱，换衣服，到食堂打饭，吃饭，然后参加团里的各种会议和学习。当张大可急忙跑来告诉他今晚上场演赵永刚时，他依然表现得很沉稳，俨然一位老演员似的，因为他时刻都在准备着，对自己从来没有放松过，他的底气很足，相信自己一定能把赵永刚演好。

夜幕降临，城市的街道陷入一片黑暗之中，只有主街的马路上有路灯，而且每盏路灯都只有一个瓦数不大的灯泡，路灯不亮，车影稀少，马路上几乎不见几个行人。那时没有电视，电影也不是天天都有，老百姓基本上没什么文化生活，天黑了，多数人家就早早地钻进被窝里睡觉了。在这个城市里，唯一热闹的地方就是占据在市中心位置的这个剧场了。晚上有样板戏演出的时候，远远地就能听见剧场内开场前的锣鼓声。没有样板戏演出的时候，这个城市的晚上是一片死寂，大街上一点声音都没有，几辆卖熏鸡的小车就算是城市里的一道亮丽的风景线，人们会听见"熏鸡，熏兔，熏鸡蛋……"这样的叫卖声，这喊声是诱人的，一般家庭很难给孩子买一个熏鸡蛋吃。吃上一个熏鸡蛋，看上一场样板戏，那就是神仙过的日子。看样板戏是人们文化生活的唯一寄托。

"今天晚上有演出吗？"骑自行车的小伙子停下来问旁边的人。

"有啊，样板戏《平原作战》。"有人回答。

走过剧场的人都会关心地看看剧场外墙上贴出的海报。剧场的外边也总会有一些买不起票还想看戏的人，都是些年轻人，他们耐心地在剧场门前转来转去，有时候等到后半场，把门的人发了善心，就把这些人放进去，让他们看后半场。不花一分钱能混进剧场里看半场演出，他们也心满意足了。

常江子在后台早早地精心化妆。后台也有化妆师，演员们都习惯了自己化妆，有需要化妆师的，主动去找化妆师。常江子提前两个多小时就开始试着自己化妆，等到化妆师来了，帮他做一些最后的修整。他穿上八路军的服装，戴上八路军的帽子，一切准备就绪。他这一装扮，还没上台，在后台就把自己剧团里的人迷倒了一大片。这个过来说，那个过来看。

"常江子，太精神了。"

"赵永刚长得可你没这么精神。"

"瞧！这扮相儿。"

…………

长相儿和扮相儿虽然重要，唱好、演好更重要。由于是第一次正式登台演主角儿，常江子怎么也免不了有些紧张，离开演的时间越近，就越感觉到紧张，他早早地就站在舞台侧面，和观众一起等待着帷幕拉开。

演出开始了。"风在吼，马在啸……"一阵序曲音乐响起后，舞台帷幕徐徐拉开。

随着这轻快的音乐，台下的观众和舞台背景一起进入山区平川地带，听到遥远处有枪声，狗叫声，细细听，还有蝈蝈的鸣叫……最先出场的是两个游击队员，他们是打前站的。然后是高大伯提着一盏灯喊着："没有事噢！"鬼子的巡逻队就这样从身边走过去了。之后是一排八路军战士在夜色中穿行，那舞蹈动作如剑如风，表现了子弟兵的勇敢、机敏和不怕艰难困苦的作战精神。这时，赵永刚在八路军的队伍中显现出来，人还没出来，唱腔先起："披星待月下太行，流水疾风赴战场……"这是赵永刚的第一句唱词。随后，赵永刚有一个非常漂亮的亮相动作，转身、踢腿、腾空、亮相。这亮相让观众大为震惊。

"哇！啊！"台下一片唏嘘。

今天晚上赵永刚的扮演者换了一位新人，一位非常年轻帅气的演员，他是个全新的面孔。台下观众在一片惊愕中，看到这个赵永刚，那真是英俊的形象，潇洒的做派，高昂的嗓音，一上台就放射出了夺目的光彩……

台下静得能互相听到呼吸的声音。观众忘记了鼓掌，一个个看得目瞪口呆，直到常江子深情饱满地把整段唱腔唱完之后，台下观众才爆发出一阵热烈的掌声。

观众的情绪被赵永刚调动起来了，常江子也在阵阵掌声中更加充满自信。他在演出过程中偶尔会想起"草上飞"这个名字，而更多的时候会想赵永刚的光辉形象，他并没有想到掌声会这么热烈，观众给足了他面子。整场演出掌声不断，整场演出都是高潮，这么英俊、这么高大、这么威武的赵永刚，不能不深深地打动着观众的心弦。

演出已经结束了，被迷倒的观众们还站在原地一动不动，不停地鼓掌。大幕已经落下，许多观众还都没有走，他们不愿意走，眼巴巴地望着已经落幕的舞台，希望那个帅气的赵永刚再次出现在舞台上，观众还没有看够呢。

第二天一早，剧团门口卖票处的人已经很多了，人们排着长队来买票。

那时人们看样板戏，不是看一场、两场，有条件的情况下会连续看。常江子的演出让许多观众惊喜，昨天看了今天晚上还要看，一场连着一场地看。在这样的城市能看到这样优秀的演员，观众们觉得是件很幸福的事情。

售票处已经排起了很长的队伍，人们等待着售票。卖票的小窗口终于拉开了。有人窜到前边加塞儿买票，后边排队的人不满意，大声喊前面的人："排队，请排队，不要加塞儿，请不要加塞儿！"加塞儿的人置之不理，排队的和不排队的争吵起来。正在这时候，又有人喊："别挤了，别挤了！今晚不是那个赵永刚了，换人了。"剧团的门口出现了一阵躁动。

"你咋知道的？"有人问。

"海报刚刚贴上，那上面写着呢，快来看！"许多人跑过去看海报。

有人指着海报说："昨天晚上赵永刚的扮演者叫常江子，今晚赵永刚的扮演者叫李龙。"

"不是昨天那个了？"

"那就退票。"

"退票，退票，今晚不看了，就等着看常江子的演出吧。"

刚刚贴完海报的张大可心眼很多，转身回团里把外边的情景向邢团长做了汇报。

邢团长说："我早就知道常江子的分量，他会一鸣惊人的。既然观众那么喜欢看他的戏，就让他接着演几场吧，今晚还让常江子演赵永刚，让李龙休息休息吧。"

张大可及时地更换了一张海报，把先前贴出来的那张揭下来，把李龙的名字改成常江子。那些要退票的观众也不退了，个个满意地拿着票离开了。

连续演了几场《平原作战》，接下来又演《沙家浜》里的郭建光、《智取威虎山》里的杨子荣……常江子一炮打响，红遍了玉琼市的大街小巷，他成了这个城市里一颗最灿烂的新星。他的精神也处于最活跃、最有生气的状态中，更加充满着自信。穿着朴素的常江子没有一点点骄傲情绪，他依然把赵老对他说的一些话、素兰老师对他的要求认认真真地写在日记中："演一个主角，如果唱不出人物的精神世界，念不出人物的语言节奏，做不出人物的情绪变化，打不出人物的革命激情，那么你所演的人物，必然是没有光彩的，是不会感动人的。"常江子长时间地琢磨着这些话，并一直坚信做一个好演员，做一个观众喜爱的演员不是那么容易的，一定要下功夫，全身心投入。

常江子红了，这完全在李龙的预料之中。李龙心里明白，常江子必然要红，只不过是早一天和晚一天的事，是金子总会发光的。当然，这件事让李龙快乐不起来，他双手托在脑后，没脱鞋子，斜躺在床上沉思着。

中午，常江子端着饭盒走进了宿舍，笑呵呵地对李龙说："李哥，吃饭吧，今天中午是你最爱吃的大米饭炒瓜片。"

李龙表面上总是显得很平静，对常江子依然是不冷不热的态度，但心里就是不舒服。李龙心想，你是高兴了，看把你美的。李龙阴阳怪气地说："也难怪，人逢喜事精神爽，自己爽就爽吧，别在我面前装笑脸。"

常江子已经习惯了李龙的冷脸，他接着问："李哥，要不我去帮你打饭吧？"

李龙懒怠地从床上坐起来，说："不用了，你现在这么红，我可用不起呀！我一会儿去食堂吃。"李龙也想控制一下自己的嫉妒情绪，可他那张没有表情的脸已经无法改变了。

这段时间李龙谈上了女朋友，是别人介绍的。常江子知道李龙谈恋爱了，所以团里才让自己连续演出。常江子也没其他想法，他想李龙正好可以有时间去和女朋友约会。剧团里是不主张年轻人过早地谈恋爱的，可是李龙不算小了，一晃都二十七岁了。

常江子很羡慕李龙，他知道谈恋爱这件事对自己来说还远着呢，他才二十二岁，他给自己定的目标是三十岁。在给家人的信中，他也是这样说的。可是母亲来信说，这不可以，三十岁都多大了，三十岁太晚了，大好的青春年华都过去了，二十五岁考虑个人问题最合适，事业爱情都要有，成家才能立业，成家立业是连在一起的，是一个男人的责任。

李龙处在恋爱之中，生活中又找到了一个新的兴奋点。因此，他心情不好时，就与女朋友约会。这段时间，他一多半时间沉浸在爱情的幸福之中，偶尔想到工作，想到常江子已经把自己比下去了，心里就有一种说不出的苦闷。常江子一直希望着和李龙关系走近点，大家都远离家乡父母，在一起工作挺不容易的，能在一起工作也是缘分，相互关照一下很有必要。工作上，每个人都有每个人的奋斗目标，谁不想把戏演好，谁不想争当主角儿。虽然他不是非要抢李龙的风头，事实上，他的天资加上他的刻苦和勤奋，他在业务上的努力和进步，已经让李龙敌视他了。每出戏主角只有一个，不是你就是他，没有那样的天分也就罢了。剧团里也就那么两三个人能演男主角，无形中他们俩就成了对手。两个人又在同一间宿舍，无论常江子怎么做，怎么想拉近他们之间的关系，都有些困难，李龙的表现总是不那么友好，让常江子感到有点为难，但他还是尽量想和李龙处得好一些。

李龙站起身来，用手理了理头发，准备出去。坐在桌前吃饭的常江子没话找话，笑着说："李哥，我听说别人给你介绍了一个女朋友，是哪个单位的，能透露点消息吗？"

李龙本来就是个言语不多的人，没事坐在那里很长时间都不说一句话，看上去总像是有心事或是在思考问题，关于女朋友的事他更是闭口不谈。
这一次，李龙回答得却很爽快，说："我女朋友是市文工团的，叫王小燕，
你不认识吗？" 李龙本不想告诉常江子，不想对任何人讲这件事，大家都
是猜测。在那样封闭的年代，搞对象都是背着人的事，况且让别人知道太多
也没什么好处。因为李龙和刚刚谈上的女朋友说好今天晚上到他宿舍来约会，
他们除了在公园里散散步，也没有别的好去的地方。李龙家又不在本市，以
后的约会地点也就是他的单身宿舍了，因此李龙想，瞒了别人也瞒不了常江
子，常江子早晚也会知道，不如让常江子早点知道，与王小燕约会好方便一些。

"王小燕？"常江子想了想说，"我有点印象，挺漂亮的，个子也不矮。
行呀，李哥！文工团里最漂亮的女孩让你搞到手了。"

李龙情绪缓和了许多，脸上有了一丝丝微笑，说："漂亮吗？她也不是
太漂亮，她是弹古筝的，我只是觉得她性格挺好的，挺开朗的。"

"性格是最主要的，人样子又好，性格又好，上哪找去！"

"咳！凑合吧。"李龙低调地说。

"那啥时间让我看看未来的嫂子？"常江子觉得自己小，跟李龙开个玩
笑也无妨。

"当嫂子那还早了，不过她今天晚上过来，来了你就看见了。"说这话
时李龙显得真诚了许多。

"真的？"常江子高兴地说，"需要我给你让地方就说话，李哥。"

李龙淡淡一笑，然后又亲切地拍了常江子的肩膀一下，说："快吃你的
饭吧，你小子，人小鬼大，想啥呢，我们现在还都是革命同志呢。"

李龙终于有了点温度，他给常江子的感觉一直是冷冷的。从和李龙住进
同一个宿舍，常江子这是第一次感受到阳光照进了屋子里，感觉温暖了许多。
他心里想，或许以前他一直没有找到和李龙沟通的话题，今天终于找到了，
他的这顿饭吃得格外香。

吃过饭，常江子去商店给妹妹买花布。

母亲来信说，让他在玉琼市的大商店转一转，玉琼市比县城大多了，百
货也全，好看的花布一定能买得到，县城里就那么几种花布，没什么好看的。
她让常江子选一块图案好的花布买六尺，母亲想给妹妹做一件上衣。常江子
把这件事当成一件大事办，他真的是走了好几个大商店都看不中。说玉琼市
比县城大，其实也没大到哪去，一个多小时的时间他就把那几个大商店转完
了，在最后一家商店的柜台前他犹豫着，不在这里选一块也就选不到了。常
江子正认认真真地看花布，女售货员认出了他。

女售货员非常热情，给他推荐了好几样花布，他很勉强地看中了其中的
一个图案，但还在犹豫。常江子的审美能力很强，与从小的家庭熏陶有关，

父亲和母亲都具有极高的审美能力，家里墙上从不随便挂一幅画，挂上去的画一定是艺术性很强的，让所有人都欣赏、都说好的。他和妹妹从小到大穿的衣服也是人人都说好看。他决定买了，可他掏掏兜，发现自己忘记带布票了。那时候买一尺布都要凭票的，没有布票怎么能买布。他笑着对售货员说："不好意思，我忘记带布票了，我回去取布票。"

女售货员都看了他好半天，赶紧热情地说，"你不用，你不用再回去取布票了，相中了就先拿上这块布吧。"

"那怎么可以？"常江子认真地说。

"没关系的，"女售货员脸上挂着羞涩的表情说，"你不用布票也行。"

"真的吗？"常江子还是不敢相信，就说，"那我先拿上布，一会儿给你送布票来。"

"我说不用就不用了，你买吧，没有布票就算了，一共才六尺布。"售货员说着开始一尺一尺地量布，量到六尺的时候她还没停下来，又多量出了半尺，然后唰一下把一块儿花布撕下来，叠得方方正正递给了常江子。

常江子看着女售货员不但不要布票，还平白无故地多给了自己半尺布，不知道怎么感激人家是好，交了钱便说："谢谢，谢谢你！我一会儿就把布票送过来。"

女售货员笑了，说："我说不用就不用了，这布票我给你出了。"当常江子那双动人的眼睛与女售货员的目光相遇时，售货员的脸又红到了耳根。

"那怎么好意思？"常江子真觉得不好意思。

"你是大明星呀！我总看你的戏，你演的李玉和、杨子荣、郭建光、赵永刚那些英雄人物我都看过，演得太好了。今天终于看见你本人了。"

"哦……"

"没关系的，我有办法处理，我会用布头来补的。"

"真是太不好意思了，谢谢了！"常江子感动得不知怎么走出商店大门的。

像售货员这样崇拜他的观众太多了，他经常遇到，只要被认出来，没有什么票，他也能买到市场上很匮乏很紧俏的货品。常江子拿着六尺半花布往回走，心想，这回母亲给妹妹缝花袄可以大大方方地做一件了，省得做小了。他正高兴地走在路上，忽然听到广播里传出："现在是北京时间十五点整。观众朋友们，玉琼市广播电台现在开始播音。先请听，玉琼市样板戏学习班青年演员常江子演唱的样板戏选段《打虎上山》……"

常江子驻足，这是他第一次在广播里听到自己的演唱，之前好多人都说在广播里听到过他的演唱，可他自己还从来没听到过。他感觉那天广播电台给他录音的时候，自己发挥得不算好，可在广播里听着还好，心里特别高兴。那个年代，没有电视，家家户户都按时按点地收听广播。他的声音传遍了玉琼市大街小巷。他为自己的演唱高兴，心中有一种自豪感和荣誉感在升腾，一瞬间，他马上告诫自己：别骄傲，你还差得很远呢。越是在一片喝彩声中，越要表现得谦逊、谨慎。母亲在信中经常这样嘱咐。

五十岁的素兰已经是儿孙满堂了。她有两个儿子，都已经结了婚。一到星期天，家里就像过年一样热闹，两个儿子领着媳妇、孙子、孙女回来团聚，家里就是八九口人，再加上剧团里的年轻人都喜欢到素兰家里来玩儿，有时候也在素兰家吃饭，那就更热闹了。大家一起包饺子，说说笑笑，这样的星期天过得很开心。

素兰的丈夫老马是剧团里拉京胡的，京胡拉得虽好，在样板戏中却不那么重要，因此，老马有时间就多做些家务。老马人很厚道也很善良，对素兰特别体贴和关心，凡是素兰喜欢做的事，素兰喜欢的人他都喜欢。他内心里经常有一种愧疚感，素兰要不是因为跟着自己回老家来照顾老母亲，怎么会离开省剧团，到这么一个不知名的小城市里来演戏，耽误了她大好的前程。

素兰喜欢常江子，老马也格外喜欢这个年轻人。素兰这一家人都很喜欢常江子，常江子一来，素兰的小孙女妞妞就会跌跌撞撞地跑过去，喊着："帅叔叔抱抱，帅叔叔抱抱。"

帅叔叔这个名字来源于常江子第一次到素兰家时，素兰问妞妞："这个叔叔长得帅不帅？"

妞妞看着常江子，用很小的声音说："帅！"

"叫叔叔。"

妞妞的声音由小变大，说："帅叔叔！"

此后，她见到常江子就喊："帅叔叔！"

平时，常到素兰家里吃饭的学生家都不在本地，没有人能比得上常江子来得多。如果常江子两个星期没来，素兰就坐不住了，就得到宿舍找他，叫他到家里吃饭，素兰对常江子就像对自己的儿子那么亲。

知道这个星期天常江子要来，老马系上围裙早早地进厨房了。

老马一边摘菜一边跟素兰唠嗑："我倒有个想法，咱们团年轻的女演员里要数何月最优秀了，这个孩子长相没挑儿，性格还稳重，不那么张扬，你看何月配常江子怎么样？"

老马说的何月，是从省戏校毕业的，分配到玉琼剧团刚刚半年多的时间，她演过《红灯记》中的李铁梅，演过《智取威虎山》中的小常宝，有扎头的基本功。

素兰想了好半天，说："何月倒是个满不错的苗子，人品也不错，可是她比常江子大呀！"

"大多少？"

"大概两岁吧。"

"两三岁不算大，你没听人说嘛，女大一抱金鸡，女大三抱金砖。可以的，可以的。"老马显得挺兴奋。

素兰沉思了半天，又说："我看这事咱们先别急着管，他们两个人在一个团里，又不是不认识，人家两人如果有那个意思，自然就往一起走，如果没那个想法，咱们说了还让他们俩日后见面挺尴尬的，还是别说为好。再说了，常江子还小呢，他还得在业务上下功夫，将来他就是剧团的顶梁柱，过几年再考虑个人问题也不迟。"

老马觉得素兰说得有道理，就顺着素兰说："你说的也是，常江子这小伙子不愁找对象，你看现在迷恋他的人有多少，他得挑着找，说不定人家还不愿意找本单位的呢，这事咱就不瞎操心了。"

"何月也优秀，两个都优秀的孩子也不一定能走到一起。"

"帅叔叔！"素兰和老马在厨房里正说话，听见小孙女妞妞的喊声，赶紧从厨房里走出来迎接常江子。

常江子进屋就把妞妞抱起来，他又给妞妞带来了许多糖果。妞妞见到糖果嘴巴就更甜了，"帅叔叔，妞妞喜欢帅叔叔。"

素兰说："妞妞，别总黏着叔叔，总让叔叔抱着，叔叔多累呀！"

"不累，我喜欢妞妞。"常江子抱着妞妞原地转了好几圈。妞妞咯咯地笑出了声。

常江子一来，家里笑声不断。素兰老师特别开心，从心里往外高兴。

老马不知为什么又说到何月的话题上来了。老马对常江子说："上个星期天何月来家里吃饭，你却有事没来，何月来过几次，你们俩总是碰不到一起。"

"哦，是呀。"常江子仍然哄着妞妞玩儿。

素兰进厨房悄悄地碰了老马一下，意思是别说这个话题。老马就不说了，就大声地喊着："那什么，这老大和老二怎么都不来，怕来早了干活呀！"

常江子把妞妞放在地上说："马叔，有什么活我来帮你干。"

"不用你，不用你，我的意思是快开饭了，他们怎么还不回来。"

"回来了，爸、妈，我们回来了。"老大和媳妇进了屋。

"江子来了。"老大媳妇看见常江子热情地说，"妞妞见到帅叔叔又调皮了吧？"

"我没调皮。妈妈，帅叔叔又给我带糖果来了。"

"你看，我说嘛，妞妞一到星期天就盼着帅叔叔来，帅叔叔来了就带好吃的。谢叔叔了吗？"

"忘了。"妞妞很乖地说。

"来，开饭了！"老马招呼着。老大和媳妇都进了厨房，一起往桌子上端菜端饭。这时，老二一家也回来了。大家围坐在一张圆桌旁热热闹闹地吃饭。

素兰老师不断地往常江子碗里拣菜，说："人家李龙正谈恋爱呢，两人也没个地方去，李龙的家不在本地，王小燕的家好像也不是本地的，只能在你们宿舍里约会。江子，你星期天就到家里来吃饭吧，好给人家点方便。你看，你来了，我们这一家老小还都高兴，都喜欢你。"

"我知道，没事我就过来。"

老大、老二见常江子来家里吃饭高兴得嘴都闭不上。这个往常江子碗里拣菜，那个给常江子倒水。常江子幽默地说："别总把我当外人，我也是这个家的一员了。"

"你可是大明星呀！别人想见都见不到的人物，我们能和你在一起吃饭太荣幸了。"老二媳妇说。

"素兰老师才是真正的大明星呢。"常江子谦和地说。

"那是我妈，那没外人。"老二做了个鬼脸惹得大家都笑了。

李龙和王小燕谈恋爱谈得的确很热烈。他们两人性格互补，一个内向，一个外向，一个少言寡语，一个阳光开朗。最初，王小燕每个星期日到李龙这里来一次。一段时间后，王小燕一周总得来个两到三次。王小燕来了就帮李龙洗衣服，织毛衣。

李龙从食堂里把饭打回宿舍，他端着两份饭进了屋，王小燕放下手中的毛衣，赶紧接过李龙手中的饭盒。

常江子也正端着饭往宿舍走，他一脚门里，一脚门外，看见王小燕在这里，忙说："燕姐来了，那我去食堂吃吧。"

"别，咱们一起吃吧，我一来就把你撵走了，我多过意不去呀！"王小燕笑声朗朗。

"我还是去食堂吧，那里更热闹。"常江子说着转身出去了，朝着食堂走去。

每逢碰到王小燕来他们宿舍的时候，常江子总是先说几句客气的话，然后找个理由出去，给李龙和王小燕两个人留出很大的空间。

王小燕对常江子的印象实在是太好了，她经常会用很欣赏的目光看着这个既英俊又彬彬有礼的小伙子。

王小燕洗了手，与李龙一起坐在常江子经常写日记的那张小桌旁边吃饭，她看着李龙认真地说："你们剧团的女孩子就没有一个能配得上常江子的？"

李龙想了想说："常江子在剧团里是年龄最小的一个，有几个各方面都不错的女演员都他大，最小的何月也比常江子大两岁呢。"

"常江子二十几呀？"

"他才二十二岁，小着呢。"

"何月挺不错的，人长得多漂亮呀，身材也好！"王小燕有点惋惜地说，"何月要是再小几岁就好了，那将来也是你们团里的台柱子，她演李铁梅我看过，演得多好呀！"

"何月没你漂亮。"李龙在王小燕面前还挺乖的。

"何月比我漂亮，我有自知之明。"王小燕妩媚一笑。

"在我的眼里还是你漂亮。"

"那当然，你要认为何月比我漂亮，不就找何月谈恋爱去了。"

"什么呀，我谈不上，人家总冲着常江子使劲儿。"

"你不是说他们俩不合适吗？"

"可是我看得出何月喜欢常江子，却不知道常江子有什么想法。"

"常江子条件多好呀！人长得精神，业务又好，还是知识分子家庭出身，一看那家庭教育出来的孩子就不一样。"

李龙沉默着，他不愿意听王小燕夸常江子。

"常江子来你们剧团也五六年了吧！你看那小伙子，本色不变，穿的衣服还补着补丁呢，那么艰苦朴素，像个学生似的。"王小燕夸起常江子来就显得格外激动，就不知道看看李龙是什么表情什么脸色。

李龙的脸红一阵儿白一阵儿的。

王小燕有可能都看到了，也有可能是没在意，她就是个爽快的性格，看到了也满不在乎，在她眼里，好就是好，不好就是不好，心里咋想的就咋说。

李龙好半天都不说话，王小燕用深情的目光看着李龙问："怎么了，怎么不说话了？"之后咯咯地笑起来，"我发现一个问题。"

李龙这才抬起头来问："什么问题？"

"我从认识你，就从来没听见你夸过常江子一个字，不会是嫉妒吧？"

李龙的脸立刻沉了下来，说："有什么好嫉妒的，他在我眼里不过是一个小毛孩子。"

王小燕笑了，歪着头看着李龙的眼睛说："怎么了，真吃醋了？"

"有点，"李龙说，"你总这么夸奖常江子，让我这脸往哪儿放呀。我要是一个劲儿地在你面前说哪个女孩子如何如何好，哪个女人如何如何漂亮，你会怎么想？"

"我才不会像你这样呢，再说这也不是一回事呀。"

"怎么就不是一回事呢？比如我在你面前不停地说何月好，人家何月是省戏校毕业的高才生，人家何月长得漂亮，业务好，很单纯，也很朴实，等等，你肯定接受不了。"

"不会的，我是一个实事求是的人，何月好就是好，我还会帮你说她好。"

"你真不会吃醋？"

"真不吃醋。"

"那说明你脑子有问题了。"

"我有脑子有问题？什么问题？"王小燕天真地问。

"说明你脑子进水了呗。"

"你才进水。"王小燕说着把一块肉夹起来放在李龙的嘴里，然后笑着说，"你这人别总是那么冷漠，做点好事，咱们把常江子和何月介绍到一起呗。"

"那还用得着咱们介绍，都一个单位的，你这才是没事干呢。"

"常江子太优秀了。"王小燕不顾李龙的感受，依旧感叹着。她就是这样子，噼噼啪啪地说了，说完了之后看李龙实在不高兴，再去哄哄他。

王小燕端着碗看着李龙足足有一分钟，李龙才不得不说："快吃饭吧，我没生气。"

"那你笑一笑，再不笑我就走了。"

看王小燕端着碗挺认真的样子，李龙勉强地笑了一下，说："我真的没生气，我就是个冷脸子人，就这样！"

"你知道自己是冷脸人就好。"王小燕用手摸了一下李龙的脸。

≫ 第四章

演员们今天都穿上了最朴素的衣服，每个人手里都拿着一把铁锹，在样板戏学习班门口集合，队伍站成两排。

邢团长说："植树的日子又到了，全团的战士今天要去南山植树。这样的集体活动，大家一定要好好地表现。我们过去在挖防空洞的劳动中受到了上级领导的表扬，说明我们这些演员能文又能武，不仅仅演样板戏时能下功夫，劳动起来也能吃苦耐劳，通过劳动去掉了我们身上的那些小资产阶级情调。今天，由张大可带队，大家出发吧！"

走在大街上，这支队伍实在是挺惹眼，许多人都会停下来多看他们几眼。可是演员们走在大街上却显得很放松，队伍很松散，不够整齐。领队的张大可有点着急，他说："大家都走齐点，别拖拖拉拉的，我起一首歌大家唱，大刀向鬼子们的头上砍去，预备，唱！"

"大刀向鬼子们的头上砍去……全国爱国的同胞们……"大家唱着歌，果然步伐迈得整齐多了。

何月走在队伍的中间，她左手拿着扛在肩上的铁锹，右手拿着一个厚厚的纸袋子。她看看队伍的前边没有常江子，想他一定是在队伍的后边，可是她又不敢回头看。何月从来到玉琼市样板戏学习班的第一天，就对常江子一见钟情。何月是个内向的女孩，她一直暗暗地喜欢常江子，却不敢用语言表露。每天早晨，常江子第一个到练功房里练功，何月也会随后就到，只是常江子练功时太投入，没有发现谁先来，只管自己练功。

平时，何月会主动去帮助常江子做一些事情，比如她会主动给他送一些保护嗓子的药。阳光灿烂的日子，她会提醒常江子晒晒被子。何月的家就在本市，剧团里一有集体活动，头天晚上她就会回家里去住，为的是准备一些好吃的，第二天把这些好吃的带给常江子。

队伍正唱着这首歌前行，何月手中的那个纸袋没拿好，啪一声掉在了地上。后边的人只顾昂首挺胸地往前走，根本就没往地上看，一脚就踩了上去。

"哎呀，我的馅饼！"何月喊着，停下来跑回去捡馅饼，那几张馅饼已经被踩得不能要了。踩馅饼的人根本不知道，还继续往前走。

常江子看到何月落在队伍后边，一副失望的样子蹲在那儿，跑回来问："怎么了，月姐？"

何月很害羞，努努嘴又笑了，说："没事儿，馅饼被人踩得不能要了。"

常江子蹲下去刚要帮她把那馅饼捡起来，何月却拽着常江子的胳膊说："不要捡了，不要了，咱们快追队伍吧！"

这馅饼分明是带给常江子的，何月却没说。两人一起跑着追上了队伍。他们插进队伍里就像什么事也没发生过一样。常江子和何月赶紧正步走起来，并大声唱着《大刀进行曲》，和大家一样走得很挺拔。

何月有一种感觉，无论做什么事情，怎么做，在常江子面前，她都感觉自己像个姐姐一样，她总是从关心、爱护的角度出发，像爱护着一个小弟弟一样。常江子也把何月当亲姐姐一样看待，他感觉何月这人特别好，总是甜甜地叫她"月姐"，压根儿就没有一点儿别的想法。

五月，是一个美丽的季节。润润的细雨，灿烂的阳光，飘浮的花絮，激情的鸟鸣。五月，剧团院子里的树木有了生机，树木开花，叠青泻翠。院子里的两棵杏树虽然年头很长了，花开得依然烂漫，淡粉色的花香洒满院落，空气中弥漫着温馨。还有墙角边那一丛丁香，满满的芬芳的花朵诗意浓浓，丁香花从春天开到夏天。整个上午，阳光片片薄金似的从杏花的缝隙间穿过，洒落在常江子宿舍的玻璃窗上。

何月已经在常江子宿舍门前转了好半天，常江子宿舍的窗帘一直挂着，何月不好惊动常江子，她知道，他只有星期天才难得睡个懒觉，平时演出、练功，都睡得很晚，起得很早。看看时间已经十点多了，何月犹豫了一下，还是敲了宿舍门。

停了一会儿，里面没有声音，何月就喊了一声："江子，起床没有，还没起床呢？"

"啊！是月姐吧，我这就起床，你稍等一下。"屋子里传出来常江子的声音。

"我不等你了，我先回去。你今儿中午去我家吃饭吧，我妈在家包饺子呢。"

"啊？哦……那好吧，月姐，我知道了，我一会儿就去。"

常江子没有拒绝，他已经习惯了一到星期天，剧团里总会有人请他到家里吃饭。他吃饭最多的就是素兰老师家，在素兰家他感觉很随便很舒服。而去何月家就不一样了，他稍稍有点拘谨，何月的父亲前几年因病去世，家中就三位女性：何月，何月的妈妈，何月的妹妹何莉。

妹妹何莉长得很清秀，她的漂亮同姐姐何月是两种风格。何月是古典美，大眼睛，樱桃小嘴，高鼻子梁，五官的各个部位都极标致。而何莉是现代美，眼睛很大有点深凹，鼻子、嘴、脸型都有棱有角，看上去很洋气。她和姐姐的性格也完全不一样，姐姐何月单纯朴实，含蓄沉稳。而何莉看上去就是非常有个性的女孩子，说话办事胆子特别大的那种。何莉第一次见到常江子时，就被他的一切所吸引，他的长相，他的气质，他说话办事的能力，甚至他的一颦一笑都让她着迷。何莉被常江子深深地吸引住了，她喜欢他，她明知道姐姐的心思，可她还是不顾一切地喜欢他，想从姐姐那里把常江子抢过来。她有一个理由，姐姐比他大两岁呢，他们不合适。何莉比常江子小一岁。

常江子这是第二次来何月家吃饭，他很会做事，就像去素兰老师家一样，从不空手。上次来吃饭，他给何妈妈买了几瓶罐头，这次又买了两盒绿豆糕还有水果。

常江子进了屋，把买来的东西放在桌子上。何妈妈感动地说：“这孩子，再花钱何妈妈就不叫你来吃饭了，总这样还行，你一个月挣多少钱也不够用啊！”

“没花多少钱。”常江子乐呵呵地说。

何莉今天打扮得格外俏丽，她穿了一条淡粉底色印有荷花图案的长裙，裙子衬托着她修长的身材，真像一朵出水的芙蓉，看上去更加灵秀。她是一个时尚女孩，别人都不敢穿裙子的年代，她敢穿。虽说时尚，这条裙子她一直没敢穿出去，因为今天常江子来家里，她就大胆地穿上了。她认为美就是美，美的东西是任何人都不应该拒绝的。

何莉的眼睛一直向常江子传递着秋波，“江子哥，你演的角色我基本上都看过了，我认为你演赵永刚最棒，当然，其他的英雄人物演得也很出色。你知道吗，你就是我心中的英雄。”何莉在广播电台当播音员，说话的声音又标准又好听。

常江子笑着说：“英雄我可不敢当，样板戏里的英雄那可都是顶天立地的人物。”

“我有个想法。”何莉转动着眼睛说。

“什么想法？”常江子问。

“以后，我也想去你们剧团里演戏。”

“哈哈哈……”常江子大笑，说，“好好的播音员不当，去演什么戏呀！”

“我喜欢演戏，特别是和你这样的演员一起演戏，那该有多么荣耀呀！”

“还是当播音员好，千万不要去剧团演戏。”常江子很真诚地说。

“去剧团演戏可以天天和英雄人物在一起呀！”何莉娇媚地说。

“哈哈哈……”常江子又大笑。他觉得何莉这话说得就像幼儿园里的小孩子一样，有点天真烂漫。于是，他开玩笑地说：“何莉，你可千万别去，你是不知道当演员，练功可苦了。你现在说话还像小孩子一样呢，去了剧团要是整天哭鼻子，我和你姐还得哄着你，多麻烦呀！”

“真小瞧人！”何莉用一种嗔怪的目光看了看常江子。

其实，何莉说的句句都是真心话，而且是绕着弯子把自己的心里话都说出来了，每一句话里都有深层的含意，只是常江子没听懂。

"说什么傻话呢？端饺子来吧！"何月在厨房里喊妹妹。

"不是傻，是痴。姐，你都读了几遍《红楼梦》，贾宝玉不就爱说些痴话嘛。"何莉一边去端饺子，一边回头问："江子哥，你读过《红楼梦》吗？"

常江子有点尴尬地说："我还真没来得及读呢，不过这书我有，来剧团时从家里带来的，有时间我一定会读的。"

何月有点不高兴，从上次常江子来家里吃饭，她就发现妹妹对常江子的痴迷。不仅如此，还拿《红楼梦》这本书说事，生怕常江子不明白她的心思。何月心想，要是妹妹对常江子动了真情，她还真不是妹妹的对手，她争不过妹妹。从小长这么大，她从来都是让着妹妹的，还没和妹妹争抢过什么，以后大概也不会和妹妹争抢什么的。但是，她今天有点后悔，不该让常江子来家里吃饭。

饺子端上来了。何妈妈看着常江子就眉开眼笑的，她打心眼儿里喜欢这个小伙子，两个闺女，谁有福分嫁给常江子她都高兴。何妈妈先把一盘饺子端到常江子跟前，然后用筷子夹一个到常江子的碗里，说："孩子，趁热吃吧，别拘束。你的家也不在这市里，以后就把何妈妈家当成自己的家一样，想来就来，来了就吃，别客气，啊！"

常江子笑笑说："何妈妈，我一点都不客气。"

一会儿，何妈妈想起常江子来了就买东西这件事，她板起面孔说："有一件事我得跟你说清楚了。"

"什么事呀，这么吓人？"何月看妈妈一脸严肃，赶紧追问。

"什么事，常江子再来吃饭，坚决不允许买东西了，听见了没有。"何妈妈说话时真的是很严肃的表情。

常江子憨憨地笑着说："就这事呀，吓我一跳，我以为发生了什么大事呢。"

"就是呀，也吓我一跳，妈妈说得这么严肃。"何月与何莉都笑起来。

"我和妈妈，还有姐姐，我们三个人都……都非常……喜欢你，以后你就常来，但是要听我妈的话，不许再买东西了。"何莉柔柔地说，妩媚的目光再次投向常江子。

何月看得清清楚楚，她的脸红一阵白一阵，可她仍然保持着沉默。

何妈妈又说："何莉这孩子，比她姐姐可有韬略，播音员多难考呀，她愣是自己考上的。"

"妈，您别总夸我，夸夸姐姐吧，要不，姐姐会吃醋的。"何莉的话就像刀子似的，挖得姐姐心疼。

当着常江子的面，何月不想同妹妹针锋相对，那样做也不是她的性格。表面上无所谓的何月心里想，如果何莉真想奔着常江子去考剧团，那她会使出全身解数。她问妹妹："你想考剧团不会是说着玩的吧？"

"姐，我不是说着玩呢，真考。"何莉脸上的表情十分认真。

何月不再说什么了，她知道，只要何莉认真想做的事，基本上都能办得到。

"文艺要为工农兵服务，为广大贫下中农服务。"样板戏学习班打着大幅标语下乡去演出了。骄阳似火的七月和八月，剧团一直在乡下巡演。

在农村演出，每天至少演两场戏，有时候会连着演三场，每一场戏常江子都认认真真对待。他看到老乡们那种看戏的热情很受感动，老乡们把十里八村的亲戚都叫过来看戏，远处的老乡为看一场戏，有的从十几里外赶上大马车来看。常江子演戏的时候是主角，搭台的时候是主力，台下还能与贫下中农打成一片。在农村演戏，他从不怕辛苦，不怕流汗，累得又黑又瘦，肩膀也晒破了皮。下乡演出的日子，虽然苦了点，可常江子的心情一直很好，他的演出非常成功。每当演出结束后，一大群老乡围着他，为的是看到演员本人。公社书记、乡长都来请他与何月等几个主要演员吃饭。这次下乡演出，邢团长也一直跟剧团走，一方面邢团长很重视下乡演出的质量，另一方面他也是下农村体验生活，为今后的文艺创作打下坚实的基础。

在李乡长家吃饭的时候，邢团长笑呵呵地说："虽然在乡长家吃饭，可这代表着全乡人的心意。人家乡长主要是请常江子，还有何月，你们这些主要演员深受老百姓喜爱呀！我这个团长也就是个陪衬，我跟着你们沾光了。"邢团长的话虽然是半开玩笑，但是他鼓励了演员们，也拉近了与老百姓的距离。

"剧团每到一处，老百姓都欢天喜地，远接近迎，我们心里特别过意不去。"何月坐在李乡长家的炕边上说。

"哪能这么说，你们多辛苦呀，你们一来，这里的乡亲们就像过年一样，甚至比过年还开心，还热闹。"李乡长把两瓶老白干酒放在桌子上。

邢团长说："吃饭吧，咱们酒就不要喝了，下午还有演出。"

"喝几盅吧，大家都挺辛苦的。"李乡长说着就起酒瓶子。

"不能喝，喝了酒就不能演出了。"常江子从李乡长手中把两瓶酒拿过来，并且放到外面去。

"不喝酒也行，那大家就往炕里坐呀，这里边别空着。"李乡长热情地让大家坐炕里。

"邢团长，你快坐炕里，常江子坐炕里，李龙坐炕里，还有何月。"张大可行使着办公室主任的权力，说着就去拉何月。

"不行，不行，我可坐不了炕，我不会盘腿的。"何月笑着赶紧往后退着。

"坐不了炕以后出嫁咋办？"邢团长第一次与何月开玩笑。

"邢团长说得对，出嫁的新娘子都得有坐热炕头的本事呀。"张大可也与何月开着玩笑。

"现在就开始练练吧。"大家你一言我一语地说着。

"快往里坐，先练练吧。"张大可还是往炕里让何月。

"不行，我还是坐边上吧。"何月坚决不往炕里边坐。

"坐边上以后没法出嫁。"张大可笑嘻嘻地说。

"那我就不出嫁了。"何月红着脸跑了出去。

"郭建光往里去。"李乡长不知道常江子叫什么名字，就叫他郭建光，他感觉这就是常江子的真名。

常江子幽默地说："我也盘不了腿，可是我得先练着，哪天娶了新娘不会盘腿，我好替她坐热炕头。"

满屋子的人都笑了。

邢团长说："你这话是说给何月听呢，听了她会当真啊！"

常江子说这话完全是为了调节气氛，没承想这句话接得不是时候，就说："我不是有意的，我说错了，说错了。"

何月在外间屋里都听到了，她更不敢进去和大家在一个桌上吃饭了，就端着碗盛了点小米饭，边吃边与李乡长家的嫂子拉家常。

在乡长家吃过饭，大家都没来得及休息，就马上化妆，准备下午的演出。

阳光照耀着大地，大片的庄稼苗壮成长。一条弯弯小路，连着一个又一个的村庄。剧团来到每一个村庄，都会给这里的人们带来欢乐。红旗飘在蓝天，歌声回响在田野，车辙碾过的每一条路，都远远地连着老百姓的欢声笑语和幸福的目光。

演员们从农村回来后，一个个都疲惫不堪，皮肤也晒黑了。常江子显得尤为疲劳，回到剧团里，他整整一天都躺在床上睡觉，身上软软的，不想起来。

晚上，王小燕来了。她两个月没见到李龙，怪想念的。王小燕一进屋看见常江子在床上睡觉，就轻轻地抱着李龙亲了一下。李龙在一般情况下都会保持着理智，他看看常江子，不敢再有什么举动，赶紧结束了他们的亲热。

王小燕进来时，常江子已经醒了。他知道他们俩会亲热一番，所以似睡非睡地装了一会儿，等他们俩亲热完了，他才睁开眼睛从床上坐起来，用手捋捋头发，说："燕姐来了。"

"哦，下乡演出够辛苦的吧？看把你们晒的，个个都像黑人似的。"王小燕爽朗地笑着说。

"还好吧，下乡挺锻炼人的。燕姐，你快坐吧，我出去一下。"常江子边说着边下床拿了件衣服往外走。

王小燕拦着他说："别走啊，江子，我今天不光来看李龙，我还有更重要的事跟你说呢。"

"什么重要的事啊？李哥刚回来，以后找时间再说不成。"常江子坏坏地看看李龙，"李哥都想你了，你们先说说话吧，我一会儿就回来。"常江子做了个鬼脸又往外走。

"不行，你不能走。"王小燕把走出门口的常江子拽了回来，"我要给你介绍个对象。"

"介绍对象？"常江子听到这句话感觉怎么那么刺耳，那么陌生，他笑了，说，"燕姐，你没搞错吧？"

李龙用手暗暗地碰了一下王小燕的手，低声说："介绍对象的事着什么急呀，我们这刚刚下乡回来，过几天再说吧。"

"不是我急，是人家急。"

"人家是谁呀？"李龙问。

"人家就是那个女孩家。"

"你不是觉得常江子与何月挺般配嘛，前几天还说要介绍何月，今天怎么又要介绍别人啊？"李龙嗔怪着。

"何月？"常江子又愣了一下。

"人家就相中常江子了！"王小燕快人快语地说，"你们下乡这两个月可把人家急坏了，天天问我你们什么时候回来。我向人家保证，说回来就让你们见面。"

"你这事办得太主观了吧，江子乐意吗？"李龙不高兴地说。

"咳！见个面怕啥的，就见个面呗，成与不成就要看他们俩的缘分了，你说是吧，江子？"

常江子鞠着躬说："燕姐，感谢你对我的关心，感谢你对我的爱护，我现在年龄还小呢，不想考虑个人问题。你给人家回个话吧，就说我年龄太小，暂时不想考虑个人问题。"常江子说着一只脚又跨出门外，可他又被王小燕拽了回来。

"二十几岁了，不小了，有好的就找吧。我给你说，这个女孩儿长得那肯定是没挑的，工作也好，人家在市教育局上班。她和我妹妹是同学，去过我家。她的家庭条件也非常好，她爸爸妈妈是从省城下放到咱们这儿的，她爸爸现在是市文化局副局长，母亲也在文化局上班。人家是看了你的戏之后，全家人都相中你了，到处找介绍人，最后通过我妹妹找到了我。那女孩对你是一片痴情，她说了，非你不嫁。咋样，要不找个时间见一见吧，见一见就知道了。"

"这……这事我得先写一封信，征求一下我爸爸妈妈的意见。"常江子虽然独立生活五六年了，有什么大事情从来都写信征求父母亲的意见，更何况婚姻大事，他哪能自己做主呢。

"现在写信是多余的，你爸妈这么远也看不见女孩啥样，你在信中能说清楚吗？你自己先相中了，然后再告诉他们也不晚。有时间就见个面吧！"

常江子发现王小燕竟然有当媒婆的天分，说得他没有话来对答。李龙在旁边说："你可真行呀，小燕，死人都能让你说活了，江子一点思想准备都没有，你就突然来给他介绍对象，你这……我也没法说你。"

"我这不是在学雷锋做好事吗？"说着王小燕自己也咯咯地笑起来。

"我年龄还小，不能现在就考虑个人问题，燕姐，谢谢你的一片好意。"常江子说着又向王小燕鞠了一躬，然后推门走了出去。

"回来。"王小燕追了出来，她说，"江子，你不考虑也行，可是你得给我一个面子，不然我怎么跟那边说呀！同意还是不同意都得见个面。"

"有这么严重吗，燕姐？"

"有！"王小燕一脸严肃。

既然王小燕这么热心肠，死说活说也要他与那女孩见个面，常江子又是一个要面子的人，就不好再坚持了。他一时也没了主意，就勉强答应着说："那好吧，燕姐，我给你这个面子。"

"那就说好了，这个星期天。"

王小燕热情高涨，在她看来，这个女孩与常江子是最般配的，她精心策划了常江子与女孩的见面场景。她把常江子与那个女孩见面地点安排在公园里，把李龙也拽上，他们四个人以逛公园的形式相亲。

李龙在王小燕面前从不争当主角，王小燕做什么事，李龙都积极配合。李龙和常江子的关系通过王小燕已经改变了许多，李龙不想再和常江子针锋相对一争高低了。他也是个聪明人，他能看清形势，嫉妒也无用。现在的常江子就像一只雄鹰飞起来了，而且越飞越高，李龙想踢他一脚，却感觉够不到他的高度。再加上王小燕在李龙面前总说常江子的优点，李龙自然而然地就与常江子亲近了许多。

玉琼市中心有一个不大不小的公园，是这个城市最美丽的地方。公园的小径在绿色的映衬下，看上去很有诗意。一条直线是美。两条平行线也是美，巧妙地折转更是另外的一种美。小径两边植物生机勃勃，显得小径有一种曲径通幽的豁然美。

常江子和李龙一起从剧团出来，先来到公园，站在曲径通幽处等待着王小燕和那个女孩的到来。常江子突然觉得这样的场景有点像电影里的镜头，蕴含了浪漫的情怀，萌发着诗意的韵味，这感觉挺新鲜，就像在梦境里。

等了一会儿，她们来了。

李龙远远地就看见了，王小燕同身穿一身乳白色西装的女孩向他们款款走来。

　　"她们来了！"李龙好像比常江子还紧张，赶紧整了整自己的衣帽。

　　常江子顺着李龙手指的方向看，第一眼看到的就是那身乳白色的西装，映衬着一个清纯如雪的女孩。那样的年代，穿一身白西装的女孩还不多，那是极有品位的装扮，常江子也有了心跳的感觉。

　　当女孩走近他们的时候，她把头低下了。

　　常江子感觉那女孩和一般的女孩不一样，究竟哪儿不一样，他也说不出来，她的身上蓄着点点的灵秀气，这让常江子不由自主地紧张起来。他刚才的轻松与浪漫突然被一阵轻风吹走了，脸上的肌肉都紧缩着，浑身还有点发烧的感觉。他从没有谈过恋爱，这场景让他感到既新奇又不知如何是好。

　　王小燕热情又大大方方地给那个女孩介绍："这位是我市著名戏剧演员常江子，这位是我的未来老公，他叫李龙。"然后她又对常江子说："她叫陆雪莹，大陆的陆，下雪的雪，晶莹的莹。"

　　常江子主动伸出手与陆雪莹握握手说："你好！"

　　"你好！"陆雪莹也很大方地伸出手来。

　　陆雪莹，人和名字似乎有相同之处，她个子不太高，一米六左右，看上去长得很精致，很玲珑，皮肤白白细细的，这是常江子对她的第一印象。陆雪莹不像何月，一看就是个标准的美人坯子，也不像何莉，有一种抢眼的清秀和美丽，她有她自己的一种特别的气质，很高雅，很贵气，一看就是从大城市来的女孩，是个大家闺秀。她与这个城市的女孩有截然不同的风格，她和这个城市的女孩似乎位于不同的风中。眼前的王小燕也很漂亮，站在陆雪莹面前就显得缺少一种灵秀气。大城市人同小城市的人就是不一样，总会有些区别，一方水土养一方人。

　　陆雪莹第一次面对面地站在自己崇拜已久的大明星面前，显得很不自然。她看到常江子站在那里，如同白杨树一样挺拔，潇洒英俊的脸庞，目光炯炯有神，比舞台上的形象更亲切，更自然，更有亲和力，他就是她理想中的白马王子。她白白的脸颊上透出了一丝丝红润。她感觉到今天能在这里见常江子一面是她的荣幸，即使成不了恋人也值得。

　　陆雪莹是在无意中跟着爸爸妈妈看了一场《沙家浜》，剧中郭建光的扮演者是常江子，不知为什么，平时并不怎么喜欢看样板戏的她，看完了常江子的精彩演出后，夜不能寐，春心荡漾。她在家中是独生女儿，父亲母亲的心肝宝贝，她稍有一点不适，父母亲都会心神不安。细心的母亲发现了女儿自从看了那场样板戏之后情绪上的变化，最初以为她身体不舒服，得了感冒，关心地问她是不是需要看看医生。她说不用，没什么不舒服。母亲又问："那你这些天为什么不爱说话，一天到晚像变了个人似的，到底有什么事，说出来总比憋在心里好。"陆雪莹知道这个心事不同母亲说，永远都解决不了，于是就毫无隐瞒地对母亲说了自己的心事。母亲把这件事同父亲讲了，父亲说："既然她那么喜欢那个小伙子，一见钟情，不妨找介绍人给介绍介绍，我也蛮喜欢那个年轻演员的，小伙子将来会有很好的发展前途。"母亲也认定，只有那个明星演员常江子才配得上自己的宝贝女儿，他们家的千金小姐。于是，母亲便四处找介绍人，最后通过王小燕的妹妹找到了王小燕。

"今天的天气挺好的，我们就在这公园里随便走走吧。"李龙倒是大几岁，这会儿像个大哥似的，缓解紧张的气氛。

四个年轻人在公园里慢慢地走着，看看猴子、梅花鹿，还有老虎。李龙与常江子在前面走，两个英俊的男人说着他们的话题。陆雪莹拉着王小燕的手跟在其后，她和王小燕贴得紧紧的，一步都不分开，女孩的那种羞涩表现得淋漓尽致。本来公园就不算大，里边也没什么可看的，他们之间又都有些拘谨，不知不觉中就走出了公园。到了公园门口，大家都不会再往里走了，就要分开走，王小燕就见机行事地说："我和李龙就回去了，你们俩是不是留下来再单独谈谈？"

常江子马上说："不了，燕姐，我们今天先不谈了，再找时间吧。"他这样说的原因是他急着要离开这样的公共场所，许多人都认出他来了，而且把目光久久地停留在他的身上，让他感觉心不在焉。

"也好，这公园里人越来越多，那你们就再约个时间吧。"王小燕心里没底，不知道他们两个人谁没相中谁，就顺着常江子的话说，"那咱们就在这里分手吧。"

"好，再找时间吧！"李龙也同意常江子的意见，说，"小燕，你先把陆雪莹送回去，然后再到我单位来找我。"

"那好吧，放心，我会把雪莹送回家的。"

"不用了，我自己回吧。"陆雪莹推脱了一下，她还是希望王小燕和她一起走，不然显得多么尴尬。

王小燕拉着陆雪莹的手先走了，李龙与常江子一起往剧团方向走去。

见面的事就这样草草地结束了，前后一共不到一个小时。

回到家中，陆雪莹躺在床上饭也不想吃，觉也不睡，她心里没底，不知道她和常江子的事能不能成。他们一起在公园散步时，她感觉常江子看自己的眼神挺认真也挺深情的。他们在前边走得快了就会停下来等她们，在等的过程中，他总是用很深情的目光看她几眼。可是，他为什么不按王小燕说的再和她单独谈一谈，匆匆忙忙结束了这次见面？那说明他对自己还不十分满意。常江子到底是怎么看她的，她全然不知。总之，她觉得这件事情很无望。

母亲着急地问："见到面了吗，雪莹？"

陆雪莹有气无力地半天才回答说："见了。"

"怎么样啊，跟妈说说？"

"不知道。"

"不知道是什么意思？就是说他没有明确表态。"

"妈，公园里那么多人，又那么一小会儿时间，人家怎么表态呀，谁都不知道谁的想法。"陆雪莹说着从床上坐起来。

"那你出来时没问问王小燕吗？"

"王小燕也不知道，她说再找个时间约一下。如果常江子不同意，还约什么呀，人家那也是推脱吧。再说我和王小燕也不太熟，这不都是通过她妹妹找的她。"

"那咱们明天去找王小燕的妹妹，让她问问这事还有没有希望。"母亲走出去又返回来，用商量的口吻说，"雪莹，吃饭吧，少吃一点。"

陆雪莹烦躁地回答："不吃，妈，让我一个人待会儿吧。"

母亲走出雪莹的房间，坐在饭桌前也心事重重。

她不吃饭，父母亲也吃不香。她不睡觉，父母亲就心神不安地在客厅里坐着，两人对视无语，也想不出什么办法来。

第二天，陆雪莹没去上班，一直在床上躺着，天快黑了她才走出自己的房间。

父亲和母亲谁也没敢问她怎么不去上班，但是母亲已经给陆雪莹请了假，说陆雪莹今天有点不舒服，不去上班了。

为了让父母安心，陆雪莹走出房间，她倒了一杯水说："我已经没事了，你们休息吧。"

"你吃点饭吧雪莹。"父亲终于说话了。

"晚上就不吃了，明天早晨吃。"

返回房间，陆雪莹闭了灯又躺在床上。她开始胡思乱想，是不是那天那身白西装穿得不够得体，让他感觉她很轻浮，像资产阶级小姐。可是平时她也这样打扮，从来都和别人不一样，总是与众不同。她穿的那些衣服，本地女孩见都没见过，她从不在本地买衣服。是不是哪句话说得不对，哪句说得不对呢？是不是……见了常江子这一面，她就更放不下他了，她内心的爱是那么强烈，一直被爱折磨着。

一周的时间过去了，常江子那边一点消息都没有。陆雪莹不想再折磨自己了，索性介绍人也放在一边，她自己买了两张电影票，准备大胆地去剧团找常江子，邀请他出来看电影。她的这个想法的确够大胆的，小城市的女孩是绝对做不出来也不敢做的。她到底是生长在高干家庭，从小跟着父亲去一些高干家做客，家里也经常来一些谈吐不凡的父亲的朋友。她是家里的掌上明珠，也是父亲的朋友们最宠着的乖巧女孩儿，人人都说她漂亮，人人都说她可爱，没有人说她不好。她是一个充满个性和自信的女孩儿。

常江子对爱情的到来的确没什么心理准备，从他内心来讲，他并不想过早地谈什么恋爱，他的心思都在工作和事业上。母亲说三十岁太晚，但也不会赞成他这么早就谈恋爱，母亲说的那个年龄正好，二十五岁，不早也不晚。那天和陆雪莹见面完全是为了照顾王小燕的面子，小燕姐对他挺好的，他知道，他很感谢王小燕，自从有了她，他和李龙的关系也越来越融洽了。从公园回来后，常江子就想不起来这个叫陆雪莹的女孩长得什么样了，只是记得她有点东北口音，说话的声音低低的，嗓子好像稍稍有一点沙哑。

由于两个多月下乡演出的劳累，样板戏学习班还处于修整状态，晚上没有演出任务。吃过晚饭，太阳的余晖还没有完全消逝在天边，常江子就坐下来给家里写信。屋子里很热，常江子写信写得浑身是汗，他只穿了一件白背心还觉热，就打来一盆凉水放在一边，用一块湿毛巾放入凉水中，一遍一遍地擦身上的汗，擦过汗再继续坐下来写信。常江子正擦着脸，忽然听见有人喊他的名字。他拎了一块湿毛巾，一边擦着一边迅速地跑到外边，问："谁喊我啊？"

"我，我喊你呢。" 门卫大爷站在大门口那里大声地说。

"大爷你喊我？"

"常江子，有人找你！"

"在哪儿？"

"在大门口。"

常江子跑到大门处张望着。

"在那边。"大爷冲着大门口外边的一位女子扬了扬脖子。

常江子认真地向大门外看了看，一个有点熟悉的女孩，他又定了定神，走近了几步，是她，怎么会是她，陆雪莹？他非常惊讶地问她："怎么……会是你？"

陆雪莹显得落落大方，她微笑着站在大门外边。只见她穿了一件红色紧身半袖衬衫，下身是黑色长裤，那是非常时尚的黑色微型喇叭裤。这一身着装看上去又洋气又大方，又显身材，很有女人味道，比那套白西装飘逸了很多，此时的陆雪莹显得温雅而柔美。

"你……找我……有事？"常江子有点慌乱，不知该对她说什么。

"我想请你去看电影，好不好！"陆雪莹脸上带着羞涩的笑容，说话的声音不是很大。她的嗓子本来就有点沙哑，似乎没有高音区，声音不大，更显沙哑。但是她的眼睛一直在深情地看着他，她的表情并不做作，她的语言很诚恳，她的举动又是这样的大胆，神态是那样的淡定，这一切都很难让常江子拒绝。

"哦……那……"常江子迟疑着，"那……你就先去吧，我得跟团里请个假，一会儿我直接去电影院好了。"之后，常江子接过陆雪莹递给他的一张电影票。

天色已黑，常江子骑上一辆自行车飞快地去了电影院。

常江子从小就喜欢看电影，也没少看电影。小时候看电影是一件很快乐很幸福的事情。小时候电影票很难买，要排很长时间的队，电影院只能坐几百人，一个晚上演两场电影，排晚了队还是会买不上票。爸爸妈妈经常领着常江子和妹妹去电影院看电影。大约一个星期就会有一部新电影片上映，全家人一个新电影都不会落下，看电影是他们这个家庭中一个很重要的文化生活。他家买电影票不用排队，常江子的叔叔就在电影院工作。他还记得小时候，两个年轻人被介绍人介绍到一起，男的就会主动买两张电影票，请女的去看电影。如果到了一起去看电影的程度，十有八九是已经把婚事订下来了。常江子还记得表哥和表嫂一起看电影的情景，他们都已经订婚了，看场电影还羞羞涩涩的。看电影时场子里是黑的，谁也看不清谁，散了电影，灯光一照，就都看清楚了。或许刚才还手拉手，灯光一照，两个人即刻分开，而且是一前一后地走出电影院，像谁也不认识谁一样，等走到了黑暗处，两个人才敢再拉起手。

常江子没想到他今天会被一个女孩就这样约出来看电影，这意味着什么，他心里很清楚。他始终处在一种很紧张，很被动，很尴尬的局面中。当常江子来到电影院的门前时，电影已经开演了，电影院门前一个人影都没有，他估计陆雪莹一定在这里等了他很久，不得不先进去了。于是，他交了电影票快步走进了放映大厅。

"哟！这不是大明星常江子嘛。"把门的人认出了他，显得非常热情，用手电筒帮助常江子照明，一直把他送到座位上。

黑暗中，他隐隐约约能看见陆雪莹一张激动的脸，他的心也在咚咚地狂跳着，他挨着陆雪莹坐下。此时，他已经是汗流满面了，陆雪莹轻轻地递过来一块手帕，雪白的手帕带着香水的味道。陆雪莹身上也散发出一阵阵清香的味道，直向他扑来。从小长这么大，他还从没有和女孩子这么近距离地坐在一起，更别说看电影。屏幕上演的什么电影，常江子不知道，他根本就没有心情看电影，两只手不知放在哪儿。正在这时，陆雪莹一只柔软的手伸过来，轻轻地放在了他的手上。常江子突然感觉浑身就像触了电一样，酥酥的……细细的汗不断地从额头上冒出来。陆雪莹不再害羞，不再胆怯，而是坚定地拉住常江子的手，坚定地拉住了就不再松开，松开她就不会再有机会了。她表现得非常聪慧，用她那稍带沙哑的声音甜甜地说："我在外边等了你有一刻钟呢，还不见你来，我就先进来了，你不会介意吧？"

"哦！对不起，是我来晚了。"常江子很有礼貌地回答。

一会儿，陆雪莹扭过脸来问："你是不是很热呀，再用手绢擦擦脸吧。"陆雪莹又把她那块雪白的手帕递了过来。

常江子擦着汗，心情一直安定不下来，他强迫让自己镇定，心想，面对台下那么多观众自己都能稳住，每一场戏都发挥得很好，在一个女孩面前就更不能慌乱无主了。他感觉自己的腿有些发抖，他相信一会儿就不抖了，腿应该是受自己的大脑神经支配的。

其实，陆雪莹也不知道屏幕上都演了些什么，她只顾陶醉在幸福之中，她真的不敢相信她身边坐着的就是常江子，她希望这不是在梦里，她偶尔也会掐一下自己的肉，确认这是真的。常江子真的来和她一起看电影了，她多么希望时间就在此刻变成永恒，她永远享受着这样一个美好的时刻。

常江子也觉得这一切都像是在做梦一样，生活让人有些捉摸不透，不息地变幻，怎么会一下子将他和一个陌生的女孩联系在一起了呢。他为什么来看这场电影，他问自己，但是他无法说清楚。这样做是对还是错，他也很迷惘，他甚至都搞不清楚自己是谁了，怎么会有这么大的胆子，竟然敢和一个不熟悉的女孩子来看电影。直到最后，常江子也不知道他和陆雪莹看的是什么电影，只觉得这部电影的时间好长好长，时间像是停滞了一样。

电影结束了，屏幕上终于出现了"再见"两个字，常江子总算松了一口气。他与陆雪莹没有并排走，而是一前一后地随着人流的慢慢流动往外走，陆雪莹在前边走，他在后边。他总是很有礼貌地让着别人，让别人先走，所以好半天才走出放映大厅。

没有月亮的夜晚很黑，陆雪莹不敢大步走，也不敢一个人往前走，她只好站在电影院门前耐心地等待常江子。看电影的人都走得差不多了，常江子才把自行车推出来。他走出人群就快步地去取自行车，大多数人看电影都是骑自行车来，在一排一排的自行车中想找到自己的车子很不容易，取车的时间很长。陆雪莹看见常江子推着自行车走过来，就主动走过去，小鸟依人地走在他身边。她想，他推着自行车，不然她就会主动地拉着他的手走。常江子还没那么大的胆子，他很为难，这么晚了，这么黑的夜，一个男人当然不能让一个女孩子独自回家，他必须要送她回家。常江子推着自行车走了几步，一条腿迈上了车子，回头对陆雪莹说："坐车上吧，我送你回去。"

陆雪莹又高兴又激动，他送她回家，这也不是梦吧。她跑了几步，一个很轻巧的动作坐在了后座上。常江子的车轮飞快地转动着，坐在后边的陆雪莹袅袅若蝶，他们很快消失在夜色中。

≪ 第五章

何莉买了一辆飞鸽牌自行车，斜梁的。女孩子能骑上一辆新自行车又是斜梁的，那可是代表时尚、美丽，也是那时候女孩心中最大的愿望。买一辆自行车需要几个月的工资呢，何莉很爱惜，她每天把车子擦得锃亮，又用毛线编了两个车把套，套在车把上，还把几个红色的毛毛球放在自行车的辐条上，当自行车轱辘转起来的时候，那毛毛球就像盛开的花朵一样。阳光高照的上午，天蓝蓝，树绿绿，风清清，何莉骑着崭新的斜梁自行车，心里美美的，哼着歌一阵风似的来到样板戏学习班。

院子里静静的，全团职工都在会议室里开大会。何莉站在会议室门前，清清楚楚地听见团长在里边讲话："我们只有怀着为党争光的决心，不怕艰苦流汗，为革命而练功，为革命而演出，才能攀登新的艺术高峰……为了把我们这支文艺队伍建设得更好，为了把样板戏演得更好，最近，我团又要招进一批新人，这批新人都是通过文化考试、专业考试、综合素质等几项选拔出来的。我们这支文艺队伍，只有不断地增加新鲜血液，才会发展壮大……"

门卫大爷知道何莉是何月的妹妹，何莉进门时，门卫大爷就亲和地说："你等着啊，我这就把你姐找出来。"门卫大爷悄悄地走到会场后边，又弯着腰走到何月跟前，小声对她说："外面有人找你。"

何月低着头，很不好意思地从会场走出来，走到门口看见找她的人不是别人，而是妹妹何莉，她不解地问："你找我有要紧的事啊，何莉？"

何莉两只手握着车把，一只脚还踏在自行车那崭新的脚蹬子上，脸上挂着灿烂的笑容，撒娇地说："没要紧的事就不能来看看你呀！"

"我这不是开会呢吗，什么事呀，快说。"

"开会呢，有消息吗？"

"什么消息呀？"何月莫名其妙。

"姐，关于我的消息呗，我不是考你们剧团了嘛，考上了没有啊？"

"我怎么知道呀，还没公布名单呢。"

"那要是公布了名单，我还用得着来问你吗？"

"这事姐真不知道。"

"看来你也不关心我的事。"何莉假装生气的样子，说，"那我走了，你开会去吧，还亲姐姐呢，一点都不关心我。"

何月说："不是我不关心，而是我不好意思问。我怎么问呀，直接问领导我妹妹考上没，领导给不给面子我不知，给面子也像是走后门似的，不给面子那多臊脸皮呀，我可做不出来那样的事。"

何莉还是用一种嗔怪的眼神看着何月。

何月说："你没别的事吧？"

"没别的事，就来问这事，你不知道，那我就走了！"

何月觉得妹妹今天怪怪的，这事在家里不问，还专程跑到单位来问。何月又感觉何莉好像有话还没说完，就招呼何莉："何莉等等！"

何莉像没听见一样，说走就走，像一只鸽子转身飞走了。

何月心里乱乱的，她觉得妹妹越来越不稳重了，看那辆自行车让她给打扮的，多张扬呀！回到会场，回到座位上，何月再没有心情听会了。她想，这个何莉，她这是来看我吗？明明是冲着常江子来的。为了常江子她真是不顾一切了，好好的播音员不当，来考剧团，来当什么演员。演员是那么好当的吗？多么辛苦多么不容易何月心里最清楚。何月还想，何莉追求常江子她也不能反对，谁让她是自己的亲妹妹呢。原本自己也不敢对常江子有什么过多的想法，虽然她也非常非常爱慕常江子，可是年龄一直是横在她和常江子中间的一堵墙。现在妹妹又发疯一样追求常江子，何月更加心灰意冷。同时她也很佩服妹妹，佩服妹妹那种不服输的精神，佩服妹妹那种知难而上的勇气，这些都是她所不及的，自己哪怕有妹妹一半的自信和做事的大胆精神，也不是今天这样了。同时，她还有一种小小的担忧，她担心追求常江子的人太多。常江子在门缝里都会收到求爱信。常江子收到那封信时还闹了一个小小的风波，那天何月正好赶上，常江子不知道信是谁写的，信下边没有落款，在宿舍里就当着何月把信念了，李龙也听见了，三个人就一起猜这信是谁写的。常江子不确定地说："会不会是会计小王，我看笔体有点像。"他没有确定，只是猜测。李龙大声喊着说："把这封信交到领导那里去，这是一封谈情说爱的信，谈情说爱就正大光明，还写匿名信，说明这个人思想是不健康的。"常江子说："李哥，千万别这样，咱们并没有确定谁写的，再说人家又没写反党反社会主义的言论。"李龙说："我也只不过是说说而已，还真送到领导那里去，那成啥人了。"下午，何月注意了一下小王，发现她眼睛红红的。常江子也私下里对何月说："月姐，我觉得那封信的事挺对不起小王的，我再去会计室领工资，她都不理我了。"有人给常江子写信，还有人邀请他出去吃饭，都被常江子拒绝了。何莉能如愿吗？何月叹了口气，这个何莉呀！

散了会，大家往出走，李龙快步追上常江子，他喊了一声："哎，江子！"

常江子回头见是李龙，停下了脚步。

李龙与常江子走在一起，然后声音放低了说："王小燕让我告诉你，陆雪莹的爸爸妈妈想约个星期天让你到她家吃饭。"

　　"什么？这……这不太合适吧！我们俩这事还八字没一撇呢。"常江子有点着急地说。

　　"还八字没一撇呢，你不是都跟人家一起看电影了，人家陆雪莹可当真了。"

　　"看一场电影能说明什么呀，那天……也怨我，不去就好了。"常江子有点不知所措地说，"这看电影和去家里吃饭不是一个性质。"

　　"怎么就不是一个性质，你没拒绝人家，你以为女孩子能随便跟别人看电影，男的和女的一起看电影那就意味着……"李龙用坏坏的眼神看着常江子。

　　"李哥，你快告诉小燕姐一声，我暂时还不能去她家见她的父母，我们两个人再处一处，我再考虑考虑。"

　　"我看你还是去吧，成不成吃一顿饭还能赖上你。再说了，陆雪莹她爸是文化局的副局长，这点面子你都不给，这样板戏你还想唱吗？"李龙把问题说得很严重。

　　"李哥，你可别拿局长吓唬我好不好，让我再考虑考虑吧。"常江子停住脚步想，看一场电影就已经说不清了，再去吃顿饭，这件事不就等于认可了。

　　"星期天，别忘了。那我先走了，小燕那边等着我呢，你自己的事自己拿主意吧！"李龙忙走了。

　　常江子回到宿舍就依在床上，想这件事怎么就发展成这样了，好像已经有点身不由己了。他对陆雪莹说不上是一见钟情，但也被她热烈的追求而感动，她的与众不同，她的大方、大气都是一般女孩子身上所没有的。一个有着优越条件的女孩子，千挑万选都没有中意的，而她对他却是一见钟情，并且像一团火似的追求他，让他不知如何应对。常江子认真地做了一下思考，感觉陆雪莹还是一个挺可爱的女孩，人家这么痴情，自己也不能太无情。他所纠结的就是现在谈恋爱为时过早，他真的不想这么早就谈恋爱。怎么办呢？常江子躺在床上翻来覆去思考了一个中午。

　　样板戏学习班又招来三个新人，其中有何莉，她考了第一名。

　　何莉第一天来剧团报到，兴高采烈。剧团工作人员为她安排好了宿舍，发了练功服及鞋子等等，她就急着去见常江子。

　　常江子对何莉的到来并不感到奇怪，前几天他在新学员的录取名单上已经看到了何莉的名字。他认为何莉来当戏剧演员不是最佳选择，如果这样还不如去文工团跳舞。如果拿何莉同何月相比，大家都认为何莉的条件比不上何月，她真的不该来当演员，还是播音员最合适她。

"江子哥，怎么样，我说过要来剧团当演员，今天就真来了吧！"何莉一脸幸福地来到了常江子面前。

常江子见到何莉也很高兴，突然觉得自己在何莉面前是个老人了，团里终于有比自己年龄小的年轻人了。常江子对何莉说："要我看，何莉呀，你是误入歧途了，剧团这地方，外面的人看着我们挺风光的，实际上是又苦又累。你既然来了，说什么也晚了，那你就做好吃苦的准备吧，压腿、练功、吊嗓，从明天就开始。"

"我不怕，有江子哥在，我什么都不怕。"何莉有点小撒娇。

"有我也没用，练功可是谁都替不了谁的。"常江子笑着说。

"那我就跟着你练呗，跟着你学呗，你走到哪儿，我就跟到哪儿呗。"何莉似乎说的又是小孩子话，其实，口气中显现着她那种执拗的性格，她认为这个世界上就没有难倒她的事儿。

何莉知道常江子每天早晨都是第一个去练功房，她也会早早地起床去练功。原来是何月去得早，自从妹妹何莉来到团里，何月尽量不同妹妹抢先，她就不早去了，等到集体练功的时候她才会出现。

一大清早，练功房里就只有常江子与何莉两个人。常江子的确像个大哥哥一样，对何莉很是呵护。他尽心尽力地帮助何莉练功，何莉自然而然地就什么事都有了依赖。在常江子面前，何莉有些时候故意表现出天真烂漫，表现得幼稚不成熟，她喜欢有常江子这样一个哥哥时刻关照着自己，出来进去的，她像个小妹妹似的跟在他的左右。她觉得这样的幸福跟爱有关。

星期天，小米来找常江子，小米说："江子，我待着没事写了个曲子，你给试唱一下呗。"

"好呀！可以的，正好我今天没什么事。"常江子高兴地说，"小米，你挺有理想的，还学习作曲，拿来我先看看。"

"我没拿着，在家里放着呢，我的小提琴也放在家里了，那咱们一起到我家去吧，我拉琴，你唱，我觉得我那曲子写得挺有激情。"

"你们去哪儿？"何莉正巧走过来，她看见小米和常江子正要出去就问。

"去小米家，他作了一首曲子，让我去试唱一下。"

"我也想去，我去了不影响你们吧？"

"不影响，你也去吧。"小米热情地说，"多一个评论者，就多一份宝贵意见。"

"得，又一个跟屁虫。"常江子跟何莉开了个玩笑。

何莉美滋滋地说："就得当跟屁虫，不然你总是不理我，你走到哪儿，我跟到哪儿。"

何莉蹦蹦跳跳地去取自行车。

常江子喊她说："何莉，你就别骑车了，我用自行车带着你吧。"

"那好啊！"何莉正求之不得，她立马就转身回来了。她忽然感觉到幸福又来到眼前，于是，兴奋地坐在了常江子的自行车后座上。

小米骑着自己自行车，常江子用自行车带着何莉，三个人说说笑笑像一道风景线，穿过好几条马路，又穿进了一条小胡同，来到了小米家。

小米的父亲是位小学音乐老师，母亲是家庭主妇，没有工作，小米还有两个正在读小学的妹妹。小米家三间土房，东屋住着爸爸妈妈和两个妹妹，小米一个人占了西屋的一间房子，他的房间里有许多书籍，多数是音乐乐理方面的，有一个简易的书橱，书还是放不下，所以显得非常零乱，但能看得出来全家人对小米的重视。常江子突然想到了自己的家，父母亲给自己也创造不错的学习环境，可惜他早早地离开了家。

三个人在小米屋里很自由，也很快活，唱歌，识谱。试唱小米的作曲时，常江子唱一遍，何莉再唱一遍，两人再合着唱一遍，小米拉琴。常江子突然有一个想法，他说："小米，你作的曲子挺不错的，唱出来挺有味道，哪天专门给何莉我们俩写一首歌，男女声二重唱，我们俩给你唱出去。"

"那肯定会一炮打响，到哪儿去找我们俩这样优秀的歌手去，天生一对呀。你说是吧，江子哥。"何莉扬起脸笑嘻嘻地看着常江子。

常江子笑着说："天生一对，没错。"

何莉不好意思了，她就用拳头轻轻地打了一下常江子。

"我看有点自吹自擂。"常江子用粗而低的声音说，"咱们最好是低调一些。"然后又憋不住笑了。

小米的激情燃烧起来，"不是自吹自擂，一定行，你们俩一定是最棒的。"之后他也压低了声音说，"只怕，只怕我写不出那么好的歌，配不上你们俩的嗓子。"

"不是嗓子，是高度。"常江子开着玩笑与何莉站在一起比高度。

"我一米六七，江子哥有一米八吗？"

"没有，我才一米七八，比你高十一厘米。"

"哎呀！我才发现，你们俩往一块走，哎呀！太般配了，那可是玉琼大街上最美的一道风景呀。"小米像发现了新大陆一样。

"何莉说了，我们俩是天生的一对，一般的人，不对，是一般的歌都配不上我们俩，你看我们俩这个儿。"常江子做了个动作。

何莉好开心，笑得捂着肚子，说："江子哥，你说的可是真话，没开玩笑吧？"

"你平时那么像雷锋，做事严肃又认真，偶尔说出这样的话来，倒让我们大家接受不了了。"小米学着何莉的声音说，"你说的话可是真的？"

常江子假装清了清嗓子，停了半天，然后一本正经地说："我给你们俩讲个故事啊！小时候吧……"

"别打岔呀！"小米做了个鬼脸。

"什么呀，故事的开头都是这样的。小时候吧，从前吧，有一座山，山里有一座庙，庙里有一个和尚……"

"不听不听。"何莉双手捂着耳朵。

"真讲我小时候的故事……"常江子见何莉那孩子一样的动作，也就笑得讲不下去了，待了一会儿，他又继续讲，"小时候吧，邻居家的一个女孩儿，她非常喜欢我，我们俩在一起玩儿，我还答应过长大了就把她娶回家呢……"常江子又笑得说不下去了。

"你们那时才多大呀？"小米当真地问。

"五六岁吧，穿开裆裤呢。"

"啊！？"小米与何莉几乎是异口同声。

"不是五六岁，就是七八岁，反正没超过十岁。"

"童男玉女，那才是真正的早恋……"小米笑得肚子痛。

三个人都在笑，笑得眼泪都出来了。他们似乎从来都没有像今天这样放松过，快乐过，似乎找回了童年与少年，找回了他们应有的本色。

小米的爸爸、妈妈以及妹妹都不敢进来打扰他们，妹妹们只是悄悄地拨一下门帘就赶紧跑掉，一会儿再回来拨一下门帘，再跑掉。他们在外面能听到三个人的歌声和开心的笑声。小米的爸爸妈妈都看过常江子演的样板戏，这个大明星来到家里让他们有些紧张，再加上漂亮的何莉，他们感到家中真有一种蓬荜增辉的感觉。

从小米家回到样板戏学习班，常江子还挺兴奋，哼着小米作的曲子进了宿舍。李龙却满脸不高兴地在宿舍里等常江子，"你可回来了，你到哪儿去了，我一直在宿舍里等你。小燕刚走，她让我转告你今晚无论如何到陆雪莹家去看看。我都替你推了两回，今天我和小燕都没法再推了。"

"事情有这么严重？"常江子脱下衣服，把毛巾泡在盆里准备洗脸。

"人家是女孩子，当然着急，从第一次见面到今天快两个月了，你同意不同意，给人家一个答复。"

常江子洗了脸，用毛巾擦着脸，说："好吧，李哥，你让燕姐带个信儿，我今晚就去她家吧。"

下午，常江子换了一件新衬衫，之后到商店里买了许多水果、罐头，还有红酒什么的。天色稍稍黑下来时，他大包小包地拎着东西来到了陆雪莹的家。

陆雪莹的爸爸陆局长见了常江子，脸上一直挂着和蔼可亲的笑容，那可是一点架子都没有，他言语不多，一直在吸烟。陆雪莹的妈妈看上去也是一位精致的女人，洁白的牙齿，弯弯的细眉，头发高高地挽起。她穿了一件紫色的丝绸半袖衫，胸前还别了一枚珊瑚花。这枚珊瑚花她多少年都没戴了，由于今天是个特殊的日子，她特意打扮了一番。珊瑚花在灯光的折射下，闪闪烁烁，平添出几许生动，尤为生动的是陆雪莹妈妈脸上那种清新疏朗的神韵，让五十岁的女人更显慈祥之美。她以最高的礼节，迎接着他们的宝贝女儿选中的未来女婿。

陆雪莹当然打扮得更加漂亮，苗条的身材裹着白底上带着蓝色小碎花图案的的确良上衣，幸福得像一朵花儿似的。为了常江子的到来，穿什么衣服，穿哪件衣服，她把衣橱里的衣服都试了一个遍，最终是妈妈帮她选了这件。

常江子第一次走进这样一个有品位的家庭，他看到陆局长的书房很大，书橱里有很多藏书，还有一张很大的红木书桌和茶色的藤椅，窗台上有一盆肥硕的宽叶君子兰，整个书房显得既古朴又典雅。而陆雪莹的卧室是一片洁白的色调，床上挂着雪白的蚊帐，床头旁边立着一个白藤花架，花架上有一盆看上去很名贵的花儿，常江子从没有见过这种花儿，叫不上名字。客厅里每一个盆景的造型，每一个花盆的形状都很独特又很考究的。这个家庭让常江子有一种新奇感，同时还有一种崇仰。一看这个家庭，就知道陆雪莹找对象的条件应该很高。高干子女，又是独生女儿，她在家里是一个尊贵的公主。

吃饭的时候，陆局长拿出他珍藏多年的好酒让常江子喝，陆雪莹和妈妈直往常江子的碗里拣菜。

陆雪莹的妈妈说："不仅雪莹是你的戏迷，我们全家人都是你的忠实观众。老陆是一个从不喜欢看样板戏的人，自从看了你演的样板戏呀，他就变成戏迷了。后来他经常到剧团门前看海报，只要是你主演的，他可积极了，一出戏都不想落呢。"

"阿姨过奖了，我还年轻，一点也不成熟呢。"常江子谦虚地说。

"演得好啊！你所演的每一个角色我都看了一遍。这一开始啊，是雪莹和她妈拉着我去看戏，后来就是我主动要去了，再后来呢，不看还不行了，这看戏还看上瘾了。原来我以为国家那八个样板戏就是经典了，地方剧团再演还有什么看头，真没想到玉琼市样板戏学习班能有你这么好的演员，能演出这样高水平的样板戏来。这可不是当着面夸你，我是个很实事求是的人。"陆局长不愧为文化局长，说话又风趣又幽默，说完自己哈哈大笑起来。

"吃菜吧。"陆雪莹自己不吃，却不停地关注着常江子，想往他碗里拣菜，又不知他喜欢吃什么，她表现得比常江子还拘谨。

"喝一杯吧，这是我珍藏了多年的酒。"陆局长给常江子倒了酒。

常江子赶紧接过酒瓶说："我来倒吧。"他把酒先给陆局长倒上，之后也给自己倒了一盅。常江子不会喝酒，也不应该喝酒，他平时对自己要求很严格，因为喝酒会影响嗓子。可是陆局长拿出了这么好的酒，他怎能不喝呢，不能让陆局长一个人喝吧。所以，他跟着抿一抿。

陆局长高兴，他端起酒杯说："今天算是破破例，咱们爷俩儿干一个。"

"好！"从没有喝过酒的常江子端起酒杯一饮而尽。

两杯酒喝下去，常江子脸红上来了。陆雪莹试探性地拿开了酒杯说："不能再喝了吧？"

陆局长哈哈大笑，说："我这宝贝女儿呀，知道疼人了……"

陆雪莹的脸唰一下子红了，比喝了酒的人还红，她娇羞地说："爸……"

陆局长说："爸是有分寸的，就让他喝三盅酒，多一杯都不会的。你爸平时也不喝酒，今天不是高兴了吗，傻丫头。"

一家人的热情让常江子感到倍受宠爱，陆雪莹的缠绵柔情更让他心生爱意。

不管陆雪莹和她的家人有多么热情，常江子毕竟是第一次来家里做客，吃过饭，他稍坐了一会儿，很有分寸地离开陆雪莹家。

剧团应邀准备去文中县演出了，这个消息让常江子兴奋得夜不能寐。他来剧团这么多年，还从来没有机会回到家乡为父老乡亲们演出过。他的成长，他的进步，他的辉煌，甚至他成为一颗耀眼的明星，家乡的父老乡亲们可是都关注着呢。他在灯光下写信，把这个好消息告诉了家人。

母亲接到常江子的信也高兴得不得了，母亲和父亲以及妹妹常江女，全家人开始忙碌起来，屋子里院子里大搞卫生。父亲把他亲手培植的树木花草浇了饱饱的水，让院子里更加充满生机。母亲缝制了一套新被褥。

母亲边缝着被子边对父亲说："江子上次来信，有人给他介绍了一个女朋友，也不知道他找了一个什么样的女朋友。我说让你这几天去看看，你就不往心上放，坐上班车不就到了嘛，这么简单的事你也不做。这回要是领到家来了，啥样就啥样了，咱们可不能说不行。"

"咱们这样的文化家庭哪能干涉儿女的婚事呢，再说了，咱们江子找的女朋友还差得了，你净瞎操心。"父亲很有把握地说。

"婚姻是大事，不是小事，婚姻是人生三部曲中很重要的一步，不能走错了。"母亲的心事总是比父亲要重。

"婚姻就是个缘分，我相信缘分。当然，我也希望他找一个人品好，各个方面都优秀的女孩子，那就看他自己的缘分吧！"

"说的也是，离家这么远，也没法子管。"母亲不知为什么就是高兴不起来。

"领回什么样的你都不要发表意见，江子的眼光低不了。"父亲还是重复着这句话。

"我相信我哥，一定给你们领回一个漂亮的女朋友来。"常江女插了这么一句话，父亲和母亲都笑了。

母亲对常江女说："你别分心，好好地学习去。还不一定领回来呢。"

两辆卡车飘着彩旗就要进入文中县城了。常江子站在车的最前方，眼睛盯着回家的路。他看见路两边那些玉米、高粱、谷子，长得齐刷刷的，有的已经冒过了人头，各种豆类作物都在开花，空气里弥漫着一股清淡芬芳的香味，他心潮起伏。多么熟悉的土地，多么熟悉的山川，小西山起伏不平的曲线，像他小时候用画笔勾勒出来的一样柔美。到了春天，小西山上漫山遍野开着粉白色的杏花，花儿变成青杏的时候，他和小伙伴们就像贼一样去偷杏，因为有看山的人追赶着他们，孩子们多数空着手跑下山。小西山脚下那条河，那是他童年记忆里最难忘的一条河，那是他摸过鱼、蹚过水、滑过冰的小河。潺潺流淌的小河流水声，像二胡拉出来的旋律一样好听。有二胡伴奏，遍地的谷叶也响起了唰唰的声音，这声音又像是家乡人对他的到来发出的一阵阵热烈的掌声。

一路风尘，两辆卡车驶进了文中县一个最大的广场，人们像盼着过节一样，在那里迎接着玉琼市样板戏学习班演员们的到来。车停在广场，样板戏学习班的人下车后就排成队，先去县招待所就餐。在县招待所简单地吃过中午饭后，没有时间休息，他们就开始准备晚上的演出。从卸车到装台，两三个小时，常江子累得满头是汗。

家乡许多熟悉常江子的人都在寻找，"哪个是常江子？"

有人回答："正在挂大幕的那个。"

常江子一直跟着装台，安舞台背景，安灯光，抬箱子……

何月拿着一块毛巾走过去递给常江子。何月说："常江子，你不要干了，让他们干吧，你晚上的演出任务还很重呢。"

常江子擦着脸上的汗水，笑笑说："不累，到我们家乡了，我更得好好地表现。"

家里的人都在等待着常江子回家呢。

"听说市剧团中午就到了，怎么到现在还没见江子回家呢？还不把女朋友领回来让咱们看看。"父亲在院子里转了几圈，又说，"这天都快黑了，咱们别在家里等了，快去广场看看吧！"

母亲听了父亲的话，就穿衣服，就催促着常江女，说："你动作快点，咱们早就该去看看！"

常江子一家人来到广场的时候，夜幕已经降临，比星星还亮的是人群中那一双双期盼的眼睛，还有那舞台灯光，四处闪射。人们把视线都集中在那大红色的幕布上，期待着演出快点开始。

父亲、母亲和妹妹挤在广场的人群里，他们的眼睛更亮，同时还多了一份比别人更骄傲更激动的心情。他们和众人一起站在那里等待着、期盼着，那大红幕布快点拉开，等待着看常江子出现在舞台上。

终于一阵锣鼓声响起来，观众知道演出就要开始了。

台下寂静。这时，一位年轻漂亮的女演员走到台前报幕："亲爱的观众朋友们，大家晚上好！我代表玉琼市样板戏学习班的全体演员，向今晚来观看演出的父老乡亲们表示衷心的感谢！今晚演出的剧目是我市文艺工作者自编自创的现代京剧《草原春色》。《草原春色》是根据某苏木一位民兵连长的真实故事改编而成，戏中表现了这位民兵连长的英雄模范事迹和敢于胜天的战斗精神。这部现代京剧气势宏伟，场景广阔……"

报幕员报完了幕，人们盼望已久的大红幕布终于徐徐拉开了。开场，是一个大型的蒙古族舞蹈，穿着各种各样的蒙古族服装的男女青年演员跳着震撼人心的民族舞，以马头琴为主旋律的京剧曲调是一种创新的尝试，很有激情，很有震撼力。之后，英俊潇洒的民兵连长巴特尔上场了，巴特尔的舞蹈动作更为出色，连续几个亮相之后才是华彩的唱腔……

"常江子，他就是常江子！"

"当年就是因为唱李玉和唱得好，被选到样板戏学习班去的。"

"现在是样板戏学习班的台柱子啊！"

台下的父老乡亲一下子就认出了常江子。

其实，饰演巴特尔这个角色，常江子的压力是非常大的，这是一个全新的角色，可谓前无古人，后无迹可仿，全凭着他个人对人物的理解，他的执着和坚毅，全身心投入。在几位老前辈艺术家们的帮助指导下，他努力塑造出一个崭新的艺术形象，一个蒙古族英雄人物。

回到家乡演出，常江子更加不负众望。剧中民兵连长巴特尔是个文武双全的英雄人物，带领牧民与天奋斗，与地奋斗。常江子饰演这个人物非常出色，他的嗓音洪亮，功夫利落，把蒙古长调的高亢和悠扬与京剧的宽松恰到好处地相融，既有蒙古族奶酒的醇香，又使京剧的唱法新颖别致。唱、念、做、打、舞，都有新的突破，赢得了台下经久不息的掌声。家乡人还不知道，这是一出专门为常江子量体裁衣的现代京剧，市领导非常重视，专门组织写作班子编写的一台具有地方特色和民族特色的现代京剧，首场演出参加了辽北省文艺会演，并获得了一等奖。

母亲看到儿子在台上的精彩演出，抑制不住内心的激动，热泪盈眶。父亲也激动得满脸通红，父亲拍拍母亲的肩膀说："别这样，让人家看见多不好。"

妹妹常江女赶紧掏出手绢递给母亲，让她快快把眼泪擦掉。

怕别人看见，母亲很快就控制了自己的情绪，可心中一直为儿子骄傲着。

演出结束后，父亲母亲和妹妹在后台找到了常江子，常江子还没卸妆，他满头是汗地又在忙着帮舞台组收拾装箱。见到家人，常江子高兴得嘴都合不拢了，"爸、妈、江女，你们都来了！"

"这都到家门口了，也顾不得回去看看。"母亲的眼泪又出来了。

"今天晚上回不去了，一会儿我们去县招待所卸妆，卸妆后县领导陪着吃晚饭，剧团都是统一行动，不让个人单独活动，我今天就不能回家了。"

"我们知道，你明天能回家吗？"母亲接着问。

"明天我一定抽空回家看看，爸、妈你们回吧……"常江子话未说完，有人在那里喊他："常江子，上车了！"

"那我先走了，爸、妈，我明天回去看你们。"常江子急忙上了车，和队伍一起去县招待所。

第二天吃过早饭，常江子才腾出时间回到家里来看看。他不是一个人来的，身后还跟了邢团长、素兰老师，还有何月、秀芝、李龙、张大可等。

父母亲闻声迎了出来。

邢团长握着父亲的手说："怪不得常江子这么优秀呀，原来生长在这样一个有文化气息的教师家庭，都是你们教育得好啊！"

父亲忙说："哪是我们教育的好，都是团长教育的好，是党教育的好，常江子还差得远呢，还需要再学习，再锻炼。"

素兰老师说："我这是第二次来文中县了，头一次是来选拔常江子，这次是跟着他沾光的。我们的常江子在文中县父老乡亲的心目中可是有一定的影响呀，受到文中县观众这样的欢迎和喜爱，我们感到很骄傲。"

"你们都没少费心。"母亲一边热情地端茶倒水，一边在来的这几个女演员中仔细琢磨着，哪一个是江子的女朋友。

母亲一眼就相中何月了，心里那个喜欢，心想，这姑娘长得太俊了，昨晚戏中那个女主角就是她演的。母亲就把常江子叫到一旁，小声地问："她是不是你的女朋友？"

"不是的，妈，我那个女朋友才刚认识不久，还不能带回来。你着什么急呀，以后我会把她带回来的。"

"我看那个姑娘倒是挺好的，要是……"母亲又深情地看了何月一眼。

"妈，你别乱说，你不知道。妈，我们走了……"

这时，团长一行人已经起身走到院子里，在这个花园一样的小院里，大家的脚步不能停下，欣赏着满院的花儿及满院的绿色植物。

父亲拉着团长的手想留下他们吃饭。团长说："没时间了，下次吧，下次一定在家里吃顿饭。这次就委屈常江子了，不能和家里人多待一会儿。因为我们的演出任务很重，在文中县只能演三场，然后就到别的县去演出。"

"爸、妈，你们回去吧！"常江子一步一回头地向家人招手。

父亲母亲恋恋不舍地看着儿子和剧团里的同志们远去的背影，心里酸酸的。

母亲自言自语："这盼了一回，在家里吃一顿饭的时间都没有，这被子、褥子也白做了不是，唉！"

全家人都相中何月了，父亲遗憾地说："那个女孩子真不错，看上去性格就好，多稳重。他们在一个团里，人家也是主角儿，这常江子怎么就没看上人家呢？说女朋友不是她，是另外一个人，这次没带回来。"

"谁知道呀，这回来一趟什么也顾不得问。"母亲感叹着。

何莉没跟着剧团下去演出，因为她来剧团还不到一年的时间。这次团里带的几出戏都没她什么角色，她和剩下的一部分人在团里照常上班，照常练功。这几天，剧团里有人传播常江子谈恋爱的消息，这是一个很敏感的话题，人人都想知道常江子的女朋友是何许人也，她一定比剧团的女孩子长得还漂亮，她各方面条件一定非常优越。有人知道得比较详细，说常江子女朋友如何漂亮，是市文化局副局长的女儿，与王小燕有亲戚关系，等等，大家议论纷纷。

何莉听到这个消息后心情特别不好，她不愿意相信这是真的。她特别想一下子就冲到常江子面前问个清楚，可是常江子到县城演出去了，他不在。即便他在，她又怎么好直接去问呢。她知道自己已经狂热地爱上了常江子，根本无法与他面对面说这个问题。何莉开始婉转地向别人打听常江子的女朋友是干什么的，在哪儿上班。何莉想看看她是个什么样的女人，这个女人为什么这么幸运，这么有福气，这么了不起，她怎么就能成为常江子的女朋友，她到底有多漂亮，有多出众。自己天天还像影子一样地跟着江子哥，怎么就不知道常江子已经有了女朋友，自己有多傻。

何莉终于打听到了常江子的女朋友在市教育局上班。想来想去，她忽然想起来自己的一个男同学也在教育局上班，可以通过这个男同学了解一些信息。她怎么也控制不住自己的情绪，于是骑上自行车，冒昧地去了市教育局，找到了那个男同学的办公室。

"何莉，你怎么来了？"男同学见到何莉站在他办公室门口，有点喜出望外，眼睛一下就亮起来。

"来你这里想搞一套初中课本呀。"何莉说着大步迈进门里。其实，这是何莉瞎编的一个理由，她也只能编这样的理由来教育局，不然她来教育局这地方会显得太唐突，会让男同学产生误会。

"你想找哪个学期的？"男同学当真，当然不知道她是专门跑到这里来看陆雪莹的。

"就这学期的，还有吗？"何莉心想，这个学期已经过去半个学期了，不可能再找到多余的课本，找不到是最好的。

"这个学期的课本？"男同学打开柜子翻来翻去找了半天，说，"你让我到哪儿去弄呀，那都是按照人头来的，多出的几份也早被人找走了，一份都没有了，你这可是给我出了个大难题。"男同学觉得这事情办不了还挺对不起何莉的。

"哦！实在不好找就算了吧，也是朋友托我的事，没关系。"何莉同男同学说着话，心里却琢磨着怎么见到那个叫陆雪莹的女人。

一时半会儿也找不出理由，她就坐在办公桌对面和男同学瞎聊天儿。

男同学巴不得何莉多坐一会儿，他说："我这里有好茶，是别人从外地带回来的。"男同学给何莉沏上茶水，把茶杯端到何莉面前说："这茶叫黄山毛尖，味道可好了，同事给了我一点点，别人我都舍不得给喝的。"

"哦！没想到我还有这么高的待遇。"何莉嬉笑着说。

"那当然，你这么高傲的公主，我心中的白天鹅，能到敝人办公室来，求之不得呀！"

何莉听了这话有点不太舒服，对男同学的奉承，何莉并不感兴趣，反而觉得他有些肤浅，可是为了见到陆雪莹她怎么也得忍着多待一会儿，可又怕男同学对她产生误会，就说："你有女朋友了吗？如果有了，结婚时可别忘了请我去喝喜酒。"

"我……我还没女朋友呢。"男同学脸红了。

"那我给你介绍一个吧，我们剧团里可有漂亮的女孩。"

"再漂亮也赶不上你漂亮，你在我心目中才是最漂亮的。"男同学赶紧表白。

"我呀，我已经名花有主了，你就别想了，我给你介绍一个倒是可以的。"

男同学明白何莉的话是什么意思，就幽默地说："我虽然在你眼中也属于癞蛤蟆一类的，可我这只癞蛤蟆并不想吃天鹅肉，我是很有自知之明的人。"

"我真的想给你介绍一个对象。"何莉感觉到自己有点过分。

"谢谢你的好意，我不想让别人介绍，还是自己找吧，自己恋爱总比别人介绍的好。"

"那也不一定。"何莉心想，常江子的女朋友就是别人介绍的。

"我一定要自己谈一场恋爱，而且要谈一场轰轰烈烈的恋爱。"男同学说。

"没看出来，你还挺有个性的。"

何莉还是没找到机会看陆雪莹，一会儿说东，一会儿说西的。男同学很兴奋，把手头的工作全放下了，两人天南海北地聊。

眼见着要下班了，何莉也没找到合适的理由见上陆雪莹一面。她心想，这也不能白来一趟呀！干脆就直说吧。

何莉就问男同学："听说你们局有个叫陆雪莹的女孩？"

"有啊，你找她有事吗？我给你叫过来介绍介绍。"男同学还想献殷勤。

"不，不！你可千万别叫她，我是受人之托，顺便来看她一眼，有个朋友让我看看她长什么样，想给她介绍一个男朋友。"

"陆雪莹啊，漂亮！我们局的局花。不过，她和你一样，那条件可高了，一般人恐怕不敢想。"

何莉挺反感这句话，说："听说过有校花、有班花，还没听说有局花的呢，秋天的菊花吧。"

男同学笑了，"你真够幽默的。真不骗你，陆雪莹真挺漂亮的，不信你自己看看去。"

这句话正中何莉的心意，她说："好啊，我偷着去看看，别打扰人家，是朋友想给她介绍对象，让我先来偷着看一眼。"

男同学说："那好办，我告诉你……"

何莉按照男同学指点的方向，就轻轻地朝着那间办公室走去了。

陆雪莹在办公室里正收拾东西准备下班，她把所有的材料都装进柜子里，之后又擦了一遍办公桌。她的办公室干干净净的，上边放着一个造型优雅的香水花瓶，窗台上还养了两盆绿色的植物。

何莉假装路过，往屋里看了几眼。她非常想看清楚，可是因为紧张，模模糊糊地总是看不太清楚，只是看到陆雪莹的个子挺娇小的，偶尔转过脸来，人也不像她想象的那么漂亮。

何莉很快就回到男同学办公室。

"看到了吗？"男同学问。

"看到了。"

"怎么样，漂亮吧？"

"一般般，不像你说的那么漂亮，还局花，这么说你们局也没什么好看的姑娘了。"

"哎呀！我说何莉同学，你的眼光也太高了吧？当然，能赶上你这么漂亮的女孩没有几个，可我说的是我们局，在我们局里她是最好看的。"

何莉站起身说："别抬举我了。好了，我该回去了，谢谢你啊！"

"这有什么好谢的。"男同学送她到门外，说，"欢迎你再来！"

"谢谢你，回吧！"

何莉与男同学告别后，骑上她的飞鸽出了教育局大院。

往回走时，何莉觉得有点失望，她想象中的陆雪莹应该像天仙一样美丽才对啊！只有天仙一样的女人才能配得上江子哥。可她并没看出陆雪莹有什么特别吸引人的地方，也没觉得陆雪莹哪儿比自己漂亮啊！论个儿头，论身材，何莉都认为陆雪莹赶不上自己。何莉是一米六七的个子，和常江子走在一起，那是天生的一对，而她看到陆雪莹最多也就一米六。论长相，何莉大眼睛，高鼻子梁，而陆雪莹眼睛也不大，鼻梁也不高，她有什么魅力呢？或许是鬼力吧，她怎么就迷住了常江子？何莉内心很不平衡，很不服气，同时也很痛苦。自己费了那么大的劲儿来到样板戏学习班，就是为了常江子，她以为天天和常江子在一起，他跑不出自己的手心，而现实却严酷地摆在了她面前，她接受也得接受，不接受也得接受。她真后悔自己的想法太天真太浪漫了，天真是不聪明的表现，浪漫和现实往往是两回事儿。但是何莉是个很有内功的女孩子，也很坚强，她不会让别人知道自己内心的不平和痛苦，同时她也不会轻言放弃，心想，只要他们不结婚，她就不会放弃对常江子的追求，她就要抱着一线希望。

≪ 第六章

　　星期天，何莉躺在自己家的床上不想起来，她好久好久都没这样睡个舒服的懒觉了。

　　女儿睡着，家里很温暖，这样的时刻，是母亲最幸福的时刻，心安安静静的。何莉没起床，何妈妈就轻手轻脚地做着一些家务。

　　其实何莉早已经醒了，她扑闪一双大眼睛看着窗户上的阳光，树的影子。窗前有株蔷薇花，外形华美，硕大招眼，那些白色的花朵散发着芳香。阳光已经很灿烂了，只是屋子里太静，静得能听得到蝴蝶飞的声音。不错，那玻璃窗上果真有一只花蝴蝶，蝴蝶看着外面的天空，一直想飞出去，却怎么飞也飞不出去，它就在玻璃窗上扑打着。蝴蝶是怎么飞到这间屋子里来的，没有人知道，也没有人理睬它。何莉刚刚看到了它，看到它在那里痛苦地挣扎。何莉起身下了床，光着脚走到窗前，打开窗子，那只美丽的蝴蝶扇动着翅膀，快乐地飞了出去。何莉返回身又躺在了床上，她的心情似乎与那只蝴蝶一样，见到了新鲜的空气，舒畅了许多。

　　这段时间，何莉总是憋着一股劲儿功练，练得非常刻苦，有时甚至是在虐待自己，人瘦了一大圈。一开始进样板戏学习班时的那种活泼开朗的笑声，日渐减少，她经常一天也说不上几句话，就是闷着头练功。在这个过程中，她似乎成熟得很快，她在努力，要尽快让自己在剧团里初露尖尖角，要让自己这只蛹尽快化成蝶。

　　"何月回来了！"在门外何妈妈突然高兴地喊了一声。

　　何莉在屋里听见姐姐回来了，心里一喜。可她还是不想起床，翻个身像猫一样装作睡着的样子。

　　何月下乡演出的行李放在单位了，她一个人拿不回来，准备事后让何莉用自行车带回家，她手里只提着个包。何月进了屋就问："妈，何莉呢？"

　　何妈妈往屋里指了指说："还没起来呢。"

　　何月这时已经走到何莉的床前，亲热地拍了何莉的屁股一下，说："小懒猫，你够享受的了，都什么时候了，太阳晒屁股，还不起床。"

　　何莉好久没感受到姐姐的亲热了。自从何莉去样板戏学习班，只有星期天才是全家人团聚的日子。虽然何月与何莉在一个单位，平时却很少有交流，自己练自己的功。何月是主角，她对自己要求也十分严格，开会、学习、练功，从来不迟到不早退，平时也不多讲话，稳稳当当的一个女孩儿。虽然何莉到样板戏学习班时间不长，她也很努力，她决不会甘心只当一个群众演员的，她是个很有潜力的女孩子。何莉并不怎么关心姐姐的事，所有的注意力都集中在常江子身上。今天，何莉很认真地观察着姐姐的表情神态，她猜想，姐姐一定知道常江子有女朋友了，全团的人差不多都知道了，姐姐能不知道嘛。可她在姐姐的脸上看不出什么，姐姐总是把一些事情装在心里，城府很深。

何月也知道妹妹心里在想啥，担心的事情终于发生了，她怕何莉受到打击，想跟何莉说说话，可又不知道怎么说，姐俩都在回避。何月又拍了一下何莉说："快起来吧，小懒猫。"

何莉鼻子一酸，眼泪溢满了眼眶。她坐起来，双手搂住姐姐的腰不肯放开。

"怎么了？"何月问妹妹，却突然一下子感觉到自己也有点心痛。

"没怎么，只是练功太苦了，不想练了。"

"后悔了吧？"何月扭过身子戳了一下何莉的脑门儿，说，"我知道有一天你就会后悔的，可是，这个世界上卖什么药的都有，就是没有卖后悔药的，怎么办呢？"

何莉感觉到了姐姐的体温，长时间地抱着姐姐不愿分开。

何月又说："好了吧，让我看看，你怎么瘦了呢？"

"还说别人呢，你不是也瘦了嘛，姐。"

"我是下乡累的，你为什么瘦的？"

"我是练功练的呗。"

"何莉，你来剧团真不后悔吗？"何月认真地问了一句。

何莉没回答何月的问题，从床上跳下来，把自己新买的两件衣服拿出来让姐姐看，说："姐，我昨天新买了两件衣服，你挑一件吧。"

何月很感动，说："姐不要，姐应该给你买衣服才对呢。"

何莉仗义地说："谁跟谁呀，给你买你就穿嘛，不用客气，以后你再给我买。"

"我说你没那么大方，原来是等价交换呀！"何月开着玩笑想让何莉高兴，妹妹高兴了她才会真正地高兴起来。

"你快选一件穿上让我看看。"

"哪件都很好看。我就要这件吧。"何月随便拿了一件。

何妈妈把饭端到桌子上，说："上马饺子下马面，长接短送，今儿何月回来了，我特意做的手擀面，你们姐俩快来吃吧，香喷喷的。"

何妈妈的手擀面那可是一绝呢，姐俩都爱吃妈妈做的手擀面，两人迅速地洗了脸洗了手，坐下来吃面。

"姐，你晒黑了。"何莉吃着面仔细地看着何月。

"我还好，不怎么干活儿，只是在台上演出的时候晒一会儿，不搭台也不装背景。常江子他们晒得才黑呢，最能吃苦的就是常江子。"

何月说到常江子的名字时，发现何莉的表情有点不对劲儿，然后她马上转了话题说："何莉，你来剧团的时间短，还没下过乡呢。下乡演出真的很不容易，又苦又累，欣慰的就是我们能感受到农村老百姓的热情……"

姐姐后半截说的什么，何莉一句也没听进去，她吃了半碗面，就不吃了。她去里间屋换了件衣服，出来说要到样板戏学习班去看看。

何月问："你做什么去？"

"去单位看看，帮着卸卸车什么的。"

"有什么好看的，同志们都各回各家了，估计这会儿车也卸完了。"

"去看看嘛。"

何月不解，这何莉是怎么回事，饭还没吃完就走了。

剧团门口，张大可正在指挥大家卸车呢。他先是走进剧团的院子，到何莉的宿舍张望了一下，突然想起来今天是星期天，何莉一定回家了，返回身来组织团里的同志们继续卸车。

张大可在剧团里就是个跑龙套的演员，通常是跟着大家帮翻几个跟头就下台，后来他就到了办公室，暂时没有办公室主任，他兼着办公室主任，团里的一些事务性的工作，一些跑腿的差事，都是他跑前跑后。张大可比李龙小两岁，也老大不小的了。别看剧团里靓男俊女挺多，张大可从来没谈过恋爱，他唯独对何莉一见倾心。从何莉进了剧团那天起，张大可就感觉眼前一亮，何莉正是他要找的白天鹅。张大可内心里也非常清楚自己配不上何莉，无论从个头、长相、才能，他觉得自己踮起脚也够不到何莉的高度，可是他无法控制心中所想，心中所爱，他对何莉不抱着什么成功的希望，却揣着一个美好的愿望，也许没有结果，但是他不想放弃。

大家都在手忙脚乱地卸车，张大可一抬头看见何莉来了。何莉骑着她的飞鸽牌自行车，在阳光灿烂的马路上更显轻盈和美丽。

"何莉，你怎么来了，今儿不是星期天吗？"张大可用一双深情的眼睛迎着何莉。

"来看看我能帮助你们做点什么。"何莉一边回答着张大可的话，一边四下寻找常江子。她是奔着常江子来的，他下乡这么长时间，她很想念他，想马上就见到他。

她看见了，常江子正在忙着从车上帮着大家往下卸行李，许多人都是拿着自己的行李就走，而常江子不是，他总是爱关照别人，帮助别人，活雷锋一个。何莉一转身，看见不远处站着一位时尚女子，眼睛一直盯着常江子。

何莉仔细一看，那不正是常江子的女朋友陆雪莹嘛。那天在教育局的办公室没怎么看清楚，此时此刻她认认真真地看着陆雪莹，只见陆雪莹黑亮的头发梳成一条发辫，发辫松松地靠一侧梳着，不长不短的辫子搭在右肩前，古蓝色的西装翻出洁白的衫衣领，显得很清纯。她手中提着一个白色挎包，与白衬衫衣领呼应，与古蓝色西装搭配既不张扬又很时尚，从头到脚看上去，陆雪莹的确是一个很精致的女人。她一直站在离剧团门口几米远的地方，耐心地等待着常江子结束工作。

何莉感觉到自己的血液一下子都涌到了头上，心跳得不由自主。她很想让自己镇定自若，见到陆雪莹有什么好紧张的，她不过也是一个女人而已。何莉有些生气，这个陆雪莹实在有点太过分，江子哥这才刚刚下乡回来，一大早她就追到单位来了，真是一点时间都不给江子哥。何莉本想借这个星期天和江子哥唠唠嗑儿，多在一起待一会儿，看到这情景，她彻底失望了。可是一转身，何莉有了一个新想法：今儿我也豁出来，跟她较较劲儿，她越是着急走，我越不让江子哥走，我要缠着江子哥，看她能怎么样，也试试她的性格。

何莉先去了常江子的宿舍，宿舍门开着，常江子的行李还没完全搬进来。何莉把她前些天借给常江子的暖水袋拿回自己的宿舍。其实那暖水袋也不是何莉借给常江子的，是那天常江子的胃出了毛病，何莉看到常江子胃疼得直出虚汗，就把暖水袋装了些热水，让常江子暖胃。何莉把它拿走了之后，就跑到车前用最甜美的声音冲着车上喊："江子哥，你回来了！"

"哎，回来了！何莉，你挺好的吧！"

"挺好的呀，就是有点想你。"何莉那声音柔柔的，甜甜的，似乎有很强的穿透力，一定会穿透不远处站着的陆雪莹的心，同时也穿透张大可的心。

"想我了？"常江子不知道该怎么回答何莉的话，她怎么会冒出这样一句话来，陆雪莹还在一旁站着呢。他笑着说："想我了……想我就对了，缺了我这个哥哥不行吧。"

"嗯，还真不行，我可想你了呢。"何莉继续她的表演。

常江子沉默了一会儿问何莉："何莉，星期天怎么不在家休息，来单位有事呀？"

"啊！也没什么事，找你有点事。"

"什么事？"常江子直起腰来擦擦脸上的汗看着何莉。

"不着急，小事儿，你先忙着，一会儿再说。"

陆雪莹的脸色变得很难看了，她以前只是听常江子说过何莉，却从来没见过面，今天让她大开眼界。她看见何莉细高挑的个儿，长长的头发烫了几个大波浪。那时才刚刚时兴烫发，多数人还不敢烫发。何莉虽说是文艺工作者，头发烫几个弯也不敢放开梳，依然把头发梳成马尾辫，梳得很高，蓬蓬松松的大波浪还是很洋气，特别是头帘的大波浪更是独一无二的。何莉的风采、何莉的美丽让陆雪莹感到心里酸酸的。陆雪莹不知道何莉看见自己了没有，她为什么要在大庭广众之下表现得和常江子那么亲昵？她一定也追求常江子。可是，陆雪莹只是心里这么想，她极力控制住自己的情绪，不能让别人看出自己的不快，她依然呆呆地站在那里。

车上的东西终于都卸下来了，常江子下了车往院子里走，陆雪莹马上跟过来，何莉也紧紧贴着常江子一起走。

"哦，我忘记介绍了。"常江子指着陆雪莹说，"这是我女朋友陆雪莹。"

陆雪莹伸出手来准备与何莉握手，何莉却没伸手，只是淡淡地说："陆雪莹，我见过。"

"你怎么会见过？"常江子瞪大了眼睛。

"当然。"何莉有点得意。

走到常江子的宿舍门口，何莉又故意用柔柔的声音说："江子哥，你借我的热水袋有多长时间了，你还用不用了，要是不用，我今天先用用。"

"哦，对不起，我忘了还给你，我这就给你找找。"常江子走进宿舍，床上床下满宿舍找那个热水袋，可是他找遍了宿舍的各个角落也没找到，本来就很劳累的他找热水袋找得又出了一头大汗。

陆雪莹早已经受不了了，醋意大发，心想，热水袋都互相借着用了，关系挺近的呀！再看看何莉那清秀、美丽的面容，一贯清高的陆雪莹一下子有了危机感。但是，她的智慧又显现出来了，她时刻提醒着自己，一定要保持冷静，一定要保持风度，一定不要说什么。她装作很平静的样子，耐着性子等待，一语不发。为了让常江子同情她，陆雪莹就用稍稍沙哑的声音对常江子说："快点，好吗？"

"对不起何莉，我怎么会把你的热水袋搞丢了呢？"常江子非常着急。

"不用着急，江子哥，丢不了的，就这么一间宿舍，你慢慢找吧，除非它长腿自己飞走了。"何莉站在宿舍的外面，用心观察着陆雪莹的表情。何莉看见她脸色红一阵白一阵，使劲儿咬着自己的嘴唇。

常江子又找。

何莉再也舍不得看着常江子着急的样子了，好半天才说："要不，就先别找了，大热的天，我只是肚子疼的时候才用。江子哥，我的练功服大概是锁在你的衣服柜子里了，你去练功室帮我拿出来好吗？"

"你的练功服锁在我的柜子里吗？怎么会呢，你记错了吧？"

"反正我找不到了，你下乡这些天，我一直在借别人的练功服穿，你帮我找一下嘛。"何莉平时也像个妹妹似的在常江子面前撒娇，她已经习惯了这样说话。今天她又把播音员的本事使出来了，但不像是演戏，全像真的，她每说一句话，那语调、那语气都能达到她想要的效果。

常江子又飞快地去了练功房。他把自己的衣服柜子翻了个底朝天，没找到何莉的练功服。

何莉这么一折腾，一个多小时过去了。她看看时间，觉得自己可以了，她满足了，江子哥对她也算是百依百顺的。同时，她对陆雪莹也服气了。陆雪莹就是陆雪莹，换一个人大概都做不到这一点，拿着常江子的挎包可怜兮兮地站了一个多小时。她能忍得住不说什么，看着一个女孩这样折腾常江子，而且一点都没把对方放在眼里。这也说明，陆雪莹对常江子爱之深切，爱之宽容。

常江子满头是汗地跑回来，对何莉说："何莉，我都找遍了，我的柜子里没有你的练功服，你再找找吧。"

"对不起了，江子哥，耽误你们约会了，那我先走了。" 何莉真的感觉自己有点过分，看到常江子满头大汗，她心里并不舒服。

何莉走后，常江子深情地看着陆雪莹说："真对不起，让你等了这么长时间，累了吧？你先坐一会儿，我去洗洗脸，然后去你家。"

常江子拿了洗脸盆去水房洗脸，陆雪莹依在他的床边泪流满面，她只是在默默地在流泪，不想让常江子看到她这个样子。她流的是委屈的泪，也是嫉妒的泪，这是女人的天性，再大度、再宽容，爱情永远是自私的。凭着女性的直觉，她知道这个何莉也深深地爱着常江子。

离开剧团，何莉的飞鸽失去了方向。她本应该回家，可是她却走向了相反方向，直至走到城市的边缘。何莉还想继续往前走，走很远很远，却又感觉浑身无力，很累很累，她需要歇下来。于是，她把自行车放在一边，从兜里掏出一块花手绢，轻轻地擦掉唇边还挂着的泪珠。看着路边的树，路边的草，路边的几朵小花，她的心情平静了许多。她平时很喜欢一些植物，此情此景更让她羡慕这些自由生长的花儿草儿，这里满是绽放的花朵，它们多快乐，它们一定没有人间的这许多烦恼。

两个聪慧的女子碰在一起，并未引发风波，只是彼此都心照不宣。何莉的聪明灵秀也不仅体现在外表，她考虑事情总是多角度多层面的，她是多变的，不是一条路走到黑也不回头的人。她明明知道最后的失败是留给自己的，胜利者依然是陆雪莹，可为什么自己还要这么做呢？是爱之冲动吧，这是她给自己的答案。

何莉快走到家门口时，又把自行车调了头，骑车去了单位。她觉得回到家里心情更糟糕，现在这样子与姐姐也没什么好说的。本来姐姐对常江子好，自己不顾姐姐的感受，非要把常江子从她那里抢过来。姐姐满心痛苦却不说出来，沉默了很长时间，最后还是姐姐宽容大度，高风亮节，看妹妹不快乐自己也快乐不起来，主动与她和好如初，并且时刻关心着她的情绪变化。何莉觉得最对不起的人就是姐姐，如果自己的爱情如愿了还好，可是现在……

快走到样板戏学习班时，天上掉下了雨点，何莉从细雨霏霏的马路上横穿过去，来到了样板戏学习班大门口。今天是星期天，单位里也没人，常江子刚刚也跟陆雪莹走了，到单位做什么呢？何莉正犹豫着，只见张大可举着一把雨伞跑过来为她挡雨。

"你怎么还没回家？"何莉遇到张大可觉得很奇怪。

"哦……我还有点事没搞完。你也有事？"张大可憨憨的，不知道应该怎么回答。

"哦，我是回来取个东西。"何莉为什么要编这样一个理由来搪塞张大可，她自己也搞不清楚。

"这不是大家下乡演出刚回来嘛，我刚刚把演出的道具和用品等清点一下，放在库房里。我正准备走，刚出大门看见你来了，外面又下了雨，就回来拿了一把雨伞去迎你。"

"是啊！你可真够辛苦的。"何莉冷冷地说。

"不辛苦，为人民服务嘛。"张大可脸上一直挂着笑容。

何莉有所不知，张大可一直看着何莉在常江子面前的表现，她让常江子找热水袋，她让他找练功服，她让陆雪莹尴尬地等了一个多小时，这一切张大可都看在眼里。何莉骑自行车出去的时候，张大可也看见了，他以为她回家了，没想到她又返回来，心里说不出的高兴。

自从何莉来到剧团，张大可对何莉的关心简直到了细致入微的程度。他看见何莉的练功鞋旧了，就悄悄地递给她一双新的。他知道何莉练起功来经常会误了吃饭的时间，他就会把饭从食堂里事先给她打好，然后放在她宿舍里。何莉对这些视而不见，她哪里看得上剧团里一个跑龙套的演员。张大可相貌的确很一般，皮肤挺黑的，个子也不高。何莉心想，长相倒是次要的，关键问题是他的业务不行，他就是个跑龙套的，永远不会有大的发展。但是张大可为人热心，对工作也是满腔热情，是个有求必应的人。尤其对何莉，他是一片痴心，百般体贴。何莉也认为张大可是个好人。

何莉突然想起张大可经常给她打饭的事情，就说："大可，谢谢你了，以后你千万不要给我打饭了，你工作也挺辛苦的，我实在有点过意不去。"

"没关系，我那也是为人民服务。"张大可笑呵呵地说。

"什么是为人民服务，谁是人民？我是人民？"何莉故意显出一副惊愕的表情。

张大可回答不了何莉的话，笑了。

何莉也笑了，说："真的谢谢你了，大可。没事我就走了啊，拜拜！"

"你回去了，这还下着雨呢？"张大可关切地说。

"没关系，我骑车快，一会儿就到家。"

"那你拿上伞吧。"张大可追着何莉给她伞。

"不用了，我骑自行车打伞不方便。"何莉骑上车飞快地离开单位。

张大可一个人举着伞站在单位大门口，看着何莉骑出去很远才返回院子里。

陆雪莹的爱情攻势很猛，她经常送一些营养品，如水果、罐头等，送来就放在收发室，让门卫大爷转交给常江子。自从发生何莉那件事以后，每个星期天，常江子都不能去别处了，陆雪莹一定要常江子去她家里吃饭，常江子的业余时间基本都被陆雪莹控制了。虽然常江子一开始并没有谈恋爱的想法，对陆雪莹也不是一见钟情，但是他不断地被陆雪莹的家人请去吃饭，不断地收到陆雪莹送来的各种东西，不断被陆雪莹的爱所打动。事实上，他已经和陆雪莹确立了恋爱关系，陆雪莹就像一根青藤，温柔而灵巧地缠绕在常江子这棵大树上。

后来，陆雪莹就大大方方地出入样板戏学习班的大院，她很自然地成了这里的老面孔，每次来都同样板戏学习班的人热情地打着招呼。

中午，陆雪莹又拎着一包东西来到常江子的宿舍。陆雪莹进屋时，李龙正依偎在床上看书，见她来了，他立即从床上坐起，然后开玩笑地说："哟！雪莹来了，这大中午的也不让人休息，比你燕子姐还缠磨人呢。"

陆雪莹的脸唰一下子就红了，她被李龙说得不好意思了，沙哑的声音从嗓子里发出来，"我来得不是时候吧？那我坐一小会儿就走。"

"不不不，我不是这个意思，我跟你开个玩笑，你还当真了，你快坐吧，我这就走，小燕那边正等着我呢。"李龙放下书，穿上鞋就离开了。

常江子在洗脸，看李龙急忙忙地往出走，他乐了，喊着说："李哥，燕姐真等你呢？"

"真的，我们真有事。"

李龙出去了，陆雪莹坐在常江子的床上美美地说："周末还去我家吧，我妈妈为你准备了很多好吃的呢。"

常江子思考了半天，"我都很长时间没到素兰老师家里去了。"常江子又开着玩笑对陆雪莹说，"自从认识了你，我都快六亲不认了。"

陆雪莹不以为然地说："有我你还不知足呀！"

"这个星期天一定要去素兰老师家，我带你一起去吧，素兰老师人可好呢，也想认识认识你，看看我找的这个女朋友怎么样。"

"她要说我配不上你呢，怎么办，你跟我散呀？"陆雪莹撒娇地说。

"那不会的，素兰老师不是那样的人，何况你也挺美丽的。"

"我真的美丽吗？"

"真的。"

"好呀！去素兰老师家可以，但是我有一个条件。"

"什么条件？"

"咱们不能在她家吃饭，去看看就走。"

"不吃饭恐怕不行，素兰老师和她的丈夫老马可都是热心肠，你去了不吃饭就走，不是显得很外道吗？他们会不高兴的。再说了，我这是第一次带着女朋友去她家，素兰老师能让咱们走嘛。"

"可我不喜欢在别人家吃饭，从小长这么大几乎没在别人家吃过饭，吃也吃不饱。"

"素兰老师不是别人，她是我的恩师，对我特别好。是她录取我的，平时还总在业务上给我吃些偏饭。我能有今天，与素兰老师的培养是分不开的。咱们应该常去看看才对。"

"我不愿意去……"陆雪莹娇滴滴地努着嘴。

"你实在不愿意去，我自己去好了，我们星期天就分开过。"常江子很坚定地说。

"那可不行，我不让你一个人去，我也不能和你分开过星期天……"

常江子突然感到陆雪莹是一个不愿意和别人亲近的人，是不是性格有些孤独，为人有些冷漠，是不是高干子女都这样？她和自己的世界观完全不一样，如果这样的话，以后家里人怎么和她相处？一瞬间，常江子想了很多。

陆雪莹见常江子不高兴，好半天也不说话，马上就改变了态度，她把头靠在常江子的肩上说："我不是不愿意去素兰老师家，只是想和你一个人单独待在一起，每时每刻都过我们两个人的世界，那样才好。"

"你要是实在不愿意去，就不要勉强自己，我从来不勉强别人做不愿意做的事情。但是亲人、朋友，各种关系我们都必须处理好。"常江子说这话时显得格外严肃。

陆雪莹马上意识到自己错了，笑吟吟地说："知道了，亲爱的，我刚才是跟你说着玩儿的。我知道，爱一个人，一定要爱他的家人，他的爸爸妈妈，他的兄弟姐妹，他的亲人和朋友，这叫爱屋及乌。"陆雪莹摇着常江子的肩膀。

见陆雪莹这么乖，常江子脸上又露出了笑容，他目光灼灼地看着陆雪莹，他对她的爱似乎一下子又有了新的升华。

陆雪莹真是个极聪明的女孩，能进能退。虽然她很任性，但很懂事理，虽然生在优越的家庭里，但在常江子面前表现得很随和，很有可塑性。

他们约定，这个星期天一起去素兰老师家。

把陆雪莹送出剧团大门口，常江子看见何莉拿着练功的行头去练功房，就热情地同她打招呼："何莉，大中午的不好好休息，去练功房做什么呀？"

何莉不回答，也不看常江子一眼，低着头走过去。她看见陆雪莹刚刚从常江子的宿舍走出去，心里不高兴，眼睛里含着泪，再坚强的女孩也受不了这样的场景。何莉怕常江子看到她脸上的泪水，低着头一阵快跑进了练功房。

常江子注意到了何莉的情绪变化，何莉从来不跟自己这样使性子，今天一定是看见陆雪莹在这里的缘故。

隐隐约约，常江子感觉自己好像欠了何莉点什么，是什么呢？他自己也说不清楚。常江子呆呆地站在院子里好一会儿，他不知道该不该去看看何莉做什么去了，他向着练功房的方向看了很久。

练功房里，何莉坐在练功的垫子上，背靠着墙。她的眼睛一直望着天花板，一行一行的泪水流淌下来。她心里很憋闷，也很痛，像刀子割肉一样痛。何莉早就该让自己大哭一场了，可她是个从不服输的女孩儿，从里到外都表现得很坚强。然而她毕竟是个没经过风雨的女孩儿，她没想到自己会这么痛苦。她不恨别人，只恨自己，恨自己为什么不早把那句憋在心里的话说出来，有多少次单独与常江子在一起的机会，为什么不说，为什么？

"江子哥……我爱你……"面对着空旷的练功房，何莉终于把这句话喊了出来。四壁有微弱的回音：爱你，爱你……

何莉突然有一种幻觉，听那回音多像江子哥的声音啊，要真是他的声音就好了，她目光茫然地四处寻找，可眼前依然是一个孤独无助的世界。

一会儿，她又听到常江子喊她的声音："何莉，我带你到小河边去练声吧，你还没去过那里，可好玩儿了。那里的环境非常幽静，老演员们都是从那里练出来的。大家练声时离得都很远，谁都不会打扰谁。我把你带到小河边，让你成为一个大明星。"

"真的，江子哥？"何莉美滋滋地说，"那我一定要去，一定要你带我去。"

"一定的。"

"拉钩，"何莉伸出小拇指与常江子拉钩，"哪天去？"

"明天早晨就去，你记住了，要早早地起床啊！"

"我要是起不了那么早，你一定来叫我。"

"起不早就不带你了。"

"不行，我要去。"

第二天清晨，何莉起得比常江子还早，早早就站在常江子宿舍前等他。常江子与何莉一个人骑了一辆自行车往小河边去，在晨风中他们显得更加英姿飒爽。快到河边的时候有一段路完全是土路，而且路很窄也很颠簸，不好骑车。常江子边骑边回头看着何莉，说："小心啊！别着急，慢点。"

何莉还是没稳好车把，"哎呀"一声，从自行车上掉了下来。

常江子赶紧停住车，走过去扶起何莉。何莉的一只鞋子被水浸湿。常江子开着玩笑说："我看你不用穿鞋子了，赤脚在河边练功那一定有不一样的感觉。"

何莉看看常江子，真的就把另一只脚上的鞋子也脱下来，放进车筐里。

"小心着凉。"常江子又担心地说。

"没关系，这都什么季节了。"何莉推上自行车，赤着脚来到了河边。

"别把脚凉着，快把鞋穿上吧。要不，咱们回去吧，今天不练了。"

"不！好不容易来了，练完了再回嘛。"何莉说着又把鞋子穿上了，她觉着这样光着脚的确有失风度，不好意思。她刚刚穿上鞋子，看见又有人来练功了，那人当然是剧团的，她仔细看，好半天才看出，原来是小米。

"小米！"何莉高兴地喊了一声。

小米向她招了招手。何莉心想，小米才是真正的跟屁虫呢，他又不需要练声，这么早跑到这里来干什么？

小米并没有练声，他拿了一本书坐在树下认真阅读。

常江子还在往前走，距离何莉有两百多米的地方才停下来，开始练嗓……

这一幕一幕像过电影一样从何莉眼前闪过，如果那天不是小米也跑到河边去，或许她会有勇气说出她爱江子哥这句话。不对，也不能怪人家小米，自己是因为喜欢江子哥才来到剧团的，自己也是比陆雪莹先认识江子哥的，自己比她先到，应该有很多次这样的机会，自己都没有把握住，没向江子哥表白过，这事谁都不能怪，怪就怪自己吧。

何莉的泪水还在流，她不想擦，任其流淌。不知过了多长时间，何莉眼前出现了幻觉，姐姐何月来了。何月走到她面前，笑容可掬地对她说："又遇到什么烦心事了，傻妹妹？"之后姐姐的笑容渐渐地消失了。一会儿，姐姐何月以一副伤心的面孔出现在她的眼前，"何莉，你怎么跑到这儿来了，你这么长时间不跟姐说心里话，姐也挺伤心的。姐知道你心里想什么，姐相信你，你才是最好的……""姐，你别走，我知道你一直在生我的气，对我有想法却不说出来，自己憋在肚子里。姐，我对不住你……"姐姐没再说什么，影子在眼前闪了两下就消失了。何莉用双手把眼睛捂上，把头埋在双肘间，仍然感到眼前的世界有点模糊。她想让自己睡去，她感觉很累很累，睡上一觉也许什么都过去了。

过了一会儿，何莉稍稍清醒了些，她睁大了眼睛，极力地想从痛苦中挣脱出来。于是，她想站了起来，想走出这间练功房，再坐在这里没准被人看见，那多不好。可是，她站了半天也站不起来，头特别痛特别重，她需要躺下来休息。何莉不再挣扎了，她仍旧坐在那里不动，继续闭上眼睛让自己昏昏欲睡。

没有人知道何莉在练功房里坐了多久。

≪ 第七章

李龙和王小燕两人在宿舍里列菜单，"猪肉十斤，羊肉十斤，鱼八条……"李龙边写边念叨。

"为什么买八条鱼呀？"王小燕问。

"八桌客人嘛，一桌一条，买大一点的鲤鱼。"

"有鱼吃呀！"常江子进来时只听见他们俩在说鱼，不知道什么事，就顺口接了一句。

"江子回来了，正要告诉你，我们俩要结婚了。"王小燕兴奋地说。

"真的吗？"常江子瞪大了眼睛看着李龙和王小燕，"什么时间？"

"明天，惊讶吗？"王小燕笑声朗朗地说。

"惊讶！我一点思想准备都没有，你们就结婚了。"

"我们结婚还需要你做什么思想准备呀，你傻不傻。"王小燕笑得合不拢嘴。

"我是说，燕姐就这样嫁给李哥了？"

"怎么，你还有什么想法呀！有想法也晚了。"李龙满脸幸福，过了一会儿又慢声慢语地说，"小燕嫁给我是有点委屈，你说是吧江子？"

"这是你自己说的，我可没说嫁给你委屈呀？"王小燕接过话来说。

"是有点委屈。"常江子笑着说，"燕姐人又漂亮心又善良，性格还开朗，真是百里挑一。"

"你什么意思，是我不够好呗，我配不上她呗？"李龙不服气地说。

常江子大笑，"这你还不知道嘛，我和我燕姐永远都是一个战壕里的战友。"

"没有李哥哪来的燕姐，你也不知道谁近谁远。"李龙又低着头去看菜单。

"恭喜你们了！"常江子掐着手指算了一下，说，"李哥，你们真该结婚了，谈恋爱都谈了三年多，我和陆雪莹都认识两年了。时间过得真快。"

"对了，陆雪莹就你通知了，我就不再通知她了。"王小燕说。

"你们一定去，江子。我们的婚礼就简简单单地办，都是单位里的人，我们两个人的父母都不在本市，我的家在乡下，太远，父母也不准备来了。"李龙说。

"好！我和陆雪莹一起去参加你们的婚礼。"

李龙和王小燕继续列菜单。常江子说:"李哥、燕姐,如果有需要我帮忙的就别客气。"

"没什么可做的,你快忙你的吧。"王小燕很感动的样子。

常江子觉得自己在屋子里待着挺多余的,在地上转了一圈,说:"那我先出去一趟,你们商量吧。"

"我们很快就完事。"李龙说。

常江子从宿舍出来,他想去找陆雪莹,于是,用收发室的电话约陆雪莹出来,一起到商店给李龙和王小燕买结婚礼品,他们明天就结婚,时间挺紧张。

走在路上,常江子想,李龙和王小燕结婚,无论从哪个角度讲,他和陆雪莹都必须去参加,而且要随上一份厚重的礼物。李龙快三十岁的人了,他把十多年的美好青春都献给了样板戏。其实,李龙也是一个很优秀的演员,业务上也很刻苦,只是他的天资条件稍稍差了那么一点点。剧团里的人总是拿李龙与常江子比。在各个方面,李龙比常江子都差那么一点点,个儿头上,李龙的个子矮了那么一点点;嗓子的豁亮程度,嗓音的高度上,也差了那么一点点。李龙也是英俊美男,如果没有常江子和他比着,李龙在观众心中应该是最好的那个。记得有一次李龙冷言冷语地说,"你常江子可是出尽了风头,好都让你一个人占了,先天条件好,后天条件还好,甭说在一个市剧团,就是到国家剧团里去找,也难找到你这么好条件的男演员了。"常江子知道李龙一开始就很嫉妒自己,有时候也下点小绊子,但那些都是过去的事了,他没往心里去,他非常理解李龙的嫉妒心,同行是冤家。如果自己不是这么强,处处都在追求完美,让李龙感到很压抑,李龙和自己应该是挺不错的哥们儿。后期有王小燕在他们中间,又介绍了陆雪莹,他们的关系向着好的方向发展,而且越走越近。

常江子在商场门口等着陆雪莹,她很快就来了,她走到常江子跟前挽起他的胳膊,幸福地冲着他笑。

他说:"别这样,让别人看见多不好意思。"

她低声说:"不管,谁爱看谁看。"话虽然这么说,她还是松了一下手,不那么紧紧地挽着他的胳膊了。

"我们这小地方,走在大街上都一本正经的,谁也不敢像你这样。"

陆雪莹脸红红的,说:"爱就这样,这有什么不可以的?"

两人开始转商场。他们转了大半天,把玉琼市的几个稍大一点的商店都转了,最终选中了一块橘红色的毛毯,那上边有几朵浅黄色的大菊花图案,很艺术,也很大气。

常江了说:"我们俩能看上的东西,估计李龙和王小燕也一定能喜欢。"

"没问题,这么漂亮的毛毯,我都想自己留着用了。要不咱们也买两块吧。"

常江子说："咱们先不买，等咱们结婚时好的多得是。"

陆雪莹自信地看着常江子说："是啊！等咱们结婚的时候，一定要去北京买东西。"

常江子在陆雪莹的鼻子上轻轻地刮了一下，"没出息，这么早就想结婚的事。"

"早吗？"陆雪莹甜甜地说，"人家现在就想嫁给你了。"

常江子深情地看了陆雪莹一眼，然后拉起她的手说："咱们走吧，好多人都认出我来了。"

第二天一大早，文工团的院子里就有了喜庆的气氛，几个男孩子手中拿着一挂鞭炮在零星地放着，孩子们都是文工团职工的孩子。李龙想得很周到，他头一天就买了几挂小鞭炮，准备让院子里的男孩子放鞭炮调节气氛。他和王小燕的新家不过是文工团分给王小燕的一间宿舍，好在宿舍旁边就是单位食堂，李龙和王小燕的婚礼宴席就在食堂里举办。

常江子和陆雪莹两个人拿着毛毯来到李龙和王小燕举行婚礼的新家。王小燕今天打扮得格外漂亮，按说结婚应该穿红衣服，喜庆，可王小燕没有，她穿了一件合体的蓝色西装上衣，三开领子露出里面的红色针织内衣，又时尚又不俗气，文艺工作者总是与众不同。见到常江子和陆雪莹，她非常兴奋，跑过去就抱住了陆雪莹，亲亲热热地说："雪莹，你来了我太高兴了，太谢谢你们俩了。"

李龙接过毛毯，很是感动。他把常江子叫到一旁，拍着常江子的肩膀说："这些年，咱哥儿俩能在一起共事，也算是有缘分。以前都是我做得不够好，别看你年龄小，可从来都不和我计较，比我有肚量，我心里有数。"

常江子笑了，说："李哥，你看你，今天是你大喜的日子，说这些干什么，都是些过去的事了，不再提它了。"

李龙给常江子和陆雪莹倒了两杯水，又去迎接新来的客人。

常江子拿了一块糖，剥掉了糖纸送到陆雪莹的嘴边，说："这是喜糖，可要吃一块。"

陆雪莹幸福地看着常江子说："这就不怕被别人看见了。"

"这和在大街上不一样。"

陆雪莹的笑容比糖还甜。

李龙和王小燕的婚礼很热闹，人很多，大都是单位的同事，里里外外一片喜庆的气氛。

李龙忙了一阵，又来到常江子跟前。他把常江子叫到一边，说："江子，有件事我一直想告诉你，这些天忙结婚的事，还没来得及告诉你，样板戏学习班要改革了，听说以后就不演样板戏了，要演传统剧目，也就是那些才子佳人都要重新搬到舞台上来，你知道这事不？"

"没听说呀！"常江子很惊讶。

"你说那些传统剧目都是些才子佳人的故事，咱们这些唱样板戏出身的演员也演不了那些老戏呀。我早就听说了这件事，所以两个月前我就开始办调动了，我已经调到市歌舞团去上班了，手续基本上办完，都是小燕帮忙找人办的。我看你也应该考虑一下今后的路怎么走，不行也找个单位调出来吧。"

"李哥，你也太不够意思了，一个宿舍里住着，你把消息封锁得这么严。"常江子想，李龙太小心眼儿了。

"不是封锁消息，我是怕单位的人知道我就调不走了。样板戏学习班一改革，老戏一上演，我们俩这样的就什么都不是了，我们学的是样板戏，那些老家伙们还能把我们放在眼里。"

听了李龙的这番话，常江子有点震惊，刚才还很好的心情，一下子就乱七八糟的了。常江子沉默了一会儿说："我知道了，李哥，如果真是那样的话，我们这些人就不太适合在样板戏学习班里干了。我回去也认真地想想这件事。"

"那好吧，就说到这，我去忙，你一定要认真对待，哪天咱们哥儿俩再聊。"李龙又忙着去招待前来参加婚礼的客人。

王小燕也总来关照陆雪莹，她端来一盘瓜子放在陆雪莹跟前，说："今天客人多，我顾不得同你说话，你好好吃啊！"

"这么多客人，快去忙你的吧。"陆雪莹说。

常江子同李龙说完话又回到陆雪莹旁边的座位上。可是此时，他已经心不在焉了，他对陆雪莹说："人挺多的，咱们俩快吃，吃完了饭就走吧。"

"为什么？"

"不为什么，出去走走。"

"去哪儿？"

常江子想了想说："没地方可去，还是去红山散步吧。"

陆雪莹发现常江子像是有什么心事，欣然点点头，说："好！我听你的。"

参加完李龙和王小燕的婚礼，常江子和陆雪莹骑着自行车来到红山脚下，他们把车存放好后就一起登上了玉琼市东边一座最美丽的山峰——红山峰。

这个春天似乎是一个很特殊的春天，大地已经复苏，有了绿色，可仍然感到乍暖还寒。这种乍暖还寒的感觉不仅仅是自然气候，还有当时的政治气候。在政治气候的悄然变化中，人们似乎隐约听见了一种声音，那是风的声音，从很远的南边吹过来，越吹越近，越吹越近。终于有一天，那风浩然而至，那便是改革开放的春风。

常江子边走边想，"改革开放"这个词，最近在单位里，在邢团长的讲话中，在学习的文件中是说得最多的一个词。改革开放，风云激荡，是整个中国的一个变革。改革开放，文艺也要复兴，传统的戏剧不再被封锁了。改革开放，会给样板戏学习班带来什么样的变化呢？潮落潮起，每个人的命运也会在改革开放的同时发生巨大的变化。李龙是最先变化的一个，他原来那么热爱样板戏，谁都不会想到他能第一个离开剧团，转身一变去歌舞团。明知道自己去了歌舞团就是个无名小卒，再也没有男一号的风采，可他还是在风云突变的时局下，迅速结束了他唱样板戏的辉煌时代。

陆雪莹双手插进粗花呢大衣口袋里，之后又从衣袋里抽出左手，然后握住常江子的手。她觑了他一眼，妩媚一笑。她看见常江子若有所思的样子就问："想什么呢，怎么不高兴呀？"

"我在想样板戏学习班的事。"常江子叹了口气说，"样板戏学习班要上传统剧目了，我们这些年轻的演员怎么办？演样板戏的演员从来没学过也没演过那些古装戏，该怎么办？"这时他们已经登上了山顶。他远远地俯视着整个玉琼市的城市风貌，从未有过的愁云浮现在他的脸上。

"你能演样板戏，还演不了传统戏吗？这有什么区别吗？"陆雪莹天真地扬起脸看着常江子。她搞不太明白，但是她能感受到常江子内心的痛苦和彷徨，她突然感受到常江子的情绪可以使晴朗的天空变得阴郁，使周围的树木变得清冷，她紧紧地抓住他的手，紧紧地依偎着他。

"区别大了，完全不一样，思想内容不一样，舞台功夫也不一样。我就搞不清楚了，上级为什么要这样做？"

"上面自有上面的道理。你的功夫不是已经很好了吗？演任何戏你都应该没问题呀！"

"不一样，我的功夫还差得远呢，老戏里的靴子功、甩发功，还有什么水袖功等等，都需要重新开始学习。最重要的不在于这些，而在于我们这些年轻演员从小看样板戏、唱样板戏、演样板戏长大，对传统剧目一窍不通，一时还很难接受，我真的不想再演戏了！"

陆雪莹从常江子的眼睛里已经读到了危机感，她想了想说："没关系的，你要是真不想演戏了，那就叫我爸爸给你换个工作，你别太苦恼了好吗？"

"恐怕没那么容易吧。"

"我爸要想给你换个工作很容易的。"陆雪莹肯定地说。她的安慰像一件温暖的衣服，在充满寒意的山顶上给常江子带来一丝温暖。然而，她的温暖只是表面上的，解决不了常江子的思想问题。

"要不你也像李龙一样，去歌舞团吧。"陆雪莹又说。

"那怎么行，我可不能步李龙的后尘。我喜欢戏剧，从心里喜欢，没有一点离开的想法。"

"那就不离开。"陆雪莹此时不知道说什么才能让常江子的心情好起来。

两个人默默地站了一会儿，陆雪莹把双手搭在常江子的肩上，与他面对面站着，目不转睛地凝视着他的眼睛，那瞳仁深处满是深情，她用美丽动人的眸子久久地、定定地注视着他。她知道他头脑中思绪纷纭，理不清头绪，便也缄口不语了。

常江子感到从未有过的迷惘，迷惘得甚至需要去探索一条新的人生路了。他把陆雪莹那双温柔的手从自己的肩上挪开，他的眼睛一直盯着脚下的山路，在山坡上缓缓地行走，无目的地往前走着，陆雪莹并没有介意，她在他身边悄然移动着脚步。

他们不知不觉地从一座山峰走向另一座山峰。站在山峰的顶部，在一片岑寂中，常江子时而抬头仰望一片蔚蓝的天空，时而目光游移沉思着。

陆雪莹从未见过常江子像今天这样彷徨，她温柔地抓住他的胳膊，摇了几下说："或许我还没真正理解你，你不要这样好不好。"

常江子说："这事与你没关系，我一直在想，我不是一个头脑灵敏的人，理解一件事需要有个过程。也许经过一段时间，我会完全理解的，当我理解了，我就会比任何人都理解得透彻。"

"你会的，我相信你。现在别想这件事了，好不好？"

"好！"常江子突然感到对不住陆雪莹，是自己的情绪破坏了她的心情。他马上振作起来，说："咱们俩下山时比赛吧，看谁跑得快。"

"我当然比不过你，不玩儿这个游戏，我的鞋跟儿这么高。"陆雪莹撒娇地说。

"那我背着你下山吧。"常江子深情地看着陆雪莹。

"那好，你背我！"陆雪莹笑了。

常江子弯下腰，陆雪莹幸福地趴在了他的背上。常江子背起陆雪莹往山下走去。

走了一会儿，陆雪莹不忍心让他再背了，说："我快下来吧，累坏了你咋办。"

"背你走一段吧，你的鞋子走山路不方便。我这是猪八戒背媳妇，越背心里头越美。"常江子背着陆雪莹一直走下山去。

样板戏学习班的院子里一片热闹的景象。老演员们纷纷拾起行头，开始练功了。年轻的演员却一个个都耷拉着脑袋，同演样板戏时候的情景正好相反，样板戏是年轻人的天下，而老的传统戏是老演员们的至爱，他们很兴奋，有了一种枯木逢春的感觉。

院子里很是热闹，而躺在宿舍床上的常江子却像掉进了无底的黑洞里，他睡了一觉又一觉，就是不想起床。他不愿意参加学习，不愿意参加开会，更不想练功了，好端端的一个曾经是那么辉煌的演员，似乎一下子就走到绝路上去。

　　常江子看着李龙曾经住过的那张床感觉物是人非，屋子里空空荡荡的，宿舍里就剩下他自己了，这更给他带来一些伤感。

　　"江子，还睡呢？"睡得迷迷糊糊的常江子听见有人敲门，是素兰老师的声音，常江子一跃从床上跳起来，迅速把门打开。

　　"哟！这是怎么着，身体不舒服呀？"

　　"没有，就是有点累。"常江子好久好久都没去素兰老师的家了，一种愧疚感涌上心头，他见到素兰老师也不知该说什么好。

　　"甭骗我了，我知道你这些天为什么情绪不好。上传统戏，你们这些年轻人一时半会儿地还转不过弯儿来。"素兰老师好像是第一次这么严厉地对常江子讲话。

　　常江子拿过来一把椅子让素兰老师坐下，又从暖瓶里倒了一杯水，端到素兰老师跟前，很谦恭地听着素兰老师的话。

　　素兰接着说："文艺本来就应该是百花齐放，百家争鸣的，这是毛主席他老人家说的，他说得太正确了。你们年轻人是不了解，许多优秀的传统京剧那都是国粹呀，如果我们国家再不把它恢复起来，它们就要失传了，就没有人继承和发扬了。现在，革命形势越来越好，改革开放的春风吹来了，你这个台柱子应该振作起来才对，要努力学习传统戏才对，把传统戏再演出个样来，那才叫常江子呢！"

　　常江子垂着头，无言。

　　素兰从椅子上站起来，走到常江子面前，亲切地拍拍他的肩膀，语重心长地说："江子，你千万不能泄气啊！演传统戏，你也错不了，你也是一个非常出色的演员，我等着你把心态调整好……"

　　素兰老师的苦口婆心感动了常江子。这时常江子突然想起了一件事，他着急问："素兰老师，我怎么听说您要调走呢，调到您原来工作过的省剧团去，是真的吗？"

　　素兰老师若有所思地说："传统戏刚刚恢复，省剧团的确也缺人才，当年的一位老同事就想起了我，说要调我回去，还没影儿的事呢。你是从哪儿听说的？这事传这么快。我还没想好呢，也不准备去了，年轻的时候咱为了爱情都放弃了大剧团，选择了小剧团，现在这么大年龄了还回去做什么，身体也发福了，扮相也不行了，不像你们年轻人，我也就这样了，可是你要努力呀！"

　　素兰走后，常江子又躺在床上。素兰老师虽然那么谦虚地说自己，可在观众眼里，在同行眼里，她仍然是剧团的财富，是观众喜欢的演员。常江子眼前时暗时明，素兰仿佛又给他带来了一线曙光，在这道曙光中，他好似看到一个亲切的背影。常江子仍然在想，如果素兰老师真调走，自己身边不仅少了一位老师，也少了一位亲人，一位关心他爱护他的人。从他来到玉琼剧团，除了赵老给过他鼓励和批评，给过他鼓励最多的人就是素兰老师，他心里服气。在素兰老师家里吃饭的一幕幕场景都浮现在常江子的眼前。

　　那年冬天，一个寒冷的夜晚，素兰老师给常江子介绍对象。常江子骑着自行车，素兰老师坐在后边，走进了一个小胡同，小胡同的路中间有个坑，常江子不知道，车子一颠，把素兰老师从自行车上颠了下来。素兰老师摔得很重，尾骨骨折，当时就住进了医院。常江子很自责，他责怪自己太粗心，怎么就没看见那段路面上有一个坑呢。他还责怪自己心不在焉，因为那时候他刚刚认识陆雪莹，素兰老师还不知道有陆雪莹这个人，或许她知道了，但她认为陆雪莹还不是最好的，她要给常江子介绍的这个女孩在各方面都比陆雪莹优秀。常江子觉得这样做有点对不住陆雪莹，他又不好意思拒绝素兰老师，所以不得不跟着素兰老师去相亲。结果，在去相亲的路上就把素兰老师摔坏了，那个女孩子究竟怎么优秀，长得什么样，常江子没去看，看了他也不会改变，他和陆雪莹是真正相爱。

　　对此，素兰老师一点怨言都没有，躺在医院里，她还开着玩笑说："我这都是为了给常江子找个般配的女孩啊！可惜了，那么好的女孩子，和常江子没有缘分，没看见人什么样，他先把我这个介绍人摔坏了，这都是上天安排的，缘分就是缘分，信不信由你们。"

　　常江子一脸惭愧的样子，"有了这次的教训，以后再有天仙一样的女孩我也不去看了。"

　　想着最初的那些理想和希望以及随着岁月延伸的那些脚步，常江子知道自己需要马上振作起来。他在努力地接受着现实，接受着眼前所发生的一切。无论怎么样，他仍然感谢样板戏学习班这些年的培养，锻炼了他。

　　张大可手里拿着一个大大的牛皮纸袋，里边装了一件的确良花衬衣。张大可看到练功房里剩下何莉一个人，他兴奋地跑过去把纸袋交到何莉的手上说："何莉，我前两天去了趟北京，这是给你买的。"

　　何莉拿过纸袋看了一眼，不解地问："这是什么呀？"

　　"就一件衣服。"张大可红着脸笑了笑说。

　　"给我的？你为什么要给我买衣服，我是你什么人？我可不要。"何莉说着把纸袋扔给了张大可。

　　张大可又憨憨地一笑，说："我也不知道为什么就想给你买这件衣服，我觉得这件衣服你穿上一定非常好看，所以就买了。"

"我穿什么衣服都好看，你都给我买？"

"你……要是不想要，回到家就把它扔掉算了，就当没这回事，你可千万别生气。"

张大可把话说到这个份儿上了，何莉又不知如何是好了，不管怎么样，也不能伤人太过，就很无奈地把衣服接过来说："行，我收下。这衣服多少钱，我明天把钱给你。"

"钱的事再说。"

"你不要钱，我就不要这件衣服。"

"非要给钱就给吧，只要你高兴就行。"

"多少钱？一定很贵吧，明天就发工资了，我给你。"

"行，发工资再说。"张大可心里高兴，只要何莉把衣服先收下就好。

何莉不再说什么了，继续练功。

张大可说："那你练功吧，我走了。"

张大可走出练功房，何莉打开纸袋看了看，张大可买的这件花的确良上衣还真够漂亮的，是她喜欢的那种。何莉看看时间也该结束练功了，就拿着衣服走出练功房，她没回宿舍，到院子里推自行车，准备回家。

"我来帮你推吧。"何莉没想到张大可没走。见何莉来推自行车，他赶忙从她手中拿过钥匙，帮何莉把自行车的锁打开，又按按车带，说："没问题，气还足着呢。"这已经成为他的习惯动作，每天都要检查一下何莉的自行车带是否有气，打气的事都包在张大可身上了，一有空闲，他会把何莉的自行车擦得锃亮。

何莉骑上她的飞鸽自行车回家去了。

何月脸上没有笑容，这段时间她也有些消沉，对传统戏她也很反感，但她不像常江子表现得那么激烈，那么苦闷。她看上去平静如水，还像往常一样上班、练功、开会、学习，一副老样子，只是话更少了，不开心。

何莉进了屋，何月淡淡地问了一句："回来了。"

"哦！姐，你今天怎么也回来这么早，不在单位住呀？"

"哦！和你一样，想妈了呗，回来看看。"

何莉听何月的话有点不舒服，想妈天天都能见到，今天是格外想，还是……何莉走到里间屋，把衣服换下来。

何妈妈把饭菜端上桌，招呼着何月、何莉吃饭。

坐在饭桌上，何莉见姐姐不想多说话，也就不找话说，大家都低着头吃饭。

吃过饭，何月去洗碗。之后，她看见何莉在镜子前试穿一件漂亮的的确良花上衣，就问："何莉，谁给你买的漂亮衣服？"

"啊？"何莉没答上来。

何月用手摸了摸，说："这件衣服的价钱可低不了，而且不是在本地买的吧？咱们这儿可买不到这种衣服。"

"这会儿想跟我说话了，"何莉的眼睛盯着镜子，不冷不热地说，"姐你还真猜对了，真是别人送的。"

"谁送的，快交代。"

"还有谁，张大可呗。他说他去北京出差，顺便买回来的。"

"张大可？"何月张大了嘴巴，不解地问，"你接受他了？"

何莉转过身来看着何月说："你这么大惊小怪的干啥。"

"你……衣服都接受了，难道……"

"他呀，后备车胎，备着吧，等本小姐到了实在嫁不出去的时候，没准就会嫁给他。"何莉说着把衣服扔在了床上，脸上一点高兴的模样也没有。

"你胡说什么呢何莉，你对自己就这么不负责任。"何月着急了。

何莉心里并不舒服，从张大可送给她衣服的那一刻开始，回到家见姐姐也像是有心病的样子，她就更难受，早就想发泄了。其实她并不是那样想的，她怎么会嫁给张大可呢。于是，她又口不碰心地说："姐，该嫁就嫁吧，别太挑了，省得咱妈看着咱们姐俩都不嫁人心里堵得慌。"

"这孩子，这是怎么说话呢，我说什么了吗？那是你自己着急要嫁，你姐姐还没嫁呢，你可怪忙乎人的。"何妈妈连逗带笑地说着，把姐俩都说笑了。

何莉又说："姐姐人长得比我漂亮，慢慢挑吧，挑一个比常江子还英俊潇洒的男人那才是姐姐的理想呢。"

"你今天心不顺吧，刚说完了咱妈，现在又来惹我，看我不收拾你。"何月说着，擦了手就去挠何莉痒痒，她想调节一下这僵持了很久的气氛。姐俩嬉笑着在床上撕扯了半天，终于都松了口气。

笑过之后，何月说："告诉你何莉，吃人家的嘴短，拿人家的手短，你要是和张大可没那份心，赶紧把衣服送回去。"

"我喜欢这件衣服，放心吧姐，明天发了工资我就把钱还给他。"

"那就对了。"

"你姐说得对，何莉，女孩子家家的，不能随便要人家东西。"

"唉！我都懂，你们不要再说我了。"何莉把衣服收起来。

何月回到自己的房间，拿起《红楼梦》的下部接着读。她已经把《红楼梦》这本书读成旧书了，她不是从头至尾读，而是喜欢反反复复读里边的个别章节。她手头也没有别的书可读，《红楼梦》又是她百读不厌的，所以每天都读几页。可是，今天，她是眼睛在书上，心却没在上面，心在想，也快把自己嫁了吧，妈妈整天说，女大当嫁，女大当嫁。这女人要是岁数大了不嫁，就会成为众矢之的，成为别人议论的焦点，成为老人的负担。当然，她也非常清楚爱和嫁是两回事，多数女人不都是为了嫁而嫁吗？而爱情是可遇而不可求的，有的人能遇到，有的人一生都遇不到。现实生活与小说里写得不一样，别管遇到遇不到爱情都得嫁人。爱情这东西是自古难全，即便是遇到了，也不一定会走到一起。就如这《红楼梦》中贾宝玉和林黛玉的爱情故事一样，他们那么相爱，他们却永远也走不到一起。还有金陵十二钗，她们的爱情结局个个都是凄凄惨惨，不如没有的好。

给何月介绍对象的人很多，她都不满意，因为她心里只装着常江子，她总是拿常江子做比较，越比越觉得哪个都不行。妹妹何莉公开向她挑战争夺她的爱情，何月忍受着极大的痛苦让给了何莉，但最终得到常江子的人不是何莉，而是另外一个叫陆雪莹的人。何月很后悔，要知道是这样一个结局，不如当初就不让，坚定自己的爱情信念，把爱情进行到底。可是现在，何月只能把婚姻看成是缘分，她越来越相信缘分了，不然很难让自己得到解脱。何月这回拿定主意了，前几天有人给她介绍了一位部队的营长，姓宋，她觉得这个人还算过得去，她不想再挑下去了，真的有点厌倦了。她知道爱情不会再向她招手的，嫁了算了。

何月放下书，把一个五分硬币攥在手里，她对自己说，如果是写字的一面，她就嫁给这位宋营长，如果是有花的一面，她就再重新考虑。何月闭了眼睛，把手中的硬币往上空一抛，硬币啪一声掉在了桌子上，何月睁开眼睛一看，果然是有字的一面。她有些不甘心，这次不算，再来一次。她又闭上眼睛，好半天把那枚硬币远远地抛到了床上，她有两分钟的时间没敢睁开眼睛看，可是最终还是要知道结果的，她就慢慢地，一步一步地走到床前。睁开眼睛吧，勇敢面对吧，硬币丢在那里，她走近一看，仍然是有字的一面。何月身子软软地坐在床上，心情特别烦乱，眼泪很快就涌出了眼眶，并顺着她美丽的脸颊流下去。命运既然是这样安排的，何月心想，就嫁了吧，就把自己嫁了好了，就宋营长吧，就是他了。

咚咚咚，有敲门的声音，何妈妈扔下手里的针线活儿，赶紧去开门，打开门一看，门口站着一位穿军装的小伙子。

"你找谁？"何妈妈问。

"大妈，这是何月家吗？"小伙子很有礼貌地问。

"是，是呀……"

"我找何月，我没找错门吧？"穿军装的小伙子面带微笑，说话倒挺干脆利落的。

"哦！"门口出现这么个小伙子找何月，何妈妈感到很突然，就冲屋里喊："何月，有人找你！"

"来了。"何月走出来一看是宋营长，她的脸唰一下就红了，"是……是你呀，你怎么会找到我家的？"

"打听呗，天下没有难倒人的事。"宋营长笑着说。

"这……妈，这位是宋营长。"何月不知该怎么向何妈妈介绍这位不速之客。

"哦，你就是宋营长啊！"何妈妈想起来了，何月说过，是别人给她介绍的对象。何妈妈就热情地说："那进屋坐吧，快进屋吧。"

宋营长进屋前向路边张望了一下，一位小战士从一辆绿色的吉普车上跳下来，手里拎了两大包东西。宋营长接过包，小战士就走掉了。宋营长拎着两大包东西大大方方地进了屋。他说："这是给您老买的，几瓶罐头，还有点心和一些水果。"

何妈妈有些不知所措，赶紧收拾炕上散乱的衣物，说："这是怎么说的，买这么多东西做啥。我这做针线活儿呢，屋子里有点乱。何月，快去倒杯水。"

何月出于礼节，给宋营长倒了一杯白开水，她把水放在离宋营长最近的桌子上，水杯冒着热气。何月也不知该怎么处理这样的场面，显得很被动。

何莉听见有人来了，没出自己的屋，她不想出来，只从门缝里看了一眼这位宋营长，她觉得这位宋营长人长得也说不上太好，也说不上不好，姐姐那么高的条件不一定能相中他，何莉就躺到床上看书去了。

宋营长仍然直板板地站在那里，脸上的笑容也有些羞涩。

何妈妈把一把椅子拉到宋营长跟前说："坐吧，快坐吧。"

"您坐，您坐。"宋营长执意让何妈妈坐。何妈妈坐下了，他才坐下。

何妈妈看出这位军人小伙子挺紧张的，又说："喝水吧，喝点水。"

何月也不知道该说什么，觉得这场面挺尴尬的。

宋营长也不敢正面看何月，只对着何妈妈说话："大妈，部队明天去拉练，大概得需要一个多月的时间，所以，我先来认认门。"

何月不怎么高兴，心想，我们只见过一面，我没说不成，可也没说这事就成了，你怎么就贸然找到我家里来认门呢，还买这么多东西，这算什么呀。

之前他们见了一面，之后，宋营长主动约过何月，一次要请她吃饭，一次要请她看电影，都是在剧团门口，门卫大爷把何月喊出来，说有人找她。何月还没有想好，因此都拒绝了。宋营长显得很平和很有涵养，每次何月拒绝他时，他都笑着说："那好，咱们下次找时间再约。"

何月站在那里想，刚才自己还在床上扔硬币，扔了两遍硬币，都是有字的，那是自己设定的缘分。设定了之后，人就来了，看来真的不能不相信缘分呀！想到这，何月脸上浮现着一丝丝红润。

何妈妈也没什么话可说，就一遍一遍地说："喝水，喝水吧！"同时认真地看着这位宋营长，觉得他人长得虽然不是很帅气，可也挺精神的。这要看和谁比，和常江子那是没法相比，和一般的小伙子比还算不错。何妈妈心里也清楚，何月与常江子的事是没指望了，他们成不了夫妻，何月与这位宋营长处一处也没什么不好，只要他人品好就行。不过，这事是何月自己说了算，做老人的不能多说话。

何月一句话也没有，屋子里的气氛一直僵着，宋营长见好就收，站起来说："天也不早了，我就走了，等部队拉练回来我再来看望大妈。"

"那……你不再坐一会儿了？"何妈妈客气地说。

"不了，我改日再来。"

"何月，你送送宋营长。"

"哦！"

宋营长走在前面，何月跟在后面，何月把宋营长送到院门口，用温和的目光看了看他，一句话也没有。

"不要送了，你回去吧！"宋营长也只看了何月一眼，头也不回地就走了。

何月关好院门往回走，心里不高兴，她觉得这位部队干部总是一派革命作风，找对象也像是例行公事一样，好像缺少那么一点革命的柔情，以后过日子他也这样，那样的日子多没趣呀，何月不愿意往下想了。

》 第八章

样板戏学习班到了转型期，开会、学习、讨论，从早到晚。新老演员经过一段时间的学习和提高认识，重新开始组织练功，把一个一个传统剧目都拿出来翻阅，把一包一包的传统戏服装放在太阳下晾晒挑选，让它们重见天日，准备排练。剧团大门旁边的那块牌子已经换了，把辽北省玉琼市样板戏学习班的牌子撤掉，换成了一块新牌子——辽北省玉琼市京剧团。样板戏学习班这几个字从此消失在历史的长河之中。

剧团领导为了让年轻演员们尽快地上演传统戏，分别把几个主要的年轻演员派出去学习，把何月等几个年轻演员派到省京剧院学习，把常江子派到北京中国京剧院学习。

说到北京，会让人心动，剧团里没有几个人去过北京，谁能去北京，那可是难得的美事。常江子带着一颗激动的难以平静的心来到了首都北京。

改革开放后的北京有一种崭新的气象，天空格外地清逸，道路格外地舒展，处处给人一种蓬勃向上的感觉。初次来北京的人一定要到天安门广场走一走，看一看，在天安门前留个影。常江子也不例外，揣着一颗激动的心，最先来到天安门广场，他在这里漫步，看五星红旗升起。广场上来去匆匆的人们都迈着崭新的步伐。正如一首歌中唱的那样："春风吹绿的东方神州，春雨滋润了华夏故园……"常江子呼吸着北京的空气，像清风，像溪水，像月光，全身心都渗透着舒畅的感觉。看着雄伟的天安门，常江子想起父亲曾对他说过的话："走过草原，走过大漠，走过高山，走过长河，那些都只是视野上的开阔，而只有来到北京，来到北京天安门广场，你才会感觉到视野、心胸、思想会同时开阔起来。"梦中的北京在心中，心中的北京在眼前，一幅幅崭新的画卷尽收常江子的眼底，北京的天地是如此恢宏，又如此动人心弦。

坐在北京长安大戏院的剧场里，常江子看了好几场精彩的传统剧目。其中《逼上梁山》那场戏就看了三遍。第一遍他并不感兴趣，昏昏沉沉地坐在剧场里半睡半醒。看第二遍的时候，他感觉有了不一样的心情，这部根据古典名著《水浒传》改编的历史剧，剧情不仅描写了一个具有正义感的下层军官林冲走上反抗道路的历程，而且成功地塑造了李铁、李小二、鲁智深、曹正、王月华等一批反封建起义造反的英雄形象，突出表现了人民群众不堪忍受统治者的残酷压迫，纷纷起来聚义造反的故事。常江子越看越兴奋，越看越投入，他忽然觉得那些传统戏里的功夫，像靴子功、甩发功用在这样的戏剧中是那么适宜，显现了演员们过硬的基本功，增加了亮点，也增加了戏剧的美感。《逼上梁山》的演出，在当时深受广大观众的热烈欢迎。

看样板戏、演样板戏长大的常江子，坐在北京长安大戏院里看了几场传统戏后，世界观发生了深刻的变化，他很快对传统京剧产生了浓厚兴趣，感觉到这才是真正的传统的综合的艺术，集文学、音乐、舞蹈、美术、表演于一体的戏曲，从某种意义上讲，也是角儿的艺术。在中国京剧院学习期间，他了解到京剧有着悠久的历史，有很多流派。早在十九世纪末，老生演员谭鑫培就在表演方面形成自己的风格。他初随程长庚等人学唱老生，后博采众长，改革旧的老生唱腔，创造出细腻婉转的谭派唱腔。时至二十世纪，京剧流派如雨后春笋般涌起。老生行中有余叔岩的余派、言菊朋的言派、高庆奎的高派、马连良的马派、周信芳的麒派、杨宝森的杨派、奚啸伯的奚派，等等。余、马、言、高在剧坛有"四大须生"之称。当然，旦行的流派也有很多，如梅兰芳的梅派、程砚秋的程派等等。众多流派把京剧表演艺术发展得淋漓尽致，丰富了京剧表演艺术的欣赏层面。常江子在这里常常听到"某某是学哪一派的""某某是某派的传人"，让他感受到京剧的高深及其精髓。

一个月的学习时间很快结束了，常江子有了很大的收获。他第一次认识到京剧艺术的传承性和创新性。样板戏追求的是革命和样板，样板在某种程度上就是刻板，而在北京长安大戏院里看到的那些传统戏京剧，让他知道京剧的本来面目，中国人含蓄、稳健、精致、典雅的精神品格在京剧艺术里有着最丰富、最集中、最生动的体现。京剧是国粹，它积淀了民族审美习惯和文化传统的艺术瑰宝。不是不演样板戏自己就没了前途，而是在今后的戏剧事业中自己将会有更光明的发展前景。学习期满那天，他急不可待地乘上火车离开了北京，以全新的思想和全新的精神面貌回到了玉琼市京剧团。

改革开放以来，玉琼剧团发生了很大变化。邢团长调走了，调到市文化局搞专业创作，剧团调来了一位新团长。新团长恰好姓辛，大家叫他辛团长的时候，心里想的也是"新团长"。邢团长当了多年的团长，与同志们相处得很融洽，感情也颇深，多数同志都不愿意邢团长走。邢团长说，从个人的价值而言，他自己更愿意选择搞专业创作，现在全国形势都发生了巨大变化，文艺作品可以百家争鸣，百花齐放，在这样的大好形势下，如能创作出更多更好的文艺作品比当一任团长更能实现他的人生价值。辛团长是从行政单位调过来的，业务上完全是个门外汉，工作起来有点唯唯诺诺。素兰的调令已经来了，素兰还是选择留下来，不去省剧团，一是她的许多学生都不愿意让她走，这么多年，她的情在这里，她的爱在这里，她的根也在这里，大家都挽留她，因此，素兰决定不走了。上级领导知道了这件事，引起了重视，从留住人才、重用人才的角度出发，任命素兰为京剧团副团长。与此同时，老裴也被提任京剧团副团长。

老裴从小学戏，在常江子这个年龄的时候他早已练就了一身的功夫，没等他在舞台上施展出来就赶上"文化大革命"。演样板戏的时候他不算老，但比起李龙和常江子来他还是显得老了一些。虽然剧团论资排辈，老裴总是排在第一组的男主角，他却感到演样板戏不那么顺畅，演得毫无兴趣，一直没有激情，观众的感觉也很平淡。因此，老裴出场的时候并不多，不是今天请假就是明天有事。他还总是怨天尤人，一直认为自己的运气不佳。可现在不一样了，传统戏剧重新走上舞台，剧团里会唱老戏的人没几个，论资排辈他又当上了业务副团长，这可让老裴一下子焕发了青春。老裴认为唱传统戏他还不老，正是年富力强呢，年轻演员都没接触过传统戏，这回他不仅稳稳当当地坐在了头一把交椅上，而且手中还有了权力。

社会大背景的变化，体制的变化，剧团的整体变化，让老裴感到很兴奋。这些年他一直很压抑，工作上没有积极性，也不认真，认为演样板戏前途渺茫，现在一下子翻了个身，是他大展宏图的时候了。翻了身之后他就很想把原来那些不满的情绪发泄出来，把失去的青春补偿回来，把憎恨的情绪集中在某个人或某些人的身上，谁也不能比他好，谁也不能比他强。现在老裴不是原来那个不参政议政，上班也吊儿郎当的老裴了，老裴管的事越来越多，有些事甚至超出了他的职权范围。对老裴更有利的是新团长不懂业务，什么事都听老裴的，老裴觉得自己手中的权力大得很。

老裴坐在办公室里，吸着烟，眼睛望着窗外，脸上写满了"如鱼得水"四个字。平日里和他关系最好的马伟来得更勤了。马伟比老裴大两岁，从年龄讲不算年轻。马伟从一开始就觉着在剧团里混有些吃力，他在哪个方面的业务都不行，在乐队里弹三弦弹不太好，改弹中阮，乐队里来了个年轻人，中阮弹得相当好，马伟没法又去打鼓。后来，他不知什么时候离开乐队，又去练武功。其实练武功也不适合他，因为他的体型属于偏矮偏胖型。马伟最大的优点是会来事，见谁都是一副亲切的面孔，心里想的和嘴上说出来的绝对不是一回事，但给人的感觉都是真的。他更有向领导溜须拍马的本事。

马伟进了屋先端起暖瓶给老裴倒一杯水放在他的办公桌上，然后亲昵地说："裴团长，您不是头疼嘛，我昨天给您买的药吃了吗？"

"还没吃呢。"老裴吸着烟。

"我给你倒上水了，快吃吧。"马伟说着拿了药瓶把药倒在手心里，一粒两粒数好之后递给了老裴。

老裴接过药放在嘴里，马伟这边把水杯已经递到他嘴边了。老裴吃了药，弹了弹手上的烟灰，说："马伟，你也得有些想法了，再练练功，该上主角的时候就得上，你都这年龄了，也不能一辈子在剧团里跑龙套吧！"

"裴团长，"马伟叫得甜，"你说我能没有想法吗？我是那没想法的人吗？我一直都在努力，只是过去咱哥儿们没机会呀！现在就不一样了，您当了副团长，也就到我升天的时候了。有裴副团长您在，我还能不好好地卖力吗？再说了，有裴副团长您撑腰，我混个主角儿那还不容易嘛。"马伟说着，自己都觉得不好意思了，他往后退了退说，"主角演不了，弄个次主角儿演演也行啊！"

"常江子那小子一直是野心勃勃，名利思想非常重，演样板戏的时候他出尽了风头。可现在不一样了，传统戏他得从头学起，再想出风头不能让他出了，得想办法压压他。"老裴手里掐着烟，若有所思地说。

"是呀，那小子太骄傲自大，不过他那点功夫跟裴团长您没法比，他才来几年，您可是这个剧团的老人了。"马伟拍着裴团长的马屁说。

"不可小视，常江子已经红得发紫了，不那么好压，这刚刚又从中国京剧院学习回来。"

整人的人往往都是在背后，整人的人从来不敢把事儿拿到大面上来，哪个单位都有这样的人。最让人不解的是，被整的人与整他们的人并没有什么恩恩怨怨。有些人是自己不努力，不做事，才疏学浅，却见不得别人好，看见别人好就受不了，就嫉妒，就想打击别人，而有些人为的是争名夺利。为什么总是有才气、有水平、有能力的人会遭打击，受到排挤，遇到不平，他们前进的路往往不平坦，原因就在这里，他们阻挡了那些不靠能力和水平吃饭的人的路，或者让那些不如他的人看着生气。

老裴接着说："现在我到了这个位置已经很不错了，你慢慢地来吧，有出头的时候，咱们不能让别人说出什么来，少给常江子那样的人一点机会，你的机会不就来了嘛。"

"我也知道自己半斤八两，有的戏让我演，我还真不行。"马伟说这话时语调似乎很沉重，可马伟的态度让裴团长心里舒服，"不过，裴团长，我一定会给您争气的。"

老裴的烟又灭了，马伟赶紧划了一根火柴去点烟。

老裴玩世不恭地说："这年头，什么叫行，什么叫不行？说你行，你就行，不行也行。说你不行，你就不行，行也不行。"说完这句绕口令，老裴觉得无比开心，哈哈地大笑起来。

马伟小眼睛眯得更小，他也在笑，脸上的肉在笑，可是他心里没笑，他知道自己半斤八两。

有了底气的马伟每天也开始练功，可是他怎么练也不行，不是他吃不了苦，也不是他不想下功夫，而是当演员需要有一个重要的条件，那就是天资，用老百姓的话说，"天生就是那块料"。马伟天生的条件就在那里摆着呢，个子不高，体态有些发胖，四四方方的脸上长着一对小眼睛。但是马伟会见机行事，特别是领导在场的时候，他可以在旁边说风凉话，他可以贬低一个，抬高一个，特别是他抬高的不是别人，是裴副团长，别人还能说什么，裴副团长听了也高兴。马伟的马屁不白拍，剧团第一场上演的古装戏中，马伟就弄了个次主角儿上去了，裴团长是主角儿。

湛蓝的天空，阳光以耀眼的穿透力照着人们行走的脚步。日月流转，世界变迁，脚下没有不变的路，只有心中的爱可以永恒。努力和成功与爱有关，奇迹的诞生也与爱有关，常江子深知自己依然眷恋着戏剧事业，这一生情愿做一个戏剧演员，在艺术舞台上努力行走，奉献一生。

从北京学习回来后，他就全心全意地投入到练功之中，深入传统京剧艺术的研究之中。他从北京搞到了一些传统的京剧唱带，一有时间就听老艺术家们演唱的京剧唱段。

练功吃点苦对常江子来说算不了什么，他就是不怕吃苦不怕流汗。这种性格也是时代造就的，还与家庭教育有关，再就是自身的刚毅和追求完美的性格，加上心中的那份情、那份爱。常江子练功时间更长了，他几乎整个上午都在练功房里练功。刚开始穿三寸高的厚底靴有些不适应，他坚持着一圈一圈地练台步，跑圆场，一跑就是一两个小时，汗流浃背。不论天气有多热，他依然穿着道袍练水袖，扇子，还有马鞭等，唱、念、做、打。当然，这些功夫赵老都有惠于他。

练甩发时，赵老帮常江子把头发勒紧，勒得老高，眉毛也被调上去，开始他非常不适应，感觉到恶心、头痛。

赵老说："这还不够呢，等到了正式演出时还要使劲儿再往上勒一勒，勒得越紧，头发甩起来时越有力量，稍稍松一点都会掉的。"

行语把勒头发叫水纱，那真像是杀到肉里一样的感觉。赵老说："你不能光练唱，还得练念功，念功是很重要的。俗话说，千斤道白四两唱，也可以说是七分白三分唱，这道白一定要从吐字归韵开始，达到字正腔圆、甜润流畅的效果方可。"赵老边讲边做示范，常江子认认真真跟着学习。

常江子说："赵老，我这次去北京学习收获很大，很喜欢谭派老生的唱腔，那'云遮月'的嗓音，声调悠扬婉转，能完满地抒发人物的情怀。"

"好呀，谭派挺适合你，你就练谭派吧。"

"我在北京学习的时候就用上心了，为了学好谭派唱法，专门买了一个小录音机，里边录的多数是谭派老生的唱腔。"

"每天跟着录音机学习，这也是一种学习方式，好样的。"赵老鼓励着常江子。

练唱腔，练功夫，常江子不问其他，心无旁骛。

这天早晨练功时，常江子发现赵老的眼神与往常有所不同，赵老总是深情地看着他，并像嘱托孩子一样，样样都说到了。

常江子早就沏好了一壶茶，放在赵老跟前，赵老就坐在那里开始卷旱烟。

常江子练了一会儿功，流着汗来到赵老跟前，他拿起茶壶给赵老倒了一杯茶，然后坐在赵老的身边给他扇扇子。

赵老把晾得稍微凉些的茶递给常江子，说："你先喝。年轻人，不容易呀！"赵老吸着烟慢声慢语地说，"过几天我就不再来剧团上班了。"

"不再来剧团上班了？"常江子没明白赵老说话的意思，"那您去哪儿？"

"我还能去哪儿，回家待着了。"

"这，怎么会……"

"我都这么大年纪了，也该歇歇了，待在团里也没什么大用处了。"

常江子这才反应过来，赵老是说他就要离开岗位，是退休还是离休他不知道，反正不再来上班了。

"那……那……我这个学生还没出徒呢！"常江子突然感到赵老对他如此重要，他不想让赵老离开他，心里有点着急，说话的声音都变了。

赵老吸旱烟时总爱灭火，一根烟要点几次火。这会儿火又灭了，常江子手快，唰一下把火柴划着了，给赵老点燃了烟。赵老语重心长地说："唱戏这行当，只要你入了行，就别想着混，唯一的出路就是学一身能耐，当角儿，挑大梁唱大戏。"赵老端起茶杯吹吹漂浮的茶叶，抿了一口茶，"不挑大梁唱大戏，那可不行，瞎你这块料儿。一个主角，不但要会本工戏，还要会各行当的戏，到时候都有用。"赵老又抿了一口茶，停顿了一下，"老裴现在当副团长了，这个人要说功夫也有，可就是一贯好玩儿心术。他就那德性了，你别惹他，以后还要小心点……"

站在一旁的常江子眼睛都红了，他心里不舍呀，赵老是他的依恋。赵老临走还这么用心叮嘱自己，这样令人尊重和爱戴的老前辈让他感动得落泪。

"哭啥，我不在，还有素兰呢。多跟素兰学习，做人做事都得跟她学，才能学出个样儿。"

常江子亲近地坐在赵老的旁边，给赵老卷着第二支旱烟，"赵老，那您老退休回家还应该找点事情做吧，不能就待着啊！"

"我拴了一副鱼竿，"赵老使劲儿用手比画着鱼竿的长度，"没事和邻居两个老头钓鱼去。"

从感情方面说，常江子离开赵老像少了一根拐杖，但从赵老的年龄说，他觉得赵老真的该歇歇了，老人家为戏剧事业贡献了一辈子。常江子突然想起来了，再过几天就是赵老六十岁生日了，这个生日，他一定要想办法给赵老过，而且要过得更有意义。

"赵老，您是不是 6 月 16 日的生日？"

"是啊，你怎么记得这么清楚？生日那天我就算正式退下来了。"

"去年我就想给您老过生日，结果一忙，还是给忘了，心里自责了好几天，怪过意不去的，今年正好赶上您退下来，那就好好地给您过一个生日吧。"

"不过！千万不要给我过生日。"赵老坚定地说，"我这人从来不过生日，没那个习惯。"

"今年就过一下吧，学生给您过。"

"不过，坚决不过。我这年龄，说年轻不年轻，说老又不是太老，过什么生日呀，等到我八十大寿时，好好地过，像模像样地过。"

"看您说的，那都二十年以后的事了。"

"你小子不相信我还能活二十年？"

常用江子笑了，说："相信，您老一定会长寿的。"

"相信就好，今年的生日就不过了。"

常江子无奈。他陪着赵老喝了一杯茶又接着练功去了。

何月来到练功房，她换上练功鞋子，看常江子正在苦苦地练习，便问："江子，出几身汗了？"

"一身透汗。"常江子乐呵呵地回应着。

何月很有礼貌地同赵老打招呼："赵老，您老人家辛苦呀，又来做我们的坚强后盾来了。"

赵老冲何月笑了笑，然后感叹着说："好闺女呀！"

何月也是刚刚从省剧团学习回来，目前她最大的一件事就是婚事。何月要和部队那位宋营长结婚了，而且是远嫁。因为宋营长所在的部队不久要转移到另外一个城市去，何月结了婚就成了随军家属，就会离开这个城市。

常江子都听说了，知道何月找了个部队的营长，结了婚不一定在本地，到哪个城市去都说不准。他一直在叹息何月姐要走了，那可是玉琼京剧团的一个损失呀！常江子擦着汗走到何月面前说："月姐，你最近好像瘦了许多，出去学习伙食不好吗？"

"没有啊，瘦了吗？"何月摸了摸自己的脸。她知道自己瘦了，只是不想让别人知道她最近的心情。对于其他人来说，出嫁应该是一件大喜事，对何月而言，则是一桩很纠结的事情。她不愿意离开家，离开母亲，离开所有的亲人，离开刚刚打开局面的玉琼市京剧团。可命运竟然是这样安排的。

谁能挽留住何月呢？没有人能够挽留她，她是为了婚姻而远嫁的，如果是其他别的什么原因，一定会有许多人挽留她。常江子肯定是第一个挽留她的人，他真的不愿意何月走那么远。从他认识何月那一天开始，何月就像亲姐姐一样，以一颗善良的心关心着他，爱护着他，当然，这其中不排除有爱的因素。常江子平日里非常尊重何月，虽然他没有对何月产生爱情，可是如果从男人的角度看女人，常江子认为何月是一个美丽、高雅、善良的女性，她才貌双全，是百里挑一的。

"月姐，何妈妈还好吧？我这段时间太忙，也没顾得上去看望她老人家。"常江子本来是想问问何月什么时候结婚，什么时候离开这里，可他不知为什么开不了口。

"我妈这几天净忙我的事呢。"何月一边换鞋子一边答复。

"我有时间得去看看何妈妈了。"

何月没再说话。虽然她生长在北方，性格却像婉约的江南女子，处理问题委婉含蓄，遇事总是从别人的角度考虑问题。特别是在常江子的问题上，何月内心里那么喜欢他，却没有说出口。当她发现妹妹对常江子也是一片痴情时，却高姿态地退出了，把妹妹的幸福放在第一位。在剧团里，何月是台柱子，从未有人见她张扬、傲慢或不尽人意的表现。她和常江子有着同样的做事风格和人生信条：天才不需要转弯抹角，自信就是最好的。

何月埋头练功，常江子也默默地练功，赵老在一旁看着，他虽然不再说话，却已经觉察到两个年轻人都是心事重重。赵老的目光似乎也很迷惘，一口一口地喝茶，一支接着一支地吸烟。

吃过早饭，常江子心里惦记着何月的事，他就请了个假，骑上自行车去了何月家。

院子大门是敞开的，常江子不声不响地走了进来。何莉在单位上班，何月也没在家，只有何妈妈一个人坐在炕上，正一针一线地为何月缝制结婚用的新被子。

"江子来了。"何妈妈情绪很激动，她放下手中的活儿，下了地就去给常江子倒水。

"何妈妈，您别倒水了，我又不是外人。"

"喝点水，我给你找点吃的。"

"您不用，我刚吃过饭，什么都不想吃。"

何妈妈还是执意拿起暖壶给常江子倒了一杯水，又去厨房洗了几个苹果拿来，亲切地说："吃吧，这是何月她对象宋营长买来的，这苹果个大，挺好吃。"

常江子接过苹果又把它放回到盘子里。

何妈妈唠叨着说："何月的婚事有点草率啊！两人还不太了解呢，这才刚认识几个月。两人一共也没见过几面，就忙着结婚。江子啊！我就担心一件事，如果她嫁的宋营长是个知疼知热的人，他们生活得很幸福，那还好，我们大家都高兴。如果不幸福呢，你说这么远，我们又不知道。"何妈妈说着眼泪就流出来了，她用衣襟擦了擦眼泪，继续说，"关键问题是离家太远，咱们对人家又不知根不知底呀！"

"您就放心吧，何妈妈，月姐的眼光错不了，他人品不好，月姐也不会同意嫁给他。"常江子开导何妈妈，是为了让她往宽了想，既然如此，就得让何妈妈开心。

"谁知道呀，现在看的都是表面上的。"何妈妈还在擦眼泪。

"月姐呢？"常江子不知该说什么，就岔开了何妈妈的话题。

"上街去了，说去买些生活用品，还有两天就走了，她什么都没准备好呢。"

"那……需要我帮什么忙吗？"

"不需要你，你来看看她，她就高兴了……"

常江子看到何妈妈说话的时候满额头都是汗珠子，就去拿毛巾。他刚刚把毛巾拿过来，发现何妈妈的脸色已经变成土黄色，人也支撑不住了。常江子吓得不知如何是好，双手扶住何妈妈问："何妈妈，您怎么了，您哪儿不舒服吗？"

何妈妈一句话没说上来，身子一软，跌了下去。

常江子赶紧抱住何妈妈，他先让何妈妈躺下来，然后又给她倒了一杯热水，让何妈妈喝水。可是，何妈妈把喝下去的水又全都吐了出来。何妈妈不停地吐，还要去厕所蹲。常江子看到何妈妈的病情很严重，一刻也不能等了，他说："何妈妈，咱们去医院吧。"

何妈妈摆摆手，意思是不用去医院。

常江子觉得不能迟疑，他背起何妈妈就往外走。走到院子里，他把何妈妈放在自行车的后座上，他用一只手推着自行车，一只手扶着何妈妈就往医院跑去。

大夫给何妈妈输上液，说："老人得了急霍乱，输输液就会好的。这种病虽然不是什么大病，发病时如果跟前没人，不及时治疗也是很危险的。"

何月从街上回到家，不知母亲去了哪里，正着急，邻居大妈过来告诉她说："你母亲可能是得了急病，我看见好像是你们剧团来了个小伙子，推着自行车把她送医院去了。"

何月一听，全身的汗都出来了，是谁把母亲送到医院夫的，她顾不得想，转身就往医院跑。

何月在大街上奔跑着，边跑边想，一定是玉琼市第一医院，因为这里离她家最近。她一口气跑到第一医院。

何月猜对了，母亲正在这里。她找到急诊室，见母亲已经输上了液体，没什么危险，这才舒了一口气。何月拉着母亲的手眼泪就下来了，说："妈，你怎么了，你没事吧？"

"我没事，你别着急了孩子。"何妈妈伸出无力的手给何月擦眼泪，有气无力地说，"可要感谢常江子呀，如果他不来，你可能就见不到妈了。"

"妈，看你说的。"何月紧紧握住母亲的手。

"我现在已经好了，没事了。"

"您这都是为我的事着急上火的。"何月自责着眼泪又流下来。

"心里是有点急火，没事，一会儿就全好了。"

何月擦着眼睛，转过身看见满头是汗的常江子像亲儿子一样忙前忙后，何月更是泪流满面。

"月姐，没事了，大夫说输完这瓶液就可以回家了，你别着急了。"常江子走过来安慰着何月。

何月心里感激，好半天说才出话来。她把眼泪擦得干干净净的，说："谢谢你了！"一个谢字说出口，她又觉得此时此刻最不该说的就是这个字，此时此刻说一个谢字，显得分量是那么轻。

何莉正在练功，团里有人告诉她，说她母亲病了。

听到母亲被送进医院的消息，何莉急得骑上她的飞鸽车就往医院跑，放下车子又以百米冲刺的速度跑到医院急诊病房。

何莉进门就喊："妈！你没事吧？"

大家都很安静地看着何莉，母亲伸出手让她坐下。

何莉走过来拉着母亲的手说："妈，您怎么突然就病了，我早晨上班的时候看见您不是好好的吗？"

"没事，我是一股急火。"

何莉看到母亲没什么危险，看到常江子和姐姐都在这里，她的心落了地。

何莉从母亲病房出来，姐姐与常江子都已经站在走廊里了。何莉走过去对常江子说："江子哥，辛苦你了，要不是你……"

"你怎么知道的？"常江子打断何莉的话问她。

"剧团的人告诉我的。"

"剧团？"何月有点纳闷，剧团的人怎么就知道母亲病了。

"剧团的人？"常江子也有些不解。他突然间想起来了，他用自行车推着何妈妈时碰到过剧团的人，打过招呼。可这人是谁他一点都想不起来了，他当时急得大脑一片空白。

心情很复杂的何莉一个人坐在旁边的椅子上。她远远地看着姐姐与常江子站在那里，心情更为复杂。姐姐和常江子，他们才是般配的一对呢！都是自己不好，太自私了，结果搞得姐姐现在也很痛苦。要不是姐姐着急嫁给那个宋营长，就不会有今天这样的事情发生，母亲的身体一直很健康……这个想法只在何莉的大脑里闪了一下就迅速消失了。何莉站起身又走过来说："姐，江子哥，你们俩先回去吧，我一个人留在这吧，输完了液体，我和妈妈就一起回家。"

何月说："江子，你快回剧团上班吧，我和何莉在这陪一会儿，我们一起回去。"

"那好吧！"常江子说，"有你们在，我就先回团里了，何妈妈有什么事你们就找我。"

何莉与何月送常江子到医院大门外，看着常江子骑上自行车远去的背影，何莉的爱在心里都变成痛。爱得越深，心痛得越厉害。她看了看姐姐，何月脸上的表情像是有些麻木，她什么表情都没有，这让何莉更加难受。姐俩对视了半天却找不到一句话可说。其实，妹妹的大眼睛转来转去的，妹妹在想什么，何月都猜得出来。

剧团要上演京剧《宝莲灯》，老裴组织演员们开会。会上，他拉着长音说："演了这么多年样板戏，剧团里会演传统戏的人已经不多了，年轻演员就更是青黄不接。所以，我们这次排戏先让老演员上，年轻人跟在后面学习学习，你们那点功夫呀，还早着呢。比如像马伟这样的老演员，这么多年来就是因为演样板戏委屈了他，样板戏一直没有合适他的角色，这对他来说也很不公平。年轻演员一定要虚心学习，虽然演样板戏的时候你很出色，很红火，可是，那已经是过去的事了，过去你是主角儿，并不代表现在你也能演主角儿，一切都要从头开始……"老裴自从上任副团长后，第一次在大会上讲这么长时间的话，他似乎要把积压多年的心情一下子吐个畅快，他讲得满脸通红，脖子上一条很粗的筋鼓着。讲完话之后，老裴把演《宝莲灯》的演员名单念了一遍。

在《宝莲灯》这场戏里，常江子不仅没有主要角色，次要角色也没有。他并没有多想，总觉得自己是年轻演员，演传统戏还需要再学习再打磨。可是，让大家有些不解的是，马伟的功夫那么差，形象不好，嗓子也不好，一直跑龙套，怎么就演了二号主角儿呢？谁都知道马伟和裴副团长关系很好，很不一般，可是，这演戏是要面对观众的，观众会怎么看呢？裴副团长的一番话以及对演员的安排，让大家心里感到很不舒服。演员名单还没念完，大家就议论纷纷。

裴团长当然不考虑观众怎么看，更不会考虑剧团里的人怎么想，他倒是考虑放着常江子这么优秀的演员不用，团里其他人会有说法。这出戏不安排他可以，下一出戏怎么办？提拔一个没有能力的，打击一个有才华的，这件事运作起来是挺伤脑筋的事。

散了会，常江子照常拿上练功的行头去剧场里练习走台步。他认真地琢磨着走台步的要点：提足根、勾脚面，足外撇，琢磨着怎样才能走出人物的内在心情。这时有人喊他："常江子，裴副团长叫你到他的办公室去一趟。"

"啊，知道了！"常江子擦着汗一溜小跑来到裴副团长办公室。

见到常江子，裴副团长把一堆情绪变成一堆假笑，慢声慢语地说："今天找你来谈谈话。"裴团长拿起杯子想喝水，杯子里没水，是空的，马伟还没来得及到他的办公室给他倒水。他放下空水杯，用很慢的语速说："京剧这边呢，已经不缺老生了，你呢，就考虑考虑是不是改唱小生。"

裴团长的这话就像一根木棒突然吭一声打在常江子的头上，他感到头在嗡嗡地响。怎么会是这样，他在中国京剧院学习时，老师们都说他是一个很有天赋的老生演员，他也深深地爱上了这一行，每天研究谭派的唱腔，怎么能改小生呢？老裴的态度让常江子预感到了什么。常江子想，在这样大的问题上，必须要坚持自己的意见，他态度坚决地说："裴副团长，我改不了京剧小生，我的嗓子不适合唱京剧小生，这您也是知道的。"

"你得服从组织安排呀，一个剧团里这么多人，要是谁想干什么就干什么，那还要领导做什么。"

屋子里的空气很僵持。裴团长离开办公桌，又去拿暖瓶倒水，暖瓶也是空的，他手拿着空杯子坐在原位上，阴阳怪气地说："你的个人主义怎么这么严重呢？在你的名利思想也很严重，这样的演员再有本事我们也是不需要的。现在还没到个人英雄主义的时候，需要有集体观念，你个人必须服从集体。"

"不是我名利思想严重，也不是个人英雄主义，裴副团长，我是考虑，如果让我改唱京剧小生，调着嗓子唱，那样就把我的嗓子唱坏了。"常江子从内心不喜欢京剧小生，唱腔多用假嗓，在京剧行中叫作小嗓，他依然抱着希望同老裴据理力争。

"没办法呀，这是团里的决定，并不是我一个人的决定，目前也只能这样安排你了。你要是不想演小生，那后边等着的人也多了，也不是除了你就选不出人来了。"裴副团长态度坚决，在这个问题上他很坚决。

常江子知道这是一个原则问题，他宁可不唱也不能改唱京剧小生。但是，老裴现在是他的领导，剧团里的业务就他说了算。俗语说："胳膊拧不过大腿。"不服从领导，和领导对着干的人最后都没有什么好结果。如果服从了呢，那也等于把自己给害了。常江子本来就是带着练功的一身汗跑过来的，此刻，他头上的汗珠子在一个一个地往下掉，他站立的地方已经被汗水浸湿一片，可他仍然目视着裴副团长，希望裴副团长改变意见。

时间似乎很长，他听见裴副团长毫不客气地说："你可以走了！"

常江子已经思考了半天，他口气也很坚定地说："这样吧，裴副团长，团里要是决定让我改唱京剧小生，那不如我就去唱评剧小生吧。"

去评剧队那边唱小生也算是常江子的一个妥协。京剧团，京剧当然是主流，评剧队只是京剧团的一支小分队，前不久才成立，都是些边缘人物，不怎么受重视，这个评剧队交给素兰老师分管。裴团长没想到常江子会这么坚持，会这么强硬，会这么捍卫自己的前途和事业。为了改变这种僵持的局面，裴团长也只能借坡下驴了，说："那好吧，那你从明天开始，去评剧队那边报到吧！"

常江子愤愤地转身离开裴副团长的办公室。

何月要走的日子到了。她穿上母亲为她缝制的粉红色小袄，坐在镜子前照着自己的脸。平时她真不怎么照镜子，只有演出化妆的时候才会坐在镜子前，她看到自己的时候，多数都是上过妆的脸。今天坐下来认认真真地端详着自己，才发现自己像画中人，五官端正，皮肤白皙。可这画中人有些憔悴，已经失去了往日的丰腴，像一朵没有水分的花儿打不起精神。她看到自己的脸色并不怎么好看，有些苍白，缺少了红润，于是在腮上涂了点红。涂后又觉得不妥，用毛巾擦掉。何月穿上母亲给她缝制的粉红色小袄，稍稍有了一点点新娘的模样，可她对镜中的自己十分不满意，俊俏的脸上总是挂着一丝忧郁的神情，这样的脸色与这件粉红色的衣服似乎也不怎么搭。已经要走出家门的何月又返回来，进了屋，她把粉红色的袄脱下来，在柜子里找了半天，找了一件平时最爱穿的蓝色上衣换上。她记得走进玉琼市剧团的那天就穿着这件蓝色上衣，她还记得第一眼看见常江子的时候，他亮亮的大眼睛看着何月说："月姐，你穿这件衣服太好看了。"何月又照照镜子，觉得还是这件衣服最好。蓝色，在当时是最为流行的一种颜色，美丽、大方、朴素。这样就对了，她对自己说，穿了那件粉红色上衣，就是以准新娘的形象出现在同志们面前，何月不愿意别人把她当准新娘看。

何月来到剧团，想与同志们说道别，却迟迟说不出口，她眼睛红红的。许多人都恋恋不舍地围着何月。

有人说："何月，无论去了哪个城市，要经常写信来，我们好知道你的情况。"

"何月，那边如果不好，咱就打道回府，可别在外边受了气，别在外边委屈着自己。"

"那可能嘛，咱们何月比天仙还美丽，是下嫁给那位宋营长的，他哄着还来不及呢。"

素兰走过来，她紧紧地握着何月的手说："何月，别看你现在要走了，玉琼市京剧团的大门什么时候都是对你敞开着的，随时欢迎你回来。"

何月走过去拥抱着素兰，眼泪再也止不住了，她咬着嘴唇，半天才说出话来："放心吧，素兰老师，我会想你们的。"

善动感情的素兰眼睛也红了，她拉着何月的手欲言又止。素兰与何月肩并肩地坐在一起，两个人你看看我，我看看你，好像所有的语言都在眼睛里。特别是素兰看何月时的那种疼爱和那种不舍，就像母亲一样。她们手拉着手坐了一刻钟，何月起身要走。她说："我真的不愿意走，真舍不得大家。"

剧团的同志们把何月送到大门口，何月在不停擦着眼泪，说："大家都留步吧，我会给你们写信的。"

"一定要多来信啊！"

"我会的。一定。"

何月走了，走得有点不舍。剧团的同志们把何月送到大门口，也是恋恋不舍。纵是不舍，最终她还是走了。

常江子听说何月来了，带着一身汗急忙从练功房里跑出来，一直跑到剧团大门口处。可他已经来晚了，只能远远地看到何月的一个背影。

何月走出剧团的时候，天空中飘洒着太阳雨。一半是阳光，一半是雨丝，风在阳光和雨丝中，何月感觉到脸上湿润，却不知那是眼泪还是雨滴。虽然同志们都已经转身回去了，剧团门口空荡荡的，何月还时不时回过头看看她难舍难离的剧团大门口。她似乎看到了常江子的影子，他正站在剧团门前目送着她，但她觉得那只是幻觉，那是她心中的影子。何月深情地向着这个她眷恋的地方挥手告别。

≪ 第九章

何月走后的一段时间内，何莉心情不太好，姐姐嫁到很远的地方去了，很长时间也不来一封信。记得姐姐走的时候，何莉跟宋营长开着玩笑说了一席话："姐夫，你可要好好地对我姐呀，我姐温柔贤惠，我这个小姨子可不一样，好意气用事，见到不公平的事我会坚持正义。"宋营长第一次与这个小姨子交锋，他听了何莉的话，不但不反感，反而笑得很开心。宋营长说："放心吧，妹妹，我和你是一样的性格，不会让你姐受委屈的。"

姐姐就这样嫁给了宋营长，何莉也说不出姐姐嫁得对与错。何妈妈的身体每况愈下，是从何月出嫁开始的，原因在于母亲对何月的思念以及对她匆匆忙忙出嫁并不十分满意。何妈妈与何莉的心情是一样的，也说不出什么，反正就是高兴不起来。直到现在，何妈妈心里挂念着何月。何莉一回家，母亲就反反复复地说："也不知道你姐姐生活的咋样，你赶紧给你姐写封信问问她那里的情况。"

"宋营长走时不是说了嘛，他们部队这段时间正在拉练呢，说不定走到什么地方，姐姐写信肯定也寄不出来，我也不知道这信该往哪里寄。妈，您别着急，等他们安顿下来，姐姐会来信的。"

"那孩子，有什么事都憋到肚子里，烂了也不会说，她可不像你。"

何莉有时会劝劝母亲，让她放宽心，有时就一言不发地回到自己屋里躺在床上想烦心的事。她最深爱着的人有了亲密的女朋友，一段时间内，她似乎感到生活一点希望都没有。更为痛苦的是她总是放不下自己的这颗心，明明知道自己与常江子不可能走到一起，可还是爱恋着他。看到常江子受到老裴的排挤不得不去评剧队，她心里不平；看到裴团长一副小人的嘴脸，拉帮结伙，谁都不能超过他，谁超过他，他就想办法压制谁，整天想些阴招儿、损招儿打击别人，以达到自己的目的，何莉感到上班也很没有动力，她就不像以前那么认真刻苦练功了。

剧团每天早晨八点钟准时点名，负责点名的是马伟，马伟手拿点名册点名时特别得意，像是在行使着一种权力。这算什么权力，何莉根本不把这些放在眼里，她有时会故意迟到十分八分的。马伟喊到何莉时，没有人答应，他的小眼睛赶紧四处张望，刚要在点名簿上画个圈，有人替何莉答应着："何莉去厕所了，这就来。"这个为何莉打马虎眼的人叫王美秋。

说何莉去厕所了，难道谁还能去厕所里查，王美秋心想。

　　王美秋是剧团里一个很普通的演员，虽然人长得也算好看，圆圆的脸，白白净净的，可是嗓子条件不怎么好，表演能力也无法与何莉相比。她来剧团的时间比何莉早，但基本上没演过什么主要角色。王美秋是一个很努力的人，她也想让自己出色一点，每场戏里她都演一个小角色。即便是个小角色，她也演得特别认真。每天上班她都按时按点，从不迟到，也从不缺席。温温顺顺的王美秋在剧团里不招风不惹眼，不被人嫉妒，她也不嫉妒别人，她总是那么平平稳稳地过日子。王美秋的丈夫在市公安局上班，两个人在一起虽然没什么共同语言，但感情和睦。王美秋比何莉大一岁，她们俩属同龄人，能说到一起，她们会经常一起逛街，一起逛商场，一起买衣服。王美秋丈夫出差的时候，何莉就去王美秋家住，她们之间无话不谈。何莉心里爱着常江子，王美秋全都知道。何莉所有的烦恼都对王美秋讲，王美秋会时时为何莉解忧愁。

　　点过名之后，何莉与王美秋约好上午的时间去逛商店。

　　走出剧团大门后，王美秋说："你这段时间总迟到早退的，小心团里有人盯着你。"

　　何莉满不在乎地说："我才不怕呢，现在是坏人当道，好人受气，表现再好也没用。"

　　"那也别太锋芒毕露，得学会保护自己呀！"王美秋慢声慢语的，总是给人不温不火的感觉。

　　何莉看看善良的王美秋说："我要是有你那样的性格我就不叫何莉了。"

　　王美秋笑了，说："其实我也并不是十分喜欢我自己的这种性格，我喜欢你的性格，可是我做不到你那样。"

　　"说了半天还是你这样的性格好，不得罪人，也没人嫉妒你。"

　　"我也不想争什么，这样日子过得平静。"

　　"咱俩谁也不要改变了，咱们互补吧。"何莉说着拉起王美秋的手，走进一家商店。

　　陆雪莹有半个月的时间没来常江子这里了，这段时间她出了一趟门儿，今天刚刚从省城回来。她与父亲下了火车，大包小包地走出站台。

　　父亲问："常江子怎么没来接站？"

　　陆雪莹着说："我没告诉他咱们今天回来呀，我要给他一个惊喜。"

　　父亲温和地说："那咱们只能拿着这些包慢慢地往回走了。"

　　"没问题的，早晨的空气这么好，就当散步吧。"陆雪莹很兴奋。

　　父亲知道陆雪莹如此高兴的心情是来自于对常用江子的想念，回到家就可以见到常用江子了，女儿高兴。

陆雪莹这次去省城不仅仅是陪着父亲去看病，还陪着父亲办了许多的事情。他们见了许多人，父亲的老同事、老部下、亲戚、朋友。最重要的一件事，国家落实政策，从省城下来的他们都要调回省城去，子女可以随着父母一起回省城。

调回省城，回到原来生活工作的地方去，对于陆雪莹一家来说无疑是一件值得庆贺的事情。可是，全家人心里还压着一块石头。

"全家人都调回省城，常江子怎么办呢？"雪莹的妈妈把丰盛的早餐端到桌子上，之后反反复复地问陆雪莹的爸爸，"老陆，这事你不犯愁吗？"

"我也是想着怎么同时把常江子一起调过去，我一直在想办法呢。"

陆雪莹洗过脸后坐在餐桌前说："妈妈你不用犯愁，我爸爸会有办法的。"

"你先吃吧，吃了好去上班。都请了这么长时间的假了，再不上班可说不过去了。"母亲催促着。

"我这就走。"陆雪莹吃了一点点，就拿了包去上班。

"时间还来得及呢，再吃点！"陆雪莹妈妈追着喊。

陆爸爸吃过早餐点燃一支烟。他这几天烟吸得格外勤，心里琢磨常江子调动的事，他在陆雪莹面前总说这件事好办。陆局长的确在积极地想办法，他非常清楚，如果把常江子一个人扔下，一家人回到省城去，宝贝女儿陆雪莹会很痛苦的，她那么狂热地爱着常江子，无论如何她都要和常江子在一起，永不分离。陆局长和陆雪莹的母亲也都舍不得把常江子这么好的孩子扔下就走，他们更不愿意让两个孩子分开。

陆局长用商量的口气对陆雪莹的妈妈说："如果现在没办法，就等咱们全家到了省城之后我再想办法吧。"

"那样不行，雪莹不会同意的，我也不同意。"

"她不同意怎么着，那你们就自己想办法去。"陆局长在家里很少有这样的表现，他看起来比谁都烦躁，并且发了火。

陆雪莹的妈妈见此情景也就不再往下说了，她没心情吃早餐，就呆呆地坐在椅子上。

陆局长站在窗前，眼睛看着窗外，依然在吸烟。待了一会儿，他觉得自己把火发在雪莹的妈妈身上也不对，就说："这件事你不用太着急，我会想办法的。"

陆局长这么一说，陆雪莹的妈妈倒觉得委屈得很，拿了手绢在那里擦眼泪。

"你哭什么，又不是把常江子丢在这里不管了，我比你还急。"

"你也别老是冲着我发火，我这心里还不知道有多难受呢。"陆雪莹妈妈委屈地说。

"好了，别哭了，什么事情都不要着急，慢慢来，我们就这么一个女儿，我哪能让她受委屈呢。"陆局长说着用手去擦陆雪莹妈妈脸上的泪。

眼泪还没擦干，陆雪莹回来了。她高高兴兴地进了屋说："我在省城买的那些东西呢，给常江子送去。"

"你不上班了吗？"妈妈问。

"我们局长说让我先休息一天再去，上班也没什么大事。"

"局长这是关照你，你还真不上班呀？"父亲说。

陆雪莹噘起嘴说："我想马上见到常江子嘛。"

"你不叫他来吃饭吗？"陆雪莹的妈妈说。

"吃饭也得明天，我今天就想见到他。"陆雪莹撒娇地说。

"东西都在这儿。"陆雪莹妈妈把大包小包的东西拿过来递给陆雪莹，陆雪莹高兴地走了。

看着女儿那高兴劲儿，雪莹妈妈也提了包准备上班，并提醒说："老陆，你也到点了。"

常江子一直都在练功，他刚刚从练功房回到宿舍，洗了脸，衣服还没穿好，陆雪莹却出现在他的面前。

"雪莹，你回来了。"常江子很兴奋。

"啊！回来了。"陆雪莹把手里的东西扔到床上，张开双臂去拥抱常江子。常江子抱起陆雪莹在屋子里转了好几个圈。两个多星期没见到常江子，陆雪莹很吃惊，她看着常江子的脸认认真真地说："你怎么瘦了这么多呀？"

"没有吧，我没觉得呀！"常江子床头上有一个小镜子，他把镜子拿过来照了照脸，他仿佛半个世纪没照镜子了，不知道自己的脸是什么样子。

"瘦得太厉害了！"陆雪莹目不转睛地看着常江子，心疼地说，"不会是想我想的吧？"

常江子笑了笑，说："大概是吧，应该是吧。"

"大概是什么意思，也就是有可能不是想我想的，那是怎么回事？"

常江子摸摸自己的脸，"不是瘦，是好长时间没刮胡子的缘故吧。"把镜子放下，他回过头对陆雪莹说，"别总是看着我的脸，快看看你都给我带回什么好吃的了。"

陆雪莹从省城给常江子买了许多礼品，她从包里一样样地往出拿，"先看看我给你买的衣服吧，这是一件夹克式的上衣，模特穿着可好看了，你试试。售货员说没号了，我就把模特身上的这件要了。还有，这是一双棕红色的皮鞋，你穿上一定也会更帅气的。这里还有，这一大包是食品，都是省城才能买得到的。"

"买这么多东西，你想把省城的商店搬回来呀！"

"我真的还想买，就是拿不了。"陆雪莹仰起头深情地看着常江子。

"这么好的衣服和皮鞋，我穿上不是太潇洒了，你就不怕……"

常江子的话还没说完，陆雪莹迅速用手捂住他的嘴巴，说："不要再胡说，我不爱听，再说这样的话我就不理你了。"

"好，闭嘴。再怎么潇洒别人也抢不走！"常江子轻轻地在陆雪莹的脸上亲了一下。

"这还差不多。"陆雪莹那妩媚的眼波更显魅力。

常江子总是一次一次地被陆雪莹的爱而感动，从认识陆雪莹那天起，总是陆雪莹给他买这送那，他从来没给陆雪莹买过什么。从这一点看，女人如果深深地爱上一个男人，她一定会很舍得投入，在她爱的男人身上花多少钱都不会心疼。而男人的表现就不一样了，男人给女人花钱多半是经过冷静思考的，因为男人的爱总是多角度的，家庭、父母、亲人、朋友等等，而女人往往是单一的。

常江子感动地说："等我攒够了钱，我给你买一块最漂亮的手表，那块手表是我无意中在表店里看到的，一块进口表，单独装在一个玻璃盒子里，样子相当漂亮，我早就想给你买，只是……只是需要攒一个数目的……钱。"

"那块表很贵吗？"陆雪莹认真地问。

"不算太贵，需要几个月的工资吧。"常江子每月几十元的工资从不乱花，从参加工作的那一天，他就养成了一个习惯，每月把节省下来的钱全部都寄回家。虽然家中的经济条件还过得去，父母亲的工资都不算低，用不着他的钱，但这是他的一种家庭责任感。另外，他还经常给妹妹常江女买些衣服什么的，常江子很疼爱唯一的妹妹，常江女正在读高中，他要尽一份当哥哥的责任，自己没圆了上大学的梦，妹妹上大学就是他最大的希望。自从他有了女朋友，母亲来信告诉他，工资就不要再往家里寄了，留着自己用。

陆雪莹对常江子的这些情况有所了解，她说："这我相信，你看上的东西一定错不了。不过，现在我还不需要，以后等我们结婚的时候再买吧，就算你送我的结婚礼物。"

陆雪莹从小生活在富裕家庭里，她真的不在乎常江子给不给她买什么礼物，她只在乎能不能得到常江子这个人。

"你不在家这些天，我的心情不太好。"

"为什么？"

"想你了呗。"

"不对，想我就心情不好呀，你一定有别的事情。"

常江子眼睛向窗外望了一下，没说话，只是叹了口气。

陆雪莹有点着急，说："你真有事呀，那你快点告诉我什么事。"

"一句话两句话也跟你说不清楚。"常江子的情绪低落下来。

"我想知道，现在就想知道，快点告诉我。"陆雪莹摇动着常江子的肩膀。

"你不觉得这宿舍里的空气有点憋闷吗？咱们还是去红山散步吧。"常江子提议说。这段时间，他的确需要放松一下了，他感到很压抑，很不快乐。

"好啊！我正有件事情也要对你说呢。"

听陆雪莹这么一说，常江子不想走了，说："什么事啊，你快说。"

"你都不快说，我也不快说，一会儿跟你说。"

"现在说不行吗？"常江子想听。

"不行！出去再跟你说。"陆雪莹依然兴奋着。

常江子读着陆雪莹脸上的表情，猜想陆雪莹要告诉他的一定是件好事，就说："什么事还搞得这么神秘。"

"是大事呢，咱们出去说吧。"陆雪莹笑着，拉起常江子手一起往外走。

常江子突然想起来了，说："不行呀，下午剧团还要开会，现在都十点多了，我们出去时间短了回不来的。这样吧，你先回家好好歇一歇，星期天再过来。星期天晚上剧团没有演出。"

"要不你今天和我一起回家吃午饭吧。"

"今天不能去，不是对你说了，下午剧团要开会。"

陆雪莹见常江子的口气很坚定，就不再强求他了，她数了数手指头说："还有两天，后天是星期天，那星期天再见。"

"好吧，你先回吧，不留你了。"

"亲亲我。"陆雪莹双手搂住常江子的腰，好半天才松开手说，"就是舍不得离开你，我们快点结婚吧！"

常江子轻抚着陆雪莹一头秀发说："我也这么想。"

星期天，何莉睡了个大大的懒觉才起床。洗漱后，她用手捏了一根油条边吃边往外走。母亲让她好好地坐下来，吃饱了再出去。她像没听见一样，吃着油条步行去了王美秋家。

何莉家与王美秋家离得不是很远，从何莉家出去直走，过两个路口再往右一拐就是一条小商店街，在小商店街的中部有几家住户，都是独门独院，王美秋家就在其中。

王美秋家的三间瓦房格外高耸，院墙也很高，院子里有一棵老榆树蓬蓬勃勃地生长着。树下放着一张小桌子和四个小方凳，挺诗情画意的，何莉经常与王美秋坐在老榆树下喝茶聊天。王美秋家院子的大黑铁门总是关着的，何莉每次来都要敲半天。从她举起手敲门的那一刻，她就羡慕王美秋，年轻人哪有住这么好房子的。王美秋曾经说过，这房子是她丈夫杨义的奶奶留下的。房子很高，窗子上下很长，有点俄罗斯的建筑风格。杨义的奶奶曾一个人住在这里，自从杨义与王美秋结了婚，奶奶就把这房子让出来，让他们俩来住，奶奶搬到乡下二叔家去了。

王美秋腰间系着围裙，手上的水没来得及擦干，就跑出来给何莉开门。

何莉走进院子就开始用鼻子嗅，她先是嗅到植物的清香味道，接着又嗅到了厨房里飘出来的香味。

"喂，美秋，这锅里煮着什么，味道这么香！"

"是鱼的香味吧，我自己怎么闻不到，真得很香吗？"

"很香，一进院就闻到了。"

"何莉，桌子上有水果，你自己拿吧。"王美秋眼睛忽闪一下就去厨房了。

"杨义没在家？"

"没在。"

"他去哪儿了？"

"听说你要来，他就主动给咱们俩让位了，说先去单位看一会儿书，然后中午去我婆婆家吃饭。"

"杨义真是个好人！"何莉走进厨房，看见炉子上的锅咕嘟咕嘟直响，鱼香的味道越来越浓。厨房很干净，水龙头、烹调台、餐具橱柜全都闪闪发光，焕然一新。何莉说："有什么需要我帮忙的吗？"

"不需要，你去看书吧，或者拿上水果坐在院子里的小石凳上欣赏我家的风景吧！杨义种的那些玫瑰花都开了。"

何莉没去院子里，而是全神贯注地望着王美秋的背影，那美不胜收的腰，那敏捷而灵巧的动作，同时做着好几样菜。王美秋在菜板上飞快地切着黄瓜丝，然后取各种调料放在锅里，一盘菜迅速做好，一回手又把用过的锅洗好。王美秋每一个动作都十分优雅，她做家庭主妇可比她在台上演戏要顺当得多，好看得多。

王美秋回头笑了笑，说："我喜欢做菜，厨艺已经练得很不错了，再等十分钟就可以享受美食了。"

看着王美秋一脸的幸福，何莉的心情有些低落。突然感到自己的生活与王美秋相比有着很大的距离，很少有她这样的幸福感。原来女人结了婚能有这样幸福的生活。这么看，结婚也挺好的，有自己的一个小家，有丈夫的疼爱，洗衣服做饭的日子中也有许多乐趣。

"美秋，不要做太多菜了，我有点饿了，都等不及了。"

"一点都不多，这就好！"

王美秋做菜水平够好，炖鲫鱼、烧茄子、拌黄瓜、鱼香肉丝，还有切得细细的萝卜干咸菜，沾了一层黑芝麻，味道不一般。

"好吃极了！"何莉用手指尖挑了一根萝卜干咸菜放在嘴里，钦佩地说。

"好吃就多吃点，只要你高兴。"王美秋用一双新筷子把各种菜都夹到何莉的碗里让她先尝一尝。

"要是不上班就好了，天天过这样的生活多好呀！在家里当一个家庭主妇多省心，想吃什么做什么。"何莉说着已经坐在桌前等着开饭了。

"那可不是你的性格，你是个事业型的女人，你的事业心多强呀！不像我。"王美秋盛了两碗米饭，一碗递给何莉。

"强什么呀，个性强吧。"何莉自我解嘲地说。

"你真的很优秀，有人说你的条件不如你姐姐何月，依我看，真不是当面捧你，你可比何月有潜力。"

"真的？"何莉认真地看着王美秋笑着说，"就你这样夸我吧，别人可不这样认为。"

"不是我夸你，这是真的。"王美秋很诚恳地说。

谈到工作，何莉脸上的表情立即变了，刚才还在笑，立即显得不那么高兴了，感慨地说："你说咱们这个辛团长吧，业务上是个外行，开会时讲的都是革命道理，一句内行话都不会说。剧团这么个大舞台，基本上就交给老裴一个人在那里跳来跳去。"

"是呀，许多人都不喜欢老裴的做派，甚至有些反感。你没见他一在上面开大会，下面的人就在底下开小会嘛，谁也不愿意听他讲话。"

"裴团长这人挺阴的，他现在对准的目标就是常江子。你说人家常江子怎么着他了，他千方百计地压制人家。"何莉气愤地说。

"你心里装的都是常江子，所以你总为他愤愤不平，可是你又有什么办法，人家老裴现在不是副团长嘛。"王美秋一贯做事的风格是不喜欢看到激烈的矛盾产生，生活越平静越好。

"要是都像素兰老师那样就好了，那么谦恭，她的心都用在手把手教学生、带学生上。"何莉叹了口气。

王美秋起身去端炖好的汤。

何莉继续说："剧团再这样下去，人与人之间的关系会越来越紧张，越来越复杂的。"

"哎！别为古人担忧了，吃过饭咱俩还是逛商店去吧。"王美秋想把话题岔开。

"为古人担什么忧，我在为我们自己担忧。"

"给，这鱼好吃，你多吃点。"王美秋把半条鱼夹在何莉碗里。

何莉好感动，站起来用脑门顶了一下王美秋的脑门，然后笑着说："我要是男人也娶你这样的媳妇，把日子过得美美的，多好！"

"下辈子你托生男的，我还托成女的，咱俩成一家。"王美秋笑着说。

"真的假的，你舍得你们家杨义吗？"

"我说的都是真心话。"

"哎！人就一辈子，哪有下辈子呀！"何莉感慨着。

"也是。"王美秋把筷子含在嘴里像是在想很深刻的问题。

何莉感到气氛有点压抑，就说："别说些没用的了，吃过饭咱们逛商店去吧，我在向阳商店看到有卖针织裤头的，很柔软，花色也好，其他商店都没有卖的，一会儿咱们去买。"

"针织的，那太好了，前几天我还托人从省城往回捎呢，那人是杨义他们单位的会计，那人说没找到地方，其实省城的大商店都应该有卖的。"

"你找男人捎裤头呀？"何莉瞪大了眼睛看着王美秋。

"我傻呀！女的，杨义他们单位的会计是女的。"

"那女的一定无知，哪懂得什么针织不针织的，有个粗布裤头穿着就不错了。"

"哈哈……"王美秋与何莉笑得差点把饭喷出来。

星期天下午，陆雪莹准时赴约，她站在剧团大门口，等着常江子把自行车推出来。

她轻巧地坐在常江子的自行车后座上，双手紧紧地抱住常江子的腰，脸轻轻地贴在他的后背上，他们往红山奔去。一路上，陆雪莹一直在想，我要永远这样，永远这么幸福地和常江子在一起，我们永远永远都不会分开。

到了红山峰的山脚下，他们把自行车存起来，两人手拉着手向山上走去。

半山腰处有一棵老榆树，树龄应该上百年了吧，枝叶茂密，树影婆娑，老榆树的旁边还有一片诗意的杏树林。

陆雪莹说："我累了，咱们在这歇一会儿吧。"

"好吧。"常江子从衣兜里掏出自己的手帕给陆雪莹铺在屁股底下，他们肩并肩地坐下来，风儿轻轻地吹拂着他们的脸庞和秀发。

常江子长长地舒了一口气说："你回来了，我的心情好多了。"

陆雪莹问："你怎么了，心情怎么不好？"

"没有，我就是想你了。快说说你吧，从大城市回来了，有什么见闻快讲一讲。"

树梢间泻下的秋日阳光，在陆雪莹的肩部一闪一闪地跳跃着。树叶伸手可摘，陆雪莹摘了几片杏树叶，在手里捏着，眼睛看着前方说："我要走了……"

"走，往哪儿走，到什么地方出差去？"

"不是出差，是要离开这个城市。我爸爸妈妈落实政策，我们全家都调回省城去。"

"哦……"常江子似乎并不惊讶，因为陆雪莹以前也对他说过这样的话，说最终他们全家要回省城去。他认真地看着陆雪莹的眼睛，这一次不像是开玩笑，接下来问："什么时候？"

"应该很快吧，如果现在开始办理手续，半年之内就差不多。"

这一切虽然都在常江子的预料之中，但他没想到来得这么快，来得这么突然，常江子大脑一片空白。

陆雪莹用手轻轻地拍拍常江子的脸，亲昵地说："想什么呢？我不会把你一个人扔在这里的，我要你和我们全家一起走。"

常江子的眼睛一直看着前方。虽然是阳光灿烂的下午，远处的风景却是一片朦胧，鸟儿从眼前掠过，并不鸣叫，只是一个精灵似的影子从天空划过，转瞬便消失在林中。一阵风吹来，是那样细碎那样零散，常江子的心情也一下子跌入了山谷。

陆雪莹看着常江子那双发呆的眼睛，心里没底了，双手摇着常江子的肩膀说："怎么不说话呀？你愿不愿意和我一起去省城呀？"

"傻瓜，这可不是我愿不愿意的事情。"

"我爸爸说了，等我们全家到了省城，他立刻就会给你办调动的事。"

"傻姑娘，这事怕没那么简单。"常江子又长长地叹了一口气。

陆雪莹每次听到常江子这样称呼她，都会有点不好意思。她用热烈的目光看着常江子，说："不是没那个可能，除非你不想去。去省城多好呀，让我爸想办法把你调到省京剧团去，那样你就有更好的发展前途了，用不了几年，你就会成为全省乃至全国著名的京剧演员。"

"当然，去省剧团可就不一样了，那里有多大的发展空间呀！可惜，我没有那么好的时运。"

"你想不想去啊！"陆雪莹忽地一下子站起来，一只手把常江子也拉了起来，随后她把头靠在了他的肩头。

常江子微微一颤，随即也紧紧地抱住了陆雪莹。常江子说："我怎么不想去，美国我都想去，在这样的小城市有什么发展前途啊！剧团里还整天勾心斗角的。"

"那就走好了！"

"雪莹，你把事情想得太简单了。"常江子比来的时候心情还沉重。

"看来，我说什么，你都不信，你从心里头就没想跟我一起走。"陆雪莹眼睛里泪花闪闪，眼泪终于忍不住流下来了。她不去擦拭，哭着说："如果你不跟我去省城，那我也不走，我就留下来，反正我永远都不会和你分开。"

常江子看似冷静，其实他的心在颤抖，他猜不到事情的结果，但是这个消息对他来说不一定是什么好消息。他用火热的胸膛温暖着陆雪莹柔弱的身体。

陆雪莹抬起脸，小声对他说："江子，亲我一下吧。"

常江子立刻做了。

陆雪莹闭着眼睛还在等待，常江子满足了她，陆雪莹沉浸在甜蜜和幸福之中。

太阳不知在什么时候悠悠地下山去了，傍晚荡荡的山风从他们的身后慢慢袭来。他们都没有穿长袖衫，胳膊最先感觉到冷。这个城市的气候特点就是这样，早晚温差大。老百姓常说一句话："早穿棉袄，午穿纱，抱着火炉吃西瓜。"

常江子和陆雪莹被阵阵凉风吹得瑟瑟发抖。

常江子说："咱们回去吧，别把你冻感冒了。"

陆雪莹点点头。

两个人手牵着手向山下走去。他们快步走下一道缓坡。常江子故意拉开两三步距离，然后冲着陆雪莹的背后招呼道："到这边来，那边可能有坏人。"

她停下，动情一笑，回走几步，轻轻抓住他的胳臂，两个人肩并肩地走着那段剩下的路。

"你真的永远都不会离开我？"她耳语似的低声询问。

"是的，永远都不会。"

"那你发个誓吧。"

常江子不知道这个誓该怎么发，想了半天说："谁要离开谁是小狗。"

"不行，不行，这样发誓不够严肃。"

"谁想离开他可爱的白雪公主，那他就是这个世界上最傻的男人。"

"这还差不多。"陆雪莹笑了，把头紧紧地靠在常江子的胳膊上。他们就这样走下了山。

《 第十章

　　京剧《春草闯堂》上演了，刚刚演了两场，女主角秀芝的怀孕反应很强烈，不能再演出了，需要一个女演员立即顶上去。

　　谁合适呢？剧团领导很着急，开了几次会，一时半会儿还是想不出合适的人选。有几个女主角后备着，但是这出戏的难度很大，一般人难以做到拿过来就上场。老裴主张还是让老演员上，素兰的意见是大胆启用年轻人。

　　素兰考虑再三，她去找何莉。

　　何莉正迈着不紧不慢的步子来上班，素兰在院子里看到何莉走过来，就迎上去说："何莉呀，我跟你说件事。秀芝她怀孕了，反应挺强烈，她需要休息。《春草闯堂》这出戏排练了这么长时间，不能停下来不演，怎么办？你马上熟悉熟悉剧情顶上去。你看怎么样，能不能拿下来这个艰巨的任务？"

　　"我？"何莉一听就懵了，她可不像常江子，时刻准备着上战场，舞台就是常江子的战场，她现在没什么心情好好地上班。

　　"就你了，时间紧任务艰巨，再也找不到比你更合适的人选了。我相信你，你一定能演好这个角色的。"素兰用的是高压策略，她深知何莉是有潜力的。

　　何莉还从未见过一向和蔼可亲的素兰老师有这么严肃的表情，话语那么坚定不移，意愿那么难以改变，她马上意识到事情的严肃性。

　　"素兰老师……我……我不行吧。" 演样板戏的时候，何莉只演过一个比较重要的角色，那就是《智取威虎山》里的小常宝，当时也是临时后补的，却给人留下了很深的印象。姐姐何月走后，女主角倒有点青黄不接。何莉的才华也渐渐地显现出来，她应该接替姐姐的位置，可是又赶上了剧团转型，样板戏没演几场，传统戏她又没唱过，因此没有机会展现自己的才华。团里人对何莉有一个基本的评价，虽然一开始大家都认为何莉不如姐姐何月条件好——因为何月毕竟是科班出身，戏校毕业——可何莉在剧团里经过几年的学习和熏染，再加上她天资聪慧，理解能力强，很快就成长起来了。她只需再跨越一步，就能迈到女主角儿的位置上。这个机会果然来了，来得很及时也很出乎何莉的预料。

　　不容何莉思考，素兰又说："行与不行都得行，你必须在十天内把所有的唱腔和台词背下来。只有把唱腔和台词背下来，我们才能够反复排练，我才可以帮助你，根据你的演唱提出问题。"

　　何莉不容置疑地接受了任务，虽然准备的时间有点短，但对她来说这是一个机遇，一个难得的机遇，她认识到了这一点。在剧团里，往往是一个主要角色有五六个人在那里争，何莉岁数小，来的时间又最短，她不想去争，她很清楚，即便是争上了也被排在最后一组，没什么意思，更主要的是她对裴副团长不屑一顾，凡是裴团长主管的剧目，何莉离得越远越好。何莉从没有想过和别人去争主角儿。而这一次不同，素兰老师信任自己。再说，平时争主角儿很困难，现在突然就得到了一个演主角儿的机会，为什么要放过这个机会呢？不管裴副团长怎么样，为了争一口气，也要把这个角色演好。何莉很快心里就有了定力，一定不辜负素兰老师的信任，一定不辜负观众，一定让裴副团长等人大跌眼镜。

　　何莉那股劲儿又上来了，她可以不吃饭不睡觉，要求自己必须下功夫把春草这个人物形象拿下来，并且要演好。她大概熟悉了一下剧情，没想到自己一下子就深深地喜欢上了春草这个人物。这个人物天真烂漫，聪颖过人，有强烈的正义感，与何莉的性格完全相符。何莉觉得自己一定能够做到化人物于一身，能够很好地表达春草内心的思想感情。十天，就十天的时间，何莉连唱腔带唱词一句不差地拿了下来。

　　排练的时候，素兰老师起到一个画龙点睛的作用。素兰说："其他的都没有问题，你只需要把闯堂那一场戏演好，再下些功夫，演好，演精彩，你就成功了。"

　　"闯堂……闯堂……"何莉琢磨着素兰老师的指点，把一个"闯"字领悟出来，然后一遍一遍地苦练。

　　演出的第一天，市领导们都来看演出。何莉稍稍有点紧张，许多人都为何莉捏一把汗。王美秋在剧中没有角色，可王美秋一直陪着何莉，为她做些服务性的工作。王美秋说："何莉，你自己照镜子看看，上了装的你有多俊，有什么好紧张的，你一定会演好的。"

　　化好妆的何莉在镜子里怎么看也认不出自己，"这是我吗？"她问王美秋。俊美的形象让同志们看得发愣，谁走过来都想多看她几眼，说何莉才是赛天仙！

　　果然不出所料，何莉扮演的春草——这个天真聪明又淘气的小丫鬟，从一出场就很讨人喜欢。何莉上了台就忘记了自己，完全融入戏中去了。她用细腻逼真的表演，把春草急中生智的心理活动表演得惟妙惟肖。特别是闯堂的表演，当春草闯入胡进的知府公堂时，心理活动是异常复杂的，既要演出她的天真纯洁，又要表现她由于年龄小阅历不深以及地位卑微等所决定的少女畏惧心理。当胡知府厉声问道："闯入公堂的你是何人？"春草先是一怔，随口说出一个"我"字，接着把眼珠一转，同时表现出沉着无畏的状态，从容地笑答道："我是我呀！"她把春草由突然的内心惊讶，又马上稳住阵脚的刹那间的心理活动，通过眼神和面部表情都表现出来了。当胡知府问起薛玫廷的身份时，她采用了咬手帕的动作和眼神左右环视的表演，表现出春草此时此刻紧张思索的心理活动，便脱口而喊出"姑爷"，此时又显现出春草的急中生智和敏捷的判断能力，索性就连喊三声"姑爷"。这三声姑爷，她喊得一声比一声高，惊呆了胡知府和诰命夫人，接下来是一段声情并茂、行云流水的唱腔……春草这个人物被何莉刻画得淋漓尽致。

何莉的演出真就一炮打响了。卸妆的时候，市领导们特意到后台同她握手并亲切地交谈，市领导说："真没想到，玉琼市剧团里还有这么好的女演员。"

"何莉同志，你演得很好，表演真实到位，是个好苗子啊！"

"何莉同志，谢谢你给我们带来这么好的剧目，看你演出是一种享受啊！"

之后，领导们又问了她的家庭情况，问她年龄多大了，领导们一致称赞，何莉是团里很有发展前途的年轻女演员。

夏夜很短，常江子却感到很长。他关掉屋子里的灯，仍然睡不着。这一年来发生了这么多的事情，这些事情一桩接着一桩，好像都事先有约，排着队赶来。到评剧队这边唱小生，常江子依然刻苦练功，努力让自己快些进入角色，丝毫不放松对自己的要求。而眼下，他不能不认真考虑的就是他和陆雪莹的问题。陆雪莹全家要调到省城去了，摆在他面前的是一个非常痛苦的问题。他分明知道这不是他去省城与不去省城的问题，而是他们，他和陆雪莹分与不分的问题。虽然陆雪莹抱着美好的愿望，她先调走，随后就把常江子调过去，可常江子知道，人事调动的问题没那么简单。往好处想，即便是陆雪莹的父亲使出全身力气把他调到省城，如果工作单位不是省京剧团，而是一个别的什么工作单位，他肯放弃这么多年自己孜孜不倦为之奋斗着的戏剧事业吗？如果调不过去，他们能永远两地生活吗？他们已经热烈地相爱了好几年，陆雪莹的美丽、聪慧、多情、温柔，全身心的爱，曾唤醒他的青春萌动，也点燃了他的爱情火焰。可是，这一切仿佛要在一瞬间结束，难道这段爱情会像雨后蓝天上美丽的彩虹一样，很快就要消失了吗？如果是那样，生活对他和陆雪莹都开了一个不小的玩笑，对他们也将是一个沉重的打击和残酷的折磨。曾经以为会天长地久，到如今，终是鸢去鹰飞，至爱成伤。常江子不愿意再想下去了，他长长地叹了口气，对自己说：也许，事情会往好的方面发展，但愿不会是他想的那样，有情人终成眷属吧！

工作、爱情，似乎都走到了坎上，常江子消瘦了很多。许多事情，虽然他都想自己扛，可是父母亲从他来信的字里行间能觉察出一些问题，知道他心情不好。

父母亲商量着叫常江子回家一趟，休息几天，调整一下心情。

"这两个人都处了好几年，感情还那么好，一旦不成，对谁都是个打击。"父亲一着急就坐不住了，他在地上走来走去的。

"不行，写封信把他叫回来吧。"母亲说。

"他刚去评剧队那边，就让他请假，这合适吗？领导会不会对他有看法。再说家里没什么事，你让他回来，他也不会回来的。"父亲总认为工作是第一位的。

"给他写封信，就说我病了，让他回来看看。"母亲说。

"这样不妥吧？"

"这不是遇到事了嘛。"母亲坚持要常江子回来一趟。

"说你病了，这封信就得我来写了，不能让你写。"父亲想了想又说，"我看这样也行，平时这信都是你写，我突然给他写封信说你病了，他肯定相信。"

"信不信也让他回来一趟，看不见他，我这心里总是放心不下。"

父亲写信，母亲就忧心忡忡地坐在那里想，自从常江子和陆雪莹谈恋爱，陆雪莹跟着常江子回来过两次，每次都是请假回来，在家里待上两天，就匆匆地走了。对于陆雪莹，家里人谁也无法给出一个具体的评价。她虽然不是家里人想象的那种传统意义上的儿媳妇，她出身于高干家庭，又是独生女儿，有她娇生惯养的一面，性格独特的一面，但同时，在陆雪莹的身上也散发着一种独特的气质，隐含着知识女性丰富的内心世界。陆雪莹喜欢读书，回到家里的多数时间是读书，这是父亲和母亲最喜欢的一点。在她的影响下，常江子也读了很多书。母亲认为，知书才能达理。知书达理的女性才会有优雅的举止，纯良的品质，处理事情才有可能稳妥周全。母亲还喜欢她的温雅柔美以及精致的生活态度。更重要的是，陆雪莹对常江子的那份情那份爱是让谁看了都会感动的，她对常江子的体贴细致入微。他们第二次回家，正赶上常江子过生日。陆雪莹从街上买回来一个大大的蛋糕，她把蛋糕上面的图案全都去掉，重新用奶油绘制出两颗并列的心形图案。心是红色的，一支蓝色丘比特箭从心中穿过。陆雪莹喜欢香水，她说香水是女人生活中的必需品，装香水的瓶子个个都像艺术品一样精致，回来的时候，带给母亲和妹妹一人一瓶香水。母亲认为，只要两个人恩恩爱爱的，别人的意见和看法都不重要。陆雪莹也很在乎家里人对他的看法，尽力做好，给亲戚朋友留下一个很不错的印象。可是，现在，事情突然变成这样子，一旦他们俩走不到一起……母亲心里很惆怅，她也不敢再往下想了。她掐算着那封信要走三天的时间，常江子最快也得接到信的第四天才可以回到家中。

母亲算得很准，第四天，常江子坐当天的第一趟班车赶回来了。

接到父亲的信，常江子急得不得了，他马上请了假。发往文中县的班车每天有三趟，常江子坐了清晨五点钟的那一趟，急急地往家赶。

常江子进了院，母亲就迎出来了。他看到母亲挺好的，不像生病的样子，就愣住了，"妈，你不是生病了吗，你没事吧？"

"我没事。"见到儿子，母亲脸上满是幸福的笑容。

"那为什么叫我回来啊？"

"你最近心情不好，叫你回来休息休息。我和你爸说没病，你能回来吗？就撒了个谎。再说，家里人都想你了。"

"哎呀！我们剧团现在可紧张了，没事怎么能请假回家呢。"

"回来就好，回来就好！"父亲只重复着这一句话。

常江子这才明白父母亲的用意。

从小就懂得孝顺的常江子深知父母是怎样的心情，既然已经回来了，就不去考虑工作的事情。他先到院子里欣赏父亲种植的各种树木花草。家里的院子不算大，却散发出馥郁的草木气息，他好久没闻到了。那些美丽的、亲切的大丽花也好久好久没见到了，他用脸贴贴那些盛开的花朵，感受着它们的温馨。眼前的花儿们，它们是多么自由自在，在一片清静的园子里恣意盛开。花儿有蝴蝶、蜜蜂的青睐，有水的浇灌，开得很幸福。他感到这院子里的一切生命都是自由的，快乐的。而那些长在田间山野中的玉米、高粱、大豆、麦子，都好像是带着沉重的使命来到这个世界上的。对一些生命来说，花开是一个美好的过程，生命真正要演绎的是结果，结出比花香更有意义的果实来。用花来比喻，事业是这样，爱情也是这样。一瞬间他又把开花和结果的问题联想到他和陆雪莹的爱情上，他轻轻地叹息了一下，想他们的爱情恐怕只有花香，没有果实。院子里有一眼水井，是压水井，常江子脱下上衣，光着膀子去压水，他替父亲把院子里所有的花草树木都用压水井里的水浇了个遍。再捧一捧那清凉凉的水，洗洗脸，洗洗上身，真是爽啊！这是生活在城市里的人无法享受的一种快乐。

母亲做了一桌好菜好饭，鸡呀、鱼呀不停地往常江子的碗里放，常江子就往妹妹碗里放。常江子关切地问："江女，你学习开心吗？"

"开心，你上学的时候是班长，我现在也是班长。"

常江子捏了一下妹妹的脸，笑得很开心。

父亲说："为了让她更好地学习，从高一开始就让她住校了，平时吃住都在学校，星期天才能回来呢。"

母亲又说到正题上来了："这次让你回来，没什么目的。你的问题我们也解决不了，只是让你回家里歇一歇，歇歇心，歇歇身体，我们看你太累了。"

"工作的事就那样吧，记住，什么情况下，什么事，都别和领导搞僵了，我和你妈这些年的经验，和领导搞僵的人，不会有什么好结果。"父亲说。

"剧团里的事情挺复杂的，你们不知道。"常江子不愿意谈工作的话题。他心里想，谁愿意和领导搞僵，我现在遇上这样的领导，僵与不僵那完全不取决于我。我有什么办法呢？除非我狗屎一堆，狗屁不是。

父亲又说了许多教育他的话。常江子一直保持沉默，耐心听着父亲母亲的教诲。他们都是当老师的，常江子已经习惯了听从父母的教诲。

母亲是最了解儿子的，立刻把话题转到陆雪莹这边。母亲说："陆雪莹要是随父母调回省城，你就放手吧，得让人家走，人家是独生女儿。走了以后，如果她的父亲能把你调过去，那样最好，我们也希望是那样。要是事业和爱情只能选其一，那么，你觉得哪个在你心中更重要，你就选哪个。"

"没有两全其美的办法？"常江子很无奈地说，"其实，陆雪莹比我还痛苦，知道要走，她每天在哭，不是她要随父母回去，而难题在于她不想跟着她父母走。她说，如果我调不去，她也不去，她要留下来。"

"留下来不行呀，江子，千万不能让雪莹为你留下。你得从她父母的角度考虑问题，人家是独生女，不和父母在一起，留在这样一个小城市，人家不是受了委屈吗？宁肯你做出牺牲，也不能伤了她父母的心，这是我们做人的原则。"母亲语重心长地说。

"妈，其实你们不说这些我也知道。"

"就先让她和父母一起回去吧，后边的事再说。"父亲说。

"我也是这么想的。爸，妈，你们不用过多为我的事操心了，我会处理好的。"

母亲感叹地说："江子呀，什么事情都有一个过程，需要时间把它磨平。"

"我知道，你们放心。"

家里的环境虽好，常江子心里还像是长了草一样，只在家里待了两天，就坐上班车回剧团了。

临走的时候，他又到学校里看妹妹。妹妹说："放心吧哥，我一定不辜负你们的希望。"

他和妹妹拉钩，说："考上大学，哥哥会给你重重的奖励。"

看着曾经给他留下过许多美好回忆的校园，常江子在心里默默地祝福着妹妹，祝福她一定考上大学。

京剧团要排练一个大合唱，参加市里的一场文艺演出。何莉已经成为京剧团最拔尖的女演员，这个大合唱，何莉是响当当的领唱。

那天排练，何莉晚到了几分钟。这一次，裴团长拉下脸来训何莉："何莉，你为什么总是这样，你以为你是谁啊，你牛什么牛，不就是演了个春草，你就了不起了是吧？"裴团长又语无伦次地说，"你看看你整天穿得花枝招展的，像什么样子。你无组织无纪律，还目无领导，开会你迟到，是吧？

练大合唱你还迟到，你还想干吗？"

何莉刚到位，裴副团长就劈头盖脸地训了她一顿，而且是当着大家的面。何莉非常恼火，她对裴团长的火正还没处发泄呢，大声地喊着说："我今天迟到是有原因的，我送母亲去医院看病。"

"你是有工作有单位的人，送母亲看病也得找个时间。我看你是不想干了吧。"

"我就是不想干了，怎么着？"何莉非常生气地说，"就因为有你这样的领导，我才会这样。"何莉根本不把裴副团长放在眼里，转身就走了。

"何莉，何莉！"王美秋赶紧跑过去拽着何莉不让她走，王美秋怕事情搞得太僵对何莉没什么好处。

"我就是不干了，谁劝都没有用。"何莉甩开王美秋的胳膊。

裴副团长也气得脸色发青，指着何莉大声喊："你太牛了吧，你……"

"我就不干了，我就是牛，你开除不了我，我工资照拿你信不信，裴副团长。"何莉真的转身走了。

乐队及演员几十号人都停在那里，裴副团长实在下不来台，无可奈何的情况下，他挥挥手说："大家先休息吧，今天不排练了。"

何莉直接到了辛团长办公室，进屋就气冲冲地说："我不干了，辛团长，我要去评剧队，坚决不在京剧这边干了。常江子不是被裴副团长挤对走了，我也要走，让裴副团长一个人干好了。"

辛团长从座位上站起来，半天才说话："干还是要干的，年轻人不能使性子，裴副团长毕竟是你们的业务领导，他发脾气也都是为了工作。"

"辛团长，你要是也这样说，在这个团里我们就找不到公理了，那我走了，我也不跟你说了。"何莉拔腿就走。

辛团长喊她："你回来！何莉。工作是工作，事儿是事儿，你先把大合唱坚持演完了，之后再说干不干，你看这样好不好。"

"没法坚持。"何莉气得脸色发黄。

"凡事要从大局出发，要从集体利益出发。至于今天这件事，咱们以后再说，先不要与这次演出搅在一起。这次大合唱是一个政治任务，我们剧团不仅要完成这个任务，还要出色地完成任务。"

何莉听辛团长说这是个政治任务，知道这次大合唱的重要性，无论对裴副团长有多大意见，这大合唱还得唱。何莉不再坚持了，可她也不想再与辛团长理论了，于是转身走出辛团长办公室。

何莉想，我这样闹，也让辛团长知道常江子是怎么去的评剧队，不是他自己要去的，是老裴把他挤对走的。我可没有常江子那么大的忍耐力，我要让老裴知道，剧团这个舞台不是他自己的。

何莉白天同大家一起练大合唱，晚上还有演出，她感到身心疲惫，走路都无精打采。张大可在这样的关键时刻处处表现出对何莉无微不至的关心。他每天到街上买一些最好的水果放在何莉的化妆箱里，每当何莉打开化妆箱时，里边一定是满满的，有各种水果，有何莉喜欢吃的各种零食。何莉在台上演出，快下来的时候，张大可会及时把一杯晾好的开水递到何莉面前。演出结束之前，张大可一溜小跑，跑到何莉宿舍把床给她铺好，把蚊帐挂好。张大可对何莉的好无时不在，无处不在，让何莉感到很温暖。

尽管张大可时时刻刻关心着何莉，剧团里的人并不看好他们的关系，更不相信他们俩会走到一起。因为张大可与何莉的差距实在太大了，一个是有发展前途的女主演，年轻漂亮；一个是不起眼的跑龙套的武行，个子不高，其貌不扬。

演出之前，何莉在后台化妆，王美秋走过来坐在何莉身边的凳子上。何莉打开箱子拿了一个大大的红苹果让王美秋吃。

"不吃。"王美秋扬起脖子看着天花板。

"为什么不吃，这苹果好吃。"

"张大可给你买的，我怎么好意思吃呀！"王美秋故意用话刻薄何莉。

"你吃和我吃不是一样嘛，他又不知道。别傻了，快拿着，吃吧。"何莉把苹果往王美秋的手里塞。

王美秋还是不接那苹果。王美秋慢声慢语地说："你这个人呀，刀子嘴，豆腐心，让张大可这些小恩小惠就把你哄住了。"

"你说的话不对，美秋。你看张大可他有多可怜呀，他为了我付出的太多，我真的是无法拒绝他对我的好。"

"这就是他想娶你的理由啊？"

"我又没说要嫁给他呀！"何莉白了王美秋一眼。

"可团里的人都认为你们俩在谈恋爱呢。"王美秋坏坏地笑了一下。

"瞎说，我们俩有什么好谈的，又没有共同语言。"

"那你整天吃人家的东西，这算什么呀？我可告诉你，吃人家的嘴短，拿人家的手短。"

"我姐也是这么警告我的，家里一个姐，单位一个姐，这可叫我怎么活呀！"何莉说完咯咯地笑起来。

"姐的话你还不当回事，你听谁的话呀。"王美秋也笑了。

"他要往我箱子里放，我有什么办法？我又不能给他扔出去，我要是给他扔了出去，日后他怎么在团里做人呀！"

王美秋见说不过何莉，就不再往下说这个话题了。她拿了一个头饰别在何莉的头上，端详了一会儿说："好看，真好看，你不化妆都好看。我担心的是，这朵花可别插错了地方！"

王美秋一语双关，何莉是知道的。何莉边照镜子边说："放心吧，美秋，我不会嫁给张大可的。我明白你的意思，我这朵花不想插在牛粪上。再说了，张大可也不是牛粪。"

"还是吃谁向谁吧。"王美秋笑看着何莉说。

"你应该向着张大可说话才对呢，你们还是亲戚呢。"

王美秋抿着嘴笑，"那么远的亲戚，还没咱俩近呢。"

张大可与王美秋的丈夫杨义有点社会关系，是从张大可的姊子那边论的。杨义是张大可姊子的表弟，因此，从辈分上说，张大可叫杨义叔叔。因为张大可比杨义还大两岁，所以张大可就管杨义叫小叔。原来，张大可与杨义的关系走得并不近，自从有了何莉这桩事，张大可就把杨义这个小叔看得很重，他知道王美秋与何莉不是一般关系，王美秋的话在何莉那里有时候起着关键性的作用。

有一次，张大可家来了个农村亲戚，是张大可母亲的表弟，张大可叫他表舅。表舅与邻居因为院墙的事打官司，表舅来到张大可家说官司的事，并让张大可帮着想想办法。张大可就热心地把这事接了过来，他去找杨义，杨义又帮他找了个律师，最后把问题解决了。从那之后，张大可总找借口请杨义吃饭。

张大可嘴很甜，下班之前他给杨义打电话，"小叔，今晚有时间吧，咱们喝点啤酒去。"

杨义酒量不行，可他又不好拒绝。张大可一口一个小叔地叫着，杨义也就不见外了，拿张大可当自己家里人。

张大可找的饭店离公安局很近，过一条马路就是，这是为了方便杨义。杨义下了班，过条马路就到饭店。

杨义坐在张大可对面，总是被张大可的热情所感染，被张大可那个憨厚劲儿所感动。杨义说："总是你请我，今天我来请你。"

"咱们都是亲戚，谁请谁都一样。"张大可憨憨地说。

"那也得有个来回吧。"

"小叔，你可别分那么清楚。" 张大可把啤酒一瓶瓶打开，两个人高兴地喝起来。

"小叔，我有个朋友从外地弄来两箱水果，我给何莉留了一箱，还有一箱你一会儿拿家去，给美秋小婶，女人多吃水果美容。"张大可见到王美秋的时候可从来都没敢张口叫过她小婶，只在背后叫，还叫得挺甜。

杨义说："你小婶不缺水果，她自己也总买，你还是拿回去给家里人吃吧。"

"小叔、小婶不也是家里人嘛,自家人你还客气啥了。"

杨义知道张大可做事认真,也就不跟他客气了。

喝酒就甩开膀子喝,这是张大可的风格。张大可没有更多的语言,就一瓶一瓶地把酒全起开,自己一杯一杯地干,也让杨义一杯一杯地喝,两人喝得十分高兴。

"挺爽,这么热的天喝点啤酒是挺爽。"杨义喝得兴奋了,问张大可,"咱们喝了几瓶了?"

"没几瓶,多喝点吧。"张大可明知道喝了几瓶,他也不说实话,目的是想让杨义再多喝一点。

不知不觉两个人把八瓶啤酒全喝下去了。

杨义说:"别喝了,喝太多回家你小婶不高兴。"

"反正也喝了,一不做二不休吧。"

"没看出来你还挺有主意的呢。有主意也不行,你还没结婚呢,结了婚就知道有人管的滋味了。"

"今天就是今天了呗。"张大可哈哈一笑。

"不行,不能再喝了。其实你小婶挺贤惠的,那咱们也得自觉点,不能喝得太多,回到家不省人事,还得让人家端茶倒水地伺候着。"

听杨义这么一说,张大可不再坚持了,说:"那好吧,小叔,今天就不让你多喝了,咱们改天再接着喝。"

两人说着起身走出饭店。见杨义有点晃荡,张大可说:"小叔,我送你回家。"

"不用,我还没到那种程度,我能回家,不用你送。"

"我必须送你,这还有一箱水果呢。"

张大可把杨义送回家,从自行车上把水果取下来,放到杨义家的院子里。

"进屋坐吧。"杨义这会儿说话舌头就不太好使了。

"不了,时候不早了,小叔你快回屋休息吧。"张大可怕看见王美秋,临走时又嘱咐了一句,"小叔你多喝点水。"他骑上自行车迅速地离开了王美秋家。

杨义有点醉态,进了屋就躺在床上。

王美秋见杨义喝多了,就赶紧帮他脱掉鞋子,给他倒了一杯水。不用问,王美秋也知道杨义是与张大可在一起才喝成这样的。王美秋边铺床边说:"这段时间我看张大可总跟你套近乎,他都是为了何莉,无非是让我在何莉面前说他几句好话,就把你喝成这个样子。"

"你也不能这样想呀,"杨义虽然喝多了,大脑还是清醒的,只是语速慢了点,"不完全是……这样,张大可不是和……咱家……有亲戚嘛。再说,我们走得近……对你也有好处，你们在……一个单位，大事小事的……他也算是个娘家……人吧，对你好有个关照。"

"张大可就是癞蛤蟆想吃天鹅肉，他也不照照镜子，看看自己啥样，他能配得上何莉吗？"王美秋边说边把杨义的头搬起来让他喝水。

"这就是你……的不对了，"杨义喝了几口水，又躺在那里了，说，"我看张大可挺好的，人……挺热情，又挺勤劳，谁要是嫁给了……张大可，谁……这一辈子可享福吧。你不能……以貌取人，何莉嫁给他有啥委屈的，何莉……不就是长得漂亮点嘛……"

王美秋知道跟喝了酒的人较真儿也没用，她不再说何莉与张大可的事了。

杨义说着话已经睡着了。

王美秋用湿毛巾给杨义擦了脸，然后帮他把外衣脱掉，一切安顿好之后，这才关了灯躺在床。让杨义这么一折腾，王美秋躺在床上翻来覆去地睡不着。她想，这个张大可也挺了不起的，挺有心计的，他所做的一切，都是为了把何莉追到手，他在何莉身上花的心思太多了，这不是一般人所能做到的。王美秋心里清楚，张大可与杨义走得这么近，多半与何莉有关。功夫不负有心人，张大可果然在杨义心目中的印象越来越好了。杨义经常在王美秋面前说这句话："张大可是一个好人，何莉找他也错不了。"杨义已经完完全全地站在张大可的立场上说话了，不管醉着还是醒着。杨义的态度对王美秋来说也很重要的，杨义总说张大可好，王美秋就不再说张大可不好的话了。王美秋又想，反正何莉已经习惯了张大可对她的关照，何莉现在都不说张大可不好了，我为什么要说张大可不好呢，这不是多余嘛。小时候奶奶经常说，宁拆一座庙，不拆一门婚，以后我也不能再在何莉面前说张大可不好了，许多事情就顺其自然吧！王美秋翻了个身，闭上眼睛让自己尽快入睡。

张大可为何莉所做的一切，何莉都接受，张大可以为他们俩这事差不多少了，何莉已经默认是他的女朋友。因此，张大可这段时间忙忙碌碌地准备与何莉办理结婚登记手续。

张大可来到辛团长办公室，让辛团长开一张结婚介绍信，说他和何莉要去登记结婚，并且还向剧团提出要房子。辛团长说："你们这事要我看还八字还没一撇呢，你就来开介绍信，就忙着结婚登记，我总觉得这事有点匆忙。"

"不匆忙呀，何莉同意与我结婚。"张大可红着脸说。

辛团长满脸严肃地说："何莉？她同意……那你应该让何莉与你一起到我办公室来开介绍信才对呀，你们俩是一个单位的。这样，你去找何莉，让她亲自来一趟，我才能开这个介绍信。"

"那好吧。"张大可红着脸退出了辛团长办公室。

张大可去找何莉，见到何莉他也没说什么事，就说："辛团长让你去他办公室一趟。"

何莉看到张大可的脸色与往常不一样，好像有什么大事，却不好说出来，就一脸迷惑地来到辛团长办公室。

辛团长看见亭亭玉立的何莉站在他面前，再想想其貌不扬的张大可，产生了一种怜悯之心，心想，何莉呀何莉，你怎么会把自己这朵花插在牛粪上呢？辛团长就问："何莉，你准备与张大可结婚了？"

"没有啊！"何莉还蒙在鼓里呢。

"没有啊，那张大可来我这里开结婚介绍信的事你不知道吗？"

"不知道呀！"何莉摇摇头。

"不知道好，不知道就好。"辛团长非常生气地说，"张大可这属于欺骗行为，一个国家干部怎么能做出欺骗上级领导的事呢？明天我要处分张大可，一定得处分他。"辛团长说着从办公桌的左边走过来，走到何莉面前，深深地叹了一口气，"我想你何莉也不会对自己这么不负责任，这么早就把自己给嫁了。何莉呀，你现在在剧团里可是挑大梁的，是台柱子啊，是我们团里的重点培养对象，你的前程有多远大你知道吗？你还这么年轻就考虑结婚的事，不应该呀！你还是要多考虑考虑自己的事业和前途！"

"辛团长，你真要给张大可处分吗？"何莉听到"处分"这两个字觉得很可怕，辛团长后边说些什么她根本没听进去。

"是啊！一定要给张大可处分，在你不知情的情况下，他就来找组织办理结婚登记手续，来开介绍信，这不是欺骗行为吗？"辛团长坚定地说。

"那我同意和他结婚登记，他没有欺骗你，你还处分他吗？"何莉说出这句话时是没有经过仔细考虑的，她就是怕辛团长因为这件事真给张大可处分，那可是她最接受不了的。如果张大可为这事受了处分，最对不起他的人就是自己。张大可对自己那么好，她怎么忍心让团长处分他呢。所以何莉就把这件事认领了，说："我只是不知道他会这么快就来开介绍信，结婚的事，我同意，我们俩早就商量好了。"

辛团长眨了眨眼睛，看了何莉半天，竟然无话可说。但是，他还是不相信何莉这么高傲的女孩子会同意嫁给张大可。辛团长说："你们要结婚，我可解决不了房子问题。现在剧团里没有家属房，非要结婚，就只能给你们腾出一间单人宿舍。"

"单人宿舍也行。"何莉认真地说。

辛团长无言以对，他看了何莉半天，心想，为一个张大可，你的条件就降低到一间宿舍也可以了，何莉呀何莉，我真不知道你在想什么。

何莉见辛团长绷着脸半天不说话，处分张大可的事就算了结了，心机一动，赶紧说："辛团长，你不会给张大可处分了吧？"

"既然是你同意的，我就没有理由处分人家张大可了。"辛团长像一个泄了气的皮球，一下子瘫坐在椅子上。

　　"谢谢你！辛团长。"何莉竟然给辛团长鞠了个躬，然后转身离开了团长办公室。

　　何莉从团长办公室出来，觉得自己挺哥们儿的，这是性格使然。她总爱干一些轰轰烈烈并且是出人意料的事情。比如当年考播音员，说考就去考，当上了播音员；比如因为爱常江子，想来京剧团，以优秀的成绩考到了京剧团。她爱常江子，爱就爱得淋漓尽致。这一次，为了不让张大可受处分，她竟然当着辛团长的面表态自己要和张大可结婚，既然她说了，就一定不能反悔，结婚，明天就做准备。

　　回到家，何莉把想和张大可结婚登记的事告诉了何妈妈。

　　何妈妈瞪起眼睛大声地吼着："什么，你要和张大可结婚？我看你是昏了头了，何莉。张大可哪一点能配得上你呀？不行，我坚决不同意！你姐姐稀里糊涂地把自己嫁了也就罢了，你又步她的后尘，你比她还糊涂。你们姐俩真是想要气死我呀！"

　　"妈，你不知道，张大可对我实在是太好了，那些好我都没法跟您说，水果装在化妆箱里，开水递到跟前，上车先给我占个座位，下乡演出他去打前站，行李都是他扛着，每天就差喂我吃饭了。还有，我要是不与他登记结婚，团长就会给他处分 。"

　　"什么？这事与你们的团长有什么关系，他逼着你和张大可结婚呀？"何妈妈越来越听不懂何莉的话了。

　　"不是，妈，团长不同意我和张大可结婚才要给他处分的，我要是同意了，他就不处分张大可了。"

　　何妈妈越听越糊涂了，"这到底是怎么一回事呀，难道你们团长还管着你和谁结婚的事，非让你嫁给张大可，他和张大可是亲戚呀？"

　　何莉说："妈，你不用管了，少操点心吧，跟你说也说不清楚，嫁给谁是女儿自己的事，反正我就嫁张大可了，不管别人怎么说。"

　　何妈妈见自己管不了女儿的事，一个人拿着毛巾坐在炕边上伤心地哭起来。何妈妈哭着说："再不听话，我就把何月叫回来，说说你的事儿。"

　　见母亲伤心掉泪，何莉也很着急，但这是不可调和的矛盾，她什么办法也没有。何莉跪在母亲面前，双手握着母亲的手说："妈，您别哭了，女儿是个有情有义的人，您说张大可为我付出了那么多，追求我好几年了，人家也老大不小，我怎么跟人家交代呀。我要是不决定和他结婚，他就落一个欺骗组织的罪名，团长还要给他处分，那样的话，他可真就惨了，都是因为我……"

"我听明白了，孩子，你这心里头不高兴，还委屈着自己呢，跟张大可结婚就是为了要个面子，要个情义，婚姻的事是大事，不是要面子的事……"母亲哭得更伤心了。

不管母亲怎么哭，何莉都不再劝说了，她站起来给母亲倒了一杯水，无精打采地回到自己的房间。

躺在床上，何莉辗转反侧，眼前都是张大可的好，没有人能像他那样，快把自己捧到月亮上去了。虽然她心里爱的是常江子，可陆雪莹的坚贞爱情不比自己差，自己与常江子已经是不可能的事了。可是，一天不结婚，自己就会一天想着常江子，这样也很痛苦，还不如像姐姐那样，快快把自己嫁了也就没想头了。想到此，何莉蒙上被子呜呜地哭起来……

≪ 第十一章

离搬家的日子越近，陆雪莹憔悴得越厉害，她几乎是眼泪泡着心，脸上失去了往日的光泽。一整天她都不梳洗，不打扮，用宋代柳永的一句词来形容她目前的状况是最贴切的："衣带渐宽终不悔，为伊消得人憔悴。"她心中只想着一件事情，她不应该走，她应该留下来和常江子在一起。

在陆雪莹家，常江子是个重劳力，他这几天一有时间就来帮助陆雪莹他们全家人收拾东西，装箱的装箱，打包的打包，不准备搬走的东西就一一处理。

常江子一直是很冷静的，他一直都在劝说让陆雪莹跟着父母先调回省城，因为这是一个难得的机会，以后再单独调动是件很困难的事情。陆雪莹的幸福就是他的幸福，他应该做的事情就是把陆雪莹及陆雪莹一家的幸福放在第一位，把他们的爱情和他自己的幸福放在第二位。

整个下午，常江子都在陆雪莹家，活儿干得非常仔细，包括陆雪莹爸爸的书籍，都分类包装好。他越是这样，陆雪莹的爸爸妈妈就越是揪心难受，现在让他们丢下常江子，就像丢下自己的亲儿子一样。

吃过晚饭，陆雪莹的妈妈对常江子说："我们这岁数的人经不起折腾了，这几天太累了，我们先休息，你陪雪莹再多坐一会儿吧。"雪莹的爸爸妈妈回到自己的房里歇着去了。

常江子对陆雪莹说："雪莹 ，你也休息吧，我明天再来。"这个时候，常江子想尽量不与陆雪莹单独在一起，越是在一起，陆雪莹越是坚定不了走的决心。

陆雪莹脉脉含情，依依不舍，沙哑地说："你别走，希望你再跟我多待一会儿。"

走进陆雪莹的房间，常江子感到空荡荡的，所有的东西都打包了，只剩下一张床和床上挂着的雪白的蚊帐。陆雪莹轻声地说："我喜欢今晚的月光，今晚的月亮很圆，我们不开灯吧，就这样坐着好吗？"

"好吧，我听你的。"常江子拉着陆雪莹的手，他们肩并肩地坐在一起。

屋子里静静的，能听见彼此的呼吸和心跳，也能感受到这洁白的房间装满了温馨与凄凉，这温馨与凄凉伴着星辉，直入每个人的心底，只有他们彼此的身体是温暖的。

陆雪莹想打破这种沉静，说："你今天好累，好辛苦，我们搬这个家全都靠你了。"

"这是我应该做的。只要你高兴，两位老人高兴，我做什么都不感觉累。"

见常江子发呆的样子，陆雪莹心里更加难受，她的泪水早已经溢满眼眶，声音越来越沙哑，她说："我想给你念一首诗，你一定要闭上眼睛听，我才会念。"

"谁的诗？"

"一个深爱你的人写的。"

"好，你念吧，我闭上眼睛了。"常江子猜出这诗一定是陆雪莹写的，他闭着眼睛等了一会儿。

陆雪莹没有念，她在使劲儿控制自己的情绪。

常江子说："念呀，怎么不念，我在静静地倾听呢。"

月光之下，陆雪莹从枕边拿出她写的诗稿。几张白纸在她手中颤抖，她不是念，而是在背诵："一树花开的季节，如何让我遇见你，是我在佛前求了五百年，求他让我与你结一段尘缘。一树花开的季节，如何让我离开你，我已是一只幸福的小鸟，环绕在你茂密的山林间。"

陆雪莹念得有些哽咽，常江子也早已被她沙哑的声音念出来的诗打动了，流下了两行热泪，他说："只要我的爱人是一只幸福的小鸟，在我稠密的树林里欢快地鸣叫，我就是幸福的。可是，我的这只小鸟，如今她要飞向远方，从此，我不能给她保护。"

听了常江子的话，陆雪莹心痛难忍，她含着泪往下念："这一次我离开你，是风、是雨、是夜晚。如果我松开了你的手，寂寞长路你会越走越远。"

"我要拉住你的手不会放弃。自从遇见你的那一刻，我就再也不想松开你的手了。"常江子柔柔地握着陆雪莹的一只手。

陆雪莹放下诗稿，把头贴在常江子的胸前，说："我不能松开你的手，如果我松开了你的手，我的世界将不再有春花秋月……"

常江子看着窗前清冷的月光，两个人虽然是不自觉地发出了海誓山盟，他依然感受到了"相思相见知何日，此时此夜难为情"。

陆雪莹已经没有声音了，她泪如雨下。

自古以来，有文采的女子都爱作诗，越是情到深处，她们的诗就会越婉约。诗像是一种信念，支撑着执着的苦恋，以诗来抒发内心的情感，爱，终究无怨无悔。

常江子还在闭着眼睛倾听。此时此刻，他不想睁开眼睛，睁开了也都是模糊的泪，模糊的身影，泪水早已经迷蒙了他的视线。

一场热烈的爱情，此时此刻是如此缠绵。窗外那一轮明月悄悄地挂在树梢，它见证着这一切。

陆雪莹的嗓子沙哑，哭泣的声音像蚊虫一样细弱。这时常江子猛地站起来，热烈地把陆雪莹抱在怀里，常江子用颤抖的声音说："我不松手，你也不要松手，我们永远都不会松开手的。"

"抱紧点，再抱紧点，别松开我。"陆雪莹已经泣不成声。月光下，她的泪水像玻璃一样剔透，她反复地说，像是在乞求："不要松开我的手好吗？"

"别哭了，雪莹，不要这样折磨自己，我们会在一起的，只不过是先走和后走的问题。"

"我不，我不先走，一定要和你一起走。"陆雪莹语调温软，双眸迷茫又发着亮光。

"傻瓜，别任性了，只要爱情在，人走了也无所谓，我们的爱情永远都不会走。"

"这些都是骗人的，我先走了，你不去了怎么办？"

"我已经想好了，只要咱爸能把我调过去，什么工作我都愿意，哪怕去省城挑大粪，我也甘洒热血写春秋。"常江子说完自己就乐了，说，"你看，让你把我急得叫咱爸了，样板戏的唱词也出来了。"

陆雪莹被常江子的话逗乐了，她微微地笑了一下，立刻又回到一种伤感的状态中，她说："亏你会想，还有比挑大粪更不好的职业吗？"

"雪莹，我们不能只考虑自己的感受，还得考虑一下两位老人的感受。你是他们的独生女儿，你爸爸妈妈所有的希望都寄托在你身上，你不和他们一起走能行吗？你只顾爱情，不顾爹娘，那是自私自利的表现，那样让两位老人多伤心呀！"

陆雪莹紧紧地抱着常江子，她不想松开手。

常江子抬起头，给陆雪莹轻轻地擦着眼泪，幽默地说："我小的时候和一帮小伙伴在一起玩，他们骂女孩子骂得最狠的一句话你知道是什么吗？"

"什么？"陆雪莹好奇地问。

"黄毛丫头。"

"那是什么意思？"

"黄毛丫头上高楼，不想爹妈想老头。女孩子要是被人骂了这样的话，连屋都不敢出了。"

"什么呀，太难听了。"陆雪莹娇羞地捶打着常江子的胸。好在这屋里只有一缕月光，谁也看不见她的脸。

"高兴了吧？高兴起来，听话。"常江子哄着陆雪莹想让她高兴起来。

"不高兴。"陆雪莹撒娇地说。

"高兴起来，相信未来是美好的。"常江子看看时间，说，"你高兴了我就可以回去了。"

"我不想让你走。"

"雪莹听话，我不能回去太晚，剧团也是有纪律的，回去晚了别人会说闲话。"

此时，常江子突然想起了他给陆雪莹买的那块手表。他把非常喜欢的像艺术品一样的那块进口手表从衣服兜里拿出来，对陆雪莹说："现在该你闭上眼睛了。"

"为什么？"

"不要问为什么。把眼睛闭上，把手伸出来。"

陆雪莹乖乖地闭上了眼睛。

常江子很郑重地把那块表戴在了陆雪莹的手腕上。

陆雪莹睁开眼睛看到手腕上的表时，惊呼了一声："呀，这么漂亮的手表呀！"她看见那块手表在夜色里闪闪发光。

"喜欢吗？"

"太喜欢了，这得花多少钱呀！"

"与钱无关，喜欢就好。"常江子吻了陆雪莹一下，说，"你早点休息吧，睡个好觉，再做个好梦，明天我早早就过来，帮你把最后的东西收拾好。"

陆雪莹还是依依不舍。她拉着常江子的手不让他走，嘴巴贴在常江子的耳朵上，声音很小很小地说："我……想要你，你就别走了，好吗？反正我早晚都是你的人了。"

常江子突然感到浑身的血液都涌到脸上来了，好在房间里没有灯光，他下意识地推开了陆雪莹，说："别瞎闹了，你爸爸妈妈会听到的，要是那样，明天我怎么有脸见他们二老。"

陆雪莹不是轻浮的女孩，这个想法她几天以前就有了，也不是轻易说出来的，她想了很久，如果他们有了进一层的关系，她与常江子的爱情会更加牢固，他知道常江子是一个责任感很强的男人。

推开陆雪莹，常江子感觉自己像做错了什么事一样，他又把陆雪莹拉到胸前，紧紧地抱住，然后用双手托起她的脸，他看到陆雪莹的泪水如泉水一般，不可遏止。常江子让她坐在床上，轻手轻脚地走到外边拿来一块毛巾给陆雪莹擦脸上的泪水，之后又给了她一个热烈的吻。他说："亲爱的，睡觉吧，听话，明天还有很重的劳动呢。"

陆雪莹不语。

常江子松开陆雪莹，一步一步走到门口，小声说："雪莹，我走了，你多保重！"

陆雪莹还是不语，只是默默地流泪。

常江子心情复杂地从陆雪莹家走出来。

　　男人在女人面前永远是坚强的，是顶天立地的男子汉，他们会主动承担起生活的烦恼和艰辛，殊不知男人的背后也有他脆弱的一面，他们只是把苦和痛都尽量咽到自己的肚子里去。

　　常江子没有马上回剧团，他把自行车停放在一棵老榆树下，然后坐在陆雪莹家马路对面一家小商铺的第三层台阶上。在这里，他能看见陆雪莹家的院落，这个装满了爱的小院即将失去它的主人，即将成为他永久的怀念。明天，这里就会物是人非。他仰望着天上的月亮，泪水开始在眼眶里晃动。他很庆幸自己没有冲动，如果那样的话，会伤害到陆雪莹。可是，他没那样做，说不定对陆雪莹是另一种伤害，她会不会认为他不是真心爱她，爱到深处是不会顾及一切的，她会不会认为自己是胆小鬼，不是个男人，连这点责任都不敢担当。怎么想他都心如刀割，矛盾重重。有一点，他敬佩自己，毕竟是毛泽东时代教育出来的青年，理智永远都能够战胜感情。

　　"雪莹，我对不起你。"此时此刻，这是常江子心里最想说的一句话，他看着陆雪莹家那没有一点光亮的院落，想痛痛快快地大哭上一场，把心中的爱，把心中的委屈，把那些无法言说的生活中的苦恼，把工作上的压力，一股脑地都倾泻出来。

　　小米悄悄地搬到常江子的宿舍里来住了。

　　李龙走后，那张床一直空着，小米早就想搬过来，但他又怕影响常江子与陆雪莹谈恋爱。陆雪莹经常到常江子这里来，小米想，自己要是住进来，那就成了一个没眼神儿的家伙了，显得很多余，那样不好。这些天，他知道陆雪莹他们全家就要回省城了，车票都已订好，陆雪莹不会再到常江子的宿舍，小米又看到常江子的心情也不太好，所以他选择这样的时机搬了过来。小米还把他经常读的一些书籍也都搬了过来。

　　这几天，常江子总是很晚才回来，回来后就像散了骨头架子一样，精神也有点萎靡。小米早早地把床铺好，把洗脚水打好，就像当年常江子对李龙那样，然后他一个人默默地看书，常江子多晚回来他都等着。可是，常江子自己劳动惯了，小米这样做让他接受不了，常江子感动地说："小米，你以后可不要给我打洗脚水了，我又不是岁数大了，咱们可都是哥们儿。"

　　"你现在心情不好，我得多关心你，打盆洗脚水算什么呀，又累不着。哎！对了，我忘问了，陆雪莹哪天走啊？"

　　"明天。"

　　"她走了，你怎么办呀？"

　　"我还没考虑呢。"常江子把脚泡到水盆里。

　　"你傻呀，为什么让她走，人家到了大城市，还能回到这小城市来吗？"

"必须得让人家走，人家是独生女儿。"常江子心里难受，外表却装作非常淡定的样子。

一会儿，小米凑过来看着常江子的眼睛说："她就真舍得离开你吗？"

"她当然想为我留下，她比我还痛苦，但是我不能那样做。"常江子看着脚说。

小米说每一句话都会想半天，他生怕自己哪句说得不合适。

常江子站起身把洗脚水倒出去之后，回来躺在床上看着天花板。他叹了一口气，说："如果我现在说上一个留字，陆雪莹绝不会走，她会留下来和我在一起。但是，我不能啊！我那样做就太自私了，为了陆雪莹，为了陆雪莹的爸爸妈妈不受与女儿分离之苦，我把这份苦留给自己吧！"

"你真是太高尚了，这就是你的品格，江子，我特别佩服你。"小米伸着大拇指说。

"爱一个人，可以牺牲自己的一切。"常江子叹了一口长气又说，"当然，我是多么希望事业和爱情能够两全啊！"

"我认为你们只是暂时分离，你以后可以调过去，调到省城去，那里会有更好的发展空间，大城市就是比小城市强。"

常江子有气无力地说："那是以后的事情。人生是多变的，还不知道以后会有什么变化呢！"

"别那么悲观好不好，你应该比我想象得更坚强才对。"

"哈……"常江子立马睁大了眼睛，握着拳头说，"我现在的表现让你失望吗？那我再努力再坚强些！"

小米眨眨眼睛，转移了话题，说："再告诉你一个消息，何莉要和张大可结婚了，你知道吗？"

"什么，不可能这么快吧？"常江子不再困倦了，他立马从床上坐起来。

"怎么不可能，这是何莉亲口告诉我的。"

"她为什么不告诉我？"常江子感到很震惊，心里有些难以接受，过了一会又自责地说，"这也不能怪罪何莉，是我这些日子忙自己的事，她哪有时间和我说话呀。"

"何莉告诉我的时候，我也很吃惊。我问她为什么？为什么这么快就要与张大可结婚？为什么这么突然？何莉说，不为什么，难道结婚还要给自己找一个为什么的理由吗？何莉说完这句话，转身离开了，我看见她分明是强装欢笑，其实心在流泪。"

常江子沉思了许久，说："其实，张大可挺好的，张大可是个好人。"

常江子这么一说，小米又愣住了，问："你为什么这么说？"

"张大可本来就挺好的，他对何莉的好是任何人都难以做到的。在婚姻问题上也不能完全以貌取人。"常江子说这话时大脑也在迅速转动，何莉这么快结婚，是不是与自己有关，是不是要摆脱心中的痛苦？常江子倒是觉得自己的内心有种隐隐作痛的感觉，他非常清楚何莉对他的一片痴情，但那都是在他与陆雪莹谈恋爱后才有的感觉。常江子觉察到了这个问题时，他已经毫无办法了，他既改变不了自己，也改变不了别人，只是平日里更加关心何莉，把她当成自己的亲妹妹一样。

"可是，张大可业务上的确不会有什么发展前途了。"

"什么叫前途，非得当演员就有前途吗？做其他工作也可以的，张大可都能干得不错。"常江子似乎一下子就把事情想开了，心想，人人都有选择幸福和追求幸福的权利，怎么多数人就认为张大可不可以和何莉走到一起呢。

"其实，何莉……喜欢的人，最爱的人……是你，"小米试探着说，"我这样说你不会生气吧。"

"怎么可能，我一直把她当妹妹。"常江子嘴上否认了这件事，心里却很难过。他随手把电灯关掉了，说："睡觉吧，小米，这几天帮助陆雪莹家整理搬家的东西，我累坏了，身体累，心更累。"

"我本来是想跟你说说心里话，可别再惹你心烦。"小米不安地说。

"我没事，明天一切都会过去的，明天的太阳还会升起。睡觉吧，小米！"常江子翻了个身像是睡去，一会儿又翻过身来冲着小米说，"哦，对了，小米你明天有时间吗，和我一起去送陆雪莹吧。"

"真的，那太好了，我明天没什么事，就是有事，也没有送陆雪莹的事重要。"小米非常希望与常江子一起送陆雪莹，他想，有他和常江子在一起，他能给常江子一点力量，免得他一个人孤独无助。

"我今天太累了，睡觉吧。"常江子说着头冲墙睡去了。

小米比常江子兴奋，他还想说什么，听见常江子那边已经发出轻微的呼吸声。

在火车站检票口处，小米找到了常江子和陆雪莹一家，他赶紧上前帮着提行李。陆雪莹与小米很熟，经常在常江子的宿舍遇到小米，她也知道他们俩是好哥们儿，只是陆雪莹的爸爸妈妈不太熟悉小米。陆雪莹赶紧向爸爸妈妈介绍说："爸、妈，他叫米新，是剧团乐队的小提琴手，小提高琴拉得可棒了，还会作曲。"

小米被陆雪莹这样一介绍，有些不好意思了，脸也红了，赶紧说："阿姨好，陆局长好！"

陆雪莹的爸爸妈妈用慈祥的目光看着小米，陆局长主动伸出手与小米握手说："你好，米新！"

小米赶紧放下手中的大包小包，与陆局长握手，他感受到了陆雪莹一家的亲和力。

走过检票口，走到列车前，陆雪莹一家找到第六节车厢的卧铺。小米与常江子先上了车，把包裹都安放好，然后从车厢里走下来。这时，陆雪莹突然跑下车来，她抱住常江子泪流满面，用低而沙哑的声音说："我不走，我不想走，为什么要让我们分开？"

常江子不知所措，他知道陆雪莹临别时会有过激的表现，当着陆局长和陆雪莹妈妈的面他不知道该怎么处理。可是，陆雪莹这突如其来的表现让他忘记了周围的人，他紧紧地闭上了眼睛，抱住陆雪莹，两行泪水像小河一样淌了下来。两人相拥了有好几分钟，陆雪莹的妈妈早已转过身独自流泪，陆局长眼睛看着天，只有小米是局外人，他上前劝阻，轻声地说："快上车吧，雪莹，开车的时间马上就到了。"

小米这样一提示，常江子似乎才从梦中醒过来一样，他掰开陆雪莹的双手，从裤子兜里掏出手帕给陆雪莹擦着眼泪说："上车吧，爸爸妈妈都看着咱们呢，到了地方就给我写信。"

"你也一定给我写信。"陆雪莹挥着手往车上走。

"我一个星期给你写一封信。"常江子挥着手说。

"不行，一天一封才可以。"

"那就一天一封。"

陆雪莹眼泪泡着心，非常无奈地随着父母坐上了去省城的列车。

陆雪莹的妈妈和陆局长见女儿上了车，这才紧随其后登上列车。

小米陪着常江子站在车窗前。陆雪莹把脸贴近车窗，流着泪的眼睛直直地盯着她心爱的人，这一走怕是再也见不到了似的。车上、车下，他们等待着列车那一声长鸣，最害怕的也是列车那一声长鸣。那情景让人心碎，让人伤感。列车一声长鸣后，就是车轮轰隆轰隆滚动的声音，那声音越滚越快，就像把两个相爱的人活生生地撕开了一样痛，一半被带走，一半被留下。

单位的房子的确很紧张，剧团分给张大可一间宿舍。

一间宿舍就很好了，张大可十分知足，只要能与何莉结婚，他心里头就乐开了花。

张大可布置新房那天，常江子到商店买了几卷美术用纸。那纸很贵，价钱是一般白纸的好几倍，淡蓝的底色，上面点缀着一些紫色的小鸽子花图案，看上去像花布一样漂亮。要把整个房间都用这种纸糊起来，这间新房就与众不同了，会显得又清新又典雅又高贵。整个房间都用这种纸糊起来，就像豪华别墅了。

看见常江子扛着纸走来，张大可跑过去把纸接过来，感动地说："江子，你这也太破费了，买这纸得花多少钱呀？"

常江子擦着脸上的汗说："只要何莉高兴。人这一辈子，就结这么一回婚，花多少钱都应该。"常江子把纸铺在桌子上，压平，"来吧，大可！我和你一起干，你一个人怕是糊不好，我帮你把这屋子糊上。"

"你还会糊屋子？"张大可惊讶地看着常江子。

常江子笑了，说："不仅仅是会，糊得好着呢。"

"真的吗？"张大可有点半信半疑。

"小时候一到过年，家家都糊屋子，我们家有条件，不像别人家那样用些报纸随随便便一糊，还糊得歪歪扭扭，我们家从来都是用最好的白纸糊屋子。我父亲母亲很重视这一点，特别是我父亲，他糊屋子的手艺非常好，纸与纸之间的对接一丝不苟。我是往纸上刷糨糊的，我一边递给我父亲纸，一边看他怎么糊，他累了，就让我上去糊几张。邻居们到我家去串门，都羡慕得不得了，那也是我从小就引以为豪的一件事。糊屋子看似简单，这里边也很有学问呢，是个技术活儿。"

"你还干过这样的活儿呢，真没看出来。我对这件事就没那么深的记忆，因为我们家穷，好几年也不糊一次屋子。"张大可对常江子又产生了几分敬意。

"你还愣着干啥，咱们把家具往地中间挪一挪。你去弄点白面来，我来烧开水打糨糊。"

"炉子上烧着水呢，你稍等，我这就去借点白面。"张大可一溜小跑出去了。

一会儿，张大可弄来半盆白面。常江子把烧开的水倒进盆里，用一根木棍和起了糨糊。

"江子，真不好意思了，让你受累了。"张大可客气地说。

"咱们就别客气了。"常江子把和好的糨糊递到张大可面前，"你往纸上刷糨糊，然后给我递纸。"

"好的。"张大可把糨糊用刷子刷在纸上。

已经站在高处的常江子看张大可刷糨糊薄厚不均，他又下来做了示范。之后，张大可一张一张地刷，常江子一张一张地往墙上糊，他手里只拿了一把小笤帚。张大可递上来一张，他糊一张，纸与纸之间的对缝非常严密，压得边缘一样宽窄，不比当年父亲糊屋子的技术差。

张大可看常江子糊屋子的手艺确实好，高兴地说："不是吹牛，糊得真好，比糊匠糊得还好呢。"

"满意吧，到哪儿去找我这样的手艺人呀，花钱你都请不到。"

"是啊！别光顾了干活儿，喝点水再糊吧。"张大可高兴地倒来一杯开水。

常江子干得开心，虽然汗流满面，他一点不感觉累。

两个人糊这间屋子差不多用了大半天的时间。天快黑的时候，何莉来了，她看到常江子与张大可一起糊的屋子非常惊讶，"天呀，这是用什么纸糊的，怎么会这么好看，这么漂亮！"

常江子看见何莉那惊喜的表情，他感到很欣慰。他问何莉："何莉，用这样的纸糊屋子你喜欢吧？"

"我刚才就说了，太喜欢了。江子哥的审美能力一般人都比不上，凡是你喜欢的我都喜欢。"何莉对常江子的爱慕之情稍不注意就会流露出来，好在张大可一副满不在乎的样子，张大可即便在乎，他也不会表现出来，也不敢表现出来。

看到这几天常江子为自己结婚的事忙这忙那，何莉的心一阵阵酸痛起来，眼泪一下子涌了上来，她赶紧控制情绪，不能让张大可更不能让常江子看到自己这无缘无故的眼泪，赶紧走到门外去，在外面迟缓了一刻钟，又走进屋，并用开朗的语气同常江子说话："江子哥，让你受累了！"

"受什么累，只要何莉妹妹高兴，我一点都不累。"常江子还在扬着脖子糊棚顶上的最后一张纸。

何莉把那杯已经凉了的水换成一杯热水，说："江子哥，你看你忙得水都顾不上喝，先歇一会儿，喝点水再糊吧。"

"这是最后一张纸，马上就好。"

何莉立在那里一直看着常江子把最后一张纸糊好。

谁也不知道何莉为什么这么快就和张大可结婚，只有她自己知道，除了有对张大可的感激和怜悯，还有就是她为了尽快忘掉常江子。在装饰新房的过程中，她看着眼前这两个不同的男人，眼睛里总会出现黑白不同的两种颜色。当她看见常江子的时候，那就是白色，那白色像月光，也像太阳，既温暖又明亮。当她看到张大可的时候，那就是黑色，他既像是一棵粗壮的树干，又像一片没有星星的天空。那白色充满着浪漫，但是那白色很虚幻。那黑色是实实在在的，也是以后要实实在在生活在一起的人。

糊完了屋子，常江子往窗子上贴红色的窗花。何莉把几张窗花都拿在手里，站在常江子的身后，把窗花一张一张地递给常江子。常江子把最后一个窗花贴在玻璃窗上，端详了一会儿，心里很慰藉，他擦着脸上的汗水回过头来对何莉说："何莉，你再看看，还有什么不满意的地方，有不满意的尽管说，哥一定按照你的意思把新房收拾得漂漂亮亮的，把婚事办好，让你高高兴兴的，让你满意。"

听了常江子的话，何莉的眼泪又差一点涌出来，可是，她眨了眨眼睛却笑了，笑得很不自然，说："你不是说有哥也不顶用嘛，什么事都得凭自己嘛，现在看还是有个哥哥好。"

"那要看是什么事儿，该自己努力的事情就得自己努力。需要哥的时候，哥就必须一马当先。"常江子去洗手上的糨糊。

"江子，让你受累了。"张大可站在常江子旁边把一块毛巾递过去。

常江子擦着手说："大可这话说远了，咱们是哥们儿，何莉像我的亲妹妹一样，别老是说客套话。"

何莉还是想哭，她把水杯递给常江子，"快喝点水吧！"

常江子咕嘟咕嘟地把一杯水喝了下去，满意地看看这间新房，像看他的作品一样，端详了一会儿说："那我就先走了，有不合适的地方你们俩再调整一下。"

"那怎么行，咱们得出去吃点饭。"张大可急着说。

"今天就不吃了，等你们举行婚礼那天再吃。"

何莉咬着嘴唇站在那儿不说话。

常江子走出门时回过头对何莉说："何莉，你觉得哪里儿还不满意就尽管说，我能帮你做的尽量让你满意。"

何莉还是不语，直直地看着常江子。

"谢谢了，太谢谢你了，江子，等我们有了新家，一定先请你过来吃饭，咱哥俩喝酒。"张大可拉着常江子的手把他送到门外。

"都在一个单位工作，都是好哥们儿，还用这么客气，快回吧。"

新房都布置妥当了，很简单，却显得很雅致。其实，除了常江子把这间房子糊上那些好看的墙纸以外，也没什么特别的。一张双人木床，一个平柜，还有一张吃饭用的小圆桌和两把椅子。

张大可温情地对何莉说："结婚的事只差挑选个好日子了。"

何莉犹豫了半天，说："要不……咱们下个月再定日子吧，这个月雨天太多，一旦……结婚那天下起雨来可不吉利。"

"你不是说新事新办嘛，咱们又不举行什么结婚仪式，还拖到下个月去做什么？"张大可有些等不及了，他心里的确有点害怕，好不容易把这只白天鹅追到手，但是还没有真正吃到天鹅的肉呢，什么时候吃到嘴里了，那才是真正地得到了。他太了解何莉的性格，别看事情已经到了这种程度，说不定哪天就会发生变化，这只白天鹅会飞走的。

何莉看出了张大可的心思，张大可是害怕事情有变。这也不能怪他，何莉连她自己都不能保证这颗心还会不会发生什么变化。半天都没说话的何莉突然说："你不放心，是吗？那我们俩今晚就住这吧，我不回家了。"

何莉这个突如其来的决定又把张大可吓了一跳，跳得他心脏怦怦直响。"我……不是……不是这个意思，"之后他又紧张地说，"是，是这样，我们现在呢，也是合理合法的夫妻了，都已经登记了，我想……咱们……早该在一起了。"

张大可说着就张开双臂去拥抱何莉。何莉从心里不愿意接受这个事实，她下意识地闪了一下身子。

张大可的脸迅速涨红，他也紧张得不得了。他爱何莉，一直默默地为何莉付出，何莉在他心目中是神圣的女神，是美丽的白天鹅，他从来都没碰过何莉，连何莉的手都没牵过一下。而此时此刻，他终于鼓起勇气去亲近何莉，却被何莉的举动吓住了。

何莉转身走出了门外，她站在昏暗的院子里，整个身体都在颤抖。夜幕一点一点地降落，所有的房屋、树木以及院子里的人都变成模糊的影子，何莉坚强的内心世界终于坍塌下来，她似乎再也无力支撑自己，支撑着阳光下那个心气极高，永不服输的自己。她不能不想，现如今，接受与不接受张大可，我都是他的人了，这桩婚姻已经受到了法律保护，还有什么不可以的。她轻轻地闭上了眼睛，两行泪水终于从长长的睫毛上滚落下来，犹如两行晶莹的珍珠，带着海水的味道流到嘴里。

何莉擦着眼泪，突然发现一些泪珠儿擦了还有，她已经控制住了自己的情绪，怎么还有擦不干的眼泪？何莉睁开眼，原来天上下起了小雨，一个个雨滴打落在她的脸上，她竟浑然不觉。刚才还没有雨呀，怎么这会儿天上的雨就纷纷落下来了呢？何莉伸出手试着接住雨点，是在下雨，是老天爷在为我下雨吗？

张大可急忙从屋里举着一把伞出来，遮在何莉的头顶上。

何莉还傻傻地站在那用手接着雨。

张大可语气轻缓地说："何莉，咱们进屋吧，天都黑了，雨也越下越大，别着凉。"

何莉仍然在雨中站立着，不想回屋。

张大可伸出手试探着去擦何莉头上的雨水，又说："快进屋吧，这雨越下越大。"

何莉用手指抹去了眼角上冰凉的泪珠，这一切证明了什么，她心里明白，爱情并没有走远，爱情一直都悄悄地藏在她的心里。

在张大可的雨伞下，何莉慢慢地转过身去，和张大可一起走进了他们刚刚布置好的新房。

那一夜，雨一直下着……

《 第十二章

　　何莉与张大可就算是正式结婚了，他们没举行婚礼，只是在第二天买了一些糖果和瓜子，装在一个个纸包里，两人拿着去给同志们散发，让大家吃喜糖。同志们纷纷表示祝贺，有的开着玩笑要他们补上结婚典礼仪式或者表演个节目，有的还要补上一份礼物。

　　在一片祝福声中，他们来到裴副团长办公室。何莉突然停了下来，她对张大可说："你自己进去吧，我在外面等着。"

　　"那怎么行呀，你不进去，裴团长该怎么想。"

　　"爱怎么想就怎么想吧，我才不管他怎么想呢。"何莉有些任性地说。

　　张大可觉得这样不妥，两个人都在老裴手下工作，得罪他没什么好处，他硬是拉着何莉的手把她拉进了裴副团长的办公室。

　　办公室里烟雾弥漫，裴团长手指缝间正夹着一根烟，眼神很狡黠，倾斜着身子津津有味地听着马伟在对他说什么。

　　马伟脸上的表情十分丰富，一会儿兴奋，一会儿气愤，那双小眼睛一会儿变大，一会儿又变小，每说一句话都会把嘴巴贴在裴副团长的耳朵上。

　　张大可与何莉在门口已经站了半天，那两个交头接耳的人还没有注意到他们呢，或许是注意到了也顾不上理睬他们。何莉看得很生气，在单位里遇上这样的领导是一件挺倒霉的事情，他们这样的人在任何事情上都不会起到好的作用，会把人与人之间的关系搞得很复杂。何莉想起了孔子有句话："君子坦荡荡，小人长戚戚。"她再也没有耐心等待了，就用很高的嗓门儿说："裴团长，打扰了，我和张大可给您送喜糖来了。"

　　裴团长先是愣了一下，然后看看何莉，又看看张大可，很惊奇地问："你们……俩……结婚了？"

　　何莉说："对呀，不结婚叫您吃的哪门子喜糖。"

　　马伟把嘴巴从裴团长的耳朵上挪开的那一刻，就迅速地转身来，如笑面虎一样，说："哎呀，这是怎么说的，你们结婚，怎么不告诉马哥一声，马哥好去给你们随个礼呀！"

　　"马哥别挑礼就行了，我们谁也没告诉。"张大可憨憨地说。

　　裴团长眼珠子滴溜儿地转了半天，说："祝贺，祝贺！你看，这么大的事我还不知道呢，我这也太孤陋寡闻了。那有椅子，你们俩坐吧。"

"你们坐吧，"马伟把椅子搬到张大可跟前说，"我还有事，我先走了，你们跟裴团长唠。"马伟走出了裴团长办公室。

"不坐了，裴团长挺忙的。"何莉说着就往外走。

"回来，回来，回来！我还真找你有事儿。"裴团长站起身，从办公桌旁边绕过来，走到何莉跟前说，"平时，你挺忙，我也挺忙，还真没时间找你谈谈话，今儿赶到这了，我就想告诉你，你也是和张大可结了婚的人了，结了婚就得好好过日子，除了过日子还得把戏演好，其他的事嘛……是吧，包括你上次在那么多人面前给我使性子，我都原谅你了。年轻人嘛，谁不犯个错误。你为什么还对辛团长提出要去评剧队那边？你是不是看到常江子去了评剧队，你也想去呀？我可告诉你，你们俩可不一样，也不是一类人，他在京剧这边已经没什么发展前途了，而你的发展空间还是很大的，挺优秀的花腔去唱评剧不是可惜了吗？"

何莉听了裴团长这番话挺生气，她还是想压住火，因为今天是她和张大可大喜的日子，他们送喜糖来了，她不想生气，就说："裴团长，我要去评剧队的事与常江子有什么关系？我不想唱京剧，我就是喜欢评剧这一口。"

裴副团长续了一根烟，深深地吸了一口，然后吐出了几个烟圈，边吐烟圈边说："年轻人嘛，要有自己的思想，是不是？不要同流合污，不要搞名利主义，不要人云亦云，不要像某些年轻演员那样，演了几场样板戏的主角儿，就尾巴翘到天上去了。现在不是样板戏年代了，一切都要从头学起，一切都要从头再来。"

何莉眼神直直地盯在裴团长的脸上，心想，谁尾巴翘到天上去了，纯粹是一种嫉妒和无中生有。裴团长的用意已经很明显，就差点常江子的名字说事了。

何莉冷静地说："我不管谁搞不搞名利主义，谁翘不翘尾巴，这些都与我无关，你不说我还忘了，裴团长，我今儿来就一个要求，我要去演评剧。"

"你作为一个很有前途的年轻演员，不能这么没有政治立场，谁搞名利主义，心里必须清楚才对。"

何莉想，堂堂一个副团长，还至于这样嫉妒手下的一个年轻演员，真是个小人，不可理喻。何莉心里特别不服气，但是她不想多说什么，就说："好吧，裴团长，回去我搞搞清楚，谁在搞名利主义，谁在搞小动作，谁在搞小团伙。"

裴团长不是第一次领教何莉的嘴有多么犀利，个性有多强，一次又一次都让何莉把他搞得下不来台，何莉这个人并不可小视。他不想让何莉去评剧队，是因为他想加强京剧这边的力量。另外，他不希望何莉与常江子站在一起。他想争取一下何莉，可目前看，这已经不可能了，何莉不是他争取的对象，在他与何莉谈话这一瞬间，他决定放弃。裴团长知趣地说："那好吧，如果你执意要去评剧队，我也没办法，好话我已经说尽，明天你就去评剧队上班好了。"老裴把水杯往桌子上使劲一蹾，水溢到了桌子上。

"那好，那就谢谢裴团长了。"何莉转身走出了裴团长的办公室。

张大可随后跟出来，张大可从始至终一言未发，这言他也不知道该怎么发，他只有着急的份儿。这会儿从裴团长办公室出来，张大可终于说话了："何莉，你看你，你看你今天……咱们是送喜糖来了，你却在这儿找气生。"

"是我找气，还是他找气，难道这点事你还看不出来？"

"你真要去评剧那边呀？"张大可眼睛瞪得老大问何莉。

"我这人从来都是说话算数，没有虚的假的，我就是受不了老裴那副嘴脸，他整人的招数太损。"

"我还以为你说说算了，你还真去呀！"张大可当然不愿意让何莉去评剧队那边，从哪个角度说他都不愿意让她去。

"这事是我自己的事。"何莉说这句话的时候声音变柔了，毕竟她和张大可刚结婚，在这件事情上她又是一意孤行。

"以后你不要冲动好不好，老裴再不好，他毕竟是个副团长，你得罪他干啥？我在办公室天天为他服务。"

"我要去评剧队怎么就得罪他了呢？"何莉不解地看着张大可。

"这不明摆着嘛，常江子去了，你就要去，你和常江子是一伙的，他不这么想吗？"

"我和常江子是一伙的有错吗？常江子怎么了，他是坏人呀？难道你让我和老裴、马伟他们这样的人同流合污去，和他们站在一起排挤常江子？你还有没有立场，你张大可是墙头草吧，哪边硬往哪边倒！"

"咱们哪边也不倒，咱得学会自我保护。"

"我宁可不保护自己，也得保护江子哥，没有江子哥，我妈说不定……"何莉说着就哭了，想到母亲那次生病，幸亏常江子赶到跟前，及时把母亲送到医院，那是多么值得庆幸的事情。如果不是常江子在那个关键时刻去了她家，母亲一定会有危险的。想到姐姐何月，想到江子哥的情意，再想到常江子受到裴团长和马伟他们那些人的排挤，何莉心里就像有一团火在燃烧。还有，今天也算是大喜的日子，让老裴给搅得心情非常不好。

张大可觉得他与何莉在院子里这样辩论，让别人看了影响不好，刚结婚就吵架，这叫什么事儿。张大可劝何莉说："咱们走吧，咱们回去说吧，这糖先不送了。"

何莉第一次感觉到张大可的厚道与诚实都是为了在她面前表现自己，在真理面前，在是是非非面前，他怎么就没有一个明确的立场呢？自己认为最了解张大可，事实上人心真的很难测。在这个世界上，有正义感的人还有多少？真是，人心曲曲弯弯水，世事重重叠叠山。何莉是看不惯裴团长和马伟等人的做法，她希望自己永远站在常江子这一边。虽然她已经和张大可结了婚，但丝毫不影响她对常江子的崇拜。她崇拜他那冰雪的性格，超强的意志，坚韧的精神。她已经习惯了常江子平日里对她的关照、爱护，那是哥哥对妹妹的关照，她认为有她站在常江子一边，他也不会太显孤独，好歹有个妹妹一样的人能在他需要的时候和他站在一起。

看见何莉这样子，张大可心疼，他又没有办法让何莉平静下来。何莉快步走在前边，张大可随后紧跟。

"何莉！"有人在后边喊她。

何莉回过头看见王美秋向她走来。

"美秋？"何莉停住了，无精打采地应了一句。

"何莉，婚就这么结了，也没举行仪式？"王美秋走到何莉跟前埋怨地说。

"哦！就这么结了。"何莉的情绪还没缓过来。

"我的这份礼早就准备好了，还是送晚了。"王美秋笑着把手里拿着的一个用新花布包着的包递给何莉。

"这是什么？"何莉接过包问。

"给你买的床上用品，回屋里看吧。"

王美秋的出现给张大可解了围，张大可笑呵呵地说："咱们一起回吧，去看看我们的新房。"

"就是啊，新房我还没看见呢，你们就结婚了，这也太快了吧！这是为什么呀？"王美秋拉起何莉的手。

何莉被王美秋的话说得不好意思了，就用手捂住了王美秋的嘴巴，"快别说了，我知道我错了还不行吗？"

"错是没错，我就是不明白你们为什么连我这样的好朋友也不告诉一声，就悄悄地入了洞房。"王美秋咯咯地笑起来，她又冲张大可说，"你不是还叫我小婶婶，结个婚，连我这个小婶婶也不认识了？"

何莉脸更红了，就迅速反驳王美秋说："还说王美秋温柔敦厚呢，一点都不是，这张嘴得了理也挺厉害呢，甚至比我都厉害。"

"谁让你不告诉我一声呢。"王美秋又嗔怪张大可说，"结婚也不请你小叔小婶吃个饭，我们可生你的气啊！"

"是是是，我一定请小叔小婶吃饭的，我这还没来得及呢。"张大可态度端正，已经认识到这婚结得太过于仓促。

三个人一起来到何莉和张大可的新家。王美秋进了屋就惊讶地叫起来："哇！这是谁的创意和杰作呀？一间宿舍布置得这么有艺术感，是张大可吧？"

何莉想说是常江子，话到嘴边又咽回去了，她等着张大可说，张大可却没说，她也不好说了。

"谁呀，谁把屋子布置得这么好？"

何莉看看张大可，张大可还是没说，他用很快的速度端上一杯水来，说："喝水吧，美秋，屋子是何莉我们俩一起布置的。"

王美秋还在欣赏墙壁上的纸，何莉就说："喝水吧美秋。"

"这么一间简陋的宿舍，经过这样一布置就大变样了，真让我大开眼界。"王美秋说，"快把我给你买的床单铺上，看看喜欢不。"

"好呀！"何莉赶紧把自己买的床单揭下来，铺上王美秋送给他们的结婚礼物，"哇！太好了，谢谢美秋，给我买这么漂亮的床单。"

床单铺好后，王美秋说："这还有一对枕套，是我让我妹妹绣的，她的刺绣相当好。瞧！她在这枕头上绣了一对鸳鸯，希望你们俩就像这对鸳鸯一样恩恩爱爱的。"

"真俗。"何莉亲了一下王美秋的脸说，"不过，我还是挺喜欢的。"

"现在不用，那就放着以后用吧。枕套上这对鸳鸯多可爱呀，还说俗。我们结婚时杨义的姑姑从外地带回来一对枕套，上边也是绣着一对鸳鸯呢，别看是买的，还没这个好。"

"太好了，谢谢你，美秋！"何莉把枕套收起来，说，"美秋别走了，今晚在我家吃饭，一会儿把杨义叫过来。"

王美秋稍迟疑了一下说："好吧，一会儿我去叫杨义。"

张大可说："那今晚就把常江子和小米他们也叫过来吧，大家一起热闹热闹。"

"好呀！这事你说了算，我和美秋这就去叫他们。"何莉与王美秋边唠边走出了房，两人见面就高兴，刚才在裴团长那里发生的事和与张大可的不愉快已经被何莉抛到脑后去了。

张大可系上围裙，开始做他们新婚的第一顿饭，而且是一顿丰盛的晚宴。

团领导重新分工，素兰要求主抓评剧队的业务。素兰是副团长，兼任评剧队的队长。

何莉来到评剧队，素兰高兴，她感觉到力量又充实了许多。素兰说："何莉，京剧那边需要你，既然你选择了评剧，你就要安下心来把评剧唱好。我这儿正犯愁呢，评剧《花为媒》要作为评剧队的首场演出，要打出去，要让观众认可并且喜欢评剧。剧中张五可这角色正没有合适人选呢，你来得正好，你需要在最短的时间里把这个角色拿下来。评剧队上演的第一出戏是《花为媒》，这出戏只能演好不能演坏。张五可又是这出戏中最重要的一个人物，你知道吗？有没有信心？"

"知道，"何莉自信地说，"只要素兰老师信任我，我一定会努力把这个人物演好。"

"我就喜欢听这样的话，心里痛快着呢。就像上一次，逼着你演春草闯堂一样，闯出一个观众喜爱的春草来。"素兰又语重心长地对何莉和常江子说，"你们俩在演样板戏的时候，都已经是有影响的演员了，特别是常江子，是观众心里的大腕儿明星，有了名气不骄不躁，这是你最优秀的品质，你一定要发扬下去。我要尽全力支持你们年轻人的事业。我多么希望你们迅速地成长起来，共同把评剧演好，让玉琼市的老百姓真正喜欢上评剧。"

"您放心吧，素兰老师，有您做榜样呢。"常江子谦逊地说。

"常江子、何莉，你们是观众热爱的两个演员，我很高兴，我并没想到搞来搞去评剧队的实力会这么强。"

何莉用得意的目光看着常江子，并对他挥了一下拳头，意思是信心百倍。

常江子坐下来认认真真地读着《花为媒》的剧本，他把另外一份剧本递给何莉。何莉坐在他的身边，也认真地翻看着剧本。听素兰老师这样给他们鼓劲，常江子与何莉心中都感到有一股暖流在流淌。常江子用很小的声音对何莉说："素兰老师就是我们的楷模，从艺一生，她练就了很深的功夫，演起戏来得心应手。你看她那恰如其分的舞台风格，不仅赢得同行的赞誉和广大观众的爱戴，对我们的影响也很深。"

"是啊！"何莉点着头说，"素兰老师如一潭山泉清澈见底，以后我会拿她当镜子的。"

何莉转过身对素兰说："您放心吧，素兰老师，我一定会向您那样，做一个心里坦荡、作风严谨的好演员，把评剧演好。"

素兰老师面部表情依然严肃，她对何莉说："何莉，你以前虽然有几个角色都演得不错，但是演张五可这个角色不可以掉以轻心。张五可报花名一场是重头戏，能把这段唱腔拿下来，靠的是女主角的硬功夫。"

素兰当年曾在《花为媒》中饰演张五可，她的报花名不知征服了多少观众。老艺术家曾评价素兰的报花名："听来真如行云流水，迟疾顿挫，深入浅出，清晰明快，有声有色，亲切动人。从吐字归韵，字头、字腹、字尾之间关系，到板槽尺寸之规律都十分讲究。"

何莉拿着剧本，看到报花名这么大段的唱词要背下来真够不容易的，她心里就更加佩服素兰老师，素兰老师那时候学戏可全是靠口授啊，根本就没有什么剧本，她都能一个字不差地记住，而且做到字正腔圆，声情并茂，我还有什么困难克服不了的。这段唱词对何莉来说又是一个新的巨大的考验，她看着剧本开始一字一句地背词，然后再一句一句地去向素兰老师请教。

常江子与何莉对了几遍台词之后，素兰说："不用太着急，休息片刻我们再继续练。"

　　何莉放下剧本端过来两杯水，一杯递给素兰老师，一杯递给常江子。

　　"怎么样，难不难？"素兰接过水杯亲切地问何莉。

　　"不难！您都这么大年龄了，还陪着我们练，陪着我们演，您都没说累，我们年轻人既不能说难也不能说累。"何莉侧过头看见素兰老师额头上一层细细的汗珠，非常心疼地抬起衣袖给素兰擦汗。

　　常江子注意到了这个细节，他赶紧拿来一块毛巾放到何莉手上。

　　素兰打心眼儿里喜欢疼爱这两个年轻演员，她更多的时候不叫名字，就叫孩子，"孩子，你已经做得很好了，慢慢来，要理解人物的情感，才能把每一段唱腔发挥得更好。"

　　素兰在很轻松的氛围下与何莉说戏，每一个细节都讲得很全面。

　　有素兰老师的亲切教导，又与江子哥在一起搭戏，何莉有了主心骨，心情也特别好。何莉说："素兰老师，说句实话，我以前就是个傻大胆，根本不知道上台害怕是什么滋味，可是来到评剧队，接了这出戏，就有不一样的感觉，感觉到有些紧张，就怕演不好。"

　　"你一定能演好的，我相信你。"素兰语气坚定。

　　"我也相信你，这个世界上还没有能难倒咱们何莉的事呢。"常江子一边下功夫让自己的舞台形象丰满起来，一边给何莉鼓舞着士气。

　　"江子哥，你也太会夸人了。"何莉不好意思了，心中却充满了自信和快乐。

　　"打磨一出戏，相当不容易，正儿八经要出几身汗。想让观众满意，首先得让自己满意。这些天，你们要特别保护好嗓子，不要吃刺激的食物，不吃冰冷的食物。"素兰把想到的话都说到了。

　　在排戏的过程中，大家都能看见素兰、常江子、何莉的那种投入，那种用心，那种不怕吃苦的精神以及默契。

　　新排的《花为媒》中，何莉饰演张五可，常江子饰演贾俊英，素兰饰演阮妈，这是一个很强的组合。《花为媒》一上演，就让观众大饱眼福，并连续二十多场演出，场场爆满。《花为媒》这出戏也为玉琼市京剧团评剧队的演出奠定了一个良好的基础。

　　《花为媒》演出结束了，评剧队放两天假。

　　连续演出的确让常江子感到身心疲惫，从中午躺在床上一直睡到下午四点多钟，如果不是小米在屋里找运动鞋运动装，常江子还醒不了。他睁开眼睛时，看见小米正全副武装准备出门，就问："小米，你要去哪儿？"

　　"我要去打球，你去吗？"

常江子翻了个身说："我太累了，不想去了。"

"江子，睡得够可以了吧，下午这么好的时光你都睡在床上，有点可惜了，出去运动运动多好。"小米说着去拽常江子，想一下子就把他从床上拉下来。

常江子睡意全无，懒懒地说："小米你先去吧，我这就起来，你先去吧。"

小米一个人先跑出去了。

常江子在放松的状态下思念起陆雪莹，有两周的时间没顾上给陆雪莹写信了，她会不会生气？想到陆雪莹，常江子立马精神起来，陆雪莹在的时候，他们经常一起去登红山，那场景让他既怀念又伤感。于是，他起床，穿上外衣，决定一个人去登红山，像小米说的，做做有氧运动，走走与陆雪莹一起走过的那条路。

常江子没骑自行车，一路走着去登红山。走上红山时，他才看到太阳非常美丽，虽然已经是夕阳西下，阳光仍然散发着迷人的色彩。看着这熟悉的充满生机的山路，曾经留下过他与陆雪莹多少眷恋的脚步和甜美的笑声，同时也洋溢着生命的美感。记忆这东西总有些不可思议，曾经身临其境的时候，几乎未曾意识到这片风景有多么炫目，也未曾觉得它有什么撩人的情怀，或许因为那样的时刻，心里边最重要的位置被一个人占据着。和恋人在一起的时候往往会忽略周围的一些微妙的景色，或许只顾谈一些轻松与沉重的话题。然而，此时此刻，恋人离去，只剩下他孤独一人，形影孤单的时候，才意识到这片风景的光彩，让他如此眷恋。草的芬芳，树的摇曳，风的微寒，山的曲线，这里的一切，清晰得仿佛可以用手指描摹下来。这里只剩下风景了，风景中空无人影，谁都没有，没有陆雪莹，也没有自己，这两个人到底消失在什么地方了呢？为什么会发生这样的事情呢？她和当时的他以及他们的世界，都遁往何处了呢？

陆雪莹走后，只要有时间，他就想她，可是从来都没有像今天这样，走在山路上想她想得那么心痛，那么真切，又那么缥缈。想她洁白的肌肤，清秀的脸庞，流线一般手感爽适的秀发，定定地注视着对方眼睛的眼神和发问时的纯真表情以及略带沙哑的声音，还有春天与秋天里她常穿的格调高雅的格呢大衣，她双手总爱插进大衣兜里，两人走近时，她就会莞尔一笑，然后把手从大衣兜里拿出来去拉他的手，或亲昵地挎住他的胳膊。陆雪莹的身影在常江子脑海中浮现得越来越清晰，此刻，他脸上的阴郁也已被微风吹散。他感叹着，弹指流年，拂歌尘散，轻触琴弦，如风之纤细。时光为什么不能倒流，走过的岁月都会成为永远的怀念。只有河水的声音是真切的，清凌凌的河水从红山脚下流淌着，听到这声音，常江子才发觉自己在不知不觉中已经走到山下。

天色已晚，常江子放慢脚步，呼吸着新鲜的空气。前边是美丽的彩虹桥，是这座城市里一道亮丽的风景。自从这座大桥建成以来，常江子从未有时间到这里来观看一眼，今天特意从这座桥上穿过。

夜幕降临，桥上的灯光与整个城市的夜景融为一体，有近有远，闪闪烁烁。常江子正走着，对面有一对年轻人骑着一辆自行车从桥那边行驶过来，男的骑着车，坐在后边的女人双手紧抱着男人的腰，头靠在他的背上。常江子突然被那情景所吸引，那情景在哪个电影里出现过？不，那情景多像他和陆雪莹在一起的时候呀，那是一幅浪漫而温馨的画面。常江子眼睛发亮地看着两个年轻人，走到近处，方才看清，那对情侣不是别人，正是李龙和王小燕。

王小燕老远就招手，笑着跳下车来，率先跑到常江子面前，她热情地拉住常江子的手，说："江子呀！我们老远就看见一个风度翩翩的帅小伙在桥上走着，心想，那人多像常江子呀，走近一看，果然是你。"

"是啊，好久没见到你们了，没想到在这里相遇！"常江子也为这偶然的相遇而兴奋。

"怎么样，江子，你还好吗？"李龙走过来亲切地拍拍常江子的肩膀。

"还好！"常江子心里羡慕着李龙和王小燕，他们俩够有情调的，还像恋爱时那样，一点都没变。常江子就问："你们的宝贝呢？"

王小燕和李龙互相看看都笑了，李龙说："送奶奶家了，我们俩都是搞事业的人，谁都不想落后，不想让孩子拖后腿，只好牺牲我们的宝宝了。"

王小燕反驳他说："是那么回事吗？是奶奶从小看着他，奶奶要回乡下老家，离不开孙子，所以就带着一起回去了，过一段时间就回来了。"

"正因为如此，小燕想孩子想得不行，在家里总发脾气，我就带着她出来散散心。"李龙显得格外仗义。

"真没看出来，李哥还是这么浪漫的人呢。"常江子笑着说。

"这都是让爱情折磨出来的。"李龙说。

"李哥也学会幽默了。"

"是我不断地改造他的结果。"王小燕说，"改造他的灵魂，改造得他对生活有了情调。"

"哈哈哈……"三个人笑得开心。

"哎！听我妹妹说，陆雪莹调回省城了，是真的吗？"说到陆雪莹，王小燕的高兴劲儿立刻消失了，接着又说，"她怎么可以自己回去，这样对你太不公平了。要知今日，何必当初呢！"

"是，她是回省城了。"常江子声音低沉下来。

"什么时候的事？"李龙问。

"回去有半年多了。可这件事情不能怪她，她一直坚持要留下来，是我不想让她留下的，不想让她做出那么大的牺牲，陆雪莹毕竟是独生女，她父母也离不开她。"

李龙说："江子这人，真是个好人呀！难得的好人，永远的好人，处处为别人着想。"

王小燕说："就是，别看她回到省城，想再找江子这样的，她也找不到了。"

常江子笑呵呵地说："比我好的人多了，只要她幸福，就是我最大的希望。"

王小燕挑起眉毛看着常江子说："别太自信了，现在这人还有准啊，时间一长，随着生活环境的变化，说不定人心就变了。"

"变了也正常，也可以理解。如果我调不过去，给人家带来的都是痛苦。"常江子用温和的口气说。

李龙说："有这样的心理准备就好。"

"你现在一个人这样子也够孤独的，不行哪天燕姐再给你介绍一个算了，这样遥遥无期地等待，还不把自己的婚姻大事给耽误了嘛。"

"你这样说可不对，"李龙不同意王小燕的说法，"还是想想办法，努努力。能调到省城去那是最好的，实在调不过去再说，车到山前必有路嘛！"

常江子仍然笑呵呵地说："我也是这么想的。"

王小燕突然意识到这话题有点沉重，这么长时间没见到常江子了，应该高兴才对。于是，她开着玩笑说："常江子，你知道吗？有多少女孩想着你呀，做梦都想嫁给你。我敢打赌，台下未婚女青年百分之百都有这个想法，咱还愁找不到比陆雪莹更好的女孩吗？"

常江子说："我这人不是痴情嘛。"

李龙说："别逗了，要说女人痴情还差不多，满世界都是负情的汉。"

"哈哈哈……"王小燕指着李龙说，"说真话了，这可是你自己说的啊！"

说说笑笑，他们走过了彩虹桥，来到城市的边缘。

月亮升上了夜空，城市的轮廓在灯火处闪烁。桥下那镜子一样的河水慢慢地流淌着，河边稻草的香味随风一阵一阵轻轻飘来，也有蛙声、虫鸣。走过这里的人大概不会觉察。其实，日子都在不经意间穿梭流过。在不经意间，树叶就放出了新绿。在不经意间，树叶又变得枯黄了，随着秋风飘落在大地。

常江子、李龙、王小燕，这几个文艺工作者，他们很有话题，他们边走边谈，谈到彼此的工作，谈到国家形势，谈到意识形态，谈到文艺复兴，谈到戏剧的发展……总之，他们谈了很多很多话题，最后还是不想分手。

李龙觉得常江子身上有一种力量，不管风从哪个方向吹来，他都微笑着，从没有失去过生命的宁静和端庄。

常江子总爱把思索的目光投向远方。可是，今晚不一样，他忽然觉得这个夜晚是这样的美好，不是因为霓虹闪烁，不是因为清风明月，而是因为他和李龙、王小燕在一起这样亲切交谈着。原来魅力之源都在人的心灵之处啊！现在，也不知为什么，他很少和剧团里的人做这样的心灵沟通，越是缺乏沟通，越是感觉人与人之间的关系复杂。虽然他每天都埋头于业务，还是难得有一片净土，让心灵得到净化。看来，心灵的恬静安详是人类幸福的出处。他又想，如果李龙还在剧团里工作，他们能像今天这样推心置腹地做心灵沟通吗？

临别的时候，王小燕热情地邀请常江子到他们家里做客。

常江子说："那好吧，李哥、燕姐，改日我一定到家里去！"

"咱们改日见！"李龙使劲儿握了握常江子的手。

三个人在一个十字路口处分了手。

《三难新郎》是评剧队继《花为媒》之后排演的又一个剧目。在《三难新郎》中，常江子饰演秦观，何莉饰演苏小妹。剧情大概是这样的，秦观自幼聪慧，饱读诗书，才华横溢，是北宋有名的才子。他听说苏洵为使女儿选中真正的才子，要求向苏小妹求婚的人写文章呈她批阅。秦观听说后，便从扬州赶到京城，想当面试一试苏小妹的才学。如果她真是一才女，他就去应试求婚。秦观打听到苏小妹要到庙里敬香，他就乔装成道士，提前到庙里等候。待苏小妹一行至庙内，这道士便开始吟诗为难小妹。苏小妹轻松对答，秦观受到冷遇。秦观目睹了苏小妹才学过人，看她举止落落大方，文思如此敏捷，他对她更加爱慕。

求婚者相继来到苏府，应试者每人一篇文章。苏洵看见秦观的文章与众不同，便转给女儿批阅。苏小妹对秦观的文章很赏识，于是便决定选秦观为婿，在苏家办婚事。结婚之日，苏小妹认出来新郎就是曾在庙里纠缠自己的疯道士，便想出了新婚之夜出三道题为难新郎的主意，出一出在庙里所生的气。前两道题秦观轻松对答，后一道题却被难住，后在苏东坡的提示下终于过关。

《三难新郎》剧情曲折有趣，男女主人公都是才子才女，对演员的要求也很高，特别是新郎秦观要在舞台上真笔真墨地写出几个漂亮的大字。这几个字如果写不好，整出戏就会大为失色。一个原本就倍受瞩目的戏剧演员，再亮出一手很潇洒很漂亮的毛笔字来，那将会折服多少观众啊！有的观众看的就是秦观舞台上书写毛笔字的这场精彩表演。

戏要唱好，字要写好，这对常江子来说又是一个新考验。为了把毛笔字练好，为了赢得观众的掌声，常江子找来笔墨，开始练字。

他的毛笔字练得很辛苦，一沓沓报纸被他写满了字迹，铺在脚下。除了排戏，他的业余时间几乎全部用来练字，宿舍里散发着笔墨的芳香，到处堆满了写过字的报纸。

小米绕着满地报纸走，逗趣地说："江子，再写，这报纸堆得就比床头要高了，咱们不用上床了，在报纸堆上就可以睡觉了。"

常江子感叹："有句话说'书到用时方恨少'啊！小时候，大概是上小学三年级的时候吧，那时学校都停课了，我们没有学上，我爸爸让我和我妹妹在家里学习画画，练习写毛笔字。我父亲就对我和妹妹说：'你们记住，学点知识和本领到任何时候都是有用的。现在都停课了，都不学习了，在别人都不学习的时候，你们不要放松学习。暂时没什么事可做，你们俩也不要出去疯跑，就在家画、练习写毛笔字。'那时候，父亲每天上班之前都留下作业。有一次，父亲布置的作业是让我和妹妹每人写十篇毛笔字，画一幅画。我们在家里正写的枯燥时，邻居家男孩子来敲窗子，让我出去和他一起玩儿。我就跑出去了，和那男孩玩儿了一个上午，没完成父亲的作业，还在外边惹了祸，把邻居家另一个男孩的脑袋打破了，那男孩的妈妈领着头上流血的男孩来家里找我妈。父亲见此情景很生气，他拿起一根棍子就冲我打来。那是我从小长到大第一次挨打，所以我记忆非常深刻。父亲打我，不仅仅是因为我打破了邻居男孩的脑袋，当时他最恼怒的是，我的毛笔字写得很不用心，父亲恨铁不成钢。"

"没想到你还有这样的经历。"小米笑着说。

"是啊！那是我记忆最深的一个童年故事。"常江子感触颇深地说，"回想起来，父亲打我是对的。如今受益于小时候父母亲的管教，受益于那画画、习字的童年。我在练习毛笔字的过程中，脑海里经常飘过很多场景，我很庆幸童年和少年时，是父亲让我在美术和书法方面有了一点点功底。"

"小时候对父亲还有点怨恨吧，长大之后，特别是现在，完全都变成感激了。"小米说，"我也有这样的体会，我们家就我一个男孩，所以父亲也希望我以后有点成绩，给我买了很多乐理方面的书。"

常江子边练字边："如果把写毛笔字的习惯一直坚持到今天，那我快成书法家了。真是应了父亲那句话，把本领学到手，说不定什么时候就用上。我真没想到，唱戏还会用上书法。"

评剧《三难新郎》海报一贴出，售票处的票立即被一抢而空。抢票原因有二：一是新戏上演，二是常江子与何莉主演。

在《三难新郎》中，何莉演苏小妹。如花似玉的苏小妹思维敏捷，动作飘逸。何莉演得真真切切，唱得真真切切。何莉与常江子配戏，她有一种幸福感，在剧中她找到了许多在现实生活中找不到的感觉。在《三难新郎》中，常江子饰秦少游，他嗓音清越，扮相俊朗，把秦少游演演得入情入理，惟妙惟肖。何莉与常江子的默契表演让观众赏心悦目。

常江子在演出中唱完唱词，舞台中央已经竖起一块一米多高的木板，上边铺的是白纸。饰演秦少游的常江子就要在这白纸上与苏小妹对对联。苏小妹的上联：闭门推出窗前月，秦少游的下联：投石击破水中天。常江子提起笔，蘸上墨。此时，台下鸦雀无声，观众充满了期待。常江子感觉到似乎有一种神秘的暗示在现场弥漫。他是观众喜爱的明星，观众都像聆听他的唱腔一样等待着他手中的那支笔落在那张白纸上。

常江子屏住呼吸，把气缓慢地提起来，然后把气集中到胳膊上，再运用到手指上，这样手指就非常有力了。他内心充满着自信，一定不会让观众失望。他感觉到舞台上那束追光打到他身上，他沐浴在一个巨大的光圈里，感到浑身发热。在这个偌大的舞台上，观众先是欣赏了他挥笔的动作，然后见秦少游的表现如同疾风暴雨，或像雷鸣闪电，万马奔腾。

台下，观众的心情完全被常江子的情绪调动着，他的笔落上去，全场寂静，他的笔收回来，全场爆发雷鸣般的掌声。顷刻间，"投石击破水中天"七个潇洒的大字跃然纸上。

掌声、口哨声几乎要淹没整个剧场。这是他要追求的效果，他达到了，他的心激动地跳跃着，他有了一种特殊的成就感。

"天生丽质的苏小妹，才华横溢的秦少游，《三难新郎》看不够。"这是许多观众看完后发出的感叹。常江子、何莉，这两个名字在观众心目中产生巨大的影响，这两颗星在夜晚闪烁得更加明亮。

《 第十三章

从练功房出来,常江子到浴池去冲洗满身的汗水。冲完澡,他一边拿着毛巾擦拭着一边往宿舍走,忽然听到收发室大爷喊他:"常江子,有你的信。"

"来了,大爷。"常江子每次听到大爷的喊声都非常迅速地跑到收发室。

掐指一算,陆雪莹已经走了快一年多的时间。常江子忍受爱情的离别和痛苦,好多个夜晚,他都在火车的长笛声中惊醒,以至于一听到隐隐约约的火车笛响,就有一种悲伤的情感不约而至。陆雪莹的走,让他尝尽了思念与孤独,可他始终保持着一种积极的态度,这是他最让人敬佩的。陆雪莹走后,他更是一心扑在事业上。虽然经历了从样板戏到传统戏的转型过程,又从京剧老生改为评剧小生,但他每走一步,他都扎扎实实,勤学苦练。关心他的人都能看到,常江子的脸上写满了坚毅。

陆雪莹的信像雪片一样飞来,情绵绵,意切切,思念之情溢于纸上。从小喜欢读书的陆雪莹,文思敏捷,文采飞扬,情感丰富,每一封信,都犹如一篇优美的散文,让常江子读后心情难平。常江子写给陆雪莹的信也是言辞优美,语句斟酌,让人感动。只是常江子的信显得迟缓了一些,因为他的演出任务重,工作繁忙,常常是一封信还没寄出去,接连又收到陆雪莹的几封信。

今天他同时收到陆雪莹的两封来信,迫不及待地把陆雪莹的两封信同时拆开。其中一封信的里边装的一张报纸,打开看,报纸上面是高等院校的招生简章。另一封是陆雪莹的亲笔信,信中陆雪莹用诗情画意般的语言表达着她对常江子深深的爱和深深的思念:

江子,这些天,我一直在等你的信,为什么迟迟收不到你的来信?

虽然我们天各一方,在茫茫人海中,我每天仍然静静地凝望着你,想念你的眼神,想念你的气息,想念着你的笑容,但无法亲近你,更无法拥抱你……

读到此,常江子的眼里含满了泪,他对陆雪莹的思念也是如此,一天比一天强烈,一天比一天浓厚。

江子,由于对你的深切思念,我无法打发一些寂寞的时光,所以我从上半年就开始努力复习功课,准备参加今年的高考。我想,你也应该准备一下,参加今年的高考吧,就考省音乐学院。这样,你毕业后就可以自然而然地留在省城了。以后无论做什么工作,有文凭有学历是很重要的。如果我们两个人双双都能考上大学,那该是一件多么美好又多么浪漫的事啊!我想象着,我们在一个城市中的一所学校里读书，受着良好的高等教育。业余时间，我们会像两只自由的小鸟，飞过草地，飞过树林，飞向蓝天。或者我们乘一叶小艇，飘浮在静静的湖面上……

常江子读着陆雪莹的信，一遍又一遍，读到最后，又从头读起，不知读了几遍，然后下床从暖瓶里倒了一杯水，边喝水边又重读。到了午饭时间，常江子这才把几页带着印花图案的信纸装进信封。他看到放在桌子上的那淡粉色的信封，散发着淡淡的清香，工整而又漂亮的钢笔字写着自己的姓名和地址。信纸和信封的使用，无不体现出陆雪莹精致的生活品位和纯情的爱。把陆雪莹的信放进抽屉里，常江子才仔细阅读那份招生简章。读着招生简章，他想到了1977年恢复的高考。中断了十年的中国高考制度得以恢复，中国由此重新迎来了尊重知识，尊重人才的春天。由于恢复高考的对象有工人、农民、"上山下乡"和回乡知识青年、复员军人、干部和应届高中毕业生等，高考大军浩浩荡荡……

人们越来越重视知识、文化、文凭了，但常江子对考音乐学院这件事还是犹豫不决，他考虑了很多。一是考虑剧团领导不会同意他考学走的。二是评剧队在素兰老师的领导下正红红火火，他一走显然会出现问题。三是考虑如果考上了大学，这八年的工龄就白费了，这份让别人羡慕还来不及的工作就这样失去，实在是有点可惜。还有，假如考上音乐学院，工资一分也没有，上学的费用还需要父母来承担。他已经工作这么多年了，习惯了经济独立。另一个问题是妹妹也要考大学，父亲母亲要同时供两个大学生上学，家里的经济负担就更重了。他反反复复地考虑，一直拿不定主意。他也知道考音乐学院会是一个更好的发展机会，用陆雪莹的话说，"考上音乐学院，说不定将来会成为著名的歌唱家。"此时，在常江子心目中，歌唱家的概念是很模糊的，他还是热爱戏剧事业，从十几岁就开始从事戏剧这个行当，他对戏剧事业的情感投入得太多太多，甚至过于痴迷，似乎任何诱惑都让他拔不动根。

裴副团长坐在办公室里抽闷烟。

这段时间，裴副团长心情不太好，京剧演出不叫座，而评剧却红红火火。裴副团长用人不当，嫉妒心强，这是剧团里的许多人都看得很明白的事情。常江子是个有能力又对自己有威胁的人物，裴团长就想方设法压制他，不给他派角色，不让他展现才华，常江子无奈，只能去演评剧。何莉顶撞了他几次，他也接受不了，这个刺头不在眼前晃也好。总之，年轻演员他都不会放在眼里。可是，让裴团长没想到的是，素兰和这些年轻人是坐一条板凳的，有了素兰这座靠山，评剧队的阵势似乎要把京剧压倒，这是他没想到的。评剧演得越红火，裴副团长心里燃烧着的嫉妒的火焰越旺盛。他对常江子和何莉的出色表现耿耿于怀，他恨他们的珠联璧合，他心里很烦躁，但是他又鞭长莫及。这段时间，裴副团长总是眉头紧锁，后悔不该把何莉也调到评剧队去，是他考虑不周，他成全了评剧队，让刚刚兴盛的京剧显得有些冷清。

马伟来了。马伟进屋的第一件事就是提提暖瓶，看看还有没有水。如果暖瓶里没有水，他会迅速去水房里打一暖瓶水回来。如果暖瓶里有水，他就立即给裴团长沏上一杯茶。马伟比裴团长还大两岁，可马伟在裴团长面前却还像个年轻小伙子一样做些勤务工作，在别人看来实在有点不应该。但马伟不这么想，自己也没别的本事，为了生存得更好，必须讨领导欢心，领导欢心就是他最大的快乐，他只能这样做。

"马伟，你来得正好，我有这么个想法，你看怎么样？"裴团长喝了一口茶，背靠在椅子上，大口地吸着烟，"京剧这边有适合你的角色呢，你就上，没有适合的角色呢，你就歇着。之后呢，你去担任评剧队的舞台管理和办公室主任。"

"这个……恐怕不合适吧，裴团长，我干得了吗？再说，评剧那边的办公室主任不是张大可嘛，我去了他干什么去？"

"我这还没说完呢，你着什么急呀？我已经把张大可调京剧队这边来了，在这边我也任他一个办公室主任，你们俩换一换。"裴团长吐着烟圈，扬起脖子说，"我得重用一下张大可，让他围在我的身边。掌握了张大可，直接关系到何莉，掌握了这两个人就能掌握一群人，这你不懂吧？"

马伟小眼睛一眨一眨的，很快就明白了裴团长的意思，兴奋地说："好，我懂了，裴团长，跟着裴团长干事就是学东西，那我什么时候去上任？"

"明天开全团业务大会，我在会上公布一下人员变动情况就可以了。"

马伟一脸疑惑。

裴副团长说："这都是业务上的事，不用跟团长和其他人商量，你去就好了，去了以后事必躬亲，把任务完成好。"

裴副团长与马伟两个人自鸣得意地交流了一阵子，马伟乐颠颠地走出裴副团长的办公室。马伟心想，除了演戏我不行，其他的事我什么都行。马伟是个面部表情极为丰富的人，他能做到心里不高兴的时候，脸上也是笑容，脸上是笑容的时候，心里不知又在想什么。他是一个很圆滑的人，既能得到领导的重用，又不想过多地得罪群众，许多事情处理得都很妥当，比裴副团长高明多了。

办公室主任这差事，马伟已经干得很熟练了，只是这舞台管理是怎么个角色，马伟还搞不太清楚，也不知从何下手。裴副团长有要求，马伟必须敬业，每天晚上离演出时间还有两三个小时，他就来到后台，监督演员们化妆，取服装道具等等。

有一位老演员走到马伟跟前说："马总管，你看那何莉的化妆是不符合要求的，古装戏是不能化鼻梁的，她为了自己好看就化了个鼻梁。"

马伟听了就放在心里，老演员到他这来反映问题，那是对他马伟最大的信任，他要表现出很重视，不然以后谁还向他反映情况。可是这事怎么与何莉讲，马伟一直在琢磨。

演出前，何莉还在补妆，马伟背着手慢慢悠悠地走到何莉面前，脸上的表情是和蔼可亲的，笑嘻嘻地说："何莉，谁叫你这样化妆的？去，去洗了，赶紧洗掉重新化。"

"什么，为什么要洗了重化？"何莉不解地问。

"我让你洗了你就洗了，这样化不可以。"

"我这样化妆怎么了，怎么化才对？"

"你那鼻子化得就不对，像老演员那样，该怎么化就怎么化。老演员怎么化你就怎么化，你别出心裁？"

何莉看着马伟感到很奇怪，她也很生气，化妆的事是该马伟管的吗？她不明白马又伟在做什么文章，她只知道马伟这个人与老裴一样，挺阴的，却没想到化妆他也来管。的确，老演员们化妆时是不化鼻梁，何莉要化，她认为在鼻梁那里化出一点黑色，鼻子就显得格外好看，有鼻梁的化妆效果是很漂亮的。何莉心里不服气的是，我把戏演好是关键，观众满意是目的，至于妆怎么化……何莉认认真真演戏，本不想让任何人挑出毛病来，可今天马伟在化妆上做文章，他什么意思呢？何莉倔强地说："我不洗，谁规定不让化鼻梁的？"

当着大家的面，马伟心想，这件事情如果说服不了你何莉，以后我的工作就不好做了，说谁谁不听，我的脸还往哪放。于是，他收回了笑脸，表情严肃地对何莉说："你去洗了，重新化！"

何莉心想，你马伟今天可是撞在枪口上了，你与裴团长穿一条裤子谁不知道，我要是洗了这妆，我就失去了做人的品格，那可不是我何莉的性格。何莉就坚持说："不洗，不让演就拉倒。我也不是靠拍马屁活着，我靠自己的本事吃饭，不用我也可以，不用我这就收拾收拾回家。"

"谁拍马屁，你得把话说清楚了。"马伟的脸红到了脖子，"咱们说工作的事，别说工作外的好不好。"

"谁拍马屁谁知道，我又没点名说你，你多什么心呀！"

马伟一看事情要闹大。他清楚记得那次何莉是怎么抛下百十人的合唱队伍就走的，一点没给裴副团长面子。何莉今晚真要撂了挑子，那可没处找演员去了。马伟赶紧软下来说："好，好，好，何莉同志，今天的妆你可以不洗，就这样上台吧，但是，明天，明天不要再这样化妆了。"

何莉根本不服气，说："明天怎样化是本小姐自己的事情，谁也管不着。"

马伟真的下不来台了，他马上又把丑脸变成笑脸，对周围的人说："你们看看，何莉这丫头就是倔强，这脾气也太大了。这姑奶奶我可惹不起，姑奶奶，姑奶奶……"马伟双手抱拳作揖，随即转身离开了后台。

走出后台，他心里不是滋味，他去找张大可。

张大可被调到京剧那边，不管评剧这边的事，可是评剧队演出他必须到场，有何莉的演出就如他自己家的事一样，他总是忙前忙后，没事就在灯光组帮着打灯光。

马伟来到张大可身边对他说："大可，咱哥俩没说的，是吧。这么多年了，咱们都干着办公室主任这个不好干的活。你可是裴团长亲手提拔的，我在裴团长那里也没少说你的好话。不过你回家可得说说你的贵夫人何莉小姐，哎呀！太不给我面子了，她那么化妆，老演员们全都看不惯，全都对她有意见，甚至大家对她说三道四的。我怕这样下去对她影响不好，就好心去提醒她，叫她改过来，别那样化。一个妆呗，怎么化还不行，可是她好赖不知，脾气那个大，冲着我就发了一顿火，搞得我挺下不来台，我也没敢再往下说什么……"马伟是恶人先告状，他怕何莉回家说这件事，他会同时得罪两人。

"马哥，何莉的脾气你也不是不知道，你别往心里去。"张大可放下手中的活儿，对马伟说。

"回去你快说说她。你也人模狗样的，别太那个了，夫人成天打扮得像天仙似的，是给你看的吗？不定心里想着谁呢。咱哥俩关系不错我才这样说，别人谁跟你说这些，是不是。"

马伟的一番话让张大可心里像是打翻了五味瓶一样，别看张大可平时不爱多说话，但他心里都有数。他不敢说何莉一个不字，他知道何莉嫁给他就够委屈的了，那真是一朵花插在了牛粪上。他是硬把何莉追到手的，不论何莉有多少毛病他都不出声，他已经很知足了，何莉能嫁给自己就是造化。平时，还没有人敢在他面前说何莉一个不字，今天马伟在张大可面前说了何莉那么多不是，张大可觉得心里堵得慌，就到后台去找何莉。

台上正演出的是评剧《白蛇传》，何莉在剧中饰演白素贞，常江子饰演许仙。何莉正唱："扶许郎步出了绣罗帐外，今日里整精神重对妆台，请官人你把那菱花镜摆。"随后许仙唱："许仙我对宝镜笑逐颜开，见我妻拥云鬟花容无改，好一似天仙女步下瑶台，我这里将花朵与妻插戴……"二人深情地演唱，出色的表演打动着观众的心。

张大可看了一会儿，回到后台给何莉倒了一杯白开水晾上，把那杯水放在何莉的化妆台上，张大可已经习惯了这样做，之后，又站在台侧看何莉演戏。何莉唱："素贞我本不是凡间女，妻原是峨眉山上一蛇仙。都只为思凡把山下，与青儿来到西湖边。风雨途中识郎面，我爱你深情眷眷，风度翩翩……"
这段唱腔，何莉发挥得非常出色，让台下的观众一会儿兴奋，一会儿心悲。
在表演的过程中，何莉感觉自己就如剧中的白素贞，天天在修炼。白素贞
修炼千年，她比人间的女子更美丽，而且在半步多人妖仙混杂处处是陷阱的
情况下，白蛇和许仙在相互舍命救助中产生了一段美好的爱情。何莉的确感
到自己的修炼很不成功，虽然也修得一身戏功，却没有修出她想要的爱情正
果。在演《白蛇传》这出戏时，让她感到满足的是常江子饰演许仙，在戏中，
她可以实现自己的愿望，她得到许仙的爱，她感到很幸福。她把所有的情感
都投入到这场戏里，演绎白素贞的情感世界。爱，让她把白素贞这个人物形
象塑造得非常成功。《白蛇传》的每一场演出都座无虚席。

　　张大可一直站在舞台的侧面，他看到何莉表演得很投入，也为台下观众
爆发出的一阵阵热烈的掌声而激动着。他心里感到不舒服的是，一边看何莉
演出，一边想着马伟对他说的那番话，越看越觉得何莉对常江子的情很深很
浓，何莉的心里还爱着常江子。他们在台上是假戏真做，怪不得别人说三道
四的。

　　演出结束，张大可如往常一样到后台等何莉卸妆，然后与她一起回家。
只要是有演出，张大可都为何莉准备夜宵，然后给她打洗脚水，这一切做完
之后，两人一起上床睡觉。今晚张大可一路上没同何莉说一句话，进了家就
自己洗脸，然后先躺在床上什么也不管了。他冷冷地对何莉说："饭在炉子
上的锅子里。"

　　自从认识张大可，也没见他有过这种表现，何莉就像不认识他一样看着
他，好半天才问："你今儿怎么了？"

　　张大可双手捂了捂肚子，很不自然地说："我今儿胃疼。"何莉一看他
那样就是装出来的，一下子想起了化妆时和马伟的不快，何莉非常生气
地说："马伟和你说什么了？"

　　"没说什么。"张大可翻了个身。

　　"不可能，他没说什么你怎么会这样，你认为错误都在我身上是不是？"

　　"我也没说什么，也没说是你的错。"

　　"还用说什么吗？你现在不是在跟我怄气吗？我是傻子，看不出来吗？"
何莉说着就哭了，"今晚和马伟生了一顿气，我都没处去发泄，回到家里，
你又按照马伟的意思继续来气我。"

　　张大可见何莉哭了，他受不了了，从床上跳下来，拿了毛巾给何莉擦眼
泪，边擦边把马伟的话都告诉了何莉："别的我都没往心里去，他说你夫人
成天打扮得像天仙似的，是给你看的吗？不定心里想着谁呢。就这句话，我
接受不了。"

"张大可……"何莉气得差点晕过去，"你整天不离我左右，我做了什么，你都清楚，你怎么会相信别人的话呢？马伟是个什么人，他的话你也信，并且还信以为真。"

这是何莉和张大可结婚以来第一次闹矛盾，而且这矛盾闹得还挺深。何莉认为张大可和裴副团长以及马伟他们是一个鼻孔出气，做小人的事，对于排挤嫉妒常江子这件事情，张大可没有自己的立场，失去了人格。

张大可一再跟何莉解释："我也没多想，我是怕别人对你说三道四的，不好听。"

"你怕的不是别人，是那个裴副团长，怕他把你这个办公室主任的乌纱帽取了。你与马伟一样做两面三刀的人。告诉你，张大可，我最瞧不起这样的人。"

张大可唯唯诺诺地说："多数人不都是这样，谁不保全自己，谁能表现得那么有正义感，谁那么爱憎分明呀？"

何莉说："我就爱憎分明，我就瞧不起小人。"

张大可说："所以，你这样的人要吃亏，没有我，你就要吃大亏的。"

何莉说："原来你是这样想呀？"

张大可说："你就是天真，自古以来，靠才干、靠人格想取得成功，就注定他是个失败者。"

张大可说出这样的话，让何莉张大了嘴巴，半天没了语言。她很吃惊，张大可竟然能说出这么"深刻"的话来，证明他也不是个凡人。事情也许像张大可说的那样，可是最让何莉接受不了的是张大可的态度。平时她总是说一不二，都已经习惯了，不管对错，张大可百依百顺，还没见过张大可像今天这样，一句不让。何莉气得拿了件衣服和手包就跑出了家门。

何莉跑到马路上，黑黑的夜晚，路上一个行人都没有。何莉不敢在街上停留，她又不想回母亲家，不想让母亲知道她和张大可闹意见，让老人跟着操心。可是，去哪里呢？她有点后悔，徘徊在夜色中她的心跳得很厉害。忽然，她想到了王美秋。对呀，王美秋上午曾对她讲过，说老公这几天出差，就她一个人在家。

何莉以百米冲刺的速度跑到了王美秋家。

她边敲门边喊："美秋，是我，快开门！"

王美秋听见有人敲门，赶紧起床，她听见是何莉的声音，就迅速地跑到院子里打开了大门，"你怎么了……这么晚了？"王美秋见何莉的脸色非常难看，感到很惊讶。

何莉不回答，进了院子就直冲冲地走进屋里。

王美秋关好大门，随后进了屋，见何莉那委屈的样子猜测一定是她与张大可出了问题。王美秋给何莉倒了一杯水，试探着问："何莉，你吃饭了吗？"

何莉点点头，泪水忍不住流了下来。

"和张大可吵嘴了？"

何莉仍然不出声，她一直捂着胸口喘粗气。黑黑的夜，一个人跑出来，她吓坏了。

"我才不信，你们俩这对恩爱夫妻怎么会吵嘴呢？"王美秋圆圆的脸上泛起笑容，"人家张大可多好的脾气呀！对你的照顾那可是无微不至，端茶倒水、提拖鞋、买零食，你还想怎么样。你多让人羡慕呀，有这样的夫君陪伴，比保姆还保姆呢。"

"给我点水喝，美秋！"何莉坐了下来。

王美秋把水端到何莉面前，何莉还在喘。

王美秋又剥了一块糖递给何莉，说："快别生气了，气大伤肝，快告诉我，怎么回事？"

何莉与王美秋是最好的朋友，今天她和张大可生的这场气，何莉从头到尾都告诉了王美秋。

王美秋不说一句张大可的不是，总说何莉这不对那不对，何莉的火气也就消了很多。王美秋知道不顺着何莉说，才是让他们和好的办法。

"消消气，一会儿我送你回去吧。"王美秋不温不火地说。

"我今晚不回去了，就在你这住了。"

"那怎么行，张大可找不到你，还不急疯了呀！"

"让他急去吧，下次他就不敢再欺负我了。"

"张大可哪敢欺负你，送他一个胆子他也不敢。"

"反正我不回去。"

"那我去告诉他一声，到外边给他打个电话，说你在我这住了。"

"你要是告诉他，我就走，我去大街上流浪。"

王美秋见何莉这样坚持，她也无奈，只好让何莉住下来。

何莉从家里跑出去，张大可随后就追出来，却没追上。几条大街他都找过了，找不见何莉的影子，只好返回去，骑上自行车又满街找，还是没找到。他想，何莉一定是回娘家了，这么晚了也没地方去。张大可就骑着自行车快速地去了何莉母亲家。寂静的夜晚，一片漆黑，张大可站在院子外面往里看，母亲家屋子里没有灯光啊，何莉的母亲已经入睡了。张大可犹豫了一会儿，也不敢敲门惊动岳母，他不知道何莉是否回到了母亲家，如果回来了，不会这么快就睡觉。他在外边停了一会儿，见屋里边还是一点声音都没有，他认定何莉没回家，于是他又转头去街上寻找。

张大可很担心何莉在这漆黑的夜晚出点什么事儿，他不敢回家，可又找不到她，心里急得直冒火。这一夜，他就在大街上转来转去，一夜都没回家。

天还不亮，张大可就跑到练功房里去找何莉。他在练功房里等了一个多小时，同志们都来了，可是何莉没来练功，张大可急得像只猴子一样，窜来窜去。

何莉与王美秋都没去练功。此刻，何莉正在王美秋家的床上卧着不想起来，王美秋在厨房里给何莉做早餐。

王美秋见何莉醒着不起床，就说："起床吧，早饭已经做好了。早晨练功都耽搁了，我们可不能再耽搁上班的时间。"

何莉听王美秋这么一说，忽然醒悟一样，迅速起床，穿上衣服就走，说："不吃饭了，这就上班去。"

王美秋把她拉回来，按在椅子上，说："不吃早饭可不行，既然已经这样了，咱们随便吃一点再走。"

终于熬到了上班时间，如果再不见何莉，张大可就要疯了。

张大可站在收发室的窗前，一个一个地看着来上班的同志们，终于，他远远地看见何莉与王美秋一起走进剧团的大门。

张大可冲出收发室，出现在何莉面前，问："昨晚你去哪儿了？快急死我了。"

何莉看也没看张大可一眼，甩开他就往院子里走。

王美秋笑着说："着急了吧？昨天晚上何莉在我家住的，今天我就不管了，你自己看着办吧。"

张大可追上何莉，说："还生气呢，我昨晚一宿都没合眼，找不到你可把我急坏了。我错了，都是我的错，你别生气了好不好。"

何莉不理，直往前走。

张大可说："早饭我已经给你做好了，回家吃点饭再上班吧。"

何莉一直沉着脸走进会议室。她今天还没有练功，心里不舒服。看见剧组的同志们都去了会议室，她也走了进去。

张大可不再追着何莉不放了，他知道她的脾气，必须缓着来。

没到中午下班时间，张大可又急着回家做饭，他围上围裙，一手好刀功，切了菜放进锅里炒，把菜炒得有滋有味，一连炒了好几个菜放在桌子上，等着何莉回来。可是，他左等右等，不见何莉回来。他看看时间，同志们早都下班了，这何莉还没回来。张大可解下围裙，洗洗手到外面去找。会议室没人，排练室也没有，张大可急得满头是汗，他不知到哪里去找何莉。去岳母家，他像犯了错误的孩子，不敢去。那怎么办？张大可拍着脑袋，突然灵机一动，他冲男演员的宿舍跑去，去找常江子。他觉得这事只有常江子出面劝说何莉，何莉才会与他和好。

常江子躺在宿舍的床上看书，他正进入紧张的复习状态。即便是不复习文化课，平时常江子也有读书的习惯，他经常到书店买书。宿舍门开着，张大可直接走进来，进屋就说："江子，我有事找你，能到我家来一趟吗？"

常江子丈二和尚摸不着头脑，"什么事，大可？你这脸色怎么了？"

"到我家去说吧。"

常江子起身跟张大可来到了他们家。

"何莉呢？"常江子进屋就问。

"回她妈家了吧，我也不知道。"

常江子惊讶地看着张大可做好的一桌饭菜。

张大可打开一瓶白酒，说："今儿咱哥俩喝两盅。"

常江子马上制止说："不行，不行！我刚才已经在食堂吃过饭了，再说咱们下午都上班呢。"

"要不一人就喝一瓶啤酒吧。"

常江子看出张大可心里有不快的事，就说："我就喝一杯，多了不能喝。"

做好的四个菜都已经凉了，张大可端起盘准备再热一热，常江子阻止他说："不用热，这热天，菜不怕凉。"

张大可开了一瓶啤酒和常江子连碰了三杯。常江子抿了几口，张大可却把一瓶啤酒全喝下去了。他接着开了第二瓶，说："从何莉那边论，她管你叫哥。要是咱哥俩论，你还得管我叫哥，我比你大好几岁呢。我这个哥当得也不够意思。"

常江子发现张大可很少有这样的时候，情绪非常不好，就问："怎么了大可，何莉你们俩打仗了？"

"她是妹妹，我从来不跟她打仗，我让着她。"张大可说着又干了一杯。

常江子说："少喝，就这瓶酒，不能再起了。"

"可是我有什么办法？"

"发生什么事了？"常江子有点着急地问。

张大可就一五一十地将何莉他们两个人的矛盾是怎么引起的说了一遍，最后又说到裴团长和马伟。

"这马伟前窜后跳的，还总想弄个主角儿，你说就他那样的，他自己也没有自知之明。这都谁的毛病，不就是有老裴做后盾吗？老裴拉帮结伙地扩大自己的势力，拉我来了。可我是谁呀，我是张大可，谁啥样我心里还不清楚吗？我心里有数就行呗，还非得表现出来，我不能直接去和他们斗争，但也不像何莉说的是那种人，与他们同流合污。在任何时候，任何情况下，我也不能说你常江子一句坏话，更不可能背后去整你……"

张大可脸红上来了，他不停地说，不停地喝，常江子不停地劝他少喝，提醒他下午还要上班。

常江子说："剧团这地方就是一个复杂的地方，身在这里，即使你不碍别人的事，想找一片清静也是不可能的，更何况，我是一个站在风口浪尖上的人。"

"所以，你就要格外小心呀！"张大可推心置腹地说。

"我知道，要小心，不要心小；要大气，不要气大；要团结，不要结团。心小、气大，就没心思钻研业务了，整天去和他们那些人一样勾心斗角吧。想做一个好演员，首先要学会做人，清清白白做人，认认真真演戏。"常江子淡定地说。

"你和他们那些人就是不一样，江子，我张大可越来越崇拜你。"

常江子干了最后一杯酒，说："人能百忍自无忧，事不三思终有悔。生活本来就挺不容易的，我们决不能再自寻烦恼了。"

"你说得对，咱哥俩再喝一瓶，就一瓶。"

"坚决不能喝了。"常江子把酒瓶从张大可手里拿过来，感叹地说，"长城万里今犹在，谁见当年秦始皇。"

张大可虽然已经喝到半醉半醒的程度，可他仍然暗暗地从心里赞服常江子，觉得他有宠辱不惊，看庭前花开花落的胸襟。

看张大可喝成这样，常江子说："大可，你下午就别上班了，我给你请个假，说你感冒。你躺在床上睡一觉吧，昨天晚上一夜都没睡。"

没等常江子走出门去，张大可就栽倒在床上。常江子帮他脱了鞋，给他盖了一条毛巾被，然后离开了。

下午上班，常江子站在剧团会议室门口等着何莉。何莉踩着点来到会议室。常江子在耀眼的阳光下看到何莉无精打采地走过来，脸色也很难看。他半天才说："何莉，你先回家去看看张大可吧，他喝多了。你们俩的事大可都跟我说了，我认为他没什么大错误，你认真考虑考虑。你任性可以，但不能太过了，大可昨天一夜没睡，急坏了，今天你还不依不饶，这就是你的不对。"

何莉愕然，这事怎么让江子哥知道的，一定是张大可恶人先告状。何莉还没来得及解释什么，常江子已经走进会议室。何莉愣了一会儿，觉得常江子的话还是有道理，于是转身朝家走去。

≪ 第十四章

　　星期天上午，常江子骑自行车来到文工团大院。他记得那天在彩虹桥遇到李龙和王小燕时，王小燕告诉过他，他们家已经不是原来的单间宿舍，单位又给李龙和王小燕分了新房子，他们搬到文工团家属院第二排房子的六号院。常江子按照王小燕说的，没费什么力气就找到了第二排房子的六号院。自从李龙和王小燕结了婚，常江子这是第一次来他们家做客。

　　考不考音乐学院，常江子始终没拿定主意。即便是考，常江子觉得自己的基本功还不够，比如音乐理论，比如唱歌的发声方法，等等，都需要重新学习。王小燕是个热心肠的人，常江子来找她拿主意帮忙，说不定她能帮上他许多忙。

　　由刚结婚时的一间宿舍变成一处带小院的两间平房，这对于当时的年轻人李龙和王小燕来说已经很知足了。李龙在建设家庭方面挺下功夫的，他把两间平房中的一间隔成两小间，进门有一段小走廊，南面的那间做卧室，北面那间做厨房。这样，客厅、卧室、厨房都有了。王小燕是个很有情调的人，房间布置得很有美感，每一件家具物品都是她精心挑选的，哪怕是一个茶杯，一只碗，她也不会随随便便地买回家，都是经过精心挑选的，造型花色图案都有艺术感才可以。李龙在这方面也很配合，他的审美能力也很高，墙上的一幅小画，桌子上一块台布，两个人都要费一些心思，让人一看就知道这是个搞艺术的家庭，屋子里各个角落都散发着艺术的魅力。

　　常江子的到来，让李龙和王小燕都格外高兴。

　　常江子走进了他们的客厅，王小燕迅速地捡起沙发上的衣物，说："不好意思，让你见笑了，家里有点乱，你第一次来，可别笑话我啊！"

　　常江子笑着说："燕姐真是个追求完美的女人，这屋里够干净的了，我看一点都不乱。"

　　李龙平时就有喝茶的习惯，家里来客人用不着现沏茶，他从壶中倒来一杯茶水，放在常江子面前，说："快坐吧，今天咋这么闲？"

　　"今天过来请教老师来了。"常江子停顿了一下说，"李哥，我有个想法，不知道对不对，我想着试试考音乐学院。"

　　"考音乐学院还有什么对与不对，应该考啊！"李龙瞪大了眼睛看着常江子。

"可是，我这些年唱的是戏剧，很少唱歌，我也不会唱歌呀，这发声可能不是一回事吧，所以我来拜师。"

李龙笑着说："那我们两口子可教不了你这样的学生，在我们团给你找个高手辅导辅导。"

"江子想考音乐学院啊？这可是大好事，你太应该考了。"王小燕整理了一下房间就去洗手，她一边洗手一边抢着说，"对了，就找江哲吧，让他给你指点一下就行，凭你的条件，你用不着下多大的功夫。江哲是我们文工团的副团长，也是我们团的男高音。"

李龙坐在常江子对面。他注意到常江子脸上的表情有些沉重，就问："怎么，想考音乐学院，跟团领导打招呼了吗，团里能同意吗？"

常江子叹了口气说："我就愁这事儿呢，估计团里不会同意。"

王小燕快人快语地说："江子，你听燕姐的话，无论团里同意不同意，让不让考，你都要去考。考音乐学院，凭你这条件，一点问题都没有。你如果不去考，那可真有点可惜了。再说，这是关系到个人前途命运的问题，你不用考虑那么多。我还有这想法呢，可惜我现在是结了婚的人，有了家，而且还有了宝宝，不然我一定去试试。"

李龙接过王小燕的话说："你呀，就安心做妈妈吧。你走了，宝宝回来怎么办？现在宝宝在咱们家第一位，就委屈着你吧。"

"我就是没有江子那么好的条件，如果我像他那样有把握，我会毫不犹豫去考。宝宝不是还有你嘛，你在家里既当爹又当娘呗，那多好啊！为了前途，就得有一个牺牲的。"

李龙知道王小燕这都是玩笑话，瞥她一眼说："该说的说，不该说的也说。"

常江子说："我这也是临阵磨枪，不一定怎么样，我一点信心都没有。"

李龙说："这才不像你说的话呢，你什么时候服输过！考吧，我认为你能考上，没什么问题。"

"那就找江哲给辅导一下，你们同他约个时间？"此时此刻，常江子坚定了一些信心。

王小燕用商量的口吻同李龙说："这事我负责吧，我去找江哲。"

"可以，你比我更有面子，毕竟你们在一起工作的时间更长。"李龙转过脸来对常江子说，"江哲是我们团的副团长，还是男高音，人还挺好的，蛮热情的，让他给你指导一下发音应该没问题。"

"还得让江哲教我唱一首歌呢，我一首完整的歌都不会唱。"说这话时常江子脸上有点羞涩。

王小燕也端了一杯茶坐在沙发上，"唱歌没问题，乐理知识还要看一下，最关键的是你要把文化课复习好，文化课考试也很重要。噢，对了，我妹妹也在复习考大学呢，明天我就让她帮你搞一套复习资料。"

"燕姐对我的事从来都这么热心，怎么感谢你呀！"常江子感动地说。

"考上大学就是对我的最大感谢，到时候你真成了全国著名的歌唱家，可别不认识你这个燕姐姐。"

王小燕的话让常江子和李龙都笑起来。王小燕认真地说："这有什么好笑的，我说的都是真话。"

李龙不断地给常江子的杯子续茶。

常江子说："有你们的支持，我就有信心了，考上考不上，我一定得去试一试。"

"没错。"李龙边喝茶边说，"人往高处走，水往低处流。在市剧团这个小地方，争又怎样，不争又怎样，不会有太大的发展。想想我们俩在一起唱样板戏的时候，那时候太年轻了，我还嫉妒你，嫉妒得要死要活，现在想想挺可笑的，人只有跳出一个小圈子才会看得更远些。"

"没想到李哥现在变得这么健谈了，而且好多的人生道理也悟得很深刻。"常江子说。

"都是在我的开导下他才变成这样的。"王小燕看着李龙的脸色笑着说，"我这样说你不生气吧？"

"生什么气呀，我现在变得多大度，都是在夫人的教育下成长起来的。"

"哈哈哈……"三个人都笑起来。

准备参加高考这件事，常江子尽可能做好保密工作，他不想让剧团里更多的人知道这件事，因为人多嘴杂，想法不一，有嫉妒的，也会有说闲话的，有人会说他不安心工作，这山望着那山高，等等，那样会对自己造成不好的影响。可是这世上就没有不透风的墙，尽管他没耽误工作，没耽误一场演出，一些人还是知道了这件事。其实何莉就知道这件事，她认为常江子考学的目的是为了陆雪莹。虽然每天与常江子在一起排练演出，她从未开口问起过这件事，她与常江子的感情处得像兄妹一样，可是涉及陆雪莹的时候，心里总会有一些障碍。当然，何莉希望常江子得到幸福，早日与陆雪莹团聚在一起，但同时她也有一种惧怕心理，不敢想象，常江子要是真的考走了，这评剧队该是怎样的情景。自从与张大可闹了一次很深的意见之后，何莉好像变了一个人似的，看似变得成熟了许多，其实是沉郁了许多。她越发感到一些无聊的人和无聊的事让自己的生活和工作都不够快乐，她要想办法把这些东西都抛到脑后，想办法让自己的基本功再扎实一些，业务再精湛一些。于是，她有了一个想法，自己是结了婚的人，做不到像常江子那样参加高考，但完全可以去北京拜师学习。自从排演《花为媒》这一剧目开始，何莉就喜爱上了新派艺术。看了新凤霞演的《花为媒》，她就主动自觉地学习模仿新凤霞的唱腔和表演技术，新凤霞演唱的新唱腔、新板式对她的影响非常大。她仰慕新凤霞大师的表演，暗下决心要努力成为一名新派演员。素兰老师也很欣赏她对新凤霞唱腔的研究和模仿，鼓励她在新派艺术方面下些功夫。

何莉去了素兰老师家，把想要出去学习的想法说给了素兰。

"我们年轻时学戏都没少拜师，投入名门。拜师学艺，这是年轻演员应该走的路。"素兰一边给花儿浇水，一边说，"常江子这段时间可够忙的，也没有时间到我这来了，听说忙着复习功课准备参加音乐学院的考试呢。"

"您也知道啊？"何莉瞪大了眼睛问。

"我为什么不可以知道啊，别看他没对我说，你也对我保密，那我也知道。"

"不是我不对您说，江子哥也没对我说。"何莉辩解着，"因为我知道江子哥不想让别人知道，我必须得替他保密。"

"你不是没问过他吗，你怎么知道的？"素兰回过头来笑着问何莉。

"我，我是听小米说的。"

"你们都是我的心头肉，做什么事我不知道啊？我关心着呢！"素兰叹了口气。

何莉蹲在一盆茉莉花前，用鼻子嗅着那白色的花朵发出的香味，又若无其事地说："这事您也想开了吧，常江子早晚是要走的人，他不可能在咱们剧团里待太久，省城那边有一个陆雪莹追着他呢。他即使不考学，最后也还是要调走的。"

"是啊！他走了就可惜了，有那么多喜欢他的观众等着看他的演出呢！"素兰老师说这话时一屁股坐在椅子上，再也没有力气浇花了。

何莉接过素兰手中的水壶，继续浇着花。

"我得给你创造条件，让你到北京去拜新凤霞为师。"素兰说，"如果常江子不走的话，就叫你们俩一起去，你拜新凤霞为师，他可以拜张德福为师，这一直都是我的心愿啊！"

何莉感激地看着素兰老师，她放下水壶，站在素兰身后，轻轻地揉着素兰的肩膀。拜师是一个让人兴奋的话题，她和素兰一样，却怎么也高兴不起来，她们都为常江子考学的事而感到郁闷。

"哎！我知道江子的婚姻，早晚是个问题，可是没想到他会这么快就是要走人了！"素兰语气低沉。

何莉心情不爽，想换个话题，就问："我马伯伯做什么去了？"

"买菜去了，家里的菜都是他买。"

"马伯伯人特好。"

"谁在说我好，还有人说我好，我挺高兴。"老马这时已经进了屋。

"他回来了！这儿说曹操呢，曹操就到了。今儿给何莉烧两个好菜。"素兰说着站起来往厨房走。

"我不在这吃了，家里还有张大可等着呢。"何莉急忙拦住素兰老师说。

"唉！没有你，张大可也吃饭，你什么时候在家里做过饭呀？"素兰笑着。

"我用不着做饭，回去吃他就高兴。"何莉得意地说。

"今天不回了，别听张大可甜言蜜语的，离了你人家吃得更香。"老马永远都会顺着素兰老师说话，他也希望何莉留下来吃饭。老马接着说："今天那两个儿子还有孙子都不回来了，他们都有自己的事，咱们安安静静地吃顿饭，你们师徒二人也很久没唠唠知心话了。"

何莉见素兰老师和老马都实心实意留她吃饭，就不再推辞了。

何莉走进厨房说："我跟您老学学手艺。"

"不用不用，手艺以后再学。你们都不要下厨房，我一个人来吧。"老马的围裙早已经系好了。

何莉在素兰老师家吃过午饭回到家，无精打采地躺在床上，想睡觉又睡不着，就找了信纸和钢笔，想给姐姐何月写封信，她刚刚坐下来，张大可回来了。

张大可在朋友那里搞到两条活鱼，拎着回到家，到家后一刻不等，就用剪刀把鱼鳞去掉，把鱼膛洗得干干净净。

何莉没心思写信了，她问张大可："从哪儿搞到的活鱼？"

"朋友钓的。"

"还能钓这么大的鱼呀？"

"啊！"张大可回过头对何莉说，"这鱼怎么做，酱焖还是清蒸？"

"不知道，怎么做都行。"何莉漫不经心地回答。

"我准备叫常江子来吃。你看，咱们结婚，咱们俩闹意见，都没少麻烦人家，早该请常江子来吃顿饭了。"

"真的吗，老公！"何莉听说请常江子来吃鱼就有了精神，想了想说，"那就做清蒸鱼吧，江子哥保护嗓子呢，吃得越清淡越好，清蒸鱼既好看又好吃。"

"再炖个排骨，搞几个小菜，怎么样？"张大可尽力让何莉高兴。

"多做几个菜吧。"何莉说，"江子哥快走的人了，以后想请都请不到了。"

"什么，走，往哪儿走？"张大可一点都不知道常江子要考学的事。

"江子哥要考音乐学院，他一准能考上，考上了就走呗，这还有几天的事。"

"他……真的考，我咋没听说。"张大可一副憨憨的模样。

"没听说就对了，你现在也不要对别人说，等他真的考上了再说，先保密吧，江子哥不想让团里的人知道这件事，特别是老裴和马伟那样的人。"

"哦！那我就知道了。我好好地烧几个菜，给他庆贺一下。"

"庆贺谈不上，太早了点。"

"你不说他一准能考上吗？"

"等江子哥考上之后，我们再给他庆贺嘛。"

"那是，那是一定的。"

何莉换完了衣服，坐在床上说："剧团里有些人真没劲，整天闲得没事嚼舌头。你知道吗，有人说咱们家整天又烹又炒又炸的，生活奢华，主要是说我生活奢华。你说大家挣同样的工资，我又没花别人的钱，我怎么就奢华了呢？你们舍不得吃，不等于别人也舍不得。再说了，我们家张大可就是做饭做得好，会生活，别人想这样还做不了呢。你说是吧，老公。"何莉这一会儿的工夫甜甜地叫了好几个老公，张大可心里美滋滋的。

张大可说："不管别人怎么说，我们自己喜欢这样。我们家何莉高兴，我就高兴，我就知足，别人爱咋说就咋说吧，不管他们。"

"今天咱们家可又要煎炒烹炸了。"

"快，别光说话，忘了正事，告诉常江子来咱们家吃饭。"

"你还没告诉呢？"

"没来得及呢。"

"我不去，我不能去，这是你的心意，还是你去叫好。"何莉故意这样做。

"我这手还没洗，你去吧。"

"还是你去，这叫有粉擦在老公脸上。"何莉说完笑起来。

张大可已经把鱼洗干净了，他擦了手就往外走。

"别忘了把小米也叫来！"何莉大声说。

"哦，好的！"

早晨，收发室的电话铃在响，大爷接了电话问："找谁？"

那边说找常江子。

"常江子，电话！"大爷站在院子里大声喊着。

"来了，谁的电话？"

"我没问是谁，是个女的。"大爷扭头出去了。

常江子接起电话，"喂，小燕姐。九点钟准时到文工团门口，好吧。不见不散。"

撂下电话，常江子回到宿舍换了件衣服，骑上自行车，一路赶到文工团门口。王小燕正站在文工团大门口等着他。

常江子客气地说："燕姐，让你等半天了吧？"

"没有，我也刚到。"

两人进了文工团的大院，常江子把自行车放进车棚锁好，随后跟着王小燕走向最后一排平房，一起去江哲办公室。

"你参加了全国统一高考，文化课考得咋样？"王小燕问。

"不知道，陆雪莹也参加了高考。"

"她应该没问题，她文化课基础好。"王小燕说，"那你就更坚定了考音乐学院吧。"

"评剧队的排练、演出太紧张了，再加上文化课的复习考试，我一直没来得及到江哲这里学习，要不是燕姐这么热心，我都……"

"可别这么客气了，咱姐弟俩谁跟谁呀。"

他们一进走廊，就听见了琴声与歌声。

王小燕说："这是从江哲办公室里传出来的。江团长一定又在作曲，他是一个把时间看得很重的人。"

"我们来打扰他不合适吧？"

"没关系，我已经与他约好了。"王小燕说着轻轻地敲了敲江哲办公室的门。

门没关虚掩着，刚敲了一下门就开了，王小燕把头探进去时，江哲也从座位上站起来，准备去开门。

江哲，四十多岁，一米七八的个头，操着南方人细柔的口音。瘦长的脸型，眼睛也不算大，但目光深邃，有一种穿透力。头发是自然卷，看上去很有艺术气质。他给人的第一印象是精明聪慧，办事沉稳，待人热情。常江子与江哲虽然没有过多的来往，但是大家都在一个城市里，又都在文艺战线上工作，对对方都有一些初步了解。

江哲面带微笑，握着常江子的手幽默地说："你这么著名的演员、大明星来找我学习唱歌，简直让我有点受宠若惊。"

常江子也笑了，不好意思地说："我知道时间太晚了，想参加音乐学院的考试，至少应该在半年前就来拜师练习唱歌，现在只能是临阵磨枪了。"

"简单的练习一下发声就可以，戏剧的发声同唱歌的发声不是一回事，戏剧是吊嗓，而唱歌是要把嗓子往下压。我过去学习过戏剧，在戏剧学校毕业后，又考了音乐学院，也是改行唱歌的。"

"咱们江哲团长很了不起，双学位呢！"王小燕在一旁抢着介绍着说，"也是一位爱情的追随者，为了追到梅梅老师，放弃了在大城市优越的工作生活环境，和梅梅老师一起来到玉琼市这么个偏远的小城市。人家都说江哲团长是来我们这个地区支援边疆来了。"

"那时候不是年轻嘛，容易冲动。"江哲也幽默地开着玩笑说，"不过这话可千万不要让梅梅听了去啊，她要是听我说这样的话，会伤心死的。"

"这么说，江哲团长和梅梅老师是大学同学？"常江子插了一句。

"是呀，你还不知道呢，江哲团长能得到梅梅老师的爱情也不算白来呀！梅梅老师的舞蹈简直跳得太好了，她现在是文工团的编导，她编的舞蹈在省市多次获过奖……"王小燕高八度的声音让屋子里的气氛既轻松又活跃。

江哲是个很谦和的人，特别是在常江子面前他不表现太多，只是告诉常江子练习一下发声，又告诉他要练习一下简单的识谱。他说："音乐学院恢复正式招生刚刚两年，估计考题不会太难。"

"真不好意思，我会打这样的无准备之仗。"常江子腼腆地说。

"文化课考得怎么样？"江哲问。

"也是临阵磨枪吧。"

"没关系的，考艺术类的学校，文化课只是一个参考，你应该没问题。"江哲也一直在鼓励常江子。之后，他坐在钢琴前弹了几段简单的乐谱，常江子跟着江哲所弹的节奏练习试唱。

王小燕也跟着一起学习。休息片刻时，王小燕咯咯地笑着说："我今天可算是星星跟着月亮走，沾常江子的光了，要不然平时哪有机会听江哲团长讲课呀，今天收获太大了！"

"那我们俩就一起感谢江哲团长吧。"常江子说，"怎么感谢，得有点行动吧，咱们去吃饭，我请客。"

"不用，不用，"江哲直摆手说，"我中午还要休息一下，下午把曲子写出来，下个月歌舞团去省里参加汇演，好几个曲子都没写出来呢。"

"那就改天再说吧，江子，我们团长事业在先，基本没时间吃饭。"王小燕拉起常江子的手就往外走。

"耽误你的时间了，江哲团长。"常江子感激地说。

"不客气，需要的话再来我这儿。"

两人握握手算是道别。走出江哲办公室，王小燕低声对常江子说："我从没见过江哲团长跟谁出去吃过饭，你肯定请不动他。"

"那该怎么感谢江哲团长呀！"常江子心里不安，说，"那我先谢谢小燕姐吧。"

"咳！我不是说了嘛，你考上音乐学院就是对我最好的感谢。"

"哪天还是要请你和李哥吃饭的啊！"

"好吧，再见！"王小燕挥挥手。

"再见！"常江子骑上自行车回去了。

面试的日子快到了，让常江子兴奋不已的不仅仅是考音乐学院这件事，更让他兴奋的是，不久他要去省城面试，将要与陆雪莹相见了。

多少个日日夜夜的思念，就盼着相见的那一刻，这个日子快到了。他躺在床上想，那一天，陆雪莹一定会去火车站迎接他，他们相见的第一时间，一定是在火车站的站台上，像电影里演的那样，他们的见面是浪漫的场面。她一定会抑制不住内心的激动，跑过来拥抱他。刚刚改革开放，人们还接受不了在大庭广众之下放开情感，不顾其他，这场景虽然浪漫，也一定很尴尬。他想象着陆雪莹挎着自己的胳膊一起走路的情景，她会满脸都是幸福的表情，小鸟依人。他们一起走出火车站，一起去见陆雪莹的爸爸妈妈，然后还要一起逛公园，一起度过许多美好时光……

床头的小闹钟像敲着鼓点一样，嗒嗒地走着，常江子把它拿在手上快速拧了几圈，多想让时间在一瞬间就走到那一天。

陆雪莹在那边也盼着常江子的到来。她在信中说：

我每天撕下一张日历，盼着见到你的那个日子快快来到。那一天，天气一定是尚好的，一定是个晴朗的好天气，我穿着美丽的白色连衣裙去迎接你。虽然这是一个大城市，穿裙子的女孩并不是很多，你会一眼就看见我的。如果是雨天，我想不会是雨天的，假如真碰上了雨天，我就拿一把红色的太阳伞，在人群中不断旋转着，你还是会一眼看见我的……

读着陆雪莹的信，想着他们见面的情景，常江子在幸福中慢慢地睡着了。他做了一个很长的梦，梦见他去了省城，去参加音乐学院的考试。他很兴奋地背着包下了火车，可是哪儿都没有陆雪莹的影子，直到车站里的人都已经走空，只剩下他一个人在站台上站着，冷风习习吹来，他抱着膀四处张望，就是找不见陆雪莹。他很失望，无奈之下，只身一人背着包去找音乐学院。费了许多周折，他来到了音乐学院。一进学院的门，看到很多人在那里排队，怎么会有那么多人来参加考试，他站在一个男生的后边也排起了长队。男生的旁边跟着一个亲密女孩。女孩说："你应该有信心，考试的时候别紧张就行。"女孩像是陆雪莹，她不转过头来，常江子看不到她的脸。

男孩子回应着："不紧张，考不上也没关系，我到这里来是为了长长见识。"

女孩甜甜地看着男孩的脸，一会儿动动他的眉毛，一会儿摸摸他的头发，一点一滴都是爱。

那女孩就是陆雪莹呀！他说："雪莹，我在这里！"陆雪莹却不理他。正在这时，有一个人跑过来与常江子打招呼："常江子，你来参加考试吗？"常江子定神一看是小米，"小米，你也来参加考试的吗？"小米说："我是来进修的，我和你一样，都工作八年了，还考什么音乐学院啊，考上了也就等于没工作，是不是，还得从头开始，我可下不了这样的决心。"

"是啊！"常江子更加忧虑了，说，"我来考试都是背着剧团的。即使考上了，领导也不一定同意我来上学。"

小米又改变了态度，鼓励着常江子说："既然来了，就不要想别的了，试试吧。"

常江子想，我真的是什么都没准备好，就来参加考试了，来之前也不知道应该做什么准备。他看见那么多人排着长队，一个一个地进去，又一个一个地出来，很快就轮到他了。

"下一个！"考场内传出声音。

他整整衣襟，很庄重很有礼貌地走了进去。常江子一出现，令所有评委老师眼前一亮。他的外貌是所有考生中最英俊的一个，再加上他的演艺生涯已经八年了，一双会说话的大眼睛炯炯有神，目光中放射着异样的光彩。他的一举一动都像是受过训练似的，有做派，有风度，同其他考生完全不一样。老师让他识一段简谱，之后又让他唱了一首歌。他把临时学会的李双江的一首"我爱五指山，我爱万源河……"深情地演唱了一遍。这首歌是他来参加考试之前刚刚学会的，尽管如此，他的歌声还是打动了评委老师们。无论是他的外貌，还是他的嗓音条件，都让评委老师们兴奋不已。评委老师们问得非常详细，年龄、民族、家庭、来自哪个地区，等等。

常江子被评委老师们留了很长时间，当他从考场走出来时，考生们都用异样的目光看着他。大家议论着，说："玉琼市来的这个小伙子嗓子贼好，人长得贼精神，太让人羡慕了，他一点问题都没有，一定能考上。"

这些议论常江子好像没听见，他仍然想着怎样找到陆雪莹。从考场出来，他就去找陆雪莹，在一条很窄的小路上，小米又跑过来了，小米拉着常江子回到了宿舍。这两天，他感觉太累太累，进了小米的宿舍，躺在一张床的上铺很快就睡着了。中午，小米同宿舍的人都回来了，大家议论着，说："小米，你那个老乡太厉害了，唱得太好了，他一定没问题。"

小米见常江子还在睡，就摇摇他的床，说："起来吧，江子，你都快让人羡慕死了，人人都说你考上了，还不起来和我们一起高兴高兴。"

常江子起床后，看见小米和同宿舍的人手里拿着啤酒，大家都要喝酒。他惊讶地问小米："你什么时候也学会喝酒了？"

小米说："这还用学，不是你来了嘛，考试又考得那么好，咱们喝几杯吧。"

常江子说："我不行啊！明天还得参加复试呢。"

小米说："喝吧，明天还早着呢，不让你多喝。"宿舍里的几个人都一起同他碰杯。

第二天，常江子又参加了复试。一遍一遍地复试，常江子还是被留在了最后。

一位白发的老教授找到常江子，他说："祝贺你，常江子，你考上了。

不过，你的嗓子由于长时间唱戏剧，发声不对，你得重新练习发声。如果你最近没什么事，这段时间可以跟着我学习，我帮助你练习发声。"看得出来，这位教授格外喜欢常江子，就如当年的素兰老师一样，一会儿，教授又变成素兰老师了……

　　素兰老师用欣赏的目光看着他，"你考上了，你考上了……"素兰老师一遍一遍地重复这句话，然后，素兰老师又拽着他的衣襟，"咱们得回去了，评剧要排新戏了。"

　　咚咚咚，一阵敲门声，常江子从梦中清醒过来，他揉揉眼睛坐起来，在屋子里看了一圈，"这是梦啊！"　他掐掐自己的腿，的确有知觉，果然是做了一个梦。

　　常江子从床上起来，打开门，是张大可。张大可说："江子，团长叫你去他办公室。"

　　"什么事啊？"常江子问。

　　"我还真不知道什么事。"

　　"好！我这就去，团长不叫我，我也想去呢。"常江子正准备去团长那里请假。

　　张大可说："你去吧，江子，我还有事先走了。"

《 第十五章

常江子揉着惺忪的睡眼来到团长办公室。一进门，他看见江哲在团长办公室坐着。他热情地同江哲打招呼："江团长，你什么时间来的？"

"来半天了。"江哲站起身来面带微笑地同常江子握了握手说，"休息呢，这段时间的连续演出再加上其他一些事情，太累了吧？"

"还好。"常江子赶紧让自己精神起来。

辛团长给常江子倒了一杯水。常江子不好意思地说："怎么让团长给我倒水呀，我自己来吧。"

辛团长把水杯放在常江子跟前说："对了，我忘了介绍，这位是文工团副团长江哲。"

江哲又一次站起来说："我们很熟的。"

"江哲副团长调到咱们剧团来任团长了。"辛团长继续说，语气显得很慢，每一个字都说得很重，"我这任团长就到期了，组织上调我到别的单位去。"

"江团长！"常江子情不自禁地站起来，走过去同江哲第二次握手，"欢迎你来我们剧团。"他虽然感到很惊讶，也很突然，可他心里非常兴奋。常江子是通过王小燕了解江哲的能力与水平以及他的为人，他应该是一位称职的团长，京剧团目前太需要有一位这样精通业务、作风又正派的好团长了。

"很突然，我也是昨天才接到通知的。"江哲温和地说。

"在我临走之前还是要找你谈一件事，那就是关于你考音乐学院的事。"辛团长一直严肃认真地坐在那里，"团领导早就知道了这件事，并且也开了几次会，最后的决定是，不同意你参加音乐学院的考试。因为评剧队现在的演出任务很重，市领导也非常重视，你是剧团的台柱子，你走了，评剧队就等于塌了半个舞台。所以说，你要好好考虑一下，是以个人利益为重，还是以集体利益为重。党和人民培养了你这么多年，你不能辜负团里对你的希望。再说，你不经过组织同意就去参加高考，这是不允许的。"

辛团长一番话让常江子感到很内疚，好像自己犯了什么错误一样，就解释说："我只是想去试试，不一定能考得上。"

"即使你考上了也不能去，现在江哲团长刚来，你就更不能去了，你要支持他的工作才对。"辛团长喝了一口水又说，"团里不会同意的，你就踏踏实实地工作吧，不要这山望着那山高，剧团培养了你这么多年也不容易，你也得为剧团着想啊！"

江哲团长坐在那里一直没发表意见，一直微笑地看着常江子。等辛团长把话说完了，好半天，他用温和的口气对常江子说："我刚来，对京剧团的情况一无所知。关于你考音乐学院的事，我的想法是应该完全尊重你个人的意见，我不反对，你可以去参加考试。"

辛团长听了江哲这番话，心里不高兴，就不顾及面子，说："这好人都让你这个新来的团长做了，我这是为了谁呀？"

江哲笑了，说："辛团长，你想多了。"

常江子认真地思考了一下，不论江哲团长是什么态度，他刚刚来到剧团，自己应该支持他的工作才对。辛团长的话讲得也很有道理，考学是为了追求个人的理想，是为个人奋斗，这是不对的。我应该为剧团的发展着想，为剧团做出点贡献才对。我必须接受这个现实，只能放弃考音乐学院的想法了。于是，常江子站起来，表情严肃地说："今天两位团长都在，我就在这表个态吧，我决定放弃音乐学院的考试，全心全意地做一名戏剧演员，演好戏，为了京剧团以及评剧队这个大的事业，放弃个人的小理想。我非常感谢领导对我的器重。"

江哲依然是原来的态度，说："考音乐学院，这是一件人生大事，江子，我劝你回去再慎重地考虑一下再做决定，我这里真的是没什么意见，我会支持你的。"

在人生十字路口上，常江子做出了这样一个决定，不去考音乐学院，完全从大局出发，留在京剧团继续为评剧事业做贡献。他不能不做这样的选择，剧团需要他，包括素兰老师对他考学的事态度虽然很含蓄，但是素兰老师说过这样一句话，让他永远记在心里："有那么多喜欢你的观众等着看你的演出呢！"

陆雪莹急切地盼望着音乐学院考试的日子快点来临，盼望着见到常江子的那一刻，憧憬着日后他们一起上大学的美景，那一定是快乐的、幸福的和浪漫的。处于亢奋状态中的陆雪莹从心里往外美，走起路来都轻飘飘的。在她等待的日子里，收到了常江子的一封长信。

在路上，她没舍得打开信，等着回到家里，回到自己的房间，把门关上，慢慢地享受着读信的感觉。可是，常江子的这封信如一瓢冷水，把陆雪莹从头到脚浇了个透心凉：

雪莹，我真不知道该怎么给你写这封信，我几乎一夜未合眼。因为我知道，你也在热切地盼望着我们相聚的那一刻……

事情总是千变万化的，我们剧团又调来一位非常不错的团长，应该说人品与业务双全，有了这样的团长，玉琼市京剧团会有更好的发展。你也知道，其实我的内心一直爱着戏剧事业，如果不是为了你，我真的不会有考音乐学院的想法。当团里决定不让我走的时候，我也不能强走，我不能不以大局为重。就这样，当着两任团长的面，我表示了决心，我要为戏剧事业奋斗一生，我不再反悔了。

雪莹，我知道我这样做会伤害你，很对不起，在这个世界上最对不起的人就是你……

陆雪莹读了信后差一点没晕过去，她不甘心啊，怎么会是这样，常江子为什么要做出这样的决定？陆雪莹泪流满面，立刻写了一封回信。

信的内容大概是这样的：

江子，接到你的信，我就找不到东南西北了，我不知道我又遇到了什么重头打击，一下子就被打蒙了。清醒过来后，我想，最重要的事还是应该给你写这封信。你知道吗，我现在坐在窗前流着泪给你写这封信。我不明白你怎么会做出这么傻的决定，你怎么不为自己的前途和命运着想，还有爱情和婚姻，这一切难道都不值得你用心去考虑吗？

你知道吗，让你参加音乐学院的考试，是我和爸爸两人共同策划的。音乐学院那里有爸爸最要好的朋友，在同等条件下先录取你是没问题的。还有，这期间爸爸已经给你联系好了省艺术学校，一个中专学校，让你到那里当老师。这件事情我为什么没早早地告诉你，就是希望你能考上音乐学院，前途更广阔一些，个人的发展空间更大一些。实在考不上，为你设计了第二条路，就是调你到省艺术学校当老师。

如果不考音乐学院，那你就来艺术学校上班。当一名老师也不错，老师也是一份神圣的职业，多少年以后桃李满天下，也是人生的一大成功，不比你在戏剧事业上奋斗差在哪里。我这次报的志愿也是师范院校，我喜欢当老师。

你想过没有，在一个小城市的剧团里会有什么大的发展前途……你目前做出这样的决定，是不是也决定了永远不想和我在一起了，是不是我们要永远永远地分离了？

接到陆雪莹的信，常江子的心太痛了，他把陆雪莹的信紧紧地贴在胸口，流着泪站在窗前，似乎看见陆雪莹"衣带渐宽终不悔，为伊消得人憔悴"的情景。他全然没有想到他一个人的决定，并不是一个人的事，而是关系到陆雪莹，关系到他与陆雪莹两个人的事，关系到他们的爱情，他们的婚姻，他们的未来。这个决定意味着什么，常江子并没有多想，只是因无法拒绝剧团领导的挽留，无法拒绝他一直热爱着的戏剧事业。

对陆雪莹来说，这意味着常江子选择的是事业，爱情在他的心目中不占一点点位置。既然常江子决定放弃来省城的念头，那么自己还在盼望什么，还在眷恋着什么！

站在窗前的陆雪莹感觉到了爱情的危机。这锥骨的恋爱从明亮的粉红色开始，渐渐地要黯淡下来。如果她死活要拖住这段爱情，那么，恋爱对别人是享受生活，而对她来说就是消耗。消耗这么多的时间，消耗这么多的心力，消耗这么多的情感，最后还是没有结果。女人最怕的就是消耗呀！

陆雪莹要疯了，她不顾一切地买了一张火车票，决定到玉琼市再见常江子一面，既然是分手，也得当面说清楚。她从火车站买了票后就跌跌撞撞地回了家，在往旅行包里装衣物的时候，她昏倒在地上。母亲进来时看到此景吓了一跳，用手模了摸陆雪莹的头，好烫啊！就这样，临行前陆雪莹发着高烧倒在了病床上，去玉琼市的车票不得不退掉。

江哲的确是个有业务水平又有管理能力的团长，他来到京剧团一段时间后，京剧团就发生了很大的变化。他从改革机制入手，让京剧和评剧形成两个独立的团队，同时又是两个竞争的团队。为加强京剧方面的力量，他准备亲自到省艺术学校、省戏曲学校挖人才。有了更多的优秀的年轻演员，他相信在不久的将来，京剧就会大放光彩。江哲团长还大胆启用年轻人，提拔常江子为评剧队队长，让素兰这个副团长兼任京剧和评剧两队的艺术总顾问，让他们的个人能力都得到极大发挥。

担任了评剧队队长的常江子感到肩上的责任和担子更重了，他连续几天几夜废寝忘食地制定评剧队的改革方案，并提出一系列新的措施，递交给江哲团长。江哲团长很满意，每一个方案都从民主到集中，经反复讨论后再实行。

这段时间，剧团里上上下下搞改革，大会多，小会也多，因工作繁忙，常江子迟迟没有时间再给陆雪莹写信，这让陆雪莹感到雪上加霜。就在她觉得时间像生铁一般沉重时，就在她觉得有一块石头压得她喘不过气来的时候，她接到了省师范大学的录取通知书。

拿到录取通知书的陆雪莹有了一丝的喜悦，可这与将要失去的爱情相比，它轻于鸿毛。为了不让爸爸妈妈跟她一起承受这一切痛苦，她常常是表面上洋溢着和别人一样的笑容，而内心痛苦得难以自拔。

由于生病，她坐在屋子里好几天都不出去。很长时间没有接到常江子的信了，于是，她坐在窗前，给常江子写最后一封信：

江子，先告诉你一个好消息，我考上了省师范大学中文系。

这本应该是你的幸福我的快乐，这本应该是我们共同的喜悦，这本应该是我们两个人双双走进高等学府大门的时候，而你却弃之不入。现在让我一个人怎么也高兴不起来……

你拒绝了考音乐学院，也拒绝了来省城工作，如此，你也拒绝了我对你的爱。我彻夜难眠地思念着我们过去在一起的那些日子，曾经的恩恩爱爱，曾经的海誓山盟，如今都将随风飘去，让我感到这个世界都是寒冷的，以后怎么办？不论飞到哪里，我都将是一只孤雁，我深知，孤雁难行……

我不会责怪你的，有一点我是坚信不疑的，你并不是不爱我，而是因为你太爱你的戏剧事业了，你是舍不得你的事业才做出这样的决定……

接到陆发莹的这封信，一种愧疚感让常江子饭吃不下，睡不着觉。手头上所有的工作都停下，他坐下来给陆雪莹写信：

雪莹，这段时间的演出任务重，评剧队排了几出新戏都很受观众喜爱，因此，我拖了这么久才给你回信，请你一定谅解，也请你理解。我并不是刚刚坐下来给你写信，其实，我每天都在心里给你写信，只因为工作太忙，难得有大块的时间坐下来，有时候只是写个开头，就忙工作去了，这封信已经开了无数个头。

从你走后，我把所有的精力都投入到工作中，闲下来的时候就会想你。在这个深秋时节，想你，我就一个人重游咱们初次见面的那个公园，重走和你一起手挽着手爬过的那座红山，有时候就是一个人毫无目的地走。我深深地怀念那些美丽的日子，深深地怀念我们在一起的美好时光。回忆太多，忘不了你的轮廓，往事总能在心里荡起悠悠远远的涟漪。

秋天来了，外面是潇潇雨，但我相信雨后一定有彩虹出现。我穿了一件米色的风衣，这是你给我买的第一件衣服，你还记得吧。在这样的秋季，是这件风衣为我遮挡风寒，遮挡雨滴。我穿着米色风衣在路上行走，心里格外温暖，人也显得格外潇洒。我在路上走着，任秋风肆意地吹乱我的头发。我想，如果有你在我身边，我一定会显得更加风度翩翩。可是现在，心在游离，别人看我一定是个没有家的孩子，一定是在流浪的人，一定是无所适从的样子。

这个城市没有海，却有一条美丽的西拉沐沦河，还有蔚蓝高远的天空。秋天里的景色变得深幽，树木间仍然隐约可见花树飞鸟的投影。巍巍红山，赤壁奇崛，如霓如云，它是中国北方一座有名的山峰。一座具有历史的山峰和一条文化的河流，养育了红山脚下的各族儿女，也养育了我。多少次，我深情地望着这片熟悉的养育着自己的热土，一颗感恩的心跳动得更加激越。我感谢生命，感谢生活，感谢上帝让自己生长在这座有着"歌舞之乡"美誉的城市。城市虽小，可这里有深厚的文化底蕴。读着这座城市，犹如读着一部文化经典，一幅绚丽的画卷。我爱这座城市，如果让我离开，真有些不舍。我的爱情也是在这个城市里诞生的，你如果不是来到这座城市生活了一些年，就不可能遇到我，我也不可能遇到你。因此，我想，我们的缘分就在这座城市里，我们都应该感谢这座美丽的城市。

我在不断地思考着那些不可言说的美丽，原本也是爱情的美丽啊！想到我们的爱情，就感觉这秋天的片片落叶让人心酸。秋天过后就是冬天了，冬天会怎样，一定会更寒冷，它会冻伤了我们的爱情，我很害怕。可是，我们已经没有办法改变现状了。我已经决定留在这座小城市，我的根怎么也拔不动。你呢，既然已经去了大城市，也不可能再回到这个小城市。如今你又考上了大学，四年的大学生活会让你眼界更加开阔，志向更加高远。四年的时间很漫长，不知道在这四年中会发生哪些变化，这都是我们无法预测的。所以，一想到这些，我就感觉我的头脑要炸开一样，这世界好宽好大，却让孤独痛苦的我好难好难。

你已经开学了，到大学里就安心读书吧，接受更好的教育，这也是我梦寐以求的，可是上天非要这样安排我，那就随心随缘去走我的路好了。请你相信，你的爱一刻也未曾离开过我，希望我的爱也像天使一般永远守护着你的心灵世界。

顺便告诉你一个好消息，妹妹常江女与你考上了同一所大学，也是中文系。你们俩有可能会分到一个班里，有什么事，你可以相互关照。

最后祝你一切安好！

素兰从街上买回两盆盛开的菊花，一盆是绿色的花朵，花朵秀丽，舒卷如云；一盆是金黄色的花朵，如金发少女的黄发丝一般，长长地垂落下来，到发梢处就卷回来。进了屋素兰就招呼老马来看花儿："老马，你快来看呀，你见过这么漂亮的菊花吗？一定没见过，我是从一位婆婆的手推车上买来的。"

老马从厨房里走出来，看见素兰买来的两盆菊花也惊讶了，"没见过这样的菊花，但是我知道，这都是菊花里比较名贵的种类，这盆绿的叫什么来着，叫绿云，这盆叫金线垂珠。"

"你是根据花儿的形状起的名字吧？"素兰看着老马的眼睛有些半信半疑。

"是真的，我没骗你，这花就叫这名字，我曾经研究过菊花的种类，光菊花就有上百种，我差不多都能叫上名字。"

"好听，名字也好听，花也漂亮。今天真是好运气。"素兰满脸都是开心的笑容。

"今儿怎么这么高兴啊？"

"今儿高兴，人逢喜事精神爽，今儿一出门就遇上这两盆名贵的菊花。还有，常江子决定不去参加音乐学院的考试了。"

"就这事，你就高兴成这样？剧团领导硬是不让人家考，不是耽误孩子的前途嘛。"

"他在剧团里也有前途，像他这么好的评剧小生再也不好找了。他要是走了，这评剧队真就红火不起来了，缺半台戏呀！"

"哦！"老马转身往厨房走，走到门口又返回来问，"咱们不是准备着叫江子来吃饭，给江子送行嘛，这客还请吗？"

"请，当然要请！还要叫上何莉，何莉今晚就去北京拜师，给她送送行。还有小米，小米也考了音乐学院，还未接到录取通知书呢。小米那孩子也挺不错，挺有心的，他考学走就走吧，在剧团里施展不了他的才华。你说这不都是好事嘛，太多的好事了。还有赵老，退了休也没请他吃顿饭。你准备两瓶好酒啊，应该给新来的江哲团长贺贺，剧团来了一位好团长，我们大家都高兴。可是，叫他到咱们家来吃饭又不太合适，咱们心里高兴就算是给他庆贺了。"

素兰把那菊花端到窗前欣赏着，说："其实常江子考音乐学院也是好事，我也该支持他。可是，我也说不清楚是怎么回事，喜欢这孩子，热爱这戏剧事业，就是舍不得他走。哎！这人嘛，总是有感情的，也是有私心的，从情的角度是不愿意让他走呀！"

"好，好，好，人家已经决定不走了，你又买了两盆好花，高兴吧！"老马看得出来素兰心里还是有解不开的情结，就岔开话题，"这花儿一定得你亲自浇水，它才长得旺盛。"

素兰问："为什么？"

老马笑着说："你是水命，我是火命。"

"我来帮做点什么？"

"我都弄差不多了，一会儿大家来了就开饭。"

晚上七点多钟，何莉赶往火车站，她乘的是去北京的列车。张大可、常江子，还有小米都来火车站送何莉。

"何莉，这回可要得到新凤霞大师的亲自指教了，抓住机会，好好学习。"小米笑嘻嘻地说。

"一定的。"何莉快乐地说，"这么好的机会我不会辜负大家的希望，更不会辜负我自己。这次本来应该是江子哥先去的，他看我猴急，就让我先去了。"

"也不完全是这样，我在北京学习期间认识了中国评剧院的琴师杨老师，我写信向他寻问此事。他给我回信说，他可以做引见人，让咱们团先去一位优秀的女演员拜新凤霞为师。"稍停顿了一下常江子又说，"知道新凤霞为什么能接纳你这个弟子吗？那是因为她对偏远地区，少数民族地区的学生很感兴趣。她认为，想要评剧更加普及，更加发扬光大，能收偏远地区和少数民族地区的学生她非常高兴。新凤霞大师曾说：'评剧艺术发展到今天很不容易，我们应共同努力做出新的成绩来报答党的关怀。'是啊！我们都应该轮流进京拜拜师，投入名门，才能有更高的技艺，对得起我们的观众。"

"那你什么时候进京拜师？"小米认真地问。

"等何莉回来，我就去拜张德福为师，不过我还没联系。"

"张德福不就是刘巧儿看上的那个人，他叫赵柱儿嘛。"小米依然笑嘻嘻地冲着何莉唱着，"巧儿我看上人一个，他的名字叫赵……"

还没等小米唱完，何莉一巴掌打过来，"开什么玩笑。"

"大可，你在家是不是经常挨打呀？"小米嚷嚷着。

张大可笑着说："没挨过，嘴贫还不挨打。"

"倒是一家子向着一家子啊！"小米防着何莉再打过来，他说完这句话就跑得老远去笑。

何莉本想追小米去打，可她站在那里未敢动，她怕一动自己就要呕吐。何莉知道自己可能是怀孕了，因为老朋友四十多天没来了，偶尔她还会出现恶心呕吐的现象。这事何莉没告诉任何人，张大可也不知道。何莉不准备要这个孩子，她还准备多在舞台上锻炼成熟几年。她想，秀芝不就是个先例。刚刚要红起来的秀芝，因为要了孩子，耽搁了好几年，等她再返回舞台时，又感到精力不足了。

"何莉，你的脸色怎么那么难看？"常江子注意到了何莉的脸色在瞬间变得蜡黄。

"哦，我没事，让小米给气的。"何莉强忍着不让自己有难受的表现。

"小米不是跟你开玩笑呢嘛，你还真生气啦？"张大可当真了。

"那我也生气。"何莉娇柔地说。

"该上车了，何莉，马上就要开车了！"常江子看到远处挥旗的铁路工作人员都已经笔直地站好。

何莉上了车，然后向大家挥挥手说："再见！你们回去吧。"

"回来见！"小米、常江子、张大可一起挥着手。列车缓缓启动。

从火车站出来三个人肩并肩地一起走着。常江子与小米是步行来的，只好步行往回走。张大可是骑着自行车与何莉一起来的，回去时他就推着自行车与常江子和小米一起往回走。不是很明亮的路灯放射着柔和的光，微凉的晚风吹来，树叶翻起波浪。三个人在一起走得很轻松。走着走着，小米从包里拿出来一个小型录音机，他把录音机上的耳机挂在耳朵上，美美地听。他那如痴如醉的表情让常江子和张大可感到很奇怪，跟他说什么话他都听不到。常江子就一把拽掉了小米挂在耳朵上的耳机，说："听什么呢，让我听听。"他把耳机放在自己的耳朵上，呀！里边有一个年轻的、甜美的、软软的、柔柔的女声唱着："甜蜜蜜，你笑得甜蜜蜜，好像花儿开在春风里。在哪里，在哪里见过你，你的笑容这样熟悉……是你，是你，梦见的就是你。"常江子一下子被这甜软柔蜜的歌声给震惊了，他张大了嘴巴，目光直直的，面部表情看上去比刚才小米的样子还傻，好半天才说："好听，太好听了！"

"看你那傻样，好听吧？我这里录的全是台湾歌手邓丽君的歌。"

常江子还是第一次听到邓丽君的歌，以前他只听说过邓丽君这个人名，听说她的歌曾被批判为"靡靡之音"。其实，改革开放后，一批年轻人操着港台腔，借鉴流行歌曲的气声唱法，甜软柔蜜的歌曲已经通过立体声，在悄悄地传遍大街小巷。老百姓的耳膜几十年如一日地接受着干脆响亮、斩钉截铁的声音的打磨，突然听到柔软的歌声，哪受得了呀？原来邓丽君的歌声是这样的美，这样的沁人心脾，这样的动人心弦。听着听着，他的脚下好似有轻轻的一阵风慢慢地吹过来，突然感到眼前的世界已经发生了翻天覆地的变化，一切都像是在梦里，一切又都是真真切切，一切都在情理之中，一切都皆有可能。

听了一会儿，常江子把耳机递给了张大可，说："大可，你快听听，太好听了。"

张大可把自行车交给小米，戴上耳机就再也没摘下来。小米一直推着自行车往前走。

常江子感慨地说："伟大的八十年代，这是一个蒸蒸日上的年代。"

小米说："我到别的单位看见人家那里已经有电视机了，单位的人吃过晚饭就聚集在一起看电视，里边有新闻，有电影，有许多好看的东西。你这个评剧队长建议建议，咱单位也买一台呗。"

"咱们单位可不能有电视，有了电视大家晚上还演出吗？都去看电视呀。"

小米觉得常江子说的话有道理，点了点头。

何莉在北京按照常江子写的地址，找到了中国评剧院的琴师杨老师。杨老师通过电话与新凤霞老师取得了联系，第二天他与何莉一起来到了新凤霞老师的家。

新凤霞老师见到何莉非常高兴，亲切地让何莉喝茶，之后让何莉随便唱一段评剧选段。凭她多年的艺术经验，对何莉的举手投足、个头扮相、嗓子条件都满意，当即决定收何莉为徒。新凤霞语重心长地对何莉说："我已经多年不登台演出了，晚年却收了从偏远地区来的弟子，成为新派传人，让新派艺术在你们那样的地区传承发扬，生根开花，这是我新凤霞最高兴的事！"

何莉的拜师仪式很隆重，这是她没想到的。她听新凤霞老师说，中国评剧院的领导、戏剧家协会的领导要来出席，《人民日报》《北京日报》、北京电视台等媒体记者也将到现场采访。何莉不知如何是好，她赶紧往回打电话，把她在北京拜师的情况向团领导做了详细汇报。江哲团长当即决定与常江子连夜乘车赶往北京，参加何莉拜师仪式。

新凤霞见到常江子后，也非常喜欢这个小伙子。常江子没想到新老师为人这么好。新凤霞说："你的条件蛮不错的，我多想连你一起也收为我的学生。不过，这样不合适，我还是打电话叫张德福过来，让他收下你，你拜张德福为师。"

"那太好了，太感谢新老师了。"常江子激动得满脸通红，他想都没想到，他拜师的夙愿这么容易就实现了。

新凤霞当即给张德福打了电话。

常江子兴奋得不得了，拜师仪式的前前后后，都是他背着新凤霞老师。新凤霞老师与张德福老师坐在一起，新凤霞指着常江子说："我给你介绍的这个学生怎么样？从偏远的城市来的，有这么好的素质。今天真高兴呀！"

张德福谦和地握着常江子的手说："不错，一会儿你在拜师会上也唱一段。"何莉与常江子还有新凤霞老师在北京的学生们在拜师会上演唱了评剧选段。这两个新弟子的表现让出席拜师会的方方面面的人士大为赞赏。

拜师会结束后，何莉留下来，新凤霞老师让她的一些弟子们聚集在一起，在家里一起吊嗓，一起研究新派艺术。而常江子与江哲团长则需要马上回去，一个是京剧团的团长，一个是评剧队的队长，不能耽搁太久，剧团里的很多事情都等着他们回去做。常江子非常遗憾这次不能与老师张德福深入交流。张德福老师说："没关系的，你先回去忙，一个月后再来北京。"

江哲团长与常江子连夜赶回了工作单位。

吃过早饭，常江子把写好的工作总结拿出来准备再修改，却没想到，他的这份工作总结在办公桌上放着的时候被马伟拿去抄写了一份，并且在此基础进行了加工整理。他更不会想到，马伟还会把这材料上报到江哲团长那里，马伟在自己的功劳簿上写上了一笔。

小米围着常江子转了好几圈，他有重要的事情对常江子说，可是常江子从早晨下了火车到剧团里就开始忙，直到现在还没有抬起头来。小米在常江子身后走来走去，小米一直在想着，这事怎么跟常江子说。

小米倒了一杯热水放在常江子跟前说："江子，休息一会儿吧，从回来还没看我一眼呢。"

常江子是个容易被感动的人，小米这么一说，他马上从椅子那站起来，说："你这不是纯属捣乱嘛，小米，你又不是美人，有啥好看的。"

"美人？"小米愣了一下，说，"有美人看你呀，你却不在家。"

"开玩笑，哪个美人来看我呀？"常江子笑着。

"我真没跟你开玩笑，江子，你那漂亮而美丽的女朋友看过你。"小米表情非常严肃。

"谁？你说什么呢？"

"陆雪莹，真的，陆雪莹来过。"从小米的表情上看不像是说笑话。

"怎么回事，小米，陆雪莹来过？"常江子腾一下从椅子上站起来。

"事情就这么巧，你乘上了去北京的列车，陆雪莹乘上了来玉琼市的火车。她下了火车就来到剧团。她是早晨下的火车，她来敲门时我还没起床呢。她说她是陆雪莹，我才像从大梦中醒过来一样，从床上跳下来，打开门，果然是她。我都有点认不出她了，人很瘦，很没精神。我让她进了屋。她问你，我如实告诉她，说你去北京参加何莉的拜师会去了。她好半天没说话，然后就哭了。"

"后来呢？"常江子心如刀割一样听着小米的叙述。

"她问你什么时候回来。我说不知道，因为你才走。我一算，昨天晚上你们俩都在火车上，你去北京，她来玉琼市，两个人正好错开了。"

"后来呢？"常江子急切地问。

"后来我留她吃饭，她说什么也不留了，说去看一个朋友，晚上就返回省城。"小米说着，从枕头下边拿出来一张叠着的纸，那是陆雪莹留下的笔迹：

江子，看来咱们的缘分已尽，连我来看你的时间都选得不对，阴差阳错。我这次来的目的只想当面问你一句话，你还爱我吗？可是，我没有听到这句话。今天是星期日，我只有这一天的时间，我不能等你了，晚上返回。再见吧！

常江子看完陆雪莹的留言后抱住小米哭了，眼泪像河水一样奔流，他哽咽着说："小米，所有的错误都在我身上，我真对不起陆雪莹。"

小米也哭了，说："你们真的不应该分开。江子，我这话可能有点重，事业,你的戏剧事业真的对你有那么重要吗？放着省城那么好的条件不去，放着那么痴情爱你的女人不要，你傻呀？"

"我傻，我真的很傻。"常江子眼睛里一下子充满了红血丝。

小米让常江子坐下，把水端到他跟前，又安慰他说："江子，事情既然已经这样了，你也别太难过，以后找个机会再去看陆雪莹。"

"恐怕已经晚了，我伤她太厉害了。"常江子咬着嘴唇说。

"我很佩服你的敬业精神，为了剧团，为了评剧事业，牺牲了这么多。"

"没什么可敬佩的，我是个很自私的人，只想自己的事业,事业在哪儿？我给她带来太多的痛苦，我不是不爱她，我是非常爱她，舍弃她，我的心已经疼痛了一年之久。"

看常江子那痛苦的样子，小米有些心疼，他又出去打回来一盆洗脸水，"江子，别想那么多了，好好洗洗脸吧。"

"小米，你说我该怎么办？她不可能再回到这个小城市来生活，我又离不开这里。"

"你为什么离不开？"

"两位团长找我谈话了。江哲团长刚来，他虽然没反对我考走，但内心肯定希望我留下来。我走了，也对不住多年来培养我的素兰老师，还有赵老，对不起剧团。"

"是有点两难。"小米跟着常江子一起伤感着。

"别管我了，小米，我自己待一会儿。"常江子把脸洗了又洗，泪水还是不住地往下流，他扬起脖子，让眼睛望着天花板，让悲伤的心情尽快平静下来。

≫ 第十六章

　　江哲团长去了省城一趟，回来后他非常兴奋，从戏校毕业的两个高才生原来都不准备回到玉琼市，这次都被他要了回来。他坐在办公桌前圈点着这两个毕业生的名字，一个叫张德利，一个叫苏枚。他准备把这两个年轻人都放到京剧那边去充实力量。张德利唱老生，苏枚唱老旦。江哲想的是好好培养锻炼这两个年轻人，让京剧在不久的将来大放光彩。

　　"江团长，您在。"马伟轻手轻脚地来到江哲团长办公室，他手里拿着一份材料。

　　"进来，进来。"

　　马伟进了屋就满地找暖瓶，他想给江团长倒水。

　　"不用，不用，我杯子里的水满着呢，你有什么事，老马？"江团长和蔼又亲切。

　　"啊，我写了一份工作总结，这段时间评剧队做了大量工作，情况都在这上面呢。"马伟小眼睛笑眯眯的，他把材料放在江哲团长的办公桌上。

　　江哲拿起马伟送来的材料认真地看着，他问马伟："常队长看过了没有？"

　　"还没来得及给他看呢，因为这份材料不全面。我是想把评剧队办公室这段时间所做的工作总结一下，总结的时候吧，就避免不了要说整个评剧队的情况，捎带着把评剧队的演出工作也总结了一下。等忙过了这一阵子，我一定帮着常队长把整个评剧队的工作做一个总结，常队长也好省些事，不用他再费心写材料了。经常总结，才能找出我们不足的地方，然后我们才能做出成绩。"

　　江哲认认真真地看着马伟送来的材料。在这个过程中，马伟已经将江哲团长的办公桌擦得干干净净，其他地方也稍做了一下整理。

　　"写得不错，这份材料写得挺下功夫。"江哲团长抬起头说，"这样就对了，老马，我们剧团的工作就应该是有条有理的，这样才能够经常找出问题，不断前进。你的工作做得非常认真啊！其实，办公室主任的职权范围很大，做好了，他就是领导的得力助手。像你这样的办公室主任是很称职也很敬业的。"

　　"谢谢江团长这么夸奖我，其实我还差得很远，我一定会努力把工作做好的。"马伟为了让自己显得很忙碌，就说，"江团长，您没什么指示吧，如果没什么指示我就走了，今天晚上评剧这边有演出，我得提前两个小时到后台，帮助演员们做好准备工作。"

"每场演出你都提前两个小时到位吗？"江团长问。

"是的，应该的，应该的。"马伟双手合在胸前，显得很虔诚的样子。

"好，那你就去忙吧。"江哲站起身来很客气地把马伟送到办公室门口，回过头来坐在办公桌前，又看了看马伟送来的那份总结材料，心想，马伟这个办公室主任挺敬业，挺难得，什么事想得细致又到位。

马伟从江团长办公室出来又去了裴副团长的办公室。裴副团长一只手拿着烟卷，一只手支着脑袋，眼神空洞无神地坐在那里，谁看了他那副模样也猜不透他在想什么。

"裴团长，我来了。"马伟的习惯动作，进了屋先提暖瓶。

裴副团长摆摆手说："别倒水了，我这感冒挺严重的，头疼。"

"感冒就得多喝水呀！您吃药了吗？我这给您买药去吧。"马伟又去提暖瓶。

"吃药了，你也别倒水了，我这就想回家了，我得休息两天，顶不住了。"

"是呀，您别这么要强，该休息的时候就得休息，咱不能为了工作把身体搞垮了，身体重要啊！"

"自从他妈的江哲来到剧团，我这心里就发堵。常江子那么年轻就当了评剧队的队长，这也就罢了，他又跑到省戏校要什么年轻演员，看来对咱们这些老的还是不够信任呀。他以为那年轻的演员拿过来就用啊，年轻演员不得靠老演员们培养吗？"

"是，是，您说得都对。"马伟只是应和着，他却不敢也不想说江哲的不是，他心里有一杆秤，江哲才是大团长，老裴已经失去了往日的威风。江哲团长可不比辛团长，江哲团长的行政业务样样都过硬。别看南方人有温柔的外表，工作认真，主事也很硬。老裴不把老辛放在眼里，却不能把江哲放在眼里，江哲在一些事情上也同老裴商量，但最后还是江哲拍板。

"又他妈的像唱样板戏的时候那样了，我老裴没什么大用了，你马伟也危险，好自为之吧。"

"是，是，您说得都正确。"马伟小眼睛眨着，心里却想，您没大用了这有可能，因为你总想独揽大权。与其他领导不合作，不让你一个人说了算，你就闹情绪，甚至撂挑子，我马伟可不能跟着倒下去，我还要很光彩地干我的事儿，我得混个人模狗样的。马伟接着说："我看您还是回家休息吧，感冒挺重，听您说话鼻子像不透气似的，要不我送您回去？"马伟讨好裴副团长，还不想顺着他说江哲团长的坏话，这就是马伟的圆滑之处。

"马伟，"老裴拖着长腔说，"你明天上午去市医院给我开个诊断书吧。"

"好，好，我这就去开，给您开几天的？"

"先开一周吧，不行再接着开。"

"那我先把您送回去。"马伟想去挽裴副团长。

"不用了，我自己回吧，你去开诊断书。你这一挽让别人看见，好像我老裴真不中用了。"

"那您慢点啊！"马伟把老裴护送到剧团院子的大门口。他不像以前那么坦然了，灰溜溜地赶紧往回跑，害怕别人看见他跟裴副团长走得太近。

王美秋熬了一锅鸡汤，装进一个圆形的铁饭盒里，然后用毛巾把饭盒包起来。她对杨义说："剩下的鸡汤和鸡肉都在锅里呢，你自己吃吧，我给何莉送过去，让她趁热喝点。"

"何莉不是去北京拜师了吗？"杨义问。

"哦，拜师就去三天，回来了。"

"何莉为了当主角儿连孩子都不要了，这样做可不对。张大可愿意吗？"杨义问。

"张大可都不知道，何莉从北京回来就直接去了医院，做了人工流产，是我陪着她去的。"

"张大可现在知道了吗？"

"现在应该知道了吧。知道了有什么用，孩子已经没了。再说，这事儿何莉自己说了算，她用不着跟张大可商量。"

杨义拿了碗去锅里盛鸡汤，边盛边说："何莉还是瞧不起张大可，不把人家当回事就别跟人家结婚，张大可那是孩子的父亲呀！他有权利知道。"

王美秋被杨义的话说得愣了神，站在那儿好半天才说："谁说她瞧不起张大可，何莉不是事业心强嘛。"

"再有事业心的女人也得要孩子。"

"这一个不要，以后可以再要嘛，有什么不可以的。"

杨义不再说什么。王美秋却从杨义的话中感觉到问题的严重性，结了婚的夫妻，有了孩子，要与不要这个孩子，可真不是一个人说了算的事，男人很在意这样的事情。杨义发泄的是男人的不满，但王美秋没表现出什么，快速地走出了家门。

一路上，王美秋想杨义说的话也不无道理，这事总得让张大可知道，他不知道谁来照顾何莉。王美秋拎着鸡汤先去了素兰老师家。到了素兰家，她把何莉做人工流产的事情一说，素兰就着急了，"这孩子，怎么事先也不告诉我呢？告诉我，我是不会让她流产的，第一个孩子对女人来说很重要，第一个孩子要是流了，那以后就有危险。哎！何莉这孩子就是任性。"素兰急忙穿上衣服说，"真让我着急，咱们一起去看看吧。"

"对了，你看我这急的，没拿家里的钥匙。"素兰赶紧返回去拿钥匙。

来到何莉家门口，王美秋敲敲门，"何莉，开门！"

"门开着，进来吧！"何莉卧在床上应了一声。

王美秋推开门，让素兰老师先进，她随后把门带好。

"您怎么来了？"何莉见素兰老师来了，非常惊讶和感动，掀开被子就要下地，被素兰拦住了。

"不行，你可别下地。你这孩子，这么大的事也不告诉我，就自己做主了。"

何莉说："告诉您，我就流不了了。"

"张大可呢，他知道了吧？"

"知道了。"何莉低下头，眼圈也红了。

"没跟你吵架吧？"素兰关心地问。

"没吵架，但是他很不高兴，不跟我说话。"

"你还没吃饭吧，快喝点鸡汤吧！"王美秋把鸡汤递到何莉面前。

"早饭张大可做了，可我没吃，我想跟他吵一架。他看我心情不好，就躲出去了。"

"你是没理也得找三分呀！这事情是你的错，你不跟人家商量，擅自把孩子流掉，怎么还不让人家有点想法？"

"为了评剧事业，我们自己做出点牺牲，这算什么？"何莉说，"我并没有把这样的事情当回事，张大可完全是小题大做。"

"不对，孩子，这是一件大事，特别对张大可而言，这是最大的一件事。他结婚做什么，娶妻做什么，不就是为了娶妻生子，传宗接代。"

"那我一开始就错了，我不该结婚。"何莉努着嘴说。

"这孩子怎么净说傻话呢，这也是你任性的表现。好女人，家庭事业两不误。我今儿是来给张大可做工作来了，没想到，你这工作比张大可的还难做呢。"

"张大可挺委屈的。"王美秋也是第一次替张大可说话。

"我受不了了，你们怎么在一夜之间都站到张大可那边了，我太孤独了。"何莉虽然这样说，可脸上的表情不一样了，她有了笑容，然后又高兴地说，"我喝鸡汤吧，美秋做的鸡汤一定好喝。"

"你好好地养着，多休息几天，别忙着上班。我走了，美秋，你再陪何莉待一会儿，等张大可回来再说说张大可。我们何莉可是评剧队的宝儿，让他好好地伺候，有不周的地方，我可不让他。"

"这还差不多。"何莉撒娇说，"您慢走，素兰老师。"

王美秋把素兰送出门口。

时光荏苒，不知不觉中，江哲团长到京剧团上任两年多了。

经过一段时间的工作，江哲团长很快了解了老裴的为人。京剧之所以受到观众的冷落，是因为演出水平上不去，这与老裴争名夺利，私心重，不能礼贤下士，还经常闹小情绪有着直接关系。会上讨论问题，老裴与江哲团长的意见总是不一致。老裴表面上虽然不与江哲团长发生激烈争执，但内心不服气，还总觉得憋闷。他一有情绪就请病假，泡病号，不上班，一个月上半个月班就很不错了，男一号演员的位置还要给他留着。江哲团长处事淡定，他并不在乎老裴怎么耍情绪，着力培养新的骨干力量。他想一切重新开始，要下大力量并且亲自坐镇，把京剧的演出质量提高一个档次。最终老裴觉得再这样下去没什么意思，把一纸调令送到江哲团长的办公桌上，老裴挖门子盗洞调到了市文化局。

舞台上所有的灯光都打开了，屋子里温度很高，再加上全身心地投入，江哲团长额头上出了一层细汗。他手里拿着剧本，和演员们一起排练京剧《李达探母》。江哲团长大胆地启用了新演员苏枚和张德利。苏枚在剧中饰李母，张德利饰李达。看着苏枚和张德利的才华，江哲团长心里更有底气了，他完全相信这两个年轻人的实力。特别是苏枚，十几岁就跟着姑姑拜见过著名京剧表演艺术家高玉倩，并跟高玉倩学唱过《红灯记》。在第五场的戏中，小苏枚唱得尤其好，因为那一字一句，一板一眼，一招一式，都经过高玉倩的精心辅导，悉心传授。姑姑也是高玉倩的学生，在北京京剧院工作。小苏枚受姑姑的影响从小热爱京剧，没进戏剧学院之前在当地就有了些小名气，入校后她更是刻苦学习戏剧。苏枚本该是留校的高才生，在江哲团长的积极争取下她回到了玉琼市京剧团。张德利也是天生一副好嗓子，是文武双全的演员，因为年龄小，略瘦了一点，演李达稍显单薄，在江哲团长的信任和鼓励下，张德利充满自信地挑起饰演李达的重任。

排戏间，马伟来了，他提着一壶开水，还有茶杯、茶叶、毛巾等。马伟这段时间总围着江哲团长转，江哲团长走到哪里，他就跟到哪里。他非常清楚什么时间自己需要做什么，怎么做。他把茶叶放进各个杯子里，然后倒上水，意思是谁渴了就喝一杯。他把江哲团长办公桌上的专用杯也拿来了，给江哲团长的杯子里沏好茶放在江哲团长面前，然后及时地把毛巾递了过去。江哲用毛巾擦擦额头上的细汗继续工作，马伟殷勤地接过毛巾。他站在那儿一动不动，那双小眼睛在四处打量，看有没有眼神活儿，好在江哲团长面前表现自己。这时，他看见秀芝坐在舞台的一个角落里织毛衣。剧团里有几位女同志总爱在上班时间织毛衣，这都是近几年养成的习惯。特别是秀芝，自从有了孩子之后好像没什么进取心似的，有戏的时候她就上，没戏的时候就坐到角落里织毛衣，练功也不下功夫。马伟平日里与秀芝关系暧昧，秀芝也曾是裴副团长团结的好同志，如果没有秀芝，老裴的戏更没法演了。马伟轻手轻脚地走到秀芝身后，嘴巴几乎贴在秀芝在耳朵上了，小声说："你怎么还敢上班时间织毛衣呀，江哲团长可不是老裴，让他看见了可不好，快收起来吧。"

秀芝很不情愿地把毛线与毛衣叠起来塞进手提的包里，她知道马伟是为了她好，但那双手刺痒，还是想偷偷摸摸地织上几针，她的心思都在那件未织完的毛衣上。秀芝的毛衣的确编织得不错，惹得剧团好几个女同志上班时间拿着毛线、竹针跟着她学习织毛衣。这种现象江哲一来剧团就发现了，他发现只有京剧队这边在上班时间有织毛衣的女同志，评剧队就没有，一个都没有。他想，这还是领导的问题，领导有责任，不能轻易批评群众。他一直装作没看见，想让这种现象自消自灭。江哲团长相信，如果大家都把心思用到排戏演戏钻研业务上，好的风气自然会树立起来。

马伟笑眯眯地说："这就对了，你哥我这才是关心你爱你的人，在这个剧团里，你还能找出第二个像我这样疼你的人吗？"

"快去你的吧，有你这样说话的大哥嘛。"秀芝嘴上这样说，心里挺感激马伟的。

"你可别把我想成坏人啊，说疼你不对吗？我是你大哥。"

"哎呀，真讨厌！知道你是个好大哥还不行嘛，快去忙你的事儿去吧。"秀芝说着把马伟推到了人多的地方。

马伟很得意地绕过舞台，看见张大可背着手站在舞台左侧上台口处。张大可眼睛发直，脸上一点表情没有。马伟笑哈哈地走到张大可面前，非常亲近地说："大可，你这阵子怎么瘦了呢？脸色也不太好看。"

张大可用手摸摸自己的脸，说："瘦了吗，我没感觉呢。"

"瘦了，你可真瘦了，哥说的话还有假，你可得注意点身体，你们年轻人总是不把身体当回事，到了我这个年龄你就知道了。"

张大可让马伟给说乐了，"马哥，你才多大年龄，比我也大不了几岁。"

"不小了，四十几岁的人了，可不年轻了。"马伟很认真的样子。

"男人四十一枝花，你正是好年华呢。"

"花什么花，开败的花。"马伟应付着张大可的话，实际上他绕着弯子想说何莉，"大可，何莉还好吧？你看我这阵子挺忙，也没顾得上去你家坐坐。你说何莉吧，人也不错，就是那嘴太厉害，我这一个当大哥的，事事得让着她点，也不好意思和妹妹总较劲儿。"

张大可没作声。

"不是我说，你们俩可该要个孩子了吧？"

"哦！"张大可不愿意说这个话题，目光转到了舞台上。

"不是我这个当大哥的多管闲事，何莉有些事做得太过，你也不能为了当名角儿连孩子都不要了。你看人家秀芝，不是什么都不耽误，孩子也有了，照样唱主角儿。"马伟见张大可一言不发，眨眨眼睛，马上打了自己一个嘴巴子，说，"你看我这张破嘴，说这些干啥，我都是好心，说得别人还不高兴。"

张大可马上回过头来说："马哥，我没不高兴。你说得都对，你都是为了我和何莉好。可事到如今，说她也没用了。"

"有用，不能说没用，你得让她注意了，不能再有第二次，再怀了孕一定得要，这可不是闹着玩的事儿。"停了一会儿，马伟把脸贴到张大可的脸上，说，"咱们男人混个啥，不就是成家立业传宗接代。立业是为了成家，成家为了啥，这不是明摆着的事。孔子说了，不孝有三，无后为大。"

"你说得对，马哥。"张大可不停地点头。

"哎，也就你马哥这张嘴爱说，别人谁管这闲事。回去不许跟何莉生气啊，好好侍候着。"

马伟越这样说，张大可心里越有气。"不孝有三，无后为大。"这是孔子说的呢。我张大可也是三十几岁的人了，为啥不想要个孩子，太想了。人家马哥说得挺对，马哥他很理解我，马哥才是个好人呢。

马伟这边跟张大可说着话，那边用眼睛看到江哲团长的杯子里没了水，赶紧跑过去给江哲团长的杯子里倒满了水。

早晨，王小燕看见窗外的树枝上挂满了厚厚的雪，她孩子一般惊叫起来："李龙，你快来看，外边太美了，雪真大呀！瞧，那雪都挂在了树上，这么大的树挂，太难得了，这会儿要是有照相机就好了,照几张照片有多美呀！"

"是呀，这场雪下得真好，有了这场雪，城市里的空气不再那么干燥了。"李龙站在窗前同王小燕一起看外面的雪景。

"我昨天约了常江子，不知这大雪天他还来不来。"王小燕看着外面的雪说。

"他说来就一定会来，常江子从不会失约。"李龙肯定地说。

"那咱俩谁来剁饺子馅？"王小燕歪着头问李龙。

"你来吧，你拌的饺子馅好吃。"

"假装夸我呢，是为了让我多干活儿吧？你那点小心思我还不知道。"

"没那意思，你想多了，你不愿意我就来。"李龙说着卷起袖子。

"行了，不用你，还是我来吧。"王小燕情绪饱满地走进厨房。一会儿，她端着面盆走到李龙面前说："我跟常江子说请他来吃饺子，别的什么也没说，也没告诉他我还请了刘菲。"

李龙若有所思地说："刘菲那穿着打扮有点另类，许多人都接受不了，常江子能看上她吗？"

"其实，她不是别人想的那样，一点都不轻浮，人挺好的，就是打扮得和别人不一样。"

"她那打扮的确让人难接受，你要把她介绍给常江子，我看这事有点悬，他们俩不是一类人。"

"让他们俩慢慢接触呗，互相了解了解。"

"小燕啊，你这热心肠没什么不好，可是，有时候好心办坏事呀，你知道不！"

"你什么意思？常江子也不小了，我给人家介绍陆雪莹，结果让人家这么多年没找到对象，我必须对常江子负责到底。"王小燕有点急。

李龙不再说什么，转身进了厨房。

"你不是认为刘菲也挺漂亮的吗？"王小燕认真地问李龙。

"漂亮可谈不上，一般人吧，文化不高，家又是农村的。"

"农村的怎么了，你家不也是农村的吗？"

"她和我能比吗，我当年那可是那主角儿……"

王小燕也走进了厨房，边和面边说："也不是给你介绍对象，我才不听你的呢。你也是个老守旧，老脑筋，这都什么年代了，穿两件时尚的衣服就不是好人了？"

李龙沉默了，不管王小燕说什么，他都不再发表意见。

王小燕走过来把菜刀放在李龙的手上，说："剁馅子去。"

李龙剁馅，王小燕做饺子皮，两人一起包饺子。

王小燕的热心常常让常江子感到心里热乎乎的。上午十点多钟，常江子就来到李龙和王小燕的家。他在门口使劲儿跺着脚上的雪。

"江子，快进屋，没事的。"王小燕两只手都是面，用胳膊肘把门打开。

"我早过来一会儿是为了帮助燕姐包饺子。"常江子乐呵呵地说。

"我帮助她包呢，不用你了。"李龙说，"进屋歇着吧。"

常江子直接进了厨房，洗了洗手就抢着擀饺子皮。

"呀，手艺不错呀！"王小燕拿过常江子擀的饺子皮说，"江子就是江子，做什么像什么，你瞧这皮儿擀得多好！"

李龙觉得介绍对象这事还是得先让常江子有个思想准备，不能太唐突了。他一边包饺子一边说："谁家姑娘要是嫁给江子可享福，要哪样有哪样，没想到你还会擀饺子皮。"

"哈哈，我还会做饭呢。在家我是老大，什么活我都帮我妈干。"

"那咱个人的大事也该考虑了吧，不能再拖了，差不多就行了。"停了一会儿李龙说，"一会儿，我们团的刘菲也过来吃饺子，你看看呗，行就行，不行就拉倒。"

"刘菲？"常江子愣了一下问，"就是那个跳舞跳得挺好的？"

"对，就是她。"王小燕马上把话抢过来说，"刘菲人挺不错的。别看她穿那样，其实人还是挺朴实的。那姑娘心气也挺高的呢，一般人她都看不上。不过，我也没对她说你的事，你们只是随便到我家来吃个饺子。我得先告诉你这个意思，你接触一下，对她什么印象，有什么想法，然后再说。"

常江子半天没讲话，他边擀皮边琢磨，刘菲他还是有印象的，看过她的舞蹈，碰过几次面，一共也没说上几句话。

王小燕用胳膊肘碰了一下常江子说："你怎么不说话呀，你不是认识刘菲吗？"

"认识，没接触过，不了解。"

"那就了解了解。"王小燕乐呵呵的，嘴快手也快，饺子包得也快。

"燕姐总是这么关心我，可我现在还没有找对象的心情，剧团里的事忙不过来，以后再说吧。"

"是不是陆雪莹还没从你的心里走出来，这一晃，你们分手有六七年了吧？你不能总在里边陷着拔不出来。你现在都成了大龄青年，你不着急我还着急呢。你妹妹常江女和小米都有孩子了，你还不着急呢。"

"我妹妹和小米人家是自由恋爱，又是大学同学，我很羡慕他们俩。"常江子说到此，想起自己当年放弃考音乐学院的机会完全是错误。如果当年他考上音乐学院，与陆雪莹也是携手并进的伴侣了。

"小燕说得对，条件放低一些吧，别总追求完美了。"李龙深知王小燕办事情那股认真劲儿，所以他要帮着她来说服常江子。

"好吧，我全听燕姐的，考虑考虑。"

"这态度差不多。你忘了吗，当初给你介绍陆雪莹的时候，你也是这样，死活不想考虑，不想见人家，见了以后怎么样，成了千古之爱了吧。"

自从与陆雪莹分手后，常江子是真的没有心情和勇气再谈一场恋爱。任何人给他介绍对象，他不是推脱，就是勉强见面，一点也找不到感觉。他对自己说，如果非要找一个人结婚，那就是例行公事，为了结婚而结婚。没有爱情的婚姻对谁都不公平，那还不如一个人独身。

咚咚咚……有敲门的声音。

李龙放下手中的饺子皮说："我去开门，是刘菲来了吧。"李龙打开门，果然是刘菲。

刘菲，一米六五的个子，长长的脖颈，苗条的身材，一看就是舞蹈演员的范儿。她今天穿了一款酒红色的毛绒外衣，配了条黑色围巾，下边穿了条很夸张的喇叭裤。这一身打扮走在雪地上，依然显得很妖艳，很刺眼。刘菲进了屋就把一双高跟鞋脱下来。

王小燕急忙跑过来说："不用脱鞋，我家没那么干净，快穿上！"

刘菲因没找到适合自己穿的拖鞋，又把高跟鞋穿上了。她看见常江子也在这里，脸唰一下就红了，不好意思地说："燕姐，我来晚了，你们都把饺子包好了。"

"不晚，不晚，你就进屋坐吧，这么多人包呢。"王小燕热情地说，"我这双手沾着面，刘菲你自己吃水果啊，到我这来别客气。"

饺子包完了，常江子洗了手，大大方方地走到刘菲面前，他说："我们见过面是吧，只是没有机会多接触。我还看过你们的演出。"

"噢，是吧！"刘菲脸又红了。她见到常江子显得格外紧张，一点也不像平时别人对她评价的那样，不仅不轻浮，倒像个小家碧玉似的，放不开自己。她当然早就知道大名鼎鼎的常江子，也曾暗暗地喜欢爱慕着他。只是她觉得他就是水中月，镜中花，他眼光那么高，追求的人又那么多，自己哪配得上人家，她想都不敢想。此刻，这个可望而不可即的人就站在自己的面前，他是那么帅气，目光是那么锐利，她看都不敢看他一眼，说话的时候半低着头，不敢触碰他的目光。

刘菲在沙发上坐着，常江子坐在对面的椅子上，好半天也找不到一个话题。正尴尬着，王小燕用高八度的嗓子喊："饺子来了，饺子来了！"她端着热气腾腾的饺子进屋来。

李龙拿着酱油、醋紧随其后，"来来来，吃饺子。"

常江子很有礼貌地给大家分碗和筷子。

刘菲还是显得很拘谨，不好意思动筷子。

王小燕笑着对她说："吃呀，别总看着。"

"外面白雪皑皑，屋里热气腾腾呀！"李龙高兴地说。

"诗性大发了，"王小燕笑呵呵地说，"别只顾着作诗，拿酒来呀，咱们共同碰一杯。"

李龙给每个人的杯子里都倒了一点红酒，然后举起杯说："欢迎江子、刘菲到我家来吃饺子。"

"这叫什么词呀？"王小燕又举起酒杯说，"我提个词，祝大家身体健康，生活快乐，吃好喝好！"

≪ 第十七章

常江女坐在床边织毛衣，这件毛衣是她给哥哥常江子织的。这么多年，哥哥不结婚，也没有女朋友，织毛衣的事情自然就落在妹妹身上。常江女工作很忙，在学校是模范老师，在家里又是贤妻良母。她只有在晚上挤点时间织毛衣，白天所有的时间都用在工作和孩子身上。几根竹针，一团毛线，在一双灵巧的手中变成十字花的毛衣。竹针的交错，如时光穿梭，在不经意间匆匆流过。

小米在家的时间多数是看书，再就是作曲，此刻，他正拿着一本书认真阅读。

"我们俩在同一年考上了同一所大学，你是音乐系，我是中文系。我也是我们中文系的高才生，可毕了业却不一样，你当了大学老师，我却成了一名中学教师，我们两个自然而然就拉开了差距。更让我心里不平衡的是，男人在家可以看书学习，不断进步，而女人则有更多的家务等着她去做。所以说，男人和女人都有事业的情况下，男人就比女人有优势，容易成功，而女人得付出很多的努力才能赶上男人。这就是男人成功的多，女人成功的少的原因。"常江女一边织毛衣一边感慨万千。

"心里不平衡了？问题是我们男人也织不了毛衣，如果我会织，我一定替你织。"小米放下手中的书看着常江女说。

"在学校你追求我的时候是这样说的，我说我什么家务活都不会干，你说所有的家务活你全包了，剩饭全吃，结了婚就不是你说的那样。"

小米笑着说："我可没说过那样的话，我这一个堂堂的音乐家，多浪漫的一个人，怎么会说那么现实的话呢。"

"生活和恋爱不一样，恋爱时是浪漫的，可生活本身就是柴米油盐酱醋茶。"

小米是个机灵鬼，这是常江子对他的评价。他岔开话题说："你说什么叫缘分，所谓缘分就是遇见了该遇见的人；所谓福分，就是能和有缘人共享人生的悲欢。缘分浅的人，有幸相识，却又擦肩而过；缘分深的人，相见恨晚，从此不离不弃。"

"哥哥和陆雪莹算是缘分浅，两个人相爱得那么深，最后还是擦肩而过了。"常江女感叹。

"我们俩应该算是缘分深吧，我们相识是偶然，你还记得你第一次到剧团的那样子吗？穿着一件花的确良上衣，一条暗格的筒裤，梳着两条小辫子，清纯得像出水的芙蓉，美丽得像一朵小花，那依赖着哥哥的样子，看上去可单纯了。"

"你还记得我那时的样子？"

"正是因为你那时的样子，我才对你一见钟情，一下子就爱上你了。剧团里那么多好看的姑娘，我都没找到像对你一样的感觉，觉得你就是我想要的女孩儿。"

常江女停下手中的织针，说："想起来了，是我考上大学的那一年，我从县城坐汽车到玉琼市坐火车，必须要先到哥哥那里。他给我买火车票，他再送我上火车。你和我哥住在同一间宿舍。我和哥哥正要出去吃饭，你手拿着录取通知书高声地喊着：'江子，江子，我的录取通知书来了，你快和我一起分享快乐吧！'"

"那时你正站在宿舍里。看见我毛头毛脑地跑进来，你乐了。就是你的那一抿笑容，让我一见钟情，一下子就喜欢上你了。还有一个原因，你知道我为什么爱上了你吗？"

"我们都考上同一所大学？"常江女不假思索地说。

"不是的，因为你是常江子的妹妹。"

"哦！原来你不是爱我这个人，而是因为我哥？"

"当然还是人最重要，你人长得又漂亮，又和我一起考上了大学。当然这是外在的东西，更重要的是我觉得你哥哥的家庭教育好，他是我心中的榜样，我崇拜他，你是他妹妹，所以我想，你这个人也一定错不了。"

"你这逻辑有点偏差，万一我和我哥不一样呢？"

"我们俩不是还有四年大学的相处相恋吗。"

"所以你那么追求我。"常江女抬起头使劲儿地看了小米一眼。

"哥哥也非常赞同我们俩在一起，他一眼就看出了我的心思，他对我说：'小米，你和我妹妹考进了同一所大学，这回我妹妹上学有伴了，你们俩一起走，路上还有人照顾她。'我这张嘴没管住自己，还说了一句，陆雪莹我们都在一所大学里读书。哥哥脸上的笑容稍纵即逝。他长叹了一口气说：'这冥冥之中是命运的安排，而命运却同自己开了一个玩笑。陆雪莹、妹妹，还有小米，都考入了同一所学校——省师范大学，我如果也考上了音乐学院，那该是怎样的情景？'"

"你的记忆力怎么那么好，全都记着呢，我怎么什么都记不得。"

"你小，你那时候在我眼里就是个小不点，小清纯。"小米又眯起眼睛坏坏地说，"现在可不一样了，变成成熟的家庭主妇。"

"我说得对吧，女人如果做家务太多，不思进取，男人还瞧不起她，说她与他不同步。"

小米很乖，凑到常江女跟前说："我能找到你这么优秀的妻子，已经很知足了。哥哥那么优秀的人一直找不到如意的伴侣。"

"王小燕和李龙给他介绍了歌舞团的刘菲，不知道最近处得怎么样了，可能快结婚了吧。"

"刘菲？"小米用疑惑的目光看着常江女说，"哥哥真想和她结婚吗？"

"我也不知道，反正刘菲追得很紧。"

小米不想再说这个话题了，又捧起书去读。

咚咚咚……有敲门的声音。

"谁？"小米放下书去开门，很惊讶地说，"哥哥？"

"没睡觉呢吧？"常江子乐哈哈地出现门口，身后跟着刘菲。

"这才几点，没睡觉呢，快进屋！"小米有点不知所措。

常江女放下手中的毛衣也迎到门口。

刘菲这是第一次来到小米家，也拘束得很，她紧挨着常江子坐在沙发上。

小米忙着沏茶，常江女去厨房里洗水果。

"晶晶睡了？"常江子问。

"睡了，她今天睡得早。"常江女把水果端上来，拿了一个苹果坐下来削皮。

"哥这段时间在忙什么？"小米把茶放在他们面前问。

常江子沉默了半天，说："没什么可忙的，最近也没排新戏，几出老戏都演了很多遍，上台就演。没事就抓紧时间看书，我已经认认真真地把《红楼梦》读了两遍，又读点外国文学名著，现在正在读《红与黑》。在你们两个文化人面前就得说点读书的事，不然以后都找不到话题了。我没上过大学，更得多读点书来武装自己的头脑。"

常江女边削着果皮边想，看来哥哥和刘菲的关系已经确定了，不然也不会领她到家里来。常江女把削好的苹果先递给刘菲说："刘菲姐姐，吃个水果吧。"

"不吃，不吃，你不用客气。"刘菲把削了皮的苹果接过来又放回盘子里。

"你们应该早点过来，咱们一起吃个晚餐，现在都这个点了，要不再出去吃点？"小米说。

"这个时间来就是不想吃晚饭，过来坐一会儿，说说话。刘菲你们俩都熟悉，也没外人。"

"小米最近有新作品吗？"从进了屋，这是刘菲说的第一句话。

"最近没与新歌，没找到有灵感的歌词，缺少好的歌词。"

常江女认为他们总说些没用的，她心里着急的事是哥哥与刘菲是不是要结婚，她不能当着刘菲的面就问，于是她走进北屋，招呼常江子说："哥，你过来看看我这电源怎么不好用，小米不会弄。"

常江子走进北屋，常江女用质问的眼神看着他，小声说："哥，你和刘菲的事定下来了？"

"啊！你觉得她行吗？你要说行，我就不犹豫了。想结婚还不容易嘛，结婚就是过日子呗。"

"你不想再考虑考虑了？"

"我已经不能和你们比了，你们一个个都考上了大学，都接受过高等教育，前途还在远方。而我，这前途在哪儿，我也不知道，剩下的时间大概就是过日子了。"

从未见过哥哥有这样的消极情绪，他一直都是积极乐观向上的楷模。常江女意识到哥哥这种低落的情绪不完全是他自己的情绪，是戏剧渐渐衰落让他感到迷茫。在爱情和婚姻的问题上，哥哥失去陆雪莹是这一生都无法弥补和挽回的错误。常江女说："哥，你说剩下的时间就是过日子，我不同意这种说法。你选择刘菲是为了同你一起过日子吗？那就错了，刘菲恰恰是一个不太适合过日子的女人。"

"你真这么看？"

常江女点点头说："我的看法你可以做参考，与她结婚的事还是你自己做决定吧，我不能乱说话。"

常江子愣了一会儿说："现在说什么都晚了，我已经把她领到家里来了，也说了要同她去办结婚登记，就这样吧。"说完他赶紧回到客厅坐在沙发上与小米说话。

小米发现常江女的情绪变化，他又怕冷落了刘菲，就表现得格外热情，一会儿让刘菲吃水果，一会儿让刘菲喝茶。他给哥哥和刘菲的感觉正与常江女相反，好像他非常赞同他们俩的婚事。

常江子与刘菲坐了一会儿欲起身离去，此时，常江子才说："我和刘菲准备找一个合适的日子去登记。"

常江女目瞪口呆一句话也没说出来。

小米一边往外送他们一边说："那太好了，那祝贺你们！"

常江子与刘菲走后，常江女一个人倒在床上，心里不高兴。

小米歉意地说："你生我的气了？我并非赞同他们俩结婚的事，我只不过是怕冷落了刘菲，她是第一次到咱们家来，怎么说也是个客人。"

无论小米怎么解释，常江女都不想再说话。

"不是我们的戏演得不够好，不是我们的演员队伍不够强大，不是我们不努力，不是我们做得不够，而是电视电影的冲击力太大了。改革开放以来，人们的文化生活越来越丰富，多媒体、多元化的文艺舞台让我们的戏剧出现了危机，大家应该认清当前的形势，我们的戏剧正在走一条下坡路……"江哲在给剧团领导班子开会，他语调沉重，但不消极，对未来仍然充满着激情，"我这些天一直在思考一个问题，农村倒是一个广阔天地，我们百分之九十的观众还在农村，农村大有作为。我们在城市里演出，经常出现观众不满场。如果到农村去，那还是会受到广大群众的热烈欢迎。因此说，我们下一步的工作目标要转移，转移到农村去，转移到乡下去，把舞台搬到农村，搬到老百姓火热的生活中去。我们可以分期分批地下乡演出。京剧队下乡时，评剧队在家排新戏，坚持在剧场演出，城市这块阵地还是不能丢。评剧队下乡时，京剧队在家排新戏。总之，我们要想办法让戏剧生存，还要让戏剧发展。让戏剧生存就是让我们自己生存，不能有惰性，不能有消极情绪，不能听之任之……"

散会后，常江子立即召集评剧队的演员们开会，号召大家把下乡演出当成政治任务来完成。所带的剧目有《花为媒》《秦香莲》《狐仙女》《杨三姐告状》等。

素兰老师申请这一次要和大家一起下乡演出。她说："这次下乡演出的确要当政治任务完成好，我和大家一起去！"

"素兰老师，您年龄大了，身体又不太好，您就别去了。"常江子关切地说。

"那哪行啊！《杨三姐告状》刚排完，我这杨母不去哪儿成啊？"

"可是这次下乡不同往常，时间长，任务重，您这身体会吃不消的。"常江子不同意素兰下乡演出，可是素兰不去，杨母还真就没人演。排这出戏的时候没想到要下乡演出，临时找一个人代替已经来不及了。

"去，我得去，我不去，这杨三姐没妈了不是。"素兰看了看何莉笑着说。

何莉在剧中饰演杨三姐，她娇柔地跑过来拉起素兰老师的手说："你就是我的亲妈！"

大家都被素兰老师这种敬业精神感染着，个个精神抖擞，准备下乡演出。

深秋的乡村，天更高，云更淡。大地似有和声，那是听不清的旋律和伴奏，那是厚重的重重叠叠的旋律，那旋律随着秋风穿过一个一个的村庄，穿过一片又一片的田野，穿过丛林，穿过河水，穿过山间。抽穗的芒草在秋风的吹拂下蜿蜒起伏，凝眸望去，长空寥廓。漫山遍野的油菜花金黄，油菜花像美丽而清纯的新娘，她让蓝天更蓝，蓝得像海，让白云更美，美得像一袭婚纱，像为新娘做的嫁衣。山村的小路，有车辙碾过，有歌声飘过，有欢声笑语丢落在辽阔的田野上，划破这里所有的宁静。

秋收后的农民不仅有着喜悦的心情，也有了大块的闲暇时间来看戏。他们早早地来到演出现场，有的帮着演员们搭戏台，有的早早来占个地方，有的端着碗在这里凑热闹。最高兴的是那些大姑娘小媳妇，她们手拉着手想看看剧团里的女演员们，看她们怎么个个长得那么俊，个个长得赛天仙。她们想看又不敢看，羞羞答答，心里好生羡慕。

玉琼市评剧队的演出到达高潮时期，正是演《杨三姐告状》这出戏的时候。素兰饰演杨母，常江子饰演高成栋，何莉饰演杨三姐。何莉感激素兰老师的陪戏，满足有常江子这样的好搭档，她在这出戏中也付出了很多汗水和努力，她感觉这是她演艺生涯中演得最成功的一个角色。何莉塑造的角色应该说一个比一个成功，越演越娴熟，越演越有气场。每当她扮上戏，锣鼓一响，她就完全忘了自己，全部感情都融入戏中，把人物的思想感情淋漓尽致地展现在观众面前。"戏无理不服人，戏无情不动人，戏无技不惊人，腔无味不感人。"当杨三姐知道姐姐已死，被装入棺木，又不让她看的情况下，她产生了怀疑。第三场哭灵，当母女二人被搀上来，看到灵堂，杨三姐一声惨叫："姐姐——"扑到棺木前痛哭不止。每演到此，她都悲从中来，泪流满面，感人至深，感动了同台的演员，也让台下的观众与她一起流泪。

老百姓有句话形容秋天的热是"秋老虎"，秋天热起来比夏天还要灼人。特别是到了中午，太阳灼烤着天空和大地，灼烤着大地上的每一棵植物和每一只昆虫。一只小虫爬到了常江子的脸上，痒痒得让他从睡梦中醒来。他睁开眼睛，才发现自己正睡在路旁一棵树的树荫下。自己是队长，又是主演，装台卸台，装车卸车，他都冲在最前面。而过度的劳累，让他不分场合不分时间，不管在哪里，闭上眼睛就能睡着。他看见同志们也都在休息，有的睡在学校的课桌上，有的睡在老乡家。晚上也是如此，蚊子叮，虫子咬，大家已经顾不了许多，躺下就睡，睡着就能听见呼噜声。一天三场戏，来不及卸妆，油彩在脸上一糊就是一天。怪不得这只小虫子爬到脸上不下去，原来它被油彩粘住了。常江子打掉脸上的小虫子，站起来召集大家准备下一场演出。

"大家休息好了吗？咱们抓紧时间搭台吧，剩最后一场了，明天就可以打道回府。我们下乡历时两个月，大家都很辛苦，很劳累，最后一场戏我们一定要演好，我们要坚持到最后。"

同志们都陆续到位，搭台的搭台，补妆的补妆。

剧情中有一场戏是杨母闻知女儿杨二姐突然夭逝，杨母从炕上摔到了地上。素兰老师场场演出都要摔一回，已经是六十岁的人了，身体还有些发福，她本可以做一些力所能及的艺术处理，从炕上滑到地上，观众也无可非议，可是素兰却不那么做，以她对艺术精益求精的精神，每一场演出，每到此节，她都会从一米高的炕上稳稳当当摔到台上，真实地表现了杨母惊闻的神态，因而，也博得观众的满堂喝彩。无论在条件好的城市，还是农村设备简陋的露天剧场，素兰从不改样，照摔不误。可就在下乡演出的最后一场戏中，素兰老师从炕上摔下来就再也起不来了。演员和观众们都慌了手脚，大家七手八脚把素兰老师抬到台下。

常江子一条腿跪在地上抱着素兰老师。张大可拿过来一杯热水递给常江子说："再放平一些，让她缓一缓，先不要动。"

此时，观众中有人递毛巾，有人递衣服。

素兰老师脸色发紫，大约有一刻钟才慢慢地睁开眼睛。她第一句话就说："继续演出，不要因为我停止了演出。"

演出是无法继续了，常江子急得满头是汗，送素兰老师去医院应该是最重要的事，不能耽搁。他让张大可组织大家卸台，并向乡亲们表示道歉。两个月的时间，乡亲们比亲人还亲，他们都帮着卸台装车，帮演员们收拾行装。演员们没来得及吃晚饭，就匆匆地往回赶。

当晚，素兰老师住进了市医院。

秀芝依旧喜欢坐在排练大厅的角落里织毛衣。一大清早，她就上班了，从不迟到，应付着练练功，然后一心一意织毛衣。

马伟走来，笑嘻嘻地说："这又给谁织毛衣呢？你这毛衣织得真好，买都买不到这样的。我啥时候能穿上你织的毛衣，那我可就幸福死了。"

"大庭广众之下，天天没个正经的，让你媳妇给你织去。"秀芝并不拒绝马伟对她的暧昧，她问马伟，"你这次怎么没跟着评剧队下乡演出？"

"两个原因，一个是我这老腰犯病了，江哲团长照顾我，没让我去，让张大可去了。"马伟说着就用手去捶腰，好像腰真的直不起来了，"还有一个原因，你猜猜。"马伟小眼睛色眯眯地看着秀芝。

"我上哪儿猜去。"秀芝头也不抬，毛衣织得飞快。

"这第二个原因就是……就是想你呗。评剧队下乡一去就是两个月，这么长时间看不到你，我哪受得了啊！"

"净瞎说，你还说不定想谁呢。"

"我说的都是真的，你没发现，我一天看不到你都不行。"

"再胡说我可跟你恼了！"秀芝这样说，脸上却带着幸福的表情。

马伟又亲近了一步，把嘴巴贴在秀芝的耳朵上说："小心点，千万别让江哲看见你织毛衣，我都给你遮掩好几次了。"

听了马伟的话，秀芝暂时收起毛衣毛线，把它们装进了一个袋子里，无精打采地站起来去练功。

马伟转身走向江哲团长的办公室。江哲团长最近很惆怅，很迷茫，人也显得很憔悴。评剧队下乡，京剧队在家演出非常冷清，场场演出观众不超过半数。观众越来越少，演员们自然也就没什么劲头，个个无精打采。不用说别人，自己都不想看自己团里的演出。电视的冲击力太大了，老百姓刚看上电视不久，有的家庭是彩色电视，有的家庭还是黑白电视，人人都在家里看电视，谁还愿意跑到剧场看那些老戏。江哲在办公室里踱步。

马伟轻手轻脚地进来，进屋的第一个动作是先给领导倒水。他看见江哲团长的杯子里有水，就迅速拿起一块抹布擦团长的办公桌。对马伟所做的这一切，江哲团长也已经习惯了，而且不怎么在意，他满脑子都是问题，不断地思考着。

"评剧队昨天晚上回来了，听说素兰还摔伤了？"马伟试探着说，"常江子这个队长还是有问题，什么事情都应该想到前面才对。一是不该让素兰下乡，二是不该让素兰摔着，事情怎么会这样呢，那可是咱们剧团国宝级的演员啊！这事我也有责任，我要是跟着一起下乡，一定不会出现这样的问题，哎！关键时刻我这老腰它就不争气。"

"哦！我都知道了，昨天晚上我去了医院。素兰老师下乡连续演出劳累过度。她年龄大了，身体又不好，这次的确是不应该让她下去。"江哲团长顿了顿说，"这样，马伟你一会儿到会计那支点钱，买些补品到医院去看看素兰，代表剧团领导去慰问一下，看看张大可能不能和你一起去。"

"是，团长，我这就去。"马伟点头哈腰地说，"我想着这事呢，这一大早忙了很多事，还没来得及呢，我这就去。"

马伟走出江哲团长的办公室，突然觉得心里很不舒服。江哲毕竟不是老装，很有原则性，许多话在他面前表现得太露骨对自己也不好，以后说话还真得多加考虑。这要是老装还在……

评剧队下乡两个月，回来后休息调整。常江子顾不得休息，心中惦念着素兰老师，一大早他又来到医院。

阳光照在病房里，素兰的脸色好看多了。老马在家里熬了小米粥，他拿着勺子想给素兰喂饭。素兰挣扎着坐起来说："我自己慢慢吃吧。"

常江子敲敲病房门走进来，急着问："素兰老师，您好些了吗？"

"好多了。"素兰见到常江子眼神又亮了许多，她看着又黑又瘦的常江子还带着一脸的疲倦，心疼地说，"你这孩子，怎么不好好休息，又来了，我没什么事，家里还这么多人呢。"

"你们俩回去吧。"常江子对素兰的二儿子和儿媳说，"昨天晚上值了一宿夜班，一会儿还要上班，都回去吧，这有我呢。"

"等我妈吃了饭我再走吧。"二儿媳说。

"你们快回去吧，这有我呢，吃饭的事我来负责。"常江子把老二夫妇送出门外，回来坐在床边的椅子上。

素兰用勺子吃着米粥，动作很慢，吃了几勺，就不想再吃了。她对老马说："拿走吧，我不想吃了。"

"老师您再吃点，"常江子端过碗来说，"我来喂您。"

"不了，拿下去吧。"素兰是想跟常江子说话，"我没什么事。昨天可把你折腾坏了，背着我上车下车，背着我上楼下楼做检查，累得你满头是汗，我心里明白，心疼你呀！"

"看您说的，只要您身体没什么大事就是我们的福。您这次真的不该跟我们下乡，您身体本来就不好，又连续演出，在农村吃不好，睡不好，又劳累，这到底把您给折腾病了。都怪我，也没照顾好您。"常江子自责地说着，眼圈都红了。

"这不能怪你啊！"老马边洗碗边说，"她这人我还不了解嘛，就这性格，一辈子把青春都献给了戏剧，你不让她下乡演出她自己受不了，这样累倒了，她心里才舒服。"

素兰抿着嘴笑了笑，她觉得老马说得都对。

常江子起身拿毛巾放在水盆里，然后把毛巾递给素兰让她擦擦脸和手。

素兰擦后，常江子把毛巾洗了洗挂在阳光处晾晒。正是这些细微的小事让素兰更加欣赏这位德艺双馨的年轻演员。素兰用微弱的声音说："你坐我这来吧，我想跟你说话呀江子。你自己的个人大事一定要上点心了。这两个月下乡演出，我还没来得及跟你说，你看苏枚那个姑娘怎么样？"

"苏枚？"常江子愣了一下。

素兰慢慢地说："我看挺好的，长相、身材、个人的业务能力，哪样不行啊？我原来的想法是不赞同你在剧团里找，现在我觉得也没什么不好，只要适合你就行。下乡之前我曾经问过她，她对你的印象也挺不错。"

常江子笑了笑，很淡定地说："我个人的事不着急，素兰老师，您快好好地养病吧，就别再为我的事操心了。"

"不能不操心啊，你个人问题不解决，我和你马叔都睡不好觉。"

"你素兰老师说的都是真的啊！年龄不饶人，太完美的姑娘也不那么好找。"老马与素兰是同一种心情。

"苏枚比我小六七岁呢。"常江子又拿起一个苹果削果皮。

"六七岁不算小，我就比你马叔小四岁，这不是挺好嘛，他大我几岁还知疼知热的。"

"是啊，是啊！"老马应和着。

常江子不知该用什么理由推脱这件事。原因是他知道张德利在追求苏枚，苏枚对张德利不冷不热的态度让张德利心事重重。苏枚对自己有过这方面的暗示也是真的。可是张德利曾经找过常江子说苏枚的事，说在学校的时候他们俩就挺好，不然也不会一起分到玉琼市剧团。来到剧团后，苏枚变了，变的原因是她有可能喜欢上了别人，这个别人大概就是常江子。从那以后，常江子故意与苏枚保持一定距离，他不想做第三者，不能夺人所爱，不想看到张德利痛苦，大家都在一个剧团里工作，低头不见抬头见。从工作角度考虑，他也不能喜欢苏枚。

"你怎么不说话了？"

"哦！您吃苹果。"常江子把苹果递给素兰。不知道为什么，他就是不愿意谈婚姻这件事，也不愿意把他和刘菲的事如实地告诉任何人，因为多数人是不赞同他与刘菲结婚的。

素兰感到很累，"扶我躺下吧。"躺下之后她又一字一句地慢慢说："这么优秀的人才，这么好的一个孩子，全都被耽误了。本来应该考音乐学院，为了戏剧，为了玉琼市剧团的发展，团里不让你考；那么相爱的一对，为了戏剧，为了事业，也不得不分开，不应该呀！谁知道今天这形势变化得这么快，戏剧不受欢迎了，没人看了。再往后，还说不定是个什么形势，戏剧还能不能发展下去都是未知数。"素兰老师的情绪转变让常江子和老马都沉默无语。说到陆雪莹，常江子眼眶又一次湿润了。

不是素兰一个人，也不是江哲团长一个人，而是剧团里所有人都已经感受到了，进入九十年代，随着人们生活方式的变化，除了影视，还有其他新兴大众文化的冲击，文化娱乐的多元化，曾长期在人民文化生活中占据主要地位的戏剧日渐衰微，戏剧发展面临前所未有的困境，观众群分化断层，严重流失。剧团演出的节目多为老剧本或移植剧目，戏剧演出内容已经远远不能满足青年人日益发展的文化需求。优秀演员老化，戏剧人才面临青黄不接。

人生有时就是直起直落，常江子也在心中感叹。他十分动情地对素兰说："无论形势发生什么样的变化，既然我选择了戏剧，我都无怨无悔。我人生最大的幸事就是遇到了您这样的老师。您才是德艺双馨的完美艺人，无论演戏还是做人，您都是我的榜样，我永远是您的学生，对戏剧事业的执着追求我永远都不会变。"

常江子的一番话，让素兰眼睛发红，她伸手要毛巾。老马把毛巾递给她，她擦着眼睛说："我是心疼你呀，无论如何先把婚姻大事解决了。"

"您不用着急，我会尽快解决。去年冬天，李龙和王小燕给我介绍了文工团的舞蹈演员刘菲。当时我也没找到什么感觉，但印象还可以，觉得她挺直爽、挺实在的一个人。自从那次见面后，刘菲总是主动给我打电话，还写了一封长信。我们在一起吃过两次饭，看过几次电影。前段时间，评剧队连着排新戏，要么就是下乡演出了，我没时间和她联系，她几次买奶粉邮给我爸妈，让我也挺感动。我决定和刘菲结婚了。"

"说不找吧挺愁人的，说结婚吧，让我们一点思想准备都没有。"素兰老师表示惊讶。

常江子笑了，说："我也没那么高的条件，都这么大年龄了，结了婚您和我马叔去了一块心病，我爸妈也算去了一块心病，免得大家天天为我的婚事操碎了心。"

"这么草率？"素兰仍然感到突然，她想了半天说，"刘菲？我想起来了，文工团的舞蹈演员。"

"是，家不在市里，农村长大的孩子，初中毕业就被选拔到文工团来跳舞。"常江子如实介绍了刘菲的情况。

"刚才我就急得不行，你这样一说，我又觉得太草率了一点。哎！我说不出自己是什么心情。"素兰老师没好直接说，她是感觉常江子如果和刘菲结婚，刘菲的条件又低了点。总之，她高兴不起来。

"我都三十多岁的人了，还挑什么，人家不嫌我岁数大就不错了。"

素兰语重心长地说："着急是着急，但是到任何时候咱不能放低条件。一个普通的舞蹈演员，文化又不高。"素兰停顿了一会儿，"你要是自己觉得不委屈就行，找对象结婚是一辈子的大事，不是为别人怎么看怎么说，是为自己的幸福。"

"我知道您偏爱我，就是找个天仙您也觉得配不上我。"常江子乐呵呵地说。

素兰还要说什么，被敲门声打断了，是马伟拎着东西走进了病房。

马伟进了屋就邪邪乎乎地直冲素兰老师去了，"哎呀，这是怎么说的，怎么会摔着呢，我们大家都有责任，怎么就没保护好您老人家呢。"

常江子起身与马伟打招呼："马主任来了，那你先坐，我出去办点事。"

马伟回过头来又按住常江子不让他起身，说："别呀，怎么我来了你就走呢，是不是对我有意见？"

"有什么意见，我已经坐了很久，你坐吧。"常江子还是起身离开了。

常江子刚刚迈出房门，马伟就说："常江子这个评剧队长就是年轻呀，怎么能让素兰老师下乡呢，这件事搞得……"

刚刚讲了很多话的素兰有些疲惫，见到马伟她不想再说话，微微地闭上了眼睛。

老马给马伟倒了一杯开水，客气地说："马主任，你坐下喝杯水吧。"

马伟很得意地说："我是代表江哲团长和剧团领导来看望素兰的，江团长今天上午有点事，让我过来看看。"

常江子说要出去办点事，借故走开了。其实他也没什么事可办，只是感觉与马伟在一起没什么话可说，想出来透透气。

他并没有走远，心里还有点放心不下素兰老师，即便这个时间回到单位也没什么事情可做。京剧队已经下乡演出了，评剧队至少放两个月的假。两个月后已经到冬季，剧团就不再下乡演出了。在市区没戏可演，观众稀稀落落，很少再有人坐到剧场里看戏。常江子在医院的院子里徘徊着，两排高高的杨树，一条通往病房的石板小径。他此时才发现已经到了秋风乍起的时节，树叶飘零。一片叶子从发芽、繁盛到衰败凋零，最后轻轻滑落在地上，无力再回应大地的热情，像一位饱经风霜的老者，而它对生活没有一丝埋怨，甚至一丝叹息。每一季秋天的落叶，似乎都在讲述着生死轮回的历程，让人们从中领略到生命的含义。秋叶也静美，美在生命的厚重，美在生命灿烂的过程，美在风霜浸透后的丰盈，美在回归泥土的那份从容，有谁能参透秋叶的秘密和心事。它可以随风而去，人却做不到这样洒脱，这样决断。现实生活中，人们也很少有时间停下脚步，欣赏花开花落，感受四季更迭。人若能看清这轮回的道理，活着就没那么疲惫。可是，生命给了我们一副伤春悲秋的眼睛，生活给了我们一颗悲悯柔弱的心。秋蝉的几声弹唱，又多了一层忧伤和感慨。此时的情景，不能不让他联想到自己的艺术生命。常江子在想，叶子的生命是短暂的，而一个人的艺术生命或许也像树叶一样吧，不过是梦想中的远行。墙角处那一枝藤蔓，被风一吹乱了自己灵魂的方向。鸟儿在深秋季节的鸣叫比夏天还响亮且殷勤，一声接着一声的，从近到远。

≪ 第十八章

几年以后。

剧团大院临着马路的一面矗起一座新的办公楼，这个地方是市中心的一角，无论戏剧怎么萧条，市政府必须在此盖一座像样的大剧场。大剧场连着剧团崭新的四层办公楼。这样看上去似乎显现得剧团发展了，壮大了。然而，大剧场成了电影院，从盖起来一场戏也没演过，白天黑夜放映电影。四层楼的办公室人烟越来越稀少，排练大厅常年闲置，空无一人。剧团院子里也是一派萧条景象，只剩下两排青砖青瓦的老房子成了职工宿舍。演员们无戏可演，也就没有了练功练嗓的声音。原来那几棵老树还保留着，只是再也没有鸟儿来这里鸣叫，鸟儿们都去了哪里？曾经它们从清晨开始就和演员们争分贝，一群一群地在天空与树木之间穿梭，如今却很难见到一两只鸟儿。即使没人打扰，它们的声音也很微弱。太阳依然照到这个院子里，窗前依旧有老树的影子，老树的影子晃晃荡荡，影子还是那些影子，无风的日子里，那影子却是一片沉寂。

"楠楠……你慢点跑，别摔倒啊！"何莉和张大可三岁的儿子已经满院子跑了，何莉跟在后面吆喝着。

这时，有几位还在上班，他们坚守在工作岗位。虽然他们是来上班，其实也无事可做，在太阳底下聊聊闲嗑，或几个人凑在一起打打小麻将。聊闲嗑是明着的事，打麻将是暗中操作的，毕竟剧团里还有领导每天坐在办公室里抽烟喝茶管点闲事。

"这孩子特别招人喜欢。"王美秋每天斜挎着一个精致的小包按时按点来上班，进院时她看见何莉的儿子正满院子跑，就蹲在地上张开双臂叫他，"过来楠楠，叫奶奶！"

紧随着王美秋进院的是马伟。马伟乐呵呵地站在旁边说："哟！什么时候长辈分了，怎么成了奶奶？"

"当然是奶奶，不信你问何莉，楠楠是不是得管我叫奶奶，正宗的奶奶。"王美秋说着站了起来。

"这孩子长得跟张大可一模一样，一点都不像何莉。"秀芝手里依旧织着毛衣，她不知什么时候出现在院子里。秀芝似乎有织不完的毛衣，织毛衣的时候她还不甘寂寞，哪儿人多她去哪儿织。

"要是像何莉那可俊了！"王美秋再次蹲下身想去抱楠楠。

"你这个奶奶是从哪儿论过来的，我咋不知道呢？"马伟好奇，还在追问着这个问题。

"从张大可那边论过来的。张大可管我家杨义叫叔，管我叫婶，楠楠不得叫我奶奶嘛。"王美秋抿着嘴乐。

马伟的小眼睛转了几圈，也蹲下来想抱楠楠，他笑眯眯地说，"来吧，楠楠！让大爷看看吧。那个奶奶不是亲奶奶，大爷才是亲大爷呢。"

"嘻嘻，嘻嘻……"秀芝织着毛衣笑得弯了腰，说，"挺聪明个人，这咋把自己绕进去了，立马就小了一辈。"

马伟抬头看看秀芝，小眼睛眨了半天才反应过来，是啊！怎么把自己说小了一辈呢，他便红着脸说："各亲各论，各亲各论。"

几个同事在那里逗孩子玩儿，何莉靠着墙边站在那里不说一句话，她不愿意搭理马伟，她手里拿着孩子的衣服和零食。

马伟起身走到秀芝旁边，贴着她的耳朵用非常小的声音说："没事凑一桌呗。"

秀芝用余光扫了扫旁边的人，她用眼神告诉马伟可以玩儿。虽说秀芝织毛衣上瘾，可她有的是时间，只要是能和马伟在一起打麻将，她会更开心。有麻将打，她就把织毛衣的事放一放。在众人面前，她总是脸上装着面无表情，内心活动一点不露痕迹。

马伟也四下里看了看，目前是三缺一。他自己、秀芝、王美秋，何莉肯定不玩儿麻将。

打麻将虽然都是偷偷摸摸的，剧团领导也不是不知道，大家都心知肚明。所谓剧团领导，其实也没什么领导，江哲团长早在两年前就调回南方去了，素兰老师自从下乡演出进了医院后，一直卧床不起。辛团长调离京剧团后，又调到文化局。江哲团长走后，上级领导又让辛团长兼任京剧团团长，因为是兼任，他人和办公室都在文化局，剧团这边有事的时候，他会过来走一趟。京剧那边大事小事由马伟来处理，评剧这边只有常江子每天坐在办公室里，没事就看看书。现在剧团不同以往了，不公开打麻将，却可以公开织毛衣。无论上班做什么，只要上班就是好同志。好多人已经不上班了，到外面干自己的事情去了，一些同志停薪留职下了海。张大可就是剧团里第一个下海的人，他说总不能让何莉带着孩子永远住在单位的宿舍里，他要挣钱给何莉和孩子买大房子。他消失了很长时间，单位的人才听说他去了省城，在省城开了一家不大不小的饭店。何莉一个人在家带孩子。孩子小，何莉上班也吊儿郎当。

通常都是这样，几个人一挤眉眼就知道要去打麻将。

"楠楠，咱们回家了！"何莉也明白，见几个人又约着要去打麻将，就召唤着孩子回家。

王美秋看看周围没有张德利，轻声地说："咱们三缺一呀？"平时多数是他们四个人在一起打麻将。

"别急，我这就给张德利打电话去。" 马伟说着去了收发室拨电话。

一会儿，张德利睡眼蒙眬地来了，四个人先后走进了一间没有窗户的办公室，说准确点这是一间仓库，马伟有这间仓库的钥匙。一进仓库门，就看见那里摆放了一张锃亮的麻将桌，还有四把椅子，其他地方都是尘土。麻将桌旁边隔了一条垂地的古蓝色布帘，布帘后面是落满尘土的演出服装和道具。戏剧衰落后，剧团基本上没有什么演出任务，这些服装和道具在这间仓库里睡得安稳，就如当年演样板戏的年代一样，它们睡了好长时间，现在又要睡在这里，这一回就不知道要睡多少年了。

每次搓麻将马伟都坐在秀芝上家，暗暗地使点小动作，知道秀芝要哪张牌他就打哪张牌，有马伟关照，秀芝从来不输钱。

张德利已经不是刚刚进团时的那个张德利了，好长时间不练功，又爱睡懒觉，一天无所事事，身体也发福了。他和苏枚的婚姻三起三落，今天合了，明天分了，最后还是在一起将就着过。张德利边码着牌边说："人家常江子和何莉就不像咱们这么堕落，人家从来都不打麻将，整天玩高雅。"

"高雅什么呀，常江子当个队长，他想打也不敢打，办公室里坐着管别人呢。何莉想打，谁给她看孩子。她可不像王美秋这么有福，孩子往婆婆家一扔，啥事没有。"秀芝平时不说话，说起话来好像比谁都明白。

"你看人家美秋长得就是个福相，从不操心不受累的，孩子也有人给带着。"马伟想捧人就捧得心花怒放。

王美秋只是抿着嘴笑，她心里也知道马伟是什么人品，不过人品与打麻将不相干，不和马伟在一起打麻将，找谁去打，每天又怎么打发这无聊的时间。马伟平时对王美秋也挺热情，团结她，捧着她说话。王美秋在剧团里不争名不夺利的，没人嫉妒她，她也不招惹别人，她算是人缘最好的一个。人都会有变化的，自从戏剧衰落，自从王美秋喜欢上打麻将，她与何莉的关系不像以前走得那么近了，感觉越来越远。她也没时间去找何莉玩儿，大部分时间消耗在麻将桌上。何莉也越来越疏远王美秋，把她划到马伟、秀芝的行列里去了。

因为马伟夸奖了王美秋几句，秀芝酸了吧唧地说："人家何莉也不错，张大可在家里百依百顺，在外面又能挣钱。剧团不行了，人家张大可第一个就下海了，挣回钱来可着何莉花，何莉想穿什么衣服就买什么衣服，那衣服一件比一件漂亮。"

"咱们不羡慕那个，咱们有吃有穿就行了。别人有咱们哥几个坐在一起搓麻乐呵吗？"马伟小眼睛一眯，桌子底下用腿碰了碰秀芝的腿。

秀芝顿感一股暖流涌进了全身。有马伟这么个人知疼知热地照应着，秀芝也很有幸福感。马伟在秀芝面前，那眼睛鼻子嘴连同手和脚都会传情，让秀芝每天都像处在恋爱中一样。不过，马伟什么都不耽误，他每天至少去文化局辛团长办公室一趟，找些小事去汇报，让辛团长觉得他马伟永远是一个勤勤恳恳、兢兢业业的老办公室主任，一直在认认真真地工作着呢。

"三条！"马伟这张牌是打给秀芝的。

"碰！"秀芝还没叫和，王美秋把这张牌碰走了。

马伟知道自己打错了，抓耳挠腮，他琢磨着秀芝不和三条，可能是要二条。

秀芝没用上三条，还让王美秋给碰走了，自己少抓了一张牌，她脸立刻表现出不高兴了，说："打点有用的牌，瞎乱打。"

马伟心想，这么就让你和了也不能太明显。又轮到马伟打牌时，他真就胡乱打了一张牌。

秀芝不解马伟什么意思，这时手里抓了个二万，她想换牌，犹豫了半天还是没换，想看马伟一眼，也没敢看，只好把二万打了出去。

下一轮打过来时，马伟想，这秀芝太冒险了，二万她也敢打，不怕别人和了，不能再迟疑了，打出了二条。

"和了！"秀芝装作很自然的样子。

"刘菲，今天是咱们俩结婚三周年的纪念日吧？我们得庆贺一下。"常江子手拿着一本书，斜躺在沙发上看书。他已经养成了经常读书的习惯，不仅博览群书，还喜欢反复读一本自己中意的书，读懂读透之后再去读另一本。常江子读着书突然想起了结婚纪念日这件事。

自从李龙和王小燕牵线搭桥，刘菲抓住机会不放手，她热烈地追求常江子，不论常江子对她有多么不上心，甚至冷淡，她都不气馁，等多久她都没有怨言，使得正处在事事不如意状态中的常江子果断地完成了自己的终身大事。常江子结婚与不结婚已经不为人知，除了家人，没有太多的人关心他是否结了婚。他结婚时也非常简单，家人坐在一起吃了一顿饭，一个外人也没找。结婚之后，常江子发现刘菲除了在衣服穿着上下功夫外，对其他任何事情都不怎么感兴趣，也没什么爱好。当然，刘菲很爱常江子，除了自己买衣服，也经常给常江子买时尚的衣服。刘菲也曾想尽力把饭菜做好，做个合格的家庭主妇，可就是做不好。从小在农村长大的她，十几岁就到了歌舞团，家务事一窍不通。用常江子的话说，她就是不爱动脑筋，所以显得笨手笨脚在，做饭这事自然而然落在了常江子头上。更让人遗憾的是刘菲不生育，结婚三年了，他们还没有自己的孩子。

刘菲正一件一件地试衣服，已经试了一堆衣服堆在床上，听常江子说今天是结婚三周年纪念日，脸上的表情像是吓着了一样，好半天才说："今天是结婚三周年纪念日吗？我怎么把这么大的事给忘了呢？"

"你什么事都能忘，就是忘不了自己买什么衣服，穿什么衣服。"常江子不高兴地说。

"怎么庆贺我全听你的还不行嘛，你说怎么过就怎么过。"

"你快把那些衣服收起来吧，"常江子淡淡地说，"你穿什么都好看，不用再过分刻意地打扮自己了。"

"我就是怕咱俩走在大街上人家说我配不上你！"无论常江子说什么，刘菲都应付着。

结婚三周年，用什么形式纪念一下呢？常江子冥思苦想，他从沙发那站起来走到窗前，目视着剧团院子里那几棵树，剩下的那两排青砖青瓦的老房子。靠着大街的大剧场和办公楼盖得挺排场，可那冷清的办公室里没人办公。多少年了，还有一部分职工住在单位分的宿舍里，自己也是如此，从工作开始就住宿舍，结了婚还原封不动地住宿舍，只是比原来的那间宿舍多了个走廊。戏剧衰落了，唱戏的人还能有什么大的长进呢？与刘菲结婚都三年了，这三年里自己又做了什么呢？功不练了，戏不演了，自己在坚守什么？是初心不改吗？但眼前这一切又能说明什么。何月、何莉、陆雪莹，一张张年轻美丽的脸庞从他眼前闪过。何月在哪儿，陆雪莹在哪儿，何莉又在哪儿？眼前的何莉已经不是青春年少时的何莉了，颓废在家看孩子的何莉，一点没有了当年的锐气，在家等待着张大可挣一分钱花一分钱，挣两毛花两毛。仔细想想，结婚三周年，其实也真没什么好庆贺的，还是算了吧，不庆贺了。常江子把这个想法收回去，又躺在床上看书。

"怎么庆贺呀？你说呀，我这就收拾完了。"刘菲穿了一件红色蝙蝠衫，下边配了条紧身裤，很潇洒，对着镜子照了半天，然后问常江子，"好看吗，这样穿？"

常江子好半天才把眼睛从书本中挪出来，看着刘菲说："这大冷天，穿这样的衣服合适吗？"

"我这外边是要搭配一件大衣的，米黄色的大衣。"

"不嫌冷你就这样穿吧。"常江子无奈又继续看书。

"不走吗？"刘菲穿好了衣服，左肩挎了一个大大的包。

"你要去哪？"常江子问她。

"你不是说要搞三周年庆贺吗？"

"我又没这想法了，有什么好庆的，我把我的想法撤回了。"常江子冷冷地说。

"你……你这人怎么这样呢，说话不算数呀？"刘菲啪一下把包摔在床上，坐在那里生气。

"我是说我还没想好呢，这样的小城市，没什么地方可去，去哪儿？只能去饭店。就咱们两个人，到饭店吃顿饭，有什么意思吗？你要觉得有意思，一会儿咱们两就去，时间还来得及，你把你那堆衣服先收拾起来。"

屋子里即刻被不愉快的气氛包围着，刘菲突然说："去红山。"

常江子没想到刘菲会说去红山。自从陆雪莹走后，常江子就去过一次，之后不轻易去那个地方，去了那里到处是陆雪莹的影子，去那里他快乐不起来。

"大冷的天，不去红山。"他平淡地说。

"那不是你和前女友经常约会的地方吗？"

"前女友？多少年的事了，你怎么又想起她？"

"因为你和我在一起做什么都没有兴趣，所以我想不如去你喜欢和前女友去的地方。"虽然刘菲说这话时声音很小，可字字都敲在常江子的心上。

"你要不说，我还真把她给忘了，你要这么一说，我还真的挺怀念过去的。刘菲，这样说你满意了吧，你这不是待着没事自己找烦恼吗？"

刘菲不再说话，像一尊雕像似的坐在那里。

常江子从沙发上坐起来说："好吧，那我们出去吃饭吧。"

常江子做了决定后，立即出门去推自行车，刘菲紧跟着往外走。他们刚刚走出剧团门口，就碰见了妹妹和小米。

"哥、嫂子，你们做什么去？"

"江女，你们来了。我们没什么事，出去溜达溜达。"常江子喜出望外的样子，他兴奋地说，"这样吧，刘菲和江女你们先回家，我去菜市场买点菜，今天大家在一起吃个饭。想请你们还怕你们没时间呢，你们来得正好。"

"那好，那我们先回家。"常江女高兴地喊着。

"哥，我和你一起去买吧。"小米说。

"不用你了，我很快！"常江子骑上自行车去了菜市场。

常江女知道刘菲的性格，看她不是很高兴的样子，就说："嫂子今天好漂亮。"

"漂亮吗？"听到漂亮这两个字，刘菲立马高兴起来，"我这件大衣是新买的，你哥就说一般。"

"我哥那眼光不如你。"常江女看看小米说，"你说是吧！米新，嫂子的眼光是比哥好吧？"

"是是是。"小米附和着。

三个人进了屋还没说几句话，常江子骑着自行车回来了，车筐里满满的，他买回了鸡、鱼、蔬菜等，进了屋他就动手做菜。

小米打下手，摘菜、洗菜、切菜。

"看出来了，小米在家也是一把手呀！"常江子跟小米开着玩笑说。

"不是呀！在家都是江女做，我做得很少。"小米赶紧解释。

"那说明常江女表现得还不错，女人嘛就得像女人的样。"

常江子随便说说，刘菲却不高兴了，说："我就是不会做饭，别的方面也是可以的啊，怎么我就不像个女人的样吗？"

"没人说你不可以啊？"常江女看到刘菲不高兴，想法让她高兴，因为她不高兴，会影响大家的情绪。

常江子动作飞快，迅速把一条鱼洗好，然后放进锅里烧，而后再去做其他的菜，鱼烧好了，其他的菜也都端到桌上了。

"这条红烧鱼味美色香，一看就好吃。"常江女用鼻子去闻桌上的红烧鱼。

小米拿出他们的礼物——两瓶老窖酒。小米说："祝哥嫂结婚三周年快乐！"

"原来你们是有备而来呀！"常江子的脸上露出了好久不见的笑容，"既然拿酒来了就打开喝吧，我都有一年多没喝酒了。"

常江女把各个杯子都倒满酒。

常江子看了刘菲一眼，意思是这活儿应该是你的，咱们是主人。刘菲坐在那里像客人，小米和常江女都不在意，只有常江子在意，他又不好直说。

小米喝了几杯酒之后很兴奋，他说："哥，谢谢你啊！江女，咱俩给哥敬一杯酒呗。"

小米站起来举着酒杯，常江女也举着酒杯站起来说："谢谢哥！"

"什么意思这是？"常江子也端着酒杯站了起来。

"哥，没有你，哪有我们俩的相识相爱。你虽然不是直接媒人，但你是间接的媒人，我们俩都感谢你。"小米幸福的表情挂在脸上。

"你们俩是一见钟情，自由恋爱，这和我有什么关系？"

"小米常说，没有哥，咱们俩上哪儿认识去，他上哪上儿找我这么好的妻子去。"常江女咯咯地笑着。三个人碰了杯之后都坐下了。

小米说："在我还不认识常江女之前，就想过江子的妹妹一定错不了，而且我听你说过她报考的是省师范大学中文系，所以我就报考了省师范大学音乐系。你记不记得我的通知书来得比常江女的晚，我是后来改的志愿。你记不记得我拿到通知书时第一时间就去找你报喜讯，我那么兴奋。最重要的是，我见到常江女的第一眼，就喜欢上她。我在心里默默地想，我好幸运，我的志愿改对了，我爱上了一个好女孩，我能和她在一所大学读书，我好幸福呀！上了大学我整整追了她一年，我们才算正式恋爱了。"小米兴奋地闭上眼睛，想让大家开心。

"原来不是巧合？"小米不说，常江子哪里知道。常江子点了一下小米的头说："你小子太有心计了，我说我妹妹怎么就相中你了呢，你招数多呀！我想起来了，你对我说你喜欢常江女，我还曾问过你，剧团里这么多好看的姑娘你就没有中意的，为什么偏偏喜欢我妹妹？你说，常江女的美丽与清纯正是你想要的。于是，你就展开爱情攻势。"

"她那么清纯的小姑娘，我一追就追到手。"小米得意地说。

"也不完全是。虽然小米外貌不够帅气，但是他气质好，一看就是个搞艺术的人，他爱读书爱学习。我们初次见面就已经不陌生了，因为我经常听哥哥说小米的好，说小米上进心特别强，在剧团的时候就喜欢作曲什么的。"

常江子看到妹妹和小米的幸福状态，心里特别高兴，他又举起酒杯说："看来是得感谢我，我原来都不知道，我还真是你们俩的福星。来吧，干一杯酒吧。"

常江女笑着把一块鱼放在小米的碗中，说："人家现在比我高了，人家一毕业就是大学老师，还不甘心呢，还想考研究生呢。"

"考研究生是好事呀！刘菲，来，咱们俩跟小米和常江女碰一个酒，祝他们生活越来越幸福，祝小米前途无量。"

下午的阳光斜照在窗子上，阳光懒懒的，在窗子上走得却很迅速，一个格一个格地往下跳跃着。秀芝睡了午觉起床后，窗子上的阳光就剩下一个半格子了，每天这午觉睡得时间都很长。她把房间略微整理了一下，就坐在床上织毛衣。

秀芝的老公原来在市里一家五金公司上班，可是这家不算小的国有企业说倒闭就倒闭，职工们纷纷下岗。下岗后，有人在旁边开起了私家小五金店，有人用那几万元的补助金自谋出路。秀芝的老公属于后一种，他买了一辆卡车出去拉货挣钱去了。老公经常不在家，秀芝寂寞得很，除了织毛衣打发时光，再无别的事可做，不知什么时候，马伟教会了她打麻将。织毛衣，打麻将，就这两件事。孩子已经上小学了，自理能力很强，不用大人接送，上学放学都是自己。马伟和秀芝的关系，开始秀芝是拒绝的，她怎么能看得上马伟，秀芝没生孩子之前那也是样板戏学习班的名角儿，在样板戏中饰演李铁梅、江水英、小常宝……自从怀了孕之后，她就没什么上进心了，也不怎么愿意争主角儿，演也行，不演也行。因为不努力，她慢慢地被后来的人取而代之。马伟很早就打秀芝的主意，他认为整个剧团里的女演员，没有一个赶上秀芝漂亮的。马伟整天跟秀芝套近乎，经常给秀芝施一些小恩小惠，帮助秀芝做一些家里的事情，比如电源问题、煤气罐的问题，等等，让秀芝觉得马伟比自己家那个男人好得多。

秀芝估计马伟今天该来了，好几天都没见马伟的踪影了，这样的情况几乎很少。马伟说过，他一天见不到秀芝就像丢了魂似的。秀芝猜得真准，她拿起竹针还没织上两圈毛衣，马伟就来了。

"开门！"

秀芝听出是马伟的声音，放下毛衣慢腾腾地打开门，说："你不是有钥匙，咋不自己开门？"

马伟嗖一下钻进屋子里，小眼睛一眯，说："真是女人，想问题单纯，有钥匙也不能随便开你家门呀，我都好几天没来了，我知道你老公在家不在家？"

秀芝笑了一下，心里很服气，马伟就是马伟。她关了门转身又坐在床上织毛衣去了。

马伟喘了一口长气说："我刚刚给你买了两捆大葱，那葱好着呢，你是买不到，那葱白又粗又长。"马伟比画着，"放在你家小棚的门口了，有时间你自己把葱摊开晾上，我就不能帮你晾了，别人看到不好解释。"

秀芝"哦"了一声继续织毛衣。

马伟到卫生间洗了洗手，就迫不及待地走过来抱住秀芝亲吻，边亲边说："快让哥亲亲，这几天都想死哥了！"

秀芝推了推马伟说："你这几天忙什么呢，三天都没见你人影，也不说一声干什么去了，这心里还挺挂念的。"

"不管哥忙什么，哥都爱你，哥最爱的就是你！"马伟先自己脱光了衣服，然后给秀芝脱。

秀芝扭过身去说："不用你，我自己来。你先歇一会儿不行嘛，进了屋气还没喘匀呢，着什么急。"

"着急，哥这几天都没来了，都快想死我了。"马伟说着又去帮秀芝解衣扣。

秀芝一点一点地依顺了马伟。人说，好女就怕赖汉子磨，马伟能和秀芝上床也是下了一番功夫的。他每天围着秀芝转，除了看领导的眼神行事，就是看秀芝的眼色说话。秀芝和马伟上床是疏导情欲的一种方式，她内心里并不是真的喜欢马伟，可是秀芝也不爱自己的老公，嫌他没文化，做事太粗。但人都是有情欲的，在特定环境下也许战胜不了自己的情欲。记得第一次和马伟上床是因为喝了点酒，那天单位开元旦晚会，秀芝喝了几杯白酒，也就三两杯，脸就红了，没醉，但是很兴奋。这时马伟走到秀芝旁边说："看你喝的，脸都红了，一会儿我送你回家吧。"秀芝没作声，她已经习惯了马伟对她的好。元旦晚会散了之后，马伟用他的自行车带着秀芝回家。马伟送秀芝到院子门口时，秀芝说："谢谢你，马主任。"

"说啥呢，什么马主任，我是你哥，我是最疼你的哥哥，知道吧。"

秀芝摆摆手说："谢谢哥送我，你回去吧。"

"我看你是喝多了，老张在家不，要不我把你送屋里吧。"

"不用了，老张没在家。"

"那孩子呢？"

"孩子去奶奶家了，今晚咱们不是开晚会嘛。"

马伟小眼睛眨了又眨，秀芝都如实告诉家里没人，这什么意思，这还不明白嘛。马伟胆子大了起来，说："我送你进屋。"

"不用，不用。"秀芝使劲儿往外边推着马伟。

"你都喝成这样了，还不用呢。"马伟抱起秀芝就进了屋。狼都进来了，羊还能怎样？马伟直接把秀芝抱到床上，灯都没开就上了床。马伟热烈而温柔，秀芝真觉得自己像个醉神仙一样，任由马伟翻云覆雨。

有了第一次，就会有第二次。秀芝那白白的大腿，细细的腰肢，丰满的乳房，让马伟尝到了美女的滋味，他每天都像馋猫一样看着秀芝。谁说女人都是一样的，女人和女人是大不一样的，自从和秀芝有了那种事，马伟自己老婆碰都不愿意碰一下。

两人又云雨一番后，马伟闭上眼睛躺在一边。秀芝下床给他倒来一杯水说："喝水吧，你没来时我就给你晾好了。"

"你知道我会来？"马伟睁开小眼睛笑眯眯地看着秀芝说，"我的女人就是会疼人。"

秀芝不说话。

马伟说："昨天我可是办了一件大事。"

"什么大事？"

"想听吗？"

"快说吧，别让我着急。"

马伟翻了个身，又亲了秀芝一口，语气慢慢地说："是评职称的事。这次剧团给了两个高级职称名额，我琢磨着，要凭着实力去竞争，你我都上不去。常江子、何莉、苏枚，这都是强有力的竞争对手。我今天到市文化老装那儿去了，我们哥俩喝了一顿酒。老装说，这事挺不容易的，怎么着也得先过剧团这一关，剧团通过后把名单报到市局咱们就没问题。关键是咱们得先想办法在剧团里运作。"

"就给两个指标，这么多人想评高职，我看没什么希望。"秀芝衡量了一下，觉得自己和马伟都有难度。

"你这人就是这不好，什么事还没努力争取就先想着放弃。什么事都有可能，就看你怎么运作。"

"如果一个指标，是常江子的，如果有两个指标，何莉、苏枚、张德利……那么多人等着呢。"

"事在人为嘛！"马伟把非常自信的表情挂在脸上。

"可别说这个烦人的话题了，我一想就头疼。"秀芝说的这些人，她认为都在她前面，反正她对自己没什么信心。

马伟不这样想，他认为什么事情都在于运作。马伟说："你不用管了，这事有你哥我呢，我帮你运作，放心。"马伟伸手又把秀芝搂在怀里，他还想再做一次，最终是心有余而力不足。

"行了，行了，你快走吧，我儿子马上就要放学了。"秀芝撵着马伟快走。马伟刚穿上衣服，秀芝的儿子进屋了。

儿子看了看马叔叔，又看了看妈妈，觉得他们俩有点不对劲儿，可是他不知道为什么不对劲儿。每天他见到马叔叔可亲了，今天一句话也没有，眼睛发直。

马伟红着脸赶紧解释说："那什么，我帮你妈妈买了两捆大葱，在外面放着呢，我去看看，别让邻居拿走了。"马伟吓得出了一身冷汗，赶紧找了个理由从秀芝家溜了出来。

到了晚饭时间，马伟还是不愿意回家，他在剧团院子里溜溜达达，无意间碰上了张大可。

"哎哟，大可呀！大半年没见到你了，生意做得怎么样，发财了吧？"

"小本生意，谈不上发财不发财。"张大可语气平和地说。

"这舍家撇业的一个人在外地，也挺不容易的，何莉一个人在家带着个孩子更不容易。我这个当哥的也没当太好，帮不上什么忙。"马伟一番话让张大可感觉到心里头热乎乎的。这就是马伟的本事，话是这么说，做起事来就是另外一回事了。

"马主任到家来坐吧？"张大可跟马伟客气了一下。

"不了，不了，我这就回家了，家里还等着我吃饭呢。大可，你家里这边有什么困难，有什么需要我做的，你尽管开口，咱们哥们儿都没外人，别跟我客气啊！"

"好的，好的。"张大可应承着。

何莉在不远处站着，她看见马伟和张大可点头哈腰地说话，没往前走，等马伟走了之后她才走过来，说："跟马伟有什么好说的，用了这么长时间。江子哥不是请咱们吃饭呢，都什么时间了，咱们快点去吧。"

何莉和张大可来到常江子家，何莉一进门就用鼻子嗅着。到谁家吃饭她都这样，她觉得自己的鼻子很灵敏。何莉那甜甜的声音也传得远，"江子哥，做什么好吃的呢，我都闻到香味了。"何莉一进屋就一脸幸福的表情。

常江子正炒菜，说："我这忙着呢，大可，你们俩先进屋坐。"

何莉进了屋把她和张大可买的一堆礼物放在餐桌上，然后大大方方地对刘菲说："我还给江子哥买了一件格子衬衣呢，刘菲，你不介意吧？"

"买吧，我不介意。"刘菲说这话时一点底气都没有。其实她是很介意的，她知道何莉曾经深深地爱过常江子，现在说不准还爱着他。因此，她跟何莉怎么也亲近不起来，甚至有时候见到何莉与常江子接触多了或者说话时间长了，她会耿耿于怀。

刘菲给何莉倒了一杯茶就往外走。何莉笑着说："跟我还客气啊，我又不是外人，喝水就自己倒。"

"开饭了啊！"常江子一边往桌子上端菜一边问，"何莉，怎么没把楠楠带过来？"

"哦！送我妈那了。不能带他来，他太闹腾，他来了咱们谁都别想吃一顿肃静饭。"

"下次一定要带他过来，这又不是外人家。我可喜欢那孩子了，几天不见就想他。"

"还真是，楠楠挺有福气，这么多人疼他，你给他买的玩具他可喜欢了。"何莉幸福的表情让刘菲不舒服，刘菲只好默不作声，她拿筷子拿碗，做一些力所能及的事情，心里在想，买玩具？什么时候又给何莉的孩子买玩具了，我怎么不知道。

大家围坐在一个圆桌旁开始就餐。刘菲为了在何莉面前表现出她和常江子有多么恩爱，故意挑了一块红烧肉放在常江子碗里。

常江子有点不好意思了，脸唰一下就红了，他不能当着何莉和张大可的面说刘菲的不是，只好装作乐呵呵地接受。请别人到自己家里吃饭，不能把好吃的都加到自己家人的碗里，这是最起码的礼节，刘菲这样做有点不太讲究。常江子为了弥补这一尴尬局面，就挑了一块尚好的鸡翅放在何莉的碗里。他怕刘菲有想法，随后又夹了半条鱼放在张大可的碗里。他语无伦次地说："你们都照顾好自己，大可多吃点啊，别客气。"

"不客气。我回来吃到江子做的菜可对口味了，比我们饭店的厨子做得还好。"

"那哪能，我和厨师没法比，我这都是自己瞎琢磨的。"

刘菲还是表现出不高兴，脸通红，低着头吃菜，半天也不说一句话。

"大可，生意做得不错呀，挺羡慕你的。"常江子找了个话题。

"生意还不错，就是太辛苦。"张大可说起生意上的事可是滔滔不绝，"我现在有经验了，一般的大厨处不好关系，他不与老板一条心，容易和老板较劲儿，我那大厨一开始也那样。后来我分给他一些股份，他就有了积极性，把饭店当成他自己家的，不浪费，也不闹情绪了。"

张大可与常江子碰了一杯酒又继续说："我现在进货也有渠道了，今天给你带来的大虾那都是上等品，有一家海鲜店专门供货给我，价钱还不高。"

常江子不好意思地说："这就不对了，请你们俩来吃饭还带什么东西。前几天是我和刘菲结婚三周年纪念日，大可没在家，也就没请何莉。今天一起补上，来！咱们共同喝一杯！"

"喝一杯，给你们二位庆贺一下！"何莉积极响应并端起了酒杯。

刘菲越发显得不积极主动，常江子给何莉加那个鸡翅她心里不舒服。

"再举杯，祝大可的生意兴隆，越做越好！"大家都举着杯，刘菲还是不举杯。

"举起来，碰一下！"常江子对刘菲说。

"我又不喝酒，你们喝吧。"刘菲沉着脸说。

"那也碰一下杯。"常江子举着杯很尴尬。刘菲不得不端起酒杯象征性地碰了一下。何莉热情地举了半天，刘菲竟然没看她一眼。

何莉并不在意刘菲的表现。从一开始，她就觉得刘菲配不上常江子。通过几次接触，她发现刘菲是个小女人，心眼小，性格小，她和刘菲在一起也无话可谈。所以，刘菲有这样的表现都在情理之中。任何时候何莉只在乎一个人，那就是常江子，只要江子哥高兴她就高兴。

何莉接着刚才那个话题说："我就是让孩子拽住了，不然我也和大可一起下海。现在剧团上班可没劲了，全团人都闲起来了，东家长，李家短，要么就是搓麻将，要么……"何莉突然把话止住了，觉得说这样的话题更没劲。

"不说团里的事，吃菜、喝酒。我做菜的手艺还行吧，你们吃着怎么样？"常江子乐乐呵呵地继续给何莉和张大可夹菜，同时也关照着刘菲，哄着她高兴点。

"挺好的，"张大可说，"我不是当着面夸你，你是我们剧团的名角儿，竟然还能上得了厅堂，下得了厨房，别人都不会相信，就凭你，在家里还是厨房的一把手。"

刘菲听张大可说话也够别扭的，就说："我不是不想做，我不是笨嘛，我做菜人家不愿意吃。"

"大可，你就是不会说话，不能捧一个打一个。"何莉见刘菲的脸红一阵白一阵的，白了张大可一眼。

"哦……我是说刘菲有福气。刘菲也是上得了厅堂，下得了厨房……"何莉一提醒，张大可也觉得刚才那话说得不太合适，他暗暗地提醒自己，别再乱说话了。

常江子给张大可倒上酒，说："我这酒量不行，大可你多喝点。剧团这些人，能请到家里来吃个饭，说说知心话的不多，我们都好好珍惜吧。团里的人都和散仙一样，忙着做生意的，忙着打麻将的，一天到晚不知道大家都在做什么。这怎么又说到工作上来了，换话题，大可还是说说你的生意经吧。"

"哦……"

≫ 第十九章

　　自从和张大可吃完那顿饭，常江子脑子里总想着这两个字——下海。下海其实是个新名词，如果一个人有工作辞职不干了，去做生意，人们把这种行为称为下海。从字面上理解下海，那不就是挽起裤腿去海里捞鱼。那海水有多深，刚下海的人怎么会知道。这海该不该下，怎么下，下去了自己能做什么，这一切对于常江子来说都很陌生。虽然周边许多人都下海了，他并不知道他们的处境。除了张大可开的饭店，他什么都不知道。自己生下来就不是做生意的料，而哪一个人生下来就会做生意呢，不试试怎么知道行不行。目前这样在办公室里耗着，每天一点事都不做，也是在浪费青春和生命。常江子感到坐在办公室的椅子上如坐针毡一样，于是，他站起来在办公室来回踱着步。

　　丁零零，电话铃响了，常江子接到文化局一个通知，电话那边很生气，说京剧团办公室的电话总是没人接，打不通，便把电话打到评剧队办公室。通知要求京剧团做好职称评定工作的前期准备工作，把够评高级职称的人员统计出来，按程序选报两名送文化局进行评审。

　　刚才还觉着无聊，现在有事情做了，评职称。常江子坐在办公桌前粗略统计了一下，京剧和评剧的业务人员加在一起，够评高职资格的一共有五个人，论资排辈及业务水平以及对剧团做出的贡献来综合评定，应该是以下这几个人：常江子、何莉、苏枚、张德利、秀芝。

　　评职称是大事，别看平时都吊儿郎当不上班，一说要评职称了，呼啦啦的许多平时都见不到人影的一个个都来上班了。报上来评高职的人数远不是五个，而是十五个。这些报了名的人，都认为自己够资格评高级职称，而且已经开始在下边拉票了。有人预感，评职称不得人脑子打出狗脑子。也有人说，不用争了，明摆着，就两个名额，谁也争不过常江子和何莉，比他们年头长的，像素兰他们那些老演员都已经评过了，该评的都已经评过了，如今常江子和何莉算是资格最老、业务最强的……

　　京剧团虽然有四层大楼，除去会议室和练功大厅，也没多少办公室，只有少数人有办公室，多数演员上班是没有办公室。更何况许多人长时间不上班，许多人没地方待。这些天，剧团的院子里，办公室走廊里，倒是热闹起来，人们来来去去，进进出出。看似说说笑笑，拉拉家常，其实每个人都心情复杂，都在拨动着小九九。

来的人都在剧团里呛呛，只有马伟不参与，每天自行车骑得飞快，一会儿跑一趟文化局，一会儿跑一趟京剧团。平时见了谁都笑眯眯的马伟，这些天面部基本没有什么表情，他像是在忙什么大事，有时候满脸通红，有时额头上还浸着细细的汗水。

到了老裴的办公室，两个人就交头接耳。老裴在评职称这件事上，为马伟费尽了心机，他对马伟说："这些天，咱们可要紧密地团结在辛团长周围。"

马伟说："那是，那是，裴团长，您真没少费了心。"

"小意思，你跟着我这么多年了。再说了，我这心也不白费，也收了你的礼了不是。"

马伟说："应该的，应该的。这么多年也多亏了您的关照，才有我马伟的今天。"

剧团院子里大家议论纷纷："这么大的事，也没见辛团长来剧团召开个群众大会。"

"什么时候开会评选投票呀？"

"大家都挺忙的，该怎么着就怎么着吧，咋没一点动静呢，这一天天的。"

在十几天的等待中，突然有一天就听说已经基本定了，谁被评上高职了。剧团的人又围聚在一起，互相打听谁被评上了。这消息都是谁传的，也说不清楚。

一上班，何莉就来到常江子办公室，她没敲门，推开门就进来了，非常激动地对常江子说："江子哥，我听说单位的高级职称已经定下来了，没你，也没有我。"

常江子很镇定地说，"这不可能，我把剧团这些够评高职资格的人都仔细分析了一下。从各方面的条件综合评定，咱们两个都应该是高分，如果说评剧队不能一次上两个人，评剧队这边上一个，京剧那边上一个，这有可能，那样的话，咱们两个至少也应该评上一个。如果评剧这边只能评一个，何莉你上，我不会与你争的，我大小也是个队长，以后还有机会。"

"我不是这个意思，江子哥，"何莉眼圈都红了，她说，"别看你每天坐在办公室里，你什么都不知道，他们什么事也不找你商量。我是来给你透露一个消息的，关于评职称这件事，马伟在文化局已经运作很长时间了，他想通过一些关系，用一些不正当的手段，通过老裴进行运作，他还给秀芝使劲儿。有人说马伟给辛团长送过礼，送过一台十八英寸的大彩电，这个我们没有抓住证据就不说了，可那辛团长没什么水平，这你是知道的，他基本上听老裴的，在单位时听他的，到了文化局，他也是听老裴的，不懂得什么叫坚持原则，不懂得谁好谁坏。"

"你是从哪听来的，何莉，事情有这么严重吗？"常江子还蒙在鼓里，他还在等职称评定步骤，等一个公正的、合理的评审小组的成立。他依然不相信何莉的话，疑惑地问："何莉，你说的这些可靠吗？评职称是有程序的，这些正规的程序是要走的。"

"正规程序？剧团目前不是不正常，现在不是处于一个特殊时期嘛。我的消息比较可靠，今天下午就会公布结果的。"何莉说完转身出去了。

常江子还是半信半疑，如果真像何莉说的那样，天下真的是没有公理了，难道马伟也评上高级职称了？不可能，这绝对不可能。

下午，职工们都来到了剧团，人员很齐，好多人都听到了和何莉一样的消息，等待着听最后的结果。从两点半一直等到快五点多了，也没有领导召开全团职工大会公布结果。快下班时，办公室小王跑到走廊里，在经常贴通知的地方贴了一张纸，那是职称评定出来的结果。大家挤着看，那上面清清楚楚写的是马伟、秀芝两个人的名字，他们俩评上了高级职称。

"真的假的？"好多人像常江子一样不相信这是真的。

"怎么没有常江子？怎么没有何莉？"

"我们大家还没投票呢。"

"是啊！一次会也没开，这人员就定下来了。"

"这太不合理了。"

好多人目瞪口呆，大家议论纷纷，不肯散去。

虽说评职称涉及的是每个人的利益，但大多数群众还是有自知之明的。有的人报名是抱着侥幸心理，这毕竟是个机会，是个好事，不能放过。有的人明知道自己不够条件，报上去再说，能得则得，得不到也不损失什么。在不涉及个人利益的时候，多数人会事不关己，高高挂起。

"常江子、何莉都没评上，我们的条件还不比他们俩呢，就认了吧。"有的人会这样想，而谁也不会去追究马伟为什么会评上二级演员的职称。他的实际水平够得上二级演员吗？

"咳！社会风气就这样，谁门子硬谁就上呗！"

评职称的风波随着人们的离去渐渐消失了，剧团院子里一片冷清。

晚风吹来，常江子一个人骑上自行车去了郊外。本想再一次登上红山的顶峰，呼吸呼吸山中的空气，可天色已晚。他便来到沐沦河的一条支流河旁，也就是他与何莉还有小米他们曾来这里练嗓的那条小河边。曾经的那些故事一幕幕出现在他的眼前。他零距离地去亲近那河水，用河水洗了脸洗了手。河水不再那么清澈了，已经受到了污染。河水不再奔腾，一些地方露出了河床。此时此刻，他对这条河流的伤感已经远远大于个人的伤感。曾经那么美好的，那么富有生命力的河流，如今已经奄奄一息了。生命在于源头，一定是河流的源头出了问题。一个单位也是如此，如果领导不称职，下边的群众就不会得到公正的待遇。在剧团这样的业务单位，一个职称的评定，是对一个演员的评定和认可。放下自己不说，难道何莉还不够资格吗，还不够优秀吗？玉琼市的老百姓曾经是那么喜欢戏剧，不正是因为玉琼市剧团有着非常优秀的演员。远的不说，就说素兰老师，为了戏剧事业奉献了自己的青春甚至生命，她也带出了几个像她一样敬业的、德艺双馨的好学生。想到这，常江子的眼泪在眼睛里转动。如果素兰老师不病倒在床上，如果江哲团长还在，如果……没有如果。

下海吧！下海才是最明智的选择。第二天一大早，常江子来到办公室，整理着自己的办公桌以及书架上的一些书籍。他还是有点犹豫，刚刚评完职称，自己就辞职不干了，是在闹情绪吗？同志们肯定都会这样想。其实下海这个想法，他早就有了。在这个节骨眼上这样做不好，显得自己一点风度都没有。他拿过茶杯，放了点茶叶，沏上一杯茶，然后坐下来深思熟虑地想这个问题。一杯茶还没喝一口，突然听到外面有人喊："楠楠，你在哪儿？楠楠……"他站起身去开门，这办公室的门锁始终不好使，以前就出现多次打不开门的情景，可是一直没有人修。他急忙跑到窗前探出头去，听到院子里有人焦急地喊："楠楠丢了，楠楠找不见了！"常江子又去开门，门还是打不开，他急得出了一头汗。他想从窗子那里跳出去，他看看窗子下面，应该没问题，不过是二层楼，下面正好有一个半米多高的小平台，从二楼跳到小平台上应该没有问题。于是他纵身一跳，从二楼跳了下去。他摔到那个小平台上却没站住——他不知道那个小平台是有坡度的——直接摔到了地上，掉下去的时候一条腿坐在了屁股底下，这条腿当即骨折。

常江子疼得站不起来，简直要昏过去。

"楠楠，楠楠……"这喊声越来越遥远。

常江子被送进了医院。那天恰逢五一劳动节，大夫们都休息。有一位骨科大夫曾是常江子的戏迷粉丝，节日期间正在饭店里喝酒，酒宴还没开席，他接了医院的电话要他回去看病人。骨科大夫匆匆赶来，一看是常江子，就格外热情。他设计了几个方案，一个是做手术，一个是打石膏，再者就是什么也不用做，回家慢慢地养。常江子问哪一种好得最快，大夫说做手术好得最快。常江子选择了做手术。他很快就被推进了手术室。

楠楠没丢，跟着一个小男孩跑到郊外去玩儿，幸亏大人们发现得早，找得及时。

何莉领着楠楠来医院看望常江子，她的嘴上起了个大泡，头发一绺一绺，都粘在了一起。常江子像是一个世纪没见到何莉一样，何莉也从来没有像今天这样不梳妆不打扮就邋邋遢遢出来的时候。

楠楠拉着常江子的手，把脸贴在常江子的大腿上，自责地说："常叔叔，妈妈说了，都是因为找我，你这条腿才摔断的，以后我再也不乱跑了。"

常江子摸着楠楠的头说："你妈妈说的不对，是我自己摔断的，与楠楠无关。"常江子又对何莉说："你为什么要这样跟孩子说呢？"

何莉没回答，只是默默地把拿来的鸡汤倒在碗里，然后把鸡汤端到常江子面前。这时何莉嗔怨地说："为什么要从窗户往外跳？那是二楼呀！"

常江子看到何莉的眼睛里还带着惊恐，很不开心，就幽默地笑着说："鲁莽呗。"

何莉扑哧一下笑了，说："是够鲁莽的，这也不是你的性格呀，太着急了吧？"

"是啊，一听到有人喊楠楠丢了，我那办公室的门还打不开，一着急……"

"喝点鸡汤吧，张大可不在家，我也练出来了，还会熬鸡汤了。这世上就没有难死人的事。"

常江子把碗接过来喝了一口，说："味道还不错。我这心里自责，孩子丢了，我没帮上忙，还添乱。"

刘菲手里提着刚刚买来的饭，站在门口处看见常江子与何莉对话的那一幕，是那么让她嫉妒，常江子从来没有用看何莉那样的眼神看过她一眼，也没在她面前幽默过。刘菲进了屋看都没看何莉一眼，也没同何莉打招呼，她把饭菜放在床头的柜子上说："那就喝鸡汤吧，鸡汤可比吃饭有营养。"

何莉那爱憎分明的性格，刘菲可不是对手，只是何莉平时不愿意惹刘菲不高兴。何莉不软不硬地说："那可不一样，鸡汤是鸡汤，饭是饭，这两样少了哪一样都不行，饭得吃，鸡汤也得喝。"

刘菲知道何莉的嘴厉害。她生气的时候一动不动，一言不发地坐在旁边的椅子上。

常江子说："我这没事了，何莉，你快回家休息一下吧，都急得上火了。刘菲，你也去上班吧，我一会儿去个厕所什么的，找护士帮忙，下午又不输液，用不着你们了。"

"那好吧，你多注意休息，别逞强，别忙着下地。"何莉领着楠楠正要往外走，刘菲拎起她的大包抢先一步走出了病房的门。

常江子微微地闭上了眼睛，他觉得生活更多的是无奈。

在医院的走廊里，小米和常江女差一点与刘菲撞个满怀，刘菲生着气，一句话也没说，气冲冲地走了。小米回头看了她半天，说："她怎么谁的面子也不给。"

"小米！"随后，何莉亲切地喊了一声，小米和常江女立刻明白嫂子刚才那气是从哪来的。

"何莉，来看我哥来了？"常江女感激地说。

"是，我给他送鸡汤。"何莉也不想解释什么，只是见到小米感到格外亲，咬着嘴唇说，"小米，都多长时间没看到你了，还好吧？"

"我挺好的，何莉，你也挺好吧？"

何莉点点头说："挺好的。"

小米不知道何莉要表达什么，愣愣地站着。他一下子感受到一向阳光灿烂的何莉变化很大。

何莉什么也不想表达，如果再多看小米一眼她的眼泪就会掉下来，她领着楠楠快步向外面走去，边走边说："跟叔叔和阿姨再见。"

"叔叔再见！阿姨再见！"楠楠挥着小手。

常江子在医院输了三天液就出院了。他回到家就琢磨下海的事，他看报纸，看新闻，研究广告。

常江子不能做饭，刘菲感到很棘手，她打一个鸡蛋都打不利索，搞得里里外外都是，切一个西红柿至少要好几分钟。常江子看到刘菲想把西红柿炒鸡蛋炒好，就是力不从心，常江子说："不然你做我的拐杖，还是我来炒吧。"

"我炒吧，你的腿都那样了，我怎么能让你再下厨房，炒得不好吃，你就将就吧。"刘菲头也不抬地切着西红柿，半天切一刀，一盘西红柿炒鸡蛋，她用了半个小时的时间。

马伟、秀芝、王美秋、张德利，四个人又陆陆续续钻进了那间仓库。马伟把仓库门使劲儿一关，从包里拿出一打嘎嘎新的人民币来。马伟说："自从评职称开始，这都多长时间了，咱哥几个就没能到一起乐和乐和，手都刺痒了。我和秀芝也都评上高职了，这得庆贺一下。我今儿刚从银行支出点钱来，是给哥几个的，但这钱不能分，就这打钱，谁赢了算谁的，我今儿不赢钱。"

张德利拿过钱来像洗扑克牌一样，用手指甲刮了一下说："都是五块的，这也没多少钱呀。"

"一张五块，一百张不就五百，你还嫌少呀，你一个月工资才一百多块钱，这五百块钱都让你一个人赢去，那就等于五个月的工资呢。"马伟笑着说。

"可惜我不赢钱呀，哪次不是我输钱呀！你评了高职要长工资的，那可就不是五百块钱的事了。"张德利半开玩笑地说，"马哥，你这大方一回，再出点血呗。"

马伟有点不高兴了，觉得张德利有点得寸进尺，但马伟绝不会表现出来，心里越不高兴脸上笑得越灿烂，"兄弟，你说这几个人谁是那缺钱的主儿？人家王美秋，整个一个富太太。人家秀芝，老公出车也挺能挣钱。哥就是这么个意思吧，别嫌少。"

"谁老公能挣？"秀芝不高兴了，"靠着老公生活的人，说白了，靠着男人生活的女人，有什么大出息，那又不是自己的钱，男人能给你多少钱？"

马伟哑了，脸也红了，那笑容也僵在了脸上，秀芝是话里有话。

秀芝是这么想的，你这么有钱也没给我花一分钱，自从和你上床到现在，你都是白着手来，今天拿这么多钱来哄大家玩儿，咋没想过哄我玩玩儿呢。

马伟的笑容一直在脸上僵着，心想，多美丽多高雅的女人也都他妈的认钱，秀芝你还有什么不满足的，没有我马伟豁着命给你跑职称，你能评上高职吗？那高职长工资不是钱吗？这就叫人心不足蛇吞象。

"马哥，你还是把钱收回吧，咱们玩玩，赢是赢的。"半天没说话的王美秋想把气氛缓解一下。

马伟借坡下驴，把钱装包里，说："那我就装起来了啊。我这是一时糊涂，既然哥们儿姐们儿都不喜欢我这样做，都没把钱看那么重，那咱们就凭本事玩吧，英雄取财有道。"

麻将桌上哗哗哗地响着，谁都不说话了，屋子里的气氛不但没有缓解，而且越来越闷。

"开点窗户吧，有点闷。"王美秋站起来。

"别忘了这是仓库，哪有窗户。"马伟说，"那就把门开点吧。"

张德利站起身去开门，他想把门开一个小缝透透空气。没想到他刚打开门锁，门被推开了，苏枚一步跨进来。苏枚气汹汹地站在他们四个人的面前。

"苏……苏枚？"张德利很惊讶。

苏枚突然出现在门口，是所有人都没想到的。

马伟首先慌了手脚，站起来说："苏枚妹妹，你快进来，我们几个也是刚到这儿。"

"不要再欺骗我了，你们整天勾引着张德利打麻将，想着法的赢他的钱，他都快把家输光了。"苏枚说着上前一步把桌子上的麻将都推到地上，她倒是想掀桌子，地方太小，没法掀。

王美秋见事情要闹大，拿起自己的小包悄悄地溜走了。

"你这是干什么，有话回家说不行吗？"张德利面子扫地，还拉开架势冲着苏枚去了。

马伟上前一步把张德利拽到一边，说："本来就是你的错，你怎么还这样对苏枚呢，不让你玩儿，你就快点回去吧，还在这干什么。"马伟给张德利使了个眼色。

张德利嘴里哼哼地走了，苏枚随其后愤愤地说："这日子不过就离婚吧。"

"离就离吧，这年头，谁怕谁呀。"

苏枚气得眼泪都出来了，因为已经走在路上，怕别人笑话，她不再跟张德利争吵，只是在心里想，你张德利太不是人了，我本来就不愿意嫁给你，我爱的人不是你，你整天死缠烂打，还去找人家常江子谈话，说你如何如何爱我，你的生活里不能没有我，没有我你就会疯掉。现在怎样，你的心里根本没有我，一个男人整天无所事事，除了睡觉就是打麻将，工资一分都拿不回来，全输光了，还在外面借钱，借了钱让我去还钱，这回我一定要离婚。

张德利在前边走，苏枚在后面掉眼泪。她没想到快到家门口时，张德利一反刚才的态度，伸出胳膊把苏枚揽在怀里，温柔地说："别哭了，我以后不打麻将了，我改了还不行吗？别哭了，你一哭我就受不了，要不你打吧，别当着外人的面，你怎么惩罚我都行，我回到家就给你跪着。"

苏枚就是这样一次一次被张德利的软话哄好的。张德利给苏枚擦着眼泪，百般温柔地哄她高兴，亲亲热热地搂着苏枚回了家。

王美秋回到家时心还狂跳着，坐在椅子上捂着胸口，心想以后再也不能和张德利玩儿麻将了，苏枚一旦因为这事跟张德利离了婚，后悔就来不及了。为了让自己平静下来，王美秋打开电视，并把电视的声音调大，转移自己的注意力。

马伟和秀芝还在仓库里待着，马伟一个一个地把麻将拾起来，装进盒子里。他心里也在打鼓，"这间仓库是没有人知道的，苏枚是怎么知道的？难道有人告密，这个人是谁呢？是何莉？"

"我说秀芝啊，这事没准是何莉。何莉平时总带孩子在院子里玩儿，说不定就是被她发现的。"

"何莉与苏枚不怎么来往，不是何莉。"秀芝也在纳闷儿。

"那还有谁呢？"马伟眨着小眼睛苦思冥想，"这间仓库已经暴露了，不能再来了，想玩儿，就得找新的地方。"

秀芝点点头，拿上包起身往外走，马伟张开双臂抱住了秀芝，两人靠着古蓝色的幕布亲热了一会儿，秀芝一点笑容也没有，完全是被强迫的样子。

马伟从包里把那一打嘎嘎新的人民币拿出来放在秀芝手上，说："你傻呀，这钱就是你的，哪一次不是你赢？我是在他们俩面前想做个好人，做个样子。咱们俩都评上高职了，拿出这点钱来算什么！咱们拿出点姿态来，是不是，钱最终还不是都进了你的腰包？"

"讨厌，你咋这么坏呢。"秀芝捶捶马伟的肩膀说，"你是个最坏的人。"

一个月以后，常江子拄着双拐开始在院子里溜达，他恨不得这条腿马上就好，立马就能走路。溜达的时候他经常用力着地，总是咬着牙坚持锻炼，提前把拐杖扔掉了。虽然他一瘸一瘸地走路，但他每天给自己规定走多远。

练了一段时间，他就能到街上散步了。那天，他走在街上，无意中看见一个女孩戴着一项时尚的草帽走过来。那草帽非常漂亮，非常有个性，他大大胆子走上前，非常礼貌而又客气地说：“小姑娘，能问问你这顶草帽是在哪买的吗？”

女孩一看他那气质就像搞艺术的，而且那么欣赏自己的草帽，面带微笑地回答说：“在北京。”

“北京什么地方，有详细地址吗？”

“有的，我把买草帽的详细地址写给你吧。”女孩热情地从自己包里拿了纸和笔，写了地址。

当天晚上，常江子一瘸一拐地坐上了开往北京的火车。因为走得急，没买上卧铺，他只能坐硬座。

清晨，常江子瘸着腿走在北京的大马路上，感慨万千。第一次来北京，是充满着对未来的希望到中国京剧院学习京剧，第二次来北京是何莉拜师，这第三次来北京，本应该去拜见张德福老师才对，而他半路上弃戏剧不当演员，却变成一个小商贩，来北京买草帽。好在北京的街头没有人认识他。

二十顶草帽买上了，他当天又坐了一夜火车回到家。

这二十顶草帽买回来了，可是到哪里去卖？他不知道。他想最简单的办法就是蹲到大街上卖。可是他是玉琼市评剧队的队长、玉琼市著名的评剧演员，在这个小城市里，多数人都认识他。认识他的人，谁不崇仰他，他怎么能蹲在大街上卖草帽呢？他知道这草帽好卖，凭他的眼光，这生意错不了，他必须得从卖草帽开始他的下海生涯。没有地方可卖，只能蹲到大街上卖，那就豁出去。为了寻找一条新的出路，常江子义无反顾地蹲在一家百货商店门口卖草帽。

为了不让别人认出他来，他自己先戴了一顶草帽遮住脸，并且把帽檐压了又压，把头低了又低。看到眼熟的人，他就把头扭向相反的方向。阳光很明媚也很刺眼，五彩的阳光在他的草帽上跳来跳去，美丽的光环把草帽显得格外漂亮。二十顶草帽一会儿的工夫就卖完了。

常江子回到家，掰着手指算了一下，一个草帽挣十块钱，二十个草帽挣了两百块钱，减去一百元的路费，还剩一百元。“哈哈，原来下海挣钱这么容易。”常江子拿着两百元钱对刘菲说，“去一趟北京，卖了二十个草帽就挣了一百元，明天再想办法进点服装回来卖，一定挣钱。”

刘菲说：“你最大的优势就是眼光好，你看上的东西一定都好卖。”

“那叫审美能力强。”常江子很开心，可又一想，卖服装可不能像卖草帽这么简单，去摆地摊不行，摆地摊的服装就不值钱了，也卖不了那么快。

“刘菲，我有个想法。”

“什么想法？”

“我想开个服装店。”

"开服装店，那得多少钱？"

"咱们家还有多少钱？"

"咱们家……也没什么钱。"

"一点存款也没有吗？"

"算是没有，就这个月的工资还剩一点点。"刘菲红着脸说，"我把钱都买了衣服，衣服买得太多了。"

常江子半天无语。

"要不这样吧。"刘菲想了半天，觉得很内疚，就试探着说，"你开服装店没钱进衣服，把我的衣服全拿去卖了吧。"

"你的旧衣服？"

"不是的，有许多衣服我都没穿过。"

"为什么没穿？"

"有的衣服买回来我就不喜欢了。"

"那能有多少？"

刘菲打开衣柜让常江子看，真把常江子给惊住了，他平时根本就不关心刘菲买了多少衣服，也不过问家里的钱。如果开服装店的话，刘菲这些衣服真的可以解燃眉之急。

"不怨小米说你真是个不适合在一起过日子的女人。我如果经营服装你就更有条件了，把这些不喜欢的衣服卖了，你就能总穿新衣服。"

刘菲红着脸说："我不会那样的。"

第二天清早，常江子来到妹妹常江女家，说了他要开服装店的想法。常江女非常支持哥哥的想法，她深知才华横溢的哥哥现在是怀才不遇，被迫下海。小米也支持，他们把家里的积蓄全都借给了常江子。

常江子拿着从妹妹那里借来的钱租了房子，又去北京进了些服装。不到两个星期，常江子的服装店隆重开业了，常江子就这样走进了商海，做起了生意。

何莉第一个前来祝贺，她买来两个大大的花篮放在门口，增添了开业的喜庆气氛。

李龙、王小燕夫妇，妹妹常江女，妹夫小米，还有剧团的一部分同事都参加了开业庆典。庆典也简单，买了几挂鞭炮在商店门前一放，就开业了。

新开业的服装店别具一格，店名就与别的服装店不一样，"天使服装店"几个红色的大字挂在那里显得很浪漫又很大气，还给人一种艺术的享受，过往行人都想进来看看。许多服装店还没有意识到牌子和品牌的重要性，常江子的思想已经先行了一步。同样的服装，挂在常江子的服装店里就显得高档，有品质。刘菲的那些服装都原价卖了，新进来的一批服装也卖了不少，收回来一些本金。

　　常江子站了三天柜台，店里的服装卖得差不多了，他想他该进货去了，这店交给谁呢？刘菲在上班，即便她不上班，也卖不了服装。他一个上午都在犯愁这件事。

　　中午的时候，何莉来了。何莉一进屋就说："江子哥，我看你这服装卖得挺快的，我来给你帮帮忙吧。"

　　"好呀，我正愁着呢，我想去进货，正愁这店没人看呢。"

　　"我呀！我就是你的及时雨。"何莉笑着说。

　　"那楠楠怎么办，谁看楠楠？"

　　"我已经把楠楠送幼儿园了，到时我妈妈去接。"

　　"真的吗？"常江子又感动又感激。

　　"江子哥，你这店的地理位置多好呀，市中心，这生意肯定错不了。"

　　"何莉！"常江子慎重又严肃地说，"你就给我帮几天，不能长干。让你来给我卖货，我这心中不忍，也不甘，你不是卖货的人，你应该有自己的大事业。"

　　"你不是也如此吗？都被迫下海了，我还能做什么大事业？"

　　常江子一想也是，虽然自己开了服装店，但从内心他还是看不起自己的选择，半天无语。

　　何莉已经走到柜台里，恰好有顾客，何莉像个老营业员一样招呼着顾客。

　　"这件上衣我要了。"一位顾客试了试衣服。

　　"好吧，我给你包好，欢迎下次光临！"

　　顾客走了，常江子笑呵呵地看着何莉说："你还行，一点不像个新手，刚站到柜台里还不到两分钟就卖出去了。"

　　何莉笑着说："就凭我，这么简单的事还做不了？"

　　常江子与何莉相视一笑，那笑容里是相互的鼓励和信心满满。

≪ 第二十章

　　既然干了这一行，常江子就想方设法与这个行当的人交往。隔壁服装店的二毛是常江子半个老乡，二毛他媳妇是文中县人，他媳妇比常江子小一届。二毛告诉常江子，服装进货的渠道很多，以前大家就认准北京一个地方，现在都不去北京，北京的服装进价有点高，现在都去省城或者去南边一点的地方，不光进货便宜，服装种类还多一些。他们进回来一批货，用不了三五天就卖得差不多，所以总得去进货。二毛说："下次你就跟着我们一起去进货吧，领着你去两次你就知道了。反正我看你和我也不是竞争对手，你卖的那些货都是上档次的，咱俩眼光不一样，我是啥便宜进啥，也挺好卖的。"

　　"那就说好了，二毛下次进货带着我。"常江子不仅仅要与二毛这样的人为伍，而且开始跟二毛这样的人套近乎，向他学习。

　　隔了一天，二毛告诉常江子，准备明天去进货，几家共同租了一辆面包车，明天早晨三点起床，四点钟准时出发，到了地方也得七点多。批发市场只在上午开业，到了下午一点多就收摊了，进货时间就一个上午。

　　天漆黑漆黑的，面包车就上了路。车上一共坐了七个人，六个人是三对夫妇，就常江子一人是单个。凌晨四点钟左右，人还处于困顿中，特别是常江子，常年演出养成了晚睡晚起的习惯，他坐在车上眼睛还是睁不开，除了司机，大家都迷迷糊糊的。常江子坐在副驾驶座上，他偶尔睁开眼睛看看司机，突然发现那司机也不精神，也总是打瞌睡，他的心一下子就揪起来了，赶紧让自己精神起来。他看到司机旁边有烟，就拿了一支烟点上递给司机，问师傅喝水不，然后找了擦玻璃的布把前边的玻璃擦亮一点。总之，他不闲着，也不让司机打瞌睡。

　　终于到了地方，面包车停下，他们七个人下了车，进了一个很大的批发市场。批发市场是一个大院子，批发服装的摊位一家挨着一家，一排连着一排，花花绿绿，五颜六色。来批发服装的人都拿着大袋子，装得满满的，扛都扛不动。二毛他们三对夫妇进了批发市场，行动迅速，动作敏捷，一个人拿着麻袋，一个人往里装货，一会儿就看不见人影了。常江子第一次来这样的批发市场，看得眼花缭乱，不知道该进什么，也找不到东南西北。他看了半天，觉得这些服装档次太低，没有他想要的。可是既然来了，他又不能白跑一趟，他就耐着性子一家一家走，一家一家看，有稍微看上的，一问，价钱还挺高。

二毛他们已经大包小包地快把货进完了，常江子这什么收获也没有。二毛头上流着汗跑过来，一看常江子什么也没买上，就说："你得抓紧时间了，想进什么货我帮你吧。"

"这有两件衣服我看还可以，可是价格太贵了，回到咱们市里也就卖这个价。"

"哥哥哎！你不能单件买呀，单件买当然贵了，那都是零售价。"二毛又贴着常江子的耳朵上说，"你不能说买，你得说拿货，拿货这两个字是行话，明白吗？说买货就贵，说拿货就便宜。"

常江子点点头，刚刚明白，他立马就对老板说："老板，这件衣服拿货多少钱？"

"十五元，二十件起步。"老板操着一口东北话。

果然像二毛说的，刚刚还要五十元一件，一说拿货就十五元了。可常江子一回头，二毛又没了踪影。

"那就进二十件吧。"

"就二十件，想好了啊！"

"什么叫想好了？"常江子问。

"一看你就是个外行。我告诉你，这二十件可就一个号码，要大码的还是要小码的？"

"掺着给不行吗？大中小码都有。"

女老板不再搭理他了。

常江子一看这时间快到中午了，不进点货就白来了，一咬牙说："那就六十件，大中小码各二十。"

女老板站起来说："一看你这人眼光就不低，能看上我家货的人都有眼光，我家这货的质量是啥质量，别人家能比吗？我再给你介绍一款，你看你相中不，一般人我不介绍，这个货不多，紧俏，好卖，回去就卖光，你还得来找我要货。"

"那太好了。"常江子有点感动。

女老板从摊铺下边拿出一打牛仔裤。

常江子看了看说："牛仔裤呀，别人家摊上不都有吗？"

"都有啊，那你去别人家买，那能一样吗？"

常江子有点犹豫，老板为啥要给自己介绍这裤子，为什么不给别人介绍呢？看我是外行，要不就是看我与众不同。

"多少钱一条？"

"四十元。"

"太贵了吧？我回去卖多少钱呀？"

"卖八十呀，都是加倍卖，你能卖一百二十元，那是你的本事。"

"那就要十条吧。"

"这一共是十五条，你要拿就都拿着，不拿就拉倒，剩五条我卖给谁去。"

"那好吧。"常江子付了钱，看看时间已经接近中午了，就去停车的地方找二毛他们。他相信这个大市场再也买不到他想要的东西了。走出服装批发市场的大门不远处，他看见二毛他们三对夫妇正蹲在地上吃午饭，还有好多人也在那里吃饭喝水，满地的垃圾。大市场门口还没有铺水泥路，所以有风吹过来，每个人脸上、食物上都会挂些尘土。

二毛见常江子走过来，就问："哥，你进货了吗？"

常江子把手里拿着的那几十件衣服端到二毛跟前说："进了。"

"就这些？"二毛瞪大了眼睛说，"哥，你就进这几件衣服，你回去卖什么呀？你这来一回不赔了嘛，这些衣服够租车的钱吗？"

常江子没想这个问题，也没回答，他看到二毛他们可真没少进货，大包小包有十几个包，每包都得有一二百斤重。

"你们都吃过饭了？"常江子问。

"午饭我们都是自己家带的。哥，你没吃饭呢吧？旁边小推车卖饭，你去买点吃吧，我们都吃完了。"

常江子看看那个小推车，简直无法直视。吃吧，太脏了，不吃吧，从早晨到现在还没喝到一口水。既然这样了，就不能怕脏，他从那小车上买了两个鸡蛋饼，闭着眼睛吃下去。

等大伙把一包一包的货都装到车上，面包车司机怎么也打不着火。司机说："你们这货太多了，超重，这车拉不动啊！"

二毛有点火，大声吵吵着："来时你咋没说呢，一看你这车就是个旧得不能要的车，还要那么多路费。"

司机觉得二毛这样的人也不好惹，说："那你们把东西先卸下来，我去修修车。"

大家七手八脚把东西又卸了下来，司机开着空车去修车。

几个小时过去了，二毛媳妇躺在大包上都睡两觉了，这司机还不见踪影。二毛媳妇说："不会把咱们扔到这不管了吧？"

"那不可能，咱还没付他车钱呢。"二毛说。

天快黑下来的时候，小面包车才回到原地，大家七手八脚又把包搬到车上。放上那些货，司机从后面的窗子别想看到路。偶尔出现一段沙石路，面包车就晃来晃去的。

常江子坐在车上很害怕，他感觉时刻都有翻车的可能。所以，他还是不敢松懈，坐在最前边的副驾驶位上，给司机点烟倒水，擦玻璃。

夜间十二点了，面包车才开进市区。回到家，车上的人一个个都像土驴子一样。

常江子进了家，刘菲已经睡了一觉，她给常江子准备的饭是从街上买的两个烧饼，常江子一看就不想吃，太干了，这一天他太缺水了。刘菲去走廊里打回一盆洗脸水，放下洗脸盆时她说："下午素兰老师家的二儿子来找过你，说素兰老师快不行了，她就想见你。"

"你说什么？素兰老师，她怎么了……"常江子脸没洗完，饭没吃，冲出家门就往医院跑。他骑着自行车，预感事情不好，眼泪不由自主地往下流。

他一口气跑到素兰老师的病房，见素兰老师的家人还在病房门口守着，他心里稍稍安稳了一点。老二迎过来说："现在谁也不让进去，正在抢救呢。"老二又说："下午有一阵子清醒的时候，她就总是喊你的名字，我们都怕你不在家再也见不到她了，她好像是有话要跟你说。"

常江子泪流满面。评职称，做生意，再加上摔断腿，这都多长时间没来看望素兰老师了。老马见到常江子眼泪唰唰地往下流，"你老师不该走啊，她还没到该走得年龄呢，要不是工作那么累，她……"

常江子握着老马的手不知该怎么安慰他，他把老马扶在座位上，用手给老马擦眼泪说："我的老师她不会走的，马叔您别着急。"

老马安静下来。常江子捶着自己的胸脯走到走廊的尽头，那里恰好有一块落地的玻璃，他从反光的玻璃里看见自己满身满脸的土，一脸的狼狈相。他已经辞了职，他已经不是演员了，不是素兰老师所期望的要做出成绩的戏剧演员了，他已经是一个小生意人了，素兰老师要是知道了，她还能对他说什么吗？岁月改变了许多人，许多事。

"剧团要想找活路，就得坚持演出……"这是素兰老师的声音，这声音一直在常江子耳边环绕，在走廊里环绕。

"医生说，可以进去一个人了。"老二跑过来叫常江子进去。常江子走到病房门口，看看素兰老师的家人，他们把这样的机会让给了他，他向他们深深地鞠了一躬。

常江子把旁边的椅子拉过来，他准备在素兰老师床前坐很长很长时间，他想跟她说很多很多的话，他耐心地等待着她醒过来再看他一眼，他双手捧起素兰老师的一只手，放在自己的胸前，眼泪又一次止不住流下来。

"是……你……创……造……一个……好的，好的角儿，离……不开……声……情……并……茂……"

好长好长时间，素兰老师才把这句话说完，但常江子能感觉得到，这不是素兰老师要对他讲的全部的话，她还有很多话没说出来，他继续等待着，两点、三点、四点……他发现素兰老师的嘴不动了，手也凉了，他一下冲出门外喊医生，这时，素兰老师的家人都涌进了病房……

素兰老师走了，除了她的家人，单位里没几个人来向她告别，来送她一程，葬礼非常冷清。这对素兰老师太不公平，一个国宝级的演员，曾经为中国的戏剧事业贡献了一生的优秀演员，就这样冷冷清清地走了。她去了另一个世界，而这个世界她留下那么美妙的声音，留下她创造的那些美的角色。谁来给她写一写悼词，以此来纪念她，让她的美留在后人的记忆里？

常江子跪在素兰老师的灵前哭着说："素兰老师，你不该走得这么早。你走了，谁来拯救玉琼市剧团，谁来拯救濒临衰亡的戏剧，谁来拯救跟着您走了半生的学生们，谁来拯救我……你对中国的戏剧事业有贡献啊！"

埋葬了素兰老师，家人都悲伤地离去了。常江子和何莉没有走，他们想最后离开。他们两个人肩并肩站在素兰老师的墓前又行了三个礼。常江子望着那没有尽头的田野，看见那麦子熟了，青青的豆荚也熟了，秋草秋叶却失去了方向，随后的几阵秋风会吹黄它们的生命。人死了就永远不存在了吗？她的灵魂去哪里了？常江子抬头望着遥远的天边，寻找着素兰老师的身影。似乎有一缕耀眼的光击打着他的眼睛，天空中突如其来飞来一只白色羽毛的鸟。常江子指着那只鸟儿说："何莉，你见过这么美丽的鸟吗？它多像素兰老师年轻时的模样，我第一次见到她时，面白、身修、丰腴，美。"

何莉似乎也被那缕耀眼的光刺到了，她使劲儿闭上了眼睛。

许多人，许多事，许多场景在记忆里飘浮起来，仿佛又丢失得太久，常江子用手指抹去不知何时流下的凉凉的泪。何莉已经哭累了，前额蓬乱的长发遮住了她半张脸，她双手插进风衣兜里，始终一声不响，跟着常江子一步一步地走着。

素兰老师心静如水地离开了人间。一个学者说："人生最后一幕，极是紧要。"

"江子哥，你新进的这十五条牛仔裤全是小码的，一条也卖不出去。"

"是这样啊，这么说我被那个女老板给骗了！"常江子一脸惊愕。

"你刚开始做生意，肯定会遇到这样的问题。多少钱一条进的？"

"四十元。"

"啊？我去隔壁二毛那看过了，和你一样的牛仔裤，人家是二十元一条。"

"那女老板说不一样的，说这个质量好。"

"好什么，一样的。四十元一条进来的，卖不出去，这十五条裤子你就赔了六百元。就算我把那六十件上衣全卖出去，你这一趟进货还得赔个路费钱。"

常江子笑了，说："何莉，你这账算得可真清楚，没想到你还能当一个不错的会计。"

"是的，江子哥，做生意就得算计，不然怎么赔的你都不清楚。"

"做生意是为了赚钱，不过我这次跟着二毛他们出去，学习了不少东西，也看到了许多过去不知道的事情，花钱买了教训，也懂得了很多。做生意不是那么容易的，谁都不容易。"常江子把商店的地板拖了一遍，然后擦柜台的玻璃，边擦边说，"二毛他们进货那场景，不做生意的人哪能知道，深更半夜地爬起来，为了省钱大家租一辆面包车，那面包车的安全性往往是最差的。还风餐露宿，吃不上一口热乎饭。他们说这次进货是去的最近的一个地方，远的一天回不来，要坐两三天车，晚上找不到便宜的旅店，就住在外面。二毛他们把一个麻袋装得满满，拿不动，他就用脚踹着大包往前走，我过几天再跟他们进一次货就不想再去了。不是我受不了那种苦，而是二毛他们进的都是地摊货。我在琢磨着，我们开这个服装店，应该档次高一点，我不能再跟着他们去进货了。"

"那你打算怎么办，自己再找一条路？"

"你说对了，我决定明天就走，到哈尔滨那边去看看。"

"怎么去？"何莉用怀疑的目光看着常江子。

"坐火车。"

"坐火车？那时间可够长的。"

"必须这样，要卖就卖点有品位的服装，我们坚决不做地摊货，我们这个店要与众不同。"

"这个服装店是与众不同啊！"王美秋走到哪儿都斜挎着她那精致的小包。

"美秋来了！"何莉见到王美秋依然有一种亲切感。

王美秋在商店里转了一圈，说："人高雅，开个店也高雅，一进来就感觉与众不同，真的和别人家的服装店感觉不一样。"

"这刚开业，还没什么货呢。"何莉说，"到柜台里边来坐吧，你这可是贵客，不能在外边站着。"

"你们俩好长时间没在一起唠了吧，我还有事，美秋你坐着吧，我去办点事。"常江子说着走了出去。

王美秋见常江子走出去，她用很小的声音对何莉说："你才像老板娘呢。你要是常江子的老板娘，这日了得过飞了。"

"去你的，这么长时间没见面了，也不说点正经的。我是在给他帮忙呢，他一个人顾了里顾不了外。"

"人家不是有刘菲嘛，你来抢老板娘的位置，刘菲愿意吗？"

"刘菲不是还在上班，再说她也不愿意干这个呀。"

"是啊！不上班她也干不了这个，她就是个衣服架子，你说是吧。"王

243

美秋笑了。

"别背后议论人。"何莉也笑了，"说说你吧，都多长时间不见我的面了。"

"我？"王美秋扬起头看看天花板，说，"我是一天三个饱一个倒，无所事事。"

"美秋，咱们姐妹到什么时候都是姐妹，我想说你几句，也许不该说，也许你不愿意听，那我也得说。别整天跟马伟那些人玩麻将了，那多消耗时间呀，干点什么不比玩麻将强。"

王美秋不好意思地说："我也知道，可是我一个大闲人，也没什么事可做，不玩麻将我干什么去？"

"干什么也不能玩麻将呀！"

"何莉，你不知道，我这人面子矮，就那几个人常在一起玩，我不玩了就三缺一，不是得罪好几个人嘛。再说我们也不玩大的，小钱，输了赢了也没人在乎。"

"张德利玩麻将，苏枚都要跟他离婚了。"

"离不了，就张德利那张嘴，哄起人来比抹了蜜还甜，苏枚跟他扯不开。"

"瞎了苏枚那个人了。"何莉感叹地说。

"瞎了的人多了，我看常江子不是也瞎了，找了个刘菲，十个刘菲也配不上他呀！"王美秋眼珠转了几下说，"只有你才配得上常江子。"

"去你的，别瞎说。"何莉伸手去打王美秋。

王美秋往后一闪，何莉没打着。王美秋说："我说的可都是实话。"

"来顾客了。"何莉站起来去招呼顾客。她给顾客挑了一件衣服，顾客试穿了一下就买走了。

"生意不错呀！"王美秋说。

"是不错，有什么卖什么，就是没货可卖，这屋里都卖空了，明天江子哥还要去进货。"

"何莉，"王美秋说，"我今天中午请你吃饭吧，这都多长时间没在一起坐坐了，再请上秀芝。"

"请秀芝呀，那我不去。"何莉又去接待顾客，那顾客转了一圈，很快就走了。

"别这样，秀芝其实也没啥毛病，就是和马伟有那点破事，也可以理解，秀芝她丈夫常年不在家。"

"张大可还常年不在家呢，我也不能出去乱找呀！"

"不一样，张大可对你多好，挣钱就是为了你，为了孩子，秀芝她丈夫可不一样，她丈夫在外面也有人，开大货车的，经常在外面留宿，许多事情都说不准。"

"那我也不去，你们俩去吃吧。"何莉坚决地说。

王美秋想了想，使了个计策，说："你要不去，我就和他们打麻将去，反正待着也没意思。"

何莉从内心不想让王美秋再玩麻将了，她显得很无奈。她用眼神答应了王美秋。

王美秋担心地问："中午谁看店呢？"

"刘菲有时候来。她今天不来也没关系，没什么货可卖的，中午也没人，我就把店关一会儿。"

"倒是老板娘，手中有权说了就算。"王美秋笑着往外走。

"美秋，这样的玩笑以后是不能乱开的，再开这样的玩笑我就不去了。"

"这么认真呀？好，好，以后不再开了。"

"真的不能再开了，你不知道刘菲是一个很敏感的人，我躲还躲不及呢，这边想帮江子哥干点事，那边生怕她有什么想法，你知道吗？"

王美秋说："好，好，记住了，我都记在心里了。"

常江子没买到卧铺，只买了一张靠窗子的硬座。列车出了站，像一条飞快的铁龙，飞驰北去。绿色的列车轰隆轰隆穿过山洞，在群山之间绕行。车头冒着浓烟，吼叫着。铁路两旁的白杨树一棵棵地向后掠去，远处的山头上，笼罩着淡淡的白雾。

一个晚上，又一个白天，常江子终于抵达了目的地。他在哈尔滨市的几个大商场来回穿梭，买了很多在小城市买不到的漂亮服装，女款大衣，男士衬衣……可是怎么往回运呢，这是个不小的难题，一个人能拿多少东西，这大包小包的。他叫了一辆三轮车，把这些包裹运到了火车站，放在了行李寄存处。看看时间，离火车开车还有几个小时，白天的车票已经没有了，只好买夜间十一点那趟列车。

天黑下来了，这段时间可以去吃个晚饭。常江子没走远，就在火车站附近的一条小胡同里找了一家小饭店。他坐下来喝了一杯水，然后点了炒菜和米饭。服务员过来把钱收了，可是一个多小时过去了，饭菜还没上来，又过了一会儿，饭店突然停电了。常江子起身去问："我的饭菜怎么还不上来？"

"停电了！"回答他的大概是老板，他看不清楚。

"我的时间不够了，再不上来我就退了吧。"

"想退钱，想找死吧？"一个身材魁梧的男子上前就打了常江子一耳光。

"你怎么打人？"常江子一愣，被这突然袭来的举动吓住了。

"打你是轻的。"男人恶狠狠地说。

常江子反应机敏，他立刻明白了自己的处境。接下来好几个人都上来打他，他凭着自己那点武功，低下头飞了一个旋子，借那几个人还上不了手的空档，他飞速地跑了出去。

他在前边跑，三个人在后边追。他目视着前方，寻找着逃路，终于看见前边有一处公共厕所，他便急中生智，嗖一下钻进了女厕所。后边的人追上来说，一定是进厕所了，几个人跑到男厕所门口喊着："快出来，快出来！"听不见里边有声音，几个人闯进厕所，一看没有人，便又往前追。常江子从女厕所出来，调回头从另一个小胡同逃了出来。

他一口气跑到火车站，喘着粗气，好半天惊魂未定。刚才的事情发生的那么突然，像是上演了一场美国惊险大片。他庆幸自己有点武功，庆幸自己的机敏，庆幸自己命大。平静下来，他看看手表，坏了，离火车发车时间还剩下十几分钟。十几分钟，寄存处还有那些货物包裹呢，怎么办都来不及了。他急得在原地转了好几圈，最终决定去退票。售票员说发车十分钟前是可以退票的，现在火车已经发出去了，退不了。与售票员不必多言，他找到了火车站负责人，说明了自己的情况。火车站负责人说："你带这么多东西是上不去火车的，即使不晚点，你也上不了火车。"

"那怎么办？"这个不安全之地常江子一刻钟都不想呆了。

负责人是个善良之人，他想了半天说："我给你找一辆货车吧，货和人都不用你掏钱了，你就跟着货车走。你的火车票退不了，也算给你弥补一下损失吧。"

车站负责人说着就给汽车货运站打了电话，然后给常江子写了一个地址。常江子找了一辆三轮车，把大包小包的服装装上去。这辆货车司机说："我只能负责把你送到北京，北京是终点站。"

常江子想了半天，再买一张火车票也上不去火车，不如就跟着这货车走吧，走到哪儿算哪儿。到北京离家就不远了，再想办法。半夜两点钟，他坐上了开往北京的大货车。

"师傅，辛苦你了。"常江子一上车就非常有礼貌地跟师傅说话，"师傅，你哪儿的人？"

"我就东北人。"

"我老家也是东北这地方的。"

"那咱俩还是老乡呢！"

"是啊！我运气真好，不是碰上好人，就是碰上老乡，见到老乡格外亲。"

师傅想吸烟，常江子动作比师傅还快，给师傅拿烟，给他点着火。

"师傅，你贵姓？"

"我免贵姓刘。"

"刘师傅，你们开大货车的为什么总是喜欢行夜路呢，晚上开车不困吗？"

"习惯了,晚上人少车少,好开。"

"哦,你够辛苦的。"

车行到后半夜,常江子发现师傅没了精神,他说:"师傅,我给你唱一段样板戏吧。"

师傅一下子精神了,说:"你还会唱样板戏?我小时候可是没少听,也没少看样板戏,贼喜欢,就是自己不会唱。"

"你喜欢听哪一段?"

"这还能点呢?"

"点吧,点哪段我给你唱哪段。"常江子胸有成竹地说。

"那就来一段《打虎上山》?"刘师傅认真地想了想说,"我最爱听这段。"

"好吧,我给你唱一段《打虎上山》。"

常江子清清嗓子,唱:"穿林海……跨雪原……气冲霄汉……"

一种青春的回忆带着常江子回到了那年那月……他感到车速快了起来,路边的山水树木一闪而过。一种久违的唱腔带着刘师傅回到了那年那月……那年那月,他为了看一场样板戏,曾拿着小板凳去排队买票……黑夜不再沉闷,路不再感到漫长,大货车像是在路上跳起了欢快的舞。

"好,听得我太激动了,好久都听不到有人唱样板戏了。"刘师傅侧了一下头,看了常江子一眼,说,"你一上车,我就觉得你有点与众不同,你是演员吧,是北京的演员吧?唱得老好了,你比北京那个演杨子荣的唱得还好,比他长得俊多了。"

"谢刘师傅夸奖,我要是能比北京的演员唱得好,我早就去北京了。"

"现在是不演样板戏,要接着演样板戏,你这样的就得去北京,北京上哪选你这样的人才去。"

几天的路程,常江子几乎把几个样板戏的选段都给刘师傅唱了个遍,刘师傅拉着常江子,脸上充溢着幸福的表情。休息的时候,他们两个人抢着买饭,多数是刘师傅买。刘师傅说:"你买啥,我们吃饭都是有点的,这饭店老板都认识我们这些司机,你不用管了。"

快到北京的时候,刘师傅说:"你到了北京咋办,一会儿到了下一个休息点,我看看有没有去你们玉琼市的车,找个师傅把你捎回去。"

常江子非常感动地说:"那太好了,太谢谢刘师傅了!"

"这不用谢,给我唱了一路样板戏,我还得谢谢你呢,唱得真好,再想听没处去听了。"

到了一个休息点,刘师傅果然找到了一辆去玉琼市的货车,刘师傅对常江子说:"你运气还真不错,我还怕找不到呢,去你们那里的车真不多。"

他们把东西从刘师傅车上卸下来，又装到另一个车上。刘师傅跟那个司机说："我都舍不得让他下车，那样板戏唱得贼好，国家二级演员。一会儿让他给你唱一段，贼好听。"

　　常江子这次进货历时八天，第九天终于到了家。

≪ 第二十一章

何莉在家里拖地，这是张大可下海后挣钱买的房子，九十多平方米的楼房，虽然不是很大，但终于让一家人搬出了剧团的宿舍。何莉家这楼房可让一些人羡慕了，他们都说张大可能干，何莉有福气。

何莉的 BP 机响了，是王美秋在呼她，"中午去老地方，不见不散。"

王美秋、何莉、秀芝，这三个女人常去的地方叫不见不散餐厅。那次王美秋把何莉和秀芝叫到一起吃饭，三个人待在一起觉得还是很融洽。秀芝对何莉表达歉意，说这高职的确应该是何莉的，自己得了心中总觉得有愧，说自己真的是没去争也没去抢，坐在家里这馅饼就掉下来了，是马伟帮了不少忙。但事实上自己上去了，就意味着别人上不去，因为名额有限。何莉觉得秀芝把话都说得那么直接，把马伟帮忙的事都说出来了，也就没什么不可以原谅的，三个人喝了不少酒。

何莉来到不见不散餐厅时，王美秋已经早早到了。

"何莉，今天能出来我真高兴，你不用打理常江子的店吗？"王美秋把斜挎的小包取下来挂在了自己的座椅上。

"他又雇了一个售货员。他那里生意好，顾客挺多，他总说我一个人忙不过来，其实我一个人也没问题，像我这样的一个顶俩，你说是吧，美秋？"何莉看上去心情不错，她问，"秀芝还没来？"

"马上就到。"王美秋做东，所以她一会儿让服务员沏茶，一会儿让服务员倒水。她问何莉："你还准备给常江子帮忙到什么时候？"

"我想我随时都能撤出来，他现在也顺风顺水了，不像一开始那么难。江子哥他很聪明，一段时间就干出门道来了，与北京几家服装公司签了合约，不用总跑出去进货，隔一段时间出去进一次货就可以。一开始进货没经验，吃了那么多苦，他几次都想打退堂鼓。"

"那么多做服装生意的，人家不都自己进货吗？"

"问题是江子哥他和别人不一样，他眼光高，要求也高，地摊货不做，大路货不做，专拣那些高精端的东西经营。所以，他经营的商店成了玉琼市最出名最有档次的服装店，顾客多，生意红火。"

"常江子这才做了不到两年服装生意，就做得这么好，他真是一个干什么像什么的人。"王美秋说。

"他这人最大的特点是能吃苦，有毅力，能坚持，不浮躁，跟他在一起好像没有克服不了的困难。"

"当年你为什么不往死里追，为什么要拱手让给陆雪莹。"王美秋眯起眼睛看着何莉。

何莉一下子伤感起来，说："哎！不是我的，我永远得不到。"

"要我看，你们俩走不到一起也不是什么坏事，两个人的心一直都在一起，这样更好。我好羡慕你，家里有个张大可，知疼知热，心里有个常江子，英俊美男，两人心心相印。"

"我们俩心心相印，你看出来了？"

"谁看不出来呀，你的事就是他的事，他的事就是你的事。谁遇到一点事，对方都会急死，都会竭尽全力帮忙。"

"是，这我不否认，我一直深深地爱着他，但我们相处是有分寸的，像兄妹一样。"

"那爱情呢，跑哪去了？"王美秋坏坏地笑。

"爱是爱着，但是都各自有家，就把那份爱藏在心底。我刚才不是说了吗，不是你的，你永远也得不到。得不到的，或许才是最好的。"

"我来晚了。"秀芝打扮了一番才出来。她坐下来说，"你们俩来半天了吧？"

"是啊，就等着你呢。"王美秋看着秀芝说，"咱们三个人，现在属秀芝能打扮。过去孩子小，整天不修边幅。"

"哪呀，过去不知道什么是生活，思想狭隘，自从跟你们俩接触多了，我才知道一个人活着要提高自己的生活品位，好好地活着。"秀芝像打开了话匣子一样，"我喜欢何莉的穿衣服风格，多有个性。那时候我还看不惯呢，跟别人说风凉话，其实我那是嫉妒。我喜欢美秋的生活精致，饭做得有滋有味，家里收拾得干净整齐。虽然你穿衣服风格与何莉不一样，却是另一种美，走到大街上，还是与众不同，到现在都是百分百的回头率。我是样样都不行。"

"秀芝还学会谦虚了呢，男人都喜欢你这样的，温柔体贴。"何莉话里有话。

"何莉，你是不是想说我和马伟那些事。我和马伟分手了。"

"什么原因分的？"王美秋问。

"没什么原因，就是越来越不喜欢他了。当我的世界观发生了变化，当我的人生品位提高了以后，我觉得他很俗气。"

秀芝的坦诚让何莉很感动，过去因为接触的少，何莉不知道秀芝是这种性格。记得哪本书上看到过这样一段话，大概意思是朋友贵在一个知字，一般相知结成一般朋友，深知才可结为深情的朋友，真相知，便是真朋友了。

要想成为朋友，需要的是宽容别人的缺点，容忍别人的过失。

"赞！"王美秋伸出大拇指说，"找男朋友也不是不可以，凭咱秀芝姐这长相，也得找个差不多的吧，你说那马伟要哪样没哪样，根本就不行，配不上你。"

"不行你还和人家在一起打麻将呢。"何莉故意嘲笑王美秋。

"何莉，这是两码事好不好，打麻将还管人好坏，抓过一个人来就能玩儿。"

"哈哈哈……"三个人笑得前仰后合。

饭吃得差不多了，何莉起身拿上包说："我得回去了，你们俩再唠一会儿。我得去我妈家把楠楠接回来。"

"就让他在你妈那住算了，还非得你接回来。"秀芝想留何莉再坐一会儿。

"我妈身体不好，我怕她太累。"何莉转过身要走，突然发现左前方靠着角落的那张桌前是苏枚，苏枚对面坐着一位陌生的男人。两个人在一起吃饭。何莉立马又坐在椅子上。

"不走了？"王美秋问。

"我看见苏枚了。"何莉往那边扭了一下头说。

"怎么回事？"王美秋四处张望了一下。

"别看了，就在前边那个角落。"何莉说。

"哦，我看见了，是苏枚。"王美秋小声说。

为了不让苏枚看到她们，三个人都把头低了又低。王美秋说："苏枚嫁给张德利算是倒霉了。"

秀芝接着说："以前我们还傻子似的跟张德利凑在一起玩麻将，现在不玩了，以后也不能再玩了，美秋我们俩都不玩了。"

"不玩好，"何莉严肃地说，"你们俩要是再玩麻将，我就不跟你们做朋友了。"

"别说得那么绝对，偶尔放松一下心情也是可以的，只不过不再和马伟、张德利玩了。"王美秋说。

坐了几分钟，何莉还是坐不住，拿了包悄悄地走出去。随后，王美秋和秀芝也迅速离开这家酒店。

星期天，楠楠不去幼儿园，他高兴地拉着妈妈的手往公园走。何莉的家离公园很近。常江子的服装店里有售货员，何莉把售货员带得很机灵，很会卖货，何莉就可去可不去了。星期天她尽可能陪着楠楠玩儿。到了公园，楠楠直奔儿童乐园去坐滑梯，何莉一边用眼睛盯着孩子，一边享受着上午的阳光、蓝天、绿树，所有的美景尽收眼底。

嘟嘟嘟，包里的 BP 机响了，何莉低下头拿出 BP 机看了一下，是一个陌生号，她把 BP 机又装进包里，不予理睬，不认识的号她不想回。过了一分钟，BP 机又嘟嘟嘟地响起来。何莉犹豫着，她估计是有事，便领上楠楠去了公园里的公用电话亭，按照 BP 机上的号打了过去。

"我是辛团呀，何莉，你马上到文化局来一趟，越快越好。"电话挂了。

何莉感到很莫名其妙，辛团长从来都不给她打电话，他找她能有什么事？还这么急。何莉把楠楠送到母亲家，骑上她的飞鸽自行车来到文化局辛团长的办公室。

辛团长眼睛都急红了，在办公室一圈又一圈地转，看到何莉进来，他急忙说："给你说件事何莉，你千万不要着急，要冷静，要镇静，好不好。"

何莉刚要张嘴问什么事，辛团长做了手势不让她说话，喘了半天粗气说："张大可出事了。"

"什么？你说什么？"何莉的脑袋嗡一下。她上前一步抓住辛团长的胳膊大声喊："你说什么，张大可出什么事了？"

"张大可被人打死在省城了。"

"什么，他被人打死了，他在哪？"这个消息如一声晴天霹雳，何莉的脑袋嗡一下就像被炸开一样，当即倒地晕了过去。

辛团长手掐着何莉的人中，焦急地说："我知道就是这样的后果，所以把何莉叫到办公室来说。这样的打击她怎么受得了啊！救护车还得多长时间？"

文化局办公室小李说："救护车马上就到。"

辛团长和文化局的同志坐上救护车，把何莉送往医院。

当天晚上，由京剧团领导带队的五人小组，与何莉家人一起赶往省城。何莉在医院清醒了之后，被人们搀扶着一起去了省城。

在省城，何莉见了张大可的尸体又晕过去了，她三天不省人事，所有的事都是剧团的人和家人处理的。等她再次醒过，只能手捧着张大可的骨灰盒哭天喊地，并一次次晕倒。

省城有关案件的负责人向他们讲述了案件发生经过。

张大可的饭店一直开得很好。张大可勤快，谁也看不出他是老板，他和服务员一样给顾客端茶倒水。这天晚上，来了七八个人，他们围坐了一桌，其中有一个膀大腰圆的进了饭店就找茬。张大可听说过这个人，他是省城里有名的棍儿，曾经在公安局工作过几天，后来被开除了。今天他领来喝酒的都是曾在监狱的狱友，他是他们的头，走到哪里他一耍威风，其他人都跟着上。张大可大气不敢出，他不敢惹他们，他知道自己是个外地人，在省城开这个饭店不容易。张大可给他们端来茶水，哪想到这棍儿喝了一口说："这茶烫着老子了！"他啪一下将茶杯摔在地上，然后大声说："给老子拿啤酒来。"张大可拿了几瓶啤酒递过去，越紧张越出事，一不小心，把一瓶啤酒碰掉在地上，这啤酒落地的声音很响，棍儿一机灵，之后立即翻了脸，一个大嘴巴打在张大可的脸上。旁边的服务员说："你为什么打人？"棍儿说："打人不需要理由，老子就是看着他不顺眼。"张大可没出声，默默地躲开了。棍儿不知喝了多少啤酒，晃晃荡荡地去厕所。此时，他又看到了张大可，心想，刚才打了他连个屁也没敢放，老子还打你，不由分说上前就啪啪两个大耳光，边打边质问："看你还敢不敢摔酒瓶。"同来的几个哥们儿也上了手，把张大可打倒在地上，开始用脚踢。看张大可毫无反应，棍儿一脚踢在了张大可的太阳穴上，张大可七窍出血，当场死亡。棍儿此时酒已半醒，见闯下大祸，便仓皇奔出饭店的门，七八个人分头乘出租车逃离了现场……

办案人员表示，他们一定尽快将凶手捉拿归案。

临走时，何莉哭着说："我一定要找到这个凶手，为张大可报仇。"剧团领导和同志们在此也只有一个强烈的要求：尽快结案，严惩凶犯，为无辜死去的张大可申冤。

一行人从省城回到玉琼市，常江子早早地去火车站接站。自从他听到张大可出事，几天几夜没合眼。张大可这个人总在他面前晃来晃去。张大可在剧团忙里忙外，跑前跑后，重活累活抢着干，张大可追求何莉委曲求全的样子，张大可买菜做饭，张大可乐呵呵地与他一起喝酒，张大可上次回来还给他送来大虾和活鱼……他不相信，这么好的一个人，怎么会说没就没了呢。

在秋风瑟瑟的站台上，常江子感到整个人要往下栽，脚和腿都失去了重心。他在心里默念着：何莉，你怎么样了？你能够接受这样重大的打击吗？何莉，你会坚强吗？张大可就这样走了吗？是的，这个世界谁不是一个人呢。表面上，相依相携的好像真的能够相伴到永远的样子，这怎么可能呢？大家在这条路上碰见了，同行了一段，只不过是暂时的一个伴儿罢了，到了下一个路口，还不是你东我西。然后在下一个路口，你或许还能碰到另外一个人，因为孤单，再结成伴，再往下一个路口，又你南我北了，谁和谁能一生一世呢？他想立马就见到何莉，给她安慰，给她温暖，给她一个有力的臂膀，告诉她，人生有许多不确定因素。

王美秋和秀芝也来到了火车站，她们与常江子打过招呼后，就先进了车站。常江子没有跟着她们一起进去，他更想一个人留在外面等待。他想见何莉的心情急迫，但又怕见到何莉，不知道怎么面对她。

下车的旅客走了过来，常江子站在那里一个一个地看，看到最后，才看到七八个人搀扶着何莉走到检票口，何莉没有走路的力气，几乎是被大家抬着走出来的。何莉始终闭着眼睛，或许是她不敢睁开眼睛面对家乡的亲人和同事们。常江子看不清何莉的脸，泪水早已经模糊了视线。所有的旅客，所有接站的人都走了，火车站台上冷冷清清的，江子一个人还站在这里，他已经忘记了他是来接站的，好像还没有接到何莉一样，好半天清醒之后，才跟跟跄跄地往回走。

剧团的院子里更显得萧条和寂静，一点生气都没有，平时还有孩子的笑声，稀稀拉拉的上班的人的说话声，今天怎么什么声音都没有，似乎每一个角落只有张大可的足迹。常江子心里发闷，他不想回家，也不想去商店，转身去了医院。

王美秋和秀芝两个人都在，何莉已经输上液体睡了。常江子问王美秋："何莉的家人怎么样了？"

"张大可的事没有告诉何妈妈，她老人家身体不好，还得让她照看楠楠呢。辛团长和马伟他们去了张大可的家，大可的父亲当场晕过去已经被抢救过来，母亲精神受到刺激，一会儿哭，一会儿闹，张大可的弟弟及亲属们都在张大可家里陪两个老人呢。"

"你们俩从接回何莉就一直陪着她，你们回去休息吧，我在这陪一会儿。"

"那怎么行啊！你一个男人在这不方便。"秀芝说。

"还是我们俩在这吧，你在这陪何莉，那刘菲会怎么想，会跟你闹意见的。"

"江子哥，江子哥！"何莉醒了，她第一眼就看到了常江子，大哭起来。

"何莉，你千万不要再悲伤了。"常江子劝说着何莉，自己的眼泪却控制不住。他拿了毛巾坐在何莉床前，给何莉擦着脸说："事情已经发生了，何莉，慢慢让自己平静下来，平静，平静，再平静……"常江子摸着何莉的头，把手敷在她的眼睛上，让她先闭上眼睛。

何莉果然平静下来，她不再哭闹了。

王美秋和秀芝的眼睛里也含着泪。

这时，常江子一字一句地对何莉说："何莉，大可的离去是很突然，是让我们难以接受，可是这件事已经发生了，纵使我们尽一切努力，想一切办法，也无法挽回这个局面了。大可他已经不在这个世界上了，知道吗？人没了就是没了，你用泪能把他哭回来吗？你用死能把他换回来吗？不能，明知道不能，为什么不尽快让自己从痛苦中走出来，让自己站起来，让自己坚强起来。因为，后边需要你做的事情很多，打死大可的人还逍遥法外，我们不能让大可就这样不明不白地死了，我们一定要找到凶手。你还要为大可申冤呢。你自己都站不起来了，怎么去为他申冤？我们每个人来到这个世界上都不会是一帆风顺的，我们注定要面对生活中的一切坎坷……"

"给我点水喝。"何莉终于要水喝了，她几天几夜都汤水未进。

王美秋擦掉眼泪赶紧给何莉倒了一杯水，扶她起来喝水。

秀芝用手给何莉梳理了一下头发，何莉不再哭了。

"你们都回去吧，我也回家。"何莉说着就要起床下地。

"躺下，何莉！"常江子用命令的口气说，"你的身体很虚弱，需要调养。知道吗，你现在好好地躺着休息，就是为了明天坚强地站起来。"

"你放心吧，何莉，楠楠在他姥姥家，我们什么都没对何妈妈说。其他的事情也都安排好了。"王美秋说，"常江子、秀芝，你们俩都回去，我一个人在这就行了，用不了这么多人。"

"美秋陪我吧，江子哥，你和秀芝先回去吧。"何莉有气无力地说。

"那好吧，我还是那句话，节制悲伤，你好好地休息调养一下身体，我希望看到你明天就站起来。"常江子嘱咐着何莉。

"我们先回去，明天再来看你。"秀芝说。

王美秋一个人留下来照顾何莉。

一个星期过去了，何莉人虽然瘦了一大圈，看上却去坚强了许多，脸上写满了坚毅。她坐下来在镜子前照照自己的脸，梳理着自己的长发。常江子的一番话让她镇静了许多，明白了人生的许多道理。但是，真正从痛苦中挣扎出来是需要一个过程的，她知道，越坚强，越会迅速减少痛苦。这种苦涩无限蔓延的时候，她随时都有一种想哭的冲动。她试着把眼泪咽下去，果然是个有效的办法。

何莉用BP机呼王美秋。王美秋正在去何莉家的路上，所以没她回电话，很快就到了。

"何莉，呼我有事啊？"

"你怎么来这么快？"

"在你呼我之前，我就知道你要找我，心灵感应啊！正往这走着呢。"王美秋看何莉今天的状态格外好，非常开心。

"我想让你和我去市公安局，找找杨义，让杨义通过正规渠道，问一下省城那边抓到了凶手没有，是什么情况。"

"我跟杨义说这件事了，他说他正在想办法。那咱们现在就去吧，你直接问他一下，需要他做什么，就对他讲。"

何莉与王美秋来到市公安局，直接去了杨义的办公室。杨义在公安局是宣传科的副科长，不直接办什么案子。张大可的事情发生以后，杨义的心情也非常难过，不管怎么说，他毕竟是张大可的小叔。想起当年张大可追求何莉时，两人一次次地在一起喝酒，与何莉结婚以后，张大可也没忘记他这个小叔，逢年过节，从没忘记过来看看小叔小婶，总是拿着很丰厚的礼物去家里。

"美秋，你们来了。何莉，请坐吧。"杨义给何莉倒了一杯水，转身就出去了。

王美秋也很少到杨义办公室来，这之前只来过一次，是因为家里有急事找杨义，电话没打通，她来办公室找他。何莉规规矩矩地端着水杯坐在那里，王美秋却四处看，看什么她都感到新鲜。

一会儿，杨义回来了，他说："你们俩跟我来吧。"杨义直接把何莉和王美秋领到了副局长的办公室。

进了副局长办公室，何莉和王美秋都有点紧张。副局长站起来与何莉、王美秋握手，他态度和蔼地说："你们俩坐吧，我现在就给省城刑警那边打电话问一下这几天的情况。"副局长姓什么，她们也不好问，看样子杨义早把张大可的案子跟副局长讲明白了。

局长打电话，杨义退了出去，说他先回办公室，还有工作。

"哎，小冯呀，叫你们队长接个电话。李队长吗？前两天我问过的那个案子怎么样了？对，死者叫张大可……哦……哦……是这样，不是，不是，我朋友的朋友。哦，那好吧，再见！"

副局长放下电话，脸上的表情有些沉重。他说"事情是这样的，案发当天，当地警方接到报案，连夜派出两名刑警到达案发现场，进行现场调查，但因当时在现场的人员很少，加之灯光昏暗，无法确认谁是凶手。刑警根据案犯作案时的凶残程度及表现，认定是经常出入这一带饭店舞厅的有犯罪前科的流氓地痞，张大可饭店以及附近歌舞厅肯定有人认识他们。经过反复做工作和用法律政策攻心，张大可的一位厨师终于吐露了真情，说出在该桌吃饭的包括棍儿在内的主要人员的姓名。北河区刑警大队接到报案后，立即出动干警，很快将棍儿及一名同伙抓获。"

副局长说到此，倒了一杯水，停了好半天才继续往下说："但是，事情的进展并不像他们想象的那么顺利，没几天，说因为证据不足，北河区检察院退回了公安局报来的关于批捕本案嫌疑人棍儿等人的案卷，棍儿也已经取保候审，从拘留所里出来了。"

这消息如同一把盐撒在了何莉那已经受到重伤的伤口上，她眼泪又控制不住了，当即瘫软下来。她不明白，杀人偿命，欠债还钱，这是古今的常理，为什么这个人就可以逍遥法外，就可以欠命不还，法律何在，天理何在？何莉哭着说："我不服，我不会让他逍遥法外的，我要去省城，我要替我丈夫张大可申冤。"何莉哭着走出了副局长办公室。

王美秋搀扶着她，心情很沉重，此时她还是劝何莉："何莉，你先不要着急，咱们慢慢地想办法。你说什么都不能倒下，一定要挺住，留得青山在，不愁没柴烧。"

想想，还有一个多月就快过春节了，何莉想与老人和孩子过一个团圆的春节，不能让家里人为此再难过。这期间，她找来几本有关法律方面的书籍，每天看书学习研究法律知识，武装自己的大脑。母亲、孩子、公公婆婆，把这些亲人一一安顿好，她才能离开家。

何莉决意要进省城打这场官司。

临行前，王美秋和秀芝请她到老到方不见不散餐厅去吃饭。

三个人陆续到了，今天是秀芝做东。秀芝先举起酒杯，"今天是专门为何莉送行的，祝何莉此行一切顺利。我们把这杯酒干了吧。"秀芝说完就把自己酒杯里的酒先干了，然后又倒上一杯，"你们俩都没喝完，来！我再干一个陪着你们干。"以往秀芝不喝酒，今天这表现让何莉和王美秋有点吃惊，于是，她们俩也都把杯中酒干了。喝了酒的感觉与不喝酒是不一样的，大家有点兴奋，但这是不开心的兴奋。

何莉说："今天姐妹们送我，我这种状态本来是不想出来，可又一想，我不来会让姐妹们更伤心，所以就来了。"

"何莉，说是送行，其实我们俩是来劝你不要去，你只身一人到了省城去找谁，谁会听你的？"秀芝有点激动。

"何莉，杀死张大可这个仇咱们不是不报，可是我们觉得你一个人报不了这个仇，是否让组织出面，让剧团领导出面帮你打这个官司？"王美秋也对何莉说。

"你们俩今天这是设的什么宴，剧团领导帮不了我，谁都帮不了我。"何莉眼泪又掉了下来，"连公安局长都帮不了我，这件事只有我自己帮我自己。我就不信找不出个公理，我不相信。"何莉说着自己倒酒。

王美秋拿过酒给何莉倒上，说："听说这个人势力很大，说他在省城公检法都有人。你这么一个小弱女子怎么与他去抗衡？"

"这些我都没想，但是你们谁都劝不了我了，我心已定，过了春节我就走。"

"这大冷的天，何莉，我真担心……"王美秋有点哽咽。

"今天是给我送行，不是留我，对不对，你们俩都搞错了。"何莉说，"我们姐三个处到今天这种程度不容易，我们都好好的。我现在才知道人生无常这几个字的含义。我们都好好地珍惜吧！来，咱们三个再干一杯！"

何莉干了，秀芝和王美秋也干了，三个人都沉默不语。

"咱们今天不说我的事了。"何莉说，"我都准备好了，不管打官司这条路有多难有多长，我都要走下去，为了张大可在九泉之下的灵魂得到安慰。"

沉默了一会儿，何莉又感慨地说："上次咱们在这个餐厅吃饭，还是那么开心那么快乐，转眼之间，天就塌下来了。十年生死两茫茫，不思量，自难忘。你们俩还记得吧，我们看见苏枚和一个男人单独坐在这里吃饭，我们猜了半天也不知道那人是谁。现在看，那个人是谁都不重要，人只要好好地活着，健康地活着才是最重要的。不过，我打我的官司，你们要活好你们自己，有时间关心关心苏枚，她婚姻不幸福，同时也照顾你们自己。"何莉又喝了一杯酒。

王美秋与秀芝来之前是想劝何莉，现在已经被何莉的话感动了，何莉是多么坚强的女人，她们从心里佩服她。

送何莉去火车站的那天，常江子、王美秋、秀芝三个人一起去的，到了火车站他们才知道何莉不是一个人去打官司，她还带上了五岁的儿子楠楠还有她的疯婆婆。

常江子抱起楠楠，脸贴着他的脸，从感情上，常江子觉得张大可与何莉的儿子就像是自己的亲儿子，他是看着楠楠长大的，他舍不得楠楠，眼睛红润着。他把早已经准备好的两千元钱，悄悄地放进了楠楠的兜里。

≪ 第二十二章

"不同的色彩对人的心理刺激不一样，墙壁、天花板、灯都要充分利用各种色彩。"王晓燕在与设计人员讲咖啡店的装修设计，"最好将暖色调融入设计中去，用一种隐晦的方式表达出来，但是要注意内外的协调性，避免不伦不类。其次要注意不要生搬硬套模仿别人的风格，咖啡店的装修设计一定要有自己的特点和个性，这样才能装成一个大气的咖啡店。最后要注意的是软装饰的运用，在这个多元化的时代，我们一定要慎重地运用软装饰，要从顾客的角度去审视和装修咖啡店，这样才能吸引更多顾客……"

"哇，好专业呀！多日不见，燕姐什么时候成了设计专家？"常江子进来好半天了，王小燕还没看到他。

"江子来了，我还没看到你呢。你来得正好，快帮着提点意见。"

"装得真不错，玉琼市还真没一家装得这么好的咖啡屋呢，很有味道。燕姐，什么时候开业呀？"

"我们定的是本月8号，8就是发的意思，现在做生意的人都喜欢8字。"王小燕停了一会儿说，"不对呀，刘菲没告诉你吗？"

"刘菲？她还对我保密呢吧。"

"开什么玩笑，跟你保什么密呀，都是一家人。"王小燕开朗的性格没变，常江子知道，绝不是燕姐要隐瞒他什么，隐瞒他的人恰恰是刘菲。

"我一直蒙在鼓里，不知道她用钱做什么，原来是想开咖啡店。"

王小燕瞪大了眼睛不知道常江子说的是什么意思。

"我一直不知道你和刘菲合着开这个咖啡店。我也不知道她为什么一直要瞒着我，可能是要给我一个惊喜，或者是我们之间出了问题，她每天在做什么，我没关心过，我每天做什么，她也不关心，所以我们俩倒落个互不干扰，都是随心所欲。"

"啊！我还想呢，从装修到现在江子怎么连个面也不露，还不如李龙呢，李龙还亲临现场呢。"

"看来大家都知道，就是我不知道呀！"常江子说，"大概刘菲想给我一个惊喜吧。"

王小燕真不知道刘菲是怎么想的，常江子为什么刚刚知道她们在一起开咖啡店。她快人快语地说："刘菲去买一些零碎的物品，一会儿回来，我一定要让她跟你讲清楚，这么大的项目是我们两个共同投资的，一家一半，她怎么不对你讲呢。"

"啊，不用了，燕姐，其实投多少资我都知道，就是不知道她干什么项目，我来了才知道，原来是咖啡店。这也挺好的，是个不错的选择，一定能挣钱。"

"哦，那就好，相信我吧，一定能干好！"

"我走了，燕姐，我服装店那边还有事。"

"好，好！你忙你的去吧，放心吧，这里有我呢。"王小燕把常江子送到门口。

常江子从咖啡店出来，心情十分复杂，在一个屋檐下生活，两个人竟然心和心离得这么远，有一句话说得真好：世界上最远的距离是我在你面前，你却对我视而不见。

知道刘菲和王小燕开咖啡店的事，常江子还是从他雇的店员小英子那里知道的。原来都是何莉帮他管账，何莉走后，他就把管账的事交给了小英子。常江子很信任小英子，她是何莉带出来的售货员，机灵可靠。小英子好几次跟他说："刘菲阿姨把店里的好衣服都穿了一个遍，穿过的衣服还拿来卖。"常江子没把这事放在心上，他知道刘菲爱穿，自己家又有服装店，这算什么事。每个月结账的时候钱都会少一些，小英子含含糊糊地说："刘阿姨用钱就来拿，她拿走的钱我都在心里记着呢。"常江子也没往心里去。可是连着几个月了，每个月都少钱，常江子就坐下来跟小英子算细账。这一算，小英子再也瞒不住了，全都实话实说了，"刘阿姨不让我说她从服装店拿钱的事，她说她有大用，要干大事，干出大事来再告诉你。我开始不知道她有什么用，有一天那个叫王小燕的阿姨来店里买衣服，她和刘阿姨说起开咖啡店的事，我才知道的。"小英子低着头说，"我知道就告诉你了。店里所有的钱的去向，我这还有一本账呢，请老板过目。"

"还老板呢，你们两个人都把我这个老板都架空了。"常江子不高兴地说。

常江子详细看了看小英子的账本，才知道刘菲私自从店里拿走十几万块钱，几乎快把店里的流动资金拿空了。他今天也看到刘菲和王小燕开的那个咖啡店，从租房到装修，都下来也得二十多万元，每人投入十多万元。常江子想起来他与刘菲的一段对话：

"刘菲，何莉摊上那么大的事，不能再去服装店帮忙了，你没事就去服装店里照看着点。"

"我去是行，可我站不了柜台，也不会卖。"

"不会卖还不会学吗？"

"我学不会，我不是站柜台的人。"

"你单位里不是没什么事，你整天不着家都干什么呢？"常江子的确不关心刘菲的事，只知道她这个舞蹈演员因年龄的关系已经退到二线了，在单位没事可做，上班也是待着。还有王小燕因年龄的关系，一般情况下也没有演出任务。歌舞团和京剧团一样，一个演员上不了台就等于闲人一个，跟下岗也差不多，只是工资照拿。

"那也得到单位去上班。"

"好长时间没见到燕姐了，她干什么呢？"

"燕姐也想着下海干点什么，现在谁不搞点外快呀！"

"她可以办个古筝班。"

"古筝班没有做别的生意来钱快。　"

"你也可以办个舞蹈班呀？"

"和小孩子打交道，我可干不了。"

"你什么都不想干，光待着有意思吗？"

"我会干大事的，一定会干出大事的，要不然你整天瞧不起我。"

晚上，刘菲回到家。

常江子好长时间没这样躺在沙发上看书了，一看就是带着一种情绪。

刘菲知道常江子去了咖啡店，王小燕已经把事情跟他讲明白了。刘菲很歉意地说："你今天去咖啡店了？"

"去了。"常江子还在看书。

刘菲脱了外衣，坐在常江子的身边，双手抱起常江子的一只胳膊，说："你都知道我从服装店里拿钱的事了？"

"那服装店是我开的，你也不想想，你偷着拿钱我能不知道吗？你为什么不明着告诉我，开一个咖啡店也不是个小事，为什么非要瞒着我呢？"

"我想过，我要是明着告诉你，你不会支持我，在你的印象中，我什么都干不了。我是想，在我干成了事之后，再证明给你看。"

"刘菲，"常江子语重心长地说，"你没感觉到我们两个人的心越走越远吗？"

"我没觉得呀，我们两个这段时间很少吵架呀！"

"不吵架的夫妻不一定是好夫妻。我们的心离得太远了，吵架都懒得吵了，那证明什么，你想过吗？当然，我有很大的责任，我对你的关心太少了。"

"所以……"刘菲哭了，说，"所以我干我的，你干你的。谁都别管谁。"

"我也没说非得让你去做什么，你如果能把家里这些事情做好了我就知足了。你以为做生意那么容易吗？我都经历了多少事，做生意不是你想象的那么简单。"

"我不想当个全职太太，那样你更瞧不起我了。"

"你也不是全职太太，你不是还有班上呢。"

"我那班上与不上是一样的，没事我就在家里待着？"

"我有表现出来瞧不起你吗？有那么严重吗？"常江子开始自我检讨。

刘菲越哭越伤心。

常江子起身拉过刘菲的手说："以后我们相互多理解吧，我祝福你们，祝你和燕姐咖啡屋开得好，开得红红火火，你有了事情做，也就不那么空虚了。"

刘菲很感动，她没想到常江子这么宽容她，她背着他拿那么多钱，他都没指责她，而是鼓励她要干好。

"还有，刘菲，你穿衣服是好看，可以给咱们服装店当模特，但是以后你穿过的衣服就不要再拿去卖了，时间长了让顾客知道不好，有损服装店的信誉。"

"我还没跟你要模特费呢，我穿哪件，顾客就去买哪件。"

"是吗？这个我还不知道呢。"

刘菲很难得在常江子面前撒一次娇，她把手伸出来说："拿模特费给我，光看着我穿了你的衣服，不看我的贡献有多大。"

"服装店的钱都让你拿空了，还要奖励呢。我说正经的，你以后就在店里穿，别穿到大街上去。"

"好吧，听你的，以后不穿了。"

常江子幽默地说："以后相中我店里的衣服，刘老板得拿钱去买啊！你也是咖啡店的老板了呀！"

"好！常老板。"刘菲开心地笑了。

常江子见刘菲高兴了，也不想再多说了。既然检讨了自己，就得改变自己。

王小燕和刘菲合开的咖啡店开张了，既没放鞭炮，也没请领导和朋友，很低调地开始营业了。两个人都有公职，并没有停薪留职，所以不想让外人知道是谁开的咖啡店。正如王小燕的理念一样，咖啡店的设计风格用一种隐晦的方式表达出来，灯光很暗，适合恋爱的人到这里。到了晚上更为明显，一些不愿意被人看到的男男女女坐在里边昏暗的小屋。

王小燕和刘菲每天晚上到咖啡店轮流值班，前台有服务员招待客人。

常江子晚上去了几次，他觉得那种环境真不像是好人待的地方。开始营业的时候，人还不少，觉得那样的环境挺新鲜，一段时间以后，咖啡店几乎没什么人光顾，顾客稀稀落落。

回到家，常江子对刘菲说："你们的咖啡店不能开成那样，好人都不敢去。另外咖啡饮料卖得太贵，一杯咖啡五十元，一杯饮料三十元，去一回就把顾客宰死，下一次他还去吗？玉琼市这个小城市还没有那么高的消费水平呢。"

"现在的咖啡店都是那样的模式，不那样才没人去呢。"刘菲自从开了咖啡店，已然觉得自己也是个老板了，可以和常江子平起平坐，甚至比他还牛。

"那得什么人到你们那里去消费呀？一般人真消费不起。"

"咖啡店的东西就应该卖得贵一点，那才显得上档次呢。"刘菲根本不接受常江子的意见。

"这是什么逻辑呢？"常江子不解。

"你是外行，你不明白，我不跟你说了。"刘菲转身去做别的事情。常江子跟她说什么，她都一副冷漠的态度不予理睬。

常江子跟刘菲沟通不了，只能一个人拿本书躺床上。自从那次他与刘菲推心置腹地交谈了之后，常江子努力改变着自己，试图多关心关心刘菲的事，多给她一些温暖和体贴。而刘菲却没把这些放在心上，她忘了当初，甚至忘了自己是谁，只知道自己现在是一个了不起的咖啡店老板，不把常江子放在眼里。她想，你原来瞧不起我，以后说不定谁瞧不起谁呢。

常江子这边经营着服装店，那边关注着刘菲经营的咖啡店，毕竟投了那么多钱，他怕她们经营不善。他和刘菲一直沟通不了，他也就不愿意再去咖啡店了。

李龙去街上办事，路过常江子的服装店，就把自行车停靠在一边，进了店。

常江子恰巧在店里，看到李龙来了，满脸笑容地迎着他。李龙在常江子的服装店里转了一圈，说："我也不买衣服，很少逛服装店，你这搞得是不错，一看就有品位，店有品位，服装有品位，主要是老板有品位呀！"

"李哥今天这么闲，哪阵风把你给吹来的。"

"我刚刚去买了一个电源插头，咖啡店的插头不好使了。"

常江子心里咯噔一下，自己就没做到这一点。常江子说："李哥比我费心费得多。"

"这都小意思，小活儿，咱就是跑跑腿。"李龙怕常江子想得多，眼睛故意看着那些服装，然后岔开话题说，"我从来不自己买衣服。"

"男人也不一定不自己买衣服，有品位的男人都是自己买衣服，别人买还相不中呢。"常江子笑着说。

"我的衣服都是王小燕买，她给我买什么我就穿什么，从来不自己买衣服。"

常江子从柜台下边拿出一件漂亮的衬衣，递在李龙的手上，说："李哥，这件衬衣是给你留的，我一直没时间给你带过去，今天你来了，正好我不用特意给你送过去了。"

"别别别，这我可不能要，好像我来你这……这不合适。"李龙脸都红了，他不好意思要。

"这是红豆牌的男衬衣，名牌，花色也正适合你。咱俩谁跟谁，快拿着吧，这么多年了。"常江子诚恳地说。

李龙看了看那衬衣，的确是不错，很高档，很有品位，他也很喜欢，就接过来并开着玩笑说："早知道这样，我多来几次。"

常江子正有许多话要跟李龙讲，就说："李哥，今天没事咱俩喝两杯去？"

"好呀！我请你，我不能又拿衣服又让你请我吃饭。"

"改天你请我，今天到我这来了，就必须我做东。"

两人走出服装店，在离服装店不远的地方找了一家环境舒适的餐馆，要了几个菜，要了两杯扎啤。

常江子主要想谈的话题是刘菲和王小燕开的那个咖啡店。常江子说："李哥，我看燕姐和刘菲她们开那个咖啡店不如以前生意好了，最近好像也没几个人去呀，能挣钱吗？"

李龙叹了口气说："我看也悬。"

原来李龙也是这么看。常江子就放开了一些，说："我跟刘菲沟通了几回，沟通不了，她不听我的，觉得她们那样做没错。我倒觉得把咖啡店开成那样接受不了，也许我的观念落后了？再就是她们把价钱提得太高，顾客有被宰的感觉。"

"我也跟小燕提过价格的事，她也坚持自己的意见。我和你不一样，我是个外行，说话没力度，就不多说了。她们的事，我就只管帮点小忙，废话少说。"

常江子感到有点无奈。

李龙说："现在的咖啡店不都那样开吗？咱们市里的咖啡屋咖啡店，你挨着家去走走，都搞得昏天黑地，屋子里漆黑，灯光昏暗，好像不黑就不是咖啡店。他们把咖啡店都理解错了。以前咱们小的时候谁喝过咖啡，中国人喝咖啡吗？人家外国人才喝咖啡呢。说实话，现在中国人也没几个会品咖啡的。这改革开放从哪学来的不知道，一夜间，咖啡屋、咖啡吧、咖啡店到处都是。王小燕提出与刘菲合开咖啡店这个想法时，我开始是不太赞同的。小燕说，她们俩开咖啡店和别人家不一样，一定会开出自己的特色来。结果呢，我看也就是装修上有点区别，开起来还是大同小异。"

"那些男男女女去咖啡店消费的人，总给人感觉不那么光明正大，真正想喝咖啡的人，看了那样的环境，还不一定敢进去。"常江子给李龙夹了一块鱼放在碗里，两个人碰了一下杯。

"行啊，江子，以前为了保护嗓子不喝酒，现在这嗓子也用不着了，放开喝吧！"

"是啊！不喝点酒也没意思。这饭店每天一家一家开业，一家比一家装修得豪华，一家比一家弄得大，我们都不来消费，饭店不都得黄了，哈哈……"

"你说得对，光吃饭还不行，吃了饭还得跳舞。哎！说起跳舞这事，我还正琢磨着，玉琼市大饭店不缺，倒是没有一个像样的大的舞厅，要不你开个舞厅算了，比你卖服装要强。现在是个人就会卖服装，舞厅可不是一般人能干得了的。"

常江子喝了一口酒，说，"我也琢磨过这件事，咱们剧团的二楼练功大厅闲着也是闲着，不如租过来开个舞厅。"

"真的，你怎么想到的？那是个好舞厅，那你就干呗。"

"我的资金都让刘菲占用了，我再积攒点资金吧，或者把服装店挑了，去开舞厅。"

"挑服装店？那可没必要，你这服装店多红火，在全市都出名了，怎么说挑就挑呢？"

"哎，李哥，表面上看着挺好，其实也有难度。和北京的几家服装店是签约了，前两年还行，现在那些服装又过时了。不进则退，老守田园不行，人们的生活水平越来越高，眼光也越来越高了，还得想办法自己去进各种不同的货，我这一个人，有点力不从心了。"

李龙常常被常江子的坚毅、大气以及魄力折服，可是上天不会让每个人都十全十美，他知道常江子对自己的婚姻不满意，一直委曲求全。他就是个搂钱的耙，家里也得有个装钱的匣。

"你就缺个装钱的匣子。"李龙想着想着把这句话说出来了。

"以前我总觉得我对她关心不够，现在她觉得她翅膀硬了，甚至比我都强了，不用我关心了。两个人总是拧不到一起。"

"咳！对付吧，已经这样了。"李龙对刘菲的看法跟常江子是一样的，可人家毕竟是夫妻，他也不想多说什么。

何莉走后，王美秋和秀芝出去吃饭会叫上苏枚。何莉走的时候，心情那么不好，还叮嘱她们俩多关心一下苏枚。人在经历了许多事情之后更能明白一些人生的道理，许多情义，许多时光，许多人，都要好好地珍惜。珍惜身边的人，大家能相识相聚在一起都是缘分。

她们三个人一起来到不见不散餐厅。

王美秋还是喜欢斜挎着包，虽然各种包她都有，但她总是喜欢斜挎的。秀芝越来越会打扮了，人到中年才知道把她的美丽展现出来。苏枚比她们俩年轻，随便穿什么都好看。

"苏枚今天能跟两个姐姐出来吃饭，我们可高兴了，平时总觉得你不喜欢和人交往，不愿意出来，所以我们也不敢去找你。"秀芝笑着说。

"不是的，秀芝姐，我挺崇拜你的，你演戏那么好，人又长得那么漂亮。你和美秋姐我都崇拜，还有何莉姐姐，你们都是我学习的榜样。我的确显得有些孤僻。一开始来这个剧团，我心气很高，总觉得自己挺委屈，来到这么一个小剧团，也总觉得自己了不起，谁都瞧不起。后来我才发现，咱们剧团里有很多了不起的人，了不起的演员，他们不都在这个剧团里认认真真地演出，认认真真地做事，兢兢业业为戏剧事业做着贡献。后来，我又有点自卑了，所以显得和大家不怎么合群。"苏枚又说，"今天要不是秀芝姐姐找我，我还会推辞的，出来之后，感觉和你们坐在一起可高兴了，以前自己太封闭，以后我得多出来，多和你们在一起。"

　　"你和张德利现在怎么样了，过得还好吧？"秀芝就是直率，说话直接。

　　"张德利最大的毛病就是打麻将，整天在外面打麻将，回到家里就是睡大觉，跟这样的人在一起生活特别没趣。"

　　"我和美秋现在已经不和张德利马伟他们一起打麻将了，听说他还在打，是吗？"秀芝问。

　　"一直在打，自从那次我给你们搁了麻将桌，我也很后悔，都是一个单位的，低头不见抬头见。今天也正好向两位姐姐道个歉。"

　　"道什么歉，你做得对，我们还感激你。从那之后我们就改邪归正了，一次也不玩了。"王美秋笑着说。

　　"也不知道张德利现在在哪玩儿。他不让我找他，我也找不到他们玩儿的地方。"

　　秀芝心想，如果她和马伟好着，她就会知道他们在哪儿，现在也不知道他们的行踪了。秀芝坚决不与马伟来往了，马伟似乎也没把这件事放在心上，似乎一下子就把秀芝给忘得一干二净，像从来没和秀芝发生过什么一样，再也不关心秀芝的事，秀芝甚至连马伟的踪影都见不到。秀芝还在想，以前她真是个傻女人，早就该认识到，好色的男人没几个好东西，马伟那样的就是垃圾男人。女人千万不要找有妇之夫玩感情，第三者的滋味，就像角落里的植物，要多凄凉有多凄凉。玩玩也就算了，谁动真情谁就是傻子。

　　"今天他们又去玩儿了吧？"王美秋又问。

　　"又去了，几乎天天玩儿。"苏枚说，"有时候我就想，一个人，特别是一个女人，如果婚姻这步棋没走好，后半生就没什么幸福可言。我当时明知道张德利不是我想要的，却又偏偏下不了决心拒绝他。"

　　苏枚在说这些话的时候，秀芝和王美秋都在对照着自己的婚姻。王美秋笑而不语，她觉得自己的婚姻应该算不错的，她很知足。杨义不是最优秀的，可也没什么不良嗜好，虽然在公安局工作，从不在外面多喝酒，属于下了班就回家的好男人。秀芝对自己的婚姻并不满意，她结婚早，老公是别人介绍的。他没什么文化，当了司机以后就更不靠谱。他们的婚姻里没有爱情，也谈不上恩爱。

"既然已经这样了，就凑合着过吧，离婚也是下策，轻易不能离婚。"王美秋总是一个调和矛盾的人。

"苏枚，我想问你一个事。"秀芝想起上次看见苏枚和一个陌生男人在一起吃饭的事。

"什么问题？"

"也不知该不该问，还是别问了，都是隐私。"秀芝又想把话收回来。

"我知道你想问什么，秀芝姐，你一定想问和我一起单独吃饭的男人吧。"

秀芝奇怪地说："你怎么知道我要问这个？"

"上次我们进来时看到你们了，你们三个也在这吃饭。我想，我都看到你们了，你们还会看不到我吗？"苏枚笑得很坦然，"那是我同学，他的确对我挺好的，没什么，就是在一起吃个饭。"

"这个男同学是单身吗？"秀芝问。

"目前是单身，他妻子去年得了乳腺癌去世了。"

"看来他请你吃饭是有目的的。"

"他在学校的时候就追求过我，现在仍然有这个想法，可他没直说，就是请我吃个饭。我还没决定与张德利离婚，所以又不能拒绝和男同学吃饭，又不能与他谈情说爱。"

"苏枚，"王美秋很认真地说，"我们都没法接你的话，因为我们不了解你的这个男同学。人都说婚姻是双鞋，穿着到底哪不合适只有你自己的脚知道，你自己可要把握好，不要轻易做决定。"

"没有，我们只在一起吃过两次饭，什么事都没有，就是吃饭，说说各自的工作啊什么的。"

"美秋说得对，美秋说得对。"秀芝说，"咱们换个话题，不说这些沉重的话题了。"

三个人高高兴兴地从饭店出来，已经很晚了，打了一辆出租车往回走，路过剧团门口时，她们看到一辆警车停在这里。王美秋摇下车窗，看到剧团的几个人站在那里议论着什么。她说："不好吧，咱团的人出事了吧？"

三个人都下了车来到剧团大门口。会计小王在那里站着，秀芝走过去问小王："这是怎么了？"

"几个打麻将的被警察抓了。"小王神色紧张地说，"那场面可吓人了。他们在四楼的隔层里玩麻将，不知道被谁给通风报信了。警察赶到时，跑了两个，抓住两个。一个人从楼顶上跑的，差一点摔下来，那要是摔下来就得摔死。还有一个人跑出来时，把钱塞进墙缝里了，空着手出来的，警察没抓到他的证据，以为他不是玩麻将的，没分辨出来，那人就跑了。"

"抓住谁了？"苏枚的心咚咚地跳起来，她怕把张德利抓了。

"被抓的人走了吗？"秀芝也想马上知道把谁抓起来了，不会是马伟吧，"警车为什么还在这里呢。"

小王说："来了两个警车呢，抓人的那辆已经走了，楼上还有两名警察不知道在干什么。"

正在此时，两名警察下来了，苏枚不顾一切地跑过去问，"警察同志，能告诉我被抓的人是谁吗？"

"我们在执行公务，不要妨碍我们。"警车启动时，一名警察伸出头来说，"有一个人是你们剧团的，有一个人是社会上的。"

警车呼啸而去，剧团门口的人也一一散去。苏枚撒开腿就往回跑。

"苏枚……"王美秋喊了一声，苏枚像没听见一样，越跑越快，消失在夜色里。

苏枚一口气跑到家，赶紧拿了钥匙开家里的门，进了屋，家里没人。她站都站不稳了，身子在不停地晃。她害怕张德利被抓进去，到时怎么办？

冷静一会儿，苏枚又站起来，她关上家门，撒开腿又跑，一口气跑到了马伟的家。咚咚咚，她使劲儿敲门，没有人开门。她想，马伟就是被抓了，家里也应该有人的，马伟的老婆从来都是大门不出二门不迈的。她想知道的不是马伟，是张德利。她已经没有一点力气了，蹲在马伟家门口喘着。

深更半夜，外面很静，马伟以为没有人，开了门探出一个脑袋来，突然看见苏枚倚着墙坐在地上。他小眼睛一转，立马把门关上了，他怕苏枚跟他要人。

马伟开门关门的声音，苏枚都听到了，她知道里边有人了，忽地站起来使劲儿敲马伟家的门，一边敲一边喊："开门，马哥！开门！我知道你在屋里呢，开门！"

马伟不开门不行了，再不开门，一会儿苏枚把邻居们都吵醒了，事情更糟糕。马伟不高兴地把门打开了。

苏枚进了屋就问："张德利呢，是不是让警察给抓走了？"

"我不知道，我没去玩麻将。"马伟很害怕警察再把他也抓走，他不敢说实话。

苏枚使了个心眼儿，说："你怎么没去，有你啊！张德利每次都告诉我有谁，我才会让他去，他说今天晚上有你。"

马伟信以为真了，红着脸说："是，张德利是被警察抓走了。"

"那怎么没抓你啊？"苏枚问。

"我，我跑得快，我把钱塞墙缝里了，警察没看到。他们拦住我的时候，我说我是剧团的办公室主任，我是来值夜班，他们没说什么就让我走了。"马伟心想，现在说了也不怕，警察没证据是不会抓人的。一会儿他又愤愤不平地说："就是玩个麻将，也没玩多大的，就被人告发了。其实我们玩的那地方是不应该有人知道的，谁知道呢，也不知道得罪了哪个爷了。"

"这就不应该了，你们天天在一起玩，你把自己保护得挺好，张德利替你进去了，张德利怎么办？"苏枚想从马伟那讨个办法。

"张德利没事的，进去蹲两天就出来了，你别害怕，你回去吧。"

"我不相信他蹲两天就出来，不出来怎么办？"

"一定会的，最多不过两三天，你就放心吧，马哥不会骗你的，快回去吧，都这么晚了，要不马哥送你回家。"

"不用了。"苏枚冷静下来想，在马伟家耗着也找不回张德利，还是回家吧。

从马伟家出来已是深夜，大街上一个人都没有，苏枚一点都不觉得害怕，她慢慢地走在大街上。在她的人生中，都经历了这种事，还有什么比这更可怕的。

《 第二十三章

何莉走的那天是正月初六。何莉带着五岁的儿子和疯疯癫癫的婆婆来到了北京。

北京的天空飘着大雪，这天气仿佛在告诉何莉，等待她的将会是什么。何莉到处打听，找到了几家政法机关，但都被拒之门外，理由只有一个，现在不上班。何莉这才想起来，今天是正月初六，家家户户还都沉浸在春节的欢乐之中呢，只有她这一家老小带着冤屈，冒着这样的大雪来到离家很远的地方。张大可，你在哪儿，如果你活着，我们也在家快快乐乐地过春节呢。现在我们都没有家了，母亲、孩子、妻子，在这大雪天里替你申冤，张大可你都看到了吗？何莉心里酸酸的，有老有小，无论如何也得先找个地方住下。

他们走啊走，终于找到了一家小旅馆。这家小旅馆有地下室，价格便宜。虽然来的时候亲戚朋友给她凑了一些钱，还有常江子的两千元，可何莉一分钱都不敢浪费，她心里知道这官司有多难打，不知道要打多长时间。小旅馆地下室的房间都没有窗子，冷天就更加潮湿，楠楠一刻钟也待不了，哭着喊着要回家。

"楠楠，听话，听妈妈的话，咱们只有住在这里，才能见到爸爸。"

"爸爸！爸爸在哪儿，我要爸爸！"

"你还我儿子，你还我儿子！"婆婆听到孙子找爸爸，她抓住何莉的胳膊和头发，跟她要儿子。

何莉没法说服这一老一小，也跟着他们一起哭，边哭边说："大可，你在哪儿，你快来看看你儿子和你妈妈吧，他们都不听我的话……"

外面大雪，屋里潮湿，当然，在哪儿都没有在家里舒服，可是就这样待在这地下室也挺难熬，要哭不如到外面去哭。何莉把一些简单的生活用品放下之后，就领着哭哭啼啼的儿子和疯婆婆，手捧着状纸，跪在了大街上。

过来过往的人只有送来同情的目光，没有人知道他们为什么跪在这里喊冤。这么大的雪，这一老一小怎么受得了。有的人会扔给他们一些零钱，有的人站在那里看着他们，又可怜又同情。一家三口就这样，走到哪儿跪到哪儿。

来到北京没几天，由于过度悲痛和劳累，何莉病倒了，高烧不退。躺在地下室里的床上，她嘴里还在喊着"申冤……申冤……"这两个字。旅店里的服务员看到何莉这美丽羸弱的女子，性格却如此刚烈，一定是受了天大的委曲。孩子小，婆婆疯，谁来照顾她？服务员可怜她，给她买来药，给她

270

送来热水，帮助她照顾一老一小。何莉的病情终于有了好转。

稍稍有了一点精神的何莉跟婆婆说话，婆婆不明白，只好跟六岁的儿子说话，儿子也不明白。她有气无力地说："楠楠，今天是正月十五，过了今天，等到明天，各个地方都应该正常上班了，那咱们就去法院、检察院或者电视台，咱们一定要找到一个说理的地方，给爸爸申冤。"

楠楠眨眨眼看着何莉问："妈妈，什么是说理的地方？"

何莉一下子答不上来了，吭吭哧哧地回答："说理的地方就是……就是……能够说公道话的地方，妈妈要跟他们讲理，他们认为妈妈说的话有理。"何莉被楠楠提出的问题给难住了。什么是说理的地方，去哪里找，自己都说不清。

何莉带着一老一小四处寻找。不管那些大门难进还是好进，他们都要进。何莉手捧着状纸，进了门就给人家跪下申冤。最高人民法院负责接待中心的一位同志了解了案情后，十分同情何莉他们母子，他当着何莉的面就拿起电话，专门向省城有关部门询问了案情，并用命令的口气要求省城那边迅速查办此案。

那位负责同志对何莉说："你们先回去等着吧，有了消息我会找人联系你的。"

何莉感激涕零，一手领着婆婆，一手领着楠楠，踏着厚厚的雪回到了旅店，虽然外面和屋里差不多冷，可何莉心中总算是有了一线希望。

没有电话，没有联系方式，何莉不敢走出地下室半步，怕有了消息，法院的同志找不到她怎么办。她每天出去给一老一小买点吃的，自己吃的东西很少。

北风呼啸，雪花飘飘，一个月过去了，何莉没有等到任何消息。她不忍心再让婆婆和儿子跟着她受罪，乘上火车，把他们送回家。

何莉回到家谁也不知道，她一刻也没停留，一个人又来到省城。

这一回，她直接找到了省城北河区公检法的办案人员。何莉进了屋又给他们跪下了，她大声痛哭着说："我要知道案情的详细情况，你们为什么这么长时间还不把凶手捉拿归案，为什么？你们今天必须给我一个回答。"

办案人员让何莉起来，何莉不肯，她说："不给我一个解释我就不起来。"

"何莉同志，你不要激动，我们也在积极地侦破此案。目前的情况是苦于证据不足，取不到现场的案证啊！"

"这就是你们给我的理由和回答吗？"

"详细情况是这样的，"一名办案人员站在何莉的对面说，"当时还有一个姓胡的与棍儿都在现场，姓胡的这个人的体态和个头都跟棍儿相差无几，棍儿死死咬定是姓胡的踢死张大可的，还有人怀疑是张大可自己喝酒过量晕倒了摔死的。我们省公安只能一边加紧追捕姓胡的，一边只好将突发心脏病的棍儿保释出监。"

何莉听到此肺都气炸了，"你们都是些混蛋，竟然怀疑张大可是自己喝酒摔死的，医学鉴定的结论都出来了：重度颅脑损伤，脑疝，硬膜外出血，脑挫裂伤……"何莉不仅心凉半截，跌跌撞撞地离开了。

难道我就认了吗？张大可就这么白白地死了吗？不！决不！我就不信天底下没有说理的地方。何莉知道这一次来，短时间内解决不了，她先四处寻找住处，找了一家最便宜的小旅馆住下。她在小旅馆里奋笔疾书，先后写了上百封信，这些信多数石沉大海，少数的回音是：正在侦破，耐心等待。

每天处于焦虑不安和紧张状态中的何莉，越来越感到这打官司的路漫长。她把所有的精力都用在打官司上面，时常想起可怜的楠楠和精神受刺激的婆婆，还有她的老母亲，她都好长时间没见到他们了。这样等下去，什么时候有个结果，钱也耗光了，再加上她实在熬不住想孩子的滋味了，便买上车票回到了玉琼市。

楠楠在常江子的服装店玩儿，常江子给他买来一辆小火车玩具，轰隆轰隆，一下午，楠楠玩得很兴奋。一抬头，他看到何莉站在了他面前。

"妈妈！"楠楠丢掉小火车就跑过去抱住何莉，再也不松手。

何莉弯下腰，用她那憔悴脸贴着楠楠的小脸，眼泪唰唰地往下淌。

"何莉回来了？"常江子说。

何莉说不出话来，点了点头。

"何妈妈和你婆婆见了吗，她们还都好吧？"常江子又问。

"都好。"何莉控制着眼泪说，"我妈妈挺坚强的，她支持我把这个官司打下去。我婆婆由张大可的弟弟照顾着，身体还算过得去。"

"你还走吗？"

"暂时在家等消息吧，还得走。"

"怎么样，有点希望吗？"

何莉摇摇头，"这官司的难度太大了，太复杂了。"

"楠楠在家挺好的，这么多人照顾他，有时在我这里，有时去王美秋家、秀芝家，大家对他都挺好。你尽管放心吧，有我们大家呢。"

"要不是大家来帮忙，我妈一个人真带不了楠楠，我心里感激着呢。"

"都这么多年了，风里雨里的一路走过来，总是相互关照着，你就不要说客气话了。你这次回来也好好地调整一下自己，艰难的任务还在后边呢。"

"是，我知道，这打官司的路还很长，我时刻准备着上路。不打赢这官司，不给张大可报仇，我心不甘啊！"

何莉这样的誓言已经说了一百遍，常江子更加佩服何莉的坚强和坚韧，为了给张大可申冤，她竟然能吃那么多常人都无法想象的苦。

"我带楠楠回去了，你也累了一天，早点休息。"何莉拉着楠楠的手回家了。

常江子这段时间正在忙着装修歌舞厅。他说干就干，把剧团的排练大厅租了下来，想装修成全市最大、环境最好的歌舞厅。因为下午哄着楠楠玩儿，他没顾得上去装修工地。

夜色来临，常江子骑车来到工地想看一眼。装修期间，排练大厅的门总是开着的，第二天工人一早就来干活，不用给他们开门，再说里边也没有什么，所以就不锁门了。

常江子走了进去，里边还没接好电路。没有电，他拿出包里的手电筒照着脚下的路，借着亮光，他突然发现墙角处有一个人坐在那里。他立刻警惕地大声问："谁呀，你是谁？"

"我，我是张德利，江子哥你来了。"

"张德利？这么晚了，你怎么一个人坐在这里？"

"我在这等你很长时间了，我知道你肯会来。可是今天这么晚了，我以为你不会来了，刚要走呢。"

"有事吗？"常江子感到张德利有点莫名其妙，便往那边走，并用手电照了他一下。

张德利的眼睛被手电晃了一下，他用手遮着光走到常江子面前说："江子哥，我找你有事。"

"什么事？说吧。"常江子看着张德利。

张德利勉强地张开了嘴说："我想……我想跟你借点钱。"

常江子马上想到张德利因打麻将被警察抓了那件事，事后找了很多人他才被放出来，最终还是交了两千元罚款。常江子心里有了戒备，好半天没说话。

"我想跟你借点钱，"张德利又重复了一遍，然后结结巴巴地说，"我……我借钱不是去打麻将，江子哥你别想到别处去，我……我这回……借钱不是玩麻将，是有正经事要干，我再不干点事，苏枚真就跟我离婚了。"

"干什么正经事，我听听。"常江子双手交叉放在胸前，抱着胳膊听张德利说。

"我想租一间门脸，开一个小饭店。"

"你开个小饭店？开小饭店也不是你想象的那么简单，你以前又没干过，能行吗？你有什么理由让我相信你？"

"我自己就会做菜。我做的菜可好吃了，我自己就能当厨师，不用再雇人了，不信哪天江子哥尝尝我的手艺。"

"自己能当厨师倒是一个开饭店的最有利的条件，还有呢？"

"还有就是苏枚可以给我打下手，当收款员、服务员。"

"苏枚同意吗？"

"苏枚说我干不起来，她现在还不信任我。她说我真能把饭店开起来，她就和我一起干。"

"你真的改邪归正，不玩麻将了？玩那东西像吸大烟一样，可是有瘾。"常江子严肃地说。

"真的改邪归正了，不玩麻将。不改不行了，家都要散了，老婆也快跟着别人跑了。"张德利低下了头，又说，"我知道苏枚在外面有个男同学，正追求她，我有危机感。苏枚现在还没有下定决心跟我离婚，所以我要重新做人，让她跟着我过上好日子。"

常江子这回相信了，看得出来张德利真的是要痛改前非了。自己的资金再紧张，这个忙他得帮，帮张德利就是帮了苏枚，苏枚这几年跟着张德利也挺不容易的。

"你想借多少钱？"常江子问张德利。

"当然多一点好，我这几年把家里的钱都输光了。昨天，我跟我妈要了两万元。"

"德利，我非常想帮你把这个饭店开起来，不管大小。但我目前手头也没什么钱，刘菲开咖啡店把资金都占用了。这样吧，你妈给你的那两万元你交房租用，装修饭店的事就包在我身上，正好我的舞厅也在装修，我就一起把你的饭店也装了。"

"真的吗？江子哥，我真没想到你能帮我这么大的忙，我想你能借给我两万块钱就不错了。"张德利满脸都是灿烂的笑容，然后感激地说，"我没找错人，我知道你会帮我，这么多年，你的为人大家都知道，你从来都不和我这样的人计较……"

"行了别说了。"常江子打开手电筒照着前边的路，他没认真听张德利说的话，反正都是赞美他的话。常江子说："这么晚了，咱们回吧。"

张德利跟在常江子身后，他们一起走出了排练大厅。

常江子觉得很累很累，晚上八点多钟了，他还没吃晚饭。回到家，他第一件事就是打开冰箱找吃的，却发现刘菲在床上躺着呢。

"你怎么这么早就睡了，今天晚上不是你值班吗？"常江子手里拿着一块儿面包和一罐啤酒坐在沙发上。他已经习惯了，从来都没有热乎的饭菜等着他回来吃。

"没班可值了，咖啡店关门了。"刘菲沮丧地说，"全赔了，把本都赔进去了。"

"什么？开得好好的咖啡店，说关门就关门了？"常江子表面镇静，心里却翻江倒海，这多少个地方都等着用钱呢，咖啡店再赔了，这可是火上浇油。

"其实，咖啡店已经有两个多月没什么顾客了，最后这一个月，几乎每天都空无一人，我们在那里白白地耗着，一分钱的收入也没有。今天实在是挺不住了，小燕姐跟我说得关门了，不能再这样靠下去，关了门算算账吧。"

"你们找原因了吗？是玉琼市的咖啡店太多了，还是王小燕你们俩经营不善。"

刘菲想了一会儿说："这两个原因都有吧。你不是曾经对我说过吗，我们那个咖啡店里的咖啡饮料定价太高，宰人宰得太狠。我当时没信你的话，认为上档次的地方就要价格高一点。小燕姐和我的想法是一样的，结果，我们的顾客越来越少。"

"知道价格高还不赶紧调整吗？"

"调整了，可已经来不及了。现在我才知道，不论是饭店、酒店、商店，还是咖啡店，如果一开始就把价格定高了，给顾客形成印象就不好改了。"

"刘菲，我想我有涵养，但是再好的脾气，也要对你发一次火。你总是不服气，总是要证明一下自己能行，实践证明呢？做生意不是那么容易的事，不是想象，不是谁都能干得了的，不是谁想当老板就可以当老板，不能逞强。让你到我的服装店里当个售货员你都说干不了，一下子自己开个店，想一步登天当老板，干得了吗？"停了一会儿，常江子把一罐啤酒打开，一口喝了下去，"你们俩这次赔得不少，你把我开服装店挣的那些钱都赔进去了，也就等于我这几年都白干了。你们的房租，你们的装修，你们所用的工具和食材，还都没有赚回来，就这样关门了。"

刘菲不再说话，她不高兴时一动不动。

说什么也没有用了，常江子觉得自己心力交瘁。他没吃手中那块面包，脸也没洗就躺在了床上。

刘菲依然坐着不动。

屋子里被昏暗的灯光笼罩着，常江子一个人在床上翻来覆去地想，钱没了当然可以再挣，可是目前舞厅要装修，不能停下来，张德利需要帮助，何莉打官司已经身无分文，就差卖房子了，也需要帮助！看来这服装店是保不住了，明天就得挑摊，把所有的服装大甩卖，收回点资金，用钱的地方太多了。

夜色笼罩着清冷的街头，似有雨点掺杂在风中飘舞，各家店铺陆续关了灯，拉下了卷帘门，只剩下昏黄的灯光在咖啡店的门前闪闪烁烁。王小燕在咖啡店里一直没走，李龙也在。王小燕急得眼睛里布满了血丝。咖啡店的每一个角落都凝结着自己心血，为了把这个咖啡店设计得与众不同，之前她买了十几本关于咖啡店装修设计的样板书，每天研究怎样装修好看。又找了一个学平面设计的朋友，给咖啡店设计了好几张图纸。满以为她与刘菲合作开个咖啡店，又高雅又赚钱。

对于她们开咖啡店的事，李龙没什么意见，李龙已经习惯了什么事都听王小燕的。有些想法说了，王小燕还是坚持自己的想法，李龙也就不再坚持。有王小燕在，他总是不爱动那么多的脑筋。

"李龙，你都看见了没有，这内墙用的乳胶漆，都是最好的品牌漆，每个小房间的颜色及风格都是不一样的，下辛苦设计出来的。这屋顶都是纯实木，从设计到装修就用了一个多月的时间，别人见都没见过，这都是我在书上看的。我们把大城市那些样板拿来用在这里。这灯具都是我和刘菲跑到省城买回来的……"王小燕一一说给李龙。她不说，李龙还真不知道她们的咖啡店装修花了那么多钱，这钱都花到哪去了，原来都是用的真材实料。

"装得再好，没有顾客来也没用。"李龙叹了口气说，"其实，你们俩应该考虑到这一点，满大街都是咖啡屋、咖啡店。现在下海经商的人越来越多，大家都想做点生意。你想到的，别人也想到了。你能干的，别人也能干。当你要开饭店时，你才发现满大街是饭店；当你要开宾馆时，你才发现到处都是宾馆；当你要开咖啡店时，你才发现，到处都是咖啡店。你们这生意太大众化了，谁都会干，竞争对手太多。现在想做生意挣钱，除非你干点高科技的，你干点别人干不了的，不然，你只能像拿着枪一样，在战场上拼杀，一不小心就被拼下来了。"

"我们是想和别人不一样，开个有情调的咖啡店，不然也不会在装修上下这么大的工夫。"

"说实话，在北方，在我们这样的小城市，喜欢这种私密性比较强的咖啡店能有几个，你们的消费群体不是很大，顾客群不普遍，你知道吗？再加上你们这消费高。"

"开咖啡店之前你告诉我，也许我会考虑不开这个店呢。"

"现在你是这么说，真那么说了也没用。你一意孤行，我是没办法。只有通过事实证明你们的想法是错误的。开店前的雄心、神气……谁能说得了？你和刘菲是一样的毛病，我和常江子只能让你们去做。我记得常江子提醒过你们，说你们咖啡店的定价太高，你们不听。"

王小燕低下了头，她这是第一次在李龙面前认输。

"你都从哪借的钱？赔了这么多钱，准备用什么办法还账？你不是刘菲，刘菲有常江子兜底呢，咱们怎么办？"

"咱们家里攒了点钱，我又向我哥哥、我婶婶、我表哥、我朋友借了一些钱，我说很快就会还给他们的，没想到是这样的结果，现在都赔进去了。"王小燕再怎么说也是女人，眼睛又红了，脸上布满了愁云。

"小燕，人说无论做什么，都要做自己熟悉的行当。作家写作，他们必须写自己熟悉的生活，非要找一个陌生的领域去写，一定写不出好作品。你和刘菲别说开咖啡店，你们自己去咖啡店里喝过几次咖啡？你们懂得咖啡的历史和文化吗？哪怕懂那么一点点，懂得咖啡是怎么调制的，什么样的咖啡好喝，什么样的咖啡是好咖啡，什么样的人喜欢喝咖啡，对咖啡和咖啡店有一个初步的认识和研究也行。我当然也不懂，我也是在这里胡乱说的。"

"那什么是我的本行？"王小燕突然像是有了新发现一样，她抓住李龙的手说，"李龙，你的话启发了我，我的本行是弹古筝呀，我还不如办个古筝培训班呢，招收学生，你说这是个好的想法吧？"

"办古筝班是个好想法呀，对呀，这个你可以尝试一下，应该没问题。其实你早就应该办古筝班，为什么一开始不往这上边想呢？"

"贪大求洋呗，再就是对自己估计不足。 "

"你也别太着急了，人总会有一条路可走。上帝给你关了一扇门，同时也会为你打开一扇窗。"

"这个不需要什么本钱，我自己就有古筝。那好，明天我就贴个招生广告，把咖啡屋的桌子椅子找个地方寄放一下，先在这里办个古筝学习班吧，反正房租已经交了一年，房租到期咱们再想别的办法。"王小燕像是在绝望中看到了生的希望一样，高兴起来了。

"人怕逼呀，逼着逼着就逼出一条路来。"李龙的情绪随着王小燕的情绪变化着，王小燕高兴了他就高兴。

"说干就得干 ，必须得干，不然欠了这么多钱用什么来还。"

李龙也叹出了一口长气说："好！我支持你。"

两个人把所有的灯都关掉，把门锁上回家。

"常江子的服装店在甩卖，我上午去了，还买了两件非常喜欢的衣服，都是原价，有的比原价还低。"王美秋来到何莉家，她轻描淡写地对何莉说着。

"你说的都是真的吗，美秋，你怎么不早说？"没想到何莉反应很激烈，她的眼睛瞪得圆圆的，"那我得去看看。"何莉一阵风似的跑了出来。

"等等啊！咱们一起去。"王美秋追上何莉。

她们走到店门口，也没发现和往常不一样，没有喇叭，没有广播，没有广告，走进服装店里才看到这里人不少，大家几件几件地买。

何莉进了屋就对小英子说："这衣服从什么时候开始甩卖的？"

小英子回答："都甩了两天了。"

"那你怎么不告诉我一声？"

"告诉你……你想买？"小英子疑惑不解。

"我想买，我都想买下来，可惜，我现在一件也买不起。"何莉声音很大，像是在发火。

"那你穿一件衣服还不容易嘛。你从这里选吧，你随便选，我一会儿告诉老板一声不就得了。"

何莉有点哽咽，"这么多时尚的服装，从开店那一天起，我从来都没想自己穿一件，我穿一件他就少卖一件。"

小英子眨巴眨巴眼睛，心想，你不穿白不穿，你不穿有人穿，老板娘都不心疼，可着劲儿地穿，你心疼什么，你又不是老板娘。

"为什么要甩了？"何莉平静下来又问。

"老板说要把这服装店挑了，不干了。"

"他傻呀，这么好的服装店，这么有名气的服装店，就这么挑了？"

"等一下，等一下……"小英子去给一个手里拿着三件服装的顾客结账。

王美秋面对着何莉说："何莉，你整天想的都是打官司的事，整天在家里看你的那些案宗、材料、书籍，没有人打扰你，许多事也没人跟你说。常江子不挑这个服装店不行，他正准备装修一个大的舞厅，手里一分钱都没有。"

"钱呢，这服装店挣的钱呢？"何莉不解。

"钱让刘菲赔了，刘菲与王小燕合着开了一个什么咖啡店，全赔了。"

"这么说，江子哥这几年他都白干了。"

"是这样。所以常江子想再重新开始。"王美秋一字一句地说。

何莉沉默了。她在这个店里帮常江子卖了一年多服装，她对这里是有感情的。她知道常江子是怎么起步的，从一个戏剧名角儿到一个蹲在大街上卖草帽的人，是多么艰难。进服装卖服装经历了那么多困难，常江子还曾险些像张大可一样，去东北进货，差一点出事。想想这些，何莉就毛骨悚然。她看着店里的衣服已经卖得差不多了，所剩无几，心里一阵阵发寒。何莉又一想，或许，这也不是一件坏事吧，或许开舞厅更锻炼他的能力，常江子的事业会有更大的发展吧。

"我这心操得是不是有点多余？"何莉低下头思考着。

"也不多余，但是你要相信常江子，他是个有想法的人。"

何莉点点头。

"走吧，咱们俩去散散心吧，特别是你，更该让自己放松一下了，弦不能绷得太紧。"

何莉与王美秋走在一条宽敞的马路上。这是一条她们俩最熟悉的马路，当时在剧团里工作一不顺心，两个人就出来顺着这条马路逛，过去这两边都是平房，如今她们看到马路两边的楼房一座座拔地而起。这些楼房就像路边的树一样，树叶是什么时候绿的，都在人们的不经意间，树叶什么时候飘落的，也在人们的不经意间。这些楼房是什么时候盖起来的，也是在人们的不经意间。

她们走到市中心，看到剧团的那个院子已经面目全非。这两年又在院子里盖了一幢家属楼，剧团的职工，有钱没钱的都买了商品楼。何莉说："咱们俩刚进剧团不久的时候，经常在这条街上逛，那时这是玉琼市最繁华的一条街，想买什么都买不到，物资匮乏。想买一个针织的内裤都买不到，后来让杨义他们单位的会计从省城给捎回来的。你还记得吧？"

"怎么不记得。"说起过去，王美秋用手使劲儿挽住了何莉的胳膊，"那时到了晚上，剧场内外都是你的粉丝，你的唱腔就从剧场的各个敞开的窗口飘出来，飘得很远很远，也飞扬在市中心的这个广场上。那时候的你年轻、漂亮、神采飞扬……"王美秋沉浸在美好的回忆之中。

"那时候的你也年轻漂亮，但是你这个人不争不抢，甘愿做绿叶。"何莉看看王美秋笑了，她似乎找回了当年的感觉。

"不争不抢，没人嫉妒我，我的生活和工作也挺好，我挺知足的。"

"是啊！时间只是一晃。一晃就过去了，包括今天晚上我们俩在一起这样的时光，很难得，我很珍惜它，可是它一晃就成了过去时。"何莉欢乐的情绪稍纵即逝，脸色即刻沉重下来。从张大可瞬间从这个世界离去的那一天开始，她的世界观就发生了巨大的变化，虽然她的情绪不稳定，悲伤多，欢乐少，但是她对人生、对生活有了许许多多的感悟。

何莉看着天上的星星想，纵使尽一切努力，也无法阻止一朵花的凋谢。所以，她静下心来的时候，要想那些美好的时光，追忆那些流金的岁月与花样的年华，以抚平内心的忧伤。

两个人沉默了好久，步子迈得越来越一致。何莉感慨地说："我们的青春之所以美丽，之所以显得辉煌，是戏剧带给我们的，我们要感谢中国戏曲。素兰老师常说，有一定高度的戏剧，只存活在具体的剧目中。中国戏曲靠的就是角儿。我们既是戏曲里的角儿，也是生活中的角儿。如果没有舞台，我就是一个平凡的人。就如林黛玉，也只有在大观园里她才是林黛玉。如果把她放到刘姥姥家里，她不过就是一个谁都不待见的人。所以说，没有了戏可演，我们也就失去了光彩。"

"何月那时候就喜欢读《红楼梦》，常江子也喜欢读《红楼梦》，你也读过《红楼梦》，你们都是受谁的影响啊？"

"我姐姐整天手捧着这本书，我是受她的影响。姐姐读得认真，从头至尾地读，我一开始就是粗略地选着章节读，对哪一章感兴趣就读哪一章，至今也没完全读一遍。姐姐多愁善感，都是读《红楼梦》读的。她现在的生活态度变了，写信来总爱说这句话：一辈子不长，用心甘情愿的态度，过随遇而安的生活。"

"何月她现在怎么样，还好吗？"王美秋问。

"就是一个普通家庭主妇吧，姐姐早就不工作了，生了两个孩子，小的刚刚一岁半。姐姐听到张大可的事情，差点没急死，她要回来，可就是回不来，一个原因是因为孩子太小，一个是他们现在在南方，离咱们这里太远了，回来一次太不容易了。"

嘟嘟嘟，王美秋的 BP 机响了。

"是杨义在呼我，这么晚了，他又不放心了。" 王美秋说。

"是的，太晚了，我们快回家吧。"何莉说这话时心里酸酸的。

"那我们在这分手吧，明天见。回家好好休息，何莉！"王美秋挥挥手走了。

何莉看着她的背影好生羡慕。回家，家是一个多么温暖的地方，有人在家里等着，有热饭，有热水，有温暖的话语，有温馨的气息。而自己的家，现在已经变成一个清冷的地方。要是张大可还在，说不定他早就骑着自行车来接我了。何莉一个人往回走的路上，满心伤感。

≪ 第二十四章

　　常江子的红歌舞厅开业了。开业那天晚上，他穿了一件深红色西装，黑领子翻在外边，下身穿黑色西裤，这身西装是专门为红歌舞厅开业做的。风度翩翩、气质非凡的常江子站在舞厅的前台，一束红色的灯光从上方打下来，正打在常江子的身上。舞厅里其他灯光明中有暗，暗中有影，闪闪烁烁放射着迷人的色彩。乐队早已经准备好，只等常江子出场。常江子简单地说了几句话：“欢迎大家今晚来到红歌舞厅，希望你们在这里度过一个欢乐的夜晚。下面我为大家演唱一首《上海滩》主题曲。”

　　当时《上海滩》这部电视剧深受人们喜爱。《上海滩》与许文强这个名字是连在一起的，人们喜欢许文强这个角色，喜欢听这首歌。常江子的演唱，让舞厅里的人们都沉醉了。人们赞赏着常江子的演唱，像享受了一场上档次有品位的音乐会一样。多数来跳舞的人都认识常江子，当年他们都喜欢听他的评剧，久违的他又出现在公众面前，大家掌声依旧。能听到他唱歌，能在这样与众不同的环境中跳舞，对人们来说是一种享受。

　　在红歌舞厅开业之前，玉琼市已经有一家较大的舞厅。自从红歌舞厅开业后，跳舞的人都慢慢从那个舞厅转移到红歌舞厅来，那边冷清了。人们喜欢红歌舞厅的环境，喜欢听常江子的演唱，甚至有的人就是来听他唱歌的，也不跳舞。他每天晚上只演唱一首歌，其余时间都交给专门请来的歌手和乐队。灯光、氛围以及常江子每天晚上唱一首歌，这让红歌舞厅场场爆满，舞厅生意格外红火。

　　随着舞厅的爆满，各种各样的人都来这里跳舞，各种各样的事也都发生在舞厅里，这使得常江子非常头痛并且害怕起来。他不知道开舞厅会遇到这么多的麻烦，完全不是他想象得那么简单。每晚唱完一首歌，他就得马上处理下边发生的一些事情。有丈夫来跳舞，妻子到舞厅找人的，有因为舞伴和别人跳舞吃了醋打人的。这些还都是小事，最让常江子头疼的是有两伙小流氓每天出入舞厅，在这里打架闹事。

　　常江子唱完歌，不敢离开半步，就在舞厅内外转来转去。忽然，他听到舞厅门口处有吵吵嚷嚷的声音，赶紧走过去。他看见一伙人把收票的大爷一把拽倒在地，又把收票用的桌子一脚踹翻，并且瞪着眼睛大吼：“收什么票，收票，老子就不买票，老子就要进去！”

常江子走过去，把收票的大爷从地上扶起来。大爷说："他们这伙人不买票就想进去跳舞。"

　　常江子见这场面够吓人的，就对大爷说："算了吧，让他们进去吧，对这样的人就不要太认真了。"他心想，这是一伙流氓，一旦因为几张票打坏了人怎么办。他转身走进舞厅，又看到里面刀光闪烁。这伙小流氓进了舞厅就和另一伙流氓打了起来。舞厅里的人吓得全都跑了出来。

　　这场舞会早早就散场了，清扫舞厅的人员吓得脸色都变了，跑来找到常江子说："常老板，你快来看呀，这地上全都是血。"

　　常江子走进舞厅，打开灯，看到那些鲜红的血迹，心里一阵阵发颤。

　　第二天晚上，常江子早早地守在舞厅门口，他在等着那些流氓。果然，舞会刚开始，他们就来了，有七八个人。常江子一眼就认出他们，他们每天都来，有时买票，多数时候不买票就混进去了。不让他们进去，他们就在门口闹事；让他们进去，舞厅就不得安宁。常江子灵机一动先跟他们打招呼："哥几个来了？"

　　他们都知道这位就是老板，稍稍收敛。

　　把门的大爷很认真，又把桌子挡了一下说："有票吗？"

　　领头那个不由分说就要动手打人。常江子赶紧赔着笑脸说："大爷，不要收他们的门票，几个兄弟都是老顾客了，进去吧。"

　　这几个人一看老板挺够意思，不仅不要票，还把他们看成兄弟，顿感亲切。几个人走在前面，常江子跟在他们后面，往舞厅里边走。常江子和气地对他们说："其实你们哥几个来了我很高兴，里边有几个好闹事的人，你们就算帮我维持维持舞厅的秩序吧，这几天舞厅里边太乱了，没你们哥几个我还玩儿不转呢。"

　　哥几个一听老板这么信任他们，把他们当哥们儿，心想以后再来老板肯定不跟他们要票，他们今晚一定得给老板一个面子。这天晚上，他们在里边克制着自己，也压制着别人，舞厅真就安然无事。

　　常江子觉得这个办法很好使。他知道这帮人虽然好闹事，但是他们都挺讲义气，只要给他们一点面子，他们就会给你一点面子。这哥几个对常江子也客客气气的，只要常江子在场，他们真不怎么闹事了，一段时间，舞厅里安静了许多。

　　收票的大爷感到很奇怪，悄悄对常江子说："这几个小流氓天天来，你还不收他们的票，他们更来劲儿了。"

　　"没关系，你不用管了，以后他们来了就让他们进来，不要收他们的门票。"

　　在昏暗的灯光下，常江子看到舞厅里有两三帮小流氓，他们都坐在角落里。他们抽着烟，有时会买几罐啤酒喝着。他们总是想在人多的场合里要要威风，打打架，闹闹事。不论他们坐在哪儿，常江子都会一眼就认出他们。

这一天，常江子唱完了歌，正往舞厅门口走，突然看见杨义站在那里。

常江子甚是惊喜，杨义穿着公安那身衣服往那一站，真有点威慑力。常江子喊一声："杨义！你来跳舞怎么也不打个招呼？"

"我不是来跳舞的，"杨义笑着，"我穿着公安这身衣服能跳舞吗？我是来为你保驾护航的，我听王美秋说，这舞厅里很乱，我来看看什么情况。"

"是很乱，每天都有打架闹事。今天没什么人闹事，是因为你站在这里的缘故吧，他们见了穿公安制服的会有点害怕。"常江子说着，把杨义让进了一个包间。"来，咱们里边坐。"

杨义看看这间包间，三面是黑皮沙发，中间放着一个茶几，看上去很高档，说："还有这么高档的包间呢，真不错。"

"一般情况下没人包，除非是单位来了重要的客人，吃完了饭还要来跳跳舞，这样的情况下他们会要包间。再就是大老板，讲排场的那种，来了非得要个包间。"

"明天我给你介绍一下你们这片辖区派出所的人吧，有两个关系不错，没事让他们来帮你维持一下秩序。"

"那太好了，我正犯愁这件事呢。"

常江子让服务员拿来一罐饮料，打开递给杨义，说："管理这个舞厅可太锻炼人了，许多事情都是我原来没想到的。改革开放这些年，人们的思想从禁锢中解放出来，学习西方人，把跳舞变成一种交际方式。这个舞厅就是改革开放的窗口，社会上所有的现象都集中地体现在这个小小的舞厅里。多数人是来跳舞，也有的人是来寻找一种刺激。我这舞厅一开业，好几家小舞厅都关门了，跳舞的人都跑到我这个舞厅来了。我是想给跳舞的人制造一种氛围，没想到随之而来的是几伙小流氓，他们也总是往人多的地方走。你是不知道我这里乱的。"

"是啊，我很佩服你，这可不是一般人能干的。明天我就让辖区派出所的人到这关照一下，让那帮人知道，咱这红歌舞厅可不是他们闹事的地方。"

"那太谢谢谢你了，杨义。"

"别客气，这也是我应该做的。"杨义起身往外走，说，"不早了，我看今天没什么情况，那我先回去了。"

"好吧！"

马伟这段时间经常来跳舞。马伟来跳舞当然不用买门票，自己剧团里的人来跳舞都用不着买门票，谁想来就来，常江子欢迎大家来他的舞厅跳舞。多数人都不好意思，有想跳的也不好意思来跳，觉得常江子是在做生意，不买票就等于从人家兜里掏钱一样。

马伟似乎没什么不好意思的感觉，他不仅自己不买票，还经常带着一个年轻女舞伴来跳舞，舞伴也不买票。自从常江子开了这个歌舞厅，马伟似乎和常江子的关系一下子就好了，江子长江子短的，似乎他从来没做过对不住常江子的事。马伟也不傻，他不承认那个女人是他的舞伴，第一次领那个女人来时，他对常江子说是他的一个远方表侄女，带着出来玩玩。那女人看上去的确很普通，不像有些常来舞厅的女人打扮得很妖艳。

常江子今晚唱的是《一剪梅》。他在掌声中走下舞台，然后去处理各种事情。有单位来贵宾要求常江子出面，常江子就出一下面。有朋友带贵客要求见常江子一面，常江子就去应酬一下。常江子把这些事情处理完，再回到舞厅，看看有没有人闹事，看看那哥几个吸烟还是喝酒。

马伟只和远方的这个表侄女跳舞，不和别人跳。可是，有一个小流氓不知为什么就看上了马伟的舞伴，非要和她跳舞，那女的当然不愿意和陌生人跳舞，可是她又不敢说什么。这时候，马伟必须充当男子汉。马伟说："你们认识她吗？"

"不认识就不能跳个舞吗？这小姐还是不够开放呀，你来都来了，跟谁跳不一样，让哥也玩玩呗。"

"别耍流氓。"表侄女没敢大声说，她往后闪着。

"谁耍流氓了，你说谁是流氓？"那个陌生男的把眼睛一瞪说。

"她没说你，这是我的舞伴。"马伟把表侄女拉在身后。

"还你的舞伴，我看你是要找死。"小流氓说着拿出刀来就朝马伟捅去，马伟一闪，那把刀捅在了他身后正在跳着舞的男人胳膊上。那男人不知道为什么挨了一刀，吓得像丢了魂，立刻抱着胳膊大声喊："有人拿刀，要杀人！"

一群小流氓见势不妙，发疯一样向马伟扑过去。马伟虽然也有点舞台功夫，但没闪开，屁股上被捅了一刀。他当时没有知觉，迅速逃离舞厅。小流氓没再追，马伟逃过一劫。

马伟的表侄女也吓坏了，撒开腿在后边追马伟。她想，只有追上马伟才会有一种安全感，马伟会保护她。而马伟什么都顾不得了，他屁股上的鲜血已经流出来，他必须迅速离开这个是非之地去医院。他发誓以后再也不和女人跳舞了。两个人一前一后地跑出了舞厅。被无辜受捅的男人捂着胳膊，也被几个人簇拥着去了医院。

好长时间舞厅里没发生流血事件了，常江子的心刚刚安定了一些，今晚又被吓出一身冷汗。常江子心神未定，马伟的老婆突然冲进了舞厅，她大声喊着："常江子，我要砸了你这个舞厅，你不干好事，开这么个破舞厅，让这个老东西整天和那个女的跳舞，都跳了快一年，我才知道。"

常江子见是马伟的老婆，便上前安慰她说："老嫂子，你坐下，消消气，有什么话慢慢说。"

"今天我来抓那个女的，没抓着，那么多人，我不知道哪个是。马伟跑到哪儿去了？"

"马伟……他已经回家了。"常江子也说不清他去哪儿了，只知道马伟的屁股上也挨了一刀。

"他没回家，你是在骗我。"

"我没骗你，老嫂子，马伟不会再来跳舞了，你放心吧。"

"你怎么知道的，他能改邪归正吗？"

"不信你回家问问他就知道了。"

"这可是你说的，他再来跳舞，我还来找你算账。"马伟的老婆气冲冲地走了。

马伟的老婆走后，常江子一个人坐包房里，感觉这舞厅开得很累很累。多少人因为跳舞出了轨，多少家庭因为跳舞夫妻不和，家庭不幸福，一些流氓到这里滋事，流血事件时有发生，自己整天又提心吊胆。自从开了舞厅，心脏好像也出了问题，他时时觉得胸闷。好像所有的问题都是因为开了这个舞厅造成的，常江子想着想着靠在包间的沙发上睡着了。

一个人举着刀，向另一个人砍去，豁着命地砍，砍了无数刀，还在砍，那个人倒在了血泊之中……常江子见到了这血腥的一幕，他大声喊："杀人了……杀人了……"

"你在做梦，你快醒醒吧……"

被摇醒的常江子睁开眼睛惊恐地说："杀人了，难道这不是真的吗？我是在做梦吗？"

刘菲站在他面前说："做梦都在杀人，这舞厅开的，快回家吧，我还以为你出事了呢，这么晚不回家，我来找你。"

"哦，让我醒醒。"常江子捂着心脏慢慢地站起来。

"我看你快得心脏病了。"刘菲埋怨着，一点好脸色也没有。

"刘菲你不知道，今晚大事不好，马伟被小流氓在屁股上捅了一刀。"

"捅屁股上了？那不要紧，死不了人的。"刘菲冷冷地说。

常江子很不理解刘菲听到这样的消息竟然那么冷漠。他说："马伟和别人不一样，这都一个单位的，在我的舞厅里发生这样的事情，我的心里总是有点过意不去。"

"那你有什么过意不去的，跟你有什么关系。谁让他老不正经呢，整天泡在舞厅呢，我一点也不同情他。"

常江子像不认识刘菲一样，看了她半天。他无语，起身跟刘菲一起回了家。

常江子一直睡着，早晨的阳光一缕一缕地从窗口照进来。他想睁开眼睛，却看见前边是一大片金黄色的谷子地，陆雪莹站在谷子地的尽头，手里拿着一条淡蓝色的纱巾向他挥手。他想跑过去，腿却像陷在泥巴里一样，拔也拔不出来，眼睁睁看着陆雪莹消失在田野的尽头，消失在山的那边。他离她的距离是那么遥远，他无法追上她。

阳光一晃一晃的，还是让他睁不开眼睛，他使劲儿揉着眼睛，终于睁开了，可是那片谷子地不见了，那条淡蓝色的纱巾也早已经不见了。刘菲把窗帘唰唰地全都拉开了，说："这都几点了，还不起来。"

常江子醒来时已经快到中午了，他依然留恋着梦中的情景。如果不是刘菲打开窗帘，阳光晃在脸上，他一定会看清陆雪莹的脸，一定会追上她，他们一定会在广阔的田野间奔跑着，爱恋着。那浪漫的情景让他陶醉，他觉得那才是生活的美好，那才是他想要的生活。

人都说，日有所思，夜有所梦，他的梦本不该这么美好，他的梦应该是现实中的杀杀打打闹闹。他的路是七岔八岔，全是路口，有时候不知道该走哪一条路，常江子在想。

阳光彻底照进来，常江子也彻底从梦中醒来，他立即穿好衣服，说："今天要办的事情很多，我怎么会睡到现在。"

"我要是不把窗帘拉开，你还不起来呢。"刘菲得意地说。

"我们先去常江女家，把借人家的钱还了，然后去王小燕那里看看，看看她的古筝班办得怎么样了。"

"这么多事，那我穿什么衣服呀？"刘菲打开她的衣柜，一门心思地找衣服。

"对了，我们还得请派出所小李他们几个吃顿饭。他们每天晚上按时按点地去舞厅，帮着维护治安秩序，请他们吃顿饭，感谢感谢。"

"有他们在，咋还出事呢？"刘菲不解地问。

"他们管得了一时，管不了一世呀。舞厅那地方说不定谁踩着谁，谁碰着谁，还有争舞伴的事发生，那帮小流氓的情绪很难控制，随时都会动起手来。有他们在，事还少些，那些人还是害怕他们的。"

刘菲拿着一件衣服在自己身上比画着，她问常江子："我穿这件怎么样？"

常江子站在窗前，看着窗外，说："行，哪一件都行，抓紧点时间吧。"

刘菲又找来一件，站在镜子前左看右看，问："这件呢？"

"行，好看！"常江子头也不回地说。

"你连看都没看一眼就说好看，不负责任。"

"你知道我不看还问我，快点吧。"

两个人一起来到了常江女和小米的家，他们敲了半天门，没人开门。刘菲突然愣了一下，说："我想起来了，他们是不是送晶晶到王小燕那里学古筝了？"

"有可能。"常江子想了想说，"晶晶学了有很长时间了吧，我记得常江女很早就把晶晶送到王小燕那里了。"

"是的，晶晶学得还不错呢。"

"应该说，王小燕教得也不错。"

"是！"刘菲点点头。

王小燕已经不在那个咖啡店上课了，她的新教室是在一个机关办公楼里，有一间教室，二十几个学生。除此之外，她还会一对一辅导。王小燕在弹曲子，她的手指细长，动作优雅，完全沉浸在优美的曲调中。

常江子和刘菲不敢打扰，就站在门外听王小燕弹古筝。这么多年，常江子还是第一次听王小燕弹古筝，原来只听说她弹得好，一直没机会听到，今天才知道，果然不凡。

一首曲子弹下来，王小燕站起来说："我们今天的课就上到这，同学们回到家一定要多练习。"

学生们一个个从教室里走出来，和晶晶一起出来的还有常江女和小米。常江女一走出教室就看见了常江子和刘菲，她很惊奇地问："哥、嫂子，你们俩怎么到这里来了。"

"我们是跟踪追击。"常江子幽默地回答，"你们家长也跟着听课呢？"

"是啊，我们跟着孩子一起学，回去好知道怎么辅导她。"常江女说。

"哥，你那舞厅开得怎么样了，我和江女天天只顾晶晶的学习，这些天也没去你们那儿。"小米很抱歉地说。

"挺好的，也挣钱了，我们俩来把借的钱还给你们。刚才去家里没人，我们猜你们俩可能是在这儿，就跑到这来了。"

"那咱们还是到家里去吧，今天正好是星期天，我来给你们烧几个菜。"常江女说。

"今天没时间，我们俩一会儿还安排了请别人吃饭。"常江子把钱塞进了妹妹的包里。

妹妹推辞了一下，说："这着什么急。"

"常江子、刘菲？"王小燕收拾整理完教室走出来，看到了他们，很惊讶地问，"你们俩这么闲？"

"哦，是来接晶晶的。"刘菲抢着说。

"不会吧？接晶晶也用不着四个人一起来接呀！"

常江子笑着说："刘菲就是不会说话，我明明是来看燕姐的，她非说成接晶晶，我这一片深情不是白白浪费了嘛。"

王小燕亲切地看了江子一眼，说："江子这话我信，我们姐俩这感情都多少年了。"

王小燕想留常江子和刘菲吃饭，常江女和小米也想留他们吃饭，但被常江子谢绝了，他们中午要请别人吃饭。

"来了！两位请坐。"张德利把菜谱递给客人，恭敬地说，"两位看看想吃点什么？我们这里的主食以饺子为主，还有面条、米饭。"

张德利的小饭店在常江子的帮助下，不仅开起来了，而且开得很好，每天顾客盈门。人多的时候张德利当厨师，人少的时候就是厨师和服务员，苏枚只管在收款台收款。张德利总是抢着多干，让苏枚少干，充分显示出男人的一种担当和责任。张德利变得这么好，苏枚心里就满意了，不再跟张德利说分手的事。苏枚心里也知道，是常江子帮了他们，他不仅帮他们把饭店装修好，还帮他们制作菜谱。常江子一再叮嘱张德利，饭菜香，服务好，价格便宜，这个小饭店就没有开不好的理由。张德利听常江子的，他觉得常江子做了这么多年的生意，当然比自己有经验，更重要的是常江子的为人也让张德利佩服。

这边顾客刚刚吃上饺子，又来了几位顾客。张德利麻利地举着菜谱走过来说："来了！里边请！"

一下子进来五六个人，张德利突然觉得自己这饭店有点小了，没有大桌坐不下呀。他一抬头，认出是常江子和刘菲，那几个陌生的面孔他不认识。张德利说："哎呀，怎么是你们呀，江子哥！"

"是啊！"常江子说，"别愣着了，让我们这些人找地方坐下呀！"

"这，我这饭店太小了，来这么多贵客也没个单间。"张德利有点着急。

"要什么单间，要单间就不上你这来了。"常江子指挥着张德利说，"你就把这两张桌子拼在一起就行了，我们也不是外人，我和刘菲今天做东请了几个朋友。"

常江子与张德利一起把两张小桌子摆在了一起，坐了下来。

"这饭店硬件条件差一点，但是菜做得好。饭店老板是我们单位的，我的好哥们儿，几位就委屈点了啊！"他把菜谱递给客人说，"李老弟，请你们点菜吧。"

小李不好意思，推脱着不肯点，把菜谱推过去让常江子点。常江子看看张德利说："不点了，德利你给做吧，把你拿手的好菜都亮出来。"

张德利提到嗓子眼的心一下子落了下来，他生怕客人点出他做不了的菜，怕在江子哥面前丢了手艺，怕江子哥领来的几位客人吃着不满意。江子哥就是江子哥，什么时候都那么善解人意，帮人于危难之中啊！张德利说："好的，江子哥让我做，我一定把最好的、最拿手的菜做出来。"

张德利到了后厨，看看还有什么食料，还缺什么。苏枚在收款台上也坐不住了，赶紧来到后厨，问张德利缺什么，她去买。张德利给她列了一个单，苏枚迅速跑了出去。

常江子请的这些客人都是没少帮他忙的人，其中有派出所的小李、小梁，消防支队的小赵和小曹。他们年龄都不大，都管常江子叫哥。

上菜之前他们坐在那里唠嗑。小曹说："我和常哥之所以关系好，是他的为人，办事痛快。我小时候也看过常哥演的戏，虽然印象不太深，但是也很崇拜他，所以你去消防办手续，我就高看你一眼，不管多忙我总是先热情地接待你。"

小赵说："常哥这人讲义气，我也没帮上多少忙。我有两个哥们儿特别爱跳舞，他们知道我认识常哥，去跳舞就打着我的名义，从来都不买票。我跟常哥说这件事，常哥说都哥们儿，来玩儿就行了，买什么票呀。"

"我今天请你们来吃点便饭，不是让你们来夸我的，没看我这脸都红到脖子根了。"常江子幽默地说，"我开这个舞厅，大家都没少帮忙，少了你们我就玩儿不转了。有你们俩在，红歌舞厅治安秩序好多了，那些小流氓见到你们不怎么敢滋事。"

"啥也别说，江哥，我们就是崇拜你，愿意为你做事。"小李说，"处处为别人着想的人，别人肯定也会为他着想。我都知道，你今天请我们来这个饭店也是在为朋友着想，为哥们儿帮忙。"

"还真让你说对了，张德利是我哥们儿，开这个饭店，小本生意，以后有人请你们吃饭，想着点，往我哥们儿这饭店多带几次，反正请你们的人到哪儿也是请，就到这来呗。"常江子不避讳地说。

"那是，以后有饭局就安排在这个饭店。"小赵四下里看了一下说，"不过十个人以上就不能领到这里来了，坐不下呀。老板以后开个大的，不愁没人来吃饭。"

"上菜了！"张德利先上了几个凉菜，然后端上一盘红烧鱼，随后上来的是红烧肉、京酱肉丝、锅包肉、筋头巴脑小牛肉、哈拉海炖土豆……全是北方家常菜，量又大，菜的颜色又好，味道香喷喷的，让人一看就有食欲。

"大家别客气了，先吃点菜垫垫底，咱们再喝酒。"常江子说。

"不错，菜做得真不错。"小曹说，"这筋头巴脑小牛肉就咱们北方人吃得到，南方人不懂，不知道牛肉筋头巴脑最好吃。"

"是呀，到北京都点不到这道菜，饭店没有。"小李说，"还有这哈拉海炖土豆，也是咱们的地方特色菜。什么叫哈拉海，这是长在草原上的一种野生植物，别的地方的人哪知道，这几个字怎么写他们都不知道。"

"喝酒，喝酒，大家举起酒杯碰一下。今天没别的意思，就是哥们儿朋友聚一聚。如果说谢字，就把咱们的情谊说没了，不言谢了，就喝酒吧。"常江子端起酒杯逐个碰了一下，然后一口干了，说，"先干为敬吧，我这个大哥敬兄弟们。"

苏枚忙完了厨房那边的事，拉过来一把椅子，坐在刘菲旁边。她看见刘菲一句话也不说，与这个场合格格不入，挺尴尬的，说："你吃点菜吧，看看张德利的手艺练出来了没有。"

"好，"刘菲拿起筷子夹了一点菜，说，"挺好的。"

刘菲再也不说话了。苏枚想，江子哥为了生意，也得请客，哪个地方都得打点到了。有时候夫妻俩出面，领着这样一位夫人也挺别扭的，她帮不上忙，需要说几句话的时候也不会说，真为江子哥犯愁。苏枚这样一想有点不高兴，把椅子拉开坐在收款台那儿。

吃也吃了，喝也喝了，几个小兄弟走出饭店。常江子心里大概算了一下，这些菜和酒的本钱有几百块钱够了，他就拿出一千元钱放在柜台上。

"江子哥，江子哥！"张德利拿着钱追了出来，"江子哥，你能来我这个小饭店吃饭，我这里都蓬荜生辉，我还能要钱吗？"张德利把钱塞进常江子的包里。

"德利，你还让不让我来，不给钱我上你这来干吗？赶紧收起来，别跟我争好不好。"

"装修的钱还没给你呢，吃顿饭算啥？"张德利是真着急。

"一码说一码，等你们挣了大钱，再跟我算装修钱，这饭钱必须收下，以后我请客的时候多了，这么来吃，几天就给你吃黄了。"

"那也用不了这么多。"张德利拿出五百元又塞进常江子的兜里。

常江子拿出来放在张德利手上，说："如果多了下次再算，这样可以了吧。咱哥俩儿不用算那么清楚。"常江子说着骑上了自行车，刘菲坐在后面，离开了饭店。

≪ 第二十五章

王美秋来到何莉家。何莉那些卷宗在一张桌子上散乱地放着，越来越憔悴的她很少出屋，团里的领导和同志们来看过她几次，几个不错的朋友也时常来安慰她。常江子给她送来两万元钱，她说什么都不要，她不想让任何人可怜她，施舍她。谁都无法解除她心中的痛，只有常江子的一句话她牢牢地记在心里："你已经走出了第一步，自己要想好怎样走第二步、第三步……"

"杨义让我告诉你，由于社会治安混乱，严打开始了。他说这次严打声势浩大，对一些犯罪分子，新账老账要一起算。杨义说你那场官司还是有希望的。"王美秋一字一句对何莉说。

何莉眼睛里像是燃起了一线希望，她坚定地说："那我明天就走，还去省城。"

"孩子怎么办？"王美秋问。

"孩子，孩子……"何莉大脑飞快地旋转着，再交给母亲是不行，她年纪太大，身体又不好，孩子的奶奶精神不好，孩子的叔叔负担也很重……

"何莉，你要是放心，孩子就交给我吧。"王美秋看着何莉说。

"美秋，你……你怎么行，你的孩子还靠着婆婆管呢。"

"别看我的孩子我管得不多，可是，你的孩子，你和张大可的孩子我得管。"

何莉两眼都是泪水，她抱住王美秋大声地哭起来。

王美秋扶起何莉的头说："何莉，别哭了好吗？我是看着楠楠长大的，楠楠和我自己的孩子一样。把楠楠放在我家，你尽管放心。"

"我不是放心不下楠楠，我是太感动了，我有这么好的朋友帮我，一定要打赢这场官司。"

第二天一大早，何莉再次登上东去的列车，这一次她抱定了信念，不打赢这场官司，她就不回来了！

到了省城，看上去弱不禁风的何莉让自己坚强起来，她仍然找了一家最便宜的小旅社住下来。

几年的折腾，她已经一贫如洗，手里就剩下几百元钱了，她舍不得花。包里还背来十几个馒头和一些咸菜，她计划着，一天吃一个馒头一块咸菜，十几天之内就不用花钱了。她做着在这里长住的思想准备。

她没有别的办法，仍然是手举着纸状，奔波于省城的各政法部门，逢门便进，逢人便跪。可是，几乎所有的政法部门的门槛都让她踏破了，眼泪几乎哭干，案件始终难有着落。

　　由于长期缺乏营养，奔波劳累，何莉从小旅社刚刚走出来几步，就昏倒在马路边。一位好心人走过来把何莉叫醒，他看看何莉手上的纸状对何莉说："你应该去河北区人大试试，谁都知道那里有一个执法如山的李青天，他的真名实姓多数人不知道，人们都管他叫李青天。"

　　何莉迷茫的眼睛里又放出了些光亮。进了办公大楼，她细心观察着门牌和房间号。她发现有一个门牌子上写着主任室，这一定就是李青天的办公室，她冲动地推开房门，泣不成声，长跪不起。

　　这屋子里有两位李主任，一位是李青天，一位恰好是分管信访工作的李大山。李大山已经快到退休年龄了，他还坚守在岗位上。他和李主任正在商量工作。两位主任赶忙上前扶何莉，可是倔强的何莉说啥也不起来，她非要跪着诉说冤情。

　　何莉诉说了冤情后，两位主任被打动了，李青天当即对何莉说："你起来吧，这个案子我们管定了。"

　　李大山主任也动情地说："此案不破，我不退休。"

　　何莉听了两位主任的话，真觉得自己像是见到了晴朗的天空一样，她扬起脖子，长长地出了一口气，然后站了起来。

　　何莉走出省人大的院子时，看见了蓝天，看见了太阳，她仿佛一个世纪都没有看见蓝天和太阳了。

　　常江子舞厅的射灯坏了，找到了去省城的理由。其实他心里一直挂着何莉，他知道何莉身无分文，他想帮她，曾经几次给她钱，都被倔强的何莉拒绝了。

　　何莉现在到底怎么样了？常江子坐上火车来到了省城。

　　下了火车，他直奔北河区。常江子希望能在某一条大街上遇见何莉，不然他到哪里去找她。他毫无目的地走着，眼前时常出现幻影，等他赶紧追上那个人，到跟前一看，不是何莉。他知道何莉一定住最差的小旅社，他就在北河区挨家找。

　　他已经找了三天，终于找到了何莉。他走到一家小旅行社的门口时，看见两个人发生争执。

　　胖女人说："我已经对你够意思了，你都欠了十天的房费了，再交不上真得走人了。"

　　瘦瘦的女人说："老板，你心眼好，再宽限我几天，我今天晚上就回家去取钱，明天就给你还上，只要你不让我搬家就行。"

"何莉！"正在寻找何莉的常江子看清楚了，那个瘦瘦的女人正是何莉。

何莉听见了常江子的声音，以为是在做梦，她回过头去看，常江子站在她的身后。

何莉痛不欲生地抱住了常江子，半天才说出来一句话："江子哥，你怎么来了，你怎么会找到我？"

"只要我想找你，一定会找得到。"常江子看到何莉，眼圈也红了，他极力控制了感情，说，"咱们给老板结了账，不住这了。"

"不住这儿住哪儿，这里最便宜。"

"咱们换个地方住。"

"不可以，我不换地方，就住这儿。"

"走吧，先结账，剩下的事一会儿再说。"常江子帮何莉把账结了，把何莉的手提包拎起来。

他先找了一家饭店坐下来，给何莉点了有营养的汤和菜，然后倾听着何莉的诉说。

何莉说："我这次来很庆幸遇上了李主任，他说案情重大，一定尽快把这一涉两省区的积案攻下来。他当天就召开了主任会议，并决定亲自抓，现场监督办案。"

常江子也为何莉松了一口气。他说："尽管这样，你也要做好长期准备，因为这个案子已经积压了好几年，不是一天两天就能侦破的。"

"是的，两位李主任已经从检察院、法院、公安局抽调了精干的警力，组成了专案组，李大山主任把自己的办公室都腾了出来，用作专案组办公室，他把自己的车也派到了专案组。两位李主任向我保证说他们一定要以超常规的速度，超常规的办案方式拿下此案。"

"高兴吧，何莉，你的坚持感动了大家。"

"我知道。这不算完，万里长征才走完了第一步，什么时候真正把凶手捉拿归案，才算出头之日。"

"你一定要多吃点东西，不能再苛对自己了，再这样身体就会垮掉。你的身体垮了，这官司还打不打。"常江子语重心长地说。

"好，我多吃点。"何莉把一碗排骨汤都喝下去了。

常江子看到何莉吃了很多，心里很高兴。

吃过饭，他们俩提着包走出饭店。常江子已经看好了前边不远的一家宾馆，不是什么星级，但看上去条件也不错。

"我们去那家宾馆吧，我不能再让你住那样的小旅社了。"常江子说着，就往宾馆走。

"你说什么呢，江子哥，宾馆我可不住，那太贵了，我还住我的那个小旅社。"何莉知道常江子要花钱给她登记宾馆，她坚持不去。

"何莉，你就听我的吧，别固执了。"

"江子哥，我知道你挣了点钱，那钱挣得也不容易，再说了，有钱也不能这样花。"

"不住宾馆就找一个招待所，这总可以了吧。"常江子退了一步，又说，"反正不能再住那样的小旅社了，那不是人住的地方。张大可在天之灵要是知道你住在那样的地方，知道我看着不管，他会伤心的，他不会认我这个朋友的。"

听到张大可的名字，何莉就受不了，她又哭了。

常江子耐心地说："何莉，以前我没有这个条件，现在有了，我的舞厅一天进的钱够你住宾馆的，你不用考虑那么多。"

何莉跟着常江子来到一家招待所。常江子一次给何莉交付了两个月的钱。他说："如果两个月的时间这场官司还打不赢，我继续来给你交钱，你就在这里安心地住着吧。"

何莉不情愿地住进了招待所。

常江子说："下午你一个人好好地休息吧，我得去买灯。买了灯就得坐晚上的火车回，这已经出来三天了，舞厅离开我还不知道会有什么事情发生。"

何莉听常江子这么一说，也为他着急，说："晚上我送你。"

"不用，你一个人没法回来。"常江子找了个机会，悄悄地把两千元塞进了何莉的包里，他知道何莉手里一分钱都没有。

逍遥法外的棍儿得到了消息，如惊弓之鸟，惶惶不可终日。棍儿在利用一切关系加紧活动，同时找他的狱友来商量如何加害何莉。几个人把屋子搞得乌烟瘴气，烟抽了好几盒。棍儿说："哥几个赶紧帮我找到那个死娘们，在她没整死我之前，我得先把她干掉。"

"我倒有个线索，她就在北河区的南边住着，具体什么地方我不知道，我只看见她经常出入那里。"一个高个子说。

"那你给我盯紧点，不除了她，她会把我盯进去。"

"要死的要活的？"

"要死的，有机会就对她下死手。"

"好，我去办。"

这天清晨，何莉出门去买早点，走在街上发现身后总有那么一个人在跟踪她，她非常机敏，想坚决不能回招待所，不能让别人知道她住在哪儿，她就和此人在大街上周旋。她去商场，看见那个人也进了商场。她去书店，看见那个人也在书店。她的警觉性更高了，来回兜圈子，最终确定把那个人甩了，才匆忙回到招待所。一个人回到招待所后，她还是很害怕，生怕在睡觉的时候有人进来。她在床头摆上酒瓶子，把木棍放在身边，把房间的窗子虚掩上，以防应急时跳下去。

在紧张疲劳的状态中度过了一个多月，何莉终于病倒了，她不得不去医院，大夫诊断她患了心肌炎，需要住院做电疗。常江子给她的钱她一分没舍得花，这次全拿出来住了院。

何莉躺在病床上昏迷过去，护士给她做电疗，她一点都不知道。

棍儿派来的跟踪者看见何莉去了医院，随后就跟了进来，眼看着何莉躺在了病床上，他赶紧找了个电话亭给棍儿打电话说："头，有了，这娘儿们住进医院了。"

"哪家医院？"

"北河区第二医院。"

"赶紧查清楚房间号。"

"是！"

棍儿亲自出马来到医院门口，他与同伙商量好就走了，让同伙在医院里找。棍儿的同伙像贼一样进了医院，一个病房一个病房地寻找，最终找到了何莉的病房。护士正在给何莉做理疗，护士的理疗做了一半时，忽然有一个电话把她叫了出去。

此时，何莉的病房里闯进来一个戴着白色口罩的高个子男人，进了门直奔理疗设备，伸手把电疗开关一下子拧到了最大。巨大的电流立刻通遍何莉的全身，她一阵痉挛昏死过去。高个子男人见达到了目的，撒腿便跑，转眼间坐上早已经停在医院大楼下的出租车，仓皇逃去。

护士接起了电话，一个操着陌生口音的人跟她东拉西扯。护士感觉不对，扔下电话就往病房跑，果然出事了。她急忙关掉电源，喊来了大夫，医生们立刻组织抢救。昏死了两个多小时的何莉，终于从死亡线上挣扎了过来。

抢救她的医生都直感叹："不可想象，她还能再活过来，真是命不该绝呀！"

人大两位李主任得知何莉的情况后，立即派专人到医院来守护她，几个人轮流二十四小时守护。

何莉出院后，李青天主任又与检察院联系，把何莉安排在检察院招待所，让她在区人大食堂吃饭，给她报销全部住宿费。

何莉住在安全的地方，精神放松下来。在等待破案的日子里，她几乎成了区人大的编外职工，她每天早早地来到区人大，帮助各个办公室打扫卫生，拖地、打水、浇花，凡是她能干的，她都主动干。

有位大姐非常同情何莉的遭遇，经常与何莉在一起交谈。大姐说："何莉，真没想到你人长得这么漂亮，看上去很娇气，干起活儿来却那么能干，那么能吃苦。"

"大姐,我和你们在一起很开心、很快乐。这么多人都对我好,都关心我,爱护我,我干点活不算什么。我要报答区人大两位李主任,报答区人大所有爱护我的人。"

"天气凉了,给,这是大姐给你织的一件毛衣,你的衣服太单薄,快穿上吧。"

"何莉,这是我给你买的一双鞋,女人就怕脚凉。"另一位姐姐给她送来新鞋。

何莉感动地说:"世上还是好人多,有这么多的好人,我就不信申不了这个冤。"

为了写诉状,何莉没吃没喝地整整写了一天。晚上,李大山主任来了,他说:"何莉,光写诉状不吃饭了?"

何莉笑笑说:"我不饿。"

"走吧,到我家去吧,我老伴把饭做好了,特意让我叫你去吃饭。"

何莉不想给李主任添麻烦,说:"不用了李主任,我真不饿。"

"走吧,这是命令!"

何莉推辞不过去,跟着李大山主任来到家中。一进屋她就闻到了香喷喷的饭菜的味道,一桌子好吃的摆在那里。看到两位老人对自己这一片深情,何莉情不自禁双膝跪下,流着泪说:"如果您二老不嫌弃,我就当你们的干女儿吧。"

二老把何莉扶起来说:"以后这就是你的家,我们没有女儿,你这个女儿我们认下了。"

每当人们伸出善意的手的时候,何莉总不控制自己的两行热泪。

每天,何莉把所有该干的活干完之后,她就坐下来潜心学习从人大和政府部门借来的厚厚的法律书籍。这期间她还报考了一所函授大学,学习法律。渐渐地,她再找政法部门催促办案或写申诉信时,能够有理有据地运用法律条文了。一些熟悉她的人大职工,有时开着玩笑叫她何律师。

夏去秋来。傍晚,何莉一个人坐在院子的石阶上。一朵花的凋零会让她伤感,一片树叶落下会让她生情。红尘中到处都是无辜的伤痛,也到处都能找到人间的温暖。她在此,被别人感动着,同时也感动着自己。

转眼间四个月的时间过去了,虽然专案组做了大量的取证工作,南下北上,东奔西跑,对涉案人员进行走访调查,但始终没有找到案件的突破口。

何莉在焦急的等待中,想家想孩子,有时候彻夜难眠。但她时时告诉自己:何莉,你来的时候发过誓言,不打赢这场官司决不回家。

常江子到王美秋家去看楠楠。楠楠正坐在桌前写作业,他已经是小学生了。

王美秋早已经不在原来那个诗情画意的小院子里住了，几年前就搬进了楼房。杨义打开房门，见是常江子，非常热情地把他让进屋里。

"常叔叔！"楠楠亲切地叫了一声，之后又低下头写作业。

"期中考试数学得了多少分啊？"常江子问。

"九十五分。"楠楠抿着小嘴回答。

"不错，继续努力。"

"我们班考一百分的好几个呢，我才考九十五分。"

"哦，楠楠对自己的分数不满意？那就好，下次你一定能考一百分。"常江子鼓励着楠楠。

楠楠很快把作业写完了，他拿起一个变形金刚跑到常江子跟前说："常叔叔，你帮我把这个变形金刚变一下吧。"

"呵，这么大一个变形金刚呀，杨义叔叔给你买的吧？"

楠楠点点头。

常江子拿过变形金刚思考了半天，说："我还不如你玩得好呢，但是我能把它变成汽车，你信吗？"

"我不信。"

不一会儿的工夫，常江子把变形金刚变成一辆大汽车，楠楠高兴得手舞足蹈。

王美秋给常江子端来一杯茶，放在他面前，说："喝茶吧。"

常江子看到王美秋也瘦了许多。自从把楠楠接过来，王美秋每天就做一件事，把楠楠带好，从吃喝拉撒睡，到上学开家长会，都是她一个人。她再也没时间像以前那样轻松地斜挎着小包去打牌，逛商场，下饭店。带楠楠还不像带自己的孩子，她觉得责任重大。

"张大可的案子怎么样了？"常江子声音很小。

"咱们俩出去说吧。"杨义穿上衣服，与常江子一起去外面。

他们并排走在路边的人行道上。冬天快过去了，春天已经来了，树枝上还残留着雪。城市里的水泥建筑越来越多，路边的饭店商店也越来越多，感觉乱哄哄的。植物生长的空间越来越少，原来树上那些叽叽喳喳的鸟儿也不见了。

常江子说："总感觉这个城市干巴巴的，缺少点诗意。"

"没看出来，你又不是文人，还有点多愁善感呢。"

"没有树的城市就没有诗意。"

"我平时总是低头走路，好像还真没注意到这些。"

"过去这么长时间了，张大可那案子怎么还没有进展？"常江子问杨义。

"我打听过了，人大组成的专案组也费了不少功夫，现在已经把那个姓胡的及其他四名涉案人员抓获。提审姓胡的，他否认自己踢死了张大可，证实作案人是棍儿，自己不是逃案到外地，是在外边做生意。而棍儿咬定是姓胡的。就这样，两个人互相咬来咬去，其他再无旁证。在此案拖得太久，难以判决的情况下，专案组只好宣告解散。"

"难道李青天也没办法了吗？"常江子又问杨义。

杨义摇摇头。

"专案组这一解散，对何莉来说又是一个不小的打击。"常江子担心地说。

"哎！苦了何莉了，这官司打了几年了，真是漫长啊！"杨义抬头看着天空，发出了长长的感叹。

"我想再找个时间去看看何莉。"常江子说。

"你看她也解决不了什么问题。"

"我想带着楠楠去，何莉一定非常想见楠楠。她为了打赢这场官司，只能咬着牙在那里坚持。"

杨义好半天才说："你带着楠楠去看何莉，还不如让王美秋去，她去最合适。你要考虑到方方面面的事，王美秋去，没人说什么，而你要去，刘菲怎么想，舞厅这边也放不下，问题多着呢。"

"是啊！不管谁去，能让何莉见见楠楠这是最主要的。"

"过两天楠楠就放寒假了，让王美秋带他去省城一趟。"

"好吧，杨义，就这么定吧。这件事，你比我想得还周到。"

东去的列车发出长鸣，列车载着王美秋和楠楠去了省城。王美秋和楠楠面对面坐，楠楠双手托着下巴，看着外面的风景。

"楠楠，就要见到妈妈了，你高兴吧？"

"高兴。"

"那你见到妈妈时给她唱一首歌好不好？"

"好，我唱哪一首？"

"《闪亮的水晶心》怎么样？"

"那是歌颂好少年赖宁的。"

"那个歌词我喜欢。你以后也要做个好少年。"

"那我现在就先唱给你听。"

"唱吧。"

"你的心是那么美丽透明，就像一颗闪亮的水晶，反射出太阳的光芒，映显出花朵的笑容。太阳就是我们亲爱的祖国，花朵就是你，那幼小的心灵……"

听说专案组解散了，一直在苦苦等待着把凶手捉拿归案的何莉感到心中的希望之火又一次破灭了。她冲动地闯进了李主任的办公室，大声哭喊着："你是老百姓的青天，这案子你都不管了，谁还来管？"

李青天毕竟是一位久经风霜的老主任，他并没有动气，他理解何莉的心情，平静地说："何莉，专案组解散了，但不等于这个案子就破不了。还是那句话，这案子我管定了，而且要一管到底，一定要让真凶落入法网。"

何莉听了李青天这番话，才知道自己太鲁莽了，太对不起这位老主任的一片苦心了，她泪如雨下，说："对不起，李主任，是我不懂事。"

其实，李青天心中早有打算，他想，与其大张旗鼓地公开办案，不如找一个精于谋略，忠于职守的人秘密办案，他心中也早已经有了人选，那就是北河区公安局的老刑警王中，他有着丰富的办案经验，曾参与侦破过多起大案要案。

"何莉，还是要耐心等待，一定会有结果的。"李主任说。

何莉点点头。有了李青天这句话，何莉像吃了定心丸，她这颗心踏实了许多。

何莉走出李青天的办公室，心情很复杂，她一直低着头走路，却没看见王美秋和楠楠都已经站在她的面前。

"美秋？楠楠？"何莉惊讶了，她蹲下来抱住楠楠说，"妈妈都快想死你了。"泪水淹没了何莉的脸。

楠楠也流泪了，他很安静地站在那里。何莉平静下来后，她看看楠楠又觉得那么陌生，"你怎么长这么高了，怎么长得这么精神，都是美秋阿姨喂养的好啊！"

"何莉，我和楠楠这次来是代表家里所有爱你的人、支持你的人来的。我们都知道你想楠楠，忍受着各种痛苦的滋味在这里坚持着，我们希望你继续坚持下去，不胜不回。"

"美秋，你不说我也知道。你帮我带着楠楠，而且把他带得这么好，这么健康，这么懂事，我深深地感谢你。还有许多人在精神上、在物质上都给了我很大的帮助，我一定不辜负你们所有人的希望。"

"为了不打扰你，我和楠楠只待一天。"

"怎么可以？我可舍不得你们这么快就走。"

"这是什么地方，是省人大，是办事机关，我们不能待在这里。我说的一天，是只和你在一起待一天，我还要领楠楠在省城的公园玩上两天，楠楠第一次来省城，不能白来，你说这样好吗？"

何莉知道王美秋说得对。只要官司打赢了，她和楠楠、家人，还有朋友们可以天天待在一起。

王中在抓紧办案。他本就在这个专案组，他已经同棍儿交过多次锋了，棍儿这个人很难缠。可是这一次不同，李青天主任把这个案子交给了他，他感到肩上的担子重了许多。

王中来到李青天办公室，王中说："按照新刑法的条例，如果缺乏足够的证据而不能定案，羁押的犯罪嫌疑人必须限时释放，而一旦把嫌疑人放掉，此案就更难破了。"

李青天说："是啊！我看你还是从棍儿的身上打缺口。"

"我也这么想。"

"我相信你一定能成。"

"好，我一定不辜负老主任的信任，今天就审他。"

当日，王中传讯了保外就医的棍儿。王中装作关心的样子对棍儿说："你父亲是老公安，如今病重在床，你牵涉这个案子好几年了，总得想法证明自己的清白。现在我问你一句，谁能证明人不是你踢死的。如果有一个人在现场能证明，你也就脱了干系回去上班，再成个家，照顾照顾你父亲。"

一句话触到了棍儿的痛处，使得这个凶残的歹徒流下了几滴伤心的泪水。他顿了顿，脱口说了一句："田姐能证明我无罪。"

"田姐是谁？"王中紧追问。

"我只知道她叫田姐，当时她在现场，我们是一起走的。"

棍儿怎么也不会想到，就是这么一句话，让办案高手王中找到了案件的突破口。

王中调查了众多的田姐、甜姐，最终找到了这个田姐，她的真名叫刘小英，做钢材生意。王中通过和别人谈话中，不露声色地把刘小英的BP机号记了下来。当王中想找刘小英的时候，有人又走漏了风声，刘小英跑了。王中突然想起了自己有刘小英的传呼机号，便找了一个陌生的电话亭传她，以强硬的口气告诉她，明天早上马上到公安局来。没等到第二天早晨，干警连夜到了刘小英的住所把她抓起来，再晚到一步，刘小英有可能就远走高飞了。

这个刘小英三十岁出头，在生意场混迹了多年，是个腰缠万贯的富姐。她不说实话，老干警王中有办法，把她关进了拘留所。女犯人们正闲得发闷，进来这么一位花枝招展的女人，她们就变着法地取笑她。刘小英实在忍受不了，要求提审。她说："棍儿把人踢死了，叫来一辆出租车，我们一起上了车。他在车上说，可能把人踢死了，让我和任何人都不要说，今后也不接触，装作谁也不认识谁。从那以后我们就失去了联系。"

这个刘小英曾经是棍儿的铁妞，棍儿以为她会保他，他做梦都没想到她会把他交代出来。

案件有了实质性的突破，王中向李青天做了汇报。李青天说："马上做好重新缉捕棍儿的准备。"

王中再次传讯棍儿。

棍儿显得很轻松的样子大大咧咧走进门来，还和王中套着近乎："王叔，是不是没我啥事了？我得好好谢谢你呀！"

王中平静地问："你的取保候审通知书带来了吗？"

"要那玩意儿干啥呀？"棍儿无所谓的样子。

"我看得取消了！"王中突然一拍桌子，怒视着棍儿说，"棍儿，你别再演戏了。告诉你，你的田姐我们已经找到了，不过她不是证明你无罪，而是证明你有罪！"王中说着，把手一挥，早已经等候在门外的四名刑警立刻蜂拥而入，将身高马大的棍儿制服，给他戴上了手铐。

棍儿耷拉着脑袋，沮丧地说："我知道早晚会有这一天。"

此时，棍儿的思想防线已经彻底崩溃，再抵赖已经无济于事，只好把踢死张大可的经过和盘托出，供认不讳。

棍儿被判无期徒刑，何莉得到了应有的赔偿。

何莉拿到判决书的那一刻，泪流满面，泣不成声，她又一次跪倒在李青天和李大山面前，哽咽着一遍一遍地说："谢谢恩人，谢谢恩人，我永远都不会忘了你们！"

两位李主任把何莉搀扶起来，动情地说："不要说感谢，如果要感谢，应该感谢公检法部门那些主持正义的人们，感谢法律，感谢人民。"

临别那天，公检法、人大，所有与何莉相处过的以及熟悉何莉的人都到车站送她。何莉向所有人深深地鞠上一躬。何莉挥泪踏上了开往玉琼市的火车，她终于可以告慰九泉之下的丈夫张大可，可以告慰一直关心她支持她的家乡的父老乡亲们。

车轮滚滚向前，留下让人难以忘怀的往事。一场持续五年的官司，使何莉失去了很多，也得到了许多，她变得更加成熟起来。何莉把额前的长发掠到耳后，用心感受着自由和轻松，努力舒展着自己。她望着车窗外的风景，脸上充满了自信。人生是需要用苦难浸泡的，没有了伤痛，生命就缺少厚重。只有在伤口中盛开的花朵，才是陪伴我们默默前行的风景。该铭记的，就把它雕刻在心灵的石碑上；该淡忘的，就将它融入宣泄的泪水中。

≫ **第二十六章**

香港回归祖国了，无论南方还是北方，无论城市还是乡村，无论大街还是小巷，中国人无不欢欣鼓舞。这是中华民族的长久期盼，也是世界瞩目的盛事。

常江子把商场里最大的一台电视机买回来，他要把它悬挂在舞厅的上方，让来这里跳舞的人们都能看到香港回归祖国的重要时刻。

他找了几个人来帮忙，从上午忙到下午，电视还没挂上，因为那台电视是坐式的，挂起来相当困难。

刘菲来到舞厅，看到常江子要把电视悬挂起来有点不可思议。刘菲站在那里不冷不热地说："真是一个大胆的想法，这是根本不可能的事，怎么挂呀，往哪儿挂？"

"怎么不可能，香港回归那么难的事，国家都办到了，挂个电视机还能把人难死不成。"常江子站在最高处，全身被汗水湿透。

刘菲站在那看着常江子心里埋怨着他，这么多人非得你自己亲自上去挂。

就在常江子把最后一点活干完，走下梯子的时候，感觉自己的腰响了一下，即刻不能动了。他只说了一句："我的腰。"

下边的几个人赶紧把他从梯子上扶下来，此时，他的汗水像把整个人都洗了一样。

"我说不能挂，非得要挂，怎么办？赶紧送医院吧。"刘菲着急地说。

"不能去医院，今天晚上有这么重要的事，我怎么能去医院呢？"常江子也很着急，可是他又不敢动。

几个干活的都是舞厅的工作人员，他们与刘菲一起把常江子送进了医院。大夫诊断是腰椎间盘突出，让他马上卧床休息。

常江子被送回家，他已经疼得站不起来了，不得不躺在床上，不得不休息。

夜晚的灯光格外明亮，大街小巷洋溢着喜庆的气氛，全市人民都在欢庆香港回归。

这一晚，来舞厅里跳舞的人络绎不绝。

常江子不能去舞厅了，他心里难过，埋怨自己为什么偏偏在这么重要的时刻出了问题。他让刘菲去舞厅看着，随时把那里的情况告诉自己。

"今天晚上怎么这么多的人来跳舞？"把门的大爷也很奇怪，他对刘菲说，"你快进去看看吧，这都进去多少人了，里边还装得下吗？"

刘菲在舞厅的后门站着，她看到来跳舞的人别说坐着，已经没地方站立了，一个挨着一个。刘菲也没见过这样的场景，她赶紧跑到家里，进了屋对常江子说，"今晚的人太多了，一会儿都得把舞厅挤爆炸了，这可怎么办？"

"刘菲，你快去，你跑步去，让把门的大爷赶紧收住，不能再进一个人了，人太多容易出事，一定要保证安全。"

"保证安全，保证安全！"刘菲还是第一次把舞厅的事放在心上，第一次这么尽职尽责。因为她目睹了舞厅里的情况，人们站在那儿走也走不了，坐也坐不下，连厕所都去不了。好在今晚的秩序非常好，大概是因为香港回归祖国了，每个人的心情都特别好。

常江子心急如焚，他用大哥大给杨义家里打电话，让他去舞厅关照一下。他又给妹妹常江女和妹夫小米打电话，让他们去舞厅，他不放心。

杨义和王美秋迅速去了舞厅，王美秋边走边用BP机呼何莉、秀芝、苏枚、张德利，让他们都去舞厅。

舞厅里黑压压的人，他们在舞厅中间跟着舞曲晃动着，没有一个人抱怨，没有一个人破坏秩序，大家能不去厕所就不去厕所，能不坐下来休息，就不休息。舞曲停下来，所有人都站在原地不动，舞曲响起来，人们就继续跳舞，那场景令人感动。

不一会儿，电视的大屏幕上出现了激动人心的一刻：1997年7月1日，在全世界无数目光的聚焦之下，中华人民共和国国旗和香港特别行政区区旗在香港会展中心冉冉升起。全体中国人共同欢呼这一伟大时刻的到来——香港回归祖国的怀抱……

杨义、王美秋、何莉、秀芝、张德利、苏枚，还有常江女、小米……他们站在舞厅的入口处，不约而同地把手臂都挽在了一起，然后举起来，他们欢呼着，热泪从每个人的脸上流下来。

第二天上午，何莉、王美秋、秀芝和苏枚，她们四个人抱着一束美丽的鲜花看望常江子。

何莉一进屋就激动地说："江子哥，昨天晚上舞厅里那壮观的场面我们都看到了，唯有你自己没有感受到。"

"你的舞厅创造了一个奇迹，让在场的人，跳舞的不跳舞的，都感受到了香港回归祖国的幸福时刻。"王美秋说。

"关键问题是那么多人，竟然那么有序。"秀芝说。

"是啊！太激动人心了。"苏枚补充说。

"谢谢你们来看我。"常江子想坐起来，刚要动，腰又疼得直出汗，他只好躺回去，兴奋地说，"舞厅能有这样的场景，我这腰就是断了也值呀！"

"看你说的。"何莉用埋怨的口气说，"你的腰本来就不该这样，你不让他们上去挂电视，非得自己亲自干。"

常江子乐呵呵地说："他们真没我干得好，这活儿只有我自己干才放心。"

"哎！事情已经发生了，好好养着吧，可不能再有第二次了。"王美秋说。

"我没什么事，养几天就好了。"常江子始终面带笑容。

"江子哥你要尽快好起来，我们也好跟着你再创奇迹。"何莉说。

"多休息，别急着去舞厅，那些事先交给别人去做吧。"秀芝说话像姐姐的口气。

"是呀，这可不是着急的事！"苏枚跟着说。

"你们都来看我哥了。"常江女和小米也来了。常江女进屋就问："嫂子去哪儿了？"

"刚才还在这儿。"王美秋说。

"可能是出去办事了。"常江子含糊地说了一句。他心里清楚，刘菲一看到何莉来心里就不高兴，她也不愿意和大家在一起。

"你们俩坐吧，我们姐几个改日再来。"何莉说。

"没关系的，你们待着吧，我和小米也坐不住，一会儿还有事。"常江女很客气地想留住她们。

"不了，我们走了，你们坐吧。"她们离开了常江子家。

从省城打完官司回来之后，何莉调养了很长一段时间，主要是精神调养，她想尽快从那场官司中走出来，走向新生活。没有了张大可的经济来源，靠自己的这点工资，每个月还要给母亲一些零花钱，她感觉越来越拮据，她开始琢磨着干点什么。

何莉找上王美秋和秀芝去了张德利的饭店。

张德利的饭店这几年又扩大了好几倍，新饭店地址在玉琼大街的马路北边，地理位置不错。饭店门前的两棵大树有好多年了，树影婆娑，半遮着饭店的落地窗，显得诗意浓浓。张德利正为保护这两棵树做着努力，听说马路要拓宽，得把这两棵老树砍掉。这些树应该是一道历史风景和文化风景，不能说砍就砍。

他们三个人坐下来就从这两棵树谈起。

王美秋说："德利，你门前这两棵树不是要砍了吗，怎么还没砍呢？"

"宁可让树挡着我的窗户，甚至挡了我的生意，我也不愿意让它们被砍掉。"

"这你还能保护得了，这是政府的决定。"秀芝说。

"我天天看着它们，谁来砍我跟谁急。"

"为了发展经济，就得有总体规则，这都砍了多少树了，凡是影响拓宽马路的、影响盖大楼的树，一棵也剩不下。这条大街已经砍了一排树了，一些老干部出面都没保护下来。"王美秋知道的事很多，她平时也很注意这些事，她接着说，"像你这样的房子，不是楼房，说不定哪天也得拆掉，重新盖大楼呢。"

张德利很无奈地说："保护一天算一天吧。我觉得一座城市再怎么发展，都应该让老百姓有一种舒适感或者叫幸福感吧，全都是水泥建筑，硬邦邦的楼房，热天连一片树荫也没有，那还有什么意思。"

"盖好了楼房，还是会再种树的，城市里不可能没有树。"王美秋说。

"我知道，那新栽的树什么时候才能长成这样的老树。我家住在农村，当我回忆童年的时候，最先想到的就是村口的那棵老树，村子里的许多故事也是从那棵老树开始的。反正我觉得树和人是分不开的，树是风景，也是风水。"

"我支持你张德利。"秀芝伸出大拇指。

"几位姐姐想吃点什么？这光顾了说话，忘了点菜了。"

"吃什么？"何莉说，"今天我请客。"

"哎呀，还用得着你吗，你挣那点钱就别总张罗着请我们了，还是我来请。"王美秋抢着说。

"我从回来还没请姐妹们吃饭呢，还没表示我对大家的谢意呢。"何莉执意说，"我请吧。"

"不行，你别逞强了，还是我来请。"王美秋也不问大家的意见，就点了几个菜，说，"都是素的，没点肉。"

"那太好了，大家都上着火呢，我的牙龈总出血，就吃点素菜吧。"秀芝说。

何莉回来后，话变得少多了。她今天也不是以吃饭为目的，是想各处走走，看看别人的生意都是怎么做的。何莉坐在那里仿佛像清晨的花朵，经历了夜雨的洗礼，显得更为纯净而妖娆，宁静而恣意。

"我回来了！你们都来了呀，姐们儿，有半个世纪没来了吧，想死你们了。"苏枚进了饭店看见何莉、美秋、秀芝都在这里非常高兴。

"你去哪儿了？"秀芝问。

"我去交费了。"苏枚的精神面貌显得非常好。

"人家现在成了模范夫妻了。"王美秋开着玩笑说。

"还行吧，自从张德利开了饭店，一次麻将没打过，每天忙着挣钱。"苏枚笑着说。

何莉一直端庄地坐在那里，但是她感觉这个饭店里总有一双眼睛看着她，她装作什么也没看见。那双眼睛刚才在她们的身后，现在又到了她们的正前方。

"谁知道马伟最近在做什么？"苏枚问。

"自从屁股上挨了那一刀，再也不出来了，很少有人看到他。"王美秋说。

"老裴他儿子结婚你们都去了没有？"苏枚又问。大家都摇着头。

"我去了。"张德利在厨房门口回答着。

"你去了，我怎么不知道啊？"苏枚问。

"我人没去，礼随了。咱们开个饭店，单位有结婚的，还能不随礼吗？听说江子哥也去了，给老裴随了一份大礼呢。老裴应该不好意思才对，他曾经那么整人，江子哥还那么大度，这是老裴想不到的。"

何莉似乎没听清楚周围的人在说什么，她被那双眼睛看得不知所措，怎么坐着都不得劲儿。

终于，那双看何莉的眼睛消失了。

"方总，你慢走啊！"张德利把方总送出门外。

何莉火辣的性格又表现出来了。"德利，那人是谁呀？"

"方总，方泰宝，房地产大开发商。"张德利回答，"他刚把你们的账也结了。"

"哎！怎么让他结了，我们也不认识他？"王美秋站起来说。

"他愿意结就结吧，你们就不用客气了。他看上我们的何莉姐姐了。"

"混蛋张德利，你在这拉皮条呢？"苏枚不高兴地说。

"不是，这事跟我有什么关系？何莉姐，方总他早就看上你了，他总到我这来打听你的消息。你的事情他都知道。"

"他没有家，没有老婆孩子？"秀芝问。

"有孩子没老婆，真没老婆。他跟他老婆离婚了。"张德利说。

"离婚的男人没有好男人。"秀芝说。

"他曾是何莉姐的戏迷，估计从年轻的时候就单相思，现在他成了大老板，觉得有资格配得上何莉姐了，所以……"

"德利，你知道的这么多，怎么从来没跟我说过呢？"何莉平和地说。

"你一直处于一种特殊的状态，这么多年总是在打官司，我……我也没机会跟你说这些。"

王美秋眨眨眼睛调皮地说："何莉，我看行，最起码他有钱呀！"

"钱是万能的？"何莉不屑地说。

"何莉姐，你有个思想准备，方总他可能会……追求……你……"张德利说着进了厨房。

"什么方总圆总的，都跟我无关，我没有心情再找别的男人。德利，他要是再来跟你说这事，你直接回了他，让他死了心吧。"何莉生气地说。

王美秋说："来来来，咱们不说这个了。楠楠在我家的时候，我为了给他创造一个良好的学习环境，以前不爱看书的我，也逼着自己看书，让楠楠进了屋能看到一个爱读书的王姨。身教胜于言教，真管事，楠楠也爱读书了。我们两个人在家的时候，一两个小时互不干扰，他看他的书，我看我的书。我原来是装样子的，后来是真读进去了。没事多读点书真好，女人的气质是从书中修养出来的，这叫腹有诗书气自华。"

"哦，原来是这样。楠楠的变化真的很大，他没事就读书，我还以为他和我不亲了呢。"何莉喘了一口气 说，"怎么谢你呀，美秋？"

"好朋友不言谢。你没觉得我现在很能表达吗？"王美秋自豪地说，"因为读书多了，我对生活的认识也深刻多了。我很想把这句话送给秀芝：生命太短，没时间给我们每日带着遗憾醒来，所以去爱那些对你好的人，忘掉那些不值得你珍惜的人。"

"想送给我一段什么样的话？"何莉开始对王美秋刮目相看。

王美秋想了想说："我始终相信，这世上没有走不完的路，过不完的桥，也没有抵达不了的岸，感谢时光里所有的经历和铭记，其实这一路，我们从不孤独。"

"美秋，你说得真好，"何莉拉过王美秋的手，感动地说，"其实，我也有很多的人生感受。人生，一切都很简单，一切都如流水，岁月的年轮和轨迹缓缓碾过去后，留下的只是灰尘和空气。张大可刚刚去世的时候，我经常在梦中抓住他，可逝去的已经无法挽回。但我相信，生命中总有一扇窗会面向大海，总有一扇门会为我们打开。"

"你们俩突然像哲人和诗人了。"秀芝说，"我不会说那么文绉绉的话，但我也懂得一个道理，人生注定是坎坷的，我们要有勇气面对它。"

"我说的这些道理其实都是在书上获得的，原话不是这么说的，我把它变成我自己的观点。我背下了一位诗人说的一句诗：我为了死，才一次一次地活下来。这话多么精辟！"王美秋说。

"美秋，你真没少读了书，我和秀芝都得像你学习，以后也要多读点书了。"何莉真诚地说。

方泰宝几乎每天晚上去红歌舞厅，他不跳舞，只坐在包间里喝咖啡，与常江子关系搞得很好。方泰宝就坐在里面喝咖啡。有人用包间的时候，方泰宝就走。没事的时候，常江子就在包间里陪方泰宝说话聊天。

"有种咖啡的名字叫往日重现，你听说过吗？你们舞厅里没有，专业的咖啡店里应该有。"方泰宝说，"你一站在台上唱歌，我就想起你们演戏的时候。那时候我是你们的粉丝，我每天晚上都去看戏，几乎天天不落。我崇拜你们崇拜得不得了，我喜欢你，还喜欢一个女演员。"

"谁？何莉吧？"常江子不假思索地回答。

"你说对了，我对她的迷恋到了疯狂的程度。可是，那时候我是谁？我自己都不知道我是谁，我没有资格去追求那么漂亮的名角儿。后来我当兵入了伍，很想出人头地，部队没有发展，转业后我就再创业。十几年过去了，我总想，也许我们还有机会在某条街的转角处相遇。我觉得现在我有机会了，她不是一个人了吗，她的丈夫不是在五年前就被人打死了吗？我现在也是一个人，三年前我就离婚了。我是听说何莉一个人了，我才下决心离的婚。"

"方总，你在说什么？你是为何莉离的婚？你还不知道她是什么想法，你就离婚了？"

"我想，我现在也算是比较……成功的……一个人。"

"你是说你有钱了，就可以……"

"不完全是那个意思，但经济也是基础吧，不然，她凭什么能够接受我。"

常江子接触方泰宝这么长时间，总体上对他的印象还不错。来舞厅的人一般会跳舞，可是他从来不跳舞。

"你的想法何莉知道吗？"常江子问。

"我从来没跟她说过话，她甚至不知道我是谁。"

"那你就为她离婚了？"

方泰宝点点头。

"那有点不可思议。"常江子心想，这样的男人靠得住吗？不管他有多少钱，靠得住才是最重要的。

"方总，你为什么要跟我说这些？"

"我希望你把我的这些话转达给她。"

"我？"常江子思考了半天，说，"这话我是不好转达的，你还是自己去试试，你必须创造机会先认识何莉，或者说让她先认识了你，不然，怎么……"

"那明天你能不能帮我请上何莉，咱们在一起吃一次饭怎么样？"

我帮助你请何莉吃一次饭，也等于我转达给她一种意见和想法，常江子心里这样想，觉得不行。他说："你就没有别的办法接触到何莉吗？"

"我真没有办法接触她，她又不到公共场合来。"

"那我试试吧，或许我也请不动她，她很少与陌生人交往。"

何莉不能再受伤了，可是目前她这种状况也的确需要找一个有钱的又疼爱她的人。再找一个也没什么不好，总比自己一个人过日子好。方泰宝能为何莉离婚，证明他不是一般爱她，而是非常爱，很深很深爱。他很佩服方泰宝，敢爱敢恨，并且执着。常江子才明白过来，方泰宝这段时间总来舞厅，原来都是为了何莉。

舞厅散场后，常江子一个人走在夜色中，不知道为什么有人追求何莉，他的心里却阵阵疼痛。

橘色的灯光下，何莉在读书。看到王美秋的进步，她心里有说不出的酸甜苦辣各种滋味。看着楠楠睡得香甜，想到王美秋把楠楠教育得这么爱读书，她很感动。王美秋为了让楠楠读书，自己竟然潜下心来读书，为孩子做榜样。作为楠楠的妈妈，她感到很惭愧，给张大可申冤打了五年官司，这五年她没有时间教育楠楠，自己也读书太少，虽然法律方面的书没少读，快成法律专家了，可其他方面却涉猎很少。

她在书上读到这样一段话：漂亮和美丽是两回事，一双眼睛可以不漂亮，但眼神可以美丽。一副不够标准的面容可以有可爱的神态，一副不完美的身材可以有好看的仪态和举止，这些都在于一个灵魂的丰富和坦荡。

她想，如果漂亮，灵魂再丰富，那便是一个完美的女人了。怎么才能让自己的灵魂丰富起来，当然是靠读书，不读书的人怎么能找到自己的灵魂。而在这个人人都向着钱看的大的社会背景下，读书的人越来越少了，所以她感觉到人们的灵魂越来越空虚，越来越浮躁。周边到处都是浮躁的人，自己还能静下来读书，才是最不简单的事。

何莉放下书本又拿起了日记本，自从走上打官司的漫漫长路，她就养成了每天记日记的习惯。翻开最近写的日记，都是每天在想要做点什么，怎么想办法去赚点钱，一直没脱离"钱"这个字。做事和赚钱是分不开的吗？何莉正批判着自己的这种思想，BP机响了。

她下了床，拿起BP机，心想都什么时间了还有人呼她。她仔细看了一下，是江子哥，他在BP机上留言：明天有人要请你吃饭。

明天有人要请她吃饭，为什么现在告诉她。这么晚了，明天再告诉她也不迟。这不像江子哥做事的风格，他在这个时间给她留言，是不是有点奇怪。

何莉家里没有电话，她无法回答他的问题。何莉突然想起来了，离她家不远处有一个公用电话亭，可以下去给他回一个电话。何莉穿上衣服下了楼，直奔电话亭。

她没走出多远，看见有一个人站在那里，特别像江子哥，走近一看，果然是他。"江子哥，我正要去电话亭给你打电话。"

"这么晚了你还给我打电话？"

"那这么晚了你怎么还传呼我呢？"

"哦……我也是有点着急，其实明天再告诉你也不晚。"

"什么人请吃饭让你这么着急呀？"

"怎么说呢，一个追求你的人吧。"

"追求……我？"

"是这样，我想先征求一下你的意见。"

"我没听明白，追求我的人不来请我，让你请我？"

"明天你可以见一下这个人，不同意就算吃顿饭，也没什么。"

"我不想考虑这件事，吃饭也没有用。"

"就算是给我一个面子吧。"

"我和另外一个人的事，你在这里边是什么角色？介绍人？"何莉生气地说，"你为什么要这么做？"

"为了你好。"常江子都不知道怎么说了。

"江子哥，你回去吧，这么晚了，我也该睡觉了，明天再说。"何莉生着气转身上了楼。

常江子在何莉家楼下站了一会儿，他不知道自己做错了什么，他的内心里完全是为何莉好，而何莉却是这样的表现，常江子想不明白，一个人失落地走在夜色里……

何莉拒绝了那件事之后，一直把自己关在家里，除了接送楠楠上下学，她几乎不愿意走出家门半步。她买了一摞书，其中包括唐诗宋词，读懂的读不懂的她都读，让自己在书中忘记一切烦忧，她没有第二个办法让自己开朗起来，唯有读书。当何莉在唐诗中读到陈子昂的《登幽州台歌》时，似乎与作者发生了共鸣，她站立在窗前，看着悠远的天空，一遍一遍地朗诵着："前不见古人，后不见来者，念天地之悠悠，独怆然而涕下。"悲从中来。作者抒发的是自己生不逢时，而何莉的泪水却来自深感人生的艰难。

她不明白，常江子为什么要让她与一个陌生人见面并且谈情说爱。她除了对张大可的思念，心里只有一份真爱，那是永远的爱，是在张大可之前的爱，她永远也无法把那份爱从心中赶走。

常江子也不明白，自己那天为什么答应方泰宝的请求，为什么心里一直处在矛盾中。他是多么希望何莉过上好日子，希望何莉能找到一个爱她疼她，又能给她好的物质生活的人。然而，他搞错了。何莉第一次那样没给他面子，何莉第一次在他面前显得那么冷艳，何莉的背影印在了他的脑海里，让他的脚步延伸在那个夜色里。

方泰宝在很长一段时间不见了踪影，张德利的饭店他不去了，红歌舞厅他也不再来了。常江子坐在包房里休息一会儿，他突然想到方泰宝常到这里来的那段时间，方泰宝喝咖啡的姿态，方泰宝头上的一小块秃顶，方泰宝手上戴的粗大的戒指。其实，无论在饭店还是在舞厅，像方泰宝这样的开发商以及那些小老板、大老板很多，整个舞厅里就能找出三分之一。他们有的是通过自己艰苦创业过上了好日子，有的是一夜暴富。有了钱之后，他们嫌弃自己的糟糠之妻，同时他们又觉得有钱能使鬼推磨，有钱就可以找年轻漂亮的妹子，可以实现自己年轻时没有实现的梦想。何莉拒绝了他，所以他不会再来舞厅消磨时光了。

常江子从包房出来，再次走进舞厅，他一眼就看到了方泰宝。方泰宝在里边跳舞，他不是从来都不跳舞吗？常江子怕认错人，站在舞厅后面认认真真地看了半天，确认那个人就是方泰宝。当他又认真仔细地看了一眼时，惊愕地发现与方泰宝跳舞的人不是别人，而是秀芝。她是秀芝吗？不会吧，不应该是她呀！常江子怕他们看到他，迅速离开大厅，又回到包房。他砸了一下自己的头，这样的人，怎么自己还想介绍给何莉？看来方泰宝原来不跳舞，都是装出来的，他是做给自己看的，装好人，装成有文化的样子，什么咖啡的名字叫往日重现，什么"在某条街的转角处相遇"，这些话有点发酸的味道，他可以拿来对任何人讲。

舞厅灯光暗下来的时候，放的都是慢步舞曲。这支慢三舞曲很好听，用闽南语唱的《谁叫我要爱着你》。大多数人听不懂歌词，只是跟着曲子晃。

方泰宝搂着秀芝那柔柔的细腰，半眯着眼睛，陶醉得像个活神仙一样。

秀芝却很清醒，她一会儿看看周围有没有认识的人，一会儿看看方泰宝的脸，这是一张四十岁的脸，还是五十岁的脸，她也搞不清楚，她觉得长着像方泰宝这样脸的老板太多太多了，他们大概都没有什么极特别的地方，看上去极普通，没有大的区分。

"幸福吗？"方泰宝微微睁了一下眼睛问秀芝。他看秀芝在东张西望，用手使劲儿搂了一下秀芝的腰说："不要看别人，现在就是我们两个人的世界，好好地享受吧。"

"你的舞跳得这么好，这得跟多少女人跳过呀？"秀芝酸了吧唧地说。

方泰宝有点无可奉告的意思，不回答秀芝的问题，仍然陶醉在舞曲中，而且越搂越紧，把秀芝搂得喘不过气来。

秀芝挣扎了一下，没挣脱开。

方泰宝把嘴贴在秀芝的耳朵上说："你是我见过的最漂亮、最有气质的女人。你是我的最爱。"

"你是不是见到哪个女人都会这么说？"

"我只爱你！"

"咱俩还谈不到爱与不爱呢，我得看你的表现。"

"表现，你说的是钱吗？那不是问题，只要你也爱我，你要什么，明天我就给你买去，要现金也行。"

秀芝想，这也太直接了吧！

秀芝故意拿捏着，说："我可没那个意思，你以为所有的女人都认钱吗？

钱不是万能的。"

"那你喜欢我什么？"方泰宝的眼睛全睁开了，用一种迷离的目光看着秀芝。

"你别这样看我，看得我都不好意思了。"秀芝感受到了方泰宝那双色眯眯眼睛里的欲火，继续说，"喜欢和不喜欢都可以在一起跳舞呀，跳一跳舞还有那么多的想法呀，大家不是都在跳舞嘛。"

方泰宝觉得眼前这个女人很漂亮，但也不是个省油的灯。他不再说话，只管搂住秀芝的腰，使劲儿往自己的肚子上贴。

秀芝准备拉开战线，说："我听说，家里的卧室要挂红色的窗帘或者是暖色调的窗帘，男人进了屋，即使他是一只羊，也会变成一只狼。请问方总，你家里挂的是什么颜色的窗帘？你是狼还是羊？"

"这话题太高雅了，什么颜色的窗帘不用管，要看跟谁在一起。"方泰宝一直用色眯眯的眼睛看着秀芝，"跟你这样漂亮的女人在一起，男人都会变成狼。"

"你要是狼，我就在你的眼前挂一幅白色的窗帘，然后让你变成一只羊，你信不信。"

"那你可够狠的。我是真心对你好，不要这么狠。"

"其实女人都是一样的，你要是惹着她们，都挺狠的。"

方泰宝忽然觉得没了雅兴，他松开了手，面无表情地说："咱们歇一会儿吧。"

秀芝坐在旁边的座位上，擦着脸上的细汗，正好借此机会喘喘气。她从包里取出一张餐巾纸，当扇子用，扇着细微的几乎感受不到的凉风。秀芝说了一句"这屋子里太热了"，便起身走到外面去了。

方泰宝左等右等都不见秀芝回来，一个人没趣地从舞厅的边道上溜出去了。

五颜六色的秋天，被几场霜寒打得七零八落。霜的后面，是一场清凉的小雪，与小雪一路同走来的一定是那个寒冷的冬天。王美秋约了秀芝去买羽绒服。

他们在新华路一家大商场看到了羽绒服的样式非常全，比往年多出十几种。过去丫丫牌羽绒服一直占领着市场，而今年的羽绒服又出现了好多新品牌，其中波司登羽绒服一下就火了全中国。

王美秋试了一件半长款的橘黄色羽绒服，她在镜子前照了半天，蛮喜欢的，之后又拿了一件玫瑰色的短款试了一下，也相当不错，这两件都是波司登的。

秀芝相中了一款藏蓝色，长款。她一直喜欢丫丫牌。秀芝一边试着一边说，"我就喜欢老牌子，可能是老了吧。"

"不是呀！"服务员说，"不一定老牌子穿在身上就老，老牌子新款呀！"

"服务员，这三件都给包起来吧。"王美秋说着，把钱付了。

秀芝说："不是说好的咱们共同给何莉买羽绒服，你怎么一下子买了三件，还你一个人掏钱？"

"咱们三个人一人一件，这么多年了，我给你们俩买件衣服还不应该嘛。"

"不行，不能让你一个人付钱。"秀芝与王美秋在商场争执了半天，这钱还是王美秋一个人掏了。

两个人往回走的路上，王美秋说，"都说十年修得同船渡，百年修得共枕眠，那么我们就是万年修得姐妹花。茫茫人海，我们相遇，一种缘分，我们彼此形影相依。"

"是的，"秀芝感慨地说，"我们三个做到了有福一起享，有苦一起担。我们的友谊是长久的。"

"我刚到剧团时，那时不叫剧团，叫样板戏学习班，你那时就是主角儿了，可我一点都不喜欢你。不知道为什么，我和何莉是一样的感觉，都觉得你和我们不一样，谁能想到我们的关系越来越密切，成为知心的好朋友。"王美秋坦诚地说。

秀芝说："都是我的毛病，我那时和现在是不一样。"

"世界一直在变，每天都在变，生活中的一切也都在变。我们唯一能抓住的，就是心里不变的东西，比如忠诚。我们只有回望过去，才能真正了解今天的自己。"

"我一直都在追求和渴望着有一段美好的情感。我一直以为自己很明白想要什么，而如今我才羞愧地发现，我完全没有领会什么是发自内心的感情。"秀芝叹了一口气说，"随着年龄的增长，渐渐地认识到，姐妹之间的感情会更持久。"

两个人说着来到了何莉家。

何莉一手拿着书，一手打开门，说："这么冷的天，你们俩怎么来了？"

"冷天给你送温暖来了。"王美秋把三件羽绒服都放在了何莉面前，说，"这件藏蓝色的是秀芝的，这两件你选一件。"

"我选一件，为什么要我选一件？"何莉直直地看着秀芝和王美秋，不知道她们俩葫芦里卖的是什么药。

"何莉，这三件羽绒服都是美秋买的，她给咱们姐妹每人买了一件。我已经接受了，你也接受吧。"

"一人一件？我不要，我有羽绒服。"

"告诉你啊，何莉，拒绝别人给你的礼物，就是拒绝别人跟你好，说明你心里不认可我这个人。"王美秋把这件事情上纲上线了。

　　何莉像是读书读傻了一样，什么也说不出来。

　　"来，试试吧，看你穿哪件好看？"王美秋把羽绒服拆了包。

　　"不用试了，这两件都好看，我都喜欢，美秋你先挑吧。"何莉说。

　　"我买都买了，这点风度还没有，一定要你先挑。我真的也不知道我应该穿哪一件，哪一件都好看。"

　　何莉说："那我就不客气了，我要这件短款的吧。"何莉想那件短款的价钱一定会便宜点，所以自己选了短款的。她把玫瑰色的羽绒服穿在身上，漂亮的脸蛋立刻有了一丝粉红的颜色。她很过意不去地说："美秋，这得花多少钱呀？"

　　"不谈钱了，谈谈感情吧。"王美秋说，"追求你的那个方总又来找过你吗？"

　　"什么方总，我都不认识他。在张德利饭店一共见过两次面，第一次没看清他人长啥样，他给咱们结了账就走了。第二次，也是咱们三个，我没吃完饭就先去接楠楠了。就这么两次吧？"何莉认真地说。

　　"后来他就没再找你？"王美秋问。

　　"他没亲自找过我，大概是让江子哥来出面请我吃饭吧。"

　　"那就对了，"秀芝说，"后来他就恋上我了。"

　　"怎么会呢？"何莉吃惊地问。

　　"你去接楠楠先走了是吧？"秀芝说。何莉点点头。

　　"我替你考验了他一把。我就想知道他是非何莉不爱、非何莉不娶吗？我就开始向他献媚。他一看我长相也不错。"秀芝说到这自己笑起来，三个人都笑了。秀芝继续说："我夸了他几句，然后假装要他的电话号码。要了电话号码，我和美秋故意没走，继续坐在那里闲聊。那个方总就过来坐在了我和美秋旁边。我还继续向他发光发热，用一种深情的目光看着他，他骨头都酥了，说：'咱们再要一瓶红酒怎么样，我想跟二位喝点。'我说：'不喝了，谢谢方总，天不早了，我们该回去了。'方总说：'二位有兴趣的话，我请你们去跳舞吧。'美秋当时不知道我是什么意思，赶紧说：'不早了，该回家了。'我就说：'美秋你先走吧，我和方总去跳舞。'王美秋以为我和方总会一见钟情呢，她拽着我的胳膊说：'回家吧，秀芝，太晚了，跳什么舞？'我就说：'你先回去吧，别管我了。'王美秋见我执意要和方总去跳舞，她生气地走了。是吧，美秋？"

　　王美秋笑着说："是，我是生气了，我就先走了。"

　　"我和方总到了舞厅，开始他还装了一会儿，两支舞曲没过，他就又搂

又抱了。他说我是他的最爱。我问他何莉呢？他说我才是最漂亮的。哈哈，
这戏演大了。"

"后来呢？"何莉问。

"后来，我就用我的方式收了场，一看他就不是个好东西，还客气什么
呀，我对他也没客气。"

何莉听得目瞪口呆，说："写小说呢吧，秀芝？"

"秀芝早就把这件事告诉我了，"王美秋说，"所以，我感觉她真是一
个认真负责的好姐姐，不然，说不定你就把那个方总当成好人了呢。"

"女人容易上当就不说了，男人有时候也会分不出好赖人。张德利把方
总当好人，一口一个方总。常江子也把这个方总当好人了，方总天天在他舞
厅的包房里泡着，常江子还想把他介绍给何莉。"秀芝说。

何莉很感激秀芝，幽默地说："为了朋友，为了我，为了考验一个男人，
你这是以身试法，两肋插刀。"

王美秋大笑，"不对，这叫以身试水，用自己的身体试试这水有多深。"

何莉感动地上前拥抱着秀芝。王美秋又把何莉、秀芝抱住，三个人相互
拥抱着，感觉到好幸福。

窗外，雪花飘飘。何莉随意往外面看了一眼，说："你们看，外面清纯
的小雪花铺满了大地。"

"诗情画意呀！"王美秋也站在窗前往外看。

秀芝提议："咱们三个都穿上新羽绒服去外面踏雪吧。"

"好主意，太好了！"王美秋与何莉一起欢呼跳跃。

三个人穿上了漂亮的新羽绒服走在外面的雪地上，她们在雪地上更加欢
乐，她们扬起脖子，双手去接那雪花，像三个美丽的少女又回到了青春时代。

≪ 第二十七章

　　月光如水一般柔和，静雅，轻柔。彩虹桥下的河水荡起了无数微波，任凭细细的风吹过来，打在两个成熟男人的脸上。他们看上去沧桑了许多，但英俊的容颜依然焕发着青春的活力。他们的倒影在月光中晃来晃去，竟成了一幅水波映月图。

　　常江子和李龙晚上都在同一个饭店里吃饭，走到转门时碰到了一起。他们俩好久不见了，见了就想在一起聊聊。于是两个人从饭店散着步走出来，走了很远很远的路，一直走到了彩虹桥上。很多年以前在这座桥上，也是这样的夜晚，他们谈戏剧，谈艺术，谈文艺创作，谈很深的话题。今晚伴着月光又来到这里，他们的心情格外轻松爽朗。

　　常江子趴在桥边的栏杆上说："你看，那水波映月，好想作一首诗啊！"

　　"咱们俩这是夜晚信步赏月。"李龙刚说了这一句，常江子马上接着说："水中静影沉璧，周围银光照耀，又觉月光似水，哈哈哈……这都什么呀，乱七八糟的，作不了诗，没那才能。"

　　"年复一年，日复一日啊！时间一晃，我们都跨入了二十一世纪。"李龙感叹地说，"其实这条河流，就是咱们年轻的时候常去练嗓子的那条河流，它们是同一条河流，那条河流是一个小小的支流。"

　　"你那时也常去小河边练嗓，李龙哥，我咋没见你去过呢？"

　　"我去能让你看见吗？我那时不是妒忌你，每天暗暗使劲儿，不让你知道。哎！年轻时候的事，说起来都是过眼烟云啊！争来争去的有什么用啊！"李龙看着远处的灯光，继续说，"再过些年，又会觉得现在的一切都不重要，每天忙啊忙，忙着挣钱、得利、出名、红火，无非也就是这些。其实，没有这些，我们不是也生活得很好吗？我现在虽然是歌舞团的团长，也没觉得怎么样，还是一颗平常心过日子。"

　　"李龙哥，我还是不同意你的观点，人活着总得活出个意义来，咱们俩年轻时摽着膀子想争主角儿，主角儿在一出戏里就比跑龙套的贡献大，在戏剧事业上说，贡献就更大，谁会记得一个大兵或一个小丫鬟，而那些主角儿却让观众难以忘怀。"

　　"别看我这么说，我做起事来一点不消极，还是挺积极的。一晃，你的红歌舞厅都关了好几年了吧？哲人说，最优秀的人，往往是最固执的，谁都劝不了你。你说你那服装店干得最好的时候，撂了，干舞厅。你那舞厅干得最红火的时候，关掉了，开公司。而实践证明，你全都是正确的。你不仅是与时俱进，我看你总是走在时代的前沿。”

"许多事情都是逼出来的。当年燕姐和刘菲开那个咖啡店赔了，不是把燕姐逼出一条路来去教古筝。"

"是啊！小燕这些年教古筝得了很严重的颈椎病，后期她不敢教了，歇了两年，一家私人办的艺术学校请她去当老师，她又去了。我说就别去干了，她说她待不住，还想干点事。"

"行啊，在艺术学校当老师不像自己带学生那么累，轻松地干着吧。再不想干来我公司也行，干点轻松的活儿。"

"你这公司又干大了。"

"当时我开公司也是大势所趋，舞厅再不关门也不行了，因为去舞厅里跳舞的时代马上就过去了，别等到那个时代来了再去找新路子，那样就被动了。这还得感谢何莉呀！"常江子停顿了一会，感慨地说，"当时何莉的想法几乎是与我一拍即合。前些年，别人怎么看何莉？认为她打完了官司一点斗志都没有了，实际上她是在武装自己的头脑，没少读书，没少学习。一个人没少搞市场调查。我知道她，她是在积蓄能量，这能量终将会爆发。突然，有一天她来告诉我，她想成立一家礼仪公司。她说，目前玉琼市就一家这样的公司，他们干得不大，如果她来干，或者说我们来干，那就大不一样了。她说她有很多新思路、新想法，她问我是否愿意与她合开一个礼仪公司。我当时精神一下子就振奋起来了，你知道是什么感觉吗？像一棵植物蔫了，有人突然给它浇上了水。那真是山重水复疑无路，柳暗花明又一村啊！我们俩一拍即合。最后商量名字叫金麦传媒礼仪有限责任公司。"

"你们俩可是强强联合。"

"我出资，她献策。"常江子笑了。

"你是又出资，又献策，还帮了何莉。"

"这个不隐瞒，我确实想帮她。"

"我和小燕常说，我们俩就干了一件对不住你的事。"

"什么事？"常江子认真地看着李龙。

"不该把刘菲介绍给你。她不生育这件事就不说了，你的事业干这么大，她做不了一个好助手，有时候甚至还拆台。"

"哎！"说起刘菲，常江子叹了一口气，说，"忍吧。我和刘菲在一起总有那么一种感觉，就像是这座桥和这条路，桥是桥，路是路，过桥的过桥，走路的走路，过桥和走路永远是两码事。"

"你就是那桥，她就像那路，一个要过丰富而灿烂的人生，一个要在扭扭曲曲的地方走。我这个比喻贴切吧？"

常江子沉默着了一会儿说："不怎么贴切，但是我也形容不出来，反正就是不合拍。要说她人有多坏也不是，刘菲她人不坏，就是不会做事。"

夜，有了一丝凉意，两个人开始往回走。与李龙分手后，常江子一个人行走在回家的路上，他思考着李龙的话，李龙给刘菲这样的评价是有原因的。他们的公司——金麦传媒礼仪有限责任公司成立挂牌的那天，嘉宾多，场面隆重。何莉事前做了大量的准备工作，打理得井井有条，甚至连常江子穿什么衣服，何莉应该穿什么衣服都考虑到，并找了一家服装店加工特制。有了何莉这样的助手，常江子轻松多。就如当年他们在一起演戏，常江子只管演好自己的角色就可以，何莉的角色，一定会让观众满意叫好，同时提升整个剧的演出水平。有时，他们在一起商量事，一天都顾不得吃一顿饭。有时他们忙到很晚，就在外面吃点快餐。

刘菲看到的不是公司如何发展壮大，而是常江子与何莉天天在一起，已经到了分不开的程度。她妒火丛生，每天都压着心中的怒气。常江子忙得顾不得看刘菲一眼，更没有时间体察到她的情绪变化，只知道她不高兴，因为她平时就是这样一个人，自己做不了什么事，还爱生出点事。

一盆盆鲜花在阳光下盛开，一条条红色的丝绸在风中抖动，一串鞭炮在空中炸响。常江子、何莉与来宾面对面站在那里，常江子拿出讲话稿，用高亢响亮的声音宣布金麦传媒礼仪有限责任公司成立。他要感谢各位来宾，各位亲朋好友这些年对他的支持……

何莉怀着喜悦的心情站在他身边，脸上充满了自信。他们两个人的服装精致到衣领，精致到每一个纽扣，常江子穿了一身黑色西装，白衬衫，红领带，风度翩翩；何莉身穿一条拖地的橘红色连衣裙，外加一件白色的小外套，更显得年轻美丽。再加上两个人的外貌和气质，他们站在那本身就是一张最好的名片。

"这真是天生一对绝配，才子佳人啊！"

"是主持人还是公司的总裁？"

"主持人就是总裁，总裁就是主持人。"

"那不是咱们玉琼市的两位大明星吗？"

"他们俩是夫妻吧？"

刘菲在旁边站着，再也控制不了自己的情绪，她突然冲上去站在常江子身边，挽起他的胳膊大声说："我们俩才是夫妻。"

所有人被刘菲这一举动搞晕了，怎么了……

刘菲竟然流着眼泪说："我们俩才是真正的夫妻，他们俩不是，他们俩是……"她哽咽着说不下去了。

全场来宾一片哗然。常江子的大脑顿时出现一片空白，呆立在那里。何莉也像被一声响雷劈到了一样，一时间也呆了。她毕竟是从大风大浪里闯过来的人，立刻镇静下来。何莉平静地说："今天来的嘉宾大多是我和常江子的同事、亲人、朋友。大家都知道他们俩是夫妻，都知道我和常江子是兄妹，但我今天可以告诉大家，我和常江子，我们就像是一对精神伴侣。这么多年的风风雨雨，我们都能撑过来，正是因为我中有他，他中有我，危难时都会向对方伸出手来，我们是手拉手走过来的。所以，我们才有了今天，有了今天这样的公司，这是我们共同的事业。今后，还有许多共同的事业等待着我们去做，我们一定不辜负亲朋好友的大力支持和厚望，把公司做好、做大、做强。"

所有的来宾没有一个人不鼓掌，大家给何莉的掌声足足有一分多钟。

常江子像是醒了过来，他平静地对刘菲说："刘菲，今天你太激动了，你先回去休息吧。"然后，他的另一只手紧紧地握住了何莉的手，并把这两只手举得高高的，他用洪亮的声音大声说："请大家为我们鼓掌吧！"

热烈的掌声再一次响起。

何莉眼里含着深情的泪花，她看了一眼常江子，手挽着常江子的手，幸福地举起来。

刘菲坐在家里哭到天黑，一直坐在沙发上不吃不喝。

常江子回来了，他脱掉鞋子和上衣，看见家里冷冷清清，心里很难过。他这些天太忙了，也没顾得上给刘菲做饭，不知道刘菲都吃了些什么。他打开冰箱，里面空空的，他去了厨房，什么吃的也没有。常江子坐在刘菲的旁边，看见她眼睛红肿着。他说："要不我们俩出去吃点饭吧。"

刘菲半天才说话："你不是已经陪着她吃过了吗？"

"没吃。"

"这么晚了，在一起又没吃饭，那你们做什么了？"

"我们一都在忙公司的事。今天刚开业，步行街就有一家商场要搞一周年活动，我们大致帮他们拿了一个活动方案，明天一早去搭台。"

"公司就你们两个人说了算，你们愿意干啥就干啥呗。"

"刘菲，我看我们是得坐下来好好地谈谈。你说我什么都行，可是，你千万不要再去伤害何莉了，不要让她一次一次地受伤好不好？"

"我？我伤害何莉了？是我伤害她还是她伤害我，你搞清楚没有？"刘菲嗖一下站在沙发上，她大声吼着，"她都快把我老公抢走了，我还伤害她了？你也太心疼她了吧，你总是替她说话。"

"你老公就在你面前，我没被她抢走，我不是好好在这吗？"

"可是你的心已经走了啊！"刘菲又哭起来。

"什么叫无事生非，你知道吗？一个人整天无事可做，能做什么呢？只好无事生非，生出一些是非来，她觉得有意思，她的生活不寂寞了。我和何莉没做过任何不光明磊落的事，也没做过对不起你的事，你说你这不是自寻烦恼。"

"我无事生非，我自寻烦恼？我在你的眼里就什么都不是，你从一开始就没看上我，你心中的女神就是何莉。"

"也许是，就算是吧，她有许多地方值得你学习。"

"好啊！这才是你的心里话，她那么好，你们可以在一起了，咱们俩离婚！"刘菲声嘶力竭。

"刘菲，离婚这两个字可不要轻易说出口。"

"我就是要离婚，离！今天就离。"刘菲说着就去收拾衣服。她把衣服扔了一地，她的衣服太多了，她拿不了，得用汽车来装。

"好吧，你先冷静一下，要走我走，你一个女人去哪里？"

刘菲坐在那里一声不响。

"我们俩暂时分开一段时间也好，都好好地反思一下。"常江子说着，简单地拿了几件东西就离开了家。

走在夜色中的常江子还在回忆中。他算了算，他搬到公司里住已经一年多了。那天晚上公司没有床，他就在地上打个地铺。第二早晨公司的小胡看见常江子睡在地上，赶紧买了一张单人床放在办公室里，常江子就在这张床上睡了一年多。每天早晨他都起得很早，不管头一天晚上加班到几点，有多累，第二天早晨他都早早起床，毕竟这里是公司，不是自己家。

早晨，常江子睁开眼睛，不愿意起来，他多想睡在自己家的床上，累了可以多睡一会儿。他把枕头垫高，双手交叉放在脑后，想这一年多公司的变化。公司发展得很快，市区内的大型文艺活动、商业活动和庆典活动，他们做了不少，甚至有的人结婚还想请金麦传媒礼仪有限责任公司来承办。只要是金麦传媒礼仪有限责任公司策划的活动，都非常新颖、别致、大气、上档次，公司使玉琼市礼仪水平和演出水平不断提高。

小胡是个非常能干的小伙子，每天早晨他都是第一个到公司，烧水、拖地，搞卫生。今天何莉比小胡早，她来到公司，进了屋看见常江子还在床上躺着，就先坐在电脑前工作。

"何莉，今天怎么来这么早？"常江子边问边穿衣服起床。

何莉说："我昨天晚上接了一个活儿，是一个婚礼策划。你猜新郎是谁？"

"谁？"

"是老裴他儿子要结婚，想让咱们公司帮助策划一下。昨天晚上他打电话找我，说他要把这个老儿子的婚礼办得好一点，还要有点新意。我也没跟你商量，就把这个活儿接了过来。我也没考虑跟老裴要多少费用，还要不要钱。今天早晨有点着急，赶紧过来写一个婚礼主持词。"

"老裴的儿子不是结过婚了吗？我记得我还随了份子呢。"

"那个是老大，这个是老二。"

常江子想了想说："哎！一个单位的还要什么钱呀，估计老裴找咱们也是这个意思。"

"我也是这么想的。"

"咱们着急要策划出来的方案还有几个？"

"8 号有一个开业的，18 号有一个开业的，都是饭店，最近好像开业的特别多。"

"老裴的儿子是哪天结婚？"

"明天。"

"哦，那你写吧，一会儿小胡来了让他做那两个方案。"常江子说着往外走。

"你去哪儿？"

"我去吃个早餐。"

何莉站起来说："我给你带早餐来了。"她打开饭盒，把热腾腾的包子放在桌子上，"吃吧，早晨新蒸的，韭菜馅。"

"真的？"常江子说，"我最爱吃韭菜馅。饭店吃腻了，能吃一顿你做的包子感觉不一样啊！"

"我就是没时间，有时间我天天给你做。"何莉说完这句话觉得不对，之后又补充了一句，"我的意思是早晨起得早的话，就可以做包子，其他的饭也没法给你带。"

常江子吃过包子坐在另一台电脑前开始工作。

何莉写主持词，她打字的速度很快，"尊敬的各位来宾、各位朋友、女士们、先生们，大家上午好。在这样一个充满喜庆的日子里，我们迎来了新郎裴永波先生、新娘李艳艳女士的结婚庆典。我是来自金麦传媒礼仪公司婚庆主持团队的主持人。我非常荣幸地受二位新人的委托，为他们主持并见证这一神圣而又浪漫的婚礼……"

第二天，何莉站在婚礼大厅的台上，用甜美的声音主持着，那场面如诗如画。

"下面就让我们一起把所有的目光都聚焦在幸福之门，并且以最热烈的掌声有请二位新人步入这神圣的婚礼殿堂。"

新人入场，音乐在大厅回响，礼花在空中绽放……

"走进婚姻的殿堂，预示两个人要共同撑起一方天空的风景，像两棵依偎的大树，枝叶在蓝天下共同盛放，树根在地底下相互盘缠。风也罢，雨也罢，两个人并肩站立着，共同凝望太阳的升起、太阳落下，那是一种天变地变情不变的感觉……"

婚礼的宴席开始时，何莉已经走在回去的路上。她对自己的这次主持很满意，觉得主持词写得流畅，主持风格也越来越大气，一分耕耘一分收获，如果平时不努力学习，很难超越自己，更超越不了别人。她又想到这一对一对的新人走进了婚姻的殿堂，他们都是由相知而相爱，由相爱而更加相知的吗？真正的神仙眷侣有几对？一句誓言承诺一生相随，而人生的最高境界应该是没有誓言也能相伴风雨。

已经退休的老裴一大早来到公园。公园不大，却林木葱郁，环境幽静，园中普植雪松、银杏、香樟、紫薇、水杉、桃树、玉兰等，林间点缀着草坪、荷池、亭榭、小径。绚烂的秋季，到处是秋菊，一盆盆五颜六色的菊花向人们展示了秋天特有的姿色，白的似雪，粉的如霞，黄的像金……

古香古色的亭榭坐落在公园的东北角，这里是老裴和一些喜欢戏剧的票友们的活动地点。老裴闲着没事就来这里唱两段京戏，他把素兰的老伴老马也拽来给他拉京胡。别看老马八十多岁的人了，精神矍铄。时间长了，他们周围围着一群喜欢戏剧的人，那叫票友。老裴唱的《二郎探母》《二进宫》《桃花扇》等京剧选段相当受欢迎。办完儿子的婚事，他更显轻松，带着满面笑容坐到他的老位子上。票友们见了老裴都说："老儿子结婚，大事完毕了。"

老裴美滋滋地回答："那是，我那老儿子的婚礼办得那叫个好呀！是金麦传媒礼仪公司办的，主持人是何莉。大名鼎鼎的何莉，你们听说过吧。何莉年轻的时候，那在我们剧团里是名角儿，她要是来给你们唱一段，那就得迷倒了一片。"

"哪天请她来给大家唱一段。"

"人家是大忙人，是金麦传媒礼仪公司的副总经理，就是给我儿子办婚礼的那个公司，人家哪有时间来给咱们唱戏。"老裴说这些话时，心里也在想，当年他当副团长时可没把何莉放在眼里，还把人家常江子挤出了京剧舞台，让他去唱评剧。如今老儿子结婚，没想到这两个人不计前嫌，那么大的婚礼策划，人家一分钱都没要。老裴想到此，心里也很愧疚，觉得年轻的时候自己在做人上有点问题。不过，他以后不会那样了，要好好地与周围的人相处，有一分热发一分光。他坐在这公园里唱戏，也能带动一些人，特别是一些年轻人，耳濡目染地让他们对京剧有个印象，让他们别忘了京剧是中国的国粹。

"还是我给大家唱一段吧。"老裴说，"总得有个开头的，开了头，大

322

家就抢着唱起来了。"

"赵桂兰来了，你们几个还是唱一段《沙家浜》选段吧，智斗，唱智斗吧。"老马说。

赵桂兰是京剧票友，别看六十多岁的人了，每天到公园来都是浓妆艳抹，练水袖身段、台步台姿，赢得满堂彩。

老裴对赵桂兰说："那些还是次要的，最重要的还是嗓子里的活儿。"

"那就先来一段智斗。"赵桂兰说。老马拉京胡，旁边还有拉二胡的，打鼓的，敲锣的。

老裴唱："想当初，老子的队伍才开张，拢共才有十几个人，七八条枪。遇皇军追得我晕头转向，多亏了阿庆嫂，她叫我水缸里面把身藏。她那里提壶续水，面不改色无事一样，骗走了东洋军，我才躲过大难一场。似这样，救命之恩终生难忘，俺胡某讲义气，终当报偿。"

"刁德一唱，谁唱刁德一？没人，老张没来吗？"

"没来呢，你接着唱吧。"

老裴又唱刁德一："这个女人哪不寻常。"

赵桂兰唱阿庆嫂："刁德一有什么鬼心肠……"

小米在家里作曲。他写的曲子曾在《北方音乐》《教育杂志》上发表过，词作者也是他们本校的老师，还有一首曲子被音乐之声合唱团演唱。小米的时间很珍贵，整个星期天都待在家里不出屋，连常江子那里他都没有时间去。

常江女见他总不出屋，也不知道照顾自己的身体，不让他写了，说："劳逸结合吧，今天咱们去公园走一走，好久都没去了。趁着晶晶他们班级也去郊游的空当，咱俩出去散散步。"

"我这首曲子写得不太顺畅，你看……"

"哎呀，我不看，回来再看，走吧走吧！"

小米几乎是被常江女拉着出来的，他们一起散着步来到了公园。他们一进公园的门口，就听到公园里有一些人在唱京戏，好像还有一个小乐队。一帮老戏友的唱腔回荡在公园上空，让人感到天空和大地都无限深远。特别是秋天，落叶纷纷地飘落下来时，大地像铺盖了一层黄色地毯，这地毯踩上去柔柔的。小米仔细听了一会儿说："这里边好像有老裴的声音。"

"你的耳朵那么好使，咱们看看去。"

"和老裴在一起工作有几年了，他的声音我再听不出来。不过好多年没见到他了，不知道近况如何。"

常江女与小米寻着声音来到了公园的亭榭前，在一帮戏友中，小米认出了老裴和老马。老裴在演唱，老马在拉京胡，很是投入。他不好上前去打扰，默默地站在旁边看。此时，一种久违的感觉顿时涌上了小米的心头。他对常江女说："还是京剧好听啊！怎么听都有味道。京剧是在北京形成的戏曲剧种之一，至今已有将近两百年的历史。它是在徽戏和汉戏的基础上，吸收了昆曲、秦腔等一些戏曲剧种的优点和特长逐渐演变而形成的。中国京剧是中国的国粹。京剧音乐属于板腔体，主要唱腔有二黄、西皮两个系统，所以京剧也称皮黄。京剧常用唱腔还有南梆子、四平调、高拔子和吹腔。京剧的传统剧目约在一千个，常演的有三四百个以上……"

"哎呀，你又把研究的那些东西搬出来了，你说这些我都听不懂。"

"不懂才给你讲，平时哪有时间跟你说这些。"

常江女笑了，说："这就是当老师的通病，总爱给别人传授点知识才舒服。"

"老裴也曾在剧团里唱主角儿呢，曾几何时呀！三十年河东，三十年河西！"小米感慨万千。

他们在旁边欣赏了一会儿，见另一个人站上去唱，老裴终于歇下来。小米上前拍了一下老裴的肩膀，说："裴团长，您还认识我吧？"

老裴想了半天才想起来，"哎呀！米新呀，那我咋不认识呢，你那时候是乐队的小家伙。"

"您身体挺好吧？"

"挺好，有这么个爱好，每天一帮戏友在这里拉拉唱唱的，挺好的。"

小米又走过去跟老马握握手，互相问候了几句。小米说："那就不打扰了，你们赶紧唱吧。"

老裴和老马的确没时间唠闲嗑，这个唱完那个唱，他们的心思都在表演上呢，所以小米赶紧退后，又听了一段《桃花扇》选段，小米和常江女走出了公园。

走在路上，小米说："我倒有一个想法，不妨让晶晶学学戏曲艺术，哪怕是会唱几段，稍稍懂得那么一点也好，不至于一点都不了解吧。"

"可她学习这么紧张，哪还有时间学这个？"

"这就是你和大多数家长的想法。京剧作为中国国粹艺术，凝聚了中国传统文化的精华与艺术表现特性。在京剧的兴盛时代，无论是有文化的群体，还是下层的劳动人民，都无条件地成为京剧迷。而今天京剧人才断档，收入低，很多人称看不懂的原因，一要归罪于破坏，二是经济腾飞之后，国家没有保护好这个国粹艺术。"

"太精辟了，这一趟没白出来，跟你学了不少东西。以后咱们俩还得常出来散步啊！"

"你嫁给了一个教授，你知道吗？"小米也幽默了一下。常江女挽着他的胳膊，像他们在校园谈恋爱时一样，和谐默契。

≪ 第二十八章

　　学校的下课铃声响了，常江女夹着教案走出教室。一个女生追出来，问了她一个问题，她始终面带着微笑解答问题。女生满意地回到教室后，常江女朝着办公室走去。

　　来到办公室，常江女一进门就看到她的座位上坐着一位与自己年龄相仿的女人。那女人气度不凡，从头到脚透着一种高贵的气息。

　　女人见了常江女，微笑着站了起来，说："江女，你还认识我吗？"

　　常江女一愣，仔细看着眼前的这位笑容迷人，目光淡定，仪态不凡，气质高雅的女人，她大喊了一声："雪莹姐姐？你怎么来了？"

　　"我去北京办点事情，绕道过来看看你。"

　　"看我，只看我吗？"常江女一笑，率直地说，"不看我哥吗？"

　　陆雪莹笑了笑说："当然要看。"

　　常江女给陆雪莹倒了一杯水，说："从大学毕业后咱们就没再见过面，这一晃都多少年过去了。"

　　"是啊！时光真是不饶人啊！"

　　"在学校的时候，你对我那么好，总是从家里给我带好吃的，我那时候也没报答你。"

　　"对你好是因为爱着你哥，爱屋及乌。"陆雪莹还是显得那么晶莹剔透，说起话来嗓子依然有点沙哑，好像比以前更柔和，语速更慢了些。

　　"说说你吧。"常江女坐在陆雪莹对面的椅子上。办公室里恰好没人，几位老师都有课。

　　"我去美国多年了，去年才从美国回来。"

　　"在美国定居了吗？"

　　"我已经有绿卡了，可是人越老越想家，这几年我不知为什么，就想回国、回家，所以在中国待的时间比美国要多。"

　　"你先生和孩子都好吧？"常江女试探着问，她当然很想了解陆雪莹的近况。

　　"我阿姨在美国，我现在和她在一起生活。我和咱们学院的体育老师吴民结了婚，几年后就离婚了，我比他大六岁，他小我大，我们的性格合不来，经常吵架，我觉得这桩婚姻里缺少爱，所以就离婚了。离婚那年我有四十多岁吧，就没再结婚，一直单着，后来就去了美国。"

"吴民老师我有印象，高高的帅帅的。"

"失恋以后，我好几年不想再谈恋爱。我爸爸妈妈因为我个人的事很着急，身体每况愈下，我只好说服自己再谈一次恋爱。就我的年龄来讲，已经找不到比我大的或者同龄的，找起来很困难。吴民外表很帅，与你哥比稍差一点，有你哥比着，我再找对象时很注重外表，忽略了其他。他当时又猛烈地追我，我就同意了。他说年龄不是问题，我以为年龄也不是个问题，其实还是有问题的。"

常江女听了陆雪莹的叙述心情一下子低落，她沉默着不知道说什么。

"我这次来也是为了我多年的一个心愿，我就想见常江子一面，想知道他日子过得怎么样，他是不是找了一个贤妻良母型的漂亮妻子。"

常江女听陆雪莹这么说，就更不知道怎么回答她了，想了半天，说："你见一见我哥就行了，他的夫人你就不要见了吧。"

"我只和你哥见面，你的嫂子知道了不会吃醋吧？"

"你见她不见她，她都会吃醋，你来就是让人家吃醋的。"常江女咯咯地笑。

"那我怎么见你哥？"

"等一下我给他打个电话，问问他的时间。你坐着，我去收发室打电话。"常江女转身出去了，其实她兜里有手机，可是她不能当着陆雪莹的面打这个电话，她不知道哥哥怎么想，会不会见陆雪莹。

收发室里，常江女接通了哥哥的电话，心扑通扑通的，她口气沉重地说："哥，告诉你一件事情。"

"什么事啊？"

"陆雪莹来了。"

那边好半天没有声音。

"哥，听见了吗？"

"哦！"

"哦什么呀，陆雪莹说她想见见你。"

"见我？怎么见？"

"我来安排这件事吧。"常江女知道哥哥听到这个消息应该是很激动的，她在电话里已经听到他喘气的声音了，他装着很镇静，其实是在认真思考这个事怎么办。常江女说："今天中午请她到我家吃饭，哥你也去。"

常江子想了半天说："这样还是不妥，江女。还是我安排一个饭店，你把你嫂子刘菲找上，把小米找上，把陆雪莹领到饭店去，我们以家人的名义接待陆雪莹吧。"

"你说什么呢哥？就我那嫂子，平时没事还吃醋呢，陆雪莹来不能让她知道，也不让她参加。"

"必须要让她知道，我们现在不是还没离婚呢，大大方方坐在一起吃个饭。我和陆雪莹那都是过去的事了，刘菲还吃什么醋。正大光明地把她也叫上，让陆雪莹看到我有一个幸福的家庭。"

放下电话，常江女嘟着个嘴往办公室走，她觉得哥哥总是想把事情做得很好，不想让别人说出什么来，可是到头来吃亏的都是他自己。常江女喜欢陆雪莹，她多么希望哥哥和陆雪莹单独会个面，叙叙旧情，找回当年那种感觉。

常江女把午宴订在了玉琼市最高档最豪华的一家饭店，她分别给刘菲和小米打了电话，告诉他们饭店和餐室，然后领陆雪莹早早地来到了饭店。

常江子放下电话，心情又激动又慌乱。曾经那美好的爱恋，已经沉睡在了心底，陆雪莹这个名字已经成为他永久的回忆。可如今，现在，此时此刻，她又要出现在他的面前。陆雪莹那美丽的脸庞，窈窕的身影，深情的目光，小鸟依人的一颦一笑，都闪现在他眼前。这么多年过去了，她一定生活得很好。而他，这个家，这桩婚姻应该算是人生的失败。怎样面对陆雪莹，他已经想好了，如实地、坦荡地把自己，还有自己的家呈现在陆雪莹的面前。当然，还是要让她多看到好的一面，让她的心也好落在实处。

一年多没回这个家了，因为陆雪莹的到来，他不得不回来，他要见到刘菲，与刘菲一起出席招待陆雪莹的宴会。

刘菲都知道了，常江女已经在电话里告诉了她，让她早点去，不要迟到。刘菲把衣柜里的衣服拿出来左试右试。常江子进了屋，他没说话，就坐在沙发上耐心等待。这一次他一定要耐心再耐心，他希望刘菲打扮得越漂亮越好，最好是能够超过陆雪莹，让陆雪莹看到他找了一个说得过去的妻子。

刘菲那边还怄着气呢，她也不好问常江子这件衣服怎样，那件衣服怎样，就一件一件地试。常江子看她越是重要的场合，越不知道自己穿什么，就站起来走到衣柜那里，拿了两件衣服说："就这两件吧，这两件搭配在一起有气质。"

刘菲看看常江子，觉得很奇怪，他从来没这么关心过她穿什么，今天看来是不一样。她就把常江子看好的那件穿在身上，在镜子面前一照，果然不错。她心里承认，还是常江子的眼光好。

这是一家新装修的酒店，有点东南亚风格，酒店设计个性鲜明，一进来给人轻松愉悦的感觉。

常江女和小米陪陆雪莹来到酒店的餐室，餐室内有套间，套间内有茶桌、有沙发。常江女要了一壶淡淡的茉莉花茶，她知道陆雪莹最爱喝茉莉花茶。他们三个人边喝茶边聊天。三个人都是一所大学毕业的校友，又是这么一层关系，见面后极为亲切，有说不完的话题。

常江子与刘菲找到了雅间，一前一后走了进来。

陆雪莹见到常江子和夫人一同走进来，脸唰一下变红了。

常江子走过去伸出手，陆雪莹缓慢地从椅子上站起来，她伸出手去握常江子的手，可是这两只手一直都颤抖着，好半天才握到一起。

常江子很不自然地说："雪莹，你来了。"

"啊！"陆雪莹的声音只在嗓子里。

陆雪莹这些年做梦都想与常江子重逢，她想象着重逢的时刻应该是多么美好、多么温馨、多么浪漫。想象着常江子再拥抱她一次，想象着两个人一定是热泪盈眶……哪一种想象都比现实中的相逢令人感动，而现实中他们就这样平淡如水地见到了对方。此时此刻，他们重逢了，他们见到了彼此，两个人却都表现得如此冷静。她看着站在眼前的常江子，既熟悉又陌生，他还是他吗？他已经不是她记忆中的那个人了，他已经不是她日夜想念着要见到的那个人了，他的脸上写满了沧桑。他已经不属于她了，他的身后还跟着一位花枝招展的女人。没有人在原地等你，原来的两个人都已经在各自的人生路上走了很远的一段路程，他不是原来的他，也不是原来的她了。最难为情的是守着一群家里人，此时此刻，想表达也无法表达，想亲热也无法亲热，想流泪也要把眼泪控制回去。两个人握了手，你看我一眼，我看你一眼，然后大家例行公事，坐下来等待一桌酒菜上来。

常江子一边招呼服务员干这干那，一边掩饰着自己复杂的心绪。他打开一瓶红酒，给陆雪莹倒上，再给所有人倒上，端起一壶茶，给陆雪莹斟上，再给其他人斟上。他忙来忙去都没顾得上多看陆雪莹一眼，直到常江女把这些事都包揽过去，常江子才坐下来端详着陆雪莹。

陆雪莹端庄地坐在那里，高贵、优雅的气质让她举止得体大方。白皙的脸庞透着棱角分明的冷峻，乌黑深邃的眼眸依然泛着迷人的色泽，气质如兰。陆雪莹用紫色的蕾丝线将头发束起，淡粉色的衬衣外是一件方格的蕾丝白色小礼服，白皙的手腕上有一个漂亮的镯子，小指上还戴了一个没有任何修饰的银戒，一切的装扮都是那样精致，却让人感觉不出半点多余和累赘，仿佛她本来就应该穿成这样。

刘菲今天也用心地打扮了一番，枣红色的筒裙配了黑色紧身上衣，外边又披了一件枣红色的风衣，风衣的材质很飘逸，配了一双白色高跟鞋。刘菲总是有一种傲慢的劲儿，今天在陆雪莹面前一点也不示弱。她坐在常江子身边故意显摆着，那就是我才是常江子的夫人，我们夫妻恩爱。陆雪莹举手投足间虽不经意却有无穷的魅力，而刘菲的红色唇形，无一不在显示着她浅薄的个性。

　　陆雪莹举起酒杯说：“感谢江子及江子的家人这样热情招待我。我这次能来的原因，主要是有一个去北京的机会。我想，北京离玉琼市并不远，这么多年了我应该回来看看，毕竟在这片土地生活了十几年，这里也算是我的第二故乡。”陆雪莹停顿了一下，“来了之后发现我的第二故乡变化太大了，有些物是人非的感觉。我就想起了唐朝诗人崔护的一首诗：去年今日此门中，人面桃花相映红。人面不知何处去，桃花依旧笑春风。”

　　常江子听出了陆雪莹有些伤感，常江女、小米也都听出了陆雪莹的伤感和不好的心情，大家都沉默着。陆雪莹忽然觉得自己的情绪表现得太明显了，便微微地笑了一下说：“这首诗用得不够恰当啊，怎么会是人面不知何处去呢，小米、常江女还都在这里，我们还都像在大学读书的时候那样亲切，我只是想说家乡的变化太大了。”

　　“吃点菜吧，都是我点的，不知道大家可不可口。”常江女缓解气氛，说，“雪莹姐，你想吃什么就说啊，我们再点。”

　　又是一阵沉默。大家在不停地吃东西，喝水喝茶，没有人说话。

　　“江子，说说你吧。你现在是公司的总裁了吧，但是你的脸上总挂着疲惫，人也显得不够精神。”陆雪莹大大方方地说。

　　“什么总裁，就自己开一个小公司罢了。”常江子谦和地说。

　　“人怎么不精神了，我看我老公挺精神的。”刘菲接受不了陆雪莹这样说，故意用手摸了一下常江子前边的头发。

　　“我说的精神不是指他人长得怎么样，我是说他精神面貌不够好。”

　　“有人心疼你了，我也挺疼你的，开这么大的一个公司是挺累的，要不咱们别干了，反正钱也够花了。”刘菲看着常江子，假假地说。

　　“我哥是有点太累了。”常江女把话接过来，她怕刘菲越说越走板，“公司虽然不大，操心的事不少。”

　　“别说那些了，咱们喝点酒吧。”常江子笑呵呵地站起来并举起酒杯说，“雪莹，这么多年了，感谢你还能回来看看我，我却从来都没想着去看看你，对不起啊！”常江子站起来与陆雪莹碰了一下杯，把一杯酒全干了。

　　刘菲的眼睛瞪得又圆又大，说：“你可不能这么喝，喝多了会难受的，下午公司里不是还有事吗？”

　　陆雪莹眼睛湿润了，她并不愿意在这么多人面前表达自己的情感，可是常江子非要安排这样一个场合见面。她看到了常江了夫人的浅薄，没有文化修养，也不想掩饰更多了。陆雪莹说：“来，我再回敬你一个吧！这么多年了，我才想来看你，也有点晚了，说对不起的人应该是我。”陆雪莹的一杯红酒也干下去了。

　　“雪莹姐，你行吗？”常江女不知道陆雪莹有多大酒量，怕她太激动干了这杯酒。

"没问题的，酒逢知己千杯少。"陆雪莹又倒了一杯说，"我在美国一个人常常感到孤独寂寞，寂寞的时候就喝红酒，其实寂寞早已经成了我的一种习惯。寂寞久了，用另一个词说是闲。只有忙碌起来的时候顾不得寂寞，也没有心情寂寞，闲了就会寂寞。寂寞是很会钻空子的，简直就是一个精灵，如影随形，无可奈何。"

一直没说话的小米觉得这气氛有点紧张，一开始陆雪莹还收敛着自己的情感，喝了两杯酒突然就不想再控制自己的情绪了。小米赶紧说："咱们还是少喝酒，多吃菜。"他把桌子转了一下说："雪莹，吃鱼，这是雪鱼，和你的名字占一个字，这鱼长得也很漂亮。"

陆雪莹看出来了，常江子的婚姻并不美满，他的夫人并没有她想的那么好，刘菲配不上常江子。她心里很难过，她不是为自己难过，而是替常江子难过。陆雪莹毫不隐晦地说："我和江子，我们是有缘无分，但这不能怪别人，只能怪我们自己年轻的时候没有把握好。我们两个就互相祝愿一下吧，虽然天各一方，我永远都要给你最好的祝福，祝你幸福，祝你事业顺风顺水，同时也祝江女和小米恩爱一生。咱们共同碰一杯酒吧！"

常江子第一眼看到陆雪莹，就觉得她变化很大，觉得陆雪莹不仅仪态万千，成熟，视野广阔，而且已经不是年轻时的那个她了。他想起当年在王小燕和李龙的介绍下，他在公园里与陆雪莹见第一面时，她就是一个大城市的女孩，与小城市的女孩不一样。如今她又是一个在美国生活了多年的人，和没出过国的人在世界观上有着很大的区别。

从饭店走出来，常江女和小米与陆雪莹一起打车走了，常江子与刘菲向着相反的方向步行走着。刘菲说："你的前女友陆雪莹长得真不错，眉清目秀、千娇百媚的，你怎么不和她单独去约会？"

常江子生气地说："我要想单独和她约会，今天就没有必要叫上你来一起吃饭了。"

刘菲态度冷冷地说："人家大老远地来看你，你就那么无情？"

常江子想，还是常江女说得对，叫上她也吃醋，不叫她也吃醋，反正她总是不痛快。

"你回去吧，我公司那边还有事。"常江子回了公司，刘菲还是一个人回自己的家。

在常江女的一再挽留下，陆雪莹又停留了一天。早晨，常江女来宾馆陪陆雪莹吃早餐。宾馆的早餐种类很多，陆雪莹只拿了一份甜点和一杯牛奶。常江女拿了一份蔬菜水果沙拉。两个人面对面坐在一个靠窗的位子上，她们吃得很慢，吃得很优雅。常江女受陆雪莹的影响，把吃早餐当成一种享受，她们边吃边谈。

"江女，我这次来心里一直感觉很痛，是痛，不是痛苦。一个人最痛苦的不是找不到爱人，而是心中没有了爱。我的心中有爱，这份爱一直存在着，所以我心里痛。这种痛是因为我看到我爱的人过得并不好，他很让我失望。我来之前的想法很单纯很浪漫，就是想见一见他，以消除这么多年的思念。来了之后，我的心里却复杂起来，觉得我们不如不见。有一句话说：相见不如思念。不如我永远地去思念着他，他永远是我生命中最美好的回忆。"

"生活本来就不完美。"常江女低头吃着她的蔬菜水果沙拉，一小口一小口地品尝，"你的生活不也是九分的不如意。你一直这么单着，难道你认为自己过得好吗？"

"开始的时候，我觉得我过得不好，时间长了觉得一个人这样子也很好。爱就是爱，不爱就是不爱，我不会勉强和一个我不爱的人在一起凑合着过日子。"

"我哥他的确是在和一个他不爱的人凑合着过日子。但是，他和别人不一样，他是一个有责任感的男人。无论是工作还是生活上，一个有责任心的男人才能让别人有安全感，才能让别人觉得他是一个值得信赖的人。为什么你来了，他不单独与你会面，他还要带上他的那个自己都不喜欢的夫人来见你？这就是他的责任感。妻子就是家，男人要对他的家负责。恋人是他心中永远的爱，但是他有家，他不能给恋人更多实实在在的东西，他不能图自己的一时欢乐去伤对方的心。他没给你浪漫，是他对你的责任。他把自己实实在在摆在了你的面前，他把他的家实实在在地摆在了你的面前。"

陆雪莹早已被常江女的这番话感动得热泪盈眶，她觉得她没爱错人，年轻时就曾为他流泪、憔悴。多少年之后，他依然让她迷恋和不舍，她又一次感受到他的真情，他的崇高，他的自我牺牲精神。

"还是妹妹了解自己的哥哥。我也感受到了常江子的高尚，他委屈着自己，成全着别人。"陆雪莹擦着眼泪说。

吃过早饭，常江女陪陆雪莹去公园里散步。

常江女说："玉琼市太小，比不了省城，更比不了美国，没有什么好玩的地方，市区内就这么一个小公园。"

"跟我客气什么！我能见到你们就很高兴，我又不是来逛公园的。"

"雪莹姐，问你个问题，你这么多年不再结婚，是怎么想的？"

"我还没有刻意地去想这个问题，就是没遇到想嫁的那个人。坦白地说，在这个世界上，我想嫁的人只有一个，那就是你哥常江子。"

"假如我哥离婚了，你还想嫁给他吗？"

"你说的是假如。"

"是啊！我说是假如呢？"

陆雪莹沉默许久，说："也许……"陆雪莹心里清楚，她的爱情是一支伤感的歌，一个伤感的故事，一颗伤感的女人心。爱过知情浓，醉过知酒浓，花开花落终是空。缘分不停留，像春风来又走，还想找回原来的那份情那份爱已经很难很难。

这个答案深深地触动着常江女的灵魂，真正的爱情完全可以静静地去燃烧自己，不去打扰别人。

陆雪莹的到来让常江子陷入了极度的痛苦之中，傍晚，他徘徊在陆雪莹住的宾馆门前。曾经是那样一段美好的爱情，让他给弄丢了，丢了的爱情永远都拾不回来了，他和陆雪莹已经无法再回到原点了，他们的爱情回不去了。所以，单独见她一面的意义在哪里？他告诉她自己还爱着她，或者对陆雪莹说最对不起的人就是她。那样，他给陆雪莹带来的只有痛苦。除此之外，还能有什么。不与她单独会面，也许陆雪莹会伤心，会认为他冷酷无情，会认为他心中没有她，任凭她怎么想吧，这一切都比伤害她要好，再去和她卿卿我我，那才是对陆雪莹最大的伤害。他停下了脚步，转身回到了公司。

一大早，何莉来到公司。她看到常江子眼睛里布满了红血丝。何莉轻轻地走到他身边问："她走了？"

"谁？"

"陆雪莹走了？"

"嗯。"

"她现在还是单身一人呢。"

"是。"

"你打算怎么办？"

"我？没什么打算。"常江子平淡地说。

"江子哥，你离婚吧！"何莉也是一副平静的表情，但是她说得很认真。

常江子不语。

何莉补充着说："与刘菲离婚，与陆雪莹结婚。"

"你说什么呢何莉？陆雪莹这次来，我都没单独见她一面，没跟她单独说一句话，她一定是伤着心走的。"常江子再也控制不住自己的感情，眼睛里溢满了泪水。

"为什么？"何莉不解地看着常江子。

"为了不伤害她。"

"可是你这么做已经伤害她了呀。"

"我知道，她一定是伤着心走的，一定觉得我是一个冷酷无情的男人。"

"那你为什么总是违背着自己的心愿去做事？"

常江子哽咽着说："我与她单独见面才是对她最大的伤害。难道我再去对她说我爱你？这种没有结局的爱会刺痛她的心。难道我们还要再体会一次分离的痛苦？再怎么卿卿我我，最终还是不能在一起，分离注定是我们的结局。"

此刻何莉也流下了眼泪。她是真心地为常江子流泪。她见证他和陆雪莹的爱情，她最懂得常江子的苦痛，她最知道他的隐忍。她觉得只有陆雪莹能配得上常江子。何莉听完了常江子的一番话，更感觉到常江子是一个有担当的男人。

不知什么时候，刘菲闯进了办公室。刘菲一进屋，看到的是常江子与何莉两个人四目相望，泪流满面。她一时搞不清楚了，不是陆雪莹来了吗？这两天她一直在暗中观察着常江子，看他是否与陆雪莹单独约会，她没抓到常江子与陆雪莹的任何可疑迹象，倒是看到了眼前这一幕，他们俩倒是像一对久别重逢的恋人。刘菲用惊愕的眼神看着常江子与何莉，心想，或许是陆雪莹的到来让何莉吃醋了。可是，该吃醋的那个人应该是我才对，也轮不到你何莉呀！刘菲气愤地走到常江子面前说："这到底是怎么回事，你喜欢的人是陆雪莹还是何莉？"

"你怎么来了，你来做什么？"常江子感觉到刘菲就像从天而降，她从来不到公司，怎么今天突然跑到公司里来了。

"我来是想让你搬回去住呀，没想到我看到了不该看到的一幕。"刘菲得意地说。

何莉上前一步说："刘菲，你搞错了，事情完全不是你想象的那样。"

"我不跟你说话，我在跟我老公说话呢。"刘菲又冲着常江子大喊，"那好吧，我成全你们俩，咱们离婚！"

常江子无奈地闭上了眼睛，任凭刘菲怎么说怎么闹，他都保持着沉默。

刘菲又吵又嚷："你说话呀，你怎么不说话？"

"对你，我实在是无话可说了。"常江子还是闭着眼睛，不想看刘菲一眼。

"咱们俩既然无话可说，你为什么还赖着不离婚？"刘菲的声音越来越大。

离婚这件事，常江子的确没有认真考虑过，他认为离婚是人生中最失败的一件事，离婚是下下策，不到万不得已，能在一起凑合着就凑合着过吧。中国人的婚姻大多数不都是这样，那么多人都能委曲求全，哪怕在婚姻里煎熬着，也不走离婚那一步。和一个女人过了半辈子，离了婚她怎么办，她的青春已经不在了，半老徐娘的再找一个也不那么容易。常江子这样想着，耳朵里还是刘菲的吵闹声："离婚，离婚！"常江子无奈地回了她一句："你想离就离吧！"

刘菲突然不吵了，她惊了。每次与常江子闹意见，不管她怎么说，说什么，从来没听过常江子说出"离婚"这两个字来，今天他说出来了，是被她逼着说出来的。他的话就像石头一样重重地砸在她的心上，让她更加心灰意冷，刘菲的精神彻底崩溃，哭着跑了出去。

李龙和王小燕又换了大平米的房子，新房在十九楼，阳光灿烂，视野开阔，绿色的小区尽收眼底。他们把新房装修成了田园风格，以米黄色为基调，简约、大气、个性，装修后的房间给人一种特别舒适的感觉。王小燕只要闲下来，就会在家里收拾房间，欣赏着自己的作品。

咚咚咚，有人敲门，王小燕去开门。

"刘菲？"王小燕惊喜地说，"好久不见了，自从我搬了新家，你都没来过呢，快快进屋，参观参观我家。"

刘菲从常江子那里带着一肚子的气来的，可是她一走进王小燕家，觉得整个屋子清新舒朗，心情一下子就变得轻松愉快了许多。她首先看到的是王小燕家各种可爱的盆栽，绿色的植物与米色的墙壁成了最佳搭配，还有木质搁物架上的猫咪雕塑，齿轮座钟，自然色的筐篮，小巧的瓶瓶罐罐，透明的花瓶……这些小摆件都被王小燕安放排在妥当的地方，可爱而不显杂乱。那浅绿色和灰色相间的小格子布艺沙发，让整个房间有一种温馨又回归到自然的感觉。

王小燕给刘菲端来一杯咖啡说："坐吧，喝一杯咖啡吧，这是朋友从海南带过来的炭烧咖啡。"

刘菲仔细地参观着王小燕家的每一个房间，每一个角落，感慨地说："小燕姐，你的设计风格又有长进了。这个新房子的设计比当年咱们俩开的那个咖啡店设计的还要有个性，还要精致。"

王小燕幸福地说："家嘛，当然更要用心来经营。"

刘菲还在各个房间看。王小燕说："所谓理想的生活，到底是一种什么样的状态？我想，问一万个人都未必会有重复的答案。因为人和人的追求不同，对生活的期许更是各有不同。然而，不管怎么样，与对的人相逢、相知、相恋，一起建造温馨的小巢，过幸福的生活，这大概是每个人都会向往的生活。"

刘菲觉得王小燕不光会装修会设计，同时她还有许多想法，听起来挺受听的。可是自己的生活没这么好，反而是不如意。刘菲说："事与愿违呀！能把理想变成现实的人少之又少。"

"那就是你自己的问题，常江子还不够好呀，上哪儿去找那样的男人，你是身在福中不知福，不知道好好地珍惜。"

"不是我不珍惜他，是他一开始就没瞧上我。"刘菲来时本来想把她与常江子的事向王小燕倾诉，听王小燕这么夸常江子，也就失去了诉说的想法。她欣赏着屋子里的每一件物品，想自己也应该像小燕姐这样，把家布置得好一点。刘菲说："你这屋子里的每一朵小花都那么与众不同，真好看！"

"每一种花都有自己的花语，在告诉人们它们也有不同的性格。"王小燕突然看到花瓶下边有水滴，她找来一块布擦着桌子说，"除了有生命的花之外，家里也要放一些干花，它们不娇气，好打理，更适合长期摆在家里。"

其实，刘菲每次来王小燕家都能体会到她对家的热爱，每次都能学到新的持家理念。王小燕对这个新家的付出让刘菲感到惭愧，小燕姐屋子里的每一个物件都不是随意摆放的，都是有讲究的，都代表着女主人的文化品位和生活情调，不仅花有语言，物品也有语言。一个家的状态就是女主人的生活状态，来到王小燕的家，总能感受到她是开朗的、阳光的，她的生活状态轻松、快乐、幸福。刘菲想到自己的家和王小燕的家距离太遥远，她自愧不如。在家里，只有衣柜是自己的最爱，其他所有的事情都给忽略了，想想自己从来就没有像王小燕这样打理过家，连一盆像样的植物都没用心养过，只是穿漂亮的衣服给别人看，让别人认为自己配得上常江子。

王小燕始终想从另外一个角度说刘菲："只有自己用心打造家，美好的日子才会开始。"

"燕姐可真是从理论到实践。"

"是啊！每天扫地，是为了保持屋子里的美好状态，花费那么多精力的家，当然不愿意让它变脏变乱。"

"燕姐，我已经服了你了，你好像知道我来干什么来了，我还没开口呢，你已经把我教育得五体投地。"

"你来做什么我还不知道，无非是闲得没事找常江子，来向我倾诉。"

"这回，我们离婚可能是真的了。"刘菲不像刚才那么有兴致看这看那的，情绪一下子跌落下来。

"常江子要跟你离婚？这我不信，他要是想跟你离婚早就离了，不会等到现在的。"

"每次我们俩吵架，他的确不说离婚这两个字，可是今天他说了，他说我想离就离吧。我觉得他的话是真的。"

"你真想离吗？"

"我不想离，我还是很爱他的，可是他与何莉……"

"我敢保证，他与何莉什么事都没有，那只是你的猜疑。刘菲，你知道吗，失败的女人，离婚的女人，都是因为每天怀疑丈夫在外边有什么事，最后导致的结果就是离婚。聪明的女人不会这样的，只要对这个家还有留恋，只要不想离婚，她们就会装傻，并且学会宽容。即便是男人真的有了外遇，

她们也不会吵吵闹闹的，以保住家庭为目的。你整天疑神疑鬼，没有人同情你，反而让人讨厌和反感。"

"那我现在该怎么办？"

"想办法把常江子找回来，不要分居了，分居时间长了，没问题也有问题了。"

"那我听你的。"

刘菲从王小燕家出来，太阳已到了正午。

《 第二十九章

　　清晨，太阳洒下的光辉与天边的云彩共同组成了一幅水墨画，烘托着城市并不清晰的面孔。远远望去，整个城市像披上了蝉翼般的金纱，大地蒙上了神秘的色彩。耸立的高楼，纵横交错的交通道路，构成了城市的血脉和骨架，玉琼市已经发展成一个漂亮的中等城市。

　　公园里郁郁葱葱的树木更加苍翠挺拔，长成参天大树，树冠遮住了天空，似乎它们能把整个公园的上空遮盖起来。在浓浓的绿荫间，一大早就飞出一段段人们熟知的戏曲选段的唱腔，这里边有专业的，也有业余的，个个唱得那么精彩。公园里，儿童游乐场增添了摩天轮、小火车等项目。公园东边建成一个大大的花草园，周围满是郁金香，红的、粉的、黄的、橙的……郁金香颜色各异，千姿百态。只有那个亭榭还是原来的亭榭，几根红色的柱子油光锃亮。

　　何莉家离公园很近，她每天都能听到有人在公园里唱戏曲选段，还能听出秀芝的青衣，张德利的老生和王美秋的花旦。她一直没有时间到这里来，原因是公司太忙。常江子早在几年前就把公司交给何莉一个人，他去寻找新的项目。何莉为了减轻负担，不再做更多的业务，只做文化传媒，公司只搞策划。另一个原因是楠楠要考大学，她有时间才得回家给楠楠做饭，照顾他的生活起居。就在昨天，何莉终于把楠楠送上了火车，楠楠上大学去了。何莉喜悦的心情可想而知，她请了一桌又一桌，感谢大家多年来对楠楠的关心和爱护。每一桌客人都少不了常江子和王美秋的作陪，还有杨义，只要单位没事，杨义随叫随到。

　　何莉今天开上了她的银灰色奥迪车，在城市里转了一圈，想放松一下自己。最后，她来到公园门口，她把车停在临时停车场，走进了公园。

　　穿过公园的小径，映入眼帘的是一片绿茵茵的草坪，道路两旁全是鲜花。多少年都没来过这里了，鲜花、绿草、石板小径，给人一种陌生的感觉。何莉寻着声音直接走到亭榭前，她看见一群人在吹拉弹唱，手拿麦克风正在演唱的是秀芝，她正演唱《龙江颂》里江水英的唱段："一轮红日照胸间，毫不利己破私念，专门利人公在先……"秀芝的表演技法和技巧不减当年，唱腔也是字正腔圆。唱完后票友们给她热烈的掌声。

　　秀芝歇下来，紧接着就有人上去演唱。秀芝刚要坐下，一眼看见了何莉。

秀芝惊奇地问："何莉，你今天怎么有时间到这里来了？"

"楠楠不是走了嘛，我就有点时间了。"

坐在一旁的王美秋看见何莉也高兴地走过来，并跟她开着玩笑说："我们的何总来到此平民娱乐园，让我们这里蓬荜生辉呀！"

"说什么呢美秋，是不是对我有意见了？"

"有点意见就是你太忙，我们总是见不到你。"

"这回好了，楠楠走了，我最大的负担没有了。"

"那你一会儿也上来唱一段吧，让观众也饱饱耳福，真正的好角儿在这呢。"秀芝说。

"哎呀！不行不行，我这都多少年没唱了，要唱怎么也得先开开嗓子吧。"何莉四下里看了一遍，说，"老裴不是一直在这里唱，他怎么没来？"

"他每天都来转一圈，年龄大了，所以现在他不怎么唱了，就坐在旁边管个事什么的。一会儿他会来的，他离不开这里。"秀芝说。

"老马叔呢？"

"老马叔更来不了了，他走路都很困难。"

"那个拉京胡的是谁？"何莉指指那个瘦瘦的、晒得黝黑的老头，他身上还穿了一件文化衫。

"你不认识他吗？他原来在歌舞团待过，是个退休的专业演员，现在也是这里的骨干。"王美秋说。

"你怎么不唱？"何莉问王美秋。

"我在剧团的时候就是个丫鬟，现在还坐在旁边当丫鬟，这么多高手，哪轮得上我呀！"

"张德利有时候也来？"何莉又问。

"你怎么知道？"秀芝说。

"我在家里就能听到公园里你们的演唱，张德利的声音我太熟悉了，一下子就能听出来。他和苏枚都来公园里演唱，饭店谁管？"

"张德利为了让他和苏枚从饭店里解脱出来，雇了一个大堂经理，他们俩也不天天来，偶尔来一次过过戏瘾。"

"哦！"

秀芝又说："过几天市里有一场大型演唱会，听说要让我们出两个人唱戏剧选段。"

"那真的是太好了，戏曲演唱哪里有演出都少不了。秀芝，你们一定要坚守在这个舞台上，我正想请团里的同志们聚一下餐，给大家鼓鼓劲儿，没事都来唱京戏，唱评剧，发挥发挥咱们的余热。我没事也会来的。"

何莉看到大家虽然是在公园里随便玩儿，随便唱，但这些人个个衣着考究，有的还化着淡妆，唱得很投入，一曲接一曲，其乐无穷。这里是个平等的世界，大家走到一起，都是演员，都是主角儿，无高低贵贱之分。

何莉离开公园，又开车来到常江子的办公室。常江子把公司都交给何莉以后，就在另一个地方租了一间十几平方米的办公室，放了一张办公桌和一把椅子。所谓的办公室，其实也没什么公可办，常江子每天按时上一个人的班。他在办公室里的大部分时间是看书学习，同时也在思考着接下来应该干点什么，新老朋友也常在这个办公室里喝茶聊天。他认为自己也该好好地充电，再去考虑做什么。他把公司给何莉一个人原因有很多，他认为何莉一个人可以担起公司这个担子，他只留了一点股份。还有一个原因是为了解除刘菲的顾虑，不让她再给何莉制造麻烦。

何莉进屋后，看见李龙也在常江子办公室里坐着喝茶。她声音响亮地说："李团长你好！"

李龙起身说："我听着怎么这么别扭呢？"

何莉咯咯地笑着说："你不是团长吗，没叫错呀。"

"别人这么叫我不觉得别扭，何莉这样叫我就觉得别扭。"

"那就对了，那说明你还没有官架子。"

常江子对何莉说："楠楠考上大学了，他是我们大家的骄傲。你这些年很辛苦，张大可在天之灵一定会感激你的，你已经把他的儿子养育成人了。"

"我一个人没有这么大的能力，楠楠的成长应该归功于大家。"何莉又说，"不说楠楠了，我今天去公园里转了一圈，看到秀芝他们的演唱非常精彩，票友也越来越多，所以产生了一个想法，今天晚上我请剧团的同志们吃个饭，咱们再成立一个业余剧团吧，让我们这些老的戏剧演员再发挥一下余热。现在的年轻人对戏剧越来越陌生，没人唱，咱们再不唱，年轻人就更听不到了。"

"好啊！我和江子正说这事呢，我们已经酝酿好长时间了，不仅仅是业余剧团，还要办一所业余学校呢。"李龙兴奋地说。

"这段时间，我一直在思考这个问题。让剧团的老同事们发挥点余热，除了让他们演唱，培养更多的戏剧爱好者，更重要的是我们能不能从孩子入手，组建一所艺术学校，有各种培训班，其中有戏曲学习班，让一些孩子从小就学会唱京剧、唱评剧，让小学生从小接受熏陶，使其身心不仅仅被流行音乐和其他艺术门类所占领，还要加强对戏剧文化的学习。"

李龙接着说："无论是唱京剧，还是背唐诗，或是学书法，并非要使孩子们今后成为诗人、戏迷或是书法家，而是使其流着传统文化的血液。"

"我们现在要做这件事，亡羊补牢，犹未为晚。"常江子说。

"而这一点，对于中国传统文化的发展有重要意义。"李龙说。

"你们都把问题提高到这样的高度了，真让我刮目相看啊！"何莉觉得让常江子和李龙这么说，戏剧传承这件事越显得重要。她又说："看来今天晚上这客我必须要请。就这么说定了，咱们就到张德利的饭店去。你们俩可一定要早去，我把剧团里能找到的人都叫去，大家在一起唠一唠，都这么多年没在一起了。"

"我们俩一定是第一个和第二个。"李龙说。

常江子看看李龙笑着说："李哥也学会幽默了，过去是最不爱说话的人。"

"当团长了，就是不一样。"何莉也开着玩笑说。

"时间历练人，生活也历练人啊！"李龙感慨着。

晚上，张德利在酒店里早已经摆好了两桌酒席，剧团的同志们都到他饭店来聚会，他十分高兴。他对苏枚说："苏枚同志，今晚何莉姐请剧团的同志们吃饭，这单应该我们买，你得想个办法不让何莉姐买单。"

"何莉那性格，估计你的想法实现不了，她平时就是一个非常大气又仗义的人，今天又是她召集的酒会，你能抢得过来吗？"

"也对，自从这酒店开业，江子哥就别说了，那是咱们的恩人，没少在这里请了客人，何莉姐也是，请客就到咱们酒店，这些人我永远都不会忘记的。"

"我有个想法。"苏枚说。

"什么想法？"

"今晚为了让剧团的同志们高兴，在这里开开心心地玩儿，别的顾客一律不让进来。"

"也就是对外停止营业？"张德利问。

"对。"

"好主意，我同意，举双手赞成。"

两个人把酒桌布置了一番。他们特意从花店订制了两盆鲜花，每桌放一盆，高脚酒杯里放上餐巾，雪白的餐巾叠成各种花样。随后，张德利找了一块牌子，在上面写了几个大字：今晚不对外营业。

常江子和李龙果然来得最早，李龙携王小燕的手一起来的，接下来王美秋、杨义、秀芝、老裴、老马……陆陆续续地来了。小米和常江女也来了，何莉特邀小米，对他说，无论怎么忙也得和常江女一起来参加这个酒会。何莉该通知的都通知了，甚至她给马伟打了电话，马伟说身体不好，推辞了。何莉理解，他实在是没有脸面再见同事们，也就没勉强他。

何莉数了数，一共来了二十六个人，两桌刚好坐下。

酒宴开始，何莉站起来说："今天，我请团里的同志们到一起坐一坐。好多年了，我们剧团的同志们都没这样欢聚了。今天人也不齐，有好几个同志在外地做生意，还有跟着儿女去外地生活的，还有几个同志联系不上，因为时间久了不联系，我们彼此失去信息。今天，一下子见到这么多当年的老同事，心情有点激动，也不知道说点什么好，大家都把酒斟满，举起酒杯，我们共同干一杯吧。为了今天的相聚，为了明天的幸福，为了健康，为了快乐，干杯！"

大家把第一杯酒干了之后，何莉又说："按照我们这个地方的习俗，好事成双，大家再干第二杯！"

碰杯声一下子把气氛活跃起来。

两杯酒提完后，何莉说："下面请常江子同志，评剧队常队长讲几句话。今天咱们这里最大的领导是裴团长，可裴团长谦虚，说什么都不讲话，下面就让我们大家用掌声欢迎常队长讲话。"

"还是让裴团长讲吧。"常江子推托着说。

"我老了，我不讲了，你快讲吧。"裴团长往后闪着身子。

常江子站起来感叹着说："常队长？我怎么感觉这么一叫把我给叫到二十多年前去了呢，眼前一下子就模糊了。"常江子擦擦眼睛，"真的有点模糊，有点激动。感谢何莉的晚宴，感谢她给我们大家创造了这样一次相聚的机会。这些年，我们都各奔东西，各忙各的，没有了京剧团这个集体，我们每个人都像是一只孤独的飞在天空中的雁，时时找不到方向。我们的命运和戏剧的命运是相连相通的，戏剧辉煌，我们辉煌，戏剧衰落，我们就落入低谷。然而值得骄傲的是，我们许多人都能够从低谷中坚强地爬出来，在坎坷的人生路上站立起来，再创我们的新生活。我们的两位最值得尊敬的老艺术家素兰老师和赵老都离我们而去了，但是他们为戏剧事业的发展做出的贡献是功不可没的，我们应该永远铭记在心里。还有我们的好同志张大可，在商海中拼搏遇难，也离我们而去了，我们在这里为他们的离去表示深深地哀悼。"常江子说到此，停下来带头给离去的同志三鞠躬，所有的同志都和他一起三鞠躬。之后，常江子继续说："道路是坎坷的，前途是光明的。如今还有一些老同志仍然在为戏剧事业的传承发光发热，比如我们的裴团长、老马叔，在他们的带动下，美秋、秀芝、张德利、苏枚，他们都去公园里唱京戏，让人民群众还能感受到国粹艺术的魅力，还能听到京剧评剧的优美唱段和唱腔。我希望，今后我们大家还要凝聚起来，一边做着自己的事情，一边想着为戏剧的传承贡献我们的一份微薄的力量。大家想不想？"

"想！"大家异口同声地回答。

"只要有人领着干，我们大家跟着。"

"没事的时候我们还都想唱几句呢。"

"是啊，有舞台，我们就去演出，展现戏剧的魅力。"

大家七嘴八舌都很兴奋。

常江子说："下面让我们团的名角儿，现任歌舞团团长的李龙讲几句话，大家掌声欢迎。"

李龙也从座位上站起来，说："我非常惭愧，我曾经是一名戏剧的逃兵。传统戏一上演我就逃走了，好在没逃远，逃到歌舞团去了。我最没有资格和大家说戏剧传承这样的话题。但是我对剧团还是有感情的，对在一起工作过的同志们还是有感情的，毕竟也曾把青春奉献给了样板戏。今天我又能和大家坐在一起很荣幸，不仅仅是今天，以后永远和大家在一起。青春都奉献给戏剧了，再把余生也奉献了吧，这样我心里也得到安慰。"

李龙说到这，所有的人都乐了，有人开玩笑说："李团长的戏剧人生是有头又有尾。"

"你在歌舞团当团长，回来兼职也给我们当一回团长呗。"

"这个我可胜任不了，我在你们面前就是个外行。"李龙说。

"那就让常江子、何莉当团长，我们剧团再重新组织起来。"

"是啊！不用编制，不用人发工资，我们就自己排剧，自己演出呗。"

常江子又站起来说："大家的建议不错，我看可以实施。成立个剧团也简单，但是要让这个剧团发挥更大的作用，我们必须向上级领导请示汇报，得到领导们的支持，我们才能把事干得更大。"

"那你就当团长吧，我们相信你！"

常江子说："团长有一个最好的人选，不是我，是何莉。"

"何莉，何莉！我们大家都同意。"

何莉好半天没说话，看到同志们热情高涨，她很受感动。她知道常江子与李龙在商量办学校的事，这个担子就只能落在她身上。何莉说："领导和同志们都信任我，这个团长我当了。来，举杯祝贺我上任团长！"

何莉泼辣又干脆地把团长这个职务接过来。常江子和李龙都举着酒杯与她碰酒，常江子连着干了三杯红酒，用赞赏的目光看着她。王美秋、杨义、秀芝、小米等，也一个一个地与何莉碰酒。

常江子小声提醒何莉："今天高兴，小心别喝多了。"

何莉心里感动，回应说："放心吧，不会喝多的。"

"共产党员时刻听从党召唤，专拣重担挑在肩，一心要砸碎千年铁锁链，为人民开出那万代幸福泉……"张德利已经站在前边唱上了京剧《智取威虎山》选段……

张德利只是开了个头，接下来大家都抢着表演……

常江女和小米的家住在二十一楼，比李龙和王小燕的家还高两层。他们两家住在同一个小区，一个在前楼，一个在后楼。常江女站在后阳台能看到晶晶的古筝弹得好，多次在省内外获奖，两年前她就考上了一所艺术院校。晶晶走后，常江女在家的时间就多了。她经常凭窗远眺，每次站在阳台上远眺时都会觉得眼前豁然开朗，美丽的城市尽收眼底，整整齐齐的高楼大厦，车水马龙的十字街头。而这个小区环境好就好在闹中取静，幽静代替了喧闹。常江女每每看到王小燕家的阳台时都会露出惊喜的表情，她指给小米看，"小米，你快来看，王小燕家阳台上的植物长得真好，绿萝诗意地爬满了阳台。"

"绿萝诗意地爬满了阳台，绿萝诗意地爬满了阳台……这句话有意境啊！有了，可以用这句话写一首歌。"于是，小米坐在钢琴前去谱曲，十指在键盘上轻轻地跳动着。过了一会儿，小米兴奋地对常江女说："一首好曲子正在诞生。"

常江女的QQ发来邮件，常江女转身去电脑前看邮件，是陆雪莹发来的："爱是人生中最美好的感情，爱是不能忘记的，爱可以铭刻在心中，也可以储存在记忆里，偶尔想起，都是最美好的回忆。也许，世界上所有的爱情都值得用眼泪去祭奠。如果一段美好的爱情已经成为记忆，我们更应该借助那爱情给予过我们的力量，去滋补我们现在的心灵……"

常江女说："雪莹好长时间没在QQ上跟我聊了。你刚才把我的那句话拿去作曲，我现在从雪莹这段话里也获得了灵感。我想用一段小文，描写此时此刻陆雪莹的状态。"

小米在作曲，并未听到常江女对他说什么。

常江女便坐在电脑前，写下了一段文字：

在这个安静的初秋的下午，雪莹坐在明亮的大玻璃窗前，阳光自那里透进来。阳光对于每一个人都是公平的，不管你的心情是什么样的，阳光照耀着你，只是雪莹自己有时候浑然不觉。

世界是神奇的，即使是这么一个平常的下午，在一个瞬间，我们的一切就变成了自己的过去和历史。雪莹有些茫然，时间在一分一秒地过去，过去就成为陈旧的东西，而阳光总是崭新的，时间看似温柔地躺在你身边，时间也是惨无人道的。

看上去生活平静如水的陆雪莹，并不是心静如水，真正的心静如水是没有的。人只要活着，就会有情感产生，不论到了哪一个年龄段，真爱的情感绝对不亚于年轻人的热恋。而它只是一种无言的爱罢了。

陆雪莹在阳光下总爱翻看着厚厚的一本书，或者品一杯咖啡，欣赏一段优美的音乐，或许，她还在等待着一个浪漫的爱情故事发生在某一天的清晨或傍晚……

常江女写完后，倒了两杯茶，一杯放在小米跟前，自己端了一杯又坐在电脑前，心情很复杂。

小米写完了曲子非常兴奋地站起来，他举着刚刚写完的曲子哼了一遍。常江女一句话都没说，她在想陆雪莹的事。

小米说："江女，这么好听的曲子难道你没听见吗？"

常江女陷入了深深的思考中。

小米于是走过来看了看电脑上的文字，说："写得挺好，文采不减当年。"

"怎么会比当年差呢，虽然不常写了，但功底还是有的。"

"这就是目前陆雪莹的生活状态吗？"

"是啊！陆雪莹还在期望中，如果哥哥和刘菲离了婚，她还会不顾一切地去爱他，她会放弃美国优越的生活，永远永远和他在一起，不再分离。"

"男人太有责任心也不好，哥哥与刘菲总是离不了婚，不过就是一个责任心的问题，他却牺牲着自己的真爱。"

"刘菲后来不是下决心改变自己吗？她也确实改变了许多，也学着做家务，还把家搞得很温馨，也学会关心哥哥的生活了。她做了很深的检讨，哥哥心又软，觉得让她一个人去生活，她的生活会很糟糕，就从公司里搬回去了，两个人没再说离婚的事。"

想起陆雪莹，常江女就觉得有点透不过气来，她又站在阳台上去目视着远处的风景。看着看着，突然看见哥哥站在小区门口，他没上楼来，在门口处站着。常江女想喊他，可是她觉得这个距离太远，他不会听见，她就在阳台上看着他。一会儿，李龙从家里出来了，李龙坐上了哥哥的黑色轿车，车开上了宽敞的马路，他们消失在车流中。

常江子开着车，李龙坐在副驾驶上，他俩一直在为成立一所艺术学校而奔波。

李龙说："现在校址基本上没问题了，我们才算完成了第一步，剩下的还有教室里的一些设施，教学器材、师资等等，最后才是招生。"

常江子看着前方的路说："每一条路都不是平坦的，每做成一件事都得付出很多的心血。"

"最近跑项目，你也没时间读书了。不过我挺佩服你，江子，在这个人人都浮躁的社会，我们身边围着的都是些浮躁的人，你还能一个人坐在你那办公室里静静地读书。"

"不论多忙，书是一定要读的。美国总统忙不忙，一个星期还要读一本书呢。读书是一种习惯。男人读了书，方可去读懂女人，女人读了书，方可去塑造男人。由此说来，无论男女，书是不可以少读的。"

李龙笑了，说："就你身边的女人来说吧，你读懂谁了？"

常江子摇着头说："我读懂了罗曼·罗兰。罗曼·罗兰那些超出混战、保卫家园、精神独立的文字，让我真正感受到了灵魂被轰击。一位文学家、思想者，居然这么富于神性，世界上居然有这么灿烂的天才！然而，他居然还如此虔敬地崇拜着一位女性。那位女性的名字叫玛尔维达·方在·梅琛葆。罗曼·罗兰把玛尔维达·方·梅琛葆比喻成：'我精神上的忠实伴侣，我的第二个母亲，北方纯洁的思想主义者。'他能感受到她那恬静的灵魂的美妙。"

"那是罗曼·罗兰，世界上只有一个罗曼·罗兰，没有第二个。如果把玛尔维达·方·梅琛葆放在一个普通男人的身边，他不一定会受到灵魂的感召和懂得玛尔维达·方·梅琛葆的伟大。"

"是这样，也不能说我们身边就没有能塑造你灵魂的女性，虽然不像罗曼·罗兰把玛尔维达·方·梅琛葆比喻的那样，但你要有崇拜女性的境界，会感受到女人天然具有伟大的母性的全部爱意和湿润。"

"我认为我和王小燕就属于这一种，她让我这个愚笨的丈夫变得聪明了，让我这个好嫉妒的男人变得宽容了、大气了。你没感觉出来？"

"感觉出来了，咱们俩的友谊就应该归功于小燕姐，没有小燕姐在中间做媒，说不定你到现在还嫉妒着我呢。"常江子说着。

"是啊！这个我一点都不否认。"李龙接着说，"其实你也遇到了两个好女人，一个陆雪莹，一个何莉，都是非常优秀的女性，是你自己没把握住，你把她们都丢了。"

常江子叹了一口气，说："坦白地说吧，陆雪莹让我给丢了，想起她，我的心很痛，她是我永远的痛。何莉呢，虽然我们也没走到一起，但是这些年我们俩的心总是在一起的，我从来没对她表白过什么，何莉也从来没对我表白过什么，但是没有她在我身边，心里就像是缺了点什么。她那么清纯，又那么刚毅。我对何莉的责任感是想做她精神上的支柱，她也能做我的精神伴侣，我们俩相互支撑着往前走；对刘菲的责任感就是一般的夫妻责任了，我虽然不爱她，她还是爱我的，扔了她总觉得对不住她。"

"其实我早就看出来了，你也很爱何莉。陆雪莹的爱情被你封存到心底了，而何莉每天都会让你的生命充满新的活力。"

"所以呀！我的生命中注定了都是遗憾。"

黑色的轿车继续穿行在城市宽敞的马路上。

小胡在公司干了多年，从一开始成立这个公司，小胡就在这里。他业务娴熟，办事稳妥，所以，何莉会把大部分工作交给小胡。业余剧团一成立，何莉又忙碌起来。她让剧团的同志们把京剧团空着的几间办公室搞搞卫生，收拾干净，大家一起排练的时候好有地方休息。在何莉的带领下，剧团的演出水平越来越精湛，凡是市里的大小演出，都少不了业余剧团。有时候，一台节目都交给业余剧团。大家都有节目的时候，人多，出行需要车，何莉就自己花钱雇车拉着大家到处演出。虽然没有一分钱的报酬，可是大家在一起说说唱唱的就感到高兴，就好像又回到了戏剧演出的辉煌时代，觉得自己的人生又有了意义。

在排练室里，何莉说："过两天我们剧团有几个人要到北戴河去参加夕阳红大型文艺演出，被选上的人有秀芝、张德利和苏枚。因考虑到张德利家的饭店需要经营，不能让张德利和苏枚两个人同时去演出，所以让苏枚留在家，又从票友里选出了一位。我带队，咱们一共去四个人。我们是代表玉琼市的夕阳红队参加演出的，所以这两天张德利和秀芝要抓紧时间多练习几遍，一定要唱好，争取拿到奖励。"

秀芝和张德利都信心满满。

一个美丽的夏日，夕阳红演出团队来到北戴河。

北戴河是中国开发最早的海滨度假区。这里气候宜人，二十里曲折平坦的沙质海滩，沙软潮平，背靠树木葱郁的联峰山，自然环境优美。徜徉于北戴河的黄金海岸，在海水、沙滩、树木的相伴下，夕阳红演出团的演员们在这里度过了一个浪漫的下午。

第二天，来自各地区的演出团体进入演出状态，开始化妆。离演出时间还有一个多小时，张德利跑了若干次茅厕，还在继续，肚子坏得稀里哗啦。他跟何莉说："我大概是吃海鲜的缘故，这种情况一旦在台上坚持不了可怎么办？"

"那可怎么办？"何莉摸摸张德利的头说，"坏了，你真不能上台演出了，已经高烧了。"

秀芝也很着急，说："实在不行，德利的节目就取消吧，得赶紧找个医院去打吊瓶吧。"

张德利说："都来到北戴河了，我说什么都得坚持演下来呀。"

"这不是坚持的事。"何莉正着急，她的电话响了。

"喂！"

"我是常江子。"

"江子哥呀？"

"你们在哪儿？"

"我们在北戴河呀！"

"我知道你们在北戴河，具体位置在哪儿？我也在北戴河，而且离你们的演出现场很近。"

何莉像得了救星一样，高兴得眼泪都流出来了，"江子哥，我们就在舞台东侧，你快过来吧！"

"好，我这就到。"

几分钟的时间，常江子就出现在他们几个人的面前了。

"你怎么会……像神兵天降一样？"何莉激动地说，"我不是在做梦吧？"

"你们来演出，总得有人助场呀。本来是计划我和李龙一起开车过来的，歌舞团那边临时有个会议，李龙来不了了，就我一个人赶过来了。看看你们有什么需要我做的吗？"

"这正着急呢，张德利可能上不了台了，他发烧坏肚子，可能是胃肠炎吧，怎么办？"何莉焦急地说。

"那就不能勉强上了。"常江子冷静地说。

"他要是不上，一共三个节目还剩两个了，这么少的节目不可能得到集体奖。"何莉急得嗓子都冒火了。

"我倒有个好主意，常江子你顶上去吧。"秀芝说。

"这可不行，我都多少年没唱了。"常江子这样说，心却动了一下，他想了半天，说，"这样一个大型的演出，我们还想得到好的成绩，必须认真对待。张德利不能唱了，我能唱哪一段？何莉，你怎么样？"

"我？"何莉指指自己的鼻子，然后又摇摇头说，"恐怕也不行。"

常江子突然觉得有点惭愧，当年他们还都是剧团里的主角儿呢，如今这样一个演出都应付不了。他淡定地说："上，我们都要上，拿不拿名次，得不得奖都不重要了，关键在于参与。何莉唱李铁梅应该没问题吧，《都有一颗红亮的心》，你一定会叫好。"

"真的还是假的？"何莉瞪大了眼睛看着常江子，"你不是唱着《穷人的孩子早当家》考上剧团的吗？"

常江子说："《穷人的孩子早当家》？那太没问题了，不用练，上台就能唱。"

秀芝说："缺个李奶奶，再有个李奶奶，三个人一起上台，多棒的节目呀。"

何莉一拍手说："你呀！你不就是李奶奶吗，那天聚会你不是试着唱了吗？"

秀芝张大了嘴巴，惊讶了半天，说："没说的，我只能上阵了。"

"姜还是老的辣，实在不行，我们二个就上去演一出《红灯记》吧。时间不多了，就这么定了。"何莉说着，把工作人员找来，安排把张德利送医院输液。

秀芝赶紧给何莉化了一下淡妆。

常江子把西装脱掉，只穿着白色衬衣就上了台。

三个人都是当年的名角儿，一起出现在这个夕阳红舞台上，还没开口唱，台下掌声一片。

常江子先唱《穷人的孩子早当家》。从十四岁就唱这个选段，已经是印在大脑里的东西了，正如何莉所说，唱着《穷人的孩子早当家》考上剧团的，他依然英俊潇洒，激情澎湃，感觉自己又回到了当年。

接下来是何莉唱《都有一颗红亮的心》，虽然何莉也多年不唱了，但一开口，那清脆的嗓音还是迷倒了一片观众。

秀芝唱李奶奶的唱段《十七年风雨狂》，声声入情，句句斟酌，唱到观众的心里去了。这三个人的演唱让观众大饱了眼福，掌声经久不息。

演出结束了，毋庸置疑大奖是他们三个人的。

何莉深情地看着常江子说："江子哥，我为你感动，也为我自己感动，还为秀芝感动，没想到我们三个人的合作很精彩。秀芝是有准备的，她毕竟把戏剧拾起来唱了几年，而你我全靠年轻时那点功底，一点准备都没有就登上了告别多年的舞台，看来我们还不减当年啊！"

"是啊！"常江子仰起头看了看天空。他与何莉的心情是一样的，能在这样的舞台上展示当年的风采，而且是与何莉、秀芝再次联手演唱样板戏，他感到很幸福、很开心、很快乐，脸上充溢着喜悦。

演出结束后，下午演员们要聚餐。何莉没去参加集体聚餐，她与常江子一起不知不觉地走到了海边。

碧蓝的大海，使人心旷神怡。长长的海岸线上，沙滩和礁石，相互交错。沙滩松软洁净，他们把鞋子都脱下来，赤脚踩在沙滩上。海湾浅浅的碧水冲刷过来，浮过他们的脚面。

常江子望着辽阔的大海，说："大海的开阔，教会我们宽容；大海的博大，激励我们不断去追求。人类来自大海，大海是人类永远的故乡啊！"

何莉的双目也一直望着大海，淡蓝色的连衣裙，雪白的太阳帽，她像是从海里来的精灵一样美丽。

常江子侧过脸看着一言不发的何莉，问："有返璞归真的感觉吗？"

"有，还有回到青春时代的感觉。可惜，我们再也回不去了！"此时的何莉表面上平静得亦如这片海滩，可是内心里却像这大海翻腾着浪花。她已经十分满足了，能有这样的机会，这样的心情，在非常轻松自由的状态下，与她心中始终深爱着的人静静地走在海边，这是多么幸福的时刻。这么多年，他们从来就没有像今天这样，任海风轻轻地吹拂着，任海浪轻轻地拍打着，任思想起飞，任灵魂徜徉。

"让我们好好地享受一下海边的风景吧！此刻，我才发现世界多么美丽而值得欣赏呀，只是我们平时只管低头赶路，忽略了身边许多美好的东西。每一朵花都有优雅的风姿，每一棵树都有卓然的性格，甚至每一个人都有美的质地。"常江子说这话时，眼睛里似乎有些湿润，眼前闪过的却是种种的艰难、苦痛、困惑，一路磕磕碰碰，深深浅浅，而前方的路似乎还没有走完。

"是啊！人和动物是一样的，浩瀚的宇宙，渺渺的大千世界，有一些鸟会坚持在雨中唱歌，有一些鱼在大海的浪涛里依然坚持着美丽与优雅。"

常江子回过头来认真地看着何莉，说："何莉，你说得真好，你的那些书没白读。只有走过这一路，才知道什么叫坚持，才知道前方的路怎样走。"

天边的晚霞渐渐变浓变深，太阳的光辉越来越暗淡，太阳落下去之前，却在海上铺了一条又宽又亮的海上大路。这景色是常江子先发现的，他用手指着海面说："你看何莉，那里像不像一条海上大路，如果顺着这条大路走，可以走到哪里去？"

何莉想了想回答："可以走进梦幻的世界里去。"

常江子笑了，说："梦幻的世界有什么好，梦幻的世界都是虚幻的，而且一眨眼就没了。"

"我们总在现实的世界里待着，难得去梦幻的世界走一趟，那里想要什么都有。那里一切都是美的，多好！所有的花都在同一片蓝天下开放。"

"按你的说法，我们就该偶尔在这世界逍遥一次。"常江子看着何莉，那表情和神态，就如第一次去她家吃饭时，好多年没见过她有这样的表现了。曾经那个清纯可爱的女孩，没想到命运带给她那么多的坎坷。

想到此，他又想到了楠楠。他问："楠楠在学校怎么样，还好吧？"

"还好，跟着我，他也学会了如何面对生活，他从来不说不好的事，都是好，各种好，报喜不报忧。"

他们沉默着在海边又走了一会儿，常江子说："我们往回走吧，走回我们的现实世界中吧。我明天一早就得返回去，李龙电话里告诉我说，艺术学校校址正式批文下来了，还有一些手续需要办，让我快些回去。"

"明天一早就走？"何莉问。

"是的。"

走出沙滩，两个人穿上了鞋子。

常江子把手伸向何莉，何莉深情地看着他，慢慢地去牵他的手。

常江子第一次这样牵着何莉的手，他目视着远方，缓缓地说："我们，我和你，永远都不要言爱，让我们永远有寻觅美好感觉的心吧，爱在心灵、感觉，乃至眼睛……"

何莉眼前一片模糊。可是，她仿佛听见了各种美妙的声音，天空的远翔，海中的细语，微风的拂动，远听，近听，都是那样的美好……